# 朝星夜星（あさぼしよぼし）

朝井まかて

PHP

# 朝星夜星（あさぼしよぼし）

目次

装丁――芦澤泰偉
装画――大竹彩奈

# 朝星夜星

# 1 しゃぼん

襦袢一枚の裾をはしょり、簀子の上に屈んだ。東と南に硝子の窓を巡らせた離屋の湯殿であるので、春の朝風がちらちらと庭の緑の光を運んでくる。窓外の築山では辛夷が白雲のように咲き揃い、まもなく桜や木蓮も蕾をほころばせるだろう。長崎の市中を歩いても花の匂いが爛漫として、いちだんと華やぐ。

ゆきはこの季節がわけもなく好きで、ことに女将の花見のお供をするのが今から待ち遠しくてならない。多少の贅沢には驚かぬ長崎者の耳目を驚かすほどの豪奢さなのだ。提げ手のついた漆の重箱だけでも十はあり、水菓子や阿蘭陀菓子も下男が数人がかりで葛籠で運ぶ。桜の下で人々の溜息を誘うのは花見衣で装いを凝らした遊女らで、昼見世を休んでの外出だ。

ここ丸山町の引田屋は京や大坂、遠く江戸にも名を知られた傾城屋で、開業は寛永十九年と聞いたことがあるから二百二十年ほどにもなる由緒だ。ゆきは見世ではなく奥に奉公する女中で、けれど花見もたけなわになれば無礼講、太夫も女中も共に唄い踊る宴になる。生来の不器用で唄も踊りもさっぱりだが、緋毛氈の端に坐してお重を遠慮なくつつけるのが嬉しい。食べることが何よりの娯しみとあって、今も想像するだに頰に笑みが溜まってくる。

ぽちゃんと湯の動く音がして、畳一畳ほどの湯桶に浸かっている女将が目を閉じたまま言う。

「ちと、ぬるか」

ゆきはもう汗ばんでいるのだが、四十半ばの女将は痩せぎすで冷え性だ。「はい、ただいま」と立ち上がり、脱衣の板間を通り抜けて小窓を引く。下男の爺さんに「火ば足してくれんね」と頼み、取って返した。板間から煙草盆を持ち上げて中に入り、どうぞとばかりに女将に差し出す。湯が熱くなるまで時がかかるので、その間に一服するのが慣いだ。

女将は火種を近づけて吸いつけ、ふうと紫煙をくゆらせる。

「お前は奉公して何年になると」

煙を吐くついでのように問われて、煙草盆を捧げ持ったまま目玉を動かした。

「十二の春に出てきましたけん、かれこれ十三年になりますたい」

「となれば、二十五か」

ゆきは肥後の百姓の家に生まれ、近在の娘らと一緒に長崎に奉公に出てきた。同じ村の娘の中には女衒に売られる者も少なくなく、両親もそんな料簡を持たぬでもなかったようだが、祖母が頑として首を縦に振らなかった。

こん子ば売ったたって、どうせ焼石に水ばい。出奉公で稼いで、盆暮れにまとまったもんば仕送らせた方が長か目で見りゃよほどの扶けになる。ましてこぎゃん骨の太か娘ばい。同じ躰で稼ぐにしても、下働きの方が先様の役に立つ。

喰うや喰わずの家で生まれ育ったというのに、祖母の言うようにゆきはがっしりと四肢の骨が太く、しかも奉公してからまた背丈が伸びた。日々の賄いは飯に汁、香の物だけで、夜には煮物やたまに干物がつく程度だが、三度の飯を口にできるだけでもいかほど有難かったことか。まして花見の馳走など目にも口にも新しく、初めて口にした蒲鉾の歯ごたえと甘味は今も忘れられない。筍の木の芽和えや紅白なます、鶏と里芋の甘辛い煮しめなど、総身がわくわくとして箸が止まらなくなる。秋祭のくんちにも毎夜、馳走振舞いがあり、奉公人も揃って舌鼓を打たせてもらえる。やがて気が咎めるほど肉がみっしりとついて、背丈などまともに測ったことがないけれど五尺半はあるという下男とおっつかっつ、番頭や男衆らのほとんどを見下ろす恰好だ。引田屋の跡取り息子などたまに廊下で行き会っても、厭な顔をして脇の座敷にすっと入ってしまう。

「はい、二十五ですたい」応えると、女将は灰吹きに雁首を打ちつけ、「上がる」と言った。ぬるいと言うので薪を足すのだが、急にのぼせるらしい。

女将は亭主が早逝したのち、女手一つで暖簾を守ってきたひとだ。ゆきが奉公してからの十三年の間にも見世は繁盛を極め、名だたる太夫を幾人も輩出して御奉行所にも覚えがめでたい。御奉行所がこの傾城町の巡検に訪れる際、引田屋の庭中に設けた茶屋が御休憩所になっているほどだ。

四年前、安政六年にここ長崎、そして神奈川、箱館が開港されてのちは諸国の武家や分限者、文人墨客の来崎が増え、各国の領事館や居留外国人も宴を張る。いろはを数える蔵は減ることがなく、それもこれも女将の胆力と手腕があってこそだと、女中頭は言い暮らす。

遊女らにも「女将つぁま」と崇め奉られて悠揚としているが、いざとなれば稲妻のごとき冷徹さを発する。客に対して粗相があると行燈部屋に押し籠められ、遣手婆に折檻を受けることもあるようだ。女将は眉一つ動かすでなし、顔つきは平静なままだ。奥女中の作法にも厳しく、先だってもほんのちょっとしたことで口ごたえをした新入りがその日のうちに裏口から叩き出された。機嫌を損じまいかと、ゆきもびくびくとして仕えること十年余、返事をするにも声が裏返らなくなったのはこの数年のことだ。

女将の背後に回り、麻の手拭いにしゃぼんをすりつけて泡立てる。阿蘭陀渡りのこれは濃い花の匂いがして、泡立ちもきめが細かい。「ご無礼申します」と女将に声をかけてから、背中をこすり始める。

「よか心地たい。お前は気も口も回らんばってん、背中を流すとはほんに巧かね」

珍しく褒められて、力だけはありますけんと笑いに紛らしそうになって呑み込んだ。

祖母しゃんは、苦界勤めから孫娘を救ってくれようとしたとやろうか。それとも本気で、遊女奉公には向かぬと見抜いとったとやろうか。

祖母も両親ももはやこの世の人ではないので、知る由もない。今は弟がわずかな田畑を受け継ぎ、去年は嫁取りもした。仕送りからようやく放免され、これからは少しずつ給銀を貯めていこうと心組んでいる。

「嫁ぐ気はなかか」

突然の問いで、しかもこなたは垢すりの最中だ。女将は毎日のように朝湯をしているので垢など溜まりようがないのだが、首筋から耳の後ろ、腕、尻と決まった通りに順に手を動かす。

「もう歳ですけん、縁もござりませんたい」

将来は不安ではある。けれど今さら郷里に帰って弟夫婦の世話にかかるなど思いも寄らぬし、まして繁華な長崎を離れるのは厭だ。肥後の山間から出てきた時は人馬の往来に目が舞い、恐ろしいような気すらしたものだったが、今はこの賑やかさに馴染んでいる。

いずれ町外れにでも小体な店を持てたら。それが、この頃のささやかな希みだ。水飴屋か履物屋でも商い、己一人が喰っていけたらそれで上々と思っている。

女将の裸の前に回ってまた断りを入れ、胸乳に腹、脚にかけて洗っていく。

「先だって、通詞しゃんらの宴で阿蘭陀料理を作らせに呼んだやろう。憶えとらんか」

話柄がいきなり変わるのはいつものことで、さほど考えもせず、「はて」と小首を傾げた。

「出島で奉公しとったとかいう料理人たい」

「そういえば、来とらしたですねえ」

曖昧に頷いて、せっせと手を動かす。

あの日は蘭通詞と町役人、御奉行所の与力衆も加わっての宴で、江戸から来崎した有名な蘭学者を饗応したいと、阿蘭陀料理の要望があったようだった。引田屋の台所には下働きも含めれば料理人が十人ほどもいるが異国の料理を拵える術は持たぬので、外から料理人を呼んだらしい。

黙々と竈に鍋をかけて何やらを温めていたのが昼八ツ過ぎで、奥の夜食を受け取りに台所の板間に入ってその姿を見て、まだいたのかと少し驚いた。傾城屋のこととて夜の遅いのは尋常だが、引田屋の料理人らは不機嫌を隠そうともせず、夜食の膳を差し出すのも手荒な音を立てた。あくる日、朋輩らが噂するには、料理人は何もかもをあらかじめ仕込んで運んできたようだったが、それでも台所の者らに露骨に毛嫌いされて「臭いが移る」と俎板一枚貸してもらえなかったらしい。十人近い宴の皿は山となり、それもただ一人で洗い上げて帰ったのは夜更けだったという。

「お前、何か手伝うてやったと」

いいえと言いかけ、何となく思い出した。

女中頭の遣いで万屋町に出向いたのだ。帰ってくると裏門の前に古びた荷車が置いてあった。男がそこから大鍋や小鍋を持ち上げ、急ぎ足で台所の勝手口へと向かい、すぐさま息も切らさず引き返してきて、今度は寸胴の甕をいくつも抱えてまた運んでいる。丸山町の界隈はなだらかな上り坂、引田屋も小高い山を背負うように構えているので勝手口へも石段がある。ふだん出入りの魚屋や青物屋の荷は小僧らが手伝うのだが、手が空かぬのか誰も姿を見せていない。

それで気の毒に思って、木箱を二つばかり抱えて運んだ。ずっしりと重く陶器のかち合う音がしたが、力仕事は苦にならない。

「余計なことばいたしました」

そういえばあの時、料理人頭がゆきの抱えているものに気づいて舌打ちをした。

「いかにも」と、女将は股（また）を広げた。「奥女中が台所仕事に手ば出すとは、家内の乱れのもと。奥は奥、見世は見世、台所は台所たい。ばってん、向こうはお前の仕業（しわざ）がいとも軽々として心丈夫やったと、通詞しゃんに言いなったらしか」

そうも有難がられたとは思いも寄らない。その男はゆきにちらりと目を這（は）わせるだけで、礼の一つも口にしなかった。ゆえに今の今まで忘れていた。

「お前を見初（みそ）めたらしかよ。嫁に欲しかて言うとらす」

手が止まって、両膝（ひざ）をついたまま女将を見上げた。

「私を」

「そう。お前を」

まばたきをして、「どうしたらよかでしょう」と呟（つぶや）いた。我ながら間の抜けた声だと思いつつ、また手拭いにしゃぼんをすりつけて泡立て、股を洗う。桶に湯を汲み、流す。

縁談が舞い込んだのは初めてではない。二十歳（はたち）をいくつか過ぎたばかりの頃に唐物屋（からものや）の隠居の後添えにという話があって、しかし女将が「苦労たい」と首を縦に振らなかった。数年も経たぬうちに隠居の介抱に明け暮れるのは目に見えており、しかも倅（せがれ）夫婦は相当に吝（しわ）いらしかった。

いつだったか、出入りの大工の弟子の一人が付文（つけぶみ）をよこし、返事を書くのに難渋するうちにそれきりになったこともある。ゆきは読み書きが怪しい。幼い頃、田畑の手伝いや弟の子守りで手習（てならい）

を教えてくれる寺にろくに通えずじまい、ひらがなは奉公してから教えられたものの、文言(もんごん)をひねり出そうとするだけで頭が痛くなる。相手は銅色(あかがね)に陽(ひ)に灼(や)けた、頑丈そうな顎(あご)を持つ若者で、珍しくゆきよりも背が高かった。近頃は顔を見せぬので、独り立ちを遂(と)げたのかもしれない。むろん付文の件は誰にも打ち明けなかったので女将も知らぬはずだ。あん時、私は何と返事をしたためるつもりやったとやろうか。

　しゃぼんの泡がいくつか立ち昇って、陽の光で色を帯びては消える。

「どうね、嫁(い)かんね。家は伊良林(いらばやし)の、若宮稲荷(わかみやいなり)の袂(たもと)にあるらしか。両親に妹もおるが、本人は辺(あた)りでも聞こえた働き者、孝行者らしかよ」

　女将の肝煎(きもい)りの縁談となれば断るべくもないのだが、何となく気乗りがしない。

「お歳はいくつでござりますと」

「二十四て聞いたけん、お前より一つ下か。なに、気にすることはなか。金の草鞋(わらじ)を履いてでも探せと昔から言うてきた姉さん女房たい。そいに、ただの料理人じゃなかよ。阿蘭陀総領事のデ・ウィットしゃんに雇われて箱館や江戸、横浜も軍艦で回ったていうけん、見聞も広かやろう。ばってん、デ・ウィットしゃんが帰国されることになって、そいで丈吉(じょうきち)しゃんも家に戻ったらしか。ここいらで腰ば落ち着けて、嫁も取ろうという気になったとやろう」

　じょうきち。何やらいわくが大層な料理人のようで、なおさら気が引ける。「とても、とても」と手を動かしながら、頭(かぶり)を振った。

「私はここでご奉公させていただくことが仕合わせにござりますたい」

「お前、そう思うてくれとっとか」

「はい、さようにござります」

「歳ば取って動けんごとなったら、どぎゃんする気ね」

「そんときは」湯桶に湯を汲み、ざぶりと流した。言いようを思案するうち、女将が「いずれ」と先んじた。

「駄菓子屋か下駄屋でも営んで、のんびり店番でもしながら暮らしていけたら上出来とでも思うとっとか」

見上げる素裸から雫が飛び、ゆきの額に散った。女将は立ち上がっていた。

「いかな小商いでも商いを嘗めたらいけん。ただ店先に品物ば並べとったら通りすがりの者が買うてくれると思うたら、料簡が甘か」

板間に上がる女将を追い、真新しい手拭いで躰を拭く。女将はされるままになりながら、やけに強い声で言い継いだ。

「女中頭とも話し合うたが、お前は陰日向のう働くとが取柄たい。ばってん、肝心なところでぼうとして気働きがなか。なにしろ図体の大きかけんね、何ばさせても目立つとよ。小さかしくじりでも、お前がやればやけに目につく。どのみち、奥の女中頭を継がせられる器ではなか」

己の器量のほどは承知している。読み書き算盤も怪しいのに、他の女中を束ねられるわけがない。そもそも他人より前に出たい性分でなし、誰かの指図に従って働く方がよほど気が楽だ。

「そぎゃんおなごが二十五にもなって、見初められたとよ」

「見初められたとでしょうか」

「そりゃ、そうたい。ちょっと親切にしただけで、わざわざ通詞しゃんに仲立ちば頼んできたとは、そういうことたい」

湯文字を腰に巻き、更紗の湯帷子を素肌に羽織らせつつ、ゆきはそっと息を吐いた。上げたり下げたり、つまるところ縁談に乗じて女将と女中頭に値踏みされたらしい。

このまま奥で仕えさせても、大して役に立たんまま歳ば喰うばかりですたい。

なら、この機に出すか。

はい、女将つぁまの仰せの通りに。

二人のやりとりが聞こえるような気がして肩を落とした。いかに鈍くとも、そのくらいはわかる。私は厄介払いされるとね。路考茶の博多帯を回して結び上げると、「きつか」と叱られた。詫びる暇もなく、女将が背筋を立ててゆきを見返った。

「欲しかと望んでくれた相手には添うてみるがよか。お前には、女房稼業が意外と合うとるかもしれん」

「女房稼業」

「そう。誰かの女房になって奥ば治める。そいも稼業たい」

なお気ぶっせいになって、女将を送り出した後の湯殿の片づけにも身が入らない。庭の築山に訪れたのか、鵯の雛が鳴き騒いでいる。


水の流れる音で目を覚ました。

ここはどこだろうと天井を見つめ、まばたきを繰り返してから蒲団をはねのけた。隣の蒲団は壁の脇に寄せて畳まれている。えらいことと身支度を整え、慌てふためいて段梯子を下りた。

昨夜、四月十日は祝言だった。婚礼は夜に行なわれるものであるので、陽が西に傾いた頃、ゆきは引田屋を出た。着物は一張羅の裾模様だ。何年か前に女将の若い頃のを下げ渡され、それが節季ごとに下される女中への心遣いでもある。深い松緑地に白の波模様が染めで描かれ、蘭船が帆を上げている。衣桁に掛けたその景色を眺めながら、中二階の女中部屋に上がってきた髪結いによって高島田に結われた。ただでさえ背丈があるのに頭が大きくなればなお気兼ねがましいと思って小さく結ってもらったので、蟀谷がひきつれて今も痛い。

支度ができて奥座敷へ挨拶に出向いた際、女将は「よか姿に仕上がった」と真顔で褒めてくれた。脇に控えた女中頭も同様で、これで一人片づいたと言わぬばかりの安堵が窺える。

女将は女中頭に命じて手文庫を床の間から持ってこさせ、何かを折敷に載せて差し出した。

「三十匁ある。こいはお前の命綱やけん、ここぞという時にお遣い」

有難く押し戴いた。掌に重い巾着を後で開けば、豆板銀が入っていた。

「それと、こいは餞別たい。長年、手まめによう洗うてくれた」

蠟引きの白い紙包みで、口をきゅっと結んで紅白の水引が掛かっている。これは開かずとも察せられて、好きだったしゃぼんの匂いだ。厄介払いされるのだと拗ねていたものを、瞼の中がじんと熱くなって困った。

見世があるので女将と女中頭は同道できぬと言い渡され、むろんそこまで望むべくもない。けれど裏口から出る時、二階から声が降ってきた。

「おゆきしゃん、がんばらんばよ」

遊女と女中らが欄干から身を乗り出すようにして見送ってくれていた。

潮の匂いが濃くなった夕風の中を、紋入りの提燈を手にした引田屋の男衆らに付き添われて細い坂道を上った。先導は仲人夫妻で、丈吉が親しくしているらしい通詞とその妻女だ。弟夫婦は田植えの最中で、祝言には出向いてこられぬとのたどたどしい文が届いた。祝いのつもりか、藺草で編んだ一尺半四方の敷物が二枚添えられていた。

料理人の女房がいかなる暮らしを送るのか見当もつかないけれど、精一杯を尽くしてみよう。昨日はそんな殊勝な気持ちであったのにと臍を嚙みながら、転げるように階下に下り立った。縁側に面した畳間で、舅の和十が高鼾をかいている。徳利や猪口がそこかしこに転がったままだ。

和十はともかく酒が好きなようで、病みついて長いと聞いていたが、病人とは思えぬ呑みっぷりだった。

やれ、めでたか。和十しゃん、呑もう呑もう。

正月の門付芸人のような賑やかさで、近在の者らが戸口から湧くように現れる。

ほんに、めでたか。よかろうよかろう。

和十は上機嫌だ。訪れた連中は上座の丈吉にまず祝いを告げ、隣のゆきの前へと膝を滑らせる。で、洩れなく「はあ」と顎を引き、目を丸くする。

「引田屋の奥女中しゃんて聞いたけん、さぞちんまりと可愛かおなごやろうと思うとったばってん、いやあ、どうしてどうして」

掌で口許を覆って顔を見合わせている。笑いを堪えているらしい。そのうち酒が進めばさらに遠慮がなくなって、

「こうもでかかおなごは、ここいらで初めてばい」「何ば喰うたら、こうなるとね」

大柄ばかりをつけつけと指さされ、めでたさも半分の心地になる。

連中の合間を縫って「よろしゅう願います」と酌をして回るのは姑のふじだ。鬢が白く、しかもずいぶんと小柄だ。

「倅もずっと家を空けとりましたばってん、こいからは生まれ育った土地に根ぇば下ろすて申しとりますたい」

腰が低く、ゆきにも「よろしゅう願いますたい」と先に頭を下げた。義妹(いもうと)のよしは台所で立ち働いて坐る暇もなく、言葉はほとんど交わせぬままだ。

そして丈吉はといえば、両親の様子を常に気にかけている。

お父(と)ぅ、呑み過ぎるな。お母(か)ぁ、もうよかけん坐って箸ば取らんね。

声の穏やかさは耳に心地よく、仲人夫妻にも静かに話をして、呑んで大騒ぎする宴を詫びるでもなく、しかし本人はさほど盃(さかずき)を重ねない。

そのうち仲人も帰ったが、祝宴はなお続く。誰も彼もが酒で洗うかのような呑みっぷりで、やがて狭い家のそこかしこで肘枕(ひじまくら)をして、雑魚寝(ざこね)を始めたのだった。

水音がする方に近づくと、土間の台所だ。竈に釜(かま)がかかっており、蓋(ふた)の片方が踊るように持ち上がっては米の煮える匂いがする。その手前で義妹のよしが屈み込んでいた。

「すみません、さっそく寝坊してしもうて」

下駄に足を入れるのももどかしく、袂を帯に挟みながら土間に下りた。よしは「よかですよ」とにこりともせずに応え、そのままこちらを見上げもしない。見れば七輪(しちりん)の上に寸胴の鍋を置き、玉(たま)杓子(じゃくし)で時々かき回している。つんと微(かす)かな薬草めいた匂いが立って、どこかで嗅(か)いだと思ったら、そうだ、丈吉が引田屋の台所に運び込んだ鍋の匂いだ。

魂消(たまげ)た、料理人の家では朝から阿蘭陀料理を食べるとやろうか。

長崎でも名のある家では客のもてなしに阿蘭陀料理を出し、焼いた牛肉や豚の頭、麺麹(パン)にはボートルと呼ばれる牛酪(ぎゅうらく)をなすりつけて食すという。料(りょう)るのはかつて出島の阿蘭陀商館に奉公していた者らで清人(しん)が多いらしいと、噂好きの女中が口にしていたことがある。商館は四年ほど前に廃止され、領事館となった。

丈吉が何ゆえその領事に仕えて軍艦にまで乗り込むことになったのか、そもそもどうやって阿蘭陀料理の作り方を会得したのか。訊きたいことは山とあるが、昨夜、丈吉と共に二階の四畳半に上がったのはとっぷりと更けてからで、ゆきは濡れた真綿のようにくたびれていた。

もしかしたら私も舅の和十のように高鼾をかいて寝たのではないかと目玉を天井に向け、また身の縮む思いだ。我ながら先が思いやられる。

「およししゃん、お義母しゃまは」

訊ねると、よしは顔を回らせてゆきを振り仰いだ。小麦色の肌で目の下には雀斑が散り、目も細い。鼻梁は高くすっきりとしている。

「お義母しゃまなんぞと呼ばれたら気ぃば遣うひとですけん、勘弁してもらいたか。ここは引田屋しゃんじゃなかですけん」

「ああ、そうね」腰が引けそうになるが、よしの顔つきに険はない。

「お母ぁもまだ寝てますたい。昨夜は遅うなりましたけんね」

ようやく気づいて、「およししゃんにもご雑作をおかけしました」と頭を下げた。

「兄しゃんの祝言ですけん、当たり前のこと」

よしは細い顎を動かし、小窓の方へと目をやった。

「裏の畑におりますたい。その戸口から道へ出て、家の角ば右へ折れたらよかです」

きょろきょろと迷いながら進んで、ようやく後ろ姿を見つけた。畑といえども井戸脇の五坪ほどで、引田屋の坪庭より小ぢんまりとしている。それでも幾筋か畝が盛られて、丈吉はその合間に屈んでいる。声をかける前に背中が動いて振り向いた。立ち上がる。

「起きたか」

朝陽の中で初めてまともに顔を合わせたような恰好だ。今さらながらやはり私よりも随分と小柄だと内心でがっかりして、そのぶん背を丸めて小腰を屈めた。

「遅うなりまして、ご無礼いたしました」

「いや。今からすぐに用意するけん、もうちっとだけ待つがよか」

丈吉が小脇に抱えている竹籠に気がついた。畑で摘んだらしい青物が見える。

「畑もしとらすとですか」

「西洋白菜に西洋芹、赤蕪ば作っとる。昔よりは手に入りやすうなったばってん、値がべらぼうたい。苗や種から育てた方が安かし、そいに味もよかけん」

ゆっくりと言い、畑を見渡す。軍艦に乗り込んでいたというから潮灼けであろうか、料理人らしからぬ赤銅色ではあるが、苦み走った優男だ。不思議な気がした。

こがん男ぶりなら嫁取りに困らんやろうに、何で私なんぞを望まれたとやろう。

丈吉はひょいと畝をまたぎ越し、鼻歌でも唄うような軽い足取りで前を通り過ぎる。あれと耳を澄ませれば、まさに何かを唄っているのだった。しかし日本語ではなく異国の言葉だ。

その昔、引田屋の遊女には蘭人を相手にする者が決まっていて、出島の阿蘭陀商館に呼ばれて夫婦のごとき契りを結んだ。情の濃い遊女は蘭船が本国に帰ってしまうと恋しがって、窓辺の欄干にもたれてよく唄っていたものだ。女中部屋にも聞こえてきたそれは物悲しく、風のようにはかない音律であった。けれどもこの唄は勇ましく弾みがある。こんな朗らかな節回しもあるのだと思いながら、丈吉に従いて台所に戻った。

よしはまだ鍋の番をしていて、丈吉は包丁を遣い始めた。俎板は板間に坐して脚付きのものを遣うのが尋常だが、水場に渡した細長い板に向かって立ったままだ。

「珍しかか」

丈吉が手を動かしながら訊くので、「はい」と応えた。

「西洋の厨房では一日中、立ったまま働くたい」

「お手伝いばします」

「いや、今日の朝餉は特別たい。向後は家の者の口に入る一切はお前に任せて、おれは二度と手出しせんけん、安心せい」

安心しろと言われても、これまでほとんど台所仕事をしたことがない。肥後の生家で薄い粥を炊いたり、芋汁を作ったことがある程度だ。

「あの、お前しゃま」

「まあ、黙って見とったらよか」

言い出せぬまま半端な笑みを返した。よしは玉杓子を持ち、鍋の中の何かを掬い取っている。

「何ばしよっとですか」

「鶏のソップのアクば取りよっとですよ」

洗濯に用いる灰汁はわかるが、こんな汁物にも灰をぶち込むのだろうか。ソップが汁物を指すらしいことは、引田屋で耳にしたことがある。それからも首を傾げ通しで、しかしやがて丈吉の手際の鮮やかさに気がついた。見惚れていると、よしが手を止めぬまま教える。

「じゃがたら芋に蓮の根、人参、椎茸ば同じ大きさの賽の目に切って、ソップの実にするとです」

丈吉はそれらを七輪の鍋に静かに入れ、すぐに俎板の前に戻って大きな木椀を引き寄せた。深紅の小さな塊を今度は細かく刻んでいる。

「その、紅かもんは何ですか」

「こいは、干したトメートウたい。生のままでも喰えんことはなかばってん、ともかく酸(す)い。夏の間にこがんして干しとけば甘みの出て、日保(ひも)ちもする。干瓢(かんぴょう)のごと、使うつど水に浸けて戻したらよかと」

辺りを布巾(ふきん)でこまめに拭きながら料るので、俎板の上も周囲もそれはきれいだ。

刻んでくたくたになっている紅を椀に入れ、それをまた鍋に入れた。と、丈吉は何かを手にして鍋の前に屈み、掬って口の中に放り込んだ。「ん」と喉(のど)の奥を鳴らし、匙(さじ)を小皿の上に置く。銀の小さな匙だ。引田屋にも銀の匙や小刀(こがたな)、三叉(みつまた)が十ほども揃えられていて、台所女中は時々板間にそれらを広げて布で磨き上げていた。値の張る道具であるのに、手入れをしなければ黒く変色するらしい。にもかかわらず、丈吉は平気な顔をして使っている。小窓の朝の陽射しで、匙の先の銀色が光る。

「スプウンがどうかしたとか」

気づいてか、腰に片手をあてた丈吉がゆきを見上げている。

「こぎゃん蘭物(らんぶつ)をと、ちとびっくりしただけですたい。すみましぇん」

「あやまることはなかよ。こいはコークマン号の厨房の記念にと、総領事しゃんが下さった。おれの宝たい」

宝を蔵に仕舞わずに使っているのか。やはり料理人は少々変わっとるねと首をすくめ、とはいえ、この家に畑はあっても蔵はない。よしが「義姉(ねえ)しゃん」と言った。

「後は兄しゃんに頼んで、場を作らんば」

共に畳間に上がった。よしは和十を起こしている。

「お父(と)ぅ、いいかげん起きんね」

「いや、よかろう、よかろう」

　まだ酔っているのか、寝惚け眼（ねぼけまなこ）のまま大あくびだ。ふじはいつのまにか起きていて徳利や猪口を拾い上げており、ゆきは挨拶をしてから箒（ほうき）のありかを訊ね、縁側の障子を開け放って埃（ほこり）を掃き出した。よしが縁側の隅に来て、今度は何やら引っ張り出している。畳半分ほどの板だ。ゆきが箒を持ったまま横からひょいと手を出し、板を抱え、「どこに持っていくとですか」と訊けば、呆（あき）れたように見上げている。

「それ、重かとに、片手で」

　うははと笑いで返し、命じられるまま畳間へと運び込んだ。針箱のような木箱が二つ並べられていて、その上に置けと言う。

「はい、お義父（と）ぅもお義母（か）ぁも危なかですよ。置きますよ」

　板を渡せば、そこによしが白茶色の大風呂敷（おおぶろしき）を上に掛けた。ところどころが色褪（いろあ）せて年季が入っているが埃臭くはない。

「兄しゃん、こっちはできたばい」

「おう。こなたもよか按配（あんばい）じゃ。運んでくれ」

　よしが広蓋を持ち上げようとするので、これも「おまかせを」と引き取った。配膳は台所から上がってきた丈吉がたちまちしてのけ、ゆきは下座にともかく腰を下ろした。

「いつもは銘々の箱膳ば使うとばってん、今朝は阿蘭陀式たい」

　一つの卓の上に大鉢（おおばち）や丼（どんぶり）や皿が並んでいる。赤い色のソップに焼き筍、卵の刻みを散らした青物の皿もある。

「美しかあ。星々のごたる」

口の中に唾（つば）が溜まってくる。そういえば昨夜はほとんど何も口にしていない。和十とふじの前には粥らしき茶碗と漬物、山菜の煮びたしの小鉢が並んだ。

「私ら年寄りは新しかもんは苦手やけん、いただかんとよ。おゆきは遠慮せんでお食べ。丈吉の心尽くしですけんね」

　にこにこと勧められ、「いただきます」と手を合わせて箸を取った。大鉢に盛られた赤いソップは、丈吉が玉杓子で掬って椀に入れてくれた。

「蔬菜（そさい）のソップは、その匙で食べるがよか」

　箸を置き、木の匙を持ち上げる。

「啜（すす）る音は立てんごと。お菜（かず）ば食べる心持ちで、ちょうどよか」

けれどやはり汁は汁、ズッと啜ってしまい、ふうんと息が洩れた。

「おいしかあ」

　賽の目になった根菜や椎茸はどれも歯ごたえが違い、じゃがたら芋はホクリと溶け、蓮の根や人参はシャキリと嚙む音も楽しい。汁は少し酸いのだが、塩が利（き）いていて、後口は少しピリリと、まるで手妻（てづま）のようにいくつもの味が開いてゆく。焼いた筍も油を使っているのか薄い肌色を帯びた白が照り、そこに木の芽が散らしてある。鼻先で醬油（しょうゆ）の香ばしさを感じたと思ったら、甘みや苦み、醬油の旨味（うまみ）が一気に広がる。青物の皿には白菜や芹、赤蕪が薄く切って盛り合わされ、白菜は畑で丹精（たんせい）した西洋ものなのだろう、葉の縁がひらひらと柔らかい。蕪も赤く、シャキシャキと歯ごたえが瑞々（みずみず）しい。それらをまとめているのは卵の刻みとまろやかな酸味で、油と辛子（からし）、葱（ねぎ）の風味もあるが、これにも隠し味が潜（ひそ）んでいそうだ。

　ふと顔を上げれば、一家に揃って凝視（ぎょうし）されていた。頰を一杯にしたまま俯（うつむ）いた。みるみると上気して、たぶんトメートウのごとき顔色になっている。嫁に入った翌朝に、こげんむしゃむしゃと。

「いやあ、丈吉の言う通りばい」「ええ、ほんに」

和十とふじが口を揃えれば、よしも苦笑いを泛べている。

「にゃんのことで」まだ口の中に残っているのに訊いていた。丈吉は素知らぬ顔をして、筍に箸を伸ばして小皿に取っている。

「兄しゃんはな、義姉しゃんの食べる姿ば見て、嫁にもらおうと思うたらしかよ」

口の中のものをやっと吞み下した。

「私が食べとるとこなんぞ、どこでご覧になったとです」

丈吉は気のない顔つきで、だが皆がじっと見つめるのでやっと口を開いた。

「引田屋に入った日の夜、おれが鍋や皿ば洗うとった時、台所で夜食をいただいとったやろう」

奥に夜食を運んだ後、女中らも板間に並んで湯漬けや握り飯で腹を埋めるのが慣いだ。

「お前はほんに旨そうに、大事そうに食べとったとたい。頬や顎を動かすさまは、気持ちよかほど元気で」

「あれまあ、私が荷運びをお手伝いしたとば恩に着てくれたとじゃなかとですか」

丈吉が首を傾げたので、それはどうやら記憶に残っていないらしい。

「料理人の作るもんはぜんぶ胃袋の中に入って、何も残らんたい。一日がかりで仕込んで卓の上にいかほど皿を並べても、一刻ほどで消えてしまう。いや、残されたら料理人の恥、きれいさっぱり余さず消し去ってもらうとが稼業たい。ゆえにおれらの甲斐はほんのつかのま、食べとる人の仕合わせそうな様子に尽きる。その一瞬の賑わいが嬉しゅうて、料理人は朝は朝星、夜は夜星をいただくまで立ち働くったい」

ゆきはまた夢中で箸を動かしていた。

片づけを終えてから若宮稲荷に詣り、その足で仲人の屋敷と近所へ御礼に回った。内祝はこれも丈吉が焼いたという阿蘭陀菓子だ。

「有難うねえ、おめでとう」

近所の者はそれは歓んで、そしてまた丈吉の孝行を口にするのだった。

「こんまい頃から働き抜いて、一家を養うてきたとやもんねえ。うちの倅らが風頭山で凧揚げして遊びよった時も、丈吉しゃんはその山の山菜ば摘んで、筍掘って。この下の川縁に下りたら芹もよう生えとるけんね。せっせと摘んで、振り売りばしとったとよ。そのうち裏の畑も耕して、今度は青物売りばい。夜は辻占も売りよったもんなあ。毎日、米一合と、父親には酒一合買うて帰って。和十しゃんもおふじしゃんも、ほんに果報者たい」

丈吉は静かに笑っているが、ゆきの胸には過るものがあった。痩せた少年の小さな背中だ。

「うちの倅なんぞ大坂に奉公に出たきり、滅多と帰ってこんとよ。今頃、どこぞで野垂れ死にでもしとるとじゃなかか」

方々を回って、そのたび家に上がれ、茶でも飲んでゆけともてなされたので、帰り道はもう陽が傾いていた。寺々の甍が光り、ぼおおんと鐘が鳴る。西へと目をやれば、海は彼方だ。

何年か前、梅香崎に常盤町、大浦町、下り松町一帯の海岸沿いが埋め立てられ、その広さはおよそ三万四千坪にも上ると聞いたことがある。御公儀が英吉利、仏蘭西ら五つの国と商いについての約束事を交わしたらしいのはそのもっと前で、この長崎と神奈川、箱館で自在に交易することが許された。長崎の海に現れる船の数と種類は年ごとに増え、大浦の埋め立て地には外国人の居留地が開かれ、東山手には伴天連(ばてれん)の教会まで建った。

「長崎の景色、変わってしもうたですね」

市中の繁華は変わらない。長年独占してきた交易の旨味を失うのではと町役人らは顔色を失ったらしいが、西洋に最も近く最も通じてもいるこの町を目指して、有名無名の人々が日本じゅうから続々と訪れるからだ。

「私ら下々の暮らしは、たいして変わらんとでしょうが」

丈吉は黙したまま、ややあって「いや」と口を開いた。

「変わる」

遠くを見やったままだ。

「長崎だけじゃなか。こん国は変わらざるを得ん」

横顔を見つめたけれどもう何も言い継がず、二人で坂道を引き返した。


入道雲の湧く空の下、ゆきは井戸端でしゃぼんの泡と取っ組んでいる。

石を炉(ろ)のように積み上げた上には大盥(おおだらい)がのせてあり、そこで立ったまま洗濯しているのだ。盥の縁(へり)に斜めに置いてあるのは西洋の洗濯板とやらで、ぎざぎざと横に細い溝(みぞ)が何十と入っている。これで洗濯物を揉(も)んで叩いて洗い、井戸水を汲んでは泡を流す。洗濯物は西洋の軍艦の乗組員らのもので、呆れるほど大きく、しかも水を含んで濡れればゆきでも息が切れるほど重くなる。

先だって畑に水を撒(ま)いている最中に、丈吉は大きな葛籠(つづら)を背負って帰ってきた。井戸端に青竹を立て、上下二ヵ所に木の腕を麻縄(あさなわ)で括(くく)りつけ、そこに二本の竹竿(たけざお)を渡す。

「今から、西洋洗濯の手本ば見せる」

何事かと呆気に取られた。台所の小窓からは、よしが昼餉の用意をする音が流れてくる。

阿蘭陀料理を振る舞われた翌日から、ゆきは張り切って前垂れをつけて台所に入った。勝手向きは堅く慎ましく、平素は一汁一菜で充分と丈吉から申し渡されたので、いざ手を動かせば何とかなると高を括っていた。ところがどうにもならなかった。飯を炊いては焦がし、牛蒡の煮つけは硬くて和十とふじには歯が立たず、青菜の煮びたしは茹で過ぎて若布と間違われた。汁は口の端が曲がるほど辛かったり目高が泳げるほど薄かったりと、作ったゆき自身が最も落胆した。

丈吉は文句ひとつ言うわけでなく黙々と箸を運んでいたが、ある日、包丁を遣っているのを見やるなり「待て」と言った。ちょうど阿蘭陀料理の仕出しの仕事が入っていて、材木町の中島川沿いの魚市場に出向いて帰ってきたばかりだった。青物は裏の畑で間に合わぬものもあって、茂木から訪れる若い青物売りにいろいろと注文を出している。

「瓜ば相手にそうも荒か振り下ろし方ばするな。親の仇のごたる」

「瓜には何の怨みもなかですばってん、ぶった切るしか私にはできませんとよ。奥女中は小鋏しか刃物を手にしませんけん」

「台所のできんとやったら端からそう言えばよか。材料ば無茶苦茶にして」

ただでさえ始末な丈吉にもったいないとばかりに渋い顔をされて、ゆきも思わず口を尖らせた。

「そのうち、何とかなります」

「うんにゃ、そん腕は何ともならん」

そして掃除の最中のよしを呼び、こう言い渡した。

「台所はおよし、お前に任せる。おゆきは掃除と洗濯、縫物。以上」

たちまち振り分けてしまった。さすがに恥ずかしいやら面目ないやらで、身の置き所に困った。

が、よしが拵えてくれた夕餉はゆきが切り損じた瓜に油揚げを炊き合わせた煮物となり、思わず笑って皆を見回していた。

「さすが、おいしかですねえ」

和十は酒を舐めながら、ふじと顔を見合わせた。

「わしらも命拾いしたばい」

それで考えついたわけでもないだろうが、丈吉は乗組員らの洗濯物を引き受けてきて、ゆきに西洋式を指南した。

「着物のごと洗い張りはせんでよか。しゃぼんば使うて、丸洗いたい」

「しゃぼん」

「何じゃ、嬉しそうに」

よくよく洗う仕事に縁があると思ったまでで、しかし洗濯用のしゃぼんは引田屋の湯殿のそれとは大違い、泡立ちが悪い。そのうえ上着と洋袴は尋常でない汚れ方で、汗と潮と脂の臭いがただごとではない。息を詰めているのがわかったのか、丈吉は「西洋人は躰の臭いがきつかけん」と庇うような言い方をした。

「当人に咎のあるわけでなし。しかと洗うてやらんば」

洗濯板を取り出して洗い、流し、竹竿に袖を順に通して干し方も見せた。

「おや、案山子のごたる」

ゆきが口の中で笑うと、丈吉は「やってみんね」と言った。

「力の要る仕事やけん、苦労かもしれんが」

「何の。しゃぼんば遣わせたら、私の右に出る者はおりませんばい」

腰に手をあて、胸を張った。

「ばってんお前しゃん、料理人ばやめて洗濯屋になられるとですか」

「料理人はやめん。乗組員らとは親しゅう口をきく機会が多かけん、頼まれたとよ。上役らにはボオイがついとって身の回りの世話から洗濯までこなすばってん、下端(したっぱ)の者らは己でやるしかなか。そいは大儀ばい」

「どこでこの洗濯法を学びなすったと」

丈吉は濡れた指で頰を掻(か)いた。

「十の歳から働いて、初めて蘭人に奉公したとが十九。そこでボオイと洗濯の仕事ば覚えたと」

水を汲んでは流しを繰り返し、やっと泡が切れてきた。重くてとても水気を絞れぬので、この頃は盥を土の上に下ろし、素足で踏んでいる。むろん丈吉が留守にしている朝に限ってのことで、こっそりとだ。手間を惜(お)しんでいるわけではないのだが、見つかれば「形が崩れる」と叱られそうだ。

最近、だんだんと呑み込めてきたのである。丈吉はふだんは鷹揚(おうよう)で穏和だが、いざとなれば気の短いところがあって、こと仕事については厳しく忽(ゆるが)せにしない。注文に応じて仕出しを行なう阿蘭陀料理も相当強気な値付けで、肚(はら)の据え方が違うようだ。ただ、ゆきと同じく読み書きが得手(えて)ではないらしく、算用はすべて頭の中、算盤を弾(はじ)いたり帳面をつけたりという姿を見たことがない。

水気の切れた上着を持ち上げ、竹竿に通した。手で叩いて皺(しわ)を伸ばせば見違えるほど白くさっぱりとして、安物のしゃぼんであってもいい匂いが辺りに漂う。次は洋袴だと、また大盥を持ち上げ、井戸の釣瓶(つるべ)を引いて水を汲み入れた。もう膝まで濡れそぼっているが、この季節のこと、働いているうちにすぐに乾く。

「帰ったぞ」

背後で声がして、振り向けば丈吉ともう一人いる。武家の風体(ふうてい)であるので、足許(あしもと)に水桶を置いて居ずまいを改めた。

「おいでなさりませ」

「や、これが西洋洗濯」

武家は颯爽(さっそう)と近づいてくる。

「お内儀(かみ)が洗(あろ)うたんか。豪気じゃなあ」

目玉の大きな御仁(ごじん)で、陽気な口をきく。

「薩摩(さつま)の御家中(ごかちゅう)の五代(ごだい)しゃまたい。何かとご贔屓(ひいき)に与(あずか)っとる」

辞儀をすれば、武家は「ん」と軽く頷いて返した。

「五代しゃまのお勧めもあって、西洋料理屋を開くことに決めた」

突然、妙なことを言い出した。ゆきは口を半開きにしたまま啞然(あぜん)と亭主を見下ろす。

西洋洗濯屋、始めたばかりですけど。

当人は自信満々といわぬばかりに胸を張り、かたわらの五代と顔を見合わせて語り合っている。

しゃぼんの泡が夏風に運ばれて空に吸い込まれた。

# 2　ぶたのらかん

畑に屈んで草を引いていると、明笛や片鼓の音が流れてくる。

青竹が秋空に突き出て、若い衆が竹の先端で手足を伸ばすさまが木立の枝越しに見える朝もあり、わけもなく胸が躍る。細い川一つ隔てた山手に若宮稲荷があるので、諏訪神社の秋の祭礼で奉納する芸を境内で修練しているらしい。この竹ン芸は有名で、青竹の上で雄狐と雌狐の面をつけた白装束の二人が、空の上でじゃれ合うように舞うのだという。唐人の曲芸も顔負けであるらしいが、祭礼の日は引田屋も大忙しであったのでゆきはまだ見物したことがない。

ちッと聞こえて首だけで見返れば、舅の和十だ。着物の前がはだけているので雪隠から出てきたばかりのようだ。姑のふじの肘を持つようにして、縁側をそろそろと伝ってくる。

「また音ば外した。あがん拍子では狐の落ちてしまうばい」

「よかやなかですか。祭礼ではしくじられんけん、今のうちに精々失敗させてやらんば」

ふじは取り成すように言い、縁側の板壁にかけた笊を手にして下り立ち、畑に入ってきた。

「あんばいよう育って、今年もよか出来たい。豊作、豊作」

目を細め、畝を見回している。「やれ、よっこらしょ」と屈み込み、手を動かし始めた。草を引くにも瞬時に選り分けて笊に入れたり足許に捨てたり、葉を喰う虫は指で摘み上げて放り投げる。

殺生をせずとも、ただ遠ざけるだけでよいという料簡らしい。和十が病を得るまでは百姓であったと聞いているから、ふじの逐一も堂に入っている。

「おゆき、その畝の端はまだ掘り取らんごと」

縁側に腰を下ろした和十が大声で言ってよこした。この畝の端には生姜が植えてあり、夏の間はふじが素麺の薬味や漬物をよく拵えていた。今は地上の葉も枯れてしまっている。

「土ん中に親がまだ残っとるけん」

「生姜の親ですか」

「そうたい。古根はヒネて硬うて旨うもなかし売物にならんけん、百姓は抜いて捨てるとよ。ばってん、もう少し土ん中に置いとってやったら、何にでも効く薬になるとぞ。胃ノ腑に咳、しゃっくり、船酔いに肩こり、何でもござれじゃ。ことに風邪のひき始めなんぞ、ヒネ生姜と根深の白かところば刻んで炒って酒で煎じたらよかばい。たちまち汗ばかいて、次の日には治っとる。ただし、親は霜にあわせたらいけん。土ん中で大事に寝かせて、霜の降りる前に掘り取るごと」

生姜の親が横たわっているはずの土をゆきはちらりと横目で見てから、脇へ身を移した。

「おい、烏瓜の実ば採るとはまだ早か」

今度はふじに気が移ったようだ。ふじは木々に巻きついて繁茂した蔓を手早く毟り取り、風を通している。

「わかっとります。色づいとらんば、実の中の種ができとりませんたい」

二人のやりとりから察するに、赤く熟した実を二つに割り、種は干しておく。和十は雪隠が近いので、それを煎服しているようだ。果肉は焼酎に漬け込んでおくと、手足の皹やあかぎれに効く。それは息子のために拵えているらしく、そういえば水仕事の多いわりに丈吉の指は荒れていない。

「去年作ったとのまだ残っとるはずやけん、あんたの手にもすり込むとよか」

ふじに言われて、ゆきは己の指先を擦り合わせてみた。西洋洗濯のしゃぼんを使うせいか、ざらざらと方々が引っ掛かる。礼を言おうと顎を上げた時、「おい」と和十が嘴を突っ込んできた。

「仰山使わんごと。ちっとで効くけんな」

「また、けち臭かことを」

ふじは窘めるが、和十は老鳥のように目の奥を光らせる。

「おゆきは手も八手のごと大きかけん。丈吉の分がなくなってしもうたら剣呑ばい」

ともかく「丈吉大事」なのだ。倅が頼りで自慢で仕方がない。

しかもこの頃、互いに遠慮が取れてわかってきたことだが、和十は気が細かく、丈吉が水夫らからもらって帰った西洋菓子なども独り占めにしたがる。ゆきも味見をしたいのだが滅多と分けてくれず、ふじが近所に配ろうとすれば「こがん上等なもん喰わせても猫に小判たい」と水屋箪笥に仕舞い込み、挙句に黴を生やしてしまう。吝いというよりも何でも欲しがる幼子に近い。ところが気の合う仲間が訪れて酒が入れば「あいば出せ、こいも出してやれ」と大盤ぶるまいに転じ、やたらと気が大きくなる。他人に何かを頼まれてもきっぱりと断ることができず「よか、よか」と安請け合いをして、翌朝、ふじに叱られても「そがんこと、わしは言うとらん」と頬かむりを決め込む。

よしがふと洩らしたことには、一家が逼塞するようになったのも、和十の酒が契機のようだ。

「近所の婆さんに聞いたことばってん」よしは前置きをして、火吹竹を口にあてて火を熾した。

「酒の仲間に拝まれるまま銀子ばたびたび都合してやって、そいの返ってこんかったと。仕方のうなって畑ば一反二反と売るうち、お父ぅも病で臥すごとなったらしか。私が生まれる前のことやけん、うちの貧乏も年季の入っとるとよ」

　所作も物言いもしっかりと落ち着いているので、この義妹がゆきより八つも歳若であると知った時には驚いた。しかも怨みごとめいた言い方はせぬし、常に淡々としている。引いた草を両手でまとめながらふと首を傾げた。

　そういえば、お義父ぅの病は何やろう。嫁ぐ前に父親は病人だと聞いていたが、初夏に嫁いで秋を迎えたこの間重篤な様子はなく、訴えるのは頻尿の悩みくらいだ。たまに起きてこない日があるとすれば酒を過ごした翌日で、あれはどう見繕っても宿酔だ。

「そいにしても、今日も来らっさんなあ」

　和十は心配げな面持ちで家の中を振り返っている。ゆきも草を抱えて立ち上がり、ふじも縁側に戻って板の上に手をついた。障子の向こうに聞き耳を立てているのか半身を傾げ、ややあって小さく溜息を吐いた。

「わざわざこがん所まで足ば延ばしてくれるお方は、おらんとでしょうねえ」

「験の悪かことば口にするな」己から言いだしておいて、女房を叱っている。

「どうもなかばい。そんうち、天手古舞になるほど客は来る。きっと来る」

　和十が声に力を籠めるほどに、ゆきは不安になってくる。

　この秋、丈吉は西洋洗濯屋を始めていくらも経たぬうちに西洋料理の店を開いてのけた。土地の伊良林郷にちなんで、屋号は「良林亭」だ。

　その思案を初めて聞かされた時には、繁華な灯りがともる市中で家を借りるのかと想像した。この一帯は山の斜面で、鬱蒼と繁った木々と茅葺きの百姓家があるばかりだ。市中のお客が訪れるにはうねうねと細い坂道を上ってこなければならない。地の利に恵まれぬことは丈吉も承知の上で、それでも開店を決めたのは、薩摩藩の御家中である五代才助（さいすけ）という御仁（ごじん）の勧めが契機であるらしい。

ゆきは草を抱えて井戸端に向かい、川沿いの林の際に置いた。干し場には今日も水夫らの襟（えり）付きの上着や洋袴（ようばかま）がかかって、土の上に落ちた雫（しずく）が模様になっている。西洋洗濯の注文は引きも切らず、丈吉は仕入れに出た足で湊（みなと）も回り、葛籠（つづら）に山と預かってくる。ゆきが洗った服は着心地が軽く、しゃっきりと男前も上がるらしい。

井戸の竹囲いに立てかけた盥（たらい）を軒下（のきした）に仕舞い、風に揺れる洋袴の足を見る。

五代というあのお武家、西洋洗濯にやけに感心していた。坂道には朋輩らしき者やお供が何人も待っていて、茶の一杯も喫さずに立ち去った。足早に坂道を下りていくのを丈吉が頭を下げて見送り、ゆきも辞儀をした。丈吉は家の中に入らず、井戸端に引き返した。洗濯の途中のものがまだ盥に残っていたので、ゆきもその後ろに従った。気がつけば、二人で洗濯をしていた。ゆきが洗い上げたものを丈吉は竹竿にかけ、掌（てのひら）で叩いて皺（しわ）を伸ばしていく。その手際から身ごなしまで何とはなしに日本人離れしているような気がするが、なぜそう感じるのかはわからない。

「五代しゃまはおれのことをどこぞで耳にされたそうで、西洋料理ば喰わせろと注文してくれたとよ」

丈吉は珍しく、働きながら話をする。

「大きか声では言われんばってん、密かに上海（シャンハイ）に渡ったことのあるらしか。上海の町は西洋人の一杯おって、料理人も各国から集まってきとるとて。彼（か）の地で食したもんが忘れられんて言わすけん、寄寓（きぐう）しとらす屋敷に出向いたとさ。包丁と鍋、西洋式の俎板（まないた）、材料の一切ば持って」

いつもよりはるかに長く喋（しゃべ）る。

「それで、何を料って差し上げたとですか」

「前菜は、生の蔬菜と茹でた海老を取り合わせたサラド。次に豌豆のソップ。主菜は三品というご注文やったけん、まずは石鯛の切身に麵麭の粉をまとわせてボートルで揚げ焼きにしたものたい」

「揚げ焼き」

「ん。蘭語ではゲバックヒス、英吉利語ではフライドフィッシュていう。そいから牛肉の燻製。これは前もって作っておけるけん、食べるひとを待たせんで済む。そいから、焙り牛肉たい。塩と胡椒をすり込んだ塊に串ば刺して、炭火で焙り焼きにすると」

牛肉は食したことがないが、この頃は一度でいいから味わってみたいものだと思っている。台所でソップの出汁を引いている際も獣臭さが流れるのは四半刻にも満たず、後は何やらコクの深い匂いに変じるのだ。だいいち、丈吉の手にかかれば旨いに決まっている。

「さぞ歓ばれたでしょう」

「皿に残った汁も麵麭で綺麗にするほど平らげなすったけん、胸を撫で下ろしたばい。上海で知った味より落ちるて言われたらどがんしようと、実は心配やった。おれが仕えたお方は阿蘭陀の総領事やったけん、自ずと阿蘭陀料理ば会得したと。ばってん、西洋料理はいろいろある。五代しゃまが上海で何ば召し上がっとったか、わからんもんなあ」

ゆきは「よかったですねえ」と盥に洗濯板を構え直し、次の洋袴にしゃぼんをなすりつける。

「ところが五代しゃまは、おれと目を合わせた途端、胃ノ腑に手をあてて顔ば顰め、痛たと唸られた」

手が止まって、丈吉を見上げる。

「あん時は血の気の引いた。料理人にとって、己が調えた皿で中るなど、味以前の過ちたい。船の中で中毒ば起こして水夫らが死ぬようなことになったら、国の行く末にかかわる」

　話が急にたいそうになったと、またしゃぼんを手にした。

「そいが戦（いくさ）の最中（さなか）であったら、船は動かん、迎撃もできんことになるばい」

　そうかと、また丈吉を見返す。

「船の中には仔牛や豚、羊、鶏（にわとり）を飼（こ）うとる室（へや）もあったばってん、料理人頭は肉の扱いにそれはうるさかった。丁子（ちょうじ）や胡椒、セエジ、ありったけの香草で腐らせんごとして、料る前には必ず水洗いして、布巾（ふきん）でしかと拭き上げる。料理人の下働きには清人（しん）も多かったが、あんひとらは余計な血や汚れがついとってもあまり気にせん。おれはすぐにわかる。厭（いや）な臭いがずっと鼻について、出汁や料理の味も落ちる。そいけんおれは、下拵えの出来不出来が味を左右すると思うとるばい。ばってん、五代しゃまが痛かと鳩尾（みぞおち）ば押さえられたもんで、ああ、もう終（しま）いばいと思うた。しかも相手は、薩摩の御船奉行（おふなぶぎょう）の副役（そえやく）ばい」

　ゆきは生唾（なまつば）をごくりと呑み下した。

「五代しゃまは顔を上げるや、目をカッと見開いて」

　丈吉は己の細い目の前に、指を丸めて輪を作った。

「胃ノ腑をむんずと摑（つか）まれもした。そう言うて笑いなすった」

　ゆきはハアと、大息を吐いた。何やら人騒がせなお武家だ。

「おれは安堵するやら可笑（おか）しいやらで、前垂れをつけたままその場にへたり込んでしもうたばい」

「それで、店を開けと仰せになったとですか」

「西洋の何も知らずして攘夷（じょうい）じゃ開国じゃと騒いでおっても、いっこう埒（らち）が明き申さんと言わした。おれは政（まつりごと）の何もわからんけん、黙って拝聴するのみばい。そいでも、蘭書をいかほど読み漁（あさ）

ろうと己の頭の中の埒は越えられんのじゃと、熱心に話を続けられるとよ。西洋の人間ば知るにはまず己の躰じゃ。彼らが何ば喰うて生きとるか、同じ物ば食してみて、まずは躰で知るとが肝心ばい。丈吉、おぬしの稼業ば大事にせよ、食はこれから大きな役割ば果たす、て」

ようわからん経緯ばってん、こんひとの躰の中にも何かが通ったとやろうか。

ゆきはそんなことを思いながら、また洗い始めたのだった。

笛の音が耳に戻ってきて、おや、また調子外れだ。縁側から上がって家の中を通り抜ける。和十は横になっており、ふじとよしは赤や青の紙を膝の周りに広げている。凧を飾る紙細工の内職で、小鋏で花や鳥の形に切り抜く手仕事だ。

「手伝いましょうか」

膝をついて訊いてみると、ふじが「よかよ」と小さく首を振る。そうそう、私は繕い物があるんだったと思い出した。何かで引っかけたのか、水夫の上着の袖口にかぎ裂きができていた。

「お前しゃん、二階で繕い物してますけん」

板間から台所に声をかけると、丈吉はいつものごとく立ったまま芋の皮を剥いている。「ん」と振り返らずに応え、竈にかけた寸胴鍋の中を覗く。

いっこうに訪れぬ客のために、毎日、こうして支度をしている。夜更けまでかかって下拵えをし、朝も暗いうちに起きて仕込みだ。数日おきに仕入れる牛肉の塊は軍艦で身につけた方法で腐りを防いでいるらしいが、魚はその日の朝しか仕入れられない。しかし客の口に入ることはないままで、夜のうちに煮たり焼いたりして、翌朝、水夫らに売りに行く。材料費が出るか出ないかくらいの安値で捌くしかなく、買う方は有難がっているらしいが、いつまでこんなやり方が続くのか見当もつかない。

段梯子を上がり、障子を開け放した窓際に腰を下ろした。裁縫の道具を引き寄せ、服の筒袖を膝の上にのせる。針に糸を通しながら、何となく胸の裡がふさがってくる。考えを巡らせるうち、やはり己の役立たずが歯痒いのだと、袖口の裂けめの際に針先を入れた。

そもそも、丈吉が五代から料理の注文を受けたのは去年であったらしい。ということは、ゆきと一緒になる前にすでに開店の思案を持っていたのではないか。だいたいが頭の巡りが速い方ではなく、こうして針や箒、しゃぼんを持っている時に、ふと「そういえば」と思い当たることが多い。それで気がついたのが、丈吉の肚積もりだ。西洋料理屋を開く思案を抱いた時に、なら、その前に身を固めておこうと考えたのではないか。店を切り回すには女房も大切な働き手だ。それで私に目途をつけた。

おれよりも大柄ばってん、贅沢は言うておられん。見目よりも、まずは丈夫であることが先決。丈夫は丈夫であるけれども、包丁仕事が不得手ときた。早々に引導を渡されて、台所から追い払われた。

ゆきは針の頭を髷に差し入れ、ついでに頭の皮を掻いた。針は髪油を移すことで滑りがよくなる。水夫の服は厚みがあるので洗うのも力が要るが、生地の目が詰まっているので縫うにも一筋縄ではいかない。下手をすると生地の中に針が埋まり、二進も三進もいかなくなる。

また、丈吉の姿が頭を過る。愚痴一つ零さぬものの、頰の辺りに翳が差してきている。一方、ゆきはこのところ肥ってきた。よしは兄に似て手際がよく、丈吉が吟味して調えた材料のお余りが工夫されて膳に上る。蔬菜屑は煮物に汁物、魚の骨は揚げたり干したり、腑は塩辛になる。こんな大変な時に己だけ肥って肩身が狭いが、今日は何が食べられるのかなあと楽しみにして立ち働く。

かがった箇所を指でしごき、糸の端を歯で嚙み切る。そのついでのように、「だいたい、間の悪かね」と呟いていた。

丈吉は文字が得手な見知りに頼んで店開きの口上書を作り、方々に配ったらしいが、開店を勧めた五代本人が一度も顔を出さぬままなのだ。

兄しゃんは分不相応な夢ば示されて、高かところば目指してしもうたとやろうか。

五代とのやりとりをよしに話すと、そんなことを口にして心配していたが、やがて理由が知れた。よりによって良林亭を開いた七月二日、英吉利の艦隊が七隻も鹿児島湾に現れ、これを薩摩の軍が砲撃して戦となったらしい。そもそもは昨年の中秋、薩摩藩士が武蔵国の生麦村という土地で英吉利人を殺傷するという事件が出来し、その賠償の交渉が縺れて英吉利側が怒ったらしい。市中では「英吉利と日本の戦になる」との噂が広がり、和十の許を訪れた呑み仲間は「長崎も戦場になるやもしれん」と渋い顔を作っていた。

仲間が言うには、不穏な噂は春頃からすでにあって、三月には御奉行所が非常の際の報せ方を定めたそうだ。聖福寺と大徳寺の鐘を連打して危急を報せ、万一、市中で戦になった場合は「火事具または着込みを着し、武具の携帯を許す」というものだったらしい。その上で町乙名には「老幼男女、やもめ暮らしと孤独者を優先して扶助、退去させよ」との達しが下ったようだった。

引田屋の女中部屋ではそんな話柄が出ぬばかりか、花見で着るものを相談し合っていた。

「矢でも鉄砲でも持ってこんか。わしが追っ払ってやるたい」

和十は酔いにまかせて息巻いていたけれども、いざとなれば和十を背負い、ふじの手を引いて逃げる己の姿が泛んで肩をすくめる。

繕いを終えた上着を畳み、洋袴と共に風呂敷で包んで部屋の隅に置いた。こうしておくと、丈吉が葛籠を背負って水夫らの許に運ぶのだ。良林亭で用いる食器は、その水夫らが都合をつけてくれた。西洋の食器を買い揃えることなどとうていできぬので、坂の途中にある亀山焼の窯跡を見てこいと丈吉に命じられ、焼き損じの皿を拾い集めてきた。おそらく丈吉がそれを話したのだろう、水夫らが洋皿や小刀、三叉を融通してくれたらしい。柄と大きさは不揃いであるけれども、これで何とかするしかないと丈吉は客間を見渡したものだ。

　店らしく手を入れることもとうていかなわぬので、出入口から上がってすぐの六畳の畳を上げ、丈吉が板を張った。そこに酒樽を置き板をのせて四角い卓にしてある。客は箱枕状の低い腰掛を用いて卓を囲む式だ。卓の上には白い綿布を、これだけは新品を購ってかけた。

　それが今の精一杯の設えで、しかし料理は用意万端だ。にもかかわらずお客が来ない、と窓辺に立った。祭の修練はまだ続いているようで、白い狐がくるりと舞った。

　九月も半ば近くになっても、客の訪れはないままだ。

　丈吉が二階に上がってきたのはいつものように皆が寝静まった頃合いで、しかしゆきは今晩こそはと待ち構えていた。

「おつかれしゃまでございました」

「何ね、まだ起きとったとね」

　先に寝んでいるようにと言われていつもそのようにしているのだが、もう我慢しきれなくなっていた。

「おれと同じんごとしとったら、身の保たんばい」

　寝間着に着替えるのを背後に立って手伝いながら、「お前しゃん」と声を改めた。「大変なご時世になっとるらしかですね」

「今に限ったことやなかやろう」

「それはそうですばってん、お前しゃんはひょっとして、戦になるかもしれぬと承知しながら良林亭ば開いたとですか」

「無茶な仕業（しわざ）て言いたかとか」

「そこまでは申しとりません。ただ、お客しゃんが」

　唇を指で押さえた。和十でさえ、丈吉の前では良林亭のありさまを露骨には言わない。ゆきも多少は気を回して時世などと柄にもないことを持ち出したのだが、もう尻尾（しっぽ）が出た。

「お客の来てくれんば、何も始まらんもんなあ」

　丈吉は行燈（あんどん）のかたわらに腰を下ろし、肩や首を回している。行燈の油を始末しているので面持ちはぼんやりとしているが、機嫌を損じたわけではなさそうだ。ゆきは湯呑（ゆのみ）に麦湯（むぎゆ）を入れ、胡坐（あぐら）の前に差し出した。

「あの、薩摩の御家中はどうなさっとるとでしょう」

「五代しゃまなら、国許に帰っとらす」

「あれまあ、長崎におらっさんとですか」

　首筋を揉む丈吉の腕がつかのま、止まった。

「英吉利の船は数日で鹿児島湾から出たけん、戦は落ち着いたらしか。ばってん、城下の町が焼かれてしもうたけんな。さて、これから薩摩がどう出るかばい。どのみち、五代しゃまが長崎に来らすことはしばらくなかやろうし、正直にいうたら、生きておられるかどうかもわからんたい」

　語尾が細くなった。

「近いうちにガラハしゃんば訪ねてみようと思うとるばってん、日中は店のあるけん身動きできん」

よくわからぬ名が出たが訊き返さなかった。察していた以上に良林亭を取り巻く事情は悪そうだ。不吉な思いを抑え、丈吉を見返した。

「お前しゃん、怖かことなかですか」

「何が怖かと」

「このままお客の来んかったらとか、思わんとですか」

「毎日、思わん日はなかよ」丈吉は湯呑を持ち上げた。

「お客の来ん店ばいつまでも張っとるわけにはいかんけん、いつ見切りばつけるべきかは常に考えとる。そんうち、仕入れのための銭も底をつく」

そこで言葉を吸い込み、麦湯を啜る。ふと、鏡台の奥に仕舞ってある巾着の重みが掌に戻る。引田屋の女将がくれた豆板銀三十匁だ。今、あれば出せばこのひとは助かるとやろうか。

「おれは」と、湯呑が畳の上に戻された。

「何て言うたらよかか、ようわからんばってん、五代しゃまに目を開かされた思いのしとっとよ。いつぞや話したかもしらんが、西洋のことば熱心に学ぶお武家の多かことは承知しておったばってん、食を通じて西洋を知ろうなどと考える人のおるとはと、心底、驚かされたばい。そいで胸の奥から何か熱かもんの湧いて出て、背筋がぞくりと波ば打った。あん日まではただ喰うため、親きょうだいを養うために働いとった。懸命に腕ば磨いたとも、給銀を上げてもらうためばい。神妙に相手の言うことばよう聞いて動いたら可愛がってもくれる。ばってん、五代しゃまに言われて初めて気がついた。おれの稼業にそがん役割のあるとかと、意気に感じたと。目の前の開かれたごたった」

こんな夜更けに、丈吉の声は力を取り戻している。

「そいけん、良林亭は五代しゃまだけをあてにして開いたわけじゃなかと。おれはおれなりに勝算のあった。去年の七月にな、解牛場ができたとよ。居留地に住む外国人が矢の催促をしたけん、御奉行所も許しを出した。出島に百姓が獣肉を納めとった頃とは比べもんにならんほど、外国人が増えたということたい。あん人らは魚だけじゃ生きていけん、牛肉を食さんことには夜も日も明けんたい。食べ慣れたもんを食べられんとは、ほんに辛かことやけんな。そいに、外国人は日本人に対して、己の望みば通すとが本当に巧か」

「望みの通し方に、巧い下手のあるとですか」

「ある。実際、外国人らは長崎の御奉行所で埒が明かん件は領事に訴えて、江戸の御公儀に交渉させる。御公儀は国同士の話に縺れ込んだら厄介やけん、御奉行所によかごと計らえと命じる。御奉行はいずれ江戸に帰ってさらに出世を果たす高位のおひとやけん、長崎でしくじるわけにはいかん、上役には決して逆らわんばい。外国人はそがん内情もよう心得て、あっちを突き、こっちを突きするたい。そいけど諸藩は各々考えの違う。京の禁裏もまたしかりたい。先月、攘夷親征の勅令が出たかと思うたら、宮中を変えようとした公卿らが七人も長州に逃げたらしか。ようわからんが、外国との交際を巡って三つ巴、四つ巴の諍いになっとると」

ゆきにはまったく解することができぬ政情で、片影になった丈吉の顔をただ見つめるだけだ。

「そいでおれは、五代しゃまの言わしたことが余計に腑に落ちたばい」

「よう、こんがらがらんこと」

「いや、こんがらがって混迷を極めとる時こそ、頭でのうて躰でわかる仕方が大事になる、そう考えるお武家がきっと増えるはずばい。まして朝昼晩、喰うもののいかに大事かか。考えたら、おれが仕えたデ・ウィットしゃんは諸国を船で巡ったひとやけん、そいばよう言いよらしたとよ。今頃になって、その言葉の重みばつくづく考えとる。背負っとる国が違(ちご)うても同じ卓ば囲んで一緒に旨かもんば喰うて呑んだら、たとえつかのまでも機嫌ようなって、通じ合うものもあるはずばい。おれはそげん場を供したか」

　このひとはそんなに遠くを見ていたのかと、何度も「へえ」と頷いていた。

「わかりました。もう心配しませんたい。命綱を差し出すとは、今やなかて思います」

「命綱て何ね」

「いや、いの、猪(いのしし)の綱渡りやなあと思うて」

「おれは子(ね)年生まれ、亥(いのしし)はお前やろう」

「ともかく、旨かもんには泣く子も御奉行様も逆らえんということですたいね」

　肥(こ)えた腹を叩くと、なかなかいい音が出た。

　三日後の午下(ひる)がり、「ごめん」と訪(おとな)う声がした。和十とふじは昼寝をしており、よしは市中に買物に出かけて留守だ。台所に詰めている丈吉が玄関まで出る足音が二階にも上がってきて、繕い物の手を止めた。そろりと段梯子を下りれば、丈吉の声がする。

「道に迷われましたか。それは申し訳なかことでした」

　相手の声はくぐもって、よく聞き取れない。

「四人様。はい、献立(こんだて)は手前におまかせいただく式で商(あきの)うております。昼九ツにございますね。お待ち申しております」

　胸の裡で早鐘が鳴っている。矢も楯(たて)もたまらなくなって三和土(たたき)に飛び下りた。丈吉は坂道にまで出て頭を下げている。羽織(はおり)袴姿の武家の後ろ姿は二人で、やがて何軒か先の茅葺き屋根の向こうに消えた。

「お前しゃん」丈吉の背中に声をかけると振り向いて、ゆるりと目許をほころばせた。
「こいで、まだ仕入れのできるばい」

前菜は茄子で、こんがりと焼いて皮を剝き、塩胡椒と油、薄荷の葉に一刻ほど漬け込んである。ソップは牛肉と種々の蔬菜から取ったヴイヨンという出汁で作った清汁で、汁の実は松茸と小さくちぎった麩だ。

主菜の一品めは糸撚鯛のボートル焼きで、法蓮草のボートル炒め添え。もう一品はお客の大半が最も目当てにしているビフロース、焙った牛肉だ。味つけはたっぷりの塩と胡椒で、同じ皿に蔬菜の幾品かを盛る。今日は柔らかく蒸して牛乳と塩胡椒で和えたじゃがたら芋に人参のボートル煮、彩りとして毎朝、ゆきが裏の畑で摘む香草が添えられる。

食後には、珈琲と菓子を出すのが決まりだ。菓子は日によってさまざまで、かすていらのような生地に干し葡萄や西洋蜜柑の皮を入れたフルターツケーキがお客に歓ばれているようだ。さらに口直しとして、今日は朱欒の蜜煮を出す。不思議なことに、西洋人は蔬菜は生、果実には火を通すのが食の慣いらしい。丈吉いわく、西洋には砂糖を用いる料理がほとんどなく、甘みは菓子と水菓子で摂るそうだ。そういえば菓子は日本のものより数段甘い。麵麭だけは自前ではなく、古くから出島の阿蘭陀商館に納めていたという店に頼み、そこが三日おきに籠に詰めて運んでくる。

丈吉は白い襷掛けに前垂れをつけ、客に出すすべての品を一人で料り、盛りつけ、給仕している。

秋祭が終わって初霜が降りた頃から、良林亭は大賑わいになった。まるで数珠をつなぐかのように、ひとたび訪れた客が次々と他の客を連れてきてくれるのだ。

「卓袱(しっぽく)料理や阿蘭陀料理を出す料理屋は他にもあるが、良林亭は味が違う」

初めて板ノ間の小さな腰掛に坐った四人の武家も、最初はしゃっちょこばっていたが皿が進むごとに口数が増え、感心しきりだった。

ゆきはどうにも心配で障子に耳をつけ、そのうち二寸ほど透(す)かして様子を窺った。お客らの頬が緩(ゆる)み、顎が盛んに動くのを見て取って胸を撫で下ろす。気がつけば和十とふじ、よしまでがゆきの下に頭を並べており、銘々に大小の息を吐いていた。

そのうち訪れる客が増えたので、ゆきは献立を諳(そら)んじてしまった。丈吉は皿を出す時に「鶏のボートル焼きでございます」と、ごく短く伝える。その際、客が「この衣(ころも)は何か」と問えば、「麺麴を砕(くだ)いた粉をつけてございます」と、これまた簡単に答える。当人いわく、言葉を惜しんでいるわけでも料る法を隠したいわけでもなく、熱いものは熱いうちに、冷たいものは冷たいうちに食してもらいたいからだそうだ。そして何より、良林亭に迎えた客はたとえその日限りであろうとも、丈吉にとって「仕えるべき主(あるじ)」であるらしい。主の話に割って入るなどもってのほか、集(つど)いの妨(さまた)げにならぬよう、できれば影のごとく動きたいらしい。阿蘭陀の軍艦で働くうちそんなふるまい方も身につけたようだが、それでもさらに問われれば答えるにしくはない。

「蘭語ではカルマナーティ、英吉利語ではカツレットと申します」

蘭語、英吉利語と耳にした途端、お客は目の色を変える。いつか五代が話したことを聞いたからかもしれないけれども、何か、途方もない世界を咀嚼(そしゃく)しているような顔になるのだ。ゆきにはそう映る。中には「説明を今いちど」と命じ、懐(ふところ)から帳面と矢立(やたて)を取り出して書き記す者もいる。あるいは、白布(しろぬの)の上に並んだ小刀と三叉、匙(さじ)の使い方を教えてくれと請う客も少なくない。

「なるほど。ともかく外側から手にすればよいのだの。しかし日本人は箸だけで済ますものを、西洋人はしち面倒なことを致すものよ」
　呆れ半分に笑い、「なに。刀を持たせたら、われらにかなう者はおるまい」と小刀を振り回して負けん気を出す御仁もある。面倒といえば、丈吉はとかく皿を使いたがる。卓袱のように人数分を大皿に盛れば給仕の手間が省けようものを、一人前の一品を一皿に盛りつけ、それを順に出していく。引田屋でも女中らが漆塗りの膳を捧げ持って台所と座敷を何度も往復していたが、日本の料理は一つの膳に和え物の小鉢や刺身の皿などを取り合わせるし、器も小さく軽いものがほとんどだ。ところが西洋料理は一枚の皿が大きく重く、ゆえに料理を出し終えた頃には台所に山と積み上がる。

　それで皿洗いとして、ゆきも台所に入るようになった。皿がかち合う音は耳に障るというので、洗うのはお客が引き上げた後だ。昼と夕方に二組の客があれば、しかもそれが四、五人連れであったりすると皿が足りなくなるので、ともかく速く洗い上げねばならない。肉の脂はなかなか厄介で、まずは古布の端切れで拭き取り、大根や大豆の煮汁を盥に張って浸け置きする。それでもまだ脂が取れない皿は椿の油粕を使う。

　よしは鍋の番をまかされることもあって、この頃は芋や人参の剝き方も丈吉に教えられている。二人で肩を並べて小包丁を遣っているのを見ると、少しばかり羨ましい。

　今日も珈琲と菓子を出し終え、五人の武家が上機嫌で席を立ったのは、暮れ六ツの鐘が鳴るのを聞いてしばらくしてからだった。武家の慣い通り戸口の外には供の数人が待っており、弓張提灯を灯して坂道を下っていく。ゆきは下働きであるので客の送り迎えには出ないが、丈吉がなかなか戻ってこないので台所から板ノ間に上がり、また三和土に下りて戸口の外に出てみた。夕映えの坂道にも姿がない。

「お前しゃん」

口許に掌を立てて呼んでも返事がない。首を傾げながら裏に回ってみた。畑から井戸端、洗濯物の干し場と巡る。こがん彼誰時に、どこへ行きんしゃった。狐に抓まれたような心地で引き返すと、畑の畝の間に何かが見える。狸か、鼬か。そろそろと近づいてみれば、見覚えのある襷掛けの背中だ。

丈吉が土の上に俯せになって倒れていた。


畑で担ぎ上げ、縁側から中に入れると大騒ぎになった。

「生きとるとか、死んどるとか」

「息はありますたい」

「医者ば呼べ。いや、そん前に薬たい。いや、何の薬がよかか」

日暮れ前から一杯始める和十は白髪を振り立てんばかりで、大声でよしを呼びつけた。平素は両親の寝間にしている仏間によしが蒲団を敷いたので、ともかくそこに躰を横たわらせた。

和十は平素の足弱もどこへやら、家の中を無闇に歩き回る。

「丈吉ぃ、何でこがんことに。明日っから、わしらはどがんして暮らしていったらよかと。ああ、子に先立たれる不幸があろうか。わしも死んでしまいたか」

ふじは丈吉の額に手をあて、「熱はなか。顔色もさして悪うはなか」と呟く。すると和十はその言葉尻をとらえて、足を踏み鳴らす。

「お前は目が近かろうが。丈吉の顔色の何がわかる」

よしが「お父ぅ」と、低い声で遮った。

「ちっと静かにしとかんね。兄しゃん、寝とるけん」

「寝とるとか」

ゆきも身を乗り出し、耳を近づけてみた。クウクウと寝息を立てている。と、唇が動いた。

「ぶたのらかん」

料理の名だ。よしと顔を見合わせて、「寝言」と互いに首をすくめた。しばし様子を見守っていたが、急を要する症ではなさそうだ。

「考えたら、毎日、ろくに寝てなかもんねえ」

ゆきが呟くと、よしも丈吉の顔を見つめたまま頷く。ふじは「手前の都合ようは運ばんもんたい」と溜息を吐いた。

「お客の来ん時はどうぞ、ただ一人でもよかですけんとお稲荷しゃんにお願いしとったばってん、お客の来らすごとなったら、倒れるほど忙しか」

「私がもうちっと役に立てたらよかとですが」

頭を下げれば、よしが「いいや」と言った。

「兄しゃんは全部、何でんかんでん一人でやりたかとよ」

「ばってん、およしは芋や人参の皮剝きば手伝うとる。えらかよ」

私と違うてと言い継ぎそうになったが、よしはすぐさま頭を振る。

「手伝いになっとらんとよ。形が拙か、こがんとはお客に出せんて言うて、家の朝餉や夕餉の味噌汁の実になっとるると」

和十が「そういえば飯がまだばい」と腹をさすった。枕許にはふじを残し、ゆきはよしと共に腰を上げることにする。「握り飯にしよう」と、よしが飯櫃と塩壺を六畳に運んできた。皿の洗い物がまだ済んでいないので台所を使えない。ゆきも向かいに坐り、杓文字で飯を掌に移した。箱膳を出すのも面倒で、握り飯を皿に並べる。畳の上に漬物鉢を置くと、和十がそれを手で摘みながら猪口を傾ける。

「お客のふいに現れるとも大儀ばい。蕎麦一杯を誂えて出すとやったらそいもできるばってん、良林亭は二刻近うも時をかけて喰う西洋料理屋やろう。この間なんぞ七人も来らして、入られんかったたい。客ももうちっと考えて来てくれたらよかとに」

「お父う、お客にそがんこと言えんたい。そいでも、客間は五人で一杯になるし、たとえ隣の六畳ば使うても料理と給仕が追いつかんし、一日に精々、五人様までが二組やろうね」

その人数分の料理を出せるように丈吉は材料を仕入れ、畑の蔬菜も事前に見ておく。倒れたのも、明日の段取りを考えるために裏に回った時だろうと、よしは推した。

「仕込みでそいだけのことばしても、三人連れのお客が二組やったら材が余ってしまう。そうかと思えば、頭ば下げてお引き取り願うこともあるし」

和十は酒を呑みながら、握り飯も手にした。

「うん。こいは旨か」

手にしているのは、よしが握った俵形だ。ゆきが握ったのは炭団のような形で、口に入れてみれば何の味もせず、そういえば塩を掌に置くのを忘れた。それでも腹が減っているので二つ三つはあっという間だ。よしの握り飯にこっそり手を伸ばしてみれば絶妙な塩加減に驚いた。しかも伽羅蕗が芯に入っている。夏にふじが摘んでアクを抜き、酒と醤油で煮たものだ。西洋料理の匂いを一日嗅いだ身には、蕗と醤油でようやく人心地を取り戻した気がする。

頰を動かしながら、目玉を天井に向けた。明日、お客しゃまが何人来らすとか、事前にわかる手立てはなかやろうか。そういえば、引田屋ではどう差配しとったとやろう。奥女中の下端で、見世の明け暮れの詳細はわからない。お茶を挽いたり客がかち合ったりという難事はしじゅう出来していたので、客商いというもの、いずこも同じかと思い直す。

いや、上客のお武家や大店の主の登楼の際は、前の日に報せの遣いが来ていた。そういえばと、思い出す。大きな宴を張る際は座持ちのよい芸妓や幇間を揃えねばならないので、見世の番頭が何度も奥を訪ねて女将と下打ち合わせをしていた。料理と酒もだ。台所の板間で番頭と台所頭が帳面を開いて、「明日は二十名様が夕七ツ頃にお出まし」などと話していた。

良林亭も、事前に御沙汰をいただくことはできんやろうか。そうすれば、丈吉しゃんは倒れんで済む。思わず尻を浮かすと、和十が胡乱な目をして睨んでくる。

「おゆき、さっきから笑うたり唸ったり、気持ち悪か」

ふじが戻ってきて、「よう寝とる。大丈夫ばい」と言いながら腰を下ろした。入れ替わりにゆきが立って仏間に向かうと、背後で和十がまたわめいた。

「硬ッ、この握り飯、礫のごと硬かぞ。顎の潰れる」

へへ、ざまあみろ。そそくさと敷居を跨いだ。

丈吉はあくる日の明け方に目を覚まし、いつものように市中に仕入れに出かけた。やはり寝の不足が溜まっていただけのようで、やけにすっきりとした顔をしていた。

ゆきが昨日の思案を伝えたのは葛籠を背負って丈吉が帰ってきた時で、いつもの西洋洗濯を済ませ、良林亭の白布を干し上げた時分だ。ゆきが行きつ戻りつしながら話すのを丈吉はじっと聞き、そして小さく頷いた。

「何でもっと早う気がつかんかったとやろう」

さっそく若宮稲荷の宮司に頼んで筆を揮ってもらうと言い、四半刻も経たぬうちに戻ってきた。出入口の壁に張り出し、よしと三人で並んでそれを見上げた。

料理代　御一人前金参朱　御用の御方は前日までに御沙汰願上候　但し六人以上の御方様は御断り申上候
四角い文字は読めぬものの、艶々と光る墨色が何とも誇らしい。

「兄しゃん、何て触れてあると」よしが訊ねる。

「まず、料理の代金たい。これまではお武家の客がほとんどやったけん、代金については訊かれんかった。おおよそは他のお客から聞いておられたやろうが、手持ちが足らんひともおったと。後で払うけん屋敷に来いと仰せのお客もおらして、いざ伺うたら用人に話の通じとらんで難儀した。こうして代金ば先に示しておけば、お客しゃんもすっきりしなさると思うてな」

これまでそんな苦労は一言も洩らしたことがない。「そいにしても」と、丈吉は眉を上げた。

「宮司しゃんが、一人前三朱という値にえろうびっくりしなさってな。豪儀な商いば始めたもんばい、くれぐれも粗相のなかごと務めよと励ましてくれなすった」

それを耳にするや、「さんしゅ」と鸚鵡返しにしていた。

「そがん値付けばして大丈夫ですか」

「大丈夫も何も、これまでもそいだけ頂戴してきとるばい」

「はあ」と、語尾が尻上がりになる。日雇いの大工が一日働いて得る給銀とほぼ同じくらいだ。

「おれももう少し値を落としたかばってん、入用も嵩んどる。今しばらくは三朱でいく。そいから
おゆき、お前の言うたごと、ご来店の旨を前の日までに沙汰してほしかとも書いてもろうたぞ。人

数も五人までしか無理て記してあるばい」

「そがん沢山のことを、これだけの文字で書いてあるとですか」

有難いような気になった。するとよしも同じ気持ちであったのか、柏手を打って拝んでいる。


貼紙をしてから十日が経ち、台所の小窓の下の水場でゆきは俎板を洗っている。

今日は客のない日だが、明日は二組、明後日も一組あるので、丈吉は寸胴鍋に鶏肉を骨ごと入れ、そこに月桂樹という木の葉を干したものや胡椒粒を入れてコトコトと煮込んでいる。よしは板ノ間の框に腰を下ろし、茸の石突の土を刷毛で払っている最中だ。

「こいは、いけなもんな」

外で声が聞こえたような気がして、顔を上げた。

「前日までに沙汰ばせよと書いてあり申す」

「真か。そがんこと、佐々木どんは何も言うとらんかったぞ」

竈の前の丈吉には聞こえぬのか、玉杓子を手にしてアクを取っている。ゆきは爪先立ちになってみた。こういう時、大柄なのは便利だ。

「あやつ、また肝心なことを伝え忘れおって」

「まったく、先だっての件も出鱈目であったではないか。佐々木の口は信じられん」

「しようがなか。ひとまず山を下りて、丸山にでも参ろう」

ゆきは踵を足駄に戻し、「お前しゃん」と小声で呼んだ。

「お客しゃまがお越しのようです。貼紙のこと、ご存じなかったごたる」

丈吉は小窓を見やり、すぐさま玉杓子を置いた。身を回して板ノ間に上がる。よしは膝の上の籠を抱えて中腰になり、何ごとかと兄を見送る。丈吉はそのまま突っ切って三和土に下り立ち、男らに声をかけたようだ。「かまわぬのか」と、小窓の外でまた声が聞こえた。

「献立を進めるのに多少お時間を頂戴するやもしれませんばってん、そいでもよろしければお上がりください」

たぶん明後日の材料を今日に回すつもりだ。

「お客しゃまたい」

丈吉が声を張り上げた。気負って振り向くと、よしはもう下駄を脱いで板ノ間に上がっている。ゆきが框から覗いた時には、さっと白布を広げて卓にかけていた。

まもなく四人の武家が上がってきた。編笠(あみがさ)は丈吉が預かって隣の畳間に置くが、腰から抜いた長刀は銘々が膝脇に据える。ところが当方は卓の周囲を廻り、一人ずつの胸前に皿を置いていかねばならない。その際、爪先が刀の鞘(さや)に当たりでもすれば一大事だ。引田屋では玄関の広い板間に刀掛(かたなかけ)があって番頭がそこで大小を預かるのが尋常だが、それは遊女の命を守るためのしきたりでもある。良林亭のような新参の小さな店ではそれも言えぬので、ゆきやよしに給仕をさせぬのだ。そんなことも、この頃になってようやく呑み込めてきた。

丈吉は悠揚と足を運んで給仕する。皿は必ず左手に持ち、客の左肩の側まで進んで小腰を屈め、静かに皿を置く。ゆきはもう何度も盗み見をしてきたので、気配だけで所作がわかる。

前菜が置かれた途端、「こいは生か」と問いを発するのが台所まで聞こえた。

「春菊(しゅんぎく)と水烏賊(みずいか)のサラドにございます」

春菊は若く柔らかいものを畑で摘んできて、油と酢と塩、胡椒、さらに少しの砂糖をよく混ぜてから和えてある。水烏賊は酒を数滴落とした湯でさっと火を通し、刺身のように細く切って軽く春菊と混ぜ合わせる。丈吉はそこに、塩茹でにした赤豆を散らしていた。

「サラドとは、蔬菜を生のまま喰うという、あれか」

「仰せの通りにございます。生と申しましても、西洋人はさまざまな味をほどこして食します」

西洋の流儀を知りたくて問うているのを丈吉も承知しているので、仕上げに牛の乳を加えたものだ。武家らは多少の心得があるのか、音を立てずに静かに食べた。たいていの客は啜る音を非常に嫌い、会食の場でこれをやると嫌悪を露わにするらしい。ゆえに伝えておかねばと思いつつ、座の興を損なっては元も子もない。それで率直に作法を問われた場合のみ指南している。

ソップは吸うのではなく、匙で舌の上にのせるような心持ちがよろしかです。舌を焼くほど熱いものではございませんけん、どうぞご安心を。

主菜の一品は豚のラカンで、清国にも同様の品があるらしい。豚肉の塊に硝石を塗り込んで塩蔵し、ひと月半ほど寝かしてから煙室に入れて燻す。それに十四、五日ほどかかるので懇意にしている清人の料理人に頼み、煙室を借りて作っているようだ。畑で倒れた日の晩、譫言で口にしたのはこの料理のことだったのだろう。そして二品めは、やはりビフロースだ。ふだんは塩胡椒だけで味をつけるが、今日は赤い葡萄酒を煮詰めてヴィヨンを加え、ボートルと小麦の粉でとろみをつけた汁をかけていた。

それにしても気になる。よしもやはり心配そうだ。四人とも料理について何も発しないのだ。外では気の合う仲間同士のやりとりに聞こえたが、時々、潜め声で何やら話し合うのみだ。葡萄酒を四本も空けたというのに放歌高吟するわけでなし、「旨か」という一言も聞こえてこない。

丈吉はひとり平然として料り、盛りつけ、給仕している。客を送り出して台所に戻ってくるのを待ち構え、さっそく袖を引いた。

「あのお客しゃまら、何かお気に召さんことでもあったとですか」

「いや。お褒めの言葉を頂戴した」

「さようですか。なら、よかとです」

丈吉はゆきを見上げ、みるみるうちに眉間（みけん）を曇らせた。「おゆき、およし」と顎をしゃくって板ノ間に上がる。丈吉が一気に障子を引くと、敷居際に和十とふじが並んで坐っていた。「あ」と口を半開きにして後ろ手をつく。和十の膝脇で猪口がひっくり返った。丈吉はそれも意に介さず、「お父ぅとお母（か）ぁも、こっちへ」と仏間に入る。皆、おっかなびっくりの体（てい）で後に続いた。仏壇を背にして丈吉は腰を下ろし、自ずとあとの四人が一列になって対座することになった。

「この際やけん、しかと申し渡しておきたか。うちはお武家のお客が多かけん、家の中でいろんなことを耳にする。それは決して他に洩らしてはならんことばい。どこの御家中がお越しになったとか、何を話題にしとらしたとか、近所のひとにも話さんようにしてほしか。よろしいか、お父ぅ」

「え。わしか。わしは何も喋らんばい」和十は断言しながらも唇を波打たせている。よしが「いいや」と、すかさず首を回（めぐ）らせた。

「この間も酒ば呑みながら自慢しよった。御奉行所のお役人の五人も来らしたとか、南山手にガラハとかいう英吉利の商人が屋敷ば普請（ふしん）しとるとか、聞きかじりば披露（ひろう）しよったたい」

「知らん。わしは昔っから、口の堅か男で通っとるばい」

あくまでも言い張るが、丈吉は頑（がん）としている。

「盗み見、盗み聞きも、金輪際（こんりんざい）禁じる」

ゆきをじろりと見やるので、こなたも大きな躰を縮こまらせる。

「丈吉、そがんこと言うても、障子一枚隔てただけばい。聞こえるもんは仕方なか」

和十はとうとう居直った。

「そいで、店ば移そうと思うとる」

よしとほとんど同時に膝を動かした。

「移すって、どこに」「お前しゃん、どこに」

「坂を下った中腹に手頃な土地ば借りられそうたい。そこに建てる」

「た。建てるとですか」

「ここは客間も台所も手狭過ぎる。なに、いずれはそうしたかと思案しとった。年内には普請にかかってもらうつもりやけん、皆、そのつもりでおってくれ」

呆気に取られて、皆が目をしばたたかせた。片づけを済ませて晩餉を摂る際もしんとして、ことに和十は肩を落としている。

「お前らが引き移ってしもうたら、わしらはどがんして暮らしていったらよかと」

「お父ぅ、良林亭ば移すだけたい。おれとおゆき、およしはここから通う」

「ばってん、朝早うから夜遅うまで働くとじゃろう」

「私がたびたび様子を見に帰りますけん、何も心配せんでもよかですよ」

ゆきが取り持つと、「心配なんぞしとらん」とそっぽうを向いた。

二階に上がって床を敷き、行燈の火の始末をしてからゆきも横になった。

「おゆき」隣の丈吉が呼んでくる。さぞくたびれているだろうにと思いつつ、久方ぶりのお声がかりだ。いそいそと寝間着の襟元(えりもと)に指をかけて身を起こしかけた時、「あのな」と継いだ。

「今日はよかことば聞いた」

　何やら雲行きが違う。

「よかこと」

「五代しゃまはご無事のようばい」

　五代って、寝床の中で政情の話をするつもりか。

「そがんこと、どなたに聞かれたとです」

「今日の席で小耳に挟んだ。あいは諸藩の聞役(ききやく)の集まりで、中に薩摩の聞役のおらしたばい」

「聞役って何です」

「諸藩の事情を探ったり、表立って交渉事を進める前にあらかじめの談合ばしておく御役たい」

　だんだん向かっ腹が立ってきた。

「お前しゃんも、しっかり耳に入れとられるやなかですか」

　思わず声が尖った。こんな口をきくのは初めてだが、もう止まらない。

「何ね、盗み見や盗み聞きを禁ずるだのと、御奉行しゃまのごたる口ばきいて。お義父(と)ぅとお義母(か)ぁも、良林亭のことが、いえ、お前しゃんのことが心配でならんけん障子越しに耳を澄ませるとですよ。そいとに、まあ、お前しゃんときたら、開店も普請もさっさと決めて進めてしもうて。いかに役立たずであろうとも、せめて女房の私には事前に一言くらいあってもよさそうなもんですばい。料理の下拵えはあがん熱心にするくせに」

　夜闇(よやみ)の中であるので天井に向かって噴いた。しかし身構えて待てども返答がない。

「お前しゃん、大事なお話ばしとるとですよ」

鼾が聞こえる。はあ、何ね、こんひとは。腹を立てたついでに思い出した。引田屋の女将がその昔、女中頭相手に話していたことがある。

一芸に秀でた人間は変わり者が多か。

あれは出島に出入りする絵師を指していたのだったか、それとも大坂から訪れた蘭方医だったか。

こんひとも、ひょっとして。

闇の中を睨んだが、鼾が大きくなるばかりだ。

# 3　自由亭

腕の中に気をつけながら坂道を下る。

「よかよ、赤子は泣くもんやけん」

ふじは引き留めてくれたが、宿酔の和十は寝そべったまま目を眇めた。

「丈吉なんぞ男の子じゃというのにおとなしゅうて、夜泣きもせんかったとに。まったく、おきんはおなごの赤子とは思えん泣きっぷりたい。もっとあんじょう面倒みんか」

母親が悪いとでも言いたげだ。

赤子は昨年、元治元年の十月に生まれた子だ。女の子で、丈吉は「きん」と名づけた。ちょうどその半年前、丈吉は良林亭改め「自遊亭」の看板を上げた。

おきん、ここがお父ちゃんのお店たい。立派ねえ。

赤子を抱いて、木の香も清々しい二階家を何度見上げたことだろう。

想像していた数倍も立派な構えだった。二つの道に面した三角の角地で、屋根には瓦を葺いてある。建坪は三十坪ほど、坂に面しては玄関も構えている。主座敷は庭に面し、玄関際に次之間もある。その次之間で待つ供侍のための脇玄関も北側に設けられてあり、二階にも畳間がある。台所は玄関を上がったところの板ノ間の南で、従来の四、五倍の広さだ。水場が広く竈も二つ設けられている。洋皿のたぐいもずいぶんと調えたようで、水屋簞笥には十人前ほどがびっしりと並んでいる。とはいえ色柄が揃っているのは四人前で、藍で花木が大きく描かれた白磁だ。花は西洋の茨であるらしく、皿の周囲にも同じ茨の枝葉と思しき模様が染めつけられている。

開店前の夜、丈吉は目を細めてその皿を拭き上げていた。

この藍染めの白磁が、料理が最も映えるったい。魚と肉、青物の緑も鮮やかに見える。

店の新築がなり、開業するや大変な繁盛ぶりだった。その最中にゆきは出産した。覚悟していたよりも軽いお産で、産後の肥立ちも良かった。産前産後はふじが世話をしてくれた。今もふじに教えられ助けられながら、何とか育てているようなものだ。和十はといえば、初めは「初孫を得た」と手放しに歓んで、舐めんばかりの可愛がりようであったのに、近頃はきんがぐずるだけで露骨にうるさがる。むらっ気があるので、赤子を可愛がるのに飽きたのかもしれない。もしくは、丈吉ばかりか、よしまでが店に詰めて家に帰ってこない日が多いので、それが不機嫌の因か。

店に泊まり込んで帰ってこられぬ夜もあり、そんな日は早朝、仕入れに出る前に顔を見せ、まずは両親の、ことに和十の相手を四半刻ほどして、それからようやく二階に上がってくる。

「変わりはなかか」

「はい。お乳ばよう呑みます」

「なら、よう育つな」

「私のごと大きゅうなったら、困りますけどねえ」

寝かせた赤子を挟んで互いに笑み、丈吉はきんをじっと見下ろして指先で頰をぷくりと突く。それが終いの合図で、すぐさま腰を上げて段梯子を下りていく。つかのまの逢瀬だ。お妾でもあるまいし逢瀬というのもおかしいが、せめてあともう一言二言は交わしたいと思いながら、足の赴くままに脇道へと入る。

今朝は寒かですね。ご近所の方らがおきんば見に来らして、この子は顔立ちのよか、別嬪しゃんじゃと褒めてくれたとですよ。お義母ぁの仲良しさんばかりやけん、お愛想口てわかっとりますばってん、嬉しかったとです。

そんな何でもない言葉が泡のように湧いて、けれどそれらはどこに行くあてもなく、日々の明け暮れの中で漂っては消えていく。

店の繁盛は心底有難く、しかも長崎奉行所の御用を務めるほどの店になった。御奉行が外国人を接遇するのに西洋料理を供される、その膳拵えを仰せつかっている。移転する前のことだが御奉行所の役人が五人も訪れたことがあり、その来店は丈吉の腕の検分が目的であったらしい。

初めて御用を務める日、丈吉は包丁と俎板、鍋一式を持って立山の奉行所の膳所に入った。ゆきは和十、ふじと共に家の前で見送った。和十など杖を持つ手をずっと震わせていた。倅がここまで立身を果たしたという歓びと、万一、しくじったらいかなる咎を受けようかという恐ろしさがないまぜのようだった。

膳所の包丁人らのあたりはきつい、塩壺一つ貸してくれるはずがないと、丈吉は材料から調味料まで一揃え持参していた。それでもよしは大きな荷を担いで同道した。おなごは膳所に入れないのだが、ふいに入用のものが出るかもしれないと、裏門の外で控えていたらしい。芋や人参、大蒜、青菜、蜜柑まで包んで、さぞ重いだろうに半日も立っていた。

後で聞けば、あんのじょうだった。膳所の衆は家格と扶持は低いながらも代々包丁でもって仕える武家であるので自負心が強く、ことに御奉行が外国人を西洋料理で饗応すること自体が受け容れがたい。しかも膳所は、彼らが営々と腕を揮って仕えてきた奉公場だ。たとえ一日とはいえ、家筋も定かならぬ胡乱な輩にその場を明け渡さねばならぬとは無念極まりなき仕儀とばかりに厭われる。血走った眼に取り囲まれ、丈吉は独りで手を動かし続けた。下拵えは前日にしてあるものの、当日、供する寸前に仕上げねばならない一品も多い。下働きの一人も貸してくれぬので、水汲みから自身でした。丈吉は何も言わない。すべてよしから洩れ聞いたことだ。

料理の数々は御奉行が接遇した外国人客にたいそう歓ばれ、座敷までお召しがあったという。その客の中に、丈吉を見知っている者がいた。駐日阿蘭陀領事のボートヰンという異人で、丈吉がかつて仕えた総領事、デ・ウィットの配下にあたるという。ボートヰンは丈吉を見るなり、「やはり」と頬を赤くして立ち上がり、握手を求めたそうだ。

助かったよ。今日も日本の料理を食べねばならぬかと思うと、うんざりしていたのだ。とくに、あのサシミ。お前ならわかるだろうが、生の魚を食するのは我々にはひどく勇気の要ることだ。かといって皿の上のものを残せば御奉行が気にされる。いつも忍耐の必要な接遇だ。

むろん蘭語で話しかけられたので、丈吉も「恐れ入りまする」と蘭語で答えた。

帰り道の丈吉は、珍しく興奮していたらしい。

西洋料理の何たるかを知らん日本人にどいだけ好まれたって、そいは西洋への興味、好奇心のなせるわざかもしれんばい。物珍しさだけで店を訪れとるとかもしれん。料理の出来、不出来についてはやはり西洋人の舌に問うしかなか。今日は久しぶりに西洋人に食べてもろうて、歓んでもろうた。おれは間違うてなか、このまま突き進んでもよか。

料理については自信しかないひとだと思い込んでいたけれど、丈吉なりに迷いも屈託もあったのだと初めて知った。ただ、そういう胸の裡を女房には打ち明けぬのだ。泣言を言わない。それは少しばかり淋しいことと肩を落とせば、よしは「そいは違うばい」と可笑しそうに眉を下げた。

義姉(ねえ)しゃんには弱みば見せとうなかとよ。いつも強うして、頼り甲斐のある亭主でおりたかとさ。

夫婦のことはようわからんばってんと言い添えたが、なるほど、そんなものかと納得させられたから不思議だ。よしらしい慰め方かもしれないと思いつつではあったけれども。

接遇の成功を御奉行もたいそうお歓びで、料理代の他に褒美(ほうび)を下された。小倉袴地(こくらはかまじ)一反(たん)と羽織紐(ひも)一筋(すじ)、それに金千疋(びき)である。丈吉はこの金子(きんす)を用いて袴の仕立てを呉服商に頼むようゆきに言いつけ、羽織も古びて羊羹色(ようかんいろ)になった一枚しかなかったので、御下賜(ごかし)の紐のために新たに仕立てた。このののち、また御用を申しつかるかもしれぬとの思案だった。丈吉の推(すい)した通り、自遊亭になってからもしばしば注文を受けている。丈吉は筋目(すじめ)の立った袴に羽織をつけ、下働きの者を伴って奉行所へ向かう。下働きは自前で雇った近所の職人の子で、貫太(かんた)という。十五歳にしては小柄だが、よしが言うには、いずれ料理人になりたいらしく、懸命に働くので丈吉も可愛がっているらしい。

自遊亭は長崎奉行所のみならず、薩摩藩屋敷の御出入りにもなった。いつだったか、四人組の武家がふいに訪れたことがある。料理をご所望の向きには前日までに御沙汰をお願いしたいとの貼紙をしてあるのを知らずに来店したようで、しかし丈吉は快く迎え入れた。その中の一人が薩摩藩の聞役で、佐々木という御仁(ごじん)から良林亭のことを聞き、その佐々木は五代才助から聞いていたらしかった。聞役という御役は諸藩の同役とつながりがあるようで、店を新しくして料理代を一人前三朱から一分(ぶ)に値上げしたというのに、客が客を連れてくる。

そしてゆきには、皿洗いさえお呼びがかからない。むろん暇をかこっているわけではなく、今は赤子の世話と家の事どもをこなすので手一杯だ。西洋洗濯の仕事も続けたかったが、丈吉が請け負ってこなくなった。外国人居留地の埋立てが昨年完成し、四万五千坪を超えるそうだ。すぐさま清国人らが洗濯屋を開き、大浦海岸沿いには白い西洋服が延々と旗のごとく翻っているという。それは少しばかり口惜しくもあって、己にもこんな負けん気があったかと、きんに乳首をふくませながら驚いたものだ。

とにもかくにも兄妹で自遊亭を切り回しているので、一家の飯の支度はゆきが引き受けざるを得ない。ふじは畑の世話をしてくれているので、さすがにそれ以上は甘えられなかった。仕方なく台所に立ち、膳を出すたび和十に嫌がられた。

不味い、硬い、薄い、辛い、苦い。

その通りだった。手間暇をかけて不味いものを作る情けなさを、皿を洗いながら味わった。火鉢にかけた煮豆を鍋ごと焦がした日には、己に呆れて「わあ」と叫んだ。この頃は包丁扱いにもやっと慣れ、味つけもたまにはうまくいく。里芋と牛蒡、干し椎茸の煮しめなど我ながらよい出来栄えで、ふじも褒めてくれた。褒められると図に乗って、あれこれやってはまた失敗する。つまり、出たとこ勝負だ。そのうち、わかってきたことがある。青菜のおひたしでも、湯がいた後に水にさらす手間を惜しめばアクが残り、作った当人でさえ顔を顰めねばならない。旨いにも不味いにも、必ずそうなる理由があるらしい。

「あんた、もしかして意地になっとるとじゃなかとね。おきんのおるとやけん、無理せんごと」

皿を共に洗いながら、ふじに心配されたことがある。

「いっぺんでよかけん、お義父うに参ったて言わせたかですけどねえ」

今も台所仕事は不得手であるし、よしの手際にはまったくかなわない。老いたふじでさえ本気を出せば、ゆきが費やす時間の半分ほどでお菜を調えてしまうだろう。けれど包丁を握り、鍋の中を覗くひとときが、いつのまにやら気ぶっせいではなくなっている。丈吉と離れ離れに等しい暮らしであればこそ、台所であれこれと工夫する。

きんがようやく乳臭い寝息を立て始め、腕の中が重くて温い。脇道を歩くうち、若宮稲荷の鳥居の辺りまで戻ってきていた。前を通り過ぎると青々とした竹林があり、そのきわに椿の垣根が巡っている。さらに歩を進めば、皮つきの杉丸太が二本立ててある。名代の料理屋、藤屋の門柱だ。

ゆきの身分ではとても縁のない格を誇る店で、緑の景色の一部、これまで気にも留めてこなかった。が、今日は何となく気になって門柱の中に目をやると、何人もの賑やかな人声がする。咄嗟に腰を引き、竹林の袂に身を寄せた。腕の中を見ると、きんはよく寝ている。こうして動いているとよく寝て、畳の上に下ろすとそれが厭だとばかりに泣き出す子だ。小声で「よしよし」とあやしながら、藤屋の方を窺った。

武家の三人連れが出てきた。どこかで待っていたのか、三挺の駕籠が坂道を上ってきて門柱の前に停まった。

「真に結構であった。それに、ここは家の設えが極上じゃ。外国人はとかく畳の上で坐すのを辛がるでのう。ここでならゆるりと、腹蔵なく話を進められるというもの」

「過分なるお言葉、恐悦に存じます」

頭を下げているのは袴をつけた男で、しかし左手に白布が見える。襷だ。この藤屋の料理人だろうか。まだ二十代半ばに見える横顔だがずいぶんと恰幅がいい。男は「ぜひ」と声を高めた。

「ガラハしゃんをお連れくだささい。上々の首尾を遂げていただける宴をご用意いたしますゆえ」

「そなたは英吉利の料理もしてのけるのか」

「手前は仏蘭西料理しか会得しておりませんばってん、阿蘭陀料理よりはお気に召していただけるかと存じます。そもそも阿蘭陀商館で召し上がっておらしたものの中には、仏蘭西料理が元になっておる品も多うございます。西洋料理は何と申しましても、仏蘭西が主流にございますれば」

ゆきは思わず顎を上げた。今、聞き捨てならぬことを耳にしたような気がする。

「頼もしいのう。では、追って沙汰する」

「お待ち申しております」

駕籠が去るや葉擦(はず)れの音がして、空の色が変わっていることに気がついた。雲行きが怪しい。引き返そうと踵(きびす)を返した途端、きんがくしゃりと顔を皺(しわ)めて泣き始めた。いつものごとく、だんだん声が盛大になる。慌てて小走りになって、ふと後ろを振り向くと男と目が合った。曖昧に会釈(えしゃく)をすると、不思議そうに目を眇めている。が、取るに足らぬものを見たとでもいうように鼻を鳴らした。やれやれとばかりに首と肩を回しながら、門柱の向こうへと姿を消した。

橋を渡る時、きんは泣きに泣く。

「ごめん、ごめん。外歩きの過ぎたね」

家の中に身を入れる寸前で空が鼠色(ねずみいろ)になり、ぽつりと額に落ちた。


雨が三日も続いて、ようやく晴れた。洗い上げたような空が青く広がっている。

きんはよく寝ているのでふじに頼んで、丈吉とよしの着替えを包んで自遊亭に向かう。

昨日、ほんのつかのま顔を見せたよしが早口で告げたことには、店を始めて以来の賓客(ひんきゃく)を迎えることになっているらしく、それで二人はこのところ家に帰れない。一日じゅう立ち働いて、賓客に供する献立を考えたり試しに作ってみたりするのはどうしても深更(しんこう)になる。気がつけば夜が明け、その足で仕入れに出る毎日らしい。来駕(らいが)は明日のはずなので、今日はさぞ天手古舞(てんてこまい)のさまだろう。私が顔を出せば邪魔かと迷いつつ、せめてと握り飯を拵えて竹皮に包んだ。近頃は礫(つぶて)のごとき硬さにはならず、梅干の肉をほぐして入れても表にはみ出さなくはなっている。

坂道を下りた。右手を見下ろせば、家々が山の斜面にへばりつくように建ち並んでいる。木々の緑に埋もれて、鳥の巣のごとく見える草葺き屋根も多い。ささやかな畑も点在して、蜜柑の木がそこかしこに植わっている。五月も末のことで蜜柑の花も名残のはずだが、坂道を吹く風はまだ清い匂いがする。

玄関前に辿り着くと、もう花紺の幔幕が張られている。準備万端のようだ。台所の裏口に回り込もうと建屋の角を折れた時、背後で声が聞こえた。振り返れば、三人が玄関から出てきた。一人は丈吉で、あとの二人は背の高い異人だ。栗色の髪の男が丈吉の肩を叩き、何やら言った。口の周囲から顎にかけても栗色の鬚で覆われ、肌は抜けるように白い。目許の皺や頰のたるみからして四十半ばに見えるが、闊達そうに喋り、だんだんに頰が薄桃色に染まってくる。

蘭人しゃんの肌は薄かけん、すぐに血色が頰に出る。怒っても上機嫌でも赤うなる。

引田屋の遊女がそんなことを口にしていたことがあった。目の前の異人はどう見ても機嫌が良さそうだと、胸を撫で下ろす。異人を見上げながら受け答えをしている丈吉も潑溂とした笑みを湛え、身振り手振りをまじえて相手を笑わせている。もう一人の異人は二人のかたわらで黙って控えているので、従者であるらしい。

丈吉と栗色の髪の異人が握手を交わした。互いにまた何か口にしているが、すべて蘭語のようで、内容はかいもく見当がつかない。それにしてもと、そっと息を吐いた。

こがん顔ばして笑うとねえ。

亭主が初めて見るひとのように思えて、風呂敷包みを胸に抱く。と、丈吉が首を回らせ、まなざしを投げてきた。

「来とったとか」

「ええ、着替えばお持ちしました」

「ちょうどよか」と手招きする。

「お前のことば訊かれて、話しよったとこたい。こっちへ」

急かされて、おずおずと近づいた。丈吉はゆきの背中を押すようにして、異人の前へ突き出す。

「おゆき。ボートキン先生たい」

そう言いつつ、丈吉は異人を見上げて何やら告げた。異人は途端に両眉を上げ、また頬を赤くする。気がつけば手を握られ、包みを土の上に落としてしまった。慌てて拾い上げ、頭を下げる。

「すみません。どうも。丈吉の女房にござります。初めまして。有難うございます」

何が何やら、ごった煮のような挨拶になった。しどろもどろだ。異人は機嫌をそこねた様子も見せず、笑いながら丈吉の肩をまた叩く。

「背も高かし、堂々たる女房じゃ。阿蘭陀にもこがん美人はおらんと、先生が仰せじゃ」

丈吉も上機嫌だ。ゆきは途端に頬が緩んだ。

「それほどでもなかです。長崎には別嬪が多かですけん」

それを丈吉がまた通弁したようで、先生は眉を上げて大笑いしている。寝癖がついてしまったのか頭の頂で一筋の毛束がはねており、陽気な笑声と一緒に揺れる。ゆきも一緒に笑った。

二人を見送って、丈吉は玄関に引き返し、ゆきは裏口に回った。貫太は皿洗いの最中で、額に汗粒が並んでいる。「ご苦労しゃん」とねぎらうと、手を止めるのももどかしいのか、「いらっしゃい」と応える。いらっしゃいかと首をひねりながら座敷に入れば、丈吉とよしが片づけをしていた。

「大変やねえ。こいば片づけてから明日の準備でしょう。お結びば持ってきましたけん、一服してから取りかからんね」

　部屋の隅に包みを置くと、よしが珈琲茶碗を盆にのせながら顔を向けた。

「明日はお客のお越しがなかけん、今日は家に帰るつもりでおったとよ」

「ばってん、偉かお客しゃまばお迎えするとでしょ」

　すると丈吉が塗膳を持ち上げて、「そいは済んだ」と言う。「さっき、お前もご挨拶したやろう」

「え、今日やったとですか」

「そうたい。佐賀の大殿がボートキン先生に西洋料理を馳走なすったと」

「大殿って、殿様ですか。そがんお方が自遊亭にお越しになったとですか」

「お越しになって料理を召し上がったばい」

「二十七種を作ってお出ししたとよ」よしが言い添える。

「そいで、殿様は」

「大殿は先にお帰りになったがボートキン先生は残られてな。珈琲ば飲みながらしばし話ばしとったとよ」

　ようやく思い出した。

「あの先生、御奉行所でお会いになったお方ですか」

「いや、奉行所で会うたとは弟御の領事しゃんたい。今日お越しになった先生は長崎養生所の教官として来崎された兄上、お医者たい。おれはデ・ウィット総領事にお供して船に乗り込んだことのある。コークマン号ていう軍艦たい」

　その話は引田屋の女将から聞かされたことがある。

「長崎に帰ってきた時、ボートヰン先生はちょうど来日されたばかりで、喰うものの口に合わんで難儀しとらした。そいで総領事の命を受けて、おれが料ってさしあげたと。あん時は助かったと、ずっと忘れずにいてくれたらしか」

積み上げた膳を納戸に仕舞い、丈吉は庭に面した広縁に腰を下ろした。ゆきはよしの手伝いをしようと袂を帯に挟んだが、「もう、よかよ。片づけの目処はついとるけん、兄しゃんにお茶でも淹れてやって」と眴をする。茶を調えて湯呑を置くと、丈吉はゆるりと口許に運んだ。

「旨かあ」

しみじみと声を洩らす。

「大役、お疲れしゃまにござりました」

「うん。大殿は疝癪にお悩みと聞いとったけん、献立はちと考えた」

胸や腹に差し込みがあって痛みを生ずる病だ。

「大殿は蘭学に明るかお方やけん、この五月に長崎の蔵屋敷にお出ましになって、ボートヰン先生を召し出して蘭方の診立てば命じたらしかよ。大殿のお躰を蘭方医が診るなど、ほんのちょっと前では考えられんことたい。先生は胃腸の弱りが因やろうと判じて、薬よりも平素の養生が大事、消化のようて滋養分の多か膳ばあがるごとお勧めしたらしか。そいけど、大殿は猪と鹿は召し上がるばってん牛や羊の肉はどうにも慣れんで、食べる気も失せてしまわれとる。そいで野鳥の肉やすっぽんばお勧めして、ようやく症が軽うなられたとって。その礼にと、大殿は先生をうちにお招きになったと。今日も随分とお元気で、ビフロースも召し上がったばい」

「佐賀藩ていうたら、鍋島様でしたか」

「鍋島閑叟様で、第十代のご藩主たい。蘭学だけやのうて財政の立て直しにも腕を揮われたゆえ、商人らからは算盤（そろばん）大名と呼ばれたらしか」

「ばってん、牛肉がお好きでなかとに、ビフロースも召し上がったとですか」

　丈吉は庭を眺めながら、頬をほころばせた。

「大殿のビフロースだけ、仕上げに刷毛（はけ）で醬油をお塗りしたと。あの香ばしか匂いは、日本人の食欲をそそるたい。そういえば、大殿がお連れになった方に佐野様とおっしゃる方のおらした。海軍取調方付役（とりしらべかたつきやく）をお務めと聞いたが、佐野様は自遊亭の文字を変えたらどうかと仰せじゃった」

「文字ですか」

　文字に弱い身であるので、どうしても気乗りのしない声になる。

「今は、遊ぶという字をあてとって、これも良林亭にお越しのお武家に選んでもろうた。遊という真名（まな）には好きなことをして過ごすという意味の他に、自在に動き回る、互いにつき合うという意があるらしか」

「一文字にですか」

「そうたい。一文字に。で、佐野様は、その遊ぶという字を」

　と、空で指を動かしてみせた。

「そいなら私も知っとります。田んぼの、田の字でしょう」

「おれも同じことを言うたら、皆しゃん、惜しいと笑われた。真ん中の棒を突き抜けさせるんじゃと。それで、音は同じ。自由亭になるらしか」

「真名って凄（すご）かですね」

「まったく、凄かよ。しかも佐野様が仰せになるには、自由という言葉は自儘（じまま）、我儘（わがまま）放題という意がもっぱらばってん、かくも自在に西洋料理を拵えるのであるから、自由自在の意を籠めて自由亭にせよとおっしゃった。大殿もそれはよか、新しかと仰せになって、では有難く、さようにさせていただきますと頭ば下げたとよ」

「なら、看板ば掛け替えんば」

丈吉は「ん」と喉を小さく鳴らし、「おゆき」と呼んだ。

「おきんは手習塾に通わせような。おれは読み書きのできんとに慣れとるけん、何の不便も感じん。すべてこの頭に入っとるけん、肉屋や酒屋への支払いも間違うたことがなか。蘭語も同じたい。働きながら自ずと身についた。軍艦には英吉利人や仏蘭西人の水夫もおったけん、英吉利語や仏蘭西語も多少はわかる。そうしてこの躰に入ったもんは零れて抜け落ちることはなかよ。おれはこれからも、この伝で世を渡る。学んでみようと思わんこともなかばってん、そがん時間のあれば料理の腕ば磨きたか。おれに足りん学は、今日のごと偉かお方らが指南してくださる」

ゆきは黙って相槌を打つ。

「ばってん、これからの世はそうも言うとられんかもしれんばい。移り変わりの激しゅうなるからこそ、おなごのおきんも己の芯になるものば身につけておいた方がよか」

まだ赤子であるのに随分と気の早いことを言う。けれど丈吉の気持ちは何となくわかるので、「そうですね」と頷いた。どんな娘に育つか見当もつかないが、まっすぐな芯を持つ人間であってほしい。この父親のように。

丈吉と肩を並べて茶を啜り、庭に目をやった。ここも樹木はまだ若く、枝の向こうの生垣が透けて見えるほどだ。ただ、山紫陽花が蕾をつけ始めている。星々をちりばめたように青が光る。

「そういえば」と、ゆきは藤屋の前で聞いたことを話した。何の意図もなく世間話程度のつもりだ。丈吉は「ふうん」と独り合点をするかのように顎を揺らし、腕を組んだ。

「藤屋が仏蘭西料理ば始めたとは耳にしとったばってん、えらか自信ばい」

頰を強張らせ、目の端も吊り上がっている。

「お前しゃん、どがんしんさったと」

低い声を発した。

「お前も一緒に来い」

洋卓の前で、ぎくしゃくと手を動かす。

十畳二間続きの座敷には南蛮らしい蔓草と花を織り出した厚い毛氈が敷かれ、脚付きの洋卓が間隔をおいて四席設えられている。各々の卓には洋椅子が四脚だ。

部屋には丈吉とゆきの他には客が一組もおらず、にもかかわらず女中に示された席は入口に最も近い下座だった。夕暮れのことで手許は薄暗い。しかし女中は行燈に灯を入れぬままだ。中庭の燈籠ではすでに小さな灯が揺れている。その中庭を挟んだ向こうにも建屋が続いているようで、三味線の音色や小太鼓の拍子が木々の枝越しに流れてくる。男の声にまじっておなごの唄声も聞こえるので、芸妓衆や幇間を招いての宴が張られているのだろう。

「賑やかですね」

丈吉に話しかけてもウンともスンとも返ってこない。辛気臭い。言葉の接穂を探しようもなくゆきも黙り込んで、銀の匙で白いソップを口に入れた。汁の実は蒲鉾と椎茸、鶏肉で、供された時から生ぬるく、口中が生臭くなってくる。

こんなことなら、しかと引き止めたらよかった。

おゆきと藤屋に行くけん、晩飯はお前にまかせるけんな。丈吉はよしにそう言い置くと、猛然と坂道を上った。家に着替えに寄ろうともせず、そのまま橋を渡って若宮稲荷の前を通り抜けたのだ。その勢いたるや瞬く間のことで、ゆきは小走りになって従うだけだった。そして玄関先に立った時、応対した番頭には断られた。丈吉とゆきの風体を爪先から舐めるように見上げ、「手前どもは、本膳料理をお出しする藤屋にございまするが」と、さも面倒そうに言った。慇懃だが、どこの田舎者夫婦が一膳飯屋と間違って入ってきたのだと言わぬばかりの顔つきだ。

「予約はしとらんばってん、仏蘭西料理をよばれたか」

「たしかに、手前どもは仏蘭西料理もやっておりまするが、おたくがお召し上がりになる」

「二人たい。席はあるか」

「念の為お伝え申しますが、お一人様一分を頂戴するお料理にござります」

「結構、そいでよか。主の、長之助しゃんやったか、懇ろに伝えてほしか。ひと仕事終えたばかりで腹の空いて仕方んなかけん、近所の誼で滋養をつけさせてもらいたか、てな」

「手前どもの主と懇意のお方にござりますか」

番頭は首筋を立て、声音を変えた。

「懇意じゃなかばってん、自由亭の主が来たて伝えたら、まさか玄関で追い返せとは言わっさんやろう」

しばらく待たされたのち通されたのがこの薄暗い座敷だ。またさらに四半刻はたっぷりと待たされ、ようやく女中が運んできたのが鯛を薄切りにしたもののサラドで胡麻油がかけられている。鯛はよほど時が経っているのか紙のごとく乾いており、油の味だけが舌に残る。添えられた唐人菜も瑞々しさがなく、悪くなった水のような臭いがした。そしてこの生臭いソップだ。私が家で作る団子汁の方がよほどましと腹を立てながら蒲鉾を咀嚼する。

丈吉はまだ喋らない。夫婦二人きりで膳を摂るなど初めてのことであるのに、取りつく島もない。飯の最中は黙って箸を遣うのが作法であるけれども、西洋料理では逆だ。自由亭でも、客たちの話が弾めば弾むほど丈吉は甲斐を感じるようだった。だがここでは黙々と、しかも面妖なことに、ゆきが思わず眉間を皺めてしまう代物も綺麗に平らげていく。

私の舌が馬鹿なんやろうか。阿蘭陀料理を初めて食べた時は世の中にこんなにおいしいものがあるのかと思ったのに、仏蘭西料理はすでにお手上げだ。しかもこんなものが一分もする。二人でとんだ散財をするのであるから、いかほど口に合わなかろうが余さず喰わねばもったいないが、それがまた業腹だ。

女中が入ってきた。思わず口の端が下がる。だが相手は素知らぬ顔で皿を引く。

「主菜の、牛肉の赤葡萄酒煮にございます」

鼻にかかった声で卓に置いた途端、皿から滴が散って白布を汚した。気づいていないはずはないのに一言の詫びも口にしないまま、平気で下がってしまった。

この染み、私が粗相をしたように見えるやなかか。袂から手拭いを出して拭いてみるが、牛肉の脂を含んだ汚れが頑強であることはよく知っている。溜息を吐いて丈吉を見やれば、もう小刀と三叉を握って料理に取り組んでいる。

皿の中を見返せば、なおうんざりとした。

まったく、何ね、この赤茶色の煮物は。どろどろと、気持ち悪か。

しかもなかなか切り分けられない。料理人の女房であっても小刀と三叉の扱いに慣れているわけもなく、そのうえ汁気が多いので小刀が滑る。皿にかち合う音が甲高く、難儀する。すると対面からすっと手が伸びてきて、瞬く間に切り分けられてしまった。

「匙ば使(つこ)うて、汁も一緒に食せばよか」

「どうも恐れ入ります」と、肩をすくめる。

「お前、妙な時に丁寧(ていねい)になるなあ」

「さようですか」

またも大真面目(おおまじめ)に答えると、丈吉が眉を下げている。何が可笑しいのかよくわからないが、ようやく目を合わせて言葉を交わした。さあて、主菜も頑張ろうと気を取り直す。覚悟して口に入れてみると、肉は柔らかすぎず硬すぎずの歯ごたえで、噛(か)めば噛むほど肉の旨みがじんわりと広がる。

「お前しゃん、やっとおいしかもんの出てきました」

丈吉も「ん」と、頷く。

「筋切りのちゃんとできとるし、時間ばかけてアクを取って、よう煮込んである」

「これは仏蘭西ならではの料理ですか」

「いや、西洋で広う作られる煮込み料理たい。仏蘭西ではラグウ、英吉利ではスチウて言う。阿蘭陀商館や船でもこれはよう作ったもんで、厨房(ちゅうぼう)ではやはりスチウと呼んどった。赤葡萄酒やのうてヴイヨンで煮て、仕上げに牛乳で白う仕上げる場合もある」

「そういえば、さっきのソップ」と、ゆきは襖(ふすま)の向こうを憚(はばか)って声を低くした。

「あれも牛乳で白うしとったとですか。えろう生臭かったけど」

「あれは牛乳のせいじゃなか。鶏肉の下拵えが悪かと。肉の悪うなっとるところば切り捨てんでそのまま使(つこ)うて、しかも煮る前にしっかり焼いてなかとさ」

「最初のサラドは油が厭でした」

「ようわかるやなかか」

褒められた。

「本来は、オリイヴていう木の実の油ば使うと。それなら胡瓜（きゅうり）に似た、それは爽（さわ）やかな匂いのするし、油の味自体も軽か。ばってん、オリイヴの油はなかなか手に入らんし、入ってもとんでもなか値やけん、胡麻の油で代用しとっとやろう」

「自由亭でも代用しとるとですか」

「いや。うちは、オリイヴの油ば使（つこ）うとる」

思わず「よし」と、匙を握る手に力を籠めた。

「何ね、嬉しそうに」

「胸のすく思い」

互いに笑い、またスチウとやらを味わった。やがて皿が引かれ、女中が珈琲と菓子を運んできた。西洋菓子ではなく、山芋を使った藷蕷饅頭（じょうよまんじゅう）だ。日本料理屋だけあって、これは皮から餡（あん）まで文句なしに旨い。

結句、仏蘭西料理は、阿蘭陀料理との違いすらわからなかった。

「お邪魔いたします」張りのある声がして、羽織袴の男が入ってきた。

「ようこそお越しくださりました」

ずいと恰幅の良い躰が入ってきて、庭の景をふさぐように丈吉の席の真横に立った。太鼓腹を突き出している。昼間、門柱の前に出ていた男だ。背後で、宴の声がますます華やかに響く。丈吉も立ち上がって小腰を屈（かが）めた。

「お初にお目にかかります。自由亭の主、丈吉にござりますたい。お見知り置きのほどを」

「藤屋長之助ですたい。いや、手前どもが日本料理に加えて仏蘭西料理ば始めることにした際に、おたくにも挨拶に伺うとが筋かと思うたとですけど、目と鼻の先で良林亭ば開かれたことはまるで知りませんでしたけんなあ。まあ、そんな次第で、手前からご挨拶に伺うたらかえって恐縮されるとじゃなかかと、控えたとですよ」

　お前が挨拶に来なかったからこなたも出向かなかったのだと、それは愛想のよい顔つきで言い放った。

「ご挨拶の遅れまして」丈吉も平然としている。

「じつは一昨年、良林亭ば開く前にご挨拶に罷り越したとですよ。おっしゃる通り、目と鼻の先ですけん」

　藤屋は「ああ、そう」と、たちまち言葉遣いを崩した。

「ばってん、番頭しゃんにその旨をお伝えしても、ここは藤屋ぞと一喝されたとです。そもそもは先代が伊良林矢ノ平の山林を開墾して翫花亭をお始めになったのが発祥、そのうえ江戸に赴いて由緒正しき本膳料理も修めた包丁人である、山出しの西洋料理屋なんぞが玄関で挨拶とはおこがましいと、お取り次ぎくださらんかったとです。どうしても挨拶ばしたかなら勝手口に回れと仰せになるけんそちらにも伺いましたが、料理人の皆しゃんにも西洋料理なんぞ臭かもんに用はなかと追い返されました。いや、そがん扱いには慣れとりますけん、どうってこともなかです。ばってん、その藤屋さんが仏蘭西料理も出されるごとなったと聞いて、それなら今度は追い返されることもなかろうと出向いて参ったとです。ようやくご挨拶のできて、数年来の気がかりが晴れましたばい」

　そんな目に遭っていたどころか、ここに一度は挨拶に訪れていたことも初耳だ。珍しいことではないのでそれには驚かないが、随分とはっきりものを言う。しかも悠々と笑んで、幼馴染みと思い出話でもしているかのような話し方だ。

藤屋も何が可笑しいのか、腹を揺すって笑っている。

「うちの番頭はお武家の用人勤めもしておったことがあるゆえ、気位の高かとよ。それにしてもおたくはご繁盛で、よかことやったなあ。もう新しか店ば普請されたと聞いて、上々のご首尾じゃなあと番頭とも話しとったとですよ。元は喰うにも困る一家やったらしかけん、お手柄やったなあ、親御さんもさぞお歓びやろうって」

ソップの生臭さが腹から上がってきて、ゆきは思わず袂で口許を押さえる。

「よう知らんばってん、なあ、あんたはこんまい時から青物の振り売りや薬草売りばして、一家の生計を立てておったというやなかか。夜は若宮稲荷さんに辻占を分けてもろうて、それば売り歩いとったとか。いや、わしには想像もつかん生い立ちばい」

よく知らないと言いながら、ちゃんと調べはつけているようだ。

「わしなんぞお蚕ぐるみで育てられたけん、庭でちっと転んだだけでも乳母が大騒ぎして、相撲も取らせてもらえんかった。翫花亭の二代目やけん舌ば肥やさんとならんて旨かもんばかり喰わされて、それで子供の時分はえろう肥えてしもうたとよ。そいでも包丁の修業だけはさせられて、あれは辛かった。まあ、あの修業に耐えたおかげで、こうして藤屋を構えさせてもろうとる。今となっては、親の教えは有難かもんよ。ばってん、人の成り行きはわからんもんたい。このまま名代の料理屋の主として店を盛り立てていくんかと思うとったら、清国に渡っておった縁戚の者が仏蘭西料理ば習い覚えてきたけん、それを会得せよと親父に命じられたばい。いや、あん時は驚いた。親父の気が知れんと思うて、わしは生まれて初めて口ごたえばしたけんなあ」

密かに清船に乗り込んで彼の国に渡る者が多いのは長崎者なら誰でも承知しているが、こうして縁戚の密航など決して大っぴらにはしないものだ。今も公儀は外国への渡航を許していない。しかしこの男は誇らしげにそれを口にした。

「何年ほど、仏蘭西料理ば習われたとですか」

「帰国が今年に入ってからやけん、そいからたい」

「なら、半年も経っておられんとですか」

「呑み込みが速かて、他の料理人もびっくりしとった」己の才を誇るかのように肥えた腹を突き出した。「もともと日本料理の腕のあるけんな。本式の」

「板場には仏蘭西人の料理人も雇うとるとですか」

「まあ、そのうちそうしようと思うとるばってん、今は清人を三人ばかり遣うとる」

実際にはその料理人らが切り回しているのだろうと、油の味を思い返した。

「おかげさんで、番頭もお客を捌くとに毎日悲鳴を上げる始末ばい」

藤屋は「して」と、広い瞼を持ち上げるようにした。

「手前どもの仏蘭西料理、お口に合うたとですか。前日にお知らせくだされたらもう少し用意のできたとばってん、何せ、今日も宴の御用の立て続けで、何かと行き届かんやったでしょ」

謙遜めかして言葉遣いを戻し、しかし自信を隠そうともしない。丈吉はどう答えるのかと、ゆきは胸に手を置いた。

「スチウは、よか出来でした」

「はあ、そうね」と、先を促してくる。

「それだけです」

丈吉は懐から銭入れを出して「あ」と洩らし、「持ち合わせがなか」と空とぼけたことを言い出した。「お前しゃん」と、ゆきはおろおろとする。「家に取りに帰りましょうか。お前しゃんはここで待たせてもろうて」

　丈吉は「いや」と掌を立て、藤屋に目を戻した。

「明日、手前の家に人をよこしてもらいましょうか。ご存じかと思いますが、そこの橋を渡ったらすぐのあばら家ですたい。今も痩せ馬のごとき貧乏人ばってん、喰い逃げしたことはありませんけんご安心を。二分はしかと女房に預けておきます」

　藤屋はむすりと口を引き結んでいる。

「おゆき、帰るぞ」

　慌てて椅子を後ろに引き、立ち上がった。すると藤屋がゆきを見上げた。

「あんた、昼間、うちの前でうろうろしとった女やなかか」

　顔に見覚えはなかったがこの背丈で気づいたとばかりに、目を剝いている。

「偵察に来とったとか」

「私は自由亭の女房ですよ。そがん浅ましか真似はしませんたい」

　言い返したものの、無理に拵えた笑顔がひきつった。


　外に出ると、今夜は月のない日だ。その代わりにとばかりに、星が無数に瞬いている。

「おゆき」呼ばれたので、かたわらに近づいた。

「うちも、お客が宴ば張れるごと、座敷を設え直さんといかん」

　また店の話かと鼻白んで、「はあ」と気のない返事をする。丈吉はお構いなしに、「そうたい」と手を打ち鳴らした。

「洋卓と椅子も揃えんば。今日、ボートキン先生は脚がお辛そうやった。尻の下にあてる床几をお出ししたばってん、大殿の前で不行儀なことはできんと辞退なさった。洋卓と椅子ば用意しとったなら、あの長か脚を折り曲げさせずに済んだとになあ。ほんに申し訳なかことをした」

「ばってん、歓んでくださったとでしょ。何も藤屋さんの向こうを張らんでも、お前しゃんの腕があったらそれでよかやなかですか。さっきのスチウも、お前しゃんが拵えたらもっとおいしかはずですばい」

「当たり前たい」

おや、大きく出た。

「ほんのちょっと仏蘭西料理ば習(なろ)うた者が仕切る板場に、自由亭が負けるわけはなか。鯛の薄切りなんぞ、日本料理の包丁人があらかじめ切っとったとば使(つこ)うとるとしか思えん。西洋料理を侮(あなど)るにも、ほどがある。なればこそ」

そこで言葉を吸い込んでしまった。

「なればこそ、何ですか」

「店の構えや座敷の設えで自由亭を選んでもらえんやったら、口惜しかやなかか。何としてでも金子ば算段して、場を調えてみせる」

競い心を剝き出しにしている。このうえまだ無理を重ねるつもりかと半ば呆れたが、稼業に口は挟めない。かほどに星の綺麗な夜であるというのに丈吉は空を見上げもせず、家に帰るなりよしを呼び、さっそく設えの思案を熱心に話し始めた。きんはぐずってふじを手こずらせたようで、和十はゆきを見上げるなり舌打ちをした。

「こがん遅うまで、外で飯喰うとったとか。しかも藤屋でか。いつから、そがん偉(えろ)うなった」

丈吉に聞こえぬように小声で厭味(いやみ)を言う。適当に詫びてきんを抱き、早々に二階へ引き上げた。

床をのべてきんを寝かせ、自身も横になる。

今日は妙にくたびれた。

目を閉じればふと正体を失い、丈吉が段梯子を上がってくる足音が聞こえるのに起きられない。眼の中には夜空が広がって、そこをなぜか洋椅子がひゅんひゅんと箒星のように飛んでいく。


慶応二年が明け、やがて桃の花が咲き初めた頃、ゆきは二人目の子を産んだ。

またおなごで、丈吉は「ゆう」と名づけたものの、きんの生まれた時よりもさらに働いて、ほとんど店で寝泊まりをしている。ゆきも二人の子の世話で、手と足を取り違えそうなほどの忙しさだ。襁褓の洗濯に追われるだけでなく、きんは数えの三つで目が離せず、さらに和十がこの頃は雪隠に間に合わないことが増えてその後始末にも手数がかかる。いっそ襁褓をあててくれたらと思わぬこともないが、さすがに舅に向かって口に出せるはずもなく、元気なふじに頼り通しだ。

丈吉は洋卓と洋椅子を一組のみ居留地の外商から古い物を分けてもらい、客の要望に応じて座敷に出しているようだ。ただ、たまに家に戻ってくるよしが言うには大人数の宴を開く客はまだいないらしい。

「先だって、貫太が言うとったばってん、藤屋はえらい盛況のごたるよ。佐賀に薩摩、長州、雲州あたりのお武家がよう来らして、英吉利商人のガラハしゃんや阿蘭陀商人のキニフルしゃんば饗応しよるげな。船ば買いたからしかよ」

「そがんこと、できると」

「二月の末に、御公儀が許しば出したとって」

よしが言うには、江戸の御公儀が長崎と神奈川、箱館においての出稼ぎと自由交易、商人の外国船購買を許したという。

「出稼ぎも交易も、それから船買いも皆、とうにしとることでしょうて貫太が賢(さか)しらがるけん、兄しゃんも笑(わろ)うとる。この頃の子は皿ば洗いながら時世を口にするけんね」

「貫太て、洗い場の下働きの子ぉやなかと」

　意外だった。とりたてて目立つところのない、市中の商家にも大勢いる子供だ。

「あの子の姉しゃんが藤屋で女中ばしとっとよ。そいで、家であれこれ話をするらしか。貫太には自由亭の客のことは口にしてはならんと厳しゅう言うとるばってん、小耳に挟んでくることは止めんけんね。それでと先を促しとることもあるけん、兄しゃんもなかなか喰えんひとばい」

「私もそう思うとった」

　互いに顔を見合わせて苦笑する。「そいにしても」と、ゆうに乳を呑ませながら首を傾(かし)げた。

「ガラハしゃんという商人らをお武家が饗応するて、妙な話たいね。お武家らが買う側、お客やろう。そのお客が商人をもてなしとらすと」

「よか船をちょっとでも安う回してもらおうとの料簡(りょうけん)やろう。お武家同士いろいろ考えが違(ちご)うて、競い合いもあるらしかけん」

「男んひとは負け嫌いやもんねえ。うちのひともがむしゃらに突き進むとはよかばってん、そのうち躰ば壊すとじゃなかかと心配になるとよ」

「兄しゃんは大丈夫やろう。次から次へと挑(いど)みたかことのできて、今はそれに挑めるとやもん。普請のために借りた金子もちゃんちゃんと返せとるようやし、そのうち西洋にも行くて言い出すんやなかと」

　よしは風呂敷で着替えを包み、腰を上げた。ゆうが寝てしまったので懐に乳房をしまい、畳の上に寝かせてから立ち上がる。よしに続いて戸口に出た。

「行ってらっしゃい」坂道の上で後ろ姿を見送る。

　すると坂を上がってくる人影がある。酔ったような千鳥足で、山の斜面側に行っては羊歯(しだ)を摑(つか)み、また歩き出しては反対側の道端に逸(そ)れる。その寸前で、また足を止める。大きな楠(くすのき)の幹(みき)に躰をもたれさせ、目を閉じている。前方のよしが怪訝(けげん)そうに前屈みになり、途端に弾けるように坂を下りていく。ゆきも気がついて、駈(か)け下りた。

「お前しゃん」「兄しゃん」

　口々に叫びながら丈吉に近づいていく。顔が土色になっているのがわかる。裾の乱れるのにもかまわずそばへ駈け寄り、背中に手を回した。

「どがんしんさったとです」

　丈吉は目を閉じたまま、「どうもなか」と洩らした。肩で息をしている。

「ちと、気分の悪うなっただけたい」

　ただごとではないと、よしと顔を見合わせた。少し気分が悪くなったくらいで、わざわざ家に帰ろうとするわけがない。丈吉の左腕(ひだりわき)に己の肩を入れ、「歩けますか」と訊いた。よしも右に回り、二人がかりで少しずつ歩かせる。が、爪先に力が入らぬようで雪駄(せった)が脱(ぬ)げてしまった。そのままにして裸足で進ませる。

「気分の悪かてことは、何かに中(あた)ったとやろうか」

　独り言がつい出て、するとよしが「まさか」と否(いな)を唱(とな)える。

「同じ賄(まかな)いば食べとるとよ。まして自由亭でそがんこと、あるわけがなか」

「そいはわかっとるばってん」

「食べ物を商う家の者が決して口にしたらいかんことよ。義姉しゃん、そんくらいは弁えてほしか」

互いに息を切らしながらのやりとりで、ゆきは「そうね」と呟くのが精一杯だ。

「素人がどうこう推してもわからんけん、ともかくお医者を呼ばんば」

よしはいつでも冷静だ。こんな姿を連れ帰ったら和十がいかほど騒ぐことかと胸の中を硬くしながら、ともかく戸口の中に丈吉の身を入れた。

「義姉しゃん、仏間の納戸から蒲団ば持ってきてくれんね。そこに横にならせて、蒲団ごと引っ張るごとしよう」

下駄を振るようにして脱ぎ捨て、家の中へ上がった。

「何ね、おゆき。えろう慌ただしかね」

ふじののんびりとした声が聞こえる。答える暇もなく、すぐさま蒲団を抱えてきて広げた。そこへ丈吉の躰を移そうとするのだが、ぐったりとしているので恐ろしい重さだ。ともかく仏間まで蒲団を引きずって、よしは「お医者ば呼んでくる」と立ち上がった。その後ろ姿を尻目に和十が入ってきた。

「こいはどがんしたとね」

倅の名を呼び立て、ふじも血相を変えて丈吉を覗き込む。ゆきは口早に説明した。きんがよちよちと入ってきて、ゆきの肩に摑まる。柔らかな躰に腕を回して膝の上に坐らせた。和十は狼狽えて、「丈吉、丈吉ぃ」と泣き騒ぐ。

「お前しゃん、病人に障りますけん、泣くんなら縁側に行きんしゃい」

ふじがぴしゃりと言い、丈吉の額に手をあてる。

「熱のある」

ゆきは「え」と手を伸ばした。確かに熱い。顔色も土色から赤に変じているような気がする。

「悪か風邪じゃったら事やけん、おきんはここから出した方がよかよ」

「そうですね」腰を上げるときんは嫌がって、身をくねらせる。滅多と顔を合わせぬので、この頃は父親に対して人見知りをしていたのだ。丈吉が両腕を差し出しても、ゆきやふじの背中の後ろに隠れてしまう。にもかかわらず、今日に限って父親から目を離そうとしない。

「お父ちゃんはおねんねやけん、おきんもおねんねしよう」

あやしながら仏間を出ると、縁側で和十が背中を丸めている。

「お義父ぅ、しばらくおきんを頼んでもよかでしょうか」

顔を覗き込めば、頬が濡れそぼって顎から滴り落ちている。それでもかまわず胡坐の中にきんを入れ、抱きかかえはする。

「大丈夫ですから。ほら、いつぞやもあったでしょう。一晩寝たら嘘のごと治りますけん」

「あん時とは様子の違う」

唇が波のように動いて、涎を垂らしながらまた泣き声を上げる。

よしが医者を連れ帰った時には半刻近く経っていた。和十は中に入ってきた十徳姿を見るなり形相を変え、「こがん藪にはまかせられん」とわめいた。呑み仲間の一人で林斎といい、猪口を傾けては猥雑な冗談を飛ばして、しかも常に長っ尻だ。今日もすでに呑んでいるらしく、眼が淀んで鼻先も赤い。いつもと違うのは薬箱と思しきものを手にしていることだけだ。

「林斎、帰れ帰れ。およし、何でよりによってこがん奴ば連れてきた」

「なら、誰がよかと。まさかボートヰン先生に頼むわけにもいかんやろう。藪でも林でも、ともかく診てもらわんことにはどうもできんばい」

「こやつは疣取(いぼと)りしかできん医者ぞ。その、ぼー何とかに来てもらえ。何ぼかかってもかまわん。身代(しんだい)かけてもかまわんけん」

「身代なんぞ、なかくせに」林斎も憎まれ口を返し、それ以上は取り合う気もないとばかりに摺(す)り足で仏間に入った。ゆきもその後に続いた時、背後から「義姉しゃん」と呼び止められた。

「店に行ってくるけん。兄しゃんのことやけん大丈夫やと思うばってん、竈の火の始末が気になる」

「うん、お願い」

　林斎は腰を下ろすや丈吉の首筋に二本の指をあて、着物の前を広げ、胸から腹、下腹と掌をあてる。身を動かして脚から爪先までを触っている。かと思えばまた枕許に戻り、薬箱を膝脇に引き寄せた。ふじとゆきは固唾(かたず)を呑んでそのさまを見守る。林斎はしばらく薬箱の中をまさぐっていたが口を尖らせ、もう一度上から順に抽斗(ひきだし)を引いてようやくフンと喉を鳴らした。丈吉の左手を取って人差し指の腹に何かをあてている。血が丸い玉になっているのが見えて、「先生」と声が洩れた。

　林斎は返事もよこさず、右手の指にも同様にした。懐に手を入れて何かを探しているふうで、また首を傾げる。

「手拭い、あるか」

　ふじが立ち上がり、すぐに取って返して渡す。林斎はそれでしばらく指先を押さえ、今度は肩に刃をあてた。今度は血玉どころではなく、たちまち流れて着物の色を変える。

「先生、えろう出とります」

「出すために切ったとやけん。案ずるな。傷とも言えんほどの切り方たい」

「うちのひと、血の病ですか」声がよろけた。

「いや、何の病かはわからん」

「お前、何の病かわからんとに、わしの倅の躰ば切ったとか」

敷居際で和十が仁王立ちになっている。林斎は「これやから」と呆れ声だ。

「ろくに医者にかかったことのなか貧乏人は困る。瀉血たい。蘭方医もよう似たことばしとる。古今東西、気の滞りにはこいが最もよか方法ばい」

「気の滞り、ですか」

訊くと、林斎は膝を回してゆきに目を合わせた。

「病は判ぜられんばってん症はわかる。疲れが溜まり過ぎて躰の中に滞っておったとよ。今、血を出して気を通してやったけん、ちっとはらくになるやろう。首筋も岩のごと凝り固まっとるばってんここは迂闊に切れんけん、ぬるま湯で手拭いを温めてそいば首筋にあててやれ」

このひとはやはり頑張り過ぎたのだと、丈吉の顔を見る。眉間に刻まれている皺が痛ましい。そして腹立たしくもある。

己の一念に、命まで懸けるつもりか。

「ともかく休ませて養生させることばい。五臓六腑も相当弱っとるごたる」

「薬は」と、和十がまた口を挟んだ。

「まずは養生ばい。薬はそいからたい」

ふじが「有難うございました」と頭を下げた。林斎はのんびりと「お大事に」と言い、「和十、またな」とにっかり笑って戸口に向かう。和十は笑い返す余裕など一分も持ち合わせない。

見送りに出ると、林斎が声を改めた。

「丈吉の性分はわしもよう知っとるけん申し添えておくが、二、三日寝ただけでは足りんばい」

「どのくらいて告げたらよかでしょうか」

「あの弱り方なら、ひと月は要るな。よう今日まで保(も)ったもんばい。尋常な人間なら、とうに倒れとる」

「ひと月」と繰り返して、思いの外(ほか)長いと思った。それを本人に説きつけるのが、一番の難題だ。

「ここでしかと休ませせんば次は終(しま)いじゃ。ひと月を惜しんで、あたら命を捨てる気かと言うてやれ」

赤い小鼻をひくつかせ、「酒をよばれがてら、また様子ば見に来るけん」と言い添えて坂を下りていく。崖からせり出した桜が風に揺れて散る。ゆきはゆっくりと息を吸い、吐いた。

しばらく休みます
その貼紙をすることが、丈吉にとっていかほど辛いことか。たちまち借金の返済に窮するのも想像がつく。

ばってん、肚(はら)ば括(くく)らんば。

踵を返した。きんとゆうが二人して泣いている。

# 4　来訪者たち

鍋の中の油がゆらゆらと動き、菜箸を入れると幾筋もの泡を立てる。

「義姉しゃん、そろそろよかよ」

煮物の味見をしているよしは油の音だけで判じたらしく、促してくる。ゆきは菜箸で恐る恐る、ねっとりと衣をつけた鶏肉を丼から持ち上げた。一口大に切った鶏肉には酒と塩、胡椒に醤油、葱のぶつ切りで下味をつけてある。衣は卵白と小麦の粉を溶いたもので、自由亭ではこの揚物をフリットと呼んでいる。天麩羅よりも歯触りが軽く香ばしいのだが、ただしそれはよしが按配よく揚げた場合のことで、ゆきは何度挑んでも失敗続きだ。衣が焦げたり肉から離れたり、狐色に綺麗に揚がったと喜べど、中の肉が生だったりする。ゆえに鍋の中を睨みつつ、へっぴり腰になる。

「放り込んだらいけんよ、危なかけん」

注意された時は遅かった。花火のごとき音を立てて油が跳ね、手首で痛みが爆ぜた。土間に菜箸が落ちる。左手で手首を押さえ、水甕の前に走って屈み込んだ。慌てて柄杓で水をかけ流す。

「水で冷やしたら痕の残るけん、熱か湯ばかけた方がよかよ」

えええと、肩越しによしを振り向く。「もう水ばかけてしもうた」

よしは呆れたように息を吐き、油鍋の前にやってきた。丼の鶏肉を指で摘み上げ、滑らせるように鍋に入れていく。立ち上がってそばに寄れば、指先は油に触れんばかりだ。

「およし、熱うなかとね」「熱かよ」

　にべもない。

「義姉しゃん、フリットは引き受けるけん、煮物鍋を火からおろして小鉢に盛って」

　思わず「へい」と返事をして、よしの背後から隣の竈へと向かう。正面の板間で握り飯を拵えている貫太と目が合った。ゆきが受け持てる数少ない品の一つが握り飯だったのだが、よしが貫太に作らせてみた。ゆきも作った。食べ比べられて、軍配は貫太に上がった。

　硬過ぎず柔らか過ぎず、口の中でふんわりとほどけて、塩加減もちょうどよか。

よしの判定だ。ゆきの握り飯は「売り物にはできんね」の一言で敗退した。

「女将しゃん、また叱られよる」

　顔を赤らめ、いかにも笑いを堪えていますとばかりに肩を震わせるのも腹立たしい。ゆきが毎日何かしらしくじるので、貫太の態度はもはやぞんざいだ。ほんに、小癪な小僧。鼻に皺を寄せて睨んでやったが、貫太は声に出さぬまま笑う。

　三月の上旬に丈吉が倒れて半月が経っている。今朝はようやく重湯を口にした。ほっとしたものの、以前の躰に戻るまであといかほど日数がかかるか。林斎は「ひと月」と診立てたが、そのじつは曖昧だ。

　一年無理ば重ねた躰は、養生にも同じ時のかかると思うた方がよかね。

暗澹となった。丈吉の場合、一年や二年の無理ではない。幼い時分から働きづめに働いてきたのだから二十年以上になるだろう。しかも本人はじっと寝ているのが辛くてたまらぬ様子だ。「予約の入っとる」と譫言のように繰り返すので、掻巻の上に手を添えて宥めた。

「私とおよしで一軒一軒お訪ねして、お断りを入れましたばい。詫びのお菓子も差し上げましたけん、安心しんしゃい」

「いいや、大事な会合をうちでなさるお客もおらす」

客の名を口にして起き上がろうとする。しかし半身を動かしただけで、背中から蒲団に吸い込まれる。目を閉じたままでも歯を鳴らして口惜しがる。

「せっかくご贔屓に与ってきたとに、お役に立てんとは」

「今は仕方なかですよ。大丈夫。またお前しゃんの料理の恋しゅうなって、おいでになります」

このまま客が離れてしまうのではないかと、ゆきも不安ではある。あの藤屋に客が流れると想像するだけで胸が悪くなる。だが、このひとの代わりはいない。

「養生が肝心ですたい」

店はしばらく閉めることを考えたのだ。その間の暮らしはまた西洋洗濯を引き受けてでもと、思案していた。二階によしを呼んで相談すると、断固として反対した。

「私が何とか踏ん張るけん、店は続けたか」

「ばってん、料理はどうすると」

「私が作れるもんも多少はあるとよ。むろん兄しゃんには及びもつかんばってん、この頃の副菜は私が作りよるし、兄しゃんに褒めてもろうたもんも何品かはある。せめて昼間だけでも開けて日銭を稼がんと。払いがあるけん」

「払いって、どのくらい」

その高を聞かされた。先月の売上げは八十両近いが、払いが四十両を超えるという。肉やボートル、葡萄酒、西洋青物に麵麭、薪炭や灯り油なども、自由亭は良い物を選りすぐっている。相手は小商いの店がほとんどであるので払いを待ってもらえばたちまち窮するのはわかっているし、丈吉は「値切らず待たせず」の払い方で商人らの信頼を得てきたのだという。ゆえに、良い品が入れば他から引き合いがあっても、まず丈吉に見せに来る。

「私がお願いに上がるけん、待ってもらえんやろか」

「このところ、洋食を始める料亭の増えとるけん材料の奪い合いになっとるとよ。兄しゃんが戻っても良か材料の手に入らんかったら、それこそ大事たい」

　そのうえ、店の普請をした際の借金がある。あることは知っていたが、丈吉は店の詳細を家で口にしない。返済は月に二十五両を守り、そのぶん利息を抑えてもらっているようだ。手許に残るは十五両弱だが、三両ほどは小銭に換えて店に置いておかねばならないのだと、およしは言った。

「そいは儲けではのうて、常に動く銭たい。青物や魚介の振り売りにはその場で払うてやらんばし、お客に所望されて洋煙草を買うておくとか、何かと急な入用のあるけんね。それから兄しゃんは毎月必ず、十両は脇に置いて貯めとるみたい」

　丈吉のことだ、何がしかの料簡があってのことだろう。それに手をつけるわけにはいかない。少なくとも、このひと月の間は。

「一家七人の暮らしは何とかするとしても、医薬代もかかるやろうし」

　万一、あの人の養生が長引いたら。その時は。それは口にできなかった。よしは店を続けたいと言ったけれども、実情は「続けねばならない」だ。たとえ一文でも稼いでおかねば、自由亭が消えてしまう。奉行所の御用達を務め、諸藩のお偉方がこぞって訪れる店になっているというのに、食べ物商いの何と脆いことか。

「本当は怖かよ」よしは俯いて膝の上の手を揉んでいる。

「私が包丁ば握って自由亭はこがんもんかと思われたら、そのお客を逃すことになる。店ば続けて言うても、どがんしたらよかか」

「私も手伝うたい」

よしの手に手を重ねた。そして丈吉が倒れた翌朝から自由亭に通っている。丈吉の看病はふじに、きんの子守りは和十にまかせた。けれど、ゆうは乳呑み児だ。朝餉の用意をしながら乳を呑ませ、掃除と洗濯を済ませてから家を飛び出し、坂道を小走りに下りる。折を見て乳をやりにまた家に帰り、走って店に戻る。じゃがたら芋の皮を剝き、青菜の根の土を払い、鍋釜を洗う。乳の出は至って良いので、店を出るのが少し遅れれば襦袢の胸許がぐっしょりと濡れてくる。それでもよしの指図を受けて、ひたすらに立ち働く。

「義姉しゃん、煮物盛りつけて」

「はいよ」と煮物の鍋を平台に移し、盆の上に小鉢を並べて玉杓子で盛っていく。

大根と人参、椎茸を鶏の出汁で煮た西洋煮物で、彩りに西洋のパースリーを添える。よしが考案したのは日替わりの洋食膳で、今日の献立は主菜が鶏のフリット、そこに蒲鉾と菜花入りのソップとこの西洋煮物の小鉢を添え、握り飯が三つだ。これを折敷にのせて供する。主菜は日によって替え、海老のフリットや魚のボートル焼き、豚のラカンの薄切りを出す日もある。市中の一膳飯屋と比べれば値付けは倍ほどで、一人前が二百文だ。

「もう少し安うせんば、お客の付かんとじゃなかと」

しかしよしは、このところ物価が上がり通しであるし、あまり安価なものを出すのも向後の障りになると、首を振った。

「客筋の変わるとも困るとよ。兄しゃんの戻ってこらしたら、前のごと一人前金一分を頂戴する洋食屋に戻すとやけん」

たしかに、麺麭ではなく握り飯を出す日もあると知っただけで、丈吉は眉を顰めそうだ。麺麭は高価であるので、小さくとも安い麺麭を作ってくれぬかと、よしが交渉中だ。

折敷を持ち上げ、「お待ちどおさまでした」と客間に出てゆく。今日も客はこの二人きりだ。人通りの多い市中とは異なって、この前の道を行き来するのは若宮稲荷への参詣客か、地元の者がほとんどだ。しかも「自由亭は事前に予約が必要」との決まりが行き渡っているらしく、表の貼紙を見てふいに入ってくる客は一日に数人、初めの五日は一人の客もなかった。やっと訪れたと思ったら予約をしに来た遣いの者で、そのつど丁重に詫びて引き取ってもらわねばならない。

客は青畳の座敷には似つかわぬ若者二人で、頭は総髪、筒袖の着物に袴もずいぶんとくたびれている。腰には脇差を一本帯びたのみだ。ふだん自由亭を訪れる客とは雲泥の差の身形で、供侍よりも貧相だ。おそらくいずこの藩士でもない浪士なのだろう。

対面して坐る二人のかたわらに腰を下ろし、咳払いをした。

「本日の主菜は、鶏のフリットにござります。煮物は西洋の鶏出汁で」と語り始めたところで、「おばはん」と遮られた。「講釈はええがよ。それより、茶」

「茶」

「そうじゃ。葡萄酒を振る舞うと言うなら、断らんが」

フリットを口に入れたまま笑う顔は牛蒡ほどに色黒で、目玉だけが白い。もう一人は胡坐を貧乏揺すりさせながら、ソップの入った椀を啜っている。もちろん盛大に音を立てている。葡萄酒なんぞ振る舞ってたまるものかと、ゆきは鼻の穴を広げた。

土瓶を取りに台所に戻ると、貫太が盆に湯呑も添えて差し出した。よしは土間に置いた木箱に腰を下ろし、煙管を遣っている。よしが煙草を喫するのを、自由亭に通うようになって初めて知った。丈吉は舌が馬鹿になると言い、酒も煙草も遠ざけている。兄しゃんには内緒よ。わかっとると請け合いながら、少しばかり心配になった。

よしも二十歳だ。いつまでも自由亭で働かせるわけにはいかず、いずれは嫁がせてやらねばならない。あの人はどう考えとるとやろうと思いながら、今は相談もできない。

客の前に戻って湯呑に茶を注ぎ、「どうぞ」と差し出す。二つの折敷の上を見やって、「あれまあ」と声が出た。

「もう召し上がったとですか。速かあ」

「うん、旨かった」

二人は畳の上に後ろ手をつき、満足げに腹を擦った。

旨かった。

この言葉の有難さ、嬉しさを知ったのも、ここに通うようになってからだ。身に沁みる。

「洋食屋じゃき、てっきり麺麹かと思うちょったら握り飯じゃったのには面喰ろうたけんどのう」

「いずれ麺麹をお出しできる日もあると思いますけん、どうぞまたお越しを願います」

「いや、わしはあれは好かんき、握り飯でええ」と、貧乏揺すりの男が手を振った。「君は、麺麹が嫌いじゃったか」色黒が問うと、「ボソボソしちょるろう」と眉を顰める。

「うちの仕入れとる麺麹は皮が香ばしゅうて、中はしっとりしとりますよ。よか麺麹が焼けたら持ってきてもらいますけん、またお越しください」

麺麹は別料金にしたらどうだろうと、喋りながら思いついた。それなら、食後の珈琲や菓子も別献立で供してみてはどうか。

二人は曖昧に笑う。

「そう、しじゅうは来られんき」

貧乏揺すりが茶を呑み干した。たしかにこの風体では懐が寂しそうだ。「そうじゃ」と色黒が目を上げ、ゆきに顔をふり向けた。

「出前、できるか」

「出前でござりますか」

「うん。運んでくれるんじゃったら、五、六人は頼む者がおるろう」
五、六人前とは有難い。
「いずこにお運びしたらよかですか」

「この近くじゃ」

道筋を聞けばなるほど、前の坂道から小径に入ってすぐだ。

「亀山焼の窯跡の。はあ、そういえば家のありましたね」

良林亭を開業する際、ゆきはそこで焼き損じの皿を拾ったことがある。

「なら、払いはその折にまとめてで、ええろう」

立ち上がりながら、色黒が図々しいことを言い出した。

「いえ、お客しゃん、それは」

泡を喰っていると、よしが襷掛けのまま出てきた。

「後払い、まとめ払いの儀は、お武家しゃまのお名と所をここに書いていただかねばなりません」

帳面を差し出し、筆を色黒の面前にずいと突き出す。二人は顔を見合わせ、渋々と懐から銭袋を取り出した。

木々が鬱蒼と繁った細長い庭を北に回り込むと、土蔵と厩がある。馬はいないが、三月も末のことで風は暖かい。飼葉と糞の臭いがする。板戸はいつも閉め切られているので、声を張り上げる。

「ごめんください。自由亭から参りました」

ややあって、いつもの色黒が顔を出した。

「来たな、おばはん。今日は何じゃ」

「鯨の良かとが入りましたけん、さっと焙ってあります。ソップは筍、小鉢は白和え、それから西洋野菜のサラドも」

「鯨か。土佐も鯨が名物やき。おらんくの池にゃ、潮吹く魚が泳ぎより。ハア、ヨサコイ」

陽気な節回しだ。どうやら色黒は在所が土佐であるらしく、しかし出前に通ううち他国の訛りらしき喋り方も耳にした。頼まれるのはいつも五、六人前だが、庭に面した座敷にはもっと大勢の姿が垣間見える日もあれば、二、三人のこともある。

「ソップ、温めましょうか」「頼む」

鍋と携帯用の七輪も持参している。よしと貫太は「そがん、一人で持てるとですか」と怪しみつつ、ゆきが岡持とその他一式を携えて立ち上がった途端、「はい、はい」と呆れ半分の納得顔だ。力仕事だけは誰にも負けぬので、出前は進んで引き受けている。

四角い木箱入りの七輪を土蔵の前に置き、鍋をのせる。炭は入れてあるので腰から団扇を抜き、煽いで火を熾す。その間に出入り口の板間に取って返し、岡持から重箱を取り出した。主菜や副菜をそれぞれの皿に盛ってはいかな力持ちでも一度に運べぬので、各々を重箱に詰めてある。

鯨の焙りには、おろし生姜と醬油、西洋山葵も添え、細長く切って素揚げしたじゃがたら芋とたらの芽が副菜だ。サラドは西洋芹（せり）と赤蕪（あかかぶ）で、辛子のきいたマイヨネイズをかけて食する。食べ方は応対に出た者に伝えるのだが、実際はどうしているものやら、給仕につかないので目にしていない。後で重箱を引き取りに来て自由亭に持って帰れば、ともかく綺麗に平らげている。

　よしはその時は目を細め、薄い口許を緩める。そういう時の顔は丈吉によく似ている。

　鍋の前に戻り、玉杓子で中をゆっくりと混ぜる。具は薄切りの筍と大根で、汁はヴィヨンだ。牛肉の塊（かたまり）とセルリー、そして外国から鑑賞用に移入された玉のように丸い葱を茶色い皮ごとざく切りにして煮るのが自由亭の流儀らしい。よしがアクを取るこまめさ、塩や胡椒で味をつける手つきの丁寧さはいつ眺めても感心するほどで、まるで鍋の中で味を育てているかのようだ。

　湯気の立ち方で温まったことを判じ、七輪ごと三和土（たたき）に持ち込んで茶碗に注ぐ。把手（とって）のついた紅茶用の茶碗であるのでスプウンが要らない。岡持の蓋（ふた）を裏返し、そこに茶碗をのせていく。

「高松君、坂本さんは京から女房を伴（ともの）うて薩摩に向かわれたと聞いたけんど、それは真か」

「誰から聞いた」

「陸奥（むつ）じゃ」

「ああ、臆病たれ、嘘つき小次郎か」

「なら、女房の件も嘘か」と、別の声が訊く。

「さあな。しかし陸奥が長次郎の自裁の件を京で報せて回ったというのが、わしは気に入らんがよ。あの小才子（こざいし）めが、おおかた、わしら社中の者が長次郎を責めて詰腹（つめばら）を切らせたとでも言うたのじゃろう」

「まったく。あのくらいの譴責（けんせき）を受けて自裁しておっては、命がいくつあっても足らぬわ。今は天下の雌雄（しゆう）を決する潮目（しおめ）じゃというに」

「高松君、陸奥が預かってきた文に、何ぞ、わしらへの叱責でも書いてあったか」

「いや。叔父さんはわしらを責めちょらん。ただ、己が長崎におったら長次郎を死なせんかったとだけ書いちゅう」

その横顔が障子の隙間からちらりと見えた。若々しい銅色の横顔は面高で、勝気な目をしている。

「長州征伐はどうなろう」

別の声がして、ゆきはソップに気を戻した。何の話かさっぱりわからぬし、客の交わす言葉に聞き耳を立てるのは丈吉が厳として戒めていることだ。けれどこの家に集まっている若者らはいったい、何者なのだろう。小難しい顔をして熱っぽく喋り、諍いになったかと思えば、どっと笑いが立つ。ゆきに対してもまちまちで、挨拶をしてもまったく目に入らぬとばかりに素通りする者もいれば、少年のような笑みを見せて声をかけてくる者もいる。

自由亭の飯は力が出るき、これからもよろしゅう頼むぜ。

持参した木の芽を掌にのせて叩き、茶碗の中に入れていく。

「おばはん、パンパン、パンパンとうるさいのう。何をしゆうが」

顔を上げると、いつぞやの貧乏揺すりだ。

「木の芽の香りを立てとったとですよ。さ、お待たせしました。お熱いうちに」

前垂れに差してあった布巾で手を拭き、「毎度有難うございます」と辞儀をした。支払いは「十日ごとにまとめて」と交渉されたので、それはもう断れなかった。思わぬ余禄もある。大柄なゆきが岡持を持って坂道を行き来する姿は目立つようで、仕出しを頼んできた家がある。坂下の商家で、花見弁当を十人前も注文してくれた。

「いつものごと、食器は蔵の前に置いとってくださったら取りに伺いますけん」

「相わかった」

岡持と鍋、七輪をまとめて持ち上げて、庭を引き返した。

「おお」野太い歓声がして顔を回(めぐ)らせば、座敷に重箱と茶碗が運び込まれたらしい。五、六人の若者が総髪の頭を寄せ合っている。

「おい、重箱の中は陸奥の分も入っちゅうぞ」

「かまん、かまん。あいつには銭だけ払わせたらええがよ」

「そうじゃ。長次郎の死んだ後、亀山社中の金子(きんす)を坂本さんに任されたは陸奥じゃけんのう」

「いやあ、長崎の鯨もなかなかのもんじゃ」

陽気と陰気、熱と冷たさ、無邪気と後ろ暗さが入り混じったような連中だと首を傾(かし)げながらも、こちらまで笑んでいる。とにもかくにも、自由亭の料理を歓んでくれればゆきは嬉しい。調理にはほとんど役に立っていなくても運ぶだけであっても、丈吉がいかほどお客に心を掛けてきたかが少しばかりわかるような気がしている。

坂道を上れば、木々の枝越しに長崎の港が見える。今日も船が多く、春陽に光る海を数多(あまた)の艀(はしけ)が魚のように行き交っている。


四月に入って、丈吉はようやく床上(とこあ)げをした。顔が一回り痩せ、頰もまだ蒼白(あおじろ)い。しかしもう大丈夫だ、明日から店に出ると言い張る。

「林斎先生ももうよかやろうと、仰せになったけん」

久しぶりに一家で夕餉の膳を囲み、和十などは泣き笑いで酒を呑んでいる。丈吉が養生している間は願をかけて酒を断つと言っていたのだが、朝、息が酒臭い日があった。

「お義父ぅ、呑みましたね」

「うんにゃ。うがいばしただけじゃ」

言い訳にもならぬことを言い張り、きんを抱き上げてそそくさと畑に出ていく。都合が悪くなると孫を使うのだ。

「そいにしても、ひと月もかからんうちに元気になってよかったこと。有難か」

ふじは声を湿らせている。後で知ったことには、若宮稲荷にお百度を踏んだらしかった。

「養生できたとは、お父ぅとお母ぁのおかげですばい。世話んなりました」

丈吉が頭を下げた。

「いやいや、わしとおゆきは何の役にも立っとらんばい」

和十は謙遜するにも、ゆきを道連れだ。口をへの字にしてやると、向こうはへヘンとほくそ笑んでまた酒を呷る。そのかたわらで、よしが鍋のものを洋皿に盛っている。丈吉の膳の上に運ぶと、両の眉が上がった。

「こいは、フーカデンやなかか。お前、作ったことあったか」

「なかよ。兄しゃんが作るとば、そばで見とっただけたい」

よしは「食べて」と、掌で示した。丈吉はスプウンを手にし、まずは汁を口に入れた。頬と顎を動かし、喉仏も動く。それから肉団子を口にし、咀嚼している。人参、蕪、じゃがたら芋、玉葱はすべて一口大に切ってあり、丈吉はその一つずつを黙って口に入れ、いつしか目を閉じて味わっている。ゆきはそのさまを固唾を呑んで見守る。よしも身じろぎもせず、和十はふじと不思議そうに顔を見合わせながらも、きんを胡坐の中に入れている。きんは祖父母と共に先に夕餉を済ませているので瞼(まぶた)が半分下りかけだ。ゆうも籠の中で寝息を立てている。

丈吉は目を開き、何度も頷くように頭を動かした。

「どう、兄しゃん」

「よか出来じゃ」と言った。「賄い(まかな)でおれが作ってやったのは一度きりやったとに、よう拵えた」

「それ、義姉(ねえ)しゃんたい」

丈吉の目が動いて、ゆきを見つめる。

「まことね」

首肯(しゅこう)した途端、「まさかあ」と和十が横槍を入れる。

「おゆきが阿蘭陀(おらんだ)料理なんぞ拵えきるもんか。およしが花を持たせとるとやろう」

「いや、これは阿蘭陀にも仏蘭西(ふらんす)にも、露西亜(ろしあ)にもなか」と、丈吉がまた真面目に答える。父親がほとんどふざけているというのに、この父子(おやこ)の何と似ていないことか。

「船に乗っとった時に考えついたもんで、いわばいろんな国の料理をとり混ぜとるとよ。フーカデンはこの団子のことで、そいは仏蘭西語たい」

その団子は牛肉を細かく切り、そこに麺麹を粉にしたものと卵を混ぜ、塩と胡椒と、ナツメグという香辛料(こうしんりょう)を加えてよく捏(こ)ね、小さく一口大に丸めたものだ。それを西洋の鉄鍋で焼いておき、蔬菜(そさい)のたぐいは茹でておく。よしが用意したヴイヨンに豚の脇腹肉の燻製を入れ、七輪のとろ火で一刻半(いっときはん)ほども煮た。むろん鍋の横につきっきりで、汗だくだ。表面に浮いた脂をこまめに掬(すく)い取り、最後に塩で味をつけた。

「義姉しゃんは団子汁(だごじる)ば作ろうてしとったとけど、そんならフーカデンに挑んでみたらどうねて言うたと」と、よしもスプウンを持った。

「うん、義姉しゃん、やっぱりおいしか」

促されて、ゆきも食べ始める。しくじりが気になって何度も味見をしたせいか、最後にはよくわからなくなった。それで貫太に小皿を渡すと、目を丸くした。

女将しゃん、やればできるやなかですか。

それを話すと、丈吉が呆れたように眉を下げた。

「あいつ、おれのおらん間に先輩風を吹かしおって」

「そうですたい。家にはお義父（とう）、店には貫ちゃん」

ゆきは笑いに紛らせる。本当は胸が一杯だ。丈吉は上出来だと言ってくれたけれども団子は焼き過ぎで、ヴイヨンはよしが拵えたものを使っただけだ。そのヴイヨンの味が沁みているので、蔬菜はどれも本当に旨い。じゃがたら芋は舌の上でとろけ、人参は歯触りがよい。惜しいのは蕪だ。最後に入れるべきであったか、もう崩れかかっている。

「わしもその、ふう何とかばもらおうかの」

するとふじも「私も」と、自ら鍋の前に移る。「今日はめでたか夜やけんね。ご相伴（しょうばん）に与ろう」

きんはもう眠りこけて和十の胡坐から頭をはみ出させ、口を半開きにしている。

「明日から、出前もなくなるとですねえ」

私の出番ももう終いだ。

丈吉が「予約は」とよしに訊（たず）ねた。先月の末からは丈吉も寝たり起きたりになったので、「四月からは予約を取れ、断るな」とよしに言い渡してあったし、むろん窮余（きゅうよ）の策の日替わり洋食膳のこともよしから聞いて承知している。

「今のところ、四月の半ばに一組様入っとるだけ」

丈吉は「そうか」と目を伏せた。

「じゃあ、続けるか。日替わりを」

「そうですか、よかですか」

思わず手を打ち鳴らした。丈吉は苦笑いし、つと眉を上げる。

「戸口を叩く音のせんか」

「今時分、どなたやろう」よしが腰を上げて出てゆく。

「おおかた、林斎じゃ。追い返せ追い返せ、今宵は水入らずじゃ」

和十はまた友達甲斐のないことを言う。戻ってきたよしが、丈吉のかたわらで膝をついた。

「兄しゃんに会いたかていうお方がおいでやけど。お武家しゃんがお一人」

「予約か」

「そう訊いたばってん、違うと」

「名乗りは上げなすったか」

「亀山社中の錦戸しゃまと仰せたい」

ゆきは「お前しゃん」と、腕に指を置いた。

「その亀山社中のお人らが、毎日のごと出前を取ってくださると。何ばしよらすか、ようわからん胡乱な輩ばってん」

「いや。あすこのお人らのことなら承知しとる」と、丈吉は立ち上がった。

「おゆき、着替えじゃ。およし、お客を玄関脇の六畳へお通しせい」

まだ足がふらついているが、声は張りを取り戻している。ゆきとよしはすぐさま二手に分かれた。ゆきは二階に上がって着物と帯と羽織を出し、それを持って段梯子を下りた。丈吉は仏間に入って待っており、薬湯の臭いのついた寝衣をさっと脱いだ。

茶を出して下がろうとすると、丈吉が手招きをした。

「陸奥しゃん、女房ですたい。出前をさせてもろうとった」

はて、錦戸と名乗ったはずと訝りつつ、膝前で手をつかえた。

「毎度ご贔屓に与りまして有難う存じます」

「いや、自由亭に運んでもらうとは結構なことだった」

行燈を一つ置いてあるだけなので面貌はよくわからない。が、たぶんあの家で会ったことのない武家だ。上方訛りが微かに感じられ、社中の連中とは明らかに物言いが違う。ゆきは小腰を屈めながら座敷奥の行燈に近づいた。やはり油が切れかかっている。そっと部屋を辞し、油を持ってまた戻る。

「英吉利語を会得しようと、英語伝習所にも通うたんだが」

「伝習所。ああ、唐通事をしとらした何先生が学頭をお務めになった」

「さよう。何先生の師であられたフルベッキ先生も時々おでましになったので直に習うたが、まったくもって身につかなんだ。学問では誰にも引けを取らぬつもりであったが、喋る、聴き取るというのは難物じゃ」

「外国語の習得は、外国人と共に過ごすとが一番ですばい。なあ、おゆき。引田屋の遊女らの言葉は、よう通じるそうな」

油を注いで灯心を掻いている最中であるのに、丈吉が話しかけてきた。客との話にゆきを入れるとは珍しいことだ。手早く行燈の枠を納め、膝を回した。

「片言ですばってん、阿蘭陀しゃんのお相手をしておった遊女らは、それはよう通じたそうですよ」

　客は「ほう」と、興味深げな声音だ。

「七年ほど前、安政の頃でしたか、イキはミネルにハルレンしたが、コストニートでベターレン、という小唄(こうた)が流行(はや)ったとです。阿蘭陀小唄というて、長崎におらした医学生しゃんらが酒席でよう唄われとりました」

　客は天井に顎を向け、「なるほど」と小膝を叩いた。

「わしはおぬしに惚(ほ)れた、しかし金がのうて困ったもんじゃ」

　さっきよりは座敷が明るくなったので顔が見える。歳の頃は二十二、三歳だろうか。白く細長い顔だが異人ほどに彫りの深い美男だ。丈吉も共に笑い、「おれは安政の頃というたら、出島の諸色売込人(コンプラドール)に雇われたり阿蘭陀商人に雇われたりして、そがん粋(いき)な唄なんぞまるで縁のなかったばい」とゆきに言い、顎を戻した。

「そいにしても陸奥しゃんは、よう蘭語を解しなさる」

「間違(まちご)うておらなんだか」

「正しか訳ですよ」

「いや、机上の学問に過ぎんのよ。フルベッキ先生と論を交わしたいと願(ねご)うても、英語では思うことの一つもまともに伝えられなんだ。そなたは阿蘭陀の総領事に仕えておったと聞いておるが、それはいつ頃のことか」

「総領事の前にもコンプラ商人に雇われておって、そん人の口利きで、安政五年頃でしたか、出島の蘭人に奉公したとです。ボオイと洗濯仕事を始めて、考えたら、それが今の稼業の振り出しですばい」

　出島の商館員や蘭船の乗組員の日用を足すのがコンプラ商人だ。日々の生活に要る物を調達して運び、時には安い蘭物を日本の商人に仲立ちし、帰国時には土産の品も頼まれて購う。近頃は茶葉や醤油を本国に持ち帰る蘭人も多いらしい。

「そのお方が帰国したら他の蘭人が雇うてくれて、そん時にコックの見習いば始めました。商館の料理場は西洋人に清人、黒坊も入り交じって、最初はそれこそ手前も片言ですけん、料理の教えを請うどころか拳固ばかりもろうとりましたとよ。生傷と火傷の絶えんやった」

　ゆきはそっと右手の袖をずらして手首を見た。火傷の痕はもうほとんど消えたが、いつまでもじくじくと痛んだ。

「そのうちデ・ウィットしゃまが総領事として赴任してこられて、雇うていただきました。最初は料理場の手伝いからボオイ、洗濯、命じられたら何でもお引き受けする下働きですたい。総領事が江戸に赴かれることになった際にお供ば仰せつかって、手前も船に乗り込みました。芝の西応寺が公使館でしたけん、あの寺の厨で西洋料理の会得に専心させてもろうたとです。牛肉や豚肉はまだ大っぴらには手に入れられん頃でしたけん、魚や鶏、小鳥を料りました。料理人の中に仏蘭西人のおったとですが、その人が親切によう教えてくれました。あれは有難かった。長崎に帰ったとは万延元年の冬で、その時から総領事専任のコックの任を仰せつかったとです」

「その、仏蘭西人の料理人は」

「腕利きでしたけん、仏蘭西公使のお抱えになりました。それからも方々にお供したとですよ。箱館、江戸、横浜と、開港した土地を次々と巡って、箱館では露西亜料理の流れを汲む外国人向け料理茶屋がありましたけん、そこにも通うてずいぶんと食べました。仕送りする他は賃銀のすべてを食べることに費やして、舌に憶えさせたとです」

しばらく臥せって誰ともほとんど言葉を交わしていなかったからか、いつになくよく喋る。ゆきが初めて耳にする話も多い。そういえば藤屋の主には、仏蘭西料理も会得していることを口にしなかった。一度食しただけで腕のほどを見切ったのだろう。

「自由亭を構えさせてもろうとりますのも、仏蘭西人のムッシュウとデ・ウィット総領事が目をかけてくれなすったおかげですばい」

「総領事に仕えたのは何年か」

「三年と少しでしょうか」

年数だけ聞けばさほど長くはない。けれど丈吉にとっては、いかほど熱く興奮に満ちた日々だったことだろう。物言いや振舞い方に堅苦しいところがあるのも、おそらく総領事の許で身につけた行儀なのだ。船の厨房で懸命に料理を作り、総領事に供する青年の姿が目に泛ぶ。

頭を振られては落胆し、「よろしい」と認めてもらっても遠慮がちに会釈を返すだけだ。そして一人、夜更けに甲板に出て夜空を見上げる。潮風の中で、その時は嬉しさを憚ることなく叫ぶ。やった、褒めてもろうた。

満天の星に向かって、両腕を高々と突き上げる。

「いや、くだくだしい話になりました。ご容赦を」丈吉は頭を下げ、「それはそうと」と継いだ。

「陸奥しゃんは、勝様の塾におられたとでしょう」

「誰に聞かれた」

「それは記憶しとりません。ただ、坂本様といい、勝様ゆかりの方が長崎には多かですけん」

丈吉はたぶん客の誰かから聞き及んだのだろうが、曖昧に濁した。陸奥はそれを気に留めるふうもなく、「さよう」と首肯した。

「海防の視察のために、紀州においでになったことがあっての。承知かもしれんが、手前は紀州藩士の家に生まれ、父は藩政を司る要職にあった。その後、失脚の憂き目に遭うてしもうたが」

　そこで言葉を吸い、「それはもう詮無きこと」と膝の上の拳を置き直す。

「勝殿と坂本殿の知遇を得たおかげで、神戸の海軍操練所で帆船の操術を学べた」

「あすこは薩摩の御家中が多かったでしょう。あとは、土佐のお人らでしたか」

「そうよ。薩摩の家中とどうにも反りが合わんで難儀した。あの者らは何かにつけて胆力、腕力を恃み、それが武士の生きようだと信じて疑わん」

　丈吉は黙って先を促すのみだ。

「ともかく同じ薩州人が大事、親戚、身内が何より大事。武力ではなく知力を尽くすべきではないかと説いても、とんだ臆病者だと鼻を鳴らしおる」

　臆病たれ。そんな言葉を思い出した。嘘つき、とも。口の悪そうな連中であったので単なる陰口であろうが、それにしてもこの客は敵が多そうだ。

「神戸の後は薩摩の御家老、小松帯刀様の禄を食んでいたことがあったが、あの御仁は人物だ。そして勝殿、坂本殿だ。あの人らは地縁にも血縁にも縛られぬ。事の大勢と勘所を摑んで、これからの政にはいかにサイアンスとアートが重要かもようわかっておられる」

「サイアンスとは学という意の、あのサイアンスですか」

　丈吉の発音は陸奥よりもなめらかだ。

「さよう。アートは術とでも申そうか。政は、サイアンスとアートで執り行のうべきものじゃ」

　陸奥の発音はどことなく、たどたどしい。ただ、この人は途方もなく学問をして己の才を身の裡る。

に漲らせているのだろう。胆力、腕力ではなく才をこそ恃むのだと、痩せぎすの背中を立ててい

「葡萄酒か、紅茶をお持ちしましょうか」

頃合いを見て申し出ると、丈吉が陸奥を見た。「いかがです。自宅ですけん大した酒は置いとりませんが、日本の酒もあります」

「では、茶をもう一杯所望しよう」

かしこまりましたと引き取って台所に入ると、よしがすでに紅茶の用意をしていた。

「話が長うなって、躰に障らんとよかけど」

よしは兄の様子が心配とばかりに首を伸ばす。

「そいが、話の弾んどるとよ。陸奥しゃんよりも、うちの人の方がよう喋りよる。珍しかことよ」

「陸奥。あのお武家しゃん、錦戸と名乗られたとに」

「ようわからんばってん、お武家は名をいろいろと使い分けなさるけん」

紅茶茶碗をのせた盆を捧げ持ってまた座敷に入ると、「キャビン・ボオイ」と丈吉が言った。

「そこまでお覚悟なさっとるとですか。いや、キャビン・ボオイはきつか仕事ですよ。甲板洗いから船長室の掃除洗濯、小間使い、上級船員の部屋の掃除まで、朝から晩まで追い回されますばい。とても繰船術など、学ぶ暇はなかと思いますが」

「それでも言葉は学べるだろう。英語しか使えぬ場にこの身を置かんことには、もはやどうにもならん。向後、この国の先行きに尽くすには、通詞を介して喋っておっては間に合わんのだ。戦を避けるためには交渉、駆け引きを行ない、相手の心を摑まんことには始まらん」

「サイアンスとアートですか」

「いかにも。ゆえに、語学の修練を急ぎたい」

口吻（こうふん）が熱を帯びた。荒くはない。噛（か）みしめるような言いようだ。

「どうぞ冷めんうちに。英吉利の紅茶ですたい」

丈吉はゆきが差し出した茶碗を勧める。陸奥は茶碗を持ち上げた。

「なるほど、これは香りがいい」

悠々と茶碗を傾けている。丈吉は蟀谷（こめかみ）に指をあてて何やら思案していたが、ようやく茶碗に手を伸ばした。一口含んだだけで目を上げる。

「上海（シャンハイ）との間を往来する英吉利船がありますたい。スクーナーです」

「帆船だな。縦に帆を張った」

陸奥の頬に笑みがともり、丈吉も静かに紅茶を飲む。

戸口まで見送りに出ると、陸奥は「忝（かたじけな）い」と丈吉に告げた。

「病（や）み上がりの御身で、よう接遇してくれた。女将にも雑作（ぞうさ）をかけた」

ゆきにまで会釈をして踵（きびす）を返した。提灯（ちょうちん）も持たずに星明りの坂道を下っていく。夜目ながらも後ろ姿がひょろ長いことがわかる。亀山社中の仲間には嫌われているようだが、やはり才人だとゆきは思った。初対面であるはずの丈吉に対して、しかも病み上がりだと承知の上で訪ねてきて、ほんの半刻（はんとき）ほど話をするだけで己の存念をかなえてしまったようだ。

「自由亭、再開ばい」

床上げ早々俗世の用に巻き込まれたというのに、丈吉の頬にも血色が戻っている。誰かに信頼され、恃みにされるということは、当人を奮い立たせるものらしい。

丈吉が新たに料理人を雇うと言い出した。どうやら、養生中に思案していたらしい。

「御奉行所から御用を承った日は、おれが店を空けることになる。他のお客の予約をお断りするとも申し訳なかと思うとったとよ。おれがおらんでもお客のご希望に添えるよう、一人増やす」

よしが顔色を変えた。

「私がおるやなかかね。一人料理人を抱えたら、そのぶん金子のかかるとよ」

「そうです、わしもおりますけん」貫太までが加勢した。

「お前らにはこれまで通り、踏ん張ってもらわんとならん。昼の洋食膳の評判になって弁当の注文も増えとるし、よろしゅう頼みたか。ばってん、十人、二十人の宴のお申しつけも受けて、芸妓も呼べる座敷にせんことには、時世に後れを取る」

「時世って。兄しゃん、味だけじゃいけんとね。自由亭はどこにも負けん料理ばお出ししとるやなかかね。そいだけで勝負したらよかやなかかね」

土間に足を突っ張らせている。

「むろん料理が第一。どがん座敷が立派でもつまらん料理を出すくらいなら、わしは店を閉じて料理人をやめる」

丈吉も語気を鋭くしたので、ゆきは「お前しゃん」「およし」と小声をかけるのが精一杯だ。

「ばってん、自由亭は自在や。何にも縛られとうなか。やってみようと思うことは、やってみる。料理人はお前がいかに不承知でも雇うぞ。それが厭なら、早う一人前になれ」

よしは唇を震わせていたかと思うと、外へ飛び出した。

「およし」

「うっちょけ。あれが料理に本気やったら、いつかは通らんといけん道ばい」

「ばってん、あの子はおなごですよ」

「男も女も関係なか。そいも、自由亭は自在とする」

一刻（いっとき）ほどしてよしは帰ってきて、「すみませんでした」と丈吉に頭を下げ、また黙々と仕込みに精を出す。そばに寄ると微かに煙草の臭いがした。

そして六月から、萬助（まんすけ）という料理人が店の二階に住み込むことになった。本人が言うには長崎生まれの二十五歳で、亡くなった父親も料理人であったらしい。本膳料理を京の料理屋で学び、長崎に戻ってからも料亭を転々としてきたようだ。がっしりと上背（うわぜい）があり、眼を炯々（けいけい）と光らせて、貫太など怖がって腰が引けている。

「渡りの料理人ば雇うとは」

よしもまだ納得できていない。

ただし腕前は丈吉が見込んだだけあって、刺身に椀物、酒肴（しゅこう）も見事に美しく拵える。どうやら萬助には丈吉に西洋料理を習いたい、丈吉には日本人の宴の前座として日本料理を何品か出したいという目論見（もくろみ）があり、それが一致したようだ。仲介したのはいつも仕入れている魚の卸商（おろししょう）の主で、「包丁と同じばい。人も遣いよう」と囁（ささや）いたらしい。

そんな危なそうな男をと、ゆきも不安ではある。


七月も末、初秋の座敷に三味線の音が響く。

屛風（びょうぶ）の前では、三人の芸妓が扇子（せんす）を手に舞っている。黒紋付（くろもんつき）の裾からは赤や縹色（はなだいろ）の内着（うちぎ）が溢（あふ）れ、匂わんばかりの色香（いろか）だ。庭では秋虫も鳴いているが、まだ昼八ツ過ぎであるので暑気が残っている。しかも今日は十人という大きな宴であるので、人いきれと酒、料理の匂いが籠もらぬように庭に面した障子を開け放し、ゆきは広縁から団扇で風を送り続ける。

宴は土佐藩の大監察、後藤象二郎というお方からの用命だ。一行は十人で、家臣が六人、亜米利加の商人が二人、そして日本人の通詞が一人同伴している。

床の間を背にした上座の洋椅子に坐しているのが後藤で、大監察は大目付に等しい重役というから老人を想像していたが歳は三十頃だ。頑強そうな体軀に小麦色の肌はぶ厚く、眉も鼻筋も太い。その貫禄たるや、外国の商人らから「大名のごとし」と恐れられているようで、交渉が不首尾であると総身から殺気を放ち、「ショウニンめ」と吐き捨てるらしい。

土佐のゴトウには逆らうな。斬られる。

そんな真しやかな噂も出回っているのだと、ゆきは商人のお供で訪れた清人から聞いた。長崎育ちの彼は通弁を生業とし、帳場に入り込んでは話し込む。

「土佐も薩摩のごと勧業貨殖に血道を上げて、いわば藩ぐるみの商いばしようていうとに、商人めとは聞いて呆れるばい」

やたらと声が大きいので、しっと唇に指を立てねばならない。亀山社中への出前はまだ時々あって、日中、他の予約が入っていなければ店で洋食膳を出すこともしている。

「なあに、お侍が怖うて異人に仕えられんたい。ま、僕も異人ばってん」

変な声で笑い、次之間へしゃなりしゃなりと尻を振りながら入っていく。主人が食事をしている間そこで待つのだが、葡萄酒を一本呑んで葉巻を吸い、それをすべて主人の払いにつけろと主張する図々しさだ。後藤の供は六人もいるが、そんな不行儀は働かない。だが茶を供し煙草盆を出し、それでも宴が長引いているので、よしに簡単な洋食膳を調えさせた。それはたいそう歓ばれた。

一方、座敷では丈吉が腕を揮った西洋料理一式が順に運ばれてくる。

　畳二枚ほどの大きさの洋卓には白布をかけ、花は石楠花、銀の燭台を三ヵ所に置き、座敷の三方に硝子の行燈だ。藤屋の座敷で見たものよりもはるかに背が高く、虫籠や香炉まで硝子で誂えて床の間に飾ってある。椅子も買い足し、総勢二十人まで迎えることができる。

　丈吉は病で臥している間、座敷の室礼についての思案も相当に練っていたらしい。家具を買い調えるのに用いたのが月々十両という蓄えで、思い切って遣ったようだがゆきもよしも詳細は知らない。文字に暗いので帳面をつけるわけでなし、すべては丈吉の頭の中にある。

　ただしゆきはこうして座敷で客や芸妓の世話をしたり帳場に坐ることが増えたので帳面を購い、あらかじめのお申しつけの儀は数字と片仮名で記している。

「女将、酒じゃ」

「はい、ただいま」

　家臣に命じられ、料理場に駈け込む。今のお方はたしかと名前を思い出し、顔と結びつけて頭に入れ直す。帳面に顔の絵を描くようにしていて、反っ歯に乱杭歯、鼻高、団子鼻、禿に狸、うらりと、己が判じやすいように好きに描く。

　料理場では萬助が、今日も黙々と包丁を遣っている。その向こうで丈吉が、手前でよしが一心に手を動かしている。張りつめている。今朝も一悶着あって、伊勢海老の身を殻から外したよしが包丁を構えた途端、萬助が「阿呆」と怒鳴った。

「伊勢海老の身に金気をあてたら味が落ちる。指で毟ってちぎらんか」

　よしは蒼褪めて丈吉を見たが、従えと丈吉は命じた。

「魚の扱いについては、日本料理の者がよう心得とる」

　よしは師である丈吉には逆らえない。黙って指図に従ったものの、そのうち堪えきれなくなるのではないかと、ゆきは気が気でない。

貫太がゆきに徳利を渡し、眉を八の字に下げた。気詰まりでいたたまれないらしい。貫太の肩越しに料理場へ顎を突き出した。

「鶫の焼物にそろそろ取りかからんば。サラドも」

客の食べ進み方を見て料理場に伝えるのもこの頃の役割だ。三人が一斉に低く短く、「ん」「へい」「はい」と答える。

座敷に戻れば踊りはもう終わったようで、手をつかえて辞儀をしている最中だ。

「お待たせいたしました」

徳利を置くと、家臣が当然のように盃を持ち上げた。酌をしろということなのだろうが、ゆきは酌をしないのが常だ。引田屋の女将がそうであったので倣っているだけなのだが、自ら進んで酌をするのならともかくと迷っていたら、かたわらに白粉の匂いが立った。芸妓の一人で、たしか玉菊という名だ。ゆきに小さく頷いて徳利を持ち、「おひとつ」と笑んで持ちかける。

「いや、おぬしの酌じゃったら、わしじゃあ申し訳がないき、まず御奉行に一献差し上げろ」

あからさまにへつらい顔をして後藤に譲った。それにしてもよく呑む連中だ。主菜に至るまでまだ何品もあるというのに、一斗樽の底がもう見えている。

しかも今日の献立は西洋料理だけでなく、丈吉が萬助に命じて日本料理の先付を拵えさせた。件の伊勢海老の刺身に鯛の葛打ち、厚焼き玉子、茸と大根のなます、京菜のひたし等を黒漆塗りの丸盆に並べたものだ。異人には別献立で、伊勢海老は蒸してボートルソースをかけ、パースリーを散らしてあった。鯛は塩焼きのリモン添え、卵は茹でて法蓮草のボートル炒めと共に、茸と大根は西洋風の甘酢漬けだ。ほぼ同じ材料で日本と西洋の二通りを見せたとあって、座は大いに沸いた。

「これは重畳(ちょうじょう)」

後藤も口の端を上げていた。外国の商人が感心しているのが小気味(こきみ)よさそうで、酒をすいすいと呑んだ。

「ミスタらにも酌をしてやれ」

後藤は鷹揚(おうよう)に顎をしゃくる。異人は葡萄酒を二人で一本空けただけで、顔が酸漿(ほおずき)のごとく染まっている。通詞に向かって何かを言い、通詞が「畏(おそ)れながら、問うておられます」と上座に申し出た。

「何じゃ」

「後藤様は、オブギョーという名もお持ちなのですかと訊いとられますばい」

「や」と後藤は太眉を額まで持ち上げ、皆が口許を引き結んだ。身構えている。が、後藤は破顔し、鼻に横皺を寄せて笑った。つられたように家臣も笑う。

「説明してやれ」

命じられた家臣は「はッ」と頭を下げ、横に顔を向けた。

「大監察は当家開成館の御奉行を兼ねておられるのだ。此度(こたび)、長崎に出張所を開設されるにあたり、足をお運びになった」

さっぱりわからない説明だ。かたわらの年寄りが咳払いをして、

「奉行というのは、そもそも奉行すると申して、その任務を執り行のうことを指しておった。すなわち、その方らは大監察様、御奉行様、いずれでお呼び申しても礼を失することはござらん」

通詞は難しいのか、四苦八苦しながら伝えている。その隙にゆきは空いた皿を引く。

「して、貴公は何をお売りになりたいのかと訊ねておりますばい」

通詞がまた通弁した途端、後藤が口の端をぐいと下げた。

「身共は商人ではない」

家臣が首を伸ばし、「当家開成館は土佐の産物を扱う役所ぞ」と声を低める。

「土佐は木の国、紙と樟脳を多く産出いたす国じゃ。とりわけ樟脳は日本広しといえども土佐の産物が最上、おんしらがぜひとも自国に運びたいと願うなら、譲ってつかわす」

お武家は偉いものだ。品を売る相手にこうも尊大に構えてのける。内心で感心するやら呆れるやら、ともかく皿を片づけて運ぶと、「鶉とサラド、上がった」とよしが告げ、またそれを座敷へ運ぶ。徳利も瞬く間に空いたので、葡萄酒を三本ほど貫太に持ってこさせる。小刀と三叉の扱いは後藤は慣れた手つきであるが、他の者は気の毒なことになっている。ゆきは玉菊という芸妓に近寄って、小声で頼んだ。

「悪かばってん、小鳥の焼物は骨を手摑みにして食べてもよかて言うてやってくれんね。そやないと、羽の生えて皿から飛び立ちそうたい」

「鳥籠がたんと要りますなあ」

玉菊は小気味良く笑い、すぐさま家臣らの脇に立ち、酌をしながら囁いている。ところが周囲を見回すだけで誰もそのようにはしない。そのさまを見て取ったのか、外国商人の一人が骨を指先で摘み上げ、むしゃむしゃとやり出した。

「エクセレン」

たぶん旨いと言っているのだろう、顔じゅうを赤くして家臣らに掌を差し出している。真似をせよということらしい。

「これは、したり」と大きな声を出したのは後藤で、小刀と三叉を皿に置いた。骨を持ち上げ、もうわずかしか残っていない肉にしゃぶりつく。

「ふん、こうして喰う方が上々、よほど旨い」

家臣は一斉にそれに倣い始め、ゆきは玉菊と顔を見合わせた。互いに眉を下げ、やれやれ面倒なお方らやと腕に白布をかけ、葡萄酒を注いで回る。これは西洋では給仕の役割であるらしく、細長い洋卓の周りを順に回る。異人はもう沢山という合図で、グラスの上に手をかざす。日本人は誰も断らず、まだ水のように呑んでいる。

「おんしらを見込んで訊ねるが、汽船を売らぬか」

後藤がやにわに訊ねたので、通詞は慌ててそれを伝える。商人は二人とも聞くなり眉間を曇らせ、「ノー」と頭を振った。盛んに手を動かして、つらつらと喋る。だが後藤はもう察しをつけたのか、不機嫌もあらわな面持ちになった。

「あいにく、長崎には売り物の船がなかと申しております」

「それはつまり、売れぬということか」

通詞が蒼褪めたので、異人らも顎を引く。唇が真っ白だ。

「おい、何を早合点しゆう。売り物がないというのは嘘偽りではないのであろう」

通詞が確かめると、二人とも「もちろん」とばかりに首を振る。

「なら、そうも怖がらんでもええがよ。日本人はすぐに刀を振り回すと噂されておるのは承知しゆうが、狂人でもあるまいに、接遇の場でさような真似は働かんき。その方らがでまかせを申したと後で判明したらば、そん時はただじゃおかぬがな。日本人は恥をかかされたら命をやりとりするでの」

通詞の言葉を聞いた商人はますます顔色を失い、盛んに何かを言い立てる。

「嘘じゃありません。長崎ではもう売り物が払底しておりますけん、上海で買うしかなかです」

「上海か」

剣呑な話になってきたようだ。ゆきは卓の周囲を一巡し、料理場に引き返した。その後、二品を出して主菜のビフロースを出したが、座敷は何とも重苦しい。芸妓と三味線方も引き上げ、庭は暮れかかっている。硝子の行燈に火を入れて回り、食卓の蠟燭にも火をつけた。小刀と三叉が皿に当たる音だけがする。

皆が食べ終えた頃、丈吉が現れた。よしと貫太が珈琲と菓子を運んできている。

「ようこそおいでくださいました。自由亭の主、丈吉にござります」

「大儀であった」

後藤は鷹揚にねぎらい、扇子を取り出して広縁に移った。家臣はすぐさま立ち上がり、その背後に従って畳の上に並び膝を畳む。異人は動かない。丈吉はそのかたわらにも立ち、挨拶をしている。通詞が目を丸くして丈吉を見ている。やりとりが至ってなめらかで、小さな笑い声も立つ。ふと顔を回らせば、後藤とその家臣らがこぞって振り向いていた。

「お前しゃん、大監察様が」

袖を引いたが、「ん、わかっとる」と丈吉は動じない。やがて異人が立ち上がり、広縁に近づいた。丈吉が先導だ。家臣らが左右に膝を退らせ、丈吉はその前に正坐した。背後の異人の姿が後藤に見えるようにというつもりか膝を動かし、異人らに何かを言う。二人はおずおずと腰を下ろした。ただし膝を折ることはできず、両膝立ちだ。

「このお方らの洋袴はご覧のように細か作りでござりますゆえ、正坐はとてもかないません。この所作が最上級の表敬と思し召しください」

　後藤は「許す」と、庭を背にして羽織の裾を払った。丈吉が口を開いた。

「先ほども申し上げた通り、お売りする船は持っておりませんばってん、英吉利のガラハしゃんなら上海での買付けに助力でき申そうと言うておいでです。手前どもでもよろしければ、ガラハしゃんにご所望の儀をお伝えしましょうとのことにござります」

　後藤は黙って目を眇めている。

「つきましては、樟脳はぜひとも購いたかと言うておられます。亜米利加も毛織物が多かですけん、これは大きな商いになるはずゆえ、どうか買わせていただきたいと仰せです」

「この者ども、真にそこまで腰を低うして頼んでおるがか」

「はい。手前は通詞の玄人ではなかですし学もありませんけん、知っておる言葉は少なかです。そのまましかお伝えできませんばい」

「相わかった。この商人どもに土佐の樟脳、分けてつかわす」

　今度は丈吉が黙し、通詞がそれを商人に伝えた。二人は大いに顔色を取り戻し、後藤に深々と辞儀をして玄関へと移った。通詞が丈吉に近づいて「助かりました」と頭を下げた。

「出過ぎた真似をしました。ご勘弁ください」

「いいえ。商談が成らんかったら、わしも困るとですよ。明日から路頭に迷うかと、冷や汗をかいとりました」

　外国商人らとは握手を交わし、丈吉はまた英語で挨拶をしている。

「有難う存じました。またのお越しをお待ちしております」

　ゆきは坂道まで出て、見送った。

「グッナイ、シーユー」二人は手を振り、通詞の持つ提灯で坂道を下りてゆく。座敷に戻ると丈吉は広縁で後藤と相対しており、家臣は洋卓に戻ってまた酒を呑んでいる。「この後、丸山に繰り出すと仰せじゃ」と肩を寄せ合い、相好(そうごう)を崩している。

ゆきは料理場に戻り、洗い上げた皿を拭き上げる。ゆうに乳をやりに戻ったのが宴の始まる前であったので、さぞ腹を空かせて泣いているだろう。

「義姉(ねえ)しゃん、もう帰った方がよかよ」よしが顔を覗かせた。

「ばってん、ご一行がまだおらすけん」

「兄しゃんがおるけん、大丈夫やろう。早(はよ)う乳をやりに帰らんば」

そう言ってすぐに引っ込んだ。少し迷い、そっと裏口から出た。

丈吉が二階に上がってきたのは、夜五ツを過ぎていた。

「夕餉は」

「店で喰うてきた」

「じゃあ、お白湯(さゆ)でも」と言いつつ、着替えを手伝う。寝る前の茶は胃ノ腑に悪いと林斎に言われたらしく、夜は白湯しか口にしない。

「機嫌ようお帰りでしたか」

「ああ。上機嫌やった」

あの大監察の上機嫌は面相(めんそう)を想像しにくい。帳面にはどう描こう。神社の狛犬(こまいぬ)か、いや、雷神(らいじん)に似ている。手に撥(ばち)を持ち、連太鼓(れんだいこ)のごとき家臣らを打ち鳴らす。

「お前も女将業の板についてきた」

「慣れませんよ。今日も芸妓しゃんに助けてもろうたとです。そいにしても、土佐のお武家様は怖かほど厳めしかったですねえ。亜米利加の商人しゃんらが今にも斬られそうじゃと、びくびくしておいででしたばい。亀山社中のお人らも口は悪かばってん、愛嬌がおありですよ」

「ご家臣も位の高か上士ばかりやったし、背負っておられるもんが大きかけんな。うちで接遇したものの目当ての物が買えんとわかって、ちと慌てなすったとやろう」

「ちと慌てたていう体じゃなかったですよ。お前しゃんも、後藤様に何か言われたとじゃなかですか」

「何かって」

　帯を結び終え、茶碗に白湯を入れる。

「広縁でお二人でおられるのが見えましたけん」

「あれは、わしがお訊ねしとったと」

「お訊ね」「ん」と、湯呑を口許に運ぶ。

「先だって、ボートキン先生ば訪ねたったい。見舞いの品をよこしてくださったけん、その御礼に参上したばってん、大坂に出向かれたと聞いてな」

「大坂ですか」

「長州征伐で御公儀の兵が仰山参集しとると聞いとったし、外国人が上方に上るのは危なかろうと気になって、それで正直にそのままお話し申した。大坂は今、危のうなかですかと」

「教えてくれたとですか」

　あの傲岸そうな面構えからして、料理人の問いなど鼻であしらいそうだ。

「答えてくれなすった。ボートキン先生のお名もご承知で、それはおそらく、大坂城にご逗留しとられる大樹公の診療に呼ばれたのであろうとおっしゃった」

「大樹公て、江戸の」

「そうじゃ、将軍じゃ。本来なら異人の医者に診せるなどあり得んことらしかが、御典医の中にも今は頭の進んだ方のおらして、蘭医を召し出せと幕閣に強う進言したようじゃ。よほどのご容態であったとやろう」

「ボートキン先生が」

笑いながら丈吉の肩を叩いていた異人。頭のてっぺんで寝癖のような毛束がはねていた。

「あのお方が、大樹公を療治なさったとですねえ」

「いや」と、丈吉は湯吞を畳の上に戻した。

「先生の到着はおそらく間に合わんかったとやろう。大樹公は崩御なすったそうじゃ。まだ公にされておらぬゆえ、内密じゃ」

背筋にぞくりと、奇妙な感じが走った。

「内密ていうても、後藤様がわしにお話しになったということは、諸国津々浦々に知れ渡っておることやろうが」

「ばってん、そがん大事をお前しゃんに打ち明けなすったとですか」

「あの商人らの言い分を通弁して差し上げたけん、何か思うところがおありになったとやろう」

そこで丈吉はさらに声を潜めた。

「六月に長州征伐が始まっとるというに、将軍が崩御されたとあっては御公儀も相当に分が悪かろうとまでお話しになった。これは、えらかことになる、と」

秋虫の鳴く声が二階にも届く。ゆきは胸が騒いでなかなか寝つけない。

よしの先行きや子供らの様子を案じながら、明日の宴は二組でと、いつしか段取りを考えている。そして今度は時世へと気持ちが移る。御公儀の軍が長州を征伐するのはこれで二度目で、このまま乱世になるかもしれぬと林斎は話していたし、市中も騒然としているようだ。けれど丸山界隈は繁華を極め、自由亭も宴の用命が先々まで入っている。長崎じゅうが沸き立っている。

そして私は夢中だと、寝返りを打った。

思いも寄らぬことだったが、丈吉の養生中からそのまま何となく店を手伝い続け、気がついたら客から「女将」と呼ばれている。「おばはん」から大した身上がりだ。誰かが教えてくれるわけでなし、恥としくじりを繰り返しているけれど、座敷の様子を見て料理場に声をかける頃合いが何となくわかるようになり、客の出迎えや見送りにも少しは慣れてきた。

しかも甲斐まで感じるとはと、不思議な心地がする。仕方がないと、寝返りを打った。

自由亭を訪れる人々は、ほんに面白かけん。

# 5 明治の子

昼の宴が果てて客を送り出し、帳場の中で小筆を持った。

客の顔と名を帳面に書きつけながら、異人の客が減ったと思う。外国商人への饗応そのものが、めっきりと少なくなったのだ。この一年半ほどは毎日毎夜の宴が続いたというのに、この頃は淋しい限りだ。三日後に地元の商人らの寄合が一件、次はその十日後に一組だけと、筆を持ったまま頬杖をつく。

また出前ば始めんといけんやろうか。

けれど、あれほど自由亭の出前を歓んで食べていた連中はもうあの家にいない。去年、慶応三年の四月だったか、亀山社中は新たな看板を掲げた。岡持を持ったゆきにも木看板を指し示し、胸を張ったものだ。

「おばはん。わしらは、土佐藩ご支配の海援隊になったがよ。船も持つ」

「かいえんたい。よか響きですねえ」

四角い真名の読めぬ身であっても、黒々とした文字の勇ましさは感じられた。

皆から嫌われていたらしき陸奥という武家がその後、上海に密航しおおせたのかどうかは知らない。丈吉はいつものごとく何も洩らさぬからで、ただ、薩摩の客が開いた宴でその名が口に上ったことがある。

陸奥君は剃刀のごとく頭が切れる。坂本君も金策と商談は任せきりのようじゃ。

その坂本という御仁が海援隊の頭目のようで、器を引き取りに行った際に一度だけ会ったことがある。秋も深まった九月のことだ。

「おんしが自由亭の女将かえ」

庭に面した縁側に立った男が気易く声をかけてきた。他の連中と同様に頭は櫛目も通らぬ総髪で、着物と袴もくたびれている。喉まで陽に灼けて潮臭そうだ。

「まいど有難う存じます」

「おなご一人でそうも持てるがか。重かろう。おい、誰か、付き添うてやれ」背後に命じたので、

「滅相もなかです」と慌てて引き留めた。

「こいが私の稼業ですけん」

そう言うと目を細め、白い歯を見せた。

「長崎のおなごは強いのう」

「私は力が強かだけです」

誰かが「坂本さん」と呼んだが、「ちっくと待ちいや」と言って動こうとしない。「土佐も強いんじゃ。わしの姉なんぞ、はちきんじゃ」と、ゆきに顔を向けたまま続けた。

「はちきん」

「負けん気が強いおなごを土佐じゃそう呼びゆう。じゃが一本調子で、情に脆いところがあるきね。その点、京女の強さは並でないのう。あの筋骨は、わしの手に負えん」

懐手をしたままのけぞり、ガハと笑った。何がそうも可笑しいのか見当がつかない。

「お大事に」

ついそんな言葉が口をつき、小腰を屈めて庭先から辞した。背後からまた呼ばれて振り向くと、ゆきに目を合わせて頷いた。

「旨かったぞ。久しぶりに、わしゃあ旨かった」

晩秋の陽射しの中で笑んでいる。

「はい。手前どもは日本一の洋食屋にござりますれば」

なぜかそんな張り切ったことを口にしてしまい、慌てて辞儀をして坂道へと出た。

暖簾の向こうを眺めながら、ゆきは息を吐く。あのお方はもう、この世におられんとやなあ。胸の痛みというよりも不思議なのだった。ただの一度言葉を交わしただけであるのに、こうして時々思い出している。宴の最中にその噂を耳にした時も、動揺することはなかった。

海援隊の坂本龍馬が京で殺されたらしか。

剣呑な言葉を耳にして、注ぎかけていた葡萄酒を一滴、食卓布の上に零してしまっただけだ。けれど翌朝、布の洗濯をして干す時に、ふいに思い出した。

おなご一人でそうも持てるがか。重かろう。

風情のようなものが甦って、気がつけば手が濡れたまま坂道を下り、あの家の生垣の前に立っていた。庭先にそっと足を踏み入れれば、荒い声が聞こえた。

王政復古がようやく成ったというのに。日本はこれから新しゅうなるというのに。

牛蒡のように黒い若者と貧乏揺すりの二人で、庭土の上に子供のようにしゃがみ、背を丸めていた。声を殺して泣いているのだとわかって、黙って坂道を引き返した。

そしていつしかあの家から人の気配が消え、夜も灯りがともっていない。噂によれば、かつて長崎奉行所の西役所であった屋敷に移ったらしい。あの雷神のごとき大監察、後藤象二郎も自由亭への訪れが絶えた。初めて宴を張った後もたいそう贔屓にしてくれていたのだ。しかし土佐藩と御公儀が何かの理由で反目することになったようで、供侍の数が増え、誰もが目を血走らせていた。ひとり後藤だけは「いくらでも斬ってやる」とでも言いたげに、昂然と胸を反らせていた。

だが昨夏に後藤は長崎を去り、岩崎弥太郎という御仁が土佐藩開成館長崎出張所の後任に就いた。岩崎も自由亭を変わらず利用してくれたが後藤とはまるで柄が違い、武家というより商人に見える。蘭商のキニフルを招待した際は丈吉を同席させた。

「なるほど、なるほど。事情はようわかったが、あともうひと踏ん張り、半端の七十五両をまからんか。ちっくと掛け合うてみい」

何のことはない、丈吉を通弁代わりに遣い、通詞を雇う費えを節倹していたのだ。後藤の大名商売とは打って変わって自由亭への払いも細かく、端数は必ず値切ってくる。しかも料理の残りは重箱に詰めよと命じ、風呂敷包みを大事そうに抱えて持って帰るのが常だ。一万両近い商談をしているというのに自身の俸禄は低いらしく、羽織も草履も随分と古びていた。

だがその岩崎も、今年に入ってからは顔を見せない。皆、どこへ行ってしもうたとやろう。ああも賑やかな宴は、楽しい出前は、夢か幻やったとやろうか。

ご時世なのか。訪れる客は町人であっても政にかかわることどもを口にする。

こいからはお公家も下級武士も一緒になって合議で政ばするて、京の帝が仰せになったらしか。

帝て、ほんとにおらしたとやなあ。わしゃ、神社に祀られとる御神体のごたるもんと思うとった。

大きか声で迂闊なことば言うな。襖から刀の突き出るぞ。

帝を奉じる勤王諸藩は九州に多く、江戸を中心とする武州、東北には幕府寄りの藩が多いらしい。そして土佐はそのいずれでもなく中道で、幕府を倒さずに新しい政府を樹立して諸外国の脅威に対峙すべきと主張しているらしい。だが、薩摩と長州は幕府を潰してしまいたい。

今年、慶応四年が明けてまもなく、天下の動乱が身近に迫った。将軍でなくなった徳川慶喜公は新政府の重鎮として参画するはずであったが、薩摩と長州がそれに強硬に反対し、とうとう新政府軍と幕府軍の戦になった。長崎でも「勤王諸藩が蜂起する」との噂が流れ、奉行所は市中の警備をにわかに厳しくした。調理場の仕入れも困難になったほどで、貫太を連れて市場に出向いていた萬助は血相を変えて帰ってきた。

真っ直ぐ歩けんとです。どの道に入っても前をふさがれます。

その数日後、本古川町から火が出た。榎津町に萬屋町、浜町一帯まで延焼し、土佐の長崎出張所も全焼した。岩崎の身は無事であったようだが、出張所は閉じざるを得ぬらしい。やがて鳥羽伏見の戦で幕軍が敗退したとの噂が伝わってきて、市中はまたも騒然となった。

「御奉行の遊撃隊が、報復の戦を仕掛けるらしかです」

貫太はそんな噂を姉から聞いてきた。遊撃隊は長崎奉行支配下で、ここ長崎で勤王諸藩と共に事を構えて形勢を逆転しようとの肚積もりであるという。

「長崎で戦になったら、その機に乗じて外国の攻めてくるらしかぞ。日本は乗っ取られる」

呑み仲間に聞いたのか、舅の和十までがそんなことを口にして、髭の白くなった顎を震わせた。

一月十四日、新政府は「天領を没収する」との布告を発した。長崎も天領地だ。

そして長崎奉行河津伊豆守が奉行所からいなくなった。海岸に近い西役所は防備警固の便が悪いとの理由で、早朝から武具や書類を立山役所に移させていたらしい。その引き移りの騒ぎに乗じて御奉行は密かに奉行所を脱出し、外国船に乗って江戸へ引き上げたらしかった。坂本龍馬の没後、海援隊を率いていた隊長が「奉行脱出」の噂を聞き、隊士らを引き連れて奉行所に乗り込んだのは十五日の夜で、すでにもぬけの殻だったという。残った役人らは帰順の意を表したので、海援隊は血を流さずして奉行所を掌中に収めたことになる。しかし奉行配下の遊撃隊は残っている。薩摩の松方という御仁が彼らを説得し、遊撃隊は市中の警備に協力することになった。

むろん何もかも、ゆきは随分と後で知ったことだ。

かつての天領地、長崎は向後、各藩の合議によって治められるらしい。御奉行所であった西役所は「長崎会議所」と名を改められた。長崎の政、その他万事については従来のままとされ、長崎会議所には町方係が設けられた。町役人の乙名が町務にあたるというので、なるほど、町人にとっては以前と何ら変わることはない。

流言に惑わされず、民は安心して日頃の生業に勤しむように。

そんな内容の高札が市中に立てられたらしく、それを出入りの麺麹屋が聞き及んできた。丈吉は腕を組み、よしや貫太を見やった。

「浮足立つことはなかぞ。おれらは料理人じゃ。旨かもんを拵えることだけに専念せい」

ばってんと、ゆきは小筆を仕舞い、帳面を閉じた。帳場を出て箒を持ち、玄関先を掃く。

先だって、民政にかかわる長崎裁判所なる役所が発足したらしい。その中に九州鎮撫長崎総督府なるものが置かれ、長崎会議所は廃止された。町政についても変更があったらしい。何につけても目まぐるしいばかりだ。不穏な気配も鎮まらない。そして後藤のように派手で磊落な宴を張る客がめっきりと減った。今日の客は、先月、上方もえらか騒ぎやったそうな、と話していた。

鳥羽伏見の戦いに敗れた前の大樹公、徳川慶喜公は大坂城に入ったものの密かに脱出したのだという。置き去りにされた恰好の幕軍将兵らは当然のごとく総崩れとなって戦から離脱した。その後、正月四日には土佐藩屋敷から火が出た。

大筒がドオンと一発、轟くような火勢であったらしかよ。

その五日後には大坂城の一角から火が出て城も炎上したらしい。火災の因まで客は話していなかったので、ゆきには知る由もない。薩摩と長州の兵が大坂の治安維持にあたっているらしいが市中は混乱を極め、家財をまとめて逃げ支度を始めている家々も少なくないという。他人事ではない。この長崎も、いつ戦場になってもおかしくない。そこに思いが至ると、踵がふっと浮く。

自由亭がもし戦に巻き込まれたら、丈吉は奉公人を先に逃がし、自身は最後まで留まるだろう。ゆきは家に走り、身内を守らねばならない。荷をまとめておいた方がよかやろうか、子供らとお義父ぅ、お義母ぁをどこに避難させたらよかか。とりとめのないことをただぐるぐると考えるだけで、何の手筈も整えられぬままだ。

仲春というのに今日は鬱陶しい曇り空だと思いながら、箒を遣う。

「女将しゃん、昼餉ができましたけん」

貫太が暖簾の間から顔を覗かせた。この頃の賄いは貫太が作っており、握り飯や味噌汁、時には卵焼きや蓮根、里芋の煮物も出る。昼餉とはいえ夕暮れに近い頃合いだ。客が多くて忙しい頃は立ったまま握り飯をほおばる。それもまだましな方で、夜更けに昼餉やら夕餉やらわからぬものを食する日も珍しくない。家に帰れば、子供らは和十とふじの間で眠りこけている。二階に上がって着替えるのも躰が重く、床に身を横たえたかと思えばたちまち目がふさがる。総身が棒のようでも胸の中は満ち足りていた。料理の匂いと咀嚼する音、三味線や芸妓の踊り、葡萄酒の揺れる赤も客があってこそだ。

自由亭は後藤の推挙により、土佐藩の接待御用を承っている。昨年六月のことだ。その数ヵ月前には芸州広島藩のお召しがあり、丈吉が出向いて料理御用を務めた。その後、広島藩の御用達にもなっている。

ばってん、こいからどうなるとやろう。長崎は。自由亭は。

丈吉に訊ねてみても沈黙しか返ってこない。何かを考えていることはわかるが、口に出さぬということは思案中なのだろう。丈吉は肚を決めてからでないと口に出さぬ性質だ。

「女将しゃん、聞こえたとですか。昼餉」

「うん、すぐに行くけん」

不安なまま、今日も日が過ぎようとしている。そして客が少なくても埃は溜まると、塵取りを手にした。

雪隠から出て手水を遣い、手を拭きながら首を傾げた。

ひょっとして。頭を下げて己の腹を擦る。どう考えても遅れ過ぎだ。先の二月も、そういえばなかった。うぅんと、息が洩れる。

「お母ちゃん、どがんしたと。お腹、痛かとね」

顔を上げれば、長女のきんが畑の畝の中に立っていた。大きな目を瞠るようにして母親を見上げている。

「痛うなかよ。心配してくれたとね」

たっと駆けてくる。肘を縁側にのせ、うんとこと膝を持ち上げる。

「おきん、上手に上がれるとやねえ」

双眸を輝かせて頷いたかと思えば、いきなり躰を横にしてゆきの膝上に頭を置いた。

「祖母ちゃんに綺麗に結うてもろうたばかりやなかと。頭の崩れるよ」

「崩れてもかまわん」

切り口上だ。数えで五歳、ふだんはおとなしくぼんやりとして心配になるほどだが時々、丈吉に似た物言いをする。女児であるのに、声も何となく似ているような気がする。

「お母ちゃん」

背後で声がして、三歳のゆうも近づいてきた。ゆうのそばにはふじが付き添っていて、「あれあれ」と眉を下げる。「おきんはまあ、甘えて」

「甘えてなんかおらんたい」きんは顔を赤くして跳ねるように起きた。庭に飛び下り、下駄を履くのももどかしげに足を動かしている。

「おきん、どこ行くと」

「お母ちゃんの知らんところ」

たちまち姿が見えなくなる。反抗的な物言いをするのは初めてで、呆気に取られた。

「心配せんでも、お稲荷さんの境内や裏山で遊ぶとよ。近所の子らと」

「おとなしい子やと思うとったのに」

「たまにはお母ちゃんに甘えたかったとやろう。この頃は誰に教えられたか、字も書くとよ。何て書いてあるか私にはわからんけん、教えてくれると。こいは、祖母ちゃんの名のふじて書いたとよ、て。賢か子ぉよ」

ふじは暢気に笑っているが、ゆきは溜息を吐いた。我が子だというのに何も知らなかった。ふじに子らの面倒を頼むようになって、かれこれ二年が経つだろうか。

「おゆう、さ、お母ちゃんのとこにおいで」

膝を叩いて示しても、ふじに抱かれたまま動こうとしない。

「おゆうこそが甘えたでなあ。姉ちゃんにくっついとるかと思えばたまに邪険にされて、そしたら私にくっついて離れんと。前は祖父（じい）しゃんがよう抱っこや肩車ばしてやったばってん、こん頃はあん人も足のふらついて、危なっかしゅうていかんとよ」

和十は昨夜（ゆうべ）も酒を過ごしたのか、今朝はまだ起きてきていないようだ。

「おゆき、もう店に行ったらよかよ。丈吉はとうに行ったとやろ」

今日は予約が入っていないというのに、相変わらず暗いうちに起きて店に向かう。萬助とよし、貫太の三人に、料理をいろいろと仕込んでいるらしい。

「じゃあ、お願いします。行ってまいります」

海の汽笛と教会の鐘を聞きながら、坂道を下りた。切り立った斜面の下はいずこも桜の雲がたなびかんばかりで、連翹（れんぎょう）の薄黄色や桃の濃紅（こいべに）、雪柳の白も見える。若草の匂いがする。自由亭の庭でも正月は籔椿（やぶつばき）と梅が咲き、やがて沈丁花（じんちょうげ）が香り、今は桜だ。丈吉はことのほか桜が好きなようで、枝垂（しだ）れを見上げて目を細めていたりする。

ふと、きんとゆうの顔が過（よぎ）った。胸に手を置く。申し訳なさがこみ上げるのを、胸を擦りながら抑える。

「仕方なか」

呟いた声が己の耳に入る。親が働く家ではいずこも同じで、あの子らは祖父ちゃんと祖母ちゃんがいてくれるだけ倖（しあわ）せというもの。私も畑仕事に精を出す親にいつでも放っておかれて、祖母ちゃんがいたけれどふじほど若くはなかった。畑で腰を屈める親を遠目で見ながら、弟と草を摘んだり牛の尾を摑んだり。今から思えば遊びとも言えぬ過ごし方で、雨上がりの朝など濡れた草で足を滑らせて水路に落ち、死にかけたこともある。

そう。乳母日傘で育ててやれる身分やなかもん。とにもかくにも、元気に大きゅうなっとるだけで有難か。ばってんもう一人となれば、お義母ぁもさすがに手に余るとやなかろうか。どうか間違いであってくれと願いながら腹に手を伸ばす。その心が己で情けない。「仕方なか」と、繰り返した。こんな危ういご時世で、店の先行きもさっぱりわからんとやもん。間違いであってくれた方が万事によか。あん人もきっと同じたい。

坂道の下で、白い西洋の前垂れをつけたよしが立っている。ゆきの姿を認めるや手招きをした。

「義姉しゃん、早う」

「何ね」

「お客の来とらすとよ。ほれ、日替わりの洋食膳ばよう食べてくれなすった。出前も注文してくれよんなった」

「亀山社中の」

自由亭では海援隊というよりも、以前の名の方が馴染みがある。

「そう、それ」

襟を整えつつ、足を速めた。

牛蒡と貧乏揺すりの二人はゆきを見上げるなり、「おばはん」と懐かしそうな声を出した。

「久しぶりじゃのう。息災であったか」

「おかげさまで、これこの通り」

腹鼓を打ちそうになったが、居ずまいを正して頭を下げる。

「ほんとにいろいろと、お大変でしたね。お悔やみ申します」

二人は横に長い卓に対坐している。牛蒡はにわかに面持ちを引き締め、こくりと頷いた。貧乏揺すりは鼻をしゅんと鳴らす。

「わしら、長崎を離れることにした。で、ちょうどこの前を通りかかったき、おばはんの顔を見ていくかと立ち寄ったがよ」

今、いかなる身分で何をしているのか、向後の身の振り方はどうなるのか。訊きたいけれども言葉を呑み込んだ。その代わりのように、「お時間、ありますか」と口にしていた。

「洋食膳を作らせますけん、食べていってくださりませ」

「それなら、さっきご亭主が挨拶に出てまいって、長崎を出ると話したら洋食膳を振る舞うと言うてくれたがよ」

そういえば、調理場からいい匂いが漂ってくる。丈吉も同じことを考えたらしい。「そうだ」と立ち上がり、板間奥の板戸を引いた。横に寝かせて仕舞ってある瓶を取り出し、栓を抜いてデキャンタに移した。洋杯を取ろうと振り返ると、盆ごと胸前に差し出された。「どうぞ」と、貫太がにんまりしている。

「気の利くね」

「何の。女将しゃんのお考えになることくらい、お見通しですばい」

「一言多か」

くすくすと笑い声が聞こえるので顔を上げると、よしと萬助が顔を見合わせている。おや、この二人、どういう風の吹き回しやろう。丈吉はいつもながら脇目も振らず、包丁を遣っている。ゆきは盆を捧げ持って、客間へ引き返した。

「葡萄酒、いかがですか」

「有難い」と、二人は相好を崩す。

「そういえば、初めてお見えになった時、葡萄酒を振る舞うと言うなら断らんておっしゃいましたね」

「さようなこと申したかのう。で、振る舞うてもろうたんじゃったか」

「とんでもなかですよ。お茶ですよ、お茶をお出ししました」

　何じゃ、つまらんのうと笑っている。洋杯を卓の上に置くと、貧乏揺すりが「すまんが」と言った。「杯をもう一つくれんか」

「もう一つ」と繰り返して、気がついた。取って返し、調理場にも声をかける。

「申し訳なかけど、もう一人前追加できんやろうか」

　よしと萬助は丈吉を見やり、丈吉は即座に「相わかった」と応えた。

「お箸でよかですか。それともシルバア」

「スプウンとフォルク」

　フォルクは三叉のことで、この頃は小刀のこともナイフと呼んでいる。これら洋食器を総じてシルバアだ。ゆきはそれも三人分用意して客間に戻り、それぞれの用意を整えた。葡萄酒を注ぎ、陰膳の洋杯にも注ぐ。二人は上座に向かって献杯した。

　まもなくよしが膳を運んできた。

「薄切りの牛肉に麺麭の粉をまぶして揚げたカツレット、それとキャビッジという葉物の千切りを麺麭で挟んでござります。握り飯のように手に持ってお食べください。ソップは空豆と香草、サラドは貝柱と隠元(いんげん)、西洋菜を西洋油と塩胡椒で和(あ)えてございます」

ゆきは貧乏揺すりに顔を向け、「麺麹ですけど、よかですか」と訊いてみた。「好かんとおっしゃってたような」

「おばはん、よう何でも憶えておるのう」

あの頃、丈吉が大病を患(わずら)い、閑古鳥(かんこどり)の鳴く毎日であったのだ。ゆえに狐と狸が山から迷い込むかのように訪れたこの二人のことが、忘れられない。

「まあ、召し上がってみてください。きっとお気に召します」よしが勧めた。牛蒡が率先して両手で持ち上げた。

「丸麺麹を薄切りにして具を挟んであるので、そのままガブリと」

口から麺麹の屑と千切りのキャビッジが零れ落ちるが、「お構いなく」と、よしはにこやかだ。

貧乏揺すりもおもむろに身を乗り出し、麺麹を手にした。ザクッといい音がする。

「いやあ」と、貧乏揺すりが眉を上げた。「これは面白い味じゃのう」

「お好みじゃありませんか」

「いや、麺麹が香ばしい。それに中に入っとる揚げ物が何とも言えん」

「それはようございました。なあ、およし」

よしも頬を緩めている。

「社中の皆しゃんにお出ししとった洋食膳は、この義妹(いもうと)が考えついたものですとよ」

「おんしら、姉妹か。似ておらんのう」牛蒡がソップを飲みながら目玉を動かした。

「手前どもの主(あるじ)の、妹にござります」

「妹」と貧乏揺すりが呟き、対面する牛蒡をちろりと見た。

「菅野殿は明日、祝言を挙げられるのよ。坂本さんの義理の妹と」

「何を喋りゆう」と牛蒡は言いながらも、まんざらでもなさそうだ。

「それはおめでとうございます」祝いを述べると、牛蒡はスプウンを皿に置いた。

「前々から妻女の妹御をもらわぬかと坂本さんに言われておったき、思うところあって縁を結ぶことにした」

「もしや、坂本様のご妻女は京のお方ではなかですか」

「何で知りゆう。そうじゃ。お龍さんは京の生まれじゃが」

「なら、お娶りになる妹さんも京女ですね」

「そうじゃ。別嬪ぞ」と、貧乏揺すりがからかうような目をした。「お龍さんは大変な美人じゃが、おきみさんは可愛げのある別嬪じゃ」

ゆきはあの日のやりとりを思い出して、「お大事に」と言いそうになった。口に指をあて、ぽっかりと空いた上座に向かって微笑む。ないしょ、ないしょ。

「菅野様と仰せになるとですね」問いながら、葡萄酒を注ぎ足した。

「おばはん、知らんかったか。菅野覚兵衛と申す。生国は土佐じゃ」

貧乏揺すりも名乗りを上げた。

「白峰駿馬だ。手前は越後長岡藩。といっても文久二年に脱藩して勝海舟先生の門下に入った」

「越後のお方ですか。てっきり、お二人とも土佐のお方かと」

「土佐弁がうつったのよ。勝先生の門下から神戸の海軍操練所に入って、亀山社中にも土佐っぽがうざうざと多いきね」

「おんしは坂本さんの真似をしておったがやろう」

からかう菅野は二十代半ば過ぎに見え、白峰はもっと若い。二十二歳のよしと変わらないだろうか。丈吉が頃合いを見計らったかのように現れ、丁重に挨拶をした。陰膳にも手を合わせている。

「ご贔屓に与りまして、有難う存じました」

「いいや。出前ばっかりで、おばはん、いや、女将に運んでもらうばかりじゃった。しかし皆、歓んじょったき。わしは庄屋の家の生まれじゃが、武家は飯の旨い不味いを頓着するは不心得であるとの料簡が身についちょるきのう。平時ならいざ知らず、天下の動乱期ともなればなおさらじゃ。それがまあ、皆、自由亭の出前は争うように喰うちょった」

「味がわからんようになるのは、血の気が引いた時だけじゃ」と、白峰がぽつりと俯いた。

この二人はどうか死なないでほしいと、ゆきも目を伏せる。おもむろに、丈吉が膝を動かした。

「さきほど、長崎をお発ちになると仰せでしたが」

「うん。明日、手前の用を済ませたら、江戸へ出向く。幕府は降伏したものの、今は降伏の条件で話し合いが持たれておる最中じゃ。事と次第によっては、江戸が決戦の地になる」

用とは、自身の祝言を指しているのだろう。祝言を挙げてすぐ戦場になるかもしれぬ地に赴くとは、なるほど、武家の妻女は気丈夫でなければ務まらない。

「陸奥様はご無事ですか」丈吉がまた訊ねた。

「ご亭主、見知りか」

はいと、首肯した。丈吉が自ら陸奥の名を出すとは珍しいことだ。陸奥が仲間内では快く思われていないのをゆきは知っているだけに、息を詰めた。

「無事でいるはずだ」

菅野は口を濁したが、嫌悪は匂わない。丈吉もそれ以上は問わず、「お二人様もどうかご無事で」と頭を下げた。

「そうさなあ。わしと白峰は日本国が定まったら海の外に出ようと決めておるゆえ、それまでは生き延びるつもりじゃ。坂本さんが生きておられたら、必ずやさようにされたはずじゃき」

「上海に行かれるおつもりですか」と、丈吉はまた訊ねた。

「いや、わしらは亜米利加(あめりか)に行ってみようと思いゆう」

「亜米利加。それはようございますな」

「大政が奉還されて、合議制の政がようやく端緒(たんしょ)についたきね。西洋に負けぬ一等国になって、幕府が勅許(ちょっきょ)もなしに結びおった不平等条約を解消させねばならん。そのためにも欧米諸国の実情をこの目で見るべきじゃ。陸奥殿のことは今も好かんが、不平等条約の解消が日本の急務じゃという一点だけは一致しゆう」

暖簾前まで丈吉と共に出て見送った。ゆきは葡萄酒を一本包んで渡した。

「心ばかりのお祝いにござります」

「忝(かたじけな)い」と、菅野は遠慮を見せずに受け取る。

「長崎にお出ましの折には、どうぞまたお越しを願います。ご内儀(ないぎ)とご一緒に」

「おばはん、嫁取りのことばかり申すな。これでも緊張しておる」

照れ笑いを残して、二人は坂道を下りていった。


片づけが済んで、早めの昼餉を摂(と)ることになった。

今日の賄いは菅野と白峰に出した麺麭の挟みもので、時々、こうして客と同じものを食することで、店の者も舌を鍛(きた)える。カツレットは丈吉が拵え、キャビッジはよしが刻み、ソップもよしで、サラドは萬助の手になるものらしい。

「貫太は何ば受け持ったと」と訊いてみた。

「手前は、麺麭の粉を細こう砕きました」

「それだけ」

「それだけやなかですよ。貝や薬物を洗うたり、今日はシルバアも全部磨きましたけん」

「洋杯の一つ曇っとったよ。あれも磨かんば」

貫太は渋々と肩をすくめる。夜の予約が入っていないので、ゆきは客間の掃除と庭の手入れをしておこうと、咀嚼しながら考える。カツレットの旨味とキャビッジの歯ざわりが口の中に広がって、甘辛いソオスは香りもいい。

「おいしかですねえ。あのお二人に食べてもらえて、ほんによかった」

「萬助、およし。英吉利のウスタアソオスの作り方を後で教えるけん」と、丈吉は相も変わらず料理のことで頭が一杯だ。「へい」「はい」と、二人も即座に返事をする。

「貫太は荷作りばせい」

「荷作り」と、何人かが同時に訊き返した。

「今朝、土佐商会の遣いが見えてな」

土佐藩開成館長崎出張所のことを、土佐商会と呼び慣わしている。

「大坂で料理御用を勤めよとのお達しや」

「大坂に行かれるとですか」ゆきの口から麺麭屑が飛んだ。「土佐の藩屋敷が焼けてお城も炎上して、大坂の町人は逃げ支度に大わらわとの噂ですよ」

「誰から聞いた」丈吉が眉間を皺めたので、口を拭いながら目を逸らせた。客の噂話だと口にすれば、たちまち叱られそうだ。

「今は大坂に限らず、どこもかしこも危なか。同じや。ばってん、自由亭は土佐藩の御用を承っとる。仰せつけがあれば出向くのみや。まして、大坂もいずれ開港される」

「港が開かれるとですか」と、萬助が訊いた。

「去年の十二月に兵庫が開港されて、大坂も開市の地になった。開港地はこの長崎と同様、外国人が交易のために船を乗り入れ、逗留するも居留地に住むことも許されとる土地たい。開市地は外国船の乗り入れは許されとらんが、逗留も居住も構わぬ」

「ばってん、いずれ大坂も船の乗り入れられる開港地となるとですね」

神妙な面持ちになっている。京で修業したことがあるらしいので、上方の情勢にも気が動くのだろう。

「そうたい。居留地を設けるについても、各国公使との間で取極めの交わされとる」

丈吉は「本来であれば」と、言葉を継いだ。「もっと早うに開港されるはずやったらしか。御公儀が亜米利加と日米修好通商条約を結んだとは安政五年やったけん、十年も前になる」

「そんな前ね」と、よしが呟く。

「ばってん大坂、兵庫は京の禁裏に近か。開市、開港とは何事やと朝廷がえろうお怒りになって、あん頃は攘夷を唱える雄藩も多かったけん、御公儀は期日の延期を申し出ざるを得んごとになった。わざわざ使節を欧州に遣わせて、約束より五年遅らせての開市開港を決めたばい。ばってん、その後も攘夷の気運は高まるばかりや。大樹公であられた家茂公は朝廷の抗議にどうにも抗えんで、攘夷を決行するとの約束をさせられてしもうたとよ。今から思えば、朝廷と幕府の力はあの頃から逆転しとったとやろう」

その家茂公が大坂城で病を得て、長崎からボートキン先生が急遽召し出されたのだった。しかし家茂公は薨去し、慶喜公が徳川宗家を相続、第十五代征夷大将軍の座に就いた。

「攘夷決行を家茂公が約束したその日、攘夷の急先鋒やった長州藩は下関の砲台から外国船に向けて砲撃し、馬関海峡を封鎖してしもうた。英吉利と仏蘭西、阿蘭陀、亜米利加は怒った。無通告の攻撃であったゆえや。四つの国が艦隊を組んで馬関に入って戦になったことは皆も知っとるやろう。結果、長州は大敗した」

貫太までが真剣な目をして聴き入っている。

「そんな経緯のあって、去年の十二月は英吉利と亜米利加、仏蘭西が十八隻もの大艦隊を組んで兵庫に入った。開港を約束通り実行させるためたい。大艦隊に睨まれるごとして兵庫が開港され、大坂は開市された。大坂の開港に向けては、すでに居留地の工事も始まっとる」

「その開市と開港ば見込んで、長崎から外国人が移っとるとですか」

ゆきが訊ねると、丈吉は「そうや」と答えた。長崎から上方へと外国人が動いたのだ。ゆえにこの頃、外国商人の接遇が減った。

「鳥羽伏見の戦いがあって大坂城も焼けたりしたけん、いったんは兵庫の神戸村という地に避難しとったらしかが、今年の七月に大坂が開港されるとはもう間違いなか。新政府としても、外国との約束を反故にするわけにはいかん」

七月に大坂が開港地となる。となれば長崎はいかほど不景気になるだろうと、また気が滅入りそうになる。

「まもなく長崎ば発って、そのさまも見てこようと思うとる」

長逗留になりそうだ。

「ついては、貫太を大坂に連れていくけん、店は萬助とおよしに任せたか」

「承りました」萬助は頭を下げ、よしも肯った。貫太はたちまち浮かれて、「大坂」と目尻を下げている。「あんた、怖くなかとね」とよしに訊ねられて、「何の」と首を振った。

「心が勇み立ちますたい。わし、長崎から出るとも船に乗るとも初めてですけん」

私もついていきたかなあと貫太を横目で見つつ、この躰ではとても無理なことと腹に手を置いた。たぶん、いや、もう間違いなく身籠もっている。

蜜柑の花が咲き、菖蒲の葉が雨に打たれ、蟬のしぐれる季節を過ぎ、秋が深まっても丈吉は帰ってこない。二日前の九月八日には改元があり、慶応が明治になった。江戸の千代田城は四月頃、新政府に明け渡されたらしい。同月の末頃に海援隊は解散されたと聞いたが、やはりその直後に上野という地で戦になったようだ。土佐商会も閉鎖され、七月、江戸は「東京」という名に変わった。

時々、大坂から消息は届く。代書屋に頼んで文を書いてもらうようで、こなたでは萬助が文字に明るいので、ゆきとよしで肩を寄せ合うようにしてそれを聴く。逗留先は淡路町という地にある土佐商会の屋敷で、そこで料理御用を務め、前の土佐藩主であった山内容堂公にも召し出されているらしい。

「ご老公は鯨海酔侯との号の通り、酒とおなごと詩をお好みになられること只ならず、されど手前の料理と葡萄酒を上々とお褒めくだされ、四月、五月はしばしばご逗留の屋敷に召し出されて西洋料理をご所望になり、手前、膳を調えて献上申し上げ候。外国船での暮らし、並びに外国人の気風、行儀、酒、料理についてご下問あり。手前、神妙にお答え申し候。先だっては御家臣より内々の通達が下され、手前を帯刀勝手次第と致し、五人扶持にて召し抱えるとの有難き思し召しを頂戴仕って候。ついては姓を思案致しおる毎日にて候」

そこで萬助は紙を膝の上に置き、ふぅうと妙な息を吐いた。

自由亭の二階は窓を開け放してあるが、九月というのに今日は陽射しが強い。ゆきは大きな腹を腕で抱え、時々汗を拭う。「萬助しゃん、どういうことね」と、よしが訊いた。代書屋の文章はしかつめらしく、内容がさっぱりわからない。

「えらいことです。旦那が山内家に召し抱えられるとですよ。苗字を持ち、腰に刀をたばさんでよし、五人扶持も頂戴できる」

「ごにんぶち」よしが鸚鵡返しに呟く。

「俸禄ですとよ。一人一日五合の米は一年に一石八斗、それを五人分下されるということですたい。むろん現物の米で支給されるわけではのうて両替商で現銀に換えて頂戴するのが大方です」

「それはいかほどになると」

「米価が乱れとりますけん一概には言えんとですが、年に百両ほどやなかでしょうか」

「そんなに」よしは声を裏返させた。ゆきは茫然とし、やっと口を開く。

「えらい時代になったとやねえ。うちん人が山内家に召し抱えられるやなんて。いや、萬助、ほんまね。あんた、読み間違いしとるとやなかかね」

「間違うとりません。たしかにそう書いてあります」

「そうや。萬助しゃんは間違わんと」

よしが庇うような言い方をする。へえと、二人を見返した。

自由亭に入った当初は萬助も力んでいたのだろう。丈吉の留守中も調理場をよく守り、こうして口数も増えた。といっても宴の予約はやはり減る一方で、この頃は町家の慶事や法事の仕出しの注文を受けて何とか保っている。そうなれば日本料理のできる萬助の腕がものを言い、よしも客のない日は習っているようだ。出汁の引き方、魚の扱いも西洋料理のそれとは異なるようで、教えている時の萬助は丈吉と同じく遠慮がなく厳しい。だがよしは以前のように逆らったり拗ねたりすることなく、懸命に従いていっている。

この二人が夫婦になってくれたら、自由亭も安泰たい。ふと、そんなことを思う。

しかも丈吉は立身を果たすのだ。草や辻占を売り歩いていた子供が。

「うちん人、長崎にはいつ頃帰るとやろう」

「そいは何も書いてなかですよ」

「ほんとね。どこか読み洩らしとるとこ、あるんやなかね」

「女将さん、こいで全部ですたい」

半ば呆れたように、萬助は文を見せる。「ああ、そう」と、ゆきは笑い濁した。

「そうや。私、ちょっと家に帰ってお義父ぅとお義母ぁに報せてくる。今夜のお客はお三方やったね。そいまでには戻ってくるけん」

「義姉しゃん、給仕は私が引き受けるけん今夜は休んで。そうもお腹が大きゅうては大儀やろう」

たしかに、卓に腹がつかえて皿を供するのも四苦八苦している。足許が見えぬので皿を捧げ持っての歩き方など家鴨のごとくで、客にも危なっかしそうな目で見上げられる。腹の大きな大女の給仕では興も削がれるだろう。

「そしたらお言葉に甘えよう」よっこらしょと腰を上げた。階段を下りるのもひと苦労で、この頃は壁に手をあてながら後ろ向きに下りている。ようやく裏口から出ると、腰が痛い。後ろから「義姉しゃん」と呼ばれて振り返った。

「どうしたと」

「うん。あの」口ごもりながら、歩き出す。

「あんたも家に帰るとね」

「いや、そうやなかばってん」

そう言いながら、坂道を一緒に歩き始めた。柿が色づき、山々も黄や紅で彩られている。空は澄み、風は稔りの匂いがする。稲穂の匂いだ。ゆきは幼い頃からこの匂いが好きだった。稲刈りの後は稲架に干し、すると田圃が広くなる。鳥がたくさん舞い下りる中を走り回った。

「先だって、丸山の茶屋に仕出しに行ったやろう」

よしが切り出した。ああと、ゆきは顎を下げる。

「役人しゃんらの寄合ね」

引田屋では料理人を置いていたが、昨今の妓楼や茶屋では仕出しで賄うのが尋常だ。萬助とよしが下拵えをして茶屋に運び込み、膳を供した。客はそこに芸妓を呼んで遊ぶ。

「あの日の帰り、萬助しゃんが呼び止められたとよ。芸妓に」

「芸妓」と、よしを見た。

「うちにも何度か呼んだことのある芸妓。玉菊ていう名の」

さほど時がかからず、顔が泛んだ。

「玉菊しゃん。よか芸妓よねえ。後藤様の宴でも、あの妓には世話んなった。萬助と見知りやったとね」

「それが、ようわからんとよ。ばってん、何かわけのあるごたる。小声で萬助しゃんに何かを訴えとったと。甘えるみたいな声で、泣きそうな顔にも見えた。萬助しゃんは後ろ姿で様子はわからんかったばってん、その日は黙りこくって何も喋らんかった。一緒に仕入れに出た日も、私だけを先に帰したことがあるとよ。あれは、玉菊に会いに行ったに違いなか」

足が止まった。よしは目を合わせようとせず、横顔も硬い。

「さっきまで平気で話しとったやなかね。直に訊いたらよかたい。玉菊とどういうかかわりねって」

「そがんこと訊けん。変に思われるたい」

「そいやったら私が訊いてやろうか」

「やめて」と、何度も首を振った。「あん人が誰と深間にはまっとっても、あたしが口を出すことやなかけん。萬助しゃんは奉公人仲間で、日本料理では師匠なんやし」

「なら、どうしてほしかと」

「わからん」

そう言い捨て、くるりと踵を返した。下駄の音を甲高く響かせて坂道を下っていく。

やれ、困ったことになったと、腹を抱え直した。

萬助め。たしかに、玄人に好まれそうな男ではある。料理人として腕も立つ。とはいえ、芸妓といい仲になるほど稼いどらんとに、と歩きながら首を傾げた。いや、引田屋でも本気で惚れた男には身銭を切って登楼らせる遊女がいた。玉菊は萬助に貢いどるとやろうか。想像すると、そんな気がしてくる。なら、およしの片恋になるとやろうか。あの様子はもう間違いなか。ばってん、好きになった相手には惚れ合ったおなごのおる。たぶん、初めて想うた相手やろうに。

にわかに、丈吉がそばにいないことが心細くなる。私も誰かに頼んで文を出してみようか。そんなことを思いながら家の戸を引いた。その途端、きんが飛び出してきた。

「お母ちゃん」と叫ぶ。取り縋るようにして見上げた。

「祖父ちゃんが、祖父ちゃんが」

「祖父ちゃん、どがんしたと」

「動かんと。縁側に俯せになって、呼んでも呼んでも動かんと」

裏に回って庭先へ入った。和十が倒れている。顔は横ざまで、手脚は卍のごとくだ。

「祖母ちゃんは」

「林斎先生ば呼びに行った」

縁側に上がるのもひと苦労で、足の指が鼻緒にひっかかって下駄が脱げない。

「お義父ぅ、しっかり」

声をかけても、瞼はひくりとも動かない。

「いつ倒れなさったと」

「わからん。風頭山で遊んどって、帰ってきたら倒れとった。祖母ちゃんば探したら台所におったけん呼んで、ばってん祖父ちゃんは起きんとよ。そのうち昼寝しとったおゆうが泣き出して、祖母ちゃんはおゆうを背負うて林斎先生ば呼んでくるて言うて出たと。そいけど、なかなか帰ってこんけん、私、店に行ってみようと思うて」

ゆきを呼びに行こうとした矢先だったらしい。きんの鼻先が赤く染まり、大きな瞳にも水気が滲んでいる。

「もう大丈夫やけん。大丈夫」

「お母ちゃん。祖父ちゃん、どがんしたと」

ゆきはじっと娘を見つめる。

「先生の来らしたら診てくださるけん、そいまで待つしかなか。いや、おきん、やっぱり店に行って叔母ちゃんば呼んできて」

きんはこくりと頷き、袖で鼻の下をごしと擦ってから縁側を飛び下りた。唇を引き結び、たっと走ってゆく。ゆきは仏間に入り、押入れから蒲団を下ろした。それだけでもう汗ばんでくる。和十のそばまで運んで蒲団を下ろし、その身を移そうとするのだが石臼のごとき重さだ。ゆきも大きな腹がつかえて、思うように身を動かせない。息が切れる。

「お義父ぅ、しっかり。丈吉しゃん、山内様の御家中になったとよ。苗字帯刀、五人扶持よ。今夜はお酒ばつけてやるけんね。近所の人ば呼んで、たんと自慢しんしゃい。なあ、お義父ぅ」

呼べど話しかければど何も答えない。額や頬に手をあてれば冷たいような気がして、ぞっとした。

きんがよしと萬助と共に帰ってきて、まもなく林斎とふじも庭先から縁側へ上がった。ゆうはふじに背負われたままだ。

「蒲団に移してやれ。ただし、そっとじゃぞ。ことに頭を揺らさんごと」

林斎に命じられて、萬助とよしが和十の身を蒲団にのせ、寝間にしている仏間に運び込んだ。皆で蒲団を囲んで坐した。きんはゆきに張りつくようにして坐り、ゆうはふじの膝の上だ。

「卒中じゃなあ。それも、あんまりようなか」

ゆきは居間に控えている萬助を呼び、丈吉に文を書いて報せるように頼んだ。萬助はすぐさま腰を上げた。よしが茶を淹れてきて林斎に差し出した。ひと口啜り、ゆきにまなざしをよこす。

「その腹、そろそろじゃのう」

「取り上げ婆しゃんにも、そがん言われとりますたい」

「男の子じゃろう」

「お義母ぁもそう言うとります」

「明治の子じゃのう。和十は男の孫を欲しがっとったけん、さぞ歓んだろうに」

「それは」と、ふじが林斎に顔を向けた。「その子の顔は見れんかもしれんということですか」

取り上げ婆からは、お産は九月の半ばから末頃だろうと言われている。林斎は黙って和十の顔を見つめ、長い息を吐く。薬の処方をすることもなく、「明日、また来るけん」と言って立ち上がった。戸口まで見送りに出ると、「丈吉は、大坂からいつ帰れるとやろうか」と訊かれた。

「文を出す手筈はつけました。そいが向こうに着いてすぐ大坂を発ったとしても、船で三日かかるらしかです」

「文が往（い）くとに三日、丈吉が帰ってくるとに三日か。ぎりぎりじゃな」

「そこまで悪かですか」

「脈が途切れとる。いつ、どうなってもおかしゅうなか」

枕許でふじに告げたよりも、切迫しているらしかった。

翌朝、和十は目を覚ました。何かを探すように目を緩慢（かんまん）に動かし、唇も薄く開く。

「丈吉を待って待って、懸命にこの世に踏み留まっとるとやろう」

見舞いに訪れた呑み仲間は洟（はな）を啜ったが、和十は倅（せがれ）の名を口にすることもなく、涎（よだれ）を流すばかりだ。倒れて八日後の朝、大坂から文が届いた。萬助がそれを手にして駈け込んできて、ゆきの袖を引いた。

「御用の向きがあって、まだ向こうを発てんとのことですたい」

そうかと覚悟を決めた翌日、和十は息を引き取った。誰よりも大事な倅に会えぬままであった。

野辺（のべ）送りを済ませ、初七日の法要を営んでいる最中にゆきは産気づいた。

お義父ぅ、怒っとるやろうなあ。おゆきはほんに間の悪か嫁じゃ、と。坊主の読経を聞きながら産んだ子は、やはり男の子だった。

その日の夕暮れ、丈吉がようやく帰ってきた。

満中陰を迎えて忌が明け、休んでいた店に皆の顔が久しぶりに揃った。

「話しておきたかことのある」

丈吉が皆を板間に集めた。

「外国官権判事五代才助様より、川口居留地外国人止宿所の司長を命じられた」

五代才助様とは、あの陽気な笑顔の五代様のことだろうか。

「止宿所とは、宿屋のことですか」萬助が訊いた。

「いかにも。居留地の近くに、外国人が泊まれる宿所が必要とのご判断たい」

「となると、旦那はまた大坂で奉公なさるとですか」

「いや、奉公やなか。止宿所を建てるとは、この草野丈吉ばい」

「くさの」と、ゆきは赤子をあやしながら呟いた。赤子の名は孝次郎と、林斎が名付け親になってくれた。

明治の男児にふさわしい、勇ましげな響きがする。

「おれの苗字よ。抜いても抜いてもしぶとう生える草に、広か野原の野の字。それだけは書けるごとなった。ついては、大坂に居を移す」

はて、きょを移すとは。ゆきは首を傾げた。

「兄しゃん、どういうことね」と、よしは不安げな面持ちだ。

「止宿所には膳を供する場が要る。レストオランばい。そこが自由亭や」

「兄しゃん、ちょっと待って。なら、この自由亭は」

「そいは思案中や。ただ、萬助には大坂へ一緒に行ってもらいたかと思うとる。地元の料理人も雇うことになろうが、上方に詳しか者がおってくれた方が心丈夫たい。どうしても長崎に残るというなら止められんが」

「お供します。手前も大坂に、ぜひとも」「なら、私も」と、よしが膝を動かした。

そういえば玉菊のことはどうなったのだろう。和十が倒れてからこっち、頭から抜け落ちていた。

「よしは当たり前たい。居を移すと言うたろう。一家で大坂に引き移るんやけん」

「一家って、お義母ぁや子供らも」

ゆきが訊ねると、「そうたい」と答える。

「私もですか」

「不服か」丈吉は目を眇めた。

「いいえ、とんでもなかです。ばってん、びっくりしてしもうて」

貫太がフフンと、鼻を鳴らした。

「大坂、賑やかですよ。こいからますます発展します」

「お前も行くと」

「もちろん。大坂の市中は広かけん、道案内ばしてさしあげます」

それにしても、一家で大坂に移るとは、えらいことになった。

「建物の普請に奉公人の手配、家具や什器を調えて仕入れ先の確保も要るけん、しばらくは大坂と行ったり来たりになる。年内には大坂に移らんば止宿所の店開きにかかわるけん、皆、よろしゅう頼むぞ」

誰もが威勢よく返事をするが、年内、とゆきはまばたきをした。あと二月しかないのだ。しかも宿屋を新築するとなれば、その費えは莫大になるのではないか。しかし丈吉は落ち着き払った風情で、何もかもをもう取り決めてしまっているのだろう。澄ましきった横顔を見ていると小面憎くなってくる。

草野丈吉、まったく突風のごたる。

迷いもせず振り向きもせず、己の道を突き進んでしまう。

和十の墓参りに出向いた時だけは長らく手を合わせていた。ゆきには何も口に出すことはなかったけれど、立ち上がった時、目を真赤にしていた。

腕の中の孝次郎が泣き出して、丈吉が抱き上げる。

「よか声や。もっと泣け、そうら泣け」

皆も立ち上がり、赤子を囲んで輪になった。

# 6 肩の荷

冬陽も丸い中庭で、小菊に似た黄花が鮮やかだ。一年じゅう艶々（つやつや）と照る葉から、細い葉柄（ようへい）がすっくと伸びている。艶蕗（つわぶき）だと、ゆきは広縁（ひろえん）を進みながら目を細めた。

春になれば新芽の柔らかな柄（え）を摘むのだが、大笊（おおざる）一杯ほども採れば指がアクで黒くなる。柄にはびっしりと産毛（うぶげ）が生えているので何度も水をかけ流して毛をこすり落とし、茹でて皮を剝く。小鍋でコトコトと甘辛く煮るのは、ふじの受け持ちだ。亡くなった和十は徳利のそばにその小鉢を置き、ひょいと一本を摘んでは猪口（ちょこ）を傾ける。酒を本当に旨（うま）そうに呑む人だった。

ばってんと、中庭の空を見上げる。

次の春は大坂で迎えるとやなあ。大坂に艶蕗のあるとやろうか。わからん。大坂の町も、向こうでどがん土地に住まうとか、これからの暮らしがどがんなるとか。

何もわからぬまま、三日後、十一月に入れば一家六人と萬助（まんすけ）で船に乗る。

ほどなく沓脱石（くぬぎいし）が見え、その向かいの冬障子の前で腰を屈（かが）めた。風呂敷包みはいったん膝脇に置き、障子越しに声をかける。

「女将（おかっ）つぁま。自由亭のゆきにございます」

奥女中には先に訪（おとな）いを告げてある。ほどなく、「お入り」と声が返った。障子を引いて中に身を入れ、下座に向かう。今も変わらず瀟洒な奥座敷だ。十畳二間続きの端と端、床の間前の女将からは随分と離れているが、神妙に手をつかえて頭を下げた。

「此度、手前ども自由亭は大坂に移ることと相成りましてござります。本来であれば夫婦で揃うてご挨拶に伺うべきところ、うちん人は急ぎ大坂に参らねばなりませず、本日は私一人で参上つかまつりました。ご無礼のほど、お許しば願います」

つっかえもせずに言えたことに己で驚く。

「丁重なるご挨拶、しかとお受けしました。大坂の地で益々のご栄達を果たされますよう、皆々様のご息災を祈り上げとります」

「有難うござります」と再び辞儀をし、風呂敷包みを解いて差し出した。自由亭の竈はもう閉めたので、船大工町の福砂屋でかすていらを購ってきた。女将の好物だ。「心ばかりの品にござります」と紅白の水引をかけた木箱を差し出せば、「有難う」と上座から会釈を返してくる。「さ、もうよか」と、女将の言いようがくだけた。

「そこは寒かやろう、早う火のそばに来んしゃい」

手招きをされた。膝行して敷居を越え、大火鉢に近づく。暖かい。

「懐かしかです、この大火鉢」

思わず手で撫でさすった。唐渡りの焼物はゆきの腕の長さでも一抱えはある大物で、緋色に黄、深紫の大花と唐草が描き込まれ、草の合間で孔雀も遊んでいる。

「そいにしても、大したもんたい」女将が声を改めた。

「こいから世の中がどがんこつなるかわからんて誰も彼もが首ばすくめとるとに、大坂に打って出るとはなあ。そういえば大阪府の設置されて、ついでに坂道の坂から、こざと偏の阪に変わったとやね。いかにも偉そうな真名になったばい」

文字に偉そうな手合いがあるのかと目が丸くなった。女将は「ほんに丈吉しゃんも豪気なことよ」と機嫌よく先を続ける。

「自由亭があれよあれよという間に繁盛して大きゅうなったとを感心しとったばってん、あいで満足しとらんかったてことやろう。そこまで肚の大きか男やったとは、見込み違いばしとったかもしれん。よか意味で」

「私もうったまげとります。外国人相手の止宿所ばすることに決めたけん一家で大阪に移るて言い渡すが早いか、瞬く間に向こうに取って返すとですもん。ほんと忙しなか人ですたい」

女将相手に本音を出した。丈吉は数日も家に留まることなく、貫太を連れて大阪へ引き返した。

主がおらずとも、長崎を出立する用意は進めねばならない。家財道具や什器、食器は大阪に運ぶものと売り払うものとを仕分けし、子守りと荷作りはふじとよし、店と家の力仕事は萬助に割り振った。ゆきは借地を返す手続きや方々への挨拶回りだ。墓の世話は遠縁の者に頼み、菩提寺や町役人、隣近所に裏の若宮稲荷と、一日に何軒も訪う日もある。

いずれ長崎に帰ってくる。なぜかそんな気持ちが強く、「ちょっと行って参ります」などと辞儀をして、「ああ、暗うならんうちに帰りんしゃい」と宮司に笑われた。ゆきにはそれくらい気軽なやりとりの方が有難い。

赤子の孝次郎をおぶったふじが、「お達者で」と近所の爺さん婆さんの泣きの涙に囲まれているのを見れば胸が痛くなる。長崎生まれではないゆきでも遠方への引き移りとなれば淋しさが一方ならぬのに、ふじは亭主の百箇日を迎えぬうちに生まれ育った土地を離れるのだ。しかし愚痴も泣き言も口にせず、ゆきが何の用を頼んでも「はい、はい」と引き受けてくれている。

奥女中が茶を運んできたので、茶碗を持ち上げた。上客用の茶碗であることに驚き、飲めば極上の宇治であることにまた驚いた。

女将は火箸で炭を摘み上げ、煙管の火皿に近づけている。着物は一見では地味な黒紬だが深紫の極細縞が入り、半襟は海松色、袂から覗く襦袢は澄んだ水色だ。並大抵ではないおなごの上等さに久方ぶりに対面して、ゆきは惚れ惚れとする。

女将の頰がすぼまったかと思うと、口から細い煙が吐き出された。

「で、止宿所て何ね」

へえ、女将つぁまでもご存じなかことのあるとかと、茶碗を茶托に戻した。

「宿屋ですたい」

「ああ、宿屋のことね」

「ホテルていうらしかです」

「ほてる。聞いたことのあるような、なかような。ああ、そうね、宿屋ば始めるとね」

「さようです。外国人の泊まるホテルですたい。私は雲を摑むごたる心地で」

「外国人相手となれば、構えも調度も向こうさんに合わせんとならんもんねえ。うちも西洋の寝台ば入れたり遊妓らに西洋の着物ば着せたりしてみたばってん、なかなか難しかとよ」

大枚を投じて外国人客へのもてなしを調えたにもかかわらず客足が戻らない昨今の景気を、暗に匂わせたのだろうか。だが女将はこれ以上は繰言になるとばかりに唇を引き結んだ。また煙管を持ち上げて一服くゆらせ、「おゆき、憶えとるね」と訊ねる。

「毎年、冬至の日に、出島の蘭人しゃんらも阿蘭陀冬至を祝うとったやろう」

「そうでしたね」と頷いた。来月、十一月になれば冬至を迎える。もうそんな季節かと、月日の早さを思う。

「商館長の館に私も招かれたことのあって、そりゃあ華やかで賑々しかもんやった」

阿蘭陀にも冬至を祝う慣いがあるらしく、阿蘭陀商館で盛大な宴が催されることは長崎じゅうの者が知っていた。祭が好きな土地であるので祝いと聞くだけで浮かれるし、出島に招かれる遊女や芸妓も並みの人数ではなかった。引田屋にとっても濡れ手に粟の稼ぎ時、鼈甲の櫛やぎやまんの笄、友禅に天鵞絨の裲襠で遊女を飾り立て、迎えの駕籠に乗せる。遊女らへの祝儀や贈物もそれは豪勢で、猫の目のように光る石で彩られた指環や耳飾りなどは当たり前、仔牛ほどもある洋犬を贈られて皆で難儀したこともあった。毛が長くふさふさとして愛嬌もあるのだが、ひとたび吠えると襖が震える大音声だ。あの犬はたしか、どこぞの藩屋敷に献上したのだったか。

その日は店の者にまで祝儀が遣わされ、土産には乳酪を詰めた陶皿もあった。当時は滋養がつく薬であったので、女将のために奥女中がよく丸めたものだ。ゆきも舐めたことがあるが、口中がいつまでも獣臭かった。今から思えば薬として大事にし過ぎて腐らせてしまっていたのだろう。自由亭で出すボートルは味も香りも別物で、貫太と二人でこっそり壺から盗み喰いしたことがある。

「ばってん、あいは冬至の祝いやなかったとて」

女将が煙管を手にしたまま口のそばに手を立てるので、何の内緒話かと耳を近づけた。

「本当は、阿蘭陀に冬至はなからしか」

「なら、何の祝いやったとです」

「蘭人が信じとる異宗、伴天連の祭。くりすますていうらしか」

へえと、開いた口がふさがらない。

「そがんこと、御奉行所もようお許しになったもんですね。あの祝いには、お役人らも仰山招かれとったとでしょう」

「そいけん、御奉行所も阿蘭陀冬至と思い込んどったと。町衆も、みんな」

「なんと、まあ」

「こん前、検番で芸妓衆らとそん話になったと。伴天連ば禁じとる日本でようも、ああも堂々とやってなさったと思うたら可笑しゅうて。いっそ天晴れじゃと、皆で言い合うて笑うたとよ。若か妓らは出島もよう知らんけん、きょとんとしとったばってん」

たばかられていたとわかっても笑いのめす。まして怒る相手はいないのだ。出島の阿蘭陀商館が閉じられて、もう十年ほどになろうか。

検番や芸妓と耳にして、にわかに気懸かりを思い出した。よしと二人きりで話す暇のない毎日で、萬助にも問い糺せていないままだ。ただ、二人の仲は親密で、よしは一時の屈託が晴れたかのように荷作りに励んでいる。

「玉菊しゃんは、息災にしとられますか」

なぜか、女将の眉が微かに動いた。しかしすぐさま「角八の玉菊かえ」と継ぐ。「はい」と、こちらも首肯した。

「阿蘭陀冬至の話ばした日も検番におって、一緒に笑うたたい。あの妓がどうかしたとね」

「いえ、そいならよかです。安堵しました」

そういえば、萬助も何やら清々とした顔つきだ。

「うちん者と何やらあったらしゅうて、心配しとったとですよ」

考えれば、よしの気の回し過ぎだったのかもしれない。

「何や。おゆき、知っとったとか」

　女将がすんなりと認めたので、「やっぱり」と口の中で呟いた。やはり、恋仲だったのか。

「よか芸妓しゃんですもんねえ。手前の座敷にもよう来てもろうて、客あしらいの巧うて助けられましたと」

　女将が両の眉を高々と上げた。「そうよ」と煙管の雁首を下に向け、火鉢の縁に打ちつけた。

「こいから一花も二花も咲かせる、よか妓ばい。踊りも唄も三味線もよう修業して、丸山でいずれ三本の指に入る芸妓になるやろうて、町の誰もが期待しとると。そいが、とんだ恋下手よ。玄人のくせに本気で惚れてしもうて、角八の女将も手ば焼いとったとよ」

　玉菊は丸山の茶屋で、萬助に泣きながら訴えていたのだ。よしはその場を見てしまった。

「そこまで思い詰めさせてしもうたとは、男も悪かです。ほんに申し訳なかことですたい」

　萬助め、帰ったらお灸を据えてやらんば。

「いや、おゆきも偉かね。感心、感心」

　奉公人の不始末は、主も責めを負うべきだ。

「で、綺麗に別れてくれたとですね」

「そうらしかよ。はっきりとは聞かんかったばってん、それなりの手切れ金ば積んでくれたけん、角八の女将も玉菊にはよう因果を含めたらしか。あの妓、ほんに一途たい。いつやったか、あれは夏やったか。大阪へ会いに行きたかて船に乗りそうになって、すんでのところで港から引っ張って帰ったらしかよ。まるで義経と浄瑠璃姫のごたる愁嘆場、ひと騒動やった」

「大阪へ会いに」

　目玉を天井に向けた。

「大阪に発つとは明々後日ですたい。なら、玉菊しゃんはまだ諦めきれんでおるとですか」

「違う、違う。丈吉しゃん、三月から大阪に行ったきりでちぃとも帰ってこんかったやなかか。騒動は、あの夏よ」

「丈吉て、うちん亭主の丈吉ですか」

「え」と、女将の顎が跳ねた。

まさか。

「お前、うちん人と言うたやなかか」

「いいえ、うちん者と申しました。私は、うちの料理人と理無い仲になっとるとばかり」

混乱した頭に血が上って、火鉢の縁をがしと摑んだ。

「そういや、玉菊は自由亭に幼馴染みのおるて聞いたことのあるなあ。ああ、ややこしか」

胸の前で掌をひらひらさせ、半分笑っているように見える。

「女将つぁま、他人事やと思うて暢気な」

「そいけん、私はてっきり、お前がもう何もかも心得とると思うたと」

腹の中が引っ繰り返った。確かに、萬助に「それなりの手切れ金」など作れるはずがない。

「存じませんでしたよ、今の今まで」

「ほんとに、何も気づいとらんかったとか」

「思いも寄りませんでしたたい。いったい、いつのまに」

声が大きくなるが、もう止めようもない。正坐したまま地団駄を踏む。「やめんね、火鉢の揺れる」と女将が止めるが、腹の中の鍋がぐつぐつと煮えている。

「そりゃあ、私は大した女房やなかですよ。別嬪でもなかし、こがん大女で料理も下手で、ま、洗濯は巧かです。ばってん」

誇れるものの何もない己が口惜しい。「ばってん」と繰り返すばかりの、この口の回らなさがもどかしい。

「考え違いをしたらいかん」

女将が何やら言い始めるが、いっそ黙っててくれと思う。

「おゆき。男しゃんは、女房に不足のあって馴染みを作るわけやなかよ」

「なら、何ですと」

「しっかりしんしゃい」

ぴしゃりと叱られて、女将に向き直った。

「ああ、ああ、みっともなか顔ばして。亭主がちっと浮気したくらいで、そがん狼狽えてどうすっとね」

「狼狽えてなどおりません」

「顔、ぐしゃぐしゃたい」と、女将は顎をしゃくった。

「お前も奥女中とはいえ、この引田屋に奉公しとったおなごやなかか。何ば今さら、捌けんことば言いよっと。旦那衆がお座敷でお遊びになるとも贔屓の遊妓や芸妓をお作りになるとも、男の甲斐性ばい」

「女将つぁまともあろうお方がようも、そがん、ありふれたことを」

女将にこんな口の返し方をするのは、後にも先にも初めてだ。だがもう沸騰して蓋が持ち上がり、鍋の周囲にまで噴き零れている。

「ありふれた言葉を馬鹿にしたらいけん。そう見做して、折り合いをつけるとがよかていう知恵ばい」

「うちん人は、まだそこまで偉うなかです」

「なら、もっと偉うなったら悋気ば起こさんとやな」

「こいは、悋気なんぞやなかです」

「そしたら何ね」

「わかりません」と俯けば、洟が垂れてくる。口惜しいのかもしれないと、声を上げて泣きながら思った。子ができたことをあれほど悩んで打ち明けるのも躊躇したというのに、あん人は玉菊しゃんとテレンパレンしとったかと思えば口惜しくて、またも噴き上がる。

「私はそろそろ外出せんばけん、行くよ。おゆき、どうするね」

頰を拭いながら顔を上げれば、女将はもう立ち上がっている。

「そん顔じゃ外に出られんね。まあ、後しばらくここにおらんね」

心配りが有難くて、なお泣けてくる。

「達者でな。道中気をつけて」

そういえば、引き移りの挨拶に訪れていたのだった。みっともない仕儀になったと思えど、もうどうしようもない。泣き止んで後も、広い座敷でぽつりと坐り続けた。女将に言い含められているのか、女中の誰も顔を見せない。気がつけば障子の色も変わり、そろそろ夕暮れだ。雀が鳴き、どこかで子供らの声が聞こえる。

「重たかろう、休みまんせ」

遊びの囃し唄だ。相手の肩にこっそりといろんな物をのせる悪戯で、本人が気づくまで手を叩きながら唄い囃す。きんやゆうなどはイガイガの草の実や藁しべ、鳥の羽を拾ってのせている。確か、「肩の荷」という遊びだ。私は何も気づかぬままだった。亭主にかような一面があることな大阪に行くのが厭になってきた。

「重たかろう」

早く帰らねばふじが心配するだろうと思いながら、総身の力が抜けてしまっている。

「重たかろう、休みまんせ、あんまり休むと日の暮るる」

迂闊、粗忽な女房だ。

ど、思いも寄らなかったのだ。


十一月一日、長崎の港から出立した。夜の船であるので見送りも少なく、それでも近所の者のみならず、出入りの青物屋や肉屋、魚屋に麺麭屋までが大波止に駈けつけ、別れを惜しんでくれた。

「大阪で一旗お揚げになったら、必ず帰ってきてくださいよ。待っとりますけんね」

「有難うございます。お世話んなりました」

よしや萬助も声を湿らせている。皆はゆきにも「女将しゃん、お達者で」と腰を低くし、そして「旦那しゃんに、くれぐれもよろしゅう」

「よろしゅう」と言い添える。

「丈吉しゃんに、ご武運ばお祈りしますて伝えてくださいよ」

その名が出るだけで腹が立つ。相手に悪気はないので「申し伝えます」と答えるものの、作り笑いがひきつってしまう。力まかせに大風呂敷を背負い、赤子の孝次郎を胸に抱いて艀に乗り込んだ。萬助はほとんどの荷を背負い、ゆうを抱きかかえてくれている。よしはきんの手を引きながら、ふじの背中にも手を回している。

小さな篝火一つであるのに、艀は夜の海をするすると進み、沖合の船に向かった。白い帆を大きく張り、噴煙を吐いているのが朧げに見える。冬の空には月がなく、満天の星が瞬いている。海風が冷たくて、孝次郎をくるんだ綿入れを何度も摘んで風を防ぐ。船は近づくほどに大きいことが知れ、艀は小魚のように船の腹についた。梯子が下ろされ、水夫に助けられて乗り込んだ。

上甲板から細い段梯子を下りた客室は入れ込みの板間で、石炭を燃やす臭いと酒や干物の匂いが入り混じっている。ゆきら一家が隅に身を落ち着けるや、まもなく板間が埋まった。乗客はざっと五十人ほどだろうか。何人かでさっそく酒盛りをする連中があり、風呂敷包みを枕に横になる者もありと、さまざまだ。娘二人ははしゃいでなかなか寝つこうとしないので、ふじは壁の灯りを頼りに綾取りをしてくれている。よしと萬助は荷を置いてからまた上甲板に出るようで、ゆきは汽笛を聞きながら孝次郎に乳をやる。やがて乳首を含んだまま瞼を閉じ、寝息を立て始めた。そっと膝脇に下ろし、懐に乳房をしまう。

「おゆき」と、ふじの声がした。振り返ると、きんとゆうが一枚の褞袍にくるまっている。

「ようやく寝入ったとですね。こっちも」

やれやれと息を吐きながら、ふじに笑みを送る。すると引かれたようにふじが膝を動かし、肩を寄せてきた。膝の上にのせた袱紗包みを片手で押さえている。和十の位牌だ。

「おゆき。どこか、具合の悪かとじゃなかと」

「いいえ、どうもなかですよ。今朝もお膳をしっかりいただいたやなかですか」

「なら、店のことで何か屈託のできたとか」

再び頭を振ると、覗き込むような目をする。

「ならよかけど、こん頃、元気のなかごと見えるけん」

はい、あなたの孝行息子が張本人。

打ち明けてしまいたいのをすんでのところで堪え、「毎日、目の回るごたったけんでしょう」と笑い濁した。ずっと考えていたわけではない。すべきことに追われ通しで、この三日はほとんど夜なべになったほどだ。かえって助かった。けれど何かの拍子で、ふと蓋が開く。丈吉と玉菊の顔が泛び、あの二人がと想像するだけでまた、ぐつぐつと音がし始める。

いつから、何がきっかけやったとですか。土佐の後藤様の座敷に玉菊しゃんを呼んだ時、あん時はもうそがん仲やったとですか。私の知らんところで、いつ乳繰り合うとったとですか。

ああ、口惜しい。ああああ、腹の立つ。

次から次へと噴き上がり、胸の中はもう火傷の痕だらけだ。昨夜もそうなった。二階で自身の荷作りをしていて、あの巾着袋を行李に詰めようとして掌に置き、つくづくと眺めた。

これはお前の命綱やけん、ここぞという時にお遣い。

嫁ぐ前に女将がくれた豆板銀三十匁だ。開店当初、客が訪れずにお茶を挽いた時もあったけれど、結句は一匁たりとも手をつけずにここまできた。女将の言う通りだと、掌の中の重みを知った。

そう、何もかも、あん人の甲斐性たい。あん人がろくろく寝もせずに働いて働いて働き抜いてくれたおかげで、私は面白か思いをたくさんした。あれよあれよという間に、「女将しゃん」と呼ばれる身だ。

まして、玉菊しゃんとは綺麗に切れてくれたとやもん。

そこに気持ちが至ると、己が情けなくなってくるのだ。こがんことで一々動じて、私はさぞ安物の女房なんやろう。そうに違いないと気持ちが落ち込んで、今度は肩先が冷えてくる。

「そうね」とふじは呟き、「彼の地でも、よろしゅう頼むばい」と頭を下げた。

「お義母ぁ、何ね、改まって。やめてくださいよ」

頭を振りつつ、目の端が滲みそうになる。捨てる神あれば拾う神ありとは、こういうことか。

「こちらこそよろしゅう願います。ほんとに至らん嫁ですばってん」

夜風が入ってきて、よしと萬助だ。

「お母ぁも義姉しゃんも、見てきたら。暗かばってん、町がほんに綺麗かよ。山の居留地の辺りは、星のごたるよ」

二人は肩を寄せ合い、景色の美しさを盛んに言い立てる。仲のよかことでと、鼻を鳴らしそうになる。萬助は十中八九、丈吉と玉菊のことを知っているはずだ。そして今はおそらく、よしも。

「そういえばなあ、おゆき」ふじがまた口を開いた。

「お前さん方もお坐り」と、手で指し示す。

「およしを萬助しゃんにもろうてもらいたかと思うんやが、どうやろう」

すると「お母ぁ」と、よしが慌てた。「何ね、いきなり」と、たちまち赤くなる。

萬助が「いや」と、胡坐から正坐に直った。

「手前はおよしさんと一緒になりたかです」

二人の間ではすでに言い交わしているのか、よしも面持ちを改めた。よしの気持ちはとうにわかっていることだ。「わかりました」と、ゆきは頷いた。

「向こうに着いたら頃合いを見計らって、うちん人に話ばしてみましょう」

「そうしてくれたら助かる。口添えをあんじょうしてやって」と、ふじは袱紗包みの位牌を手で撫でさする。

「女将しゃん、よろしゅう願います」

萬助とよしは揃って頭を下げる。

「うちん人に反対する理由なんぞ何もなかと思うばってん、万一、何か不承知があっても私が必ず説き伏せてみせる」

芝居めかして胸を叩いたので、三人は「またまた」と笑い崩れた。

いや、私は本気たい。

大波に立ち向かう気概めいたものが湧いてきて、鍋の煮える音が少しばかり遠のいた。

四日の朝に兵庫港に着き、二回りも小さい船に乗り換えて大阪に向かった。

長崎よりも広い湾に入ったかと思えど船は岸に寄らず、河口から川をぐんぐんと遡上（そじょう）してゆく。客らの話によれば安治（あじ）川と呼ばれる川であるらしく、この北東に富島（とみしま）港の波止場（はとば）があり、運上所や各国の領事館、そして外国人居留地が築造されたようだ。それにしてもここが大阪かと、泣きぐずる孝次郎をあやしながら首を捻る。長崎の港の大きさ、かつての賑わいとは比べようもない。進めど畑ばかりで、鄙（ひな）びた田舎にしか見えない。

「何やら、淋しか土地やこと」

誰にともなく言ったのだが、周囲にいる一家の誰からも返答がない。およそ二日半の船旅に疲れ果て、ぐったりとしているのだ。

「お母ちゃん、お腹（なか）すいた」

きんとゆうが弱々しい声で訴える。船中で昼飯を食べそこね、そろそろ昼八ツに近い。

「もうすぐ着くけんね、ちと辛抱（しんぼう）しんしゃい」

いつもならふじが飴（あめ）の一粒でも差し出すのだが、荷にもたれて目を閉じている。位牌を胸に抱きながら寝てしまったようだ。萬助が娘らを手招きをし、何かを口に入れてくれている。助かる。

ようやく右手の川沿いに家々が現れ、誰かが「富島や」と膝立ちになった。

「もうすぐだっせ」「はあ、やれやれ」商人らしき男らが声高に話している。

岸沿いに道が真っ直ぐ延び、松林が続く。板葺き、茅葺きの家が建ち並び、艀や荷舟が盛んに行き交い、そのうち白壁の大きな建物が見え始めた。法被姿や荷役らしき半裸が立ち働き、掛け合う声には威勢がある。洋帽をかぶった西洋人の姿も見えて胸を撫で下ろした。船を乗り間違えてとんでもない辺地に来たのではないかと、内心ではびくびくしていたのだ。波止場に近づくと、大きく手を振っている若者がいる。

「女将しゃぁん、皆しゃぁん、ようお越しぃ」

貫太だ。飛び跳ねている。


運上所の門前を過ぎ、古川という細い川を渡って大通りに出た。

大通りの突き当たりはまた川であるらしく、木津川というそうだ。つまりここは川にぐるりと囲まれた島で、長崎の出島と同じ体であるのだろう。貫太は荷車に一家の荷と娘らを乗せ、「ここが川口の外国人居留地ですねん」と車を牽きながら左手を指す。「結構な家々やねえ」と、ふじもいっぺんに目が覚めたような面持ちだ。空地もあるが、二階建ての西洋館が麗々と並んでいる。壁は白漆喰で二階の屋根には素焼きの瓦が葺かれ、窓は硝子が冬陽を光らせている。露台には優美な形の手摺が巡らせてあり、家の前には芝が張られて灌木や草花も見える。道沿いには目にしたことのない樹木がずらりと植わり、丸い形の葉は銀色を帯びた緑だ。

よくよく考えれば、長崎では居留地の景色を遠目で眺めるだけで、こうも間近に見上げることなどなかった。洋食屋の女将だというのに客を迎えるのが精一杯で、いつもあの山中で暮らしてきた。これからはこんな平たい地で暮らすのかと思えば、胸の裡がすうすうする。どの空に目を凝らしても、山影は遥か彼方なのだ。坂道がなく、歩けど歩けど道が平坦だ。

「居留地は一万五千坪近うありますけん、今日はこのくらいにしときまひょう。ばってん、夜はまた格別の景色だっせ。町のそこかしこに石油を使うた街燈がともりますけんね」

大通りに戻れば、「右手が英吉利領事館、左手が外国人の雑居地」と荷車が動く。その後ろをぞろぞろとついて歩き、しかし貫太の相手をする気力など誰も持ち合わせていない。

雑居地に指定されているという梅本町にも洋館があるが小ぶりで、安普請も露わな建物だ。その周囲は日本の町家で、長屋に小間物屋、下駄屋、青物商や魚屋、豆腐屋も軒を連ねている。

「さあ、ここが普請中の自由亭ですたい」

四角い土地に高々と材木が組まれ、あれは梁だろうか、高い場所に横に渡した材木の上を股引姿の職人がひょいひょいと歩いている。地面にも何人もの職人が蹲っては立ち上がり、槌音や鋸の音がする。木屑の匂いが爽やかで、背中におぶった孝次郎に顔を寄せた。

ごらん。ここが大阪の自由亭ばい。

しかし孝次郎はぐっすりと眠りこけて頭をぐらぐらとさせている。

きんとゆうはさっそく荷台から飛び降り、「わあ」と声を上げて普請場を覗く。「子供は入ったらいかん」とすぐさま怒鳴られ、すごすごと引き返してふじの袂に取り縋った。「貫太はん」と立ち上がる白髪頭があり、どうやら怒鳴った当人らしい。「今日は、旦那は」と訊いている。

「所用があって、今日は現場は覗けんと言うておいででした。棟梁、女将しゃんです。長崎から一家で出てこらしたばかりで」

頭を下げたが、棟梁は興味なさげに顎を少し動かすのみだ。己の姿を見下ろして、くたびれた山伏のようだと思った。現場からそそくさと離れた。さらに小路に入って貫太は荷車の引手を地面に下ろした。小体な仕舞屋の引戸を引き、「どうぞ」と言いながら先に身を入れる。

「店が建ち上がるまでこの家を借りてありますねん。ささ、遠慮なく」

ゆきの背後で萬助が「あいつ」と、舌を打った。

「遠慮のなかとは手前やなかか。ええ気になりおって」

「新しい土地で気が昂っとるとよ。流してやって」

よしが窘める。位牌を持ったふじと子供らを先に上がらせ、よしと萬助が三和土で下駄を脱いだ。ゆきは最後で、ふと三和土の隅に鼻緒の新しい草履が目につく。たぶん丈吉がこの地で誂えたのだろう、畳表に鼻緒は白革だ。

めかし込んで、どこに行ってるのやら。横目で睨みつけた。

開け放した障子の向こうに入れば、八畳ほどの畳間が足の踏み場もない。後ろを振り向けば同様で、天井まで荷が積み上げられている。長崎から先に送り出した荷であるが、見覚えのない洋椅子も重ねてあるので新たに購ったのだろう。

「ひとまず、休みましょう」

柱の前に場を見つけてふじを坐らせ、孝次郎を背中から下ろして襁褓を替える。よしが貫太に雪隠の場所を訊き、きんとゆうを連れていくのが見えた。

「旦那とお前はどこで寝とると」

萬助が貫太に訊くと目を泳がせ、「適当に」と柏巻きにした掻巻を指した。怪しい。

「丈吉も忙しかごたるね」ふじが呟くと、「そりゃそうだすわ」と助け舟に乗らぬばかりの勢いだ。

「普請の指図をしながら必要な物を買い揃えて、外国官判事さんにもしじゅう呼ばれなさるし、府知事さんとも会わねばならんし。何せ、政府肝煎りの止宿所ば一民間人が造るんですさかい」

「土地の言葉が身についたとやな」

萬助が放った皮肉も褒められたと思うてか、貫太はふへへと頭を掻く。

「郷に入っては郷に従えと、言いますやろう」

萬助に先んじるのが嬉しくて堪らぬらしい。だがたった二月ほど見ぬ間にしっかりとして、背丈まで伸びたように見える。

「言葉は大事だすで。旦那しゃんの蘭語が流暢やけん、ここでも一目も二目も置かれなすって、舎密局の先生からも何かと頼りにされとらすと」

貫太は近所に饂飩屋があると誘ったが、「料理人が三人もおるとに」と萬助が渋い顔をし、狭い台所の竈に火を入れた。長崎から持ってきた梅干しと味噌をお菜に早めの夕飯を済ませ、身を横たえながら孝次郎に乳をやり、気がつけばうとうとしている。瞼を上げようとしてもふさがって、まだ船に揺られているような心地だ。

義姉しゃん、乳ば放り出したまま寝てしもうて。

よしが笑いながら胸許に手をかけてくれるのがわかったが、そのまま寝入ってしまった。

明治二年が明け、しかし雑煮をゆっくりと味わう暇もないほど開業の準備に追われた。

建物は暮れも押し迫った時分に落成し、それからは掃除に荷入れだ。一階の玄関を入れば正面に大きな階段があり、右手の東が帳場と座敷、左手の西が料理場に食堂と、大きく二つに分かれている。階段の向こうの北側が雪隠と湯殿で、奥を右手に折れれば奉公人の住居になる。戸を引けば土間があってそこで下駄を脱ぐ方式で、四畳半が六間も設けられている。料理人の見習いや下働きを住み込ませるためで、すでに三人を雇い、萬助が指図をしている。ゆきら一家は帳場に隣り合った座敷で、仏間がふじの居室だ。

よしと萬助は正月から、奉公人住居の一間で暮らしを始めた。丈吉に二人の件を話したのは皆で年越しの蕎麦をたぐっている時で、いっそう増えた荷に囲まれていた。ゆきが口火を切ると、丈吉はいくらも聞かぬうちに頷いた。

「祝言(しゅうげん)は止宿所を開いてからでもよかか」

「いえ、手前らのことはもう、いつでもよかことで」

よしも「そうですたい」と頷き、ふじに「おめでとう」と腕に手を置かれて涙ぐんでいる。ゆきの出番などまるでなかった。そして正月、屠蘇(とそ)祝いを兼ねて盃事(さかずきごと)だけは執(と)り行なった。正月飾りもない、荷だらけの畳間の真ん中でよしは晴着も着ぬままの姿であったけれど、惚れ惚れするほどに美しかった。

開業まであと三日と迫り、ゆきは水桶と雑巾(ぞうきん)を手にして階段を上がる。外国人の風習に合わせて土足としており、下駄をそのつど脱がずともよいのは簡便だ。しかし雨の日は床や階段が濡れ、雨が上がって数日の間はそこかしこが土泥で汚れる。二階の掃除を済ませた後に階段を拭きながら下りていると、たまさか外から帰ってきた丈吉が目にして笑ったことがある。

「おゆき、何ばしよっと」

「ご覧の通り綺麗にしとるとですけど、それが何か」

「モップという掃除道具があるけん、そのうち出してやる」

「そうですか」と答えつつ、手は止めなかった。二人きりになる機会が一度もないままであるので、顔を見ればついい、つんけんしてしまう。しかし働いていれば存念も薄れ、忘れていられる時間が日ごとに増えた。ゆえに毎日、二階に上がって磨き立てている。階段を上り切れば正面に大きな板壁があり、左右に広い廊下が分かれる。通りに面して窓が三つも設けられており、硝子が嵌められているので明るく暖かい。その廊下は鉤形に折れ、客室へと続く。東に十二室、西も同数で、計二十四室もある。昨日、そのすべてに寝台と小机が入った。寝台には敷布を巻いて西洋の毛布と薄い蒲団、平たく大きな枕を置くらしいが、それには決まった方式があるようだ。

「毛布と蒲団は届いとるけん、そのうちおれが教える。おゆきはそれを会得して、女中らに指図してくれ」

「わかりました。ばってん、お前しゃんは寝床の作り方まで心得ておられるとですか」

「蘭船に乗っとった時はボオイもしとったけん、ベッドを整えるのもおれの仕事やった」

「さすが、手八丁」

皮肉を投げつけてやっても丈吉は何も気づかぬのか、どこ吹く風だ。考えねばならぬこと、しなければならぬことが山積していて、女房の顔色になど意を払っていないのだろう。

よかよ。そいでよか。ばってん、今に見てろ。

開業の日を迎え、料理場は戦のごとき騒ぎだ。

丈吉に萬助とよし夫婦、貫太、そして下働きの者らまで純白の白襷に鉢巻きを締め、仕込みに懸命だ。今日の夕刻から披露目の宴を開くことになっており、政府のお偉方や居留地の外国人も訪れるらしい。竈の熱と油の跳ねる音、包丁を遣う小気味のよい音もする。この匂いはヴイヨンだと、寸胴鍋の前に立つよしの背中を見やる。久しぶりの音と匂いだ。

「配膳の段取りをもういっぺん女中らに念押ししといてくれ。くれぐれも粗相のなかごと」

丈吉がこなたを振り向きもせずに命じた。

「はい」と大声で返し、前垂れの紐を結び直しながら食堂に向かう。ここも大きな窓がいくつも穿たれており、長崎の店のようにいずれは庭も普請するつもりであるようだが今は冬のこととて間に合わず、それでも梅樹と桜の数本が植えられ、人の背丈ほどもある石燈籠も据えてある。洋卓は六つ、それぞれに椅子は四脚だ。女中は四人で、近在の百姓の女房や娘らが通いで来ている。

洋皿は重ねたらいけん、葡萄酒の瓶の腹には布巾ばあてて。

細かいことまで何度も口にし、「料理には顔のあるけん、お客様に顔の正面を向けて皿ば置くこと、引いた皿を卓の上で重ねんこと」などと教えた。

「さあ、そろそろ卓の上を作るけん」

手を打ち鳴らして、皆を集めた。料理場との境には畳二枚ほどの大きさの水屋簞笥が造りつけてあり、その脇の窓台に仕上がった皿が置かれる。それを受け取って各卓に運ぶのが女中の役割だ。その前に白布をかけ、シルバアを出し並べ、卓の中央には燭台を置く。これは早くから準備すると埃っぽくなるので、客を迎える一刻ほど前に始める。簞笥から純白の卓布を出させ、順に掛けるように命じた。もう幾度も修練を重ねさせたのでゆきは手出しをせず、仕上がりを確認するだけに留めている。本当は自身でやった方が早いのだが、丈吉からも「慣れさせせろ」と言われている。多少のしくじりもあろうが、給仕も場数を踏むことたい。むしろ慣れた頃に気の緩むけん、そこに気を配れ。

言わんとすることはわかるが、今日の披露目で失態を犯すわけにはいかない。卓を確認して回れば、若い女中の受け持っている卓のシルバアの配置が間違いだらけだ。

「おもんしゃん、ナイフは右、フォルクは左」

　何度教えれば憶えるのか。先だっても注意すると露骨に頰を歪め、「そやから、紙に書いてくれはったらええのに」と言い返してきた。ゆきが文字に暗いことに察しをつけているようで、べつだん隠すつもりもないのだが、事あるごとにそこを突いてくるのが忌々しい。

「頭ん中に叩き込みんしゃい。お客様の前で紙ば出して確かめるわけにいかんやろう」

　このおもんという名の若い女は料理屋で仲居をしていたという触れ込みで、なるほど婀娜な目つきをしている。ぽってりとした受け口で、だが何かにつけて口ごたえをする。給仕の作法を教える際も知っているとばかりに横を向き、試しにゆきが客役になってやらせてみればゆきの膝に葡萄酒をひっかけ、詫びもしなかった。

　燭台とグラスも並べさせ、また位置を直し、一通りの目処をつけた。

「はあ、えらい騒動やな」

　声がして振り向けば、女中らが奥の卓の椅子に腰を下ろしている。

「お客様がお坐りになる椅子に女中が坐るのは許さんと、言うたはずばい」

　三人は「すんまへん」と飛蝗のごとく飛びのくが、おもんは図太くも腰を下ろしたままだ。

「お客はんらが来はるまで、まだ時がありますやないか。朝からバタバタとし通しで、今、休憩しとかんと保ちまへんわ」

　ゆっくりと見上げたその顔はふてぶてしく笑んでいる。しかも紅をつけていることに気がついた。女中には厚化粧や匂いの強い鬢付け油も禁じている。料理の風味を損なうといって丈吉が嫌うからで、ゆきはもう長いこと紅も差していない。

「おもんしゃん」顎をしゃくり、外に出るように命じた。

「えらい形相で、何ですのん」

「つべこべ言わんと従いてきんしゃい」

階段の下を抜け、奥の一室に入った。料理人の住み込み部屋の一室を女中用に確保し、いわば休憩部屋だ。入るなり煙草の臭いがむんと籠もっているが、そのまま草履を脱いで畳間に上がった。

おもんは扉にもたれて、立ったまま袂を摘んで弄んでいる。

「あんた、そがん料簡で給仕が務まると思うとっとね」

頭に来ていた。言葉を選んでいる余裕もない。おもんはそっぽうを向いて薄笑いをしたままだ。

「もう、あんたはよか」

「よかって、何ですのん。言葉がわかりまへん」

「給仕に出んで結構やと、言うとるったい」

へええと、おもんは見下ろしてくる。

「今日はお披露目やおませんか。たった三人で給仕して、吉つぁんがお困りになるんと違いますのんか」

「吉つぁん」

二の句が継げなくなった。

「へえ。前に奉公してた店にちょくちょく通うてくれはって、ご贔屓に与ってたんだす。此度はどうしても力を貸してくれと拝まはるから来てやったのに、何やの、あんたみたいな田舎臭い女房が大きな顔して偉そうに。吉つぁんにもがっかりやわ。こんなんやったら、うんて言わんといたらよかった」

まくし立てるのを、ゆきは「ほな、お帰り」と遮った。

「もう結構やけん」

「何やて。今日という日にあてを厄介払いすると言うのか。そないなことをしたら、吉つぁんに叱られるんはあんたの方や」

「どうぞお引き取りを。こいまでの給銀はいずれ誰かに届けさせます」

食堂に取って返し、女中らを見回した。

「おもんしゃんは差し障りができたけん、給仕には私が加わりますたい。皆、心配せんと、あんじょう務めて。よかね」

三人はほうっと肩を緩め、「へえ」と頭を下げた。

料理場を覗き、「お前しゃん、そろそろ支度ばせんね」と声をかけた。返事をよこさないがそれはいつものことで、階段の下を通って帳場の脇を過ぎ、座敷に上がった。ふじがきんとゆうに晴着を着せ、帯を結んでいる最中だ。いつのまにか丈吉が呉服商に注文していたもので、きんは菜種色地に色とりどりの蝶が描かれ、ゆうは薄桃色地に花の文様が散らしてある。

「お義母ぁ、遅うなりました」

「よかよ。それより孝次郎に乳ば呑ませてやって。ひもじそうに、自分の指ばしゃぶっとったとよ」

泣き疲れてか、顔に涙や洟の痕がついてかさかさだ。顔を撫でてやると、熱いような気がする。そういえば頬も赤い。額に手をあてればやはり熱い。

「お義母ぁ、この子、熱のある」

ふじが寄ってきて腰を下ろす。孝次郎の顔に掌をあて、「ほんに熱か」と呟いた。

「風邪かもしれん」

障子が動いて、丈吉が上がってきた。「お父ちゃん」と、きんとゆうがまとわりつく。「二人とも、よかべべを着せてもろうたなあ」そう言いながら襷を解き、後ろに手を回して帯を解く。ゆきはそれを拾い、これも仕立て下ろしの着物を背後から着せかけた。

「孝次郎、熱のあるとですよ」

「そうか」と声が低くなり首だけで見返るが、手はなめらかに動いて帯を結び、ゆきから袴を受け取ってつける。羽織も着て、「お前も着替えろ」と命じてから孝次郎のそばにやっと膝をついた。

ふじが「子供は熱を出すもんたい。心配なか」と丈吉に告げている。

ゆきも着物を脱ぎ、準備してあった襦袢に替え、黒紋付に袖を通した。これも丈吉がかねてより手配をしてくれていたもののようで、しつけ糸を取る時、妙な心地になったものだ。

女房や娘の晴着にまで気の回る亭主て、傍から見たらさぞ、よか亭主なんやろう。ばってん、私はちっとも嬉しゅうなか。そして大阪でもあんのじょう、やらかしていた。しかもよりによって、あんな小娘を自由亭に引き入れるとは。

草野丈吉め、ただではおかん。

奥歯をぎりぎりと嚙みながら帯を締めていると、鼻息まで荒くなる。

「おゆき。帯をきつうしたら、夜まで保たんぞ」

うるさい。摑みかかる代わりに「お前しゃん、脇差は」と訊く。「差す」と言うので位牌の前から下ろした。直に触れるわけにはいかぬので、着物の袖に手を入れての所作だ。

「二人とも立派たい」

ふじが目を細めて見上げる。

「孝次郎は私がしかと介抱するけん、行ってこんね」

丈吉と二人がかりで説いても、宴には出ないと言い張った。晴れがましい場は苦手やけんね、と。

「では、行って参ります。おきんとおゆうは後で呼びに来るけん、もうしばらくここにおりんしゃい」

二人とも父親についていきたそうにしているが、「後でな」と丈吉が一言告げるだけで「はい」と引き下がる。三和土で草履に足を入れ、板間へと出た。

そこには低い洋椅子が対で置かれ、小卓には有田の皿を置いてある。外国人が呑む葉を巻いた煙草の灰落とし用で、食事の前後に場を移して歓談する風習に合わせているのだそうだ。西洋人向けの瓦版を読んでもらう場でもあり、所望されればここに珈琲も運ぶことになっている。どのくらいの宿泊客があるのかは、これからでないとわからない。

窓外が青みを深め、ゆきは帳場に入った。表の通りに街燈がともったようだ。丈吉は客を出迎えるべく、店の外へと出ていく。

料理場から漂ってくる匂いが落ち着いてきた。料っている最中は匂いも強いのだ。鉄鍋の中で脂が焼け、鍋の中で人参や芋が踊る。塩と胡椒、香草のたぐいもそれぞれに声高で、おれが、私がと押し合いへし合いをする。けれど料理人の腕がやがて、それらを一つにまとめ上げる。自由亭の味に。

賑やかな人声がして、窓外を見やれば丈吉が握手をしている。相手は外国人だ。三人いる。ゆきも帳場から出た。

「いらっしゃいませ」

声を張り上げると、向こうから笑顔が近づいてきた。ボートヰン先生だ。丈吉が何やら蘭語で話し、先生はゆきに両腕を大きく広げ、満面の笑みを向けてくる。

「ご無沙汰(ぶさた)しました。ようこそ、おいでくださりました」

その日本語がわかったとでも言うように帽子を少し持ち上げ、すると寝癖のついた髪がぴょこりとはねた。外套(がいとう)を預かり、それからは次々と客が訪れて帽子掛けがみるみるうちに一杯になる。日本人は羽織袴がほとんどで、ゆきには見向きもせずに食堂を目指す。

丈吉がまたゆきの前に連れてきたのは、日本人の二人づれだ。洋装で、裾の長い上着をつけている。

「大阪府判事と外国官権判事(ごんのはんじ)であられる五代様じゃ」

「ご無沙汰しております」

「よう長崎から出てきてくれた。このホテルは日本人の本領を見せる場ゆえ、よろしゅう頼む」

ゆきに手を伸ばして握手をする。日本人にしては珍しい振舞いだ。

「陸奥君も女将に面識があると言うておったな」と、五代はかたわらの男を見やった。帽子のつばに隠れて顔がよく見えないが、亀山社中の陸奥(むつ)だ。

「摂津(せっつ)県知事になられる陸奥陽之助(ようのすけ)様じゃ」すでに見知りであるのに、丈吉は改まって紹介した。

相手は帽子を取り、ゆきに目を合わせた。

「ご無事で何よりでございました」

小声で言うと陸奥は黙って笑みを泛べ、五代と共に食堂へと向かった。長い上着の裾は燕(つばめ)のごとく先が分かれている。

その後、大阪府知事の後藤象二郎(しょうじろう)が訪れた。黒塗りの駕籠から降り立つや、背後に十数人もの供侍(ともざむらい)がついている。丈吉が出迎え、上機嫌で中に入ってきた。ゆきに目を留め、そのまま通り過ぎようとして「ん」と顔を動かした。

「おぬし、女将か」

「ようこそ、いらっしゃいませ」

辞儀をすると、「相変わらず大きいのう」と歯を剝いた。

後藤を迎えて賑やかな宴が始まった。


数日の後の夜明け前、丈吉が縁側で手水を遣ったのを見計らって手拭いを差し出した。拭き終えた額を見下ろし、やにわに切り出す。

「おもんしゃん、辞めてもらいましたけんね」

一瞬、間があったものの「そうか」と、どうでもいいことのようにさらりと手拭いを返した。ふうん、そうくるか。ばってん、今日こそは逃さんけんね。

「お前しゃん、遊ぶ相手は選んでもらわんと困ります。玉菊しゃんはほんによかおなごやったけん、私も堪えられた。ばってん、あがん小娘は勘弁してくれんね」

「何や、朝っぱらから何を言い出す」

奇妙なほどの早口で、動揺している証だ。玉菊のことを私が知っているとは承知していなかったのだろう。昨夜、ゆきは寝ずに考えたのだ。最初に玉菊の名を出せばぶちのめせる、そう踏んだのが当たった。

「なら、いつやったらよかですか。朝から晩までのうち、いったいいつやったら話ができます」

東の空が明るみ始め、川風が匂う。

「お義母ぁと子供らのおる家に、あがん崩れた小娘ば入れて。ええ、開業に向けて人手が欲しかったとでしょう。ばってん、あのおなごは給仕の仕事ば嘗めきっとったとですよ。お前しゃんとの仲ば笠に着て、やぐらしか。いや、もうあのおなごはどうでんよか。悪かとは、お前しゃんたい。もうちっと筋目通すひとやと思うとったばってん、見込み違いやったばい」

丈吉は唖然としてか、口を開いたままゆきを見上げている。

「お前しゃんだけの自由亭と思わんでくださいよ。私にとっても、ここは大事な場ですけんね。土足で踏み荒らすような真似は許しませんたい」

朝陽の中で丈吉は「ん」と小刻みに頷き、手拭いを力なく左右に振った。

「降参」

「お詫びに、珈琲ば淹れてくれんね」

「阿呆、調子に乗るな」

縁側から居間の障子を引いた途端、丈吉が「あ」と棒立ちになっている。

「私も珈琲いただきますけん、よろしゅう」

ふじが立っていた。

# 7　大阪開化

昼前、小桶を抱えて近所に買物に出た。

泊まり客は二組のみで、客たちも朝餉を済ませた後、外出をしたようだ。夜は宴席の予約が三組、一組は外国人を交えた六人であるので料理場はすでに仕込みにかかっている。丈吉は萬助と共に難波という村へ出かけた。西洋野菜を作ってくれる百姓が見つかったようで、本人に会って畑も見せてもらうらしい。

一月も末だというのに雑居地の方々で辻芸人らが唄い踊り、正月祝いがまだ続いているかのような賑々しさだ。猿と一緒に足を踏み鳴らしている芸人は赤と白の横縞の肩衣に下は黄色の括り袴と、目の覚めるような装いだ。そのかたわらで義太夫節を唸る者もあれば、手妻で子供らを集めている芸人もいる。

きんとゆうもこの頃は近所で遊ぶようになっているが、今日はふじに連れられて梅見だ。

「ねえさん、ねえさん、おめでとうさんにござります」

大阪者の癖であるのか、こなたが振り向くまで芸人は何度でもしぶとく繰り返す。ゆきももう心得て、通りに出る時はおひねりをいくつも作って帯の間に忍ばせてある。

「はい、おめでとう」「毎度おおきに」

初めて合わせる顔であるのに「毎度」とつけるのも奇妙だ。しかし厭な気はしない。この梅本町で暮らし始めた頃にはもの淋しい土地に思えて、少しがっかりしていたのだ。まして一月十日の開業を迎えるまでは町内を見聞する暇もなかった。けれど陽のあるうちにこうして通りに出れば、淋しいどころか道が膨れ上がりそうなほどの雑踏だ。

豆腐屋の店先に立ち、「五丁お願い」と告げる。

「自由亭の女将さん、毎度おおきに」こちらは本物の毎度だ。近頃は三日にあげず買物をしているので、ここの親爺とは顔馴染みになっている。

「その、お揚げさんもください」

大阪では、食べるものを「さん」付けで呼ぶのだ。京で修業したことのある萬助いわく、上方で共通の言いようらしい。お豆さん、お粥さん。そういえば、竈も「へっついさん」だ。

「女将さん、薄揚げは味噌汁に入れはりますんか」

「そのつもりですけど」

「さっと焙って、生姜醤油で食べてみて。青葱を散らしてな」

「焙るとですか」

「あんさんとこは洋食屋やよって、たまにはよろしやろ、そういうのも」

洋食屋だからといって常に洋食を食べているわけではないのだが、ふじや子供たちが歓ぶ食べ方だろう。よし夫婦の分もと、「七枚もらいますたい」と勧めに乗った。

「へえ。おおきに」と答えた親爺が、ひょいと首を斜めに傾ける。

「やっさん。寄っていき」

親爺が呼んだのはゆきの背後を歩いている年寄りで、盲目の三味線弾きのようだ。親爺は通りに出て、手に包みを持たせている。「おおきに」と年寄りは頭を下げ、また違う角に向かって摺足（すりあし）で歩いてゆく。

「やっさん、うちのおからが大好物なんや」と、親爺は薄揚げをせっせと包む。

「いつも差し上げとるとですか」

「食べてもろうてる、んかな。わしがちょっと手ぇ抜いたら、すぐにわかりはる」

「神様のごたる言いようたい」

　笑うと、「そうやで」と親爺はゆきが抱えた小桶に豆腐を入れる。

「福の神の戎（えべっ）さんは耳が遠いと言いますやろ。目ぇの見えへんやっさんも、神さんみたいなもんなんや。あの人の三味線はほんまに凄いんやから。本気出したん聴いたら泣きまっせ」

「へええ。私も聴かせてもらいたかあ」

「そやのに、芸人は居留地に入れてもらわれへん。こないだもみんなして通りに入って、外人はんも歓んで手ぇ叩いてるのに、日本人の役人に、しって追い払われてなあ。ここは日本やない、外国なんや、あっちゃ行けってな。可哀想（かわいそう）に、やっさん、小突（こづ）かれて足を挫（くじ）いたのや。三味線を弾くのにべっちょなかったけど、正月早々、縁起でもない仕儀や」

　それは気の毒なと頷いて、水の滴（しずく）で濡れた小桶を抱え直した。

「芸の披露（ひろう）は、外国人の無聊（ぶりょう）を慰めるとにもよかでしょうにねえ」

「はい、お揚げさんは一枚おまけや」

「あらあ、いつもすみません」会釈（えしゃく）をして店先を去り、次は小間物屋だと進んだ時、空で何かが割れたような音がした。

　振り向くと、豆腐屋の親爺も西へと顔を向けている。辻芸人らも手を止め、不審げに耳を澄ませている様子だ。たちまち、通りを行き交う者らが騒ぎ始めた。

「なんや、なんや、今の音は」

「花火と違うか」

「この寒空に花火を上げる酔狂があるか」

「川縁の方やぞ。何ぞ爆発したんやないやろうな」

口々に言い合い、豆腐屋の親爺が「いいや」と頭を振った。

「あれ、鉄砲の音とちゃうか」

その途端、誰も彼もが浮足立ち、一斉に動いた。口々に何かを言い立てながら大通りに向かう。あっという間に怒濤のごとき群れになった。ゆきも人波に押されるようにして足を動かした。自由亭の前で貫太が掃除をしている。ふと顔を上げ、こなたを見た。

「女将さん、何してはるんです」

「これ、頼んだばい。お揚げさんは焙って生姜醤油」豆腐の小桶と薄揚げの包みを押しつけ、また人波へと合流した。

「ちょっと、どこへ行かはるんだす。えええ、いったい、何の騒ぎ」

背後から押されるまま突き進んだ。大通りを西へ折れ、やはり安治川の岸辺へと皆は向かっている。真冬でも半裸の男たちが船から荷揚げし、蔵や荷車に運び込んだり出したりしている場だ。

風に乗って、絞り出すような怒声が聞こえた。

「ええ加減にせぇよ。さんざんこき使うて賃金も払わんと、挙句に撲るわ、発砲するわて、どないなっとんねん」

「そうや、そうや。こいつ、でこちんを切ってるやないか」

すると、怒鳴り散らす声が返る。外国語だ。ゆきは周囲の者と顔を見合わせた。いずれも知らぬ顔だが、一様に眉を顰(ひそ)め、頬を強張(こわば)らせる。「まさか、外人と喧嘩してるんか」と、背後の男が呟いた。

今度は大勢の胴間声(どうまごえ)がして、人波が崩れた。荷役夫(にやくふ)が群れになってやってくる。褌(ふんどし)を締め、上は法被(はっぴ)一枚だ。

「おい、道を開けてやれ」誰かが叫んだ。

「追いかけてくるぞ。外人が銃持って追いかけてきよる」

潮風に灼(や)けた屈強な男らが泡を喰って逃げてきた。何人かに支えられるようにしている男は、額から血を流して片目を開けられない様子だ。唇を真一文字(まいちもんじ)にひき結び、空(くう)を睨むように走り去る者もいる。

「人垣や。皆で人垣を作って、追手を防げ」

誰かが叫ぶや右からも左からも手が伸びてきて、ゆきはしっかりと腕を組んだ。膝頭が震える。けれど足を広げ、下駄の歯を道の土に喰い込ませるように踏みしめる。人波の前方で何やら押し問答が聞こえるが、皆で作った人垣は動かない。前方から若者が歩いてくる。前垂(まえだ)れをつけた商家の奉公人だ。「えらいこと、されよった」と舌打ちをした。

「いったい、何があった」

「外国の商人に雇われて働いてた荷役夫らや。いっこうに賃金を払(はろ)うてくれへんよって、もうええ加減に払うてほしいて、思い余った一人が頼んだらしい。そやけど相手にしてくれへん。それでも取り縋(すが)ったら、その外人、いきなり撲りよったんやと」

「なんと無体(むたい)な」

「そんなもん、仲間の連中は黙ってられへんわな。こら、何さらすねんと、その外人に喰ってかかった。ほんなら、そいつがまた怒ってやな、揉み合いになったらしい。とうとう外人の仲間が駈けつけて加勢して乱闘や。ほんで、その賃金不払いの外人が小銃を持ち出して発砲したのや」

「さっきの音か」

「外人の仲間も剣付きの銃に弾を込め始めたんで、そうなったら荷役夫らも逃げるしかない」

「その外人、なんちゅう奴や。名前は」

「いや。それは知らん」「抜けてるなあ」と、鼻を鳴らされている。そこへ、また前から男が引き返してきた。豆腐屋の親爺だ。

「もう、ええか。あいつら、ちゃんと逃げよったか」

「ああ、もう雑居地に入ったやろう」

「ほな、解散や。みな、早う帰れ」

「何を言うてるねん。荷役夫がえらい目に遭わされたんやで。あいつらに代わって撲り返したらな、肚の虫が治まらんやないか」「そうやそうや、仇討ちしたる」

血気に逸って袖を肩まで捲り上げ、拳を突き上げる若者もいる。

「ずどんとやられて死にたいんか」

親爺に一睨みされて、人垣が静まり返った。

「稼業に戻れ。飴屋は飴を、芸人は芸を売れ。わしは豆腐を売る」

すたすたと行く後ろ姿を見送った。はたと気づけば、おなごは一人だけだ。ゆきは袂で顔を隠すようにして、雑居地へと引き返した。

騒動は料理場にもたちまち届いたらしい。貫太がきっと面白可笑しく喋ったからだ。

女将しゃんはまあ、血相ば変えて、猪のごたる突進ぶり。

夜、丈吉にこってりと油を絞られた。

「自由亭の女将ともあろう者が軽々しか真似ばして。万一、町の者が相手を襲うたりしたら只事では済まんかったぞ」

「申し開きのしようもなかです」

今になって怖気づいている。

「うちは外国人のための止宿所たい。そこの女将が外人相手の乱闘に交じっておったとなれば、五代様に顔向けができん」

ちょっと待て。今、何て言うた。私の身を案じての叱責ではなかったとか。

むうっときて下唇を突き出した。寝る前の白湯を差し出すのは長年の慣いになっているが、知らんぷりしてやった。

二月に入った日の夜、五代才助が数人の客を伴って食事をした。

食後、他の客は早々に帰ったが、五代は階段脇の洋椅子に移ってくつろいでいる。丈吉も対面の椅子に坐し、珍しいことに葡萄酒を飲んでいる。ゆきは帳場で、今日の売上げや明日の予約を確かめるのに忙しい。相も変わらず客の名前は平仮名と似顔だが、未だにしくじったことがない。

「元締めである口入屋が、外国事務局に訴えて出たのだ。スパンは荷役夫らをさんざんに働かせ、しかし賃金を払っていなかった。荷役夫はついに堪忍袋の緒が切れて談判に及んだのだろう。だが日本語が通じなかったのか、スパンがそもそも短気であるのか、暴力でもって抑えつけようとした。それが騒動の発端だ」

あの一件についてだと、筆を持つ手が止まった。丈吉が何かを問うたようだが、声が低くて聴き取れない。料理場では稀(まれ)に大きな、それは厳しい声で叱っていることがあるが、いざ襷(たすき)を外せば至って静かな話し方をする。

「僕は双方の当事者を同じ場に呼んで、経緯(いきさつ)を聴き取ったよ。非は明らかにスパンにある。ゆえに仏蘭西(ふらんす)の副領事に申し入れたのだ。スパンの処罰、そして未払いの賃金を支払うようにとね」

事の収拾に動いたのは五代らしかった。スパンというのが、件(くだん)の卑劣漢(ひれつかん)らしい。

「しかし副領事の、レックという男だが、これがまったく煮ても焼いても喰えん男でね。いっこうに捗々(はかばか)しい返事をよこさない。それで東京の外国官から横浜の仏蘭西公使に事情を伝えさせて、要求を突きつけた。ところがどうだ。やっときた回答は、レックは副領事であるので処罰する権限はない。横浜にスパンを連行すれば審議はできるが、横浜にはスパンの本国の領事がいるから仏蘭西公使の権限からは離れる、だよ」

「それはつまり、スパンは仏蘭西人やなか、ということですか」

「瑞西(すいす)人だった。詮議の場では互いに英語でやりとりしたし、スパンは盛んにレックの名を出したから、僕も仏蘭西人だと思い込んだ。大阪には瑞西の領事が駐在しておらぬゆえ、仏蘭西のレックが保護を代行していたんだな。だがそれだけじゃない。スパンもレックも以前は長崎にいたらしい。元々、懇意の間柄だった」

「長崎におったとですか」

「シュミット・スパン商会という社で、小銃や黒羅紗(くろらしゃ)を輸入して諸藩に売り捌(さば)いていたようだ。君は知らないかい」

「存じませんね。長崎のたいていの外国商人のことは存じておりますばってん」

つまり商いの何たるかも弁えぬ痴れ者、日本で一儲けしようと上海辺りから渡ってきたのだろう。

そがん小者にただ働きさせられて、正当な申し立てをすれば撲られ、挙句の果てに鳥のごと発砲されて逃げねばならんかったとは。さぞ、口惜しかことやったやろう。そいにしても腹立たしかとは、スパンと副領事たい。

日本人ば馬鹿にしとっとか。

帳場の中で、ゆきは憤然と背筋を立てた。居留地の方角を睨みつける。

「女将、帳場はもう済んだのか」

顔を上げれば、五代がこちらを見ている。

「はい、ただいま。赤、白、どちらになさいますと」

「葡萄酒はもう飲んでいる。君もこちらへ来たまえ」

「私ですか」

振り向けば、丈吉が立ち上がっている。

「どうせ聞き耳ば立てとったとやろう。口惜しかとか、馬鹿にしとっとかとか、声の洩れとったぞ」

あっと掌で口をふさいだが、五代は大きな目をさらに見開くようにして「坐りたまえ」と言った。掌で示されたので帳場を出て、洋椅子に浅く腰を下ろした。

「西洋では、夫人も共に坐して談笑するのが慣いだ」

「恐れ入ります」と、ますます身を縮める。まもなく丈吉が戻ってきて、洋杯を手にしている。洋杯に注ぐ丈吉の手つきを久しぶりに見たがやはり見事で、ありきたりの葡萄酒が格別に見える。それは料理も同じで、宿泊客の朝餉は萬助とよし夫婦が主に受け持っているのだが、丈吉の流儀を守っているはずであるのに何かが違う。卵を焼いたり煮たりするだけでも精魂を籠めているのは知っている。貫太、そしてこの地で雇った料理人も同様だ。けれどほんの少し何かが物足りない。何ゆえだろうと、ずっと不思議だった。そして最近になって気がついたことがある。

丈吉は牛肉の塊であろうと大根葉であろうと、料理人の我を通そうとしない。ほんの、誰も気取れないほどの瞬時であるけれど、相手の筋目を読み、最大に生かそうとする。そんな気がする。時には無言の言葉を交わし合っているようにも見える。それが年季というものか、才と呼ぶべきものなのか。

いやいやと、頭を振った。

女房の気持ちのわからん男が、片腹痛いわ。

五代は洋杯を傾け、「女将の言う通りだ」と長い脚を組んだ。

「彼らは日本人を侮っている。それに、僕はスパンの名に聞き憶えがあった。調べたら、奴さん、去年の冬にも問題を起こしていた。火薬でね」

「長崎でですか」丈吉が訊く。

「ここだ。大阪。幕末の動乱を当て込んで、火薬を売ろうと長崎から移ってきたんだな。しかし欧羅巴から品が届いた時には維新が成って需要がなくなっていた。大阪市中には火薬の持ち込みが禁じられているから天保山の火薬庫に保管する決まりだが、保管庫はすでに満杯であったらしい」

天保山は安治川の河口にある人工の築山で、洪水の防止と船の航行のために浚渫した土砂の山だそうだ。天保の頃に築かれ、やがて海岸べりには船の目印のための高燈籠が建てられ、松や桜も植えられて風光明媚、大坂の者の遊楽地であったらしい。しかし安政になって露西亜の軍艦が沖に姿を見せてから警戒が強まり、天保山は西洋式の要塞（ようさい）へと改変された。

「スパンは仕方なく荷役夫を雇い、借りた船に火薬を積み替えた。だが火薬は売れず、船代は嵩（かさ）む一方だ。彼はその鬱憤（うっぷん）も溜まっておって、荷役夫らに当たったのだろう。船主から請求された船代も滞納を決め込んでるらしい」

「賃金は払ってもらえるとですか」ゆきは身を乗り出した。

「わからんね」

「そんな馬鹿な」

「日本はまだ政府の形が整っていない。外国との交渉、交際を担（にな）う役所もしじゅう所管が変わる」

「向こうも政府や役所の状況を知っとって、居丈高（いたけだか）にねじ込んでくるとですか」と、丈吉が溜息交じりに呟く。「そうだ」と、五代も苦々しい面持（おもも）ちだ。

「商い上の些末（さまつ）な事件でも、日本が後れているせいで不利益を蒙（こうむ）ったのだと公使や領事に言挙（ことあ）げをする。スパンもこのまま黙ってはいないだろう。彼らはすぐさま公式に恫喝（どうかつ）してくる。満足な回答が得られぬ場合は敵対行動と見做（みな）すと言い、いわば日本を開国させるのに使った手口だ」

五代は洋杯を傾けて飲み干し、丈吉が注ぎ足そうとすると、掌を洋杯の上にかざした。これ以上は結構という、西洋式の合図だ。

「僕は十代の時からの開国派、筋金入りだ。しかし日本の開国の仕方が尾を引いて、弱腰の対応を続けてきたことは自覚している。不平等条約を結んだ時から、我々はずっと足許を見られている」

「条約ば、何とかせんといかんとですね。陸奥しゃんも、しばしば口にしとられます」

丈吉が言うと、五代は「いかにも」と首肯した。

「欧米の列強には至って有利、小国である我が日本にとっては極めて不利な条約だ。だが僕らも、幕府が結んだ条約ゆえ知らんとは言えぬ。新政府として、条約を引き継ぐ旨を諸外国に宣言せざるを得なかった。何もかもこれからだ。真っ当な、対等な立場を得て条約改正に漕ぎ着けるためにはまず国力を蓄え、近代化を果たす必要がある。そのためには、彼ら列強の助力が欠かせん」

「自力ではできんとですか」遠慮がちに訊いてみた。「無理だね」と、即座に返された。

「東京、横浜、大阪、神戸を結ぶ航路がいよいよ今月十日に開かれるが、外国の商社に独占されぬよう阻止するのにも四苦八苦した。鉄道と橋も諸外国の技術がなければ十年は後れるが、何もかも任せていれば海も陸も彼らは掌中に収めてしまうだろう。海路と陸路を押さえられたら、国を明け渡すも同然だ。彼らの協力を引き出しつつ、守るべきところは守らねばならぬ。だが彼らは治外法権で守られ、不法行為に及んでもこちらは手出しできん」

そういう連中をこのホテルに迎え入れているのだと、ゆきは目を伏せた。今のところ何の問題も起きていないのは、料理で満足させていることと、主である丈吉が蘭語を話せる点も大きいだろう。英語と仏蘭西語も少しは喋れるようで、相手はそれを知るや見事なほど態度をやわらげる。

「近代病院もボートキン先生が陣頭指揮を執られるわけですし、舎密局もハラタマ先生のご指導を仰いどりますなあ」

丈吉が言うと、五代も頬を緩めた。

「そうだよ。横暴、無礼な輩ばかりじゃない。彼らのように日本人を理解し、助力してくれる人々も多い。彼らとの交際のためにも自由亭は大切な場だ。司長、向後もよろしく頼む」

二人は杯を掲げ、軽く合わせた。ゆきも葡萄酒を口に含んだ。ずしりと重く、けれど微かに遠い国の香りがした。

浪華八百八橋と謳われる通り、大阪には水路が東西南北、縦横無尽に巡っている。

ゆきは川口の木津川で舟に乗り、川を北へと上った。

二月の初午の日から、きんを手習塾に通わせているのだ。五代が紹介してくれた塾で、大阪の与力を務めていた地侍の主夫妻が師匠だ。最初は舟で送っていき、帰りも迎えに行ったのだが、二日おきの通いとはいえ時間の取られ方が生半可ではない。そのうち、きんが慣れて「一人で行く」と言い出し、帰りだけこうして時々、迎えに行く方式に変えた。

ゆきが外出をする時は、帳場はよしが引き受けてくれる。給仕はすべて若者に入れ替えたので、それもゆきの手は離れている。その理由を、西洋では給仕は男の仕事であると女中らには伝えた。それは本当だが、もう一つ仔細があった。外国人と女中の間で何か事が起きては拙いのである。これは外国事務局からのお達しで、遊廓は木津川沿いの寺島という地にあるが、近々、別の場所へ移す計画が持ち上がっているらしい。長崎のように外国人相手の遊女を置くのか、それはまだ耳にしていない。

まもなく広大な中洲が現れ、船頭は東へと舟の水押しを向けた。

中洲は中之島と呼ばれるだけあって島ほどの大きさだが起伏のない土地で、蔵屋敷や藩邸が立ち並んでいる。諸藩が年貢米の換金や特産品の売買をするためにこぞって蔵屋敷を建てたのがこの地で、丈吉が言うには「水運の利に富む一等の地」であるからだそうだ。

確かに、中之島の北側には堂島川、南にはこの土佐堀川が流れている。さらに東へ進めば二つの流れは一本になり、大川と呼ばれる。大川は京との往来に用いる淀川のことだ。一方、西の果てはというと大阪の港で、諸藩の船は「川の口」である川口からこの中之島へと船荷を運び入れてきた。東西の流れが天下の台所を脈々と支え、今や川口は交易の窓となり、西洋に向けて開かれた。

川の雁木には数多の荷舟が横付けにされており、半裸の男らが賑やかな声を掛け合いながら俵の山を軽々と荷揚げしてゆく。藩士らしき羽織袴の姿も多く行き交い、帳面と筆を持って荷の前に屈んだり、数人で立ち話をしている者らもいる。

スパンに痛めつけられた荷役夫らは、あの後、どうなったのだろう。

丈吉に訊ねても首を振るし、食事に訪れた五代に訊く機会も見つからぬままだ。豆腐屋の親爺も知らぬようで、「生きてさえおったら、何とかなるやろ」と当たり前のことを口にする。

初夏の風を受けてか、舟の中で涼しい音が立つ。ゆきの隣に坐した男が風鈴売りであるようで、大きな竹籠に二十ほども吊るしてある。金魚を絵付けしたぎやまんや、緑の軒しのぶに鈴を吊るしたものもある。ゆきは目を細め、左手へと顔を向けた。中之島の向こう、堂島川沿いも蔵屋敷がずらりと並んでいる。屋根瓦の黒は銀色に光り、漆喰の壁は冴えた白だ。その合間から、深い緑が枝を伸ばしている。幹の全貌はここからでは見えないが、立派な枝々がうねり、川の水を掬わんとしているかのようだ。

「あいが、蛸の松ですか」

いつだったか、きんがそんな名の松があると話していたような気がする。船頭に訊ねると、棹を操りながら「そうですわ」と日に灼けた横顔を向けた。

「慶長の頃に、福島正則はんという殿様が植えはった黒松ですわ」

「けいちょう」

「二百六十年ほど前だすわ」

つい昨日のことのように言う。しかも誇らしげだ。ゆきも中之島の景色を目にするようになって、ようやく大阪の大きさと美しさを知った。長崎も堀川は多いが、それよりも海と山が迫っている。しかし大阪の川は幅が広く悠々として、胸が広がる。きんの手習塾のある辺りは武家屋敷が多く、東へ進んで高麗橋の付近では豪商が軒を連ねている。町は南へ下るほどに間口の狭い商店が増え、しかし極彩色の提灯を店先に掲げ、雑居地の賑わいも霞むほどの華やかさだ。

近頃は塾の帰り、きんと共にこっそり市中に繰り出す日がある。道頓堀という芝居小屋の並ぶ辺りがまた繁華で、役者や粋筋の婀娜な女たちが盛んに行き交い、きんは「いい匂いがする」と鼻の穴を膨らませる。そして人々は、何がそうも可笑しいのかと首を傾げるほどによく笑う。

これで大阪は不景気だというのだから往時はいかほどであっただろうと、ゆきも歩くたび目を瞠る。居留地でも休憩所や酒屋、煮売り屋といった小商いを始めたいと望む者は少なくないらしいが、役所に願いを出すも許可が下りないようだ。それもこれも、一月に起きたあの騒動が因ではないかと豆腐屋の親爺は言う。

風が吹いて、一斉に風鈴が鳴った。

そうたい。もはや大阪は開港したんやけん、川口も大阪らしゅう、もっと自在に商いのできる土地であってほしか。

そう願う己に気づいて驚いた。私、亭主の頭ん中まで移ったごたる。舟を降りてしばし歩いても、ちりちりと澄んだ音が響いている。

塾の中を覗けば、きんはもう待ちかね顔で坐していた。

「お師匠さん、今日も有難う存じました」と、手土産を女師匠に差し出した。「西洋式で焼いたお菓子です。お口に合えばよかですけど」

四十がらみの女師匠は丸顔で、躰も丸い。おっとりとした物言いで、きんも懐いているようだ。

「ほな、おきんさん。おうちでもしっかりと復習うておくのですよ。筆は毎日持って、お母上にも見ておもらいなさい」

きんは曖昧な顔つきになったが、「はい、おおきに。さようなら」と辞儀をした。道具のほとんどは塾に預けておくのが慣いで、それでも小柄なきんには手に余る風呂敷包みだ。

「悪かね。頼りにならんお母ちゃんで」

歩きながら言うと、きんは長い睫毛をしばたたかせた。

「何のこと」

「手習い、お母ちゃんは見てやれんでしょう」

ゆきは文字の巧拙どころか、正しい筆の運びもわからない。止めや払いも、筆順も。

「よかよ。お母ちゃんは忙しかもん」

六歳の娘に慰められた。「ばってん」と、きんはこちらを見上げる。そのまま唇を揉んで黙ってしまったので、「ばってん、何ね」と先を促した。

「お母ちゃん、一緒に手習いばしよう。お師匠さんのお手本、見せてやるけん」

「ああ、そう」と言ったきり、二の句が継げなくなった。この子なりに何かを感じていたのだろうかと思うと、胸が詰まってくる。

「今日はどこへも寄らんと、手習いばしようか」

「明日からでよかよ。私、道頓堀でお団子食べて帰りたか」

前のめりになって歩き、朱い袂が翻る。通りの家々の屋上に細く高く掲げられたものがあるのに気がついて、何だろうと爪先立った。七夕にはまだ早いが、竹竿が立てられているようだ。

きんが振り返り、ゆきの視線の先を辿っている。

「あれは、かんぶつえの供花。竹竿の先に、卯の花と躑躅の花ば結んであるとよ」

そうか、今日は四月八日、灌仏会だと、花々が風と戯れる空を見渡した。

「お母ちゃん、早う早う」

橋の袂で、小舟が待っている。


五月雨が続いて、窓外の空も暗く垂れこめている。

金髪の客はマカロニ入りのソップと鶏のパイ、茹でた豚肉の塩漬けも瞬く間に平らげた。大阪も長崎と同じく白身魚のよいものが出回る土地だ。極上の赤魚鯛のソテーも献立に加えてあったがそれには見向きもせず、チシャ菜と小海老のサラドも口に合わなかったようだ。葡萄酒は馬のように飲み、三本目を空けると丈吉に向かって「次を出せ」とばかりに顎をしゃくった。対座する丈吉が首を回らせ、ゆきに目顔で合図する。料理場に入って葡萄酒の保管庫の扉を開け、一本の首を摑んだが「いいや」と戻した。

「どうせ味わってはおらん飲み方たい。安かとで充分」ぼやきながら、棚の最下方の一本を手荒に引き出した。かたわらに寄ってきたのは貫太だ。

「あの客、鯛のソテーに何で手ぇつけへんのだす。焼き加減もソオスも上出来やのに」

己の拵えた品が冷めて放置されているのが、どうにも気になるらしい。

「魚は好かんとやろ」

ゆきも苛々しているので、つい素っ気ない言いようになった。

客は昼八ツ頃、ふいに現れた。六尺は軽く超えていそうな身の丈で、頭から眉、髭も金色だ。眼はくすんだ蒼で、肌はひどく赤い。以前にも一度訪れた客だが、ゆきを薄目で見下ろし、「ジョーキチ」と言った。その後、何やら告げるがまったく解せない。だが、丈吉を訪ねてきたらしいことはわかる。夜の仕込みに取りかかっている最中だが、料理場を覗いた。

「お前しゃん、お客です」「どなたや」

丈吉は大俎板（おおまないた）の上に覆いかぶさるようにして、牛肉の巨大な塊を捌いている。

「名前はわかりませんばってん、一度お見えになった異人しゃんですたい。丈吉を呼んでくれて言うとらすよ」

「わかった。すぐに行く」

まもなく丈吉が帳場前のホオルに出てきたが、客の姿を認めるなり眉を顰（ひそ）めた。それは一瞬のことで、そのまま蘭語でやりとりをしているので見間違いかと思い直した。だが男は丈吉を傲然（ごうぜん）と見下ろし、大声で捲し立てる。丈吉も何か抗議をしているかのような口ぶりだ。しかし相手は丈吉の言葉を遮（さえぎ）って言いつのる。何の話かゆきには皆目（かいもく）解せないが、男は身振り手振りも大きく居丈高（いたけだか）な態度だ。しかもあろうことか、丈吉は食堂に客を招（しょう）じ入れ、料理を用意させた。先方がそれを要求し、丈吉が折れて受け容れたような成り行きだ。さらに奇妙なことに、丈吉は洋卓を挟んで対座し、食事中も男と何やら話をしている。

食堂で客と共に腰を下ろすなど初めてであったので、そうと気づいた料理場が浮足立った。

みんな、料理に集中せんば。仕込みも遅れとるとよ。

よしはいつもの低声でどやしつけ、萬助は黙々と手を動かしている。ゆきも給仕の若者の背を叩いて「よろしゅう」と落ち着かせ、自らも並んで立った。胸がざわついて仕方がなかったけれども、男は四本目の葡萄酒を空けると立ち上がり、丈吉に向かって手を差し出した。洋式の挨拶だが、その手を握る丈吉の顔つきは心なしか硬い。玄関に見送りに出ることもせず、すぐさま料理場に戻った。

男を見送ったのはゆきだったが、帳場前で階段を見上げ、何やら訊いてきた。わからないので、黙って頭を振るしかない。男は手摺を撫で、埃を払うかのように掌を擦った。むっときた。

埃なんぞかぶっとりませんよ。手前どもは掃除のためだけに人ば雇うて、寝台の敷布も枕袋もそれはこまめに洗濯しとりますたい。

そう言いたかったが舌も動かない。しかも男はゆきを見下ろして肩をすくめ、小馬鹿にしたような笑みを泛べた。

客にもいろいろあって、気儘我儘は当たり前、行儀の悪い者に酒癖の悪い者は日本人にも外国人にもいる。いざ集金に出向けば値切りにかかってくる者もあって、しかし丈吉いわく「自由亭は日本と外国の社交場。上客ばかり」であるらしい。確かに、長崎の土佐商会で働いていた岩崎弥太郎など、自由亭が開店した一月、モンブランという仏蘭西の伯爵と共に訪れて会食した。岩崎弥太郎は今は土佐藩の開成館大阪出張所を切り回している。伯爵は幕末から日本に滞在していたらしく、新政府の外交顧問のような立場であるらしい。

そう、今日のような外人客は初めてだ。素性が知れず、丈吉の対応も腑に落ちない。晩餐の客を迎える時間帯になって帳場に坐っていても、何かしら気が悪かった。

晩餐のすべての片づけを終えて料理人らも引き上げた後、丈吉に呼ばれた。昼間と同じ席に腰を下ろし、ゆきにも坐るように言う。燭台に蠟燭を一本だけ灯し、二つの湯呑には白湯だ。薄暗がりの中で丈吉は一口啜り、「じつは」と切り出した。

「自由亭の経営に他人がかかわることになった」

「昼間の、あの外人ですか」

まさかと思いながら口にしてみたが、丈吉は黙って頷いた。「そんな」と、声が裏返る。

「あがん男が何ゆえです。だいたい、何人。何ばしとる男ですか」

「バタッケは横浜から大阪に移ってきた阿蘭陀の競売師で、この雑居地に住んどる。最初は石炭の競売を扱うとったらしかが、今はわからん。いろいろな商いにかかわっとるごたる」

「ホテルやレストオランに詳しかとですか。阿蘭陀で経営しとったとか」

「いや。本人はそれらしかことば口にするけど、素人たい。ばってん、政府が盛んに外国人をお雇いになっとるとば知っとるけん、己も一枚嚙ませよと言う」

「なら、政府に申し上げて追っ払うてもろうたらよかやなかですか。自由亭ホテルは、川口居留地外国人止宿所でしょう」

「そうや」と言いながら、丈吉は溜息を吐いた。

「そもそも、去年の九月末、おれは五代様から川口居留地外国人止宿所の司長に抜擢された」

「そういえば、そのしちょうて何です」

「番頭のごたるもんたい」

「番頭」と、語尾が裏返った。

「お前しゃん、主人ではのうて、番頭やったとですか」

「五代様と後藤象二郎様が、日本の外交に重要な止宿所ば早急に建てんとならん、泊まる所も料理も外国人にえらく不評やと、おれにお命じになったのが事の始まりたい。土佐藩のお召し抱えの身になったとも、いずれおれに止宿所ばやらそうというお考えのあって、後藤様が大殿様にお働きかけになったような気がする。今になって思い当たることばってん」

ゆきは黙って先を促した。

「五代様の最初のお考えでは政府が資金をお出しになって、おれに何もかも任せるということやった。ばってん、外国から購いたいものは船に石炭、鉄、これらがいずれも莫大な支出たい。それに庁舎や病院、学校も建てんとならん。つまり、政府には止宿所建築に回す金などなか。まして政府のしくみも赤子同然、外国事務局の名称も役人もしじゅう変わる。五代様が政府内で掛け合うても埒が明かんけん、ご自身でかき集めてくれなすった」

「ご自身の財を擲ってくださったとですか」

「何もおっしゃらんが、大阪で懇意の富商や開成館の岩崎様に融通を頼んだのやなかか、と思う。ばってんその金子だけでは到底足りんけん、自由亭の貯えも出した。そいでもまだ足りん。おれも金を借りた。新しい事業を起こす時は珍しかことやなか。良林亭を始める時、移転して店ば広げた時も見知りの富商に頼んで、利息もきっちりと払うてきたばい」

「お前しゃんは誰に借りたとです」

「長崎で親しかった阿蘭陀人たい。ちょうど大阪に移ってきたばかりで、頭を下げた」

「いくら借りたとです」

「五代様が用意してくれたとは六千両、おれは貯えをかき集めて五百両近く。それでも、物価が上がってあとどうしても千五百両は要った」

「千五百」目が舞いそうだ。

「むろん利息も滞らせんで払うてきたが、その阿蘭陀人が今年に入って上海の商社を任されるごとなって証文ば売った。買うたとが、あのバタッケたい。ここからはおれが不覚を取った。二月からこっち、返済の滞って利息の払いがやっとやった。事情ば説明して必ずお支払いすると伝えたばってん、そうも儲からんのはお前の経営が拙いのやなかかと口にするごとなって、今日、とうとう乗り込んできた」

蠟燭の灯だけであるからか、ひどく疲れた顔つきに見える。「お前しゃん」と、ゆきは洋卓の上に手を置いた。

「金子のことは私にはわかりませんたい」

「当たり前じゃ。それは主人が、大店なら番頭が差配すべきもんばい」

「わからんけん見当違いかもしれませんばってん、うちは本当に儲かってなかとですか」

「大阪では調達の難しか材料は長崎から仕入れとる。いざ開店してみたら、人手はなんぼあっても足りん。金も同じたい。ばってん、料理と酒の質を落としたらそれこそ命取りばい」

「なら、五代様の当初のおつもりのごと、政府にここを買うてもろうたら。それが筋やなかですか」

「今さら、筋をどうこうと蒸し返しても、どうにもならん」

「政府も役所もしじゅう変わるとおっしゃったとは、お前しゃんですよ。今、また事情が変わっとるかもしれません。掛け合うてみなさったら」

「いや。司長という肩書は有難かばってん、政府にここを買うてもろうたら、おれは雇われ人ばい。こうして思うさま経営して、まだ儲けを出せんが勝算はある。あともう少しというところとに雇われ人になったら、役所からあれこれ口を出されんとも限らん。千五百両の証文を持つバタッケでさえ、ああして乗り込んできた」

「お前しゃんの気持ちはようわかります」

私も同じ心持ちだ。経営なるものの何にもかかわっていないけれど、自前の店だからこそ苦労のし甲斐がある。しかし何としてでも、あの蘭人は追っ払いたい。

白湯を一口飲んで、ゆきは丈吉に目を合わせた。

「なら、金子を拝借できんとですか」

「誰に」

「政府ですよ。政府から借りるとです」

　丈吉はじっと見返してきた。


　初秋の七月に入っても、バタッケは日課のように顔を見せる。帳場前の洋椅子に坐り込んで宿泊客と話し込み、珈琲や洋菓子を運ばせる。仲間を集めて食堂で大盤ぶるまいをし、そのまま客室に泊まらせたりもする。まるで主人気取りの振舞いだ。先だってはつかつかと料理場に入ってきて、無断で葡萄酒を持ち出そうとした。気がついた貫太が抗議し、とうとう口喧嘩になった。顔色を変えた貫太が胸倉を摑んでしまい、皆が背後から羽交い絞めにしてようやく引き離した。萬助が激昂した。

「お客に手ぇば出すとは、どがん料簡しとる」

「あいつはお客と違うやないですか。何者か知りまへんけど、あんな好き勝手、見逃しててええんですか」

「外国人と揉め事ば起こしたら、主が腹を切るだけでは済まんとぞ。そのくらいわかっとるやろ」

「言うべきことは言わんと、侮られるばかりや」

　そのとたん、貫太の躰が吹っ飛んだ。鍋や皿や麺棒が土間に落ち、貫太も水や小麦粉にまみれて突っ伏している。よしは止めない。他の料理人も同様で、ゆきも料理場では口出しできない。

「今日は料理場に入ることならん。外で芋の皮を剝け」

　萬助は言うが早いか背を向け、下働きの者に「魚桶」と命じた。料理場の裏口の外で、百もありそうな芋を貫太は黙々と剝き続けた。

バタッケといえば、もうとうに姿を消している。料理人や他の奉公人らには、「わけのある客」としか話していないのだ。だが五月の十七日の英字新聞に、記事が出たらしい。

ミスタ自由亭が経営していた日本ホテルは、今やバタッケ氏が世話をしている。

まるでバタッケが経営の指南役にでもなったかのような文言だ。居留地の外国人や英語に堪能な日本人客の何人もが心配して、丈吉だけでなく帳場のゆきにも訊いてきた。

「バタッケしゃんが新聞に書かせたとでしょう。ばってん、どうぞご心配なくお願いします」

言い訳を繰り出してみても、誰も信じていないだろう。店の者らも察しをつけているに違いない。萬助とよしには包み隠さず話してあるが、やがては町の噂になって大阪外国事務局の耳に入るかもしれない。丈吉は「それはよか」と言っている。

「今は面目にこだわってはおられん。質さえ落とさんかったら、何とかなる」

政府に金子の拝借を申し出る件は、まだ手蔓を探っているようだ。すぐさま五代に相談するのかと思っていたが、二月前の五月、五代は会計官権判事に転じ、横浜への転勤を命じられた。丈吉と自由亭ホテルは、頼みの綱を失ったに等しい。

「しばらく外出が続くけん、おゆきは奉公人らによう目を配ってくれ。バタッケにかき乱されんごと」

料理場は萬助が差配しているが、バタッケは神出鬼没だ。今日も仕込みの忙しい時間に訪れて飯を喰い、また二階に上がった。一人にすると何をしでかすかわからないので、ゆきがついて歩かねばならない。帳場や家のことや子供らの世話をしている最中も、「来た」と聞けば中途で放り出してホオルへ飛んで出る。ゆきを鬱陶しがっているのが露わだが、客室にずかずかと入って寝台に土足で寝転んだりするのだ。大男であるのに動きが素早く、今もあっという間に同じことをした。

「ノウ、ノウ」わずかに憶えた言葉で、ゆきは抵抗する。

「蒲団(ふとん)が汚れるから、それはやめてくれとお願いしたやなかですか。下りてください」

今度は日本語で談じた。それでも寝転んだままで、寝台の壁に頭をもたれさせてつけつけと文句を並べ立てる。丈吉にも、「部屋が狭い」「寝台が小さい」「改装して大きな部屋を造れ」と言っているようだ。

「バタッケしゃん、靴(くつ)ば脱いで。脱がんとやったら寝台から下りなさい。ここは日本ですたい。下、り、ろ」

こちらもつい、声と身振りが大きくなる。この頃は肩をすくめて掌を上に向けたりしているようで、きんには「外人しゃんの仕草のごたる」とからかわれる。

「言うときますけど改装はできません。寝台も入れ替えません。そがん金子があったら、お前しゃんに借金ば返す」

どうせ通じないので、言いたいだけを言ってやる。まったく忌々(いまいま)しいこと、この上ない。客室の改装なんぞしたら、「ここに住む」と言い出しかねない。

「バタッケしゃん」ゆきは腰に手を置き、寝台を見下ろした。

「長崎の妓楼(ぎろう)では、ほんまによか客とは、金は出すが店には登楼(あが)らんお大尽(だいじん)のことでしたたい。そいが日本人の粋(いき)というもの。相手がしてほしかことば慮(おもんぱか)る心ですたい。そいがあるけん、町でも大したお人やと敬われるとです。そやのにあんたは何ね。返済の遅れたくらいで偉そうにうろうろして、己の店のごと振る舞う。まったく。大事にされたかったら、金子ば持ってこんか。そいであんたは、おとなしゅう黙っとけ。そんくらいの肚を見せたら、私らも認めてやるたい。こがんことしとったら、阿蘭陀人として恥ずかしかよ」

「女将さん」

振り向けば貫太が扉の向こうから顔を出している。

「黙って金だけ持ってこいて、阿漕（あこぎ）なこと言うなあ」

とぼけたが、貫太は「聞いたぞ」とばかりに歯を見せる。

「旦那（だん）さんが呼んではります。陸奥様がおいでのようだす」

今日もどこかに外出していたのだが、帰ってきたようだ。

「バタッケにはわしが付いておきます」

「ばってん、あんた」

「もう喧嘩なんぞしません。ここを馘（くび）になったら、行くとこなかし」

顔を戻してバタッケを見やれば、寝台で腕組みをしたまま鼾（いびき）をかいている。

足早に階下に下りた。宿泊客のために庇下（ひさしした）に籐椅子（とういす）をいくつか出してあり、庭を眺めながらくつろげるようにしてある。陸奥と丈吉はその籐椅子に並んで腰かけ、珈琲を飲んでいる。

いつぞやの朝、丈吉に淹れさせた珈琲はじつにおいしかった。ふじは「苦か」と片目を瞑（つむ）っていたけれども。

「陸奥様、ようこそ、いらっしゃいませ」

「女将、息災のようで何よりだ」

いつ見ても西洋人のように彫りが深く、洋装や口髭（くちひげ）も板についている。

先月六月、諸藩は「版籍奉還」を行なった。領地と領民を帝（みかど）にお還（かえ）し奉（たてまつ）ったらしい。ほとんどの旧藩主は旧藩の知藩事（ちはんじ）に任命され、しかし兵庫県の知事を拝命したのは陸奥だった。

版籍奉還に伴ってかどうかはゆきは知らないが、大阪府も北組、南組、天満（てんま）組の三郷（ごう）が廃止され、東西南北の四大組が設けられたらしい。堂島（どうじま）の米会所（こめかいしょ）も廃止されるようで、それに伴って諸藩の蔵屋敷も政府に没収されるという。宴席での聞きかじりであるけれど、何かと落ち着かぬ時世が続いている。蝦夷（えぞ）の箱館（はこだて）では旧幕府軍と新政府軍の戦（いくさ）だ。五月の二十日頃に旧幕軍が投降し、ようやく終結を見たらしい。

「おゆき、例の件について陸奥様に知恵を授かった。お前からも礼を申し上げてくれ」

丈吉の顔が穏やかだ。久方ぶりに目にする。「有難う存じます」頭を下げた。

「いや。これからだよ。ミスタ自由亭が五代さんにどう交渉するかに掛かっている」

「じゃあ、横浜へ行かれるとですか」と丈吉を見やれば、「大阪に帰ってこられるらしか」と答えた。隣の陸奥がさも愉快そうな目をした。

「政府に辞表を叩きつけたのだ。野（や）に下るおつもりらしい」

「この時期に官をお離れになるとは、思い切ったことをなさいますなあ」

丈吉は意気に感じてか、しみじみと呟いた。陸奥は頷く。

「お気持ちはわかるよ。天皇に仕える政府を樹立したのであるから、出身の藩にかかわらず人材を広く求めて能力を発揮させるのが本来だ。租税や外交のしくみ作りも緒（しょ）に就いたばかりでね。だが政府の中枢はといえば、旧藩で党派を作って鍔迫（つばぜ）り合いを繰り返す。党派に与（くみ）せぬ者はいかに能力があろうと、弾き出される。それでは旧幕時代と何も変わらん」

二十代も半ばの陸奥が国家を語り、三十路（みそじ）の丈吉が真剣なまなざしで耳を傾けている。ただ、陸奥の頬の痩せ方が只事ではなく、時々口許を覆って咳（せき）をする。ゆきはそっと、場を辞した。

その後、陸奥が政府の職を免じられたらしいと丈吉が聞いてきた。政府の中で対立があり、各県の知事は党派によって免職された者が多かったようだ。

「免職される前に辞表を書いて出しておられたゆえ、覚悟はしておられたとやろう。どうやら胸に患いがあって、しばらく療養されるおつもりのようじゃ」

やはりあの咳は胸だったのか、お気の毒にと、見舞いの品を届ける心積もりを組んだ。百日紅の白が降るように花を散らし、緑の繁みの向こうでは楓が青い影を落としている。

「五代様はもう帰っておられるとですか」

「自邸にはご挨拶に伺うて、落ち着かれたらお時間ば頂戴したかとお願いはしてある。ばってん、大阪を立て直すための事業をいろいろ策しておられるようで、えろうお忙しい。うちの店一軒のことで、詰め寄ったりはできん」

もはや政府の人間ではない五代にどう頼むつもりであるのか、ゆきには見当がつかない。

バタッケは相変わらずの傍若無人ぶりで、丈吉が抗議してもまるで聞き入れない。今や客室の一つを占領し、朝から葡萄酒や麦酒を持ち込んで酔いどれている。給仕の若者らを始め奉公人らには「くれぐれも逆らわぬよう」と命じてあるが、ゆきがもう我慢の限界に達しつつある。他の客に迷惑をかける仕儀に及べばこちらもあえて事を大きくして叩き出せようが、敵もさる者、その辺りは計算して振る舞っている。金色の虫に鼻先をぶんぶんと飛び回られているかのような気分だ。

岩崎弥太郎が外国商人を伴って訪れた。長崎でも有名であったオルト商会から船を買いつける商談を進めているようだ。岩崎は上機嫌で、食後は通詞代わりに丈吉も呼ばれて歓談に加わった。

九月に入ってからというもの来阪する外国人がまた増えており、今月は二十四室ある客室の大半が予約で埋まっている。中旬には満室になる日もあり、ゆきはそれを理由にバタッケを追い立てた。

「自由亭が儲けを出さんことには、あなたも金子を回収できんとでしょう。商いの邪魔ばしとらんと、家にお帰りください」

するとバタッケは身振り手振りで飯を喰わせろと言う。

「もちろん、食堂が予約で埋まっとらん夜は構いませんたい。そいけど、相当に払いが溜まっとりますよ。わかっとりますか。無料ではなかですよ。あなたの飲み喰いは全部つけとりますけんね。ご承知おきを」

バタッケは金髪を揺らして肩をすくめる。何かぶつぶつと言うが、いつものごとくわからないのでこちらも話を続けるのみだ。

「お酒もほどほどにせんと。ああいう行儀の悪か飲み方ばするけん、居留地のお人らに相手にされんとですよ」

ここで居留地の外国人を見かけては誘って馳走するが、一方的に喋り散らすので話が弾まないのだ。この頃は帳場前の椅子や庭にバタッケがいると露骨に避ける者もいて、とくに上流の外国人ほど相手にしない。

バタッケは独りぼっちで、大きな躰を丸めて所在なげにしている。そしてゆきにまとわりついてくる。

九月二十二日、天長節が盛大に祝われた。

大阪外国事務局が自由亭で在阪各国副領事やボートキン先生ら名士を招いて饗応するとの達しがあり、舎密局のハラタマ先生、さらには造幣寮建設の技術師であるウォートルス氏という御仁も招き、岩崎も同席した。事務局の役人らと岩崎が引き上げ、ボートヰン先生ら外国人だけが残って洋杯を傾けている最中に五代が現れた。握手を交わし、酒席に加わる。夜四ツに近づいてお開きになり、先生らを送り出した後、五代と丈吉が食堂に戻ってきた。ゆきは珈琲を卓へと運ぶ。

世間話も尽きてか、五代が先に切り出した。

「草野君、頼み事があったんだったな」

丈吉は頭を下げ、事の次第をざっと打ち明けた。

「バタッケは大したことをするわけやなかです。深い考えや企みなんぞない、借金の形によか目を見たいだけの男でしょう。ばってん、居留地の英字新聞に書かれましたけん、この地に住む外国人らがどう見とるかが気になります。常連の英吉利人や亜米利加人、仏蘭西人にも訊ねられました。自由亭ホテルはあんな低級の競売師に身売りしたのか、て」

「そうか」と、五代は西洋の葉巻き煙草の先を小刀で切り落とした。火をつける。ゆきは壁際に移り、気配を立てないように控えた。

「つきましては、政府に借財を申し出たかと思うとります。間に立っていただけませんやろうか」

「いくら借りたい」

「九千両」

きゅうせんりょう、と床から足が浮きそうになる。

「創業のために五代様がお出しくださった六千両、手前が用意した二千両で八千両ですたい。ばってん、五代様も手前も利息のかかる金子にて、それも含めていったんは清算しとうございます。むろん、向後の経営資金も多少は含んでおりますが」

五代は黙り込んでしまい、煙をくゆらせるばかりだ。蠟燭の灯が小さくなっているのに気づき、新しいものを持って卓に近づいた。一礼してから蠟燭を差し替える。

「女将、すまんが紙と筆を拝借したい」「かしこまりました」

紙と筆、硯(すずり)を差し出すと、五代は煙草を咥(くわ)えたまま何やら書き始める。策を思案しているのだろうが、悲しいかな、文字が判じられない。しかも横文字だ。

「僕はもう政府の人間ではないからなあ」

独り言だ。

「こんな頭でも下げるべきは下げるが、奴(やっこ)さんらがうんと言うかどうか。いや、造幣寮の件がある。あの事業を盾(たて)にして、大久保にねじ込むか。いや、大蔵省の伊藤がよいか。待て待て。そもそも居留地止宿所は政府が建てるべきだったのだ。ここは外交の拠点だ」

五代がそう洩らした時、丈吉が視線を掬うように身を乗り出した。

「さようです。ここは外交の拠点、料理と寝床(ねどこ)で日本を知ってもらう場です」

「にもかかわらず、一民間人の君に何もかも押しつけたなあ」

「手前は一介の料理人です。ばってん、日本人の面目(めんぼく)を懸(か)けてやっとります。ゆえに拝借した金子は必ずお返し申します」

「利息も払うかい」

「むろんお支払い申します」

「返済はいつから」

「来年、明治三年一月からにしていただけると有難く存じます」

五代は天井を仰ぎ、大きな目玉を一点に注いでいる。

「外国事務局に出させようか。それが最も理に適(かな)うし、あそこは僕の古巣ゆえ息のかかった人間がまだいるにはいる」

決めたと、丈吉に向かって頷いた。

「念の為、大蔵省の伊藤に陸奥君から口添えの文を書かせよう。あの二人は親しい間柄だ」

「よろしゅうお願い申します」

丈吉と声が重なった。ゆきは洋卓の角をひしと摑んでいた。


十日の後の昼過ぎ、五代が大阪外国事務局の役人を伴って訪れた。

話のあらかたは事前に協議され、萬助が親類請人として印をつくことになっている。

役人が咳払いをして、両手で証文を持ち上げた。

「去る辰年のご当地開港以来、追々外国人が罷り越し候に付き、御取り締まりの止宿所御用を私に仰せつけられ冥加至極、有難き仕合わせと存じ奉り候。ついては止宿所所在地の地所買い入れ、並びに建物入用、部屋入り道具等に至るまで一時に莫大の入費が相嵩み、身代の薄き私儀、なにぶん金調が行き届きかねる候場合より拝借金の儀を願い上げ奉りましたところ、特別の御配慮をもって御許可を賜り有難く存じます。昨年九月よりの拝借金の合計高、および今年十二月までの利息、元利とも、書面の通り確かに拝借いたし候」

実際とはかなり異なった内容だが、とにもかくにも拝借できることが有難い。これで経営の安定を図れようし、何より、あのバタッケから解放される。拝借金は〆て金九千三十三両、永五十九文二歩。返済は来年、明治三年一月から毎月五十両と利息百五十匁ずつだ。万一返済が滞った場合、止宿所の建物や諸道具等を引き上げられても一言の文句も申しませんと、これは借金証文の決まり文句のようだ。

「異存はなかろうな」

外務局の役人は五代と違って、ふんぞり返っている。証文の宛名が「外務局御役人様」となっているらしく、己の懐から出す金子でもないのに横柄だ。

「ございません」

「ならば、草野丈吉、ここに捺印せよ」

丈吉は朱肉に印の先を押しつけ、二枚の証文それぞれに捺印した。一枚は相手方、もう一枚は自由亭で保管するという。

「親類請人、ここへ捺印せよ」

萬助は今日は羽織袴姿で、しゃっちょこばっている。料理場は静まり返っているので、皆で固唾を吞んでいるのだろう。

それにしても、政府もしたたかだ。実際に拝借したのは今月九月だというのに、昨年九月から借りたことになっている。

政府が創業時から金子を出して、草野丈吉にやらせているという体裁ばい。

丈吉は納得しているようだが、その分の利息も上乗せされているのだ。それも、「五代様が交渉される際に、押し引きの材に使われたとやろう」と平気な顔だ。「手前の利ばかり図るわけにはいかん」とも言った。

印を捺し終えた証文を五代が手に取り、目を通して確認している。「君」と隣席の役人を呼び、役人は「はい」と上半身を傾けた。五代が小声で何かを言い、役人は眉間を曇らせた。

「五月の英字新聞に、何か書かれたのであるか」

「さようです」丈吉はすんなりと認めた。

「それを持ってこい」「ただいま」と丈吉は立ち上がり、食堂の外へと出た。

そんな新聞を取ってあったのかと首を傾げたが、ゆきは今日も壁際に立っている。給仕の若者と並んで、ゆきは給仕頭の役割だ。ちょうど頃合いだと、水屋箪笥の窓台から料理場を覗いた。顔だらけだ。よしや貫太や下働きの者らまでが押し合い圧し合いをして、様子を窺っていたらしい。ゆきは平静を装い、よしに「紅茶と茶菓子ばお願い」と小声で言いつけた。

「そいはもう用意できとるよ。で、どうね」と訊くので、黙って頷いて返す。何人もが一斉に安堵の息を吐いた。窓台に置かれた紅茶茶碗を銀の盆に置き、給仕に言いつけて運ばせる。ゆきは茶菓子を運んだ。今日は桃の蜜煮で、薄荷の葉と八朔の粒が散らしてある。ボートルとショコラの焼菓子もある。役人はきっと大事に持って帰るだろう。

配膳し終えて、庭に人影があるのに気がついた。バタッケだ。今日はまたひときわだらしないさまで籐椅子に坐っている。食堂の前には他の給仕を立たせて出入りを封じてあったのに、庭に入ってきたとは臍を噛んだが、五代らの前で悶着を起こすわけにもいかない。どうしたものかと気を揉むうちに、丈吉が新聞を手にして戻ってきた。

「これです」と差し出すと、役人は英語が読めるらしい。

「この、バタッケ氏とは」

「あの阿蘭陀人です」

丈吉はすぐさま庭を振り向いて示した。「あの男が持っている証文を買い戻したら、向後はうろうろさせません。日本のホテルとして堂々と、客としての礼儀を要求します」

「是非ともそうしてもらいたいね。しかしこの記事、居留地の者らも読んだのではないのかね」

「読んだだろうなあ」五代が大仰な声を出した。「外国事務局は何も手を打たなかったのかと非難されては業腹じゃないか。なあ、浦田君」と、役人の肩を叩く。

「そうだ。いっそ、この記事を誤報にしちまうか」

「誤報ですか」

「そうとも。新聞は間違いが多いじゃないか。噂だけで何十行も好きに書きやがる。この証文の九月を、五月にすればどうだい。なら、この記事が出た時点で外国事務局はちゃんと手を打ったのだと言える」

役人は「そうですかいのう」と、訛りを出して、まばたきを繰り返した。

「局長に対して申し開きができる書類にしておけと言っているのだ。役人の鉄則だぞ」

「さようですね。では、書き換えましょう」

「お待ちください」と割って入ったのは、丈吉だ。「それは手前が差し出す証文ですけん、手前の承諾は得てほしかですたい」

「案ずるな。九月を五月にしたとて、その方の金高にはかかわらん。早く紙と糊を持ってこんか。鋏もだ」

「すぐにご用意しますが、ついてはお願いがござります」

バタッケは午睡に落ちたのか、頭と大きな躰を斜めにしている後ろ姿が見えた。

夕方、役人と共に引き上げた五代がまた顔を出した。帳場から出て丈吉を呼びに行きかけると、

「いや、伝えてくれればよい」と止められた。

「さっきの申し出だが、局長は乗り気だ。半官半民のホテルという文言が気に入ったようだ」

丈吉は役人にこう頼んだ。

外国人宿泊客には、政府から宿泊代の補助をしていただけんでしょうか。代金の一割なりとも政

府が持ってくださるとなったら、半官半民のホテルだと安心してお泊まりいただけると存じます。

「有難うございます」ゆきは頭を下げた。

「五代様がお考えくだすったとでしょう。英字新聞のことを取り沙汰してくだすったのも、証文の月の書き換えも」

「猿芝居(さるしばい)だったがね」と、白い歯を見せた。

「だがそもそもの思案は草野君だ。向後、外国人が経営するホテルやレストオランができるに違いない、自由亭に泊まる利を講じておきたいとね。外国事務局も金を出した以上、潰れられては困るんだ。すぐにとはいかんだろうが、補助には乗り出すと思うよ」

そこまでを言い、はたと顎を摑んだ。

「まるで陸奥が描きそうな絵図だなあ。やり口がそっくりだ」

首を傾げたものの「じゃ」と手を上げ、踵(きびす)を返した。


丈吉は英字新聞の記者を呼び、自由亭ホテルの広告を注文した。

ゆきが緑茶を洋卓に置くと、「広告ついでに記事の種をやろう」と、英語で何かを告げた。記者は「オー」と、眉を額の真ん中まで引き上げる。そして丈吉はゆきを見上げ、日本語で言った。

「ミスタ自由亭は、完全に支配権を取り戻した」

バタッケは千五百両もの大金と利息を一度に回収し、自由亭からの請求にも抗(あらが)うことはなかった。ゆきは丈吉に提案し、四部屋を改装して二つの広い部屋を設けた。寝台も二回り大きい物に入れ替えたが、バタッケは十一月に入ってもとんと姿を見せない。

小桶を抱え、豆腐を買いに通りへ出た。ようやく日常を取り戻して胸を撫で下ろしつつ、雑居地の中で金髪を見かけると、つい目で追ってしまう。けれど違う男だ。

間尺（ましゃく）の合わんお人やねえ。今度こそ歓迎してさしあげるとに。

そういえば昨日、丈吉が驚くことを言った。何でも、横浜で商いをしている外国人から聞いたのだそうだ。

バタッケは日本語がわかる。「あらあ」と、間抜けな声が出た。

冬の海風は冷たくて、首巻の布に顎を埋（うず）めて早足になる。お義母（か）ぁに頼んで、今夜は湯豆腐にしてもらおう。

見知りの芸人らが三味線や小太鼓を鳴らしながら練り歩いてきた。

# 8 天皇の午餐会(ごさんかい)

汽笛がボウと響き、二階の窓から木津(きづ)川を見下ろした。女中らと共に客室を整え終えたばかりで、寝台から剝(は)いだ敷布や枕袋を胸に山と抱えている。

「淀川丸やあ」

仲春の風にはためく赤い大幟(おおのぼり)、黒煙を目がけて、近所の子供らが群れて走ってゆく。

淀川丸は大阪で初めての蒸気船だ。旧幕時代から大阪と京の往来は淀川を使うのが主で、八軒家(はちけんや)と呼ばれる浜と京の伏見(ふしみ)を今も三十石船(さんじっこくぶね)が盛んに往来している。丈吉が京に所用があって出向く際も、やはり淀川を船で上る。この水運は他に先んじて近代化が図られ、「淀川水利復興」という御沙汰が下されたのは明治元年のことであったらしい。だが淀川は水深が浅く、大型船は航行できない。ゆえに今も大阪の川という川は、和船が小魚のごとく行き交っている。

その合間を、悠々と水飛沫(みずしぶき)を上げて進んでくるのが淀川丸だ。去年、明治二年の師走(しわす)に入って就航(しゅうこう)したこの船は西洋の黒船にしては小ぶりな十七屯(トン)、客が三十人ほど乗れば一杯になるというから三十石船と変わらない。だがさすがに空を渡る鳥のごとき速さで、見目(みめ)も華やかだ。

船が着岸し、荷揚げ夫らがさっと居並ぶのが見えた。頭にきりりと横鉢巻(よこはちまき)をして素肌に法被(はっぴ)、下は刺子(さしこ)の股引(ももひき)をつけた男らだ。紺に白で「自由亭」と屋号を染め抜いた法被は当家の雇い人で、勇ましい声をかけながら荷を下ろし、肩に担(かつ)ぎ上げる。

　ゆきも窓際から離れた。

　ぼんやり見物しとる場合やなか。お客様のお着きになる。

　足早に廊下を進んで物置部屋に入り、抱えた山を大籠(おおかご)に空けた。今は近在の百姓や船頭の女房らを雇い、洗濯から火熨斗(ひのし)かけまでを任せている。三日に一度は大籠を引き取りに来て三日後に仕上げてくる。松林の川沿いに物干し台を組んであり、そこに何人もが並んで干す。大きな白布が何枚も風に吹かれて揺れるさまは川舟からも見えるようで、きんが通う手習塾の女師匠いわく、大阪の文人(ぶんじん)が「天香久山(あまのかぐやま)」をもじって川柳(せんりゅう)を詠(よ)んだりしているようだ。

　襟許(えりもと)や帯の後ろを整えながら階段を下り、帳場に入った。

　革の洋鞄(ようかばん)に柳行李(やなぎごうり)、大風呂敷包みに菰(こも)包みの荷物と、表玄関がたちまち荷の山になる。外国人の宿泊客に交じって近頃は外遊帰りの日本人も多く、そのたいていは交易に乗り出した藩の家臣だ。昨年、版籍奉還によって諸国大名が所有していた版籍、すなわち領土領民が天皇に奉還されたのだが、率先して奉還したのは薩摩と長州、土佐、肥前と、新政府に多く人材を出している藩だった。何しろ二百七十ほどの藩がある。事情、思惑はそれぞれで、すべての藩が一気に奉還というわけにはいかないらしい。しかも藩を治めているのは知藩事と名を変えた元の藩主であるから主君と藩士の紐帯(ちゅうたい)は今も強く、宿帳にも「何某(なにがし)家家臣」と記す武家がほとんどだ。

　土佐とかかわりの深かった陸奥陽之助も昨年の八月に政府の職を免ぜられた後、故郷である紀州、和歌山の藩政改革に乗り出しているようだ。胸の病(やまい)も快癒(かいゆ)したらしい。居宅は大阪に構えたままで、妻子もいる。妻女は元は大阪の芸妓で、紀州とかかわりの深い大商人、三井家の番頭の養女に直ってから陸奥家に嫁いだ。

「いらっしゃいませ。船旅、お疲れさまにござりました」

給仕人の若者らはホテルの案内役も兼ねており、まず階段裏の洋椅子での休憩を勧め、宿帳を差し出す。サインをもらえば順に二階へと案内し、その後、荷を運び上げる。半刻ほどはちょっとした喧騒に包まれるが、客を迎えるこの時間がゆきは嫌いではない。賑やかで埃っぽくて、海や川の匂いがする。

客の案内が一段落ついた頃、桜の枝を肩に担いで現れた客がいる。土佐の開成館大阪出張所を差配している岩崎弥太郎だ。

「いや、速い速い。女将も一巡り、淀川丸で遊観してくるがえい」

よほど船に感じ入ったとみえる。土佐は亀山社中や海援隊の時代から海とのかかわりが深く、岩崎も外商と盛んに船の取引をしているらしい。岩崎の評判は長崎よりも、この大阪で高まったようだ。「ほれ」と桜枝を押しつけるようにするので「お預かりします」と受け取れば、ちッと舌を鳴らしながら人差し指を横に振った。

「無粋なことを申すな。花はおまんに進呈するがよ」

そう言い、羽織の裾を翻してレストオランに向かった。先客の商人らしき男が立ち上がるのが衝立越しに見えたので、昼の会食を約束していたらしい。頂戴した桜を大壺に活けて運び込むと、岩崎は盛大に喋っていた。武家にしては口数の多い御仁なのだ。いつも何かしら口にして、相手がいなければ独りでも喋っている。

「さよう、ガラバーが転売すると言うきね」

長崎では「ガラハ」と呼ばれていた、英吉利の交易商人の名が出た。

「いやあ、諸藩いずこも尋常ならざる債務を抱えておるき、交易に乗り出したいがよ。あれほど攘夷、攘夷と騒いでおったあの藩も」

　そこで少し小声になる。と思えば、突如、豪快に笑声を上げる。

「むろん、借入の世話も手前らがしゅう」

　商談らしいので、ゆきは努めて耳に入れぬようにして花枝を整え直す。投宿したばかりの外国人客が庭に入ってきたので籐椅子（とういす）に案内し、珈琲、もしくは紅茶、酒は要らぬかと訊（たず）ねる。注文を給仕人に伝えてまた室内に戻り、何組かの客に会釈（えしゃく）をして通り抜ける。空いている皿があれば会話の邪魔にならぬようにそっと引き、料理場に渡す。

「五番様のお三方、ボートル煮を大至急。麺麭（パン）も追加」

　萬助と貫太が「へい」と答える。よしは料理場にいない。八月が産み月の予定で、腹も目立ってきているのだ。子が流れやすい時期は過ぎたので本人は料理場に入ると言ってきかないのだが、料理場の鍋釜は途轍（とてつ）もなく重く、足場も濡れて滑（すべ）りやすい。大事を取って休ませたものの、結局は子供らの世話を引き受けてもらっている。

「八番様、豚のラカン、上がった」

　貫太が声を上げ、配膳用の窓台に置いた。すぐさま銀盆を持った給仕人が近づいてくる。

　今日の昼の献立は、パスティソップと豚のラカン、蕪（かぶ）と人参、隠元（いんげん）のボートル煮だ。パスティは鶏の肉を細かく叩いてつくねにしたもので、そこに椎茸（しいたけ）と凍蒟蒻（しみこんにゃく）のちぎったものを入れてソップに仕上げてある。豚のラカンは塩漬けにした豚の骨付き肉で、英国人の宿泊客はこれを「ハム」と呼んで歓んでいた。横浜の西洋料理屋で出たハムは塩気がきつく、神戸で食べたものは逆に紙のように味気なかったという。丈吉に言わせれば、塩抜きの塩梅（あんばい）が難しいらしい。

「君、麦酒（ビール）を」給仕人に注文する声が聞こえて振り向くと、岩崎だ。

「つくね汁が旨かったのう。川の上は船内も冷える。おかげで温もった」

上機嫌で給仕人に話している。皿の上に目をやれば、つけ合わせの野菜に至るまで見事になくなっている。岩崎に感心するのは立て板に水の喋りもさることながら、料理を綺麗に平らげることだ。しかも作法が身についている。物珍しさに駆られて市中から訪れる町人は卓につくや、おっかなびっくりで、ソップを匙で口に運ぶことができず、着物の腹から袴にかけてぐっしょりと濡らした客は一人や二人ではない。ビフロースにナイフを突き立ててそのまま食べようとして口を切り、流血の大騒ぎになったこともある。

食事を済ませて帳場に寄った岩崎は、ほろ酔いの上機嫌だ。相客は談話用の洋椅子に坐し、珈琲を飲んでいる。

「今日は草野君が顔を見せんが、留守か」

「あいにく所用で出ておりまして、ご挨拶もできませず、ご無礼申します」

「構わんよ。ミスタ自由亭が忙しいのは結構なことじゃ」鷹揚に言いながら、「して、何用じゃ」とすかさず訊いてくる。

「長期のご滞在客のために洋服の洗濯が必要になりましたけん、西洋洗濯屋を始めるお人と会うとります」

隠すことでもないので、あっさりと話した。岩崎はふうんと口髭を触り、「女将、知りゅうか」と帳場格子に肘を置いた。

「日本人は首筋から風邪をひくが、外国人は足からひくがよ」

自慢げに目を光らせるが、何と返せばよいのやら、まるで取っ掛かりのない無駄話だ。しかし相手は開成館の責任者、外国商人との接遇にも頻繁に利用してくれる上客だ。背後には、あの狛犬のごとき後藤象二郎が口を半開きにして構えている。

「あれまあ、さようですか。それはそれは」

大仰に感心してやると、「そういえば」と黒い顔をなお近づけてきた。

「横浜の料理屋があいすくりんなる氷菓子を供すると、耳にしゅう。自由亭でも早う出さんかと、草野君に伝えておくがえい。横浜に引けを取るべからず、神戸に負けるべからず、とな」

「あいすくりんでしたら、ただいま、鋭意、試作中にござります」

毎月五十両と利息百五十匁を返済するという莫大な借金があるというのに、丈吉は目の玉が飛び出るほど高い氷桶を買い入れたのだ。貫太がその桶に卵と牛乳、砂糖を投入して縁の溝には氷やら塩やらを大量に入れ、ぐるぐる、ぐるぐる、懸命に把手を回している。

まったく、男の人は何でも珍しか物が好きですねえ。気が知れん。

とは口に出せず、満面に笑みを作った。

「それは重畳」

岩崎はにたりと太眉を動かし、玄関口から外の通りへと出た。

ゆきも見送りに出て、二人の後ろ姿が人波に紛れて見えなくなるまで見送った。空はもう紺青に暮れかかり、菜種色の月が出ている。

宿泊客の朝餉を出し終えた後、居宅の座敷に戻った。襖に手をかけると先に動いて、娘たちが出てくる。

「あれ、おきん、手習塾は」

「今日はお休みや。お母はん、ええかげんに憶えてほし」

眉をハの字にして見上げる。この頃はすっかり上方弁を身につけ、五歳のゆうまでが「お母はん」と呼ぶようになった。きんは誰に似たものやら学びが早く、師匠が太鼓判を捺してくれるほどの出来のよさだ。そのぶん、大阪の市中で目にしたこと耳にしたことを綿のごとく吸い込み、家を出る時は「ほな、行て参じます」、弟の孝次郎を泣かせてふじに叱られれば「ごめんなさい」が「かんにん」だ。丈吉にそれを話せば、

「そのうち、おきんはいとさん、おゆうはこいさんて呼ばされるのと違うか」これまた巧い大阪弁で苦笑した。丈吉は外国語ができるだけあって言葉の会得が早い。地元の者と話す場合、器用に長崎訛りを薄めて話している。

「今日は誰と遊ぶと」

訛りがまるで抜けぬのはこの私だと思いながら、慌ただしく下駄に足を入れる娘らに訊ねた。

「肉屋のおせっちゃんと、牛乳屋のおすみちゃん」

居留地の外国人の求めに応えるように、この頃は店の種類がますます増えた。肉屋と牛乳屋は雑居地から少し南の川沿いだ。

「川に落ちんごと気ぃつけんば」

二人は駈けて玄関口への角を曲がった。座敷に上がって仏間を覗くと、ふじが縫物をしている。孝次郎はそのかたわらで玩具遊びだ。子供好きの外国人客がくれた青い蒸気機関車で、玩具とは思えぬがっしりとした造りにいつも感心する。

「お義母ぁ、お茶でも淹れようか」

「いや、今はよか」顔も上げずに針を運んでいる。「よしは」と訊ねると、「今日は産婆さんたい。産み月が近かけんね」と答える。

萬助とよしは自由亭の近くに小体（こてい）な家を借りた。赤子（あかご）の泣き声が食堂や客室に聞こえるのを憚（はばか）ったためで、ふじは時々、よしの家を訪ねている。百姓の持ち家で、裏に小さな畑があるのだ。足腰の方々が痛いというのに、ふじは生姜（しょうが）や茗荷（みょうが）、青紫蘇（あおじそ）、赤紫蘇、セージ、南京（なんきん）に茄子（なす）、赤大根まで作って丈吉を歓ばせている。この頃は玉造（たまつくり）という、かつての大坂城のお膝元のような地の百姓が西洋野菜作りに熱心で、独活（アスパラギャス）や花菜（カリフラワー）、鬼薊菜（アーテイチヨーク）にも挑（いど）んでいるようだが、出来も収穫量もまだ安定しない。

「今年はとうとう蒲団（ふとん）の打ち直しのできんかったねえ」

「ああ、そうやった。すみません」

冬蒲団の綿を打ち直すのは夏の間だ。今日は初秋七月十日になっている。ホテルとレストオラン商いをしていると家族が使う蒲団を気軽に日に干すこともままならず、いっそ思い切って綿を打ち直そうと話していたのだが、忙しさに取り紛れてそのままになっていた。

「おゆきが詫びることやなかよ。また来年、すればよかことたい」

手の中にあるのは、ゆきが寝間着にしている湯帷子（ゆかたびら）だ。袖口と襟に傷みがあり、それを黙って直してくれている。皺（しわ）の多い、染みだらけの手だ。爪（つめ）には土の色が染みている。

「お義母ぁ、商いの落ち着いたら墓参りに帰ってみんね」

ふじは湯帷子を口許に持ち上げ、糸の先を咥（くわ）えて歯で切った。

「ばってん、あんたがた、忙しかでしょう。無理せんでよかよ」

針山に針を戻して湯帷子を畳み、それから頤（おとがい）を上げた。目尻に柔らかく皺を寄せている。

「うちん人はあの世で機嫌よう呑んどると。大丈夫。墓は逃げん」

ゆきも笑いながら頷き、腰を上げた。やっぱりお茶を淹れて一緒に飲もう。それから帳場だ。

火鉢にかけた鉄瓶を手にした時、外の気配が騒がしいことに気がついた。鉄瓶を戻し、窓から通りを見る。男らが何かをわめきながら動いている。洋装の男がいれば、船夫や自由亭の法被をつけた荷揚げ夫の姿も見える。戸板で何かを運んでいる。と、玄関から丈吉が飛び出すのが見えた。萬助や貫太も通りに出て、血相を変えている。

「何ごと」思わず声に出していた。襷を出して端を口に咥えながら袂を括り、「お義母ぁ」と呼んだ。

「何かあったみたいやけん、行ってきます。孝次郎、祖母ちゃんの言うこと、ようきいてね」

孝次郎は玩具を手にしたまま顔も上げない。だがすぐにゆきは座敷の外に出た。談話用の洋椅子が窓際に次々と積み重ねられていて、広間になっていた。「おゆき」と丈吉の声が聞こえた。

「敷蒲団ば六枚、広間の奥に敷き並べてくれ」

只事ではなさそうだ。見れば戸板の上に人がいる。着物が焼け焦げ、頭から顔、手足も焼け爛れている人間が六人。喉の奥が鳴り、すくみ上がった。

「ぼやぼやするな。敷蒲団、それからまっさらの敷布ば用意せえ。冬の毛布も」

「はい、ただいま」と答えるも声が震え、座敷に取って返した。押入れから敷蒲団を抱えて下ろし、三枚を一度に持ち上げて戻った。貫太が受け取り、ゆきはまた座敷に戻って三枚を下ろす。

「お母はん」

こんな時に限って、きんとゆうが帰ってきた。

「どないしはったん。皆、大騒ぎしてはる」

「まだ何もわからんとよ。おきん、おゆうと一緒に祖母ちゃんのそばにおって」

言い渡すと、顔を蒼褪めさせながらも妹の手を握って仏間に入ってゆく。

この後、何と指図されたのだったか。敷蒲団、それからまっさらの敷布だ。小走りに階段を目指すが、大変な人数が玄関に溢れて騒然となっている。「ごめんなさい」と肩や背中を押しのけ、階段を駈け上がった。まっさらな敷布は六枚要るのだろうと見当をつけながら物置部屋に入った。洗濯が仕上がったものは奥の棚に積んであるのだが三枚しかない。届くのは明日だった。仕方なく客の入っていない部屋に飛び込み、寝台に巻いた敷布を剝いで回った。六枚をようやく抱えて下りると、「そいば水で濡らせ」と指図された。

台所に入る。するとかたわらに萬助が並び、「手前がやります」と引き取った。

「女将さんは、毛布をお願いします」「ああ、そうやったね。毛布」

また階段を上がると、宿泊客の外国人らが廊下に出てきていた。不審げに眉を顰めて何やら訊いてくるが、大火傷を負った者が六人、自由亭に担ぎ込まれたということしかわからない。

「ステイ、プリーズ」

耳で憶えた片言を振り絞り、「よかですか。階下に下りてこんでください」と叫びながら廊下を走り、毛布を抱えて引き返した。襟髪を摑まえるようにまだ何か問うてくるが、「わからんとですよ」と頭を振るしかない。

「ともかく、黙って部屋にステイ」

大声で言い渡し、二階の片づけのために詰めているはずの女中を呼んだ。

「お客を階下に下りさせんように」多くを語る暇がないので短く命じると、まばたきをしながらも「わかりました。ここで見張ります」と前垂れの端を握り締める。ゆきは階段を駈け下りた。人がまた増えたようで、野次馬も交じっているのではないか。

「貫太、どこ」

「はい、ここにいてます」

「皆さんを食堂にご案内して。かかわりのない方にはお引き取りを願って」

「承知」と、貫太は声を張り上げた。

「皆さん、さぞご心配やと思いますけど、今、お医者を呼びに馳(は)せ参じてます。手前どもの主(あるじ)がともかく手当てさせてもろうてますんで、どうか食堂にお移りください」

しかし皆、気が立っているのだろう。なかなか動こうとせず、不平顔になる者もいる。

「いや。自由亭さんのおっしゃる通りでねすか。拙者(せっしゃ)らがここに陣取っておっても邪魔になるばかり。ほれ、行こう」

訛りの強い武家で、二十歳(はたち)をいくつか越えたくらいだろうか、若々しい声だ。有無を言わせぬ強さもあって、皆はようやく貫太の後に続いた。

六人はまだ戸板の上にいて、萬助らによって濡れ敷布で総身を包まれている。

「おゆき、敷布ばもっとくれ」

「あいにく、洗濯の済んどるとはその六枚だけです」

「そしたら、家の客蒲団のあったろう」

「四組、まだ一度も使(つこ)うてなかとのあります。持ってきます」

「いや、蒲団の側(がわ)だけ剝いできてくれ。敷布の代わりにする」

座敷に戻って、客蒲団を下ろしながら「お義母ぁ」と呼んだ。

「手伝(てつど)うてもらえませんか」

ふじが仏間から出てきた。子供らは三人とも仏壇の前に寄り集まっていて、首をすくめている。

「側生地(きじ)ば剝ぎますけん、手伝うてください」

ふじは眉一つ動かさず、「おきん、鋏ば二丁持ってこんね」と命じた。来客用の上掛け蒲団は今春に新調したばかりで、丈吉が京の老舗の蒲団屋に足を運んで作らせたものだ。極上の綿を使い、色柄も品のよいものだ。ふじと二人でその蒲団の縫い目に鋏を入れ、中の綿は大風呂敷にまとめてゆく。「うちもお手伝いする」と、きんは畳の上にはみ出た綿を小さな手で拾い集める。しかしそれを褒めてやる暇もなく、胸の裡を占めるのはやはり、何が起きたかということだ。

また外国人と悶着が起きたとやろうか。ばってん、あん時とはどうも雰囲気の違う。あの火傷は何が因なんやろう。

顔など、目鼻口も判然としなかったのだ。赤黒く腫れた塊に見えた。

剝いだ四枚の側の糸をさらに解き、鋏も入れて八枚にして立ち上がった。

「今夜はここに戻れんかもしれませんけん、子供らを頼みます」

ふじは「しっかりな」と、励ますような声音で応えた。座敷を出て広間に戻れば、丈吉がオリイヴ油の瓶を手にしていた。掌に注いでは、火傷を負った者の顔や手足に塗っている。

「着物を脱がしましょうか」声をかけたが、丈吉は即座に「いや」と言った。

「着物が皮膚に張りついてしもうとるけん、無理に脱がしたら皮まで剝がれかねん。ともかく、外に出とるところのみ塗っておく。お前はその側で総身を包んでいけ」

六人はすでに戸板から敷蒲団に移されており、順に一人ずつのかたわらに膝をついて指図の通りにするが、もはや皮膚には血の色が見えず炭のごとく黒い。不思議なことに、六人とも声をかければ微かに返事をするのだが、誰も「痛い」と言わず、呻き声すら上げない。時折、食堂から出てきた男らが様子を窺い、「市助」「兵助」などと声をかけている。

さきほどの武家も何度か現われ、「忠三郎、しっかりせい」と励ましている。火傷をしたのは、どうやら武家の家臣のようだ。そのうち、船が事故を起こしたらしいことが知れた。空蟬丸という蒸気船で、船主は二本松藩だという。

ようやく医者が到着した。白い髷と髯を持つ年寄りで、弟子らしき男を二人従えている。

「外で、船の気缶が破裂したと聞いたが」

丈吉が腰を上げ、頭を下げた。

「はい、天保山沖で試運転の最中やったそうです。即死した者もあるそうですが、火傷を負った六人を別の船で川口まで運んでこられたんで、手前どもで手当てをさせてもらいました」

医者は患者を順に診て回り、「あんさんが介抱しなはったんか」と訊いた。

「ここまで火傷がひどいと水をかけるのも気の毒で、濡らした敷布でともかく冷やしました。それからオリイヴ油を塗れるところには塗って、新しい布でまた全身を包んであります。あいにく包帯がおませんよって応急処置です。躰が冷え過ぎた時のために毛布も用意してありますが」

医者は怪訝そうに首を傾げる。

「あんた、どこでこないな療法を習得しなはった」

「若い時分に阿蘭陀の軍艦に乗ってたことがあります。そこで蘭医から教えを受けました」

「なるほど、そうか。いや、よう、やったげなはった」

医者は小刻みに白髯を揺らし、「これ以上はもう施す術はないな」と患者らを見渡す。弟子に眴をして、もう帰るような気配だ。「お待ちくだされ」と引き留めたのは、先ほどの武家だ。

「これ以上、何もできぬと仰せか」

「そうや。本人らは痛いとも何とも言わんやろう」

武家は振り向いて、家臣に目をやる。医者は声を潜めて「もはや痛みを感じんのや」と告げた。

「皮膚の下の深いところに痛みを感じる神経なるものがあるのやが、そこまで焼かれてしもうてる。咽喉から肺ノ腑に至る気の通り道もな。ほんまに気の毒やが、覚悟しなはれ」

医者はそう告げて、弟子と共に立ち去った。入れ替わりに入ってきたのが岩崎弥太郎だ。

「遅うなり申した」

六人の様子を見回し、小刻みに頤をわななかせる。武家の顔を目に留め、近づいて正面に立った。

「星丘殿、秀幸丸は沈没を免れましたぞ」

空蟬丸は通称で、正式には秀幸丸という船であるらしい。

「当たり前でねえか。買うたばかりの船に沈まれてなるものか。しかし岩崎殿、試運転でかような事故を起こすとは、あんたはいったい何という船を売ってくれたのす」

船の売主は、開成館大阪出張所のようだ。

「お待ちなさい。生きるか死ぬかという介抱の場で、冷静な話もできますまい」

岩崎は目を逸らさぬまま返し、「草野君」と呼んだ。「部屋を借りたい」

「かしこまりました。おゆき、上等の客間にご案内せい」

去年、バタッケの意見を採り入れて南向きの四部屋を改装し、二部屋にしてある。一部屋で二十畳はあり、寝台も大きく、窓辺には洋椅子が二脚に小卓、さらには西洋の書斎机も置いた。一見すると抽斗を備えた小簞笥なのだが、上の扉を前に倒せば書き物のできる机になる。西洋時計に目を這わせればもう二時、八ツ刻だ。窓を開けて風を通し、憮然たる面持ちの二人に椅子を勧めた。

「何か、召し上がるものを用意してお持ちします」

扉を閉めて廊下に出ると、女中が「女将さん」と恐る恐るの体で近づいてきた。

「お客さん方を足止めするのも、もう無理だす」

「ああ、えらいこと。お客様がおった。そうたい、二階にも何かお出しせんと。とりあえず、もうちょっとこのまま、ステイで」「はあ」と、女中は泣きそうな顔つきで前垂れを握りしめる。そのまま捨て置き、階段を駆け下りた。萬助の姿を探して、食事の用意を言いつける。

「二階のお客様と岩崎様のお二人に食事と飲物、それから食堂でお待ちの皆さんにも何か拵えて」

「へい。たった今、旦那からもお指図がありました」

広間に戻ると丈吉が胡坐を組んで床に坐し、患者に付き添っている。

「お客を二階に禁足したままやったとですよ。事故のあったことば説明してくれませんか」

「相わかった」

「それから、今日、三組のお客がお越しになります」

「事情を説明して、それでも泊まると言うてくださるなら受け入れる。ノーとなったら、市中の宿屋に話ばつけよう」

「外人を市中に泊めてよかとですか」

外国人には移動の制限が課せられている。

「事が事やけん、外国事務局に掛け合う。ひょっとしたら、神戸に泊まらせろて言われるかもしれんが。ともかく、この場は頼む。あんじょう介抱してさしあげてくれ」

「わかりました。上に女中を待機させとりますけん、下りてくるように言うてください」

まもなく女中が姿を見せたが、広間に入るなり蒼白になって動けない。そこへ、大きな腹を抱えたよしが現れた。

「船でえらい事故のあって自由亭が仮病院になっとるて、豆腐屋の親爺さんに聞いたけん来てみたとよ」

「あんた、そがん躰で。いけん、いけん。お帰り」

「大丈夫。産婆しゃんには、よう育っとるて褒めてもろうたし、だいいち、義姉(ねえ)しゃんは産み月まで働いとったやなかね」

「んもう、頑固ねえ」「今さら」

　そのうち、ふじも出てきて、きんも「手伝う」と言った。とはいえ、医者もこれ以上は手の施しようがないと匙を投げたほどだ。かくも焼け爛(ただ)れていては躰を撫でさすってやるわけにもいかず、煤(すす)で汚れたらしき鼻の穴を紙こよりで綺麗にしてやるくらいだ。そして、溶けて形のなくなった耳に向かって声をかけ続ける。

「ほんに、ひどか目にお遭(あ)いになられましたねえ。ばってん、もう安心して養生してくださいよ。皆、おそばについとりますけんねえ」

　食事を終えたらしき者が一人、二人と食堂から出てきて、それぞれが患者の周りに腰を下ろした。六人のうち、大阪に家のある者は女房や子、親、あるいは奉公先の主や番頭が駈けつけ、嘆きや憤(いきどお)り、涙が渦巻(うずま)く。まもなく岩崎、星丘という武家も下りてきて、二人とも目の周りが黒ずんでいる。岩崎は急ぎの藩務があるらしく引き取ることになり、「船の修理の手筈はつける」と星丘に歩きながら告げ、「よろしゅう頼む」と丈吉に言い残して去った。

　新たに到着した客は丈吉の説明を聞いたうえで、三組全員がこのまま宿泊すると言うので、二階へ案内した。晩餐(ばんさん)の予約客のうち日本人は食事を取りやめ、外国人は広間に向かって胸前で十字を切り、食堂へと入った。

　医者の診立(みた)て通り、夜が更(ふ)けると共に一人、また一人と息を引き取った。星丘の家臣、忠三郎は微かに息を続けていたが、腫れた瞼を懸命に押し上げるようにして震わせ、それが最期であった。

ゆきは素木の箸と清浄な綿、そして塗り椀に清水を用意して、それぞれの身内に渡した。

「忠三郎、さぞ熱かったであろう。末期の水じゃ。たんと含むがよいぞ」

星丘は小声でそう話しかけ、赤黒く皹割れた唇を水滴で湿した。


庭は白萩の咲き初めで、おみなえしや藤袴も草丈を伸ばし、水引は小さな赤花を点々とつけている。洋椅子に並んで坐しているのは二本松藩の藩士である星丘、そして丈吉だ。ゆきは小腰を屈め、小卓に紅茶の茶碗を置いた。

「先だっては、女将にも世話になり申した」

「いいえ、お役に立てませず。ご愁傷様にございました」

「仏さんは、生玉町のお寺に葬られたそうや」

丈吉がゆきを見上げて言い、坐るように真顔で促す。銀盆を抱えたまま、かたわらの椅子に腰を下ろした。

五日前、あの事故の火傷で亡くなったのは六人だが、ボイラと呼ばれる気缶が破裂した際に二人が即死、機械掛に任じられていた藩士は責めを負って切腹したようだ。

星丘は紅茶に口もつけず、ぽつりぽつりと問わず語りに語った。

「当家としては、交易に賭けるしか他に道はあり申さなんだのす。生糸くらいしか産物がないが、ともかくそれらを外国に移出して利を上げぬことには藩債を減らせぬ。先刻承知と思うが、当家は奥羽越列藩同盟に加わり、薩摩、長州を中心とする新政府軍と戦った。だが各地で敗戦を重ね、二本松城は戊辰の年の七月末に落城した。戦は勝ってこそ、負け戦の果ては惨憺たるものだ。戦闘で多くの家中を喪い、石高はおよそ十万石であったものを半減され、戦費も含めて莫大な債務を抱えることになり申した。そこで活路を海に見出すべく交易のための商社を開き、当家は商いには不慣れゆえ大阪の商人に社の運営を委ねつつ、拙者も大阪藩邸詰めとしてかかわっておったのです。船舶の購入は土佐開成館の岩崎殿に頼み申した。岩崎殿は他藩や外国の商館にも顔が利き、取引や資金借入の仲介もやっておられる。政府にこそ参画しておられぬが、こと交易にかけては大阪の豪商が一目も二目も置く剛腹の者よと誰もが口を揃える御仁ゆえ」

空蟬丸という船を購入するに至ったのだと言った。

「あれは中古艦船で、慶応三年にも兵庫港で気缶の事故を起こしているのです。それは事前に聞いており申した。ゆえに此度も、引き渡しを受けた翌日に試運転を行なった。その挙句があの事故だ。岩崎殿は、二十五ポンドの圧力でも危険だと警告してあったにもかかわらず三十ポンドまで圧力を上げたゆえ破裂したのだと申される。確かめようにも、機械掛は屠腹してしもうた。死ぬなと厳命してあったのだが、拙者が怪我人の救助にあたっておった隙に」

星丘はやっと茶碗を持ち上げ、紅茶を啜った。皿に戻し、庭へと目をやる。

「船さえ持てば何とかなる、いや、何とかせねばならんのだと、家臣の忠三郎にも話しておったのす。船は高値ではあるが、転売すれば五割もの粗利があるとも聞いており申した」

空蟬丸の値について有り体には口に出さない。だが数日前、蒸気船の購入となれば二万両ではきかぬだろうと、丈吉が推していた。

「そうやって徐々に大きい船、新しい船に買い替え、いずれは運輸業にも乗り出して異国への捌き口も開こうと、我々は話し合った。交易に慣れた薩長、土佐の面々からすれば赤子の見る夢に等しいかもしれぬが、たとえ夢の端切れでも摑まんことには、負けた者はなかなか立ち上がれんのです。

生まれ育った地に累々と屍が並び、城まで落ちてしもうた国の家中は」

草叢の草雲雀がフィリリリと、秋の空気を澄ませてゆく。星丘は居ずまいを改め、こなたに向かって頭を下げた。

「草野君、女将。受けた厚情、六人の仏に相代わって礼を申し上げる」

丈吉と共に立ち上がり、手を合わせてから辞儀を返した。

星丘を通りで見送って、玄関の扉前で足を止めた。

「二本松藩に借入金だけが残るということには、ならんですよね」

「修理の手筈をつけると、岩崎様は仰せやった」

丈吉はゆきの言葉を遮り、さっと玄関に入って料理場へと向かう。肩を怒らせ、これ以上は踏み込むなと言いたいらしかった。


八月二十日、よしは男の子を産んだ。名は萬助によって「丈平」とつけられた。

ちょうど、川口電信局において神戸との電信が開通した。いかなるしくみか皆目わからないが、この電信によってすぐさま相手に連絡することができるらしい。

九月には、日本で三番目となる鉄の橋が架かった。東横堀川に架かる高麗橋の架け替えだ。高麗橋は大阪に十二ある公儀橋の一つで、京街道や紀州街道などの起点になっている。ゆえに周辺には豪商、名代の大店が建ち並び、丈吉いわく大阪の富は高麗橋に集まっているのだそうだ。工事を請け負ったのは、長崎でもガラバー商会と並んで有名であったオルト商会であるらしい。空に冬鳥が舞う季節になってからだが、ゆきはこの橋を渡ってみた。きんの手習塾に迎えに行った帰り、せがまれて足を延ばしてみたのだ。橋の幅は三間余り、長さも四十間はあろうか。

「お母はん、この橋な、くろがね橋て呼ばれてるんやて」

確かに、欄干から燈柱、橋脚までが黒々と光っている。賑やかな掛け声と共に人力車が走り抜け、客の膝にかけられた深紅の毛布が人目を引く。感嘆まじりの息を吐いた。どこか殺伐として先行きも曖昧であった新しい時代がとうとう、鮮やかな色を伴って立ち昇ってくるような気がした。

鉄橋が架かった同じ月に、陸奥陽之助が欧羅巴に旅立った。そして閏十月、岩崎弥太郎は開成館大阪出張所を「九十九商会」と改称し、ますます意気盛んだ。

事故を起こした空蟬丸は神戸沖に曳かれて修繕するも、その作業中に沈没したらしい。沈船のまま英吉利の商社に転売され、二束三文であったそうだ。橋の上から、冬陽に光る川面を見下ろした。

たとえ夢の端切れでも摑まんことには、負けた者はなかなか立ち上がれんのす。

星丘の言葉が過って、胸が痛かった。

けれど毎日は途方もなく忙しなく、目まぐるしい。

十月には造幣寮が竣工、閏十月二十四日には阪神間の鉄道が着工された。川口の居留地では外国商人や技師が闊歩し、自由亭に長期滞在する外国人も増えた。中には精算もせずに行方をくらました者もいて、預かっていた前金以上の飲み喰いをされたので大損を蒙った。後の調べでわかったことには、「日本の新政府は外国人を高給で雇う」との噂を聞きつけ、衣食の道を求めて上海辺りから流れてきた素浪人であったらしい。政府は海の外で評判が立つほど西洋の近代技術を採り入れるのに熱心で、彼らにすれば「お雇い外国人」になりおおせば濡れ手で粟もかなう国に映るのだろう。

帳場を預かるゆきとしては口惜しいことこの上なく、「怪しげな風体の客は用心せんば」と胸に決めても、真面目で慎ましい外国人もいるので、たとえ身形が貧相でも無下にはできない。それに、ふじが孝次郎をつれてよしの家に向かう道すがら、「オハイヨ」などと陽気に話しかけてくる客もいる。

「私はわからんかったばってん、孝ちゃんが口真似ばしてオハイヨウと返したけん、それでおはようのつもりやと気がついた。子供にはかなわんねえ」

人見知りを心配していた孝次郎がと、ゆきも驚いたものだ。

十一月に入ったある日、久方ぶりに五代才助が自由亭を訪れた。食事の後、いつものように帳場裏の洋椅子に移り、丈吉は西洋の酒を運んでいる。しばらく何やら話し込んでいて気にかかるが、ゆきも売上げを自分なりに帳面につけておかねばならない。

ようやく整理をつけて文箱を閉じると、背後の声が耳に入ってきた。

「おめでとうございます」

丈吉が祝いを述べている。

「いや、造幣機械を購入したのは慶応四年の晩秋だったからね。香港から船が着いたのがちょうどここ、大阪湾の天保山沖だ。それがまた途方もなく重厚な機械ゆえ、天満郷の川崎村までいかなる船でどう運ぶかを決めるだけでも難渋した。造幣寮の予定地にやっと運び込んだらもう冬だよ。初っ端から難事業だ」

五代は根が明るい御仁で、とくに丈吉と話をする時は苦労話でも笑い話にしてしまう。話の内容はゆきにはわからないことがほとんどで、後で丈吉から事の次第を教えられることが多い。

五代は政府から「戻るように」と、再三請われているようだ。が、大阪から動くつもりはないらしい。

かつて天下の台所として繁栄を極めた大阪は、御一新によって急激に景気が落ち込んだという。とくに渡辺橋という橋の界隈は米市場として栄えてきたが明治に入って諸色が乱れ、米の流通にも統制が利かなくなった。米会所は各地の相場会所を閉じ、由緒のある堂島米会所も閉鎖の憂き目に遭っている。その上、豪商らは諸大名への「大名貸し」が回収できず、焦げつく一方であるらしい。そこで五代は地元の富豪らを説き、為替会社や通商会社の設立を目指しているという。近代事業のしくみを逸早く取り入れることで、商都の立て直しを図ろうという考えだ。薩摩に生まれた武士が長崎で学び、西洋諸国で見聞した知識と人脈を惜しみなく大阪に注ぎ込んでいる。

「して、開業式はいつでございますか」

「来年の二月十五日だよ。各国のミニスターも招いて饗宴を催すゆえ、自由亭にも庖厨方の用命があるだろう」

丈吉は「しかと務めさせていただきます」と、ひときわ通る声で請け合った。

翌日、丈吉が皆を集めた。昼餉を出し終えた後のことで、料理場はしばらく休憩を取る。

「造幣寮開業式の饗宴にて料理をお任せいただくことになりそうやけん、皆、心しておくように」

五代と話していたのはこの件だったのかと、ゆきは銀盆を片づける。

「おめでとうございます。いよいよ晴れの舞台ですな」

萬助は面を輝かせたが、他の料理人はぽかんとしている。貫太が「あのう」と、前に進み出た。

「旦那、造幣寮なる建物が建てられて、えろう立派な煙突が何本も立ってることは存じてますけど、あそこは何を造るとこなんだすか」

そう、私もそれが知りたいと、ゆきは丈吉を見る。

「金子を造る工場や」

皆が一斉にざわついた。

「江戸は金遣い、大阪は銀遣い、長崎を含めた西南諸国は銭遣いの慣いがまだ根強う残っとる。おれが仕えた阿蘭陀の総領事はようぼやいてなさった。日本はともかく貨幣の種類の多うて、質もばらばらやとな。そいに、日本は外国に比べて銀の値打ちが三倍ほど高かった。外国商人らはすぐに気がついた。日本で外国の銀子ば金の小判と交換して、その小判ば外国に持ち出す。そいばまた銀貨に替えたら三倍になるということにな」

貫太とゆきは同時に首を傾げた。萬助が、「両替するだけで一両が三両になるということや」と貫太に教えている。

「日本から小判がどんどん外国に流れることとなって、当時の御公儀は頭を抱えなすった。そいで金の量の少なか小型の小判ば造って流出を食い止めたのやが、新政府は諸外国が日本の貨幣についてえろう不満ば持っとることを突きつけられた。品位、量目が乱雑で揃うとらん貨幣では、一人前の国と認めてもらうことはかなわん。欧米諸国と渡り合うためには、世界で信用される貨幣にする必要がある。こいが大阪に造幣寮が建設されたきっかけや」

その政府決定が行なわれた頃、英吉利が香港に設立していた造幣局が閉鎖になったという。外国事務局判事であった五代は政府と協議し、長崎のガラバーを通じて造幣機械を購入した。

「金子を作る機械て、どのくらいの値で購うもんですか」

貫太が訊ねると、丈吉は「六万両と聞いたな」と事もなげに言う。

「あいすくりんの器械の値にも目の玉が飛び出そうだしたけど、さすがは金子を造るだけあって桁がいくつも違いますなあ」

「あいすくりんと一緒にするな」と、萬助に叱られている。

川崎村の造幣寮建設地は旧幕府の御破損（ごはそん）奉行役所材木置場の跡地で、五万六千坪の広さであるらしい。

「そんな大事な工場を東京やのうて、よう大阪に造らはったもんだすなあ」

「造幣寮の建設が決まったとは二年前やから、東京はまだ治安の悪かった。そいと、五代様としては大阪の商人らに少しでも報いたい気持ちがおありやったとやろう。王政復古を成すのに、大阪の豪商は莫大な援助をしなさったらしかけん」

　すると皆は何やら神妙な面持ちになって、貫太などは「たとえ腕が折れようとも、気張らせていただきます」と呟いた。

　だがその後、丈吉は役所に打ち合わせに赴くたび屈託のできた様子で、皆にも明確な指図を出さない。師走に入っても何も言わず不機嫌に押し黙っているので、さすがに萬助も心配になったのだろう、丈吉が外出をしている時に帳場に顔を見せた。

「ご用命の件、何かあったとですか」

「わからんとよ。この頃、帰りの遅かし、朝は慌ただしかけん、私も訊ねる暇のなか」

「各国のミニスターも列席される宴（うたげ）やったら仕入れも手筈を整えておかんば、正月を迎えたら二月なんぞあっという間ですたい。いや、そがんこと、旦那はようわかっておいでのはずやが」

「悪かねえ、もうちょっと待ってやって。あの顔つきからして何かあったことは確かやけど、無理に聞き出そうとしてもだめやろう。もともと、何でも黙って事を運びたか人やけんねえ」語尾が溜息まじりになる。

「まさか、うちへのご用命が取り消しになったとか」

「いや、それやったらそうと、きっぱり皆に告げるはずよ。なにせ、饗宴は外務局が取り仕切られるらしかけん、うちん人も五代様に直に訴えるわけにもいかんもんねえ」

その夜、丈吉は帰ってこなかった。心配しつつも眠気には勝てず寝入ってしまい、翌朝、起きたら蒲団が昨夜のままだ。着替えて料理場を覗いてみると、いた。居宅の座敷には上がらず料理場に入ったようだ。今日は萬助の出が昼からなので、貫太や若い弟子らと共に朝餉の用意をしている。

「貫太、卵のボイル、まだか」

「へえ、ただいま」

「さっさとせんか。ソップの鍋も煮え過ぎの匂いのしとる。とろ火にせい」

貫太は下駄の音を高く鳴らし、竈の前に引き返す。

「法蓮草の下洗いばしたとは誰や。根に土の残っとるやなかか。やり直せ」

常に増して声が厳しい。ゆきは足音を忍ばせて料理場の奥に入り、ふじと子供らの朝餉の用意をする。飯を炊き、味噌汁を作り、あとは海苔と昨日の残り物だ。手早く盆にのせて座敷に戻った。

「お義母ぁ、朝膳を頼みます。ここに置いときますけん」

口早にふじに言い、玄関を抜けて通りへ出た。南に小走りに下る。入口の格子戸を引き、「おはよう」と声をかける。

「私たい。萬助しゃん、起きとらすね」声をかけると、すぐさま丈平を抱いたよしが出てきた。

「上がって。散らかっとるけど」

「ごめんねえ。そしたら、ちょっとお邪魔するね」

居間ではちょうど朝餉の最中で、萬助が箸を膳に置いて「おはようございます」と言った。

「朝は非番になっとるとに、申し訳なかね」

「よかよ」と答えたのは、よしだ。「朝早(はよ)う、兄しゃんも来んしゃったけん」

「来たと。うちん人」

「そうたい」

「何ばしに」

萬助が「決まったんですよ」と言った。「決まったって、開業式のことね」「そうです」と頷く。

「お前しゃん、食べながら話させてもろうたらどう。今日は早めに店に出てやった方がよかよ。義姉(ねえ)しゃんは、もう済ませてきたと」

ううんと頭を振ると、「なら、すぐ用意するけん、丈平を頼むわ。寝かせたら泣くとさ」と、胸の中に渡してくる。久しぶりに乳臭い赤子を抱くと、柔らかな重みで気持ちが少し落ち着いてくる。

萬助は「旦那からこう伺いました」と口火を切った。

「昼の饗宴は政府右大臣の三条(さんじょう)様が主となって、参議の大隈(おおくま)様をはじめ官吏(かんり)三十四名様がご参列になって、ご来賓(らいひん)は英吉利公使のパークス様、各国公使書記官、領事に領事夫人らが五十七名様らしかです」

「それは盛大なこと」

「料理は一人前十五両をおかけになるそうで、身分の低か官吏には折詰(おりづめ)料理ばお配りすると決まったらしかです。自由亭はその折詰を担当することになりました」

「折詰も受け持つと。饗宴と両方じゃ大変やなかね」

「饗宴は、横浜と神戸から料理人が来ます」

「そんな馬鹿な。大阪の西洋料理といえば自由亭やなかか。何で横浜や神戸から」

よしが膳を運んできて、膝の前に置いてくれた。飯と味噌汁に青菜の煮びたし、梅干しと沢庵もついている。よしが丈平を引き取って、「どうぞ」と勧めた。

「義姉しゃんが食べんば、うちん人、ほんとに食べられんけん」

「ああ、そうね」と箸を持ち上げ、味噌汁を啜った。豆腐と若布に三ツ葉が散らしてある。よしの味噌汁は久しぶりで、懐かしい旨さだ。

「今、西洋での饗宴は仏蘭西料理が主流なんやそうです」萬助は顎を動かしながら話を戻した。

「此度は各国のミニスターをぜひともてなして、日本が世界に通ずる貨幣をいよいよ造ったのやと披露目をせんならん。ゆえに仏蘭西人の料理人に用命する、ということらしかです」

「いや、うちん人は仏蘭西料理もできるばい。修業したとよ」

「旦那もそう掛け合いなすったそうです。けど、西洋帰りの役人の中にうちで食べたことのあるお人がおって、自由亭は阿蘭陀料理や、あれは時代後れの料理やと用命に反対したらしかとです」

よしも伏し目になり、「兄しゃんが仏蘭西料理もできるて言い張ったって、仏蘭西人の作る仏蘭西料理にはかなわんもんねえ」独り言のように呟く。

「そいで、うちに回ってきたとが折詰料理やったと」

萬助を見やれば、「いいえ」と首を振る。

「どんな御用でも引き受けますゆえ自由亭にお命じいただきたいと、旦那が頼み込んだようです。手前にはこう言うておられました。ちょっとでもかかわって、饗宴料理ばこの目で見たか。味見もしたか。九十名を超える宴をどう切り回して、どう給仕するとか経験しておきたか、て」

そのために恥を忍んで頭を下げ、役人に喰い下がった。

「むろん、ちょっとでも商いにしたかという気持ちはある。ばってん、もっと大事なことのある。

たとえ折詰料理であろうと、自由亭がかかわったことが次につながるはずやと言いなったとです」

「次」

「そうです。いつか自由亭だけで貴賓の饗応御用を承ってみせる。その日のために此度は勉強させてもらう、と」

同じ料理人である萬助に打ち明けることで己を立て直したのだろうかと、ゆきは沢庵を齧った。何とも言い知れぬ口惜しさに懸命に折り合いをつけ、次を見据えることにしたのだろうか。

明治四年が明け、造幣寮開業式の当日を迎えた。自由亭は三日間、五十名の官吏の折詰料理を誂えた。料理場を仕切ったのは萬助だ。丈吉は賓客が奈良京都へ遊山に出るのに通弁を兼ねて随伴し、日々の食事を受け持った。帰ってきた時も、丈吉は何も言わなかった。こなたも訊ねない。丈吉はもう先に進んでいるのだから、それでよいのだと思った。

五月十日、政府は金本位制を取るとする「新貨条例」を布告した。日本の貨幣はこれから、「円」というものになるらしい。


「ごめんやす、通りますで。そこの坊、のいてや、のいてや。俥が参る」

ぐっと前のめりになって俥を曳くのは、人力車なる物の俥夫だ。人力車は東京で二年前に考案されて半年後には大阪に登場したらしいが、市中で盛んに行き交うようになったのはこの明治四年が明けてまもなくだった。とくに田井久治という男が大阪でも一等地の高麗橋に飛久なる店を構えたことで大店の主らが盛んに使うようになり、まさに飛蝗のごとく飛び回っている。

駕籠と違って道行く者から姿がよく見えるので、洒落た身形を整えた客が多い。流行りの洋傘を差した艶やかな芸妓を隣に乗せ、通りを見下ろす旦那衆はどこかしら得意げだ。羽織袴に頭には洋帽で、自由亭の客も役人のみならず、市中の商人も頭に洋帽をのせた御仁が増えた。しかも帽子を取れば断髪だ。

丈吉と萬助、貫太も月代を伸ばし始めたかと思うと、皆で一斉に散髪した。

「女将さん、頭が軽うなりますでえ。寝る時も首がらくだすわ」

貫太はやけに気に入っているようで、「ほんに、男前の上がったねえ、似合うとるよ」と褒めてやると鼻唄まで流行り唄を繰り出す。

半髪頭をたたいてみれば、因循姑息の音がする。総髪頭をたたいてみれば、王政復古の音がする。ジャンギリ頭をたたいてみれば、文明開化の音がする。

ジャンギリはザンギリ、すなわち散髪のことであるらしい。ゆきは鬢に指を置いた。近頃は髪結いを呼ぶ暇も惜しいほどに忙しい。だが帳場に坐る限りは身だしなみを整えねばならない。丈吉もまた何かとうるさいのだ。京で反物を見立ててくるほどの目利きで、そのぶん、「そん着物に、そん帯は合わん」とか、「いつまでそがん古か簪ば挿しとるとか」などと難癖をつけてくる。それで「私も切り下げてみようかしらん」と言うと、「縁起でもなか」と厭な顔をする。

「おれが死んだと思われたら、かなわん」

丈吉が出かけてから、「旦那が死ぬて何ですのん」と貫太が訊く。帳場の裏を通る際に耳にしたらしい。

「切り下げ髪は夫を亡くした妻女のする頭やけん、それが剣呑やと言うとるとでしょ」

「自由亭の主人ともあろうお人が、頭ん中は意外と古い」

「そうよ。因循姑息の音がする」

二人で笑ってやった。たまに陰口をたたくとすっきりする。

初秋、久しぶりに九十九商会の岩崎弥太郎が現れた。考えたら、岩崎はいつも久方ぶりだ。今宵は一人での来店で、いつものように皿まで食べそうな旺盛さだが顔色は優れない。しかも独り言がひどい。

「回天の大業を成した上は日本国に文明開化の灯をともさんと決意して、あれは算盤ずくよ、武士もどきの商人よと蔑まれようと、わしゃ、ならぬ堪忍をしてきたがよ。危ない橋も数え切れんほど渡った。その挙句がこれか。藩がこの世から消え失せては、藩の蔵屋敷も存続できん。薩摩め、長州め。土佐を蚊帳の外に置いて何もかも取り上げゆう。あんまりじゃ。あまりに阿漕じゃ」

七月十四日、天皇は皇城に在京の知藩事を招集、「藩を廃し、県と為す」と命じられたらしい。それは岩崎も掴んでいなかった「大変革」で、諸藩の元藩主らにとっては青天の霹靂であったようだ。丈吉が言うには藩が廃止され、全国は三府三百二県になるらしい。新政府は知事と士族の禄を保証し、藩債を肩代わりするという。となれば、二本松藩の藩債も肩代わりされて少しは息がつけるだろうかと、ゆきはほっと胸を撫で下ろしたものだ。ただ、旧幕領はすでに府県になっている地もあるが、長い歴史を持つ諸藩はこれでとうとう政府の支配下に置かれた。岩崎が懸命に生き残る道を模索した、その交易の拠点も奪われるのだろう。

岩崎はビフロースにナイフをざっくりと入れ、フォルクで口の中に入れる。顔じゅうで咀嚼し、うぬぬと唸り続けた。

長らく雨が降っておらず、おまけにこの陽射しだ。日和下駄が立てる音も乾ききっている。行き過ぎてから「そうそう」と足を止め、豆腐屋の店先へと引き返した。

「こんにちは。お豆腐五丁。お揚げさんは、そうね、今日は十枚でよか」

小桶を差し出すと、親爺は「つれないなあ」と妙な上目遣いだ。

「親爺さん、釣りもすると」

「釣りやおまへんがな、あほかいな。女将さん、あんたのことや。わしが何べんも声かけてるのに知らんぷりして通り過ぎてしもうてからに、薄情やなあと言うたのや」

親爺は大きな水桶から豆腐をすいすいと掬い取って小桶に移したものの、「大丈夫だすか」とそのまま抱え込む。

「この頃、朝夕、お見かけしまっけど、何や、茹で過ぎた饂飩みたいな風情だっせ」

「茹で過ぎた饂飩」鸚鵡返しにし、己の頬に手をあてた。「そいは不味そうねえ」

「忙し過ぎるんと違いまっか。大阪に来はってからこっち働きづめだすやろ。たまには骨休めしはらんと、あんたが倒れはったら自由亭が立ち往生しまんがな」

「そう、そうかな」

「そうやて。自由亭が仏蘭西チャブ屋に負けてへんのもさすがは草野丈吉、並大抵の手腕やないと世間は褒めそやすけど、わしは女将さんの陰の功があってこそやと皆に言いますのや」

仏蘭西チャブ屋は居留地内にあるオーサカホテルのことで、仏蘭西人が経営している。チャブ屋は外国人相手の宿屋のことだ。去年の明治六年までは居留地そばの与力町にあり、外国人が宿泊できるのは自由亭とオーサカホテルの二軒だけとあって何かと比べられ、この親爺のように競い合いに見立てる者も多い。実際の客の評判はといえば、まちまちだ。

オーサカホテルは料理が不味く、量も少ない。しかも主の仏蘭西人は挨拶にすら出てこず、辛気臭い清国人の給仕に任せきりだ。

そんな声を耳にしたかと思えば、正反対の評も流れてくる。

部屋は自由亭より清潔で、食事もずっと旨いのだ。だが、自由亭には日本政府が宿泊手当を発する。懐事情を考えてオーサカホテルを諦めるのさ。

五年前、丈吉は阿蘭陀人からの借金がもとで自由亭の経営権を奪われる事態に陥った。そのまま手をこまぬいていたら、今頃、看板は「阿蘭陀チャブ屋」になっていたかもしれない。あの時、丈吉は野に下ったばかりであった五代才助に仲立ちを請い、大阪外国事務局から九千両余もの拝借金を得て経営権を取り戻した。ばかりか、役人に交渉して「半官半民のホテル」というお墨付きまで獲得した。すなわち、自由亭の外国人宿泊客には政府から補助金が出る。

「自由亭の前を通りかかったら、女将さんがでぇんと帳場に構えてはるのが見えますのや。お客はんを送るのも通りに出て、こう、きっちりと頭を下げてはりますやろ。なにしろあんた、躰が大きいよって貫禄があるわな。おたくの旦那は小柄やけど、ま、ただの料理人やないのはあの面構えでわかる。この頃は着物履物も立派で、人力車で外出しはるさまは米会所の相場師みたいな凄みまであるがな。役所の覚えもめでたいのは有名やし、客筋を耳にするだけで町内は誇りに思てますのやで。川口が御一新後もこない繁華なんも自由亭さんのおかげや、とな」

親爺の喋りは豆腐のごとくなめらかで、薄揚げのように親身な味がある。

「まあ、天神さんの御旅所が松島に移ってしもうたんは残念至極やったけど」

長崎の諏訪神社の例大祭も同様だが、大阪天満宮の神事、つまり天神祭でも神の御霊を神輿で担いで社からお出しして町内を巡行する。しかも天神祭では御神霊はまず陸で渡御し、それから川を船で下る船渡御によってここ川口、大阪湾近くの戎島に設けられた御旅所に向かうのだ。御旅所はいわば巡行に出た御神霊の休息所で、長崎でもやはり海沿いの地に社を設けていた。

だが幕末から明治四年までは大阪も世情不安が甚だしく、渡御は中止されていたらしい。一昨年にようやく復活することになったのだが、御旅所のある戎島のすぐそばが外国人居留地だ。外国人らは自前の料理人を家で雇っているが、ともかく牛肉の入手を容易にするよう日本の役所に要請した。西洋人の舌は日本人よりも頑固だ。食のみならず衣住においても自らを変えるつもりはさらさらなく、日本人が自分たちに合わせるのが当然だと思っているらしい。ゆえに川口居留地付近の町には牛肉屋が増える。ところが古来、牛は「天神様の御遣い」だ。さすがにまずいということになり、御旅所は松島に移された。

だが去年、渡御の祭礼は再び中止となった。祭を支えてきた有力町人たちの凋落が甚だしいのが理由らしかった。祭はそれを支える町の力を浮き彫りにする。五代才助が奔走、尽力しているのも大阪経済復興のためだ。「大阪商人が立ち直れば、それは日本全体に資することになる」と、丈吉も口にしていた。

「そやけどあんさんは気の走ったところがのうて、撞いてもすぐには鳴らへん鐘や。一拍二拍おいてから、ぼぉんと響く。な、そこがお客はんらの気を休めるのやな。それでいて、なかなか侮れん気構えがある。わしの亡うなった嫁はんも、あんさんみたいやった」

いつのまにやら話柄が転じて、褒められているような貶されているような。いや、親爺は励ましてくれているのだろう。ゆきは久しぶりに笑ってみることにした。

「そやからあんたの女将姿を目にしたら無性に嬉しゅうなりまんのや。こうやって豆腐買いに来てる時とは別人やからな。よっしゃ、わしも気張ろうってな」

「そいはまた、過分なお言葉」

いつのまにか空が薄暗く、雲が垂れこめている。小桶を受け取ろうと両手を出しても、親爺は

「何や」と上下の唇を揉む。

「どないしなはった。ほんまに様子がおかしい。夫婦喧嘩でもしなはったか」

喧嘩かあ。ゆきとしては、ちょっと憧れる。肚の中のものを存分にぶちまけ合い、あとはけろりとして湯漬けでも啜れたらどんなにか胸が空くだろう。考えたら、喧嘩は夫婦の気持ちが向き合っているからできるのだ。そして技と慣れが要る。たぶん。

「そういや、自由亭の旦那さん、この頃見かけんなあ」

私もしばらく見かけていない。

「あん人はほんとに忙しかと。神戸に京都にと動き回って、手足に車輪のついとるごたる」

親爺は首を傾げながら小桶を「はい」とよこし、薄揚げも油紙に巻いて差し出した。「ほな、また」と互いに言い、帰り道をゆく。

女将姿かあ。

豆腐屋の親爺はまだ知らないらしい。ゆきがもう帳場に坐っていないことを。

ぽつぽつと道が濡れたかと思うと、下駄の素足に土が撥ね上がる。夕立だ。

丈吉は眦を決して、新しい御世を突き進んでいる。

信じた相手に望まれれば何でもやる。そう決めているのだろう。もしくはそういう義侠心を持って生まれついたか。ひとたび気脈を通じた相手の頼みであれば、たとえ洋食器やシャンパン、洋服の手配であっても引き受ける。西洋の言葉と生活様式の細々に通じている者は、大阪にもそう多くはないと知っているからだ。

三年前の明治四年には大阪府御用達を拝命し、神戸で蒸気船問屋を用命された。だが半官半民の自由亭草野丈吉の名では世間に憚りがあったようで、まだ四歳であった長男、孝次郎の名での営業だ。

翌年には第一回京都博覧会が開催されることになったのを機に、京都に打って出た。天皇が東京に移ったことで活気を失う一方であったのを案じたのが三井家をはじめとする豪商らで、地場産業振興を期して博覧会を組織したのだ。政府もこの事業を後援した。京都はまだ開市されていないのだが外国人の入京を特別に許可することとし、外務省は博覧会への来観を勧誘した。そのためには宿も必要だ。会場の一つの知恩院宿坊が外国人用ホテルの一つに指定された。丈吉は地元の料亭中村楼と共にこのホテルの経営にあたり、外国人の食事と接遇を受け持った。

五月の末には天皇の西国行幸があり、伊勢神宮への参拝の後、軍艦で天保山沖に入った。船を乗り換えて川口波止場に入ったのは日没後だ。

天皇は外務課でしばし休憩を取り、行在所である御堂筋沿いの北御堂、つまり西本願寺津村御堂へは騎馬で向かわれるという。大阪府からは事前に達しがあった。

諸人が天皇の御行列を拝見するは苦しからず。ただし職業は平常通りを心得、休業に及ばず。拝見に際しては不敬不作法、心得違いのなきよう、小児、雇人の末々に至るまでよく申し聞かせるように。

あの日は炎暑だった。大阪の至るところで老若男女が充満しているとの噂で、自由亭の界隈も昼前から天皇の着御を今か今かと待つ人々で膨れ上がった。「家々は提灯を差し出し、御安着を奉祝すべし」との通達もあったので市中のいずこの家も軒提燈をかざし、洋燈を持つ家はそれも点じた。むろん自由亭も軒提燈のみならず、客らの許しを得てすべての客室の窓庇に洋燈を飾った。

ゆきは子供たちや姑のふじと共に玄関前の通りに出たが、玄関扉や窓の硝子が割られるのではないかと思うほどの群れだ。だがいざ御行列が始まると、辺りは静まり返った。

家々の灯は星のごとく瞬き、馬の蹄が土を踏む音と海の波音、やがて人々の息遣いまでが聞こえる。夏の夜の中を、天皇の御行列は進んだ。

まるで幻のような光景だった。徒歩の御供や騎馬の護衛も静々と進み、その中で騎馬の天皇はひときわ若かった。御年二十一歳と聞いていて、黒い洋服に頭には白い洋帽をつけていた。尊顔までは直視できなかった。周囲がいっともなく跪き、土の上に額ずいていたからだ。ゆきやふじ、子供たちも同様にして、ふじは肩を震わせていた。ゆきも気がつけば無闇に胸が熱くなって、けれどだんだん澄んでゆく。娘たちにそろそろ浴衣を縫ってやらねばならないとか、蚊帳を出しておかねばとか、そういった日常の明け暮れとはまるで別世界に身を置いた心地だった。

丈吉は京都に出張していた時期で、そばにはいなかった。五月の末には天皇も博覧会を巡覧するべく淀川から船で入京、御所に向かわれたが、丈吉は仕事が繁忙で御行列を拝見することはかなわなかったらしい。ひどく残念がっていた。

晩秋の九月半ばには新橋と横浜の間でついに鉄道が開通し、東京で開業式が行なわれたと大阪でも評判になった。大阪と神戸間でも開通が急がれ、そのために技師の来日が増える一方なのだが、阪神間は山川の難所が多いらしい。山を穿って隧道を通し、川には鉄橋を架けねばならない。しかも大阪停車場と神戸停車場の場所が変更になったことでさらに遅れていると、自由亭を訪れた役人が零していた。

停車場なんてものを市中に造られたら、かなわん。

大阪の衆はまだ見ぬ蒸気機関車を忌む気持ちが強く、断固として中心地に造ることに反対し、結句、田畑の広がる町外れに決定した。梅田という地で、旧幕時代から続く墓所地がある。

初冬十月には露西亜のアレクシス親王というお方が来日し、大阪見物の際の宿所はやはり北御堂だ。料理は自由亭に用命があった。今度は折詰ではなく晩餐会とのことで、料理場じゅうが色めき立った。肉料理だけでも牛に羊、野禽、鳥は鶉に鴨、魚は鯛に鰻も揃え、そして得意の豚のラカンだ。あらかじめ調理できるものは準備して運び、仕上げは北御堂の庫裡で行なう。

お寺の庫裡でビフロースを焼いた匂いや煙を立てるのは、何とも奇妙な心地だしたわ。

貫太は後でそんなことを口にしたが、丈吉はまったく意に介していなかったらしい。

幕末から外国人の宿所には寺が使われることが多く、丈吉自身、阿蘭陀の軍艦に乗り込んでいた時分には東京、芝という地の寺に滞在したと聞いたことがある。まして宮内省は明治五年に天皇が肉膳を召しあがったことを発表している。肉食の禁忌を解くという政府の思惑があってのことで、西洋料理の自由亭にとってはますます有難い風向きだ。おかげで市中から料理目当てに訪れる客は鰻上り、一昨年の冬はまったく天手古舞をした。いつも暦を睨んで明日、明後日、七日後、十日後のために今日やるべきことを段取りしていたものだ。

呆気に取られたのは、その暦が変わったことだった。

十一月九日に「改暦ノ布告」が発布され、向後は西洋の暦に合わせるという。丈吉は若い時分から日本と西洋で暦の違うことは弁えており、予約においても不思議なほど混乱を来さなかった。船の発着は海次第、とかく予定通りにはいかぬものであるから客室のいくつかは必ず空け、到着日が前後しても融通が利くようにしておく。だが明治五年十二月三日がいきなり明治六年の元日になるというので、大阪の市中は大混乱になった。師走は大節季、掛け売りしている者は血相を変えて集金に回ったが、払う側も集金できていないのだから手許に用意がない。自由亭は宿泊客が外国人でレストオランは役人と新興町人が主な客であるので取りはぐれはほとんどなかったが、小商いの商人はてんやわんや、暦のせいで夜逃げをした者もあったらしい。

　昨年には、丈吉はまた政府御用を承った。

　市中を取り締まる邏卒の制服だ。邏卒は西洋のポリスを参考に創設されたらしい。武器は棍棒のみで市中を取り締まって回る。近代国家を目指す日本としては、外国人の目を多分に配慮せねばならない。裸体や片肌脱ぎで働く職人の姿は醜態でけしからん、背中の彫物も風俗を乱す、むろん喧嘩沙汰などもっての外、というわけだ。その邏卒の制服を調えるのに、役所から相談が舞い込んだ。いつものごとく丈吉は「かしこまりました」と調達を引き受けた。帽子に詰襟の上衣、洋袴を仕立てるべく縫物師を指導し、釦も長崎から送らせて上衣に縫いつけさせた。腰の胴締は皮革製であるので、金唐革の煙草入れを作る職人に教えて作らせたようだ。西洋靴ばかりは自前で作れず、清国人用の物を上海から輸入した。西洋人用の靴を作っている店が長崎にあるが、日本人には大き過ぎる。

　ゆきは水に浸けておいた大豆と干し海老の笊を手にして濡縁に出た。居宅にしていた座敷の東側に大工を入れ、玄関を通らずとも出入りできるようにしたのだ。この濡縁に七輪を出せば煮炊きもできる。昆布の切れ端と大豆、水を入れた鍋をかける。干し海老は豆が煮えてからだ。味つけは酒と砂糖、醤油で、汁がなくなるまでことことと煮て艶を出す。

　縁の端に尻を置き、菜箸を持ったまま初秋の空をぼんやりと見上げる。毎日見ている色なので、何の興も催さない。

　この春、丈吉は番頭を雇い入れた。元は小藩の武家で、齢はゆきと同じ三十六だと聞いたが、頭が真っ白で五十過ぎに見えるほどだ。だが文字に明るく算盤ができ、客のあしらいにもそつがない。ゆきが長年つけてきた帳面も渡した。ずらりと記した客の似顔絵を見ても笑ったりしない。

女将さん、ご苦労なさいましたなあ。

真顔で言われて、かえって鼻白んでしまった。無学無筆を同情されるより、いざ客本人と相対してから「似てますなあ」「似てませんなあ」と笑い合いたかった。だが丈吉はあの侍を選び、ゆきは御役御免になった。

「こいからは商いと奥を分ける。向後は家内の差配に専念したらよか」

女房を帳場に坐らせているのは小商いの証拠、今の自由亭では外聞が悪い、とでも誰かに世話を焼かれたらしい。

「奥いうたって、お義母ぁがちゃんとおってくれますけん。私はまだまだ自由亭で頑張らせてもらいます」胸を叩いたが、丈吉は引かない。

「おきんは十一、おゆうは九つ、孝次郎は七歳たい。こいからは母親がしかと目ば配って行儀作法も仕込まんば。年頃になってからしもうたと思うても、時計は巻き戻せんぞ」

子供たちのことを持ち出されれば厭も応もない。

「こいからは自由亭の女将としてではなく、草野丈吉の女房、子らの母親として家庭ばしっかり守ってくれ。その方がお前も安穏やろう。たまにはお母ぁと子供らを連れて、遊山にでも湯治にでも出たらよか。金の心配は要らん。宿も船も一流を知っておけ」

それからというもの、こうして煮炊きをしたり繕い物をしたり、たまにふじと共によしの家に行って畑の世話をして日を過ごしている。「子らの母親として」などと急に言われても、きんには手習塾があり、ゆうには近所で遊ぶ仲間があり、孝次郎は筋金入りの祖母ちゃん子だ。墨を磨って文字の練習でもしようかと思い立っても、忙しい日々の寸暇を縫って筆を持つ時の方が懸命だった。今はいつでもできるとわかっているから、文机の前に坐るのも億劫だ。

そういえば、あの岩崎弥太郎が大阪を去った。経営していた九十九商会は三川商会と名を変え、さらに三菱商会と改称して何かと慌ただしかったが、今年に入って本拠地を東京に移した。何をどう交渉ったものやら、三菱商会は岩崎が所有する店になったそうだ。廃藩置県によって土佐藩がこの世から消えたことを嘆き憤っていたが、ただでは済まさなかった。大した御仁だと感心しつつ、少しばかり淋しくなった。碁石のごとく丈夫そうな歯を見せて「女将」と皮肉げに笑う時は小面憎く、しかも下手に愛想よくすると妙に懐かれてしまいそうだった。豪放磊落に見えて、いつもどことなく翳があった。ゆえに客であるというのに素っ気なくしていたが、こんなことならもう少し親身に言葉を交わしておけばよかったと思う日もある。

私も今さら、勝手なもんたい。

毎日手持無沙汰で、溜息を吐く。つい、今頃は昼餉が済んで、料理場も一休みだ、などと自由亭に気がいく。料理場にせめてよしがいれば顔を出しやすいのだが、よしも家にいる。

丈平も五歳、あとはお母ぁに任せて私はそろそろ店に。

よしも申し出たが、丈吉が首を縦に振らなかったようだ。

「兄しゃんは、自由亭からおなごを追い出したかとよ。自由亭は男も女も関係なか、それも自在やて言う人やったとに、今や、おなごがおったら看板の値打ちの目減りするとでも思うとるごたる」

憤慨するので「まあまあ」と宥めると、口をへの字にした。

「義姉しゃんは悔しゅうなかとね。さんざっぱら一緒に働いてきたとに。うちん人も心配しとったとよ。折詰の御用しか承れんやった時はほんに口惜しゅうて旦那と共に発奮したばってん、北御堂で露西亜の親王にお褒めの言葉を賜ってからは、自由亭の格がどうこうと口にするようになりなすったって」

「萬助しゃん、何かあったと」

「何もなかよ。あん人は絶対に兄しゃんには逆らわんもん。兄しゃんの料理の腕ば、敬いきっとるけんね。ばってん、私が料理場に戻るとば兄しゃんが反対したことは意外やったごたる。お前の腕のもったいなか、惜しかって」

「そいは私もそう思うばってん、お義母ぁも六十ば過ぎとるけんね。いつまでも孫の世話ばさせるとが、うちん人も忍びなかとでしょ。親孝行な人やけん」

「んもう、義姉しゃんは兄しゃんの言いなりになり過ぎたい」

唇を嚙みしめるよしの横顔を見ながら、胸の中で反論するのが精一杯であった。

私には、あんたのような腕がなかもん。

料理場では何の役にも立てぬという引け目は、長崎の頃からずっとある。ゆえにレストオランでは給仕仕事、そしてホテルの部屋の整えに気を配ってきた。

半官半民であることに胡坐をかく料簡などは持ったことがない。制度の変更が甚だしい政府のことだ。補助金がいつまで続くものやらわからぬし、たとえ今より料金が高くついても「日本は風光よし、人よし、料理よし」と思ってもらえるホテルであらねば何の甲斐があるだろう。

異国の地で、気を休められる部屋であること。腹と心が満たされること。開いたばかりの東洋の小国を好ましゅう感じてもらうこと。

丈吉はそう言い暮らす。ゆきも同じ気持ちで、掃除や洗濯を担う女たちに言い聞かせてきた。

不満も満足も、お客しゃんは必ず誰かに喋る。そいは怖かことよ。そして有難かこと。

苦労と甲斐は背中合わせだ。なるほど、今は安穏な毎日を送らせてもらって、娘時分から考えてもこれほど安気な暮らしは初めてだ。

だが何と、精のない日々であることか。

鍋の把手を持ち上げて左右上下に揺らしながら、豆の何粒かを摘み上げてみた。皺もよらず、ふっくらと膨らんで、口に入れれば干し海老の味と香りがよく沁みている。

「私の煮豆は日本一」

頬を動かしながら、ふと思った。犬でも飼おうか。


明治九年七月、丈吉は自由亭の支店を開業した。

川口の富島一丁目、旧大阪府外務局の跡地で、店長は萬助が任され、よしと丈平と共に移り住んだ。新聞広告を盛んに打ったので、順調に繁盛を続けているようだ。来日外国人はさらに増える一方で、自由亭とオーサカホテルでは宿泊客をとても収容しきれず、長期滞在者はここ梅本町の近くの寺の離屋を借りることもある。彼らが毎日のように自由亭支店を利用してくれているらしい。

ゆきは大吉を連れて近在を散歩するので、大阪駐在の領事や公使館員が彼らの世話をするために通りを大わらわで往来する姿を頻繁に見かける。そして外国人はこなたを目にするや嬉しげに眉を上げ、大仰な手振りで近づいてくるのだ。目当てはもはや自由亭の女将でもないゆきではなく大吉だ。生国は英吉利で肢が長く、白毛に茶と黒の模様がある。耳は長く平たく、尾は細い。

丈吉が初めて大吉を連れて帰った時、ゆきは恐ろしかった。顔は今では愛くるしいことこのうえないが、初対面では何やら不気味に思えた。子供らも縁側で遠巻きに見るばかりだ。

「どうしなすったとです、この犬」

「お前が飼いたかて言うておったやなかか」

「そんなこと言うてません」

「いいや、この耳で確かに聞いた」

「いつ」

「一昨年」

「二年も前」呆れて、いったん手を止めたが洗濯物をまた畳み始める。

「方々に頼んで探してもろうとったと。で、ようやっと、よか犬の見つかった。居留地のお人が本国に帰りなさる、ついてはしかるべき家にこの犬を譲りたかと苦渋の決断ばなさったとよ。しからば手前がお引き受けしましょうと、申し出たと」

「自由亭の旦那は、よろず引き受け屋」

皮肉を投げてやったが、丈吉は涼しい顔をしている。

「うちなら端肉もあるけん、餌に困らん」

「この犬、肉を食すとですか。犬の飯ていうたら、残り飯に味噌汁をぶっかけるもんでしょ」

「あかん」と、丈吉は大阪弁で目の端を尖らせた。

「ジョージは猟犬やけん、好物は馬肉と鹿肉らしか。それもうちにはたんとあるけん、心配すな」

丈吉が胸を張って「なあ」と頭や背を撫でさすって西洋の名前を呼ぶのだが、ゆきはそれも何となく気に入らなかった。

こん人、自由亭にふさわしか洋犬を選んだんやなかか。私は当たり前の、その辺の畑を走り回っとる日本の犬がよかったとに。だいいち、犬を飼いたい気持ちなど本人の私がとうに忘れておったとに、今頃。

だが犬とはいえ生きものだ。渋々ながらも飼うことにした。せめてもの意趣返しに、名前は西洋風ではなく和名にした。丈吉よりもっとめでたい大吉だ。

大工を呼んで縁側のそばに犬の小屋を造らせ、餌は肉を与え、猟犬は走らせてやらねば気が腐るらしいと丈吉が言うので、毎日、首輪に手綱をつけて畑の多い町外れまで歩く。その道すがらに出会う日本人は皆、ぎょっと腰を引き、百姓の子供らは「犬のおばはん」などと無礼な囃し方をする。だが外国人はよほど犬が好きであるのか、目を細めて近づいてきて、しきりと撫でるのだ。日傘をさした婦人も同様で、何やら短く命じると、大吉はぴたりと前肢を揃えて首筋まで伸ばす。

「まあ、あんた、いつもだらだらしとっとに、別人のごたる」

外国人らはいろいろとゆきにも話しかけてきて、「言葉がわからん」と首を振っても、お構いなしに喋り続ける。どうやら躾の指南をしてくれているようだとわかったのはごく最近で、「飼主が迷いのない主人でなければ、犬は困る」らしい。

主人たるもの毅然たる態度を崩さず、命令は短く、叱る時はなお短く、だらだらと説教しない。そして褒める時は盛大に褒め、常に慈しむべし。大いに可愛がるべし。

外国語がさっぱりわからぬので勝手な思い込みなのだが、試しにやってみるとだんだんに大吉の態度が変わってきた。ゆきを主人だと見込んだようで、よく言うことを聞き、それは嬉しそうに走る。

そうして無為に時を過ごすように思えた奥での日々にも、いつのまにやら慣れた。慣れればそれなりにすることも多く、季節の衣替えや虫干し、蒲団の綿の打ち替え、そしてきんの指南で読み書きも随分と上達した。新聞も錦絵入りのものなら振り仮名がついているので、おおよそは読める。世相を面白可笑しく、まるで芝居を観るような心地で書いてあるので、時々、読みながら笑ってしまう。「お母はん、また」と、きんとゆうは嬉しそうに顔を見合わせる。ふじは「私にも読み聞かせておくれな」と、たぶんわざとせがんでくれているのだ。ゆきが声色たっぷりに、

「その時、この大泥棒が居直って、やいやい、わいを誰やと思うておるのや」

目玉を大きく回してやると、孝次郎が畳の上で跳ねるように歓ぶ。この四人で、あるいはよしと丈平も一緒に六人で遊山に出かける日もある。とはいえ、ふじは足が弱くなっているので遠出はしない。住吉大社や四天王寺への参詣も一日がかりで、皆の楽しみはよしが拵える弁当だ。

よしは再び料理場に立つことを諦めた。

「支店なんやけん、夫婦二人で好きなようにやらんば」

ゆきが勧めても、よしはきっぱりと頭を振った。

「そう思うて、うちん人の料理するとば手伝うた夜がある。びっくりするほど腕ば上げとって、しかもこの六年ほどで料理の仕方も使う調味料もすっかり様変わりしとったとよ。もういっぺん下働きから出直すんならともかく、今の私ではついていけん」

ゆえに給仕の手伝いや奉公人の世話役に回る。よしはそう宣言した。

うまく言葉にできなかったけれども、ゆきは何となく切なかった。男どもは己の志のままに突き進んでゆくのに、おなごは置き去りにされる。内助の功とやらに縛りつけられる。世間ではそれこそが褒められるご時世だが、当の本人はいかほど気持ちを折って畳んで奥歯を嚙みしめていることか。

大吉を連れて木津川沿いの道を歩く。対岸の江之子島には勇壮な建物がどっしりと構えている。大阪府の庁舎だ。

大阪の発展は西ぞ。大阪湾から海外に雄飛せねばならぬ。

大阪府権知事であった渡邊昇の提唱によって内本町の旧西町奉行所に置いていた庁舎を、江之子島に移転させることになったのだ。工事は足かけ三年を要し、二年前に落成した。総工費は五万円を超えたようで、ここも官民共同の出資だ。政府には真に金子がないらしく、丈吉が何かにつけて「公」に尽くすことを意気に感じているらしいのも今なら何となくわかる。

皆で一緒になって、新しい日本国家を普請しているのだろう。

とにもかくにも、府庁舎はこんなにも美しい。二階建ての煉瓦造りで、正面玄関には四本の大円柱が聳え立ち、天辺は大時計を掲げた丸屋根だ。四方には金入りの菊花紋章が光り、窓は総硝子だ。夜も煌々と灯りがともり、木津川の水面をゆらゆらと照らす。市中ではここを「江之子島政府」と呼んでいるらしい。

「大吉、綺麗かねえ」

話しかけると、大吉も対岸の庁舎を見ている。顎を上げて目を細め、鼻をひくつかせている。夕風に潮の匂いが混じり始めた。

「さあ、そろそろ帰って夕餉の支度ばせんば。今日は久しぶりに団子汁ば作ろうかねえ。大根や牛蒡、椎茸、人参、今日はそこに鶏肉も入れて青葱ばたっぷりと添える。針生姜も。あとは塩鮭ば焼いて、昨夜の残りのひじきの煮物。大吉には鶏肉のソップ、牛乳入りを進ぜよう」

腰を屈めて「どうね、よか献立やろう」と訊いてやると、竿立ちになって顔を舐めようとする。

「ノー、ノー、やめんしゃい。あんたの涎は臭か」

互いにもつれ合うようにして再び歩き始めると、府庁前に立派な馬車が停まったのが見えた。大阪では馬車は珍しい。市中の道が狭く凸凹が多く、少し雨が降ると泥濘が方々にできるためだ。

「また偉か人が、大阪にお越しになっとるとやろうか」

首を伸ばして目を凝らしても、洋装の男と羽織袴の男が馬車前に立ったのがわかるくらいだ。鷗が羽を広げ、夕間暮れの空をゆるりと行き交う。突如として大吉が吠え始めた。「これ、ノー」

と叱っても対岸に向かって尾を振っているので、怯えたり怒ったりしているわけではなさそうだ。

高下駄の音がして振り向けば貫太だ。

「大吉、鳥に向こうて吠えるとはお前も阿呆やのう。お前が吠えてええのは泥棒だけ」

ふざけてかかるが、大吉は見向きもしない。どうやら犬なりに人間を仕分けしているらしく、貫太などは最も下位に置かれている。もう二十六になるので嫁探しをしてやらねばと、よしとも相談し合っているのだが、本人にまったくその気がない。

「それにしても、毛並みがぴかぴかやないか。いつもええもん喰うてるもんなあ」

「あんた、こがん時間にどうしたと」

「菓子用の梨が足りんようになって買いに走って出たんですわ。浜さんはどうも材料の注文の仕方が甘うて、余ったり足らんようになったりしますねん。萬助兄さんは絶対こんなことなかった」

今の料理場を任されているのは横浜から移ってきた料理人で、仏蘭西料理が得意であるらしい。浜さんと呼ばれている顔の大きな男だが、ゆきはほとんど口をきいたことがない。

「女将さん、あれ、うちの旦那さんやおませんか」

梨を眉の上にかざして前のめりになる。見れば、洋装の男に続いて羽織袴の男が馬車に乗り込んでいる。

「遠かけん、ようわからんね。ばってん、うちん人、今夜は自由亭のはずやろう」

「この頃、会合が多いらしゅうて、料理場にはほとんど立ってはりませんわ」

出張も以前に増して多くなっている。帰ってくる日もよくわからず、訊いても「四、五日」と短く答えるのみで、それも大抵は日にちが延びる。ゆえに「お帰りは」と訊くのをやめてしまった。身の回りの支度も洋鞄一つを常に用意しておくように言いつけられたので最初はあれもこれもと詰めたのだが、丈吉が呆れ顔で減らしてしまった。

薬に耳掻き、おい、蚊取り線香まで入っとるやなかか。

今はどこででも買える、重装備の旅鞄は田舎者ということらしい。対岸に顔を戻せば馬車は府庁の前を発ち、瞬く間に角を折れて見えなくなった。


正月を迎え、一家で屠蘇と雑煮、ゆきとふじで用意した節料理で祝った。

自由亭のレストオランは三箇日は休むがホテルには宿泊客が滞在しているので、料理場にも交代で人が立つ。祝い膳の後、丈吉は紋付きの羽織袴で年始へ出かけるのがこの数年の慣いだ。市中でもこの川口でも役所や得意先を廻る衆で賑わい、散歩をする外国人らは目を瞠って眺めている。

今年は番頭と料理場の浜さん、貫太も年始廻りに同行すると聞いていたので、羽織袴を仕立ててある。振袖を着たきんが見上げて「貫ちゃん、馬子にも衣裳やな」とからかい、貫太も「互いさまやないか」と負けていない。

「おきん、何ば言うと。よか男ぶりばい」

ふじは羽織の紐を結び直してやり、ゆきもこれで見合いの衣装はできたと洋帽を渡す。あとは相手だけで、今年は方々に声をかけて本腰を入れようと心組む。玄関前に皆で出て見送ると、新春とは思えぬ寒空だ。それもそのはず、旧の暦ならまだ十一月の半ばだ。

丈吉に呼ばれて、そばへ寄った。

「女正月の昼間、何か用が入っとるか」

師走から松の内にかけては念を入れて行なうべき家事が多く、年々、年始客も増える一方で、その接遇に息をつく暇もないほどだ。ゆえに女は小正月の一月十五日になってようやく家の事を休み、のんびりと日を過ごすのが慣いだ。だが自由亭に出ていた頃に比べれば年じゅう骨休めをしているようなもので、むしろ師走からの忙しさは張りがあった。

「十五日は何もなかですよ。およしと一緒にぜんざいば煮（た）こうかて言うとるくらいで」

「萬助とおよしにも三時間ほど店ば休んで、自由亭に来いて伝えてくれ。昼餉はほどほどに、腹ばすかせて来い」

不思議な言いつけだ。

当日、宿泊客への昼餐（ちゅうさん）を出し終えた頃、ゆきと萬助、よしの三人はレストオランの一卓を示されて腰を下ろした。

卓の上には見慣れた皿が置かれ、ナイフとフォルクの大小がその両脇にずらりと並んで光っている。ちゃんと磨いているようだ。それにしても何という人数だろうと、右隣の萬助の向こうへ顔を突き出し、するとよしもこちらへ顔を向けていて、互いに目を交わし合った。給仕人の男が数えて十人も立っているのだ。詰襟の黒い洋装で白い襯衣（シャツ）、首には黒い細布の蝶結（ちょうむす）びだ。肘を曲げた腕には白布を畳んでかけており、給仕の時にはゆきもそうしていた。客が着物や卓布（たくふ）を汚した場合、これですぐに対応できる。

洋杯に葡萄酒が注（つ）がれ、料理場の窓台から大皿を受け取った給仕人が一斉に静かに足を運ぶ。どうやら六つの洋卓すべてに大皿を運んでいるようで、しかし着席しているのはゆきたちのみだ。丈吉が料理場から出てきた。白い上着に黒の洋袴（ズボン）で、初めて見る衣服だ。給仕人に「始め」と声を発し、萬助のかたわらに一人が近寄った。背筋を立てて、手にした大皿を傾けている。

「ロブスタのサラドにござります」

伊勢海老を殻（から）ごと茹で、冷ましてのち殻から身を取り出して薄切りにしたものだ。味つけは塩胡椒をしてからマイヨネイズで和える。それをチシャ菜の一葉の上にのせ、茹でた卵の黄身の裏漉しとパースリーの微塵切りを散らす。丈吉がいざという時に必ず最初に供する献立で、見目が美しいだけでなく外国人にも日本人にも歓ばれる一品だ。最初にこれを出せば初めて西洋料理を口にする客も安心して、緊張した面持ちをやわらげる。同伴者と笑みを交わし合い、次の皿への期待を口にする。その一瞬に立ち会うのがゆきは好きだった。

萬助は黙って頷き、しかし給仕人は動かない。丈吉は卓の前に立っているが黙って見ている。

「お好きなだけ、ご自分のお皿にお取りください」

「自分で」

萬助が怪訝そうに問い返した。給仕人は急に姿勢を崩し、丈吉を見る。丈吉は黙って微かに顎をしゃくるのみだ。萬助はようやっと肘を上げ、大皿に添えられた大きなスプーンとフォルクを両手に持ち、チシャ菜ごと自分の皿へと取った。よしも同様にし、今度はゆきへと番が回ってきた。どぎまぎして、スプーンを右手に持ってチシャ菜の下へと入れる。

どうやら一人分の目安がつけやすいよう料理はあらかじめ小分けされており、左手のフォルクで上を押さえながら動かせば何ということもない。パースリーを膝の上に零すこともなく、ほっとした。さあ、久しぶりの西洋料理だ、しかもロブスタサラドだと勇み込んだが、頭の脇から「お客様」と呼ぶ。

「お客様て、私のことね」

給仕人は三十がらみで、「は」と申し訳なさそうに眉を下げる。

「お客様、シルバアは大皿にお戻しください」

胸の前の皿に目を戻せば、スプーンとフォルクをでんと置いたままにしてあった。

「危なか。こいで食べるとこやった」

ははと笑ってみたが、給仕人も丈吉も真顔だ。浮いた笑いをごまかして、さっそく食べ始める。これこれ、この伊勢海老の香りと歯ごたえ。干し海老とは全然違う。ああ、久しぶりぃ。

「マイヨネイズの味の濃かね」「舌触りもなめらかばい」

よし夫婦は吟味するように味わい、語り合っている。皿が空になるとひかれ、新しい皿が置かれる。また大皿が近づいてきた。

「二品めはゲンパイ。鴨、山鴫、鰻のパイ包み焼きにござります」

三品めは「チキン、ハムパイ」で、豚のラカンを細切れにして混ぜた鶏肉のパイ包み焼きだ。四品めは「グースロース」で雁の焙り焼き、塩胡椒と香辛料の味も強い。「ナツメグが効いとるね」よしが小声で言い、萬助が「ん」と答えている。

五品めが「シャロイン、ビフロース」で、これも自由亭の十八番だ。牛肉を火で焙って焼き目をつけてから、蒸し焼きにする。長崎の亀山社中の連中はこのビフロースが好きで貪るように食べていたものだ。あの後藤象二郎、五代才助、岩崎弥太郎もさも旨そうに、頬と顎をもりもりと動かしていた。誰も彼もが若かった。

長崎の海と山々を思い出す。

「この柔らかさ、何か工夫をしなさったな」

萬助が言い、「そうね。もっと硬かとが尋常やのに」よしも不思議そうだ。

「こいは牛肉に何か仕込んであるな」

「玉葱と赤葡萄酒に漬け込んだとかもしれんよ」

「いや。玉葱は使うとらん。もっと別の方法や」

そうこうするうちに、今度は羊肉の焙り蒸し焼きが出て、さらに七面鳥の詰物焼き、茹でた豚のラカン、牛舌の冷製、そして十品めが鶏の焙り蒸し焼きだ。

「お料理は以上で、次がお菓子になります」

いや、もうお腹が一杯と言いさして、客にそうやって手を振られると残念な気持ちになったものだ。料理人は菓子にもあれこれと工夫を凝らす。菓子は料理の付けたりではなく、仕上げだ。

「いただきますとも」

ゆきはそう言い、そっと帯の間に指を入れて緩めた。よしも何やらもぞもぞとしている。丈吉は卓の脇に黙って立ったままだ。萬助も黙して神妙な面持ちだ。ゆきもこれは宴の試食なのだろうと察しはついている。それにしても、かつてないほど豪華を極めた献立だ。いったい誰が主賓の宴なのだろう。菓子も大皿で、それぞれが一口大に切ってある。

「フルターツケーキ、チーズケーキ、ミンツパイ、ジェリーケーキ、カスターにござります」

干して乾燥させた西洋蜜柑や杏、葡萄を洋酒に漬けてから小さく刻み、これをかすていらよりも硬めの生地に混ぜて焼き上げたものがフルターツケーキで、チーズを生地に入れてあるのがチーズケーキ、ミンツパイは牛肉を細かく挽いたものをパイ生地で包んで焼いたもの、ジェリーケーキはゆきは初めて食する。西洋蜜柑の果汁を柔らかく固めた葛菓子のようなもので、蜜柑の皮の砂糖漬けが入っていてそれが透けて見えるのが綺麗だ。カスターは甘い茶碗蒸しで、これも喉越しがよい。

今日は丈平も来ていて孝次郎と遊んでいるはずだ。子供たちのおやつは用意してあって、硬くなった鏡餅を割って水につけたものを茹でて黄粉をまぶしてある。あれはちょっと黴臭かった。

珈琲が出て、ようやく丈吉が同じ卓の席についた。

「立派なものを、ご馳走さまにござりました」

萬助が折り目正しい礼を述べたので、ゆきとよしも頭を下げる。丈吉は頷いて返す。

「そういえばさっきビフロースが柔らかかて言うとったが、あれは筋切りをした後、牛脂を細う爪楊枝ほどに切って肉の中に埋め込んである」

「なるほど。火で焙ったらその脂が溶けて肉に回るわけですなあ」

「兄しゃん、今日の料理はほんとにどいもおいしかった。妹やから言うんやなかよ。元料理人として恐れ入りました」

「当たり前たい。自由亭は、日本中の西洋料理店のどこにも引けを取らん。そんつもりで作っとる」

相も変わらぬ自信屋だ。「ところで」と三人を順に見回した。

「大皿から自分で取るとは、やはり難しかか」

萬助は「さようですな」と、首肯した。「一皿ずつ出される方式に慣れとりますから」

「私も。粗相をせんごと、気が気やなかった」と、よしも言う。「おゆきは」と促されて、「私もとまどいました」と認め、言い添えた。

「そいでも、自分で食べたか分だけ皿に取るとは理に適うとるような気もしますよ。お客によっては皿に食べ残すのを気遣うて、無理に食べるお方もおらすけん」

「供進する人数はもう決まったとですか」と、萬助が訊く。

「二十五名様になりそうやが、多少は前後すると見とる」

「供進て、兄しゃん、いったい、いずこの宴ね」

「来月二月五日、鉄道開業式典が執り行なわれる」

「それは知っとるばってん」

京都、大阪、神戸間の鉄道がついに開通し、新聞もその記事で大いに沸いている。

「折しも、天皇陛下が今月から関西に行幸なさる。式典にもご臨席を賜るらしゅうて、その午餐会に自由亭の西洋料理を献上するよう鉄道局からご用命を受けた」

「お前しゃん」思わず唇が震えた。

「聖上に、お料理を献じるとですか」

丈吉の目許にゆっくりと笑みが広がってゆく。抑えても隠しきれぬ誇らしさだ。

「おめでとうござります」

「兄しゃん、おめでとう」よしも声を潤ませている。

六年前、造幣寮開業式で開かれた各国ミニスターの饗宴では、横浜や神戸の仏蘭西人料理人が用命を受け、自由亭は官吏への折詰を調進するに留まった。丈吉は一言も零さなかったけれども、あれは腑がちぎれるほど無念だったと思う。長崎と大阪では西洋料理人の魁、誰にも負けぬと周囲も己も任じていただけに、政府に鼻柱をへし折られたようなものだった。

「その午餐会、大阪のどこで開かれるとです。停車場の建物の中ですか」

新聞では錦絵が何度も掲載されており、大阪停車場は木造煉瓦張りの瀟洒な建物だ。豆腐屋の親爺が「鉄道の停車場など大阪市中に造ってくれるなと反対した連中も、あない立派な舎なら新しい名所になったのにと、今頃、臍を嚙んでるそうな」と苦笑いしていた。

するとすと丈吉ではなく、萬助が「神戸ですわ」と答えた。

「ああ、そうね。神戸」

今度は地元神戸の料理人ではなく、この大阪の自由亭が選ばれて彼の地に乗り込むのだと思うと、意趣返しを果たしたような気がして胸が一杯になってくる。何事もあまり表には出さない丈吉も、用命を受けた日はどこかで叫んだはずだ。

やった。ざまあみさらせ。

神戸や横浜が敵というわけではなく、己の運に対する迷いが吹っ切れた。己の運はまだ尽きていない。まだやれる。まだまだ進んでいける。そう信じられることが力になる。

よしは萬助に向かって口を尖らせている。

「お前しゃん、この件ば知っとったとね」

「去年、旦那しゃんからちょっと聞いた」

「去年。私には何も言わんかったやなかね。今日も、何の用で呼ばれたとやろうて私が首を傾げとったとに、あんた、さあ、何やろうって。あれ、すっとぼけとったとね」

どうやら女二人が蚊帳の外に置かれていたらしい。

「御用のことはぺらぺら喋るもんやなか」

「私がいつぺらぺら喋ったとです。こいでも口はめっぽう堅か女ばい」

父親とよく似た抗弁をする。ゆきは少し笑ったが、丈吉は真顔で卓を見回した。

「ついては、自由亭も西洋の本式でやろうと思い立って、今日はその方式を試してみたのやが、どうや」

「本式て、この大皿がですか」

ゆきが口にする前に、萬助が驚いた。

「給仕人が料理を盛った大皿を腕に抱えて卓を回るのが、西洋の本式ばい」

「なら、一皿ずつ出す方式はどこから」

「おれが始めた日本式」

三人が一斉に「ええ」と声を上げた。

「阿蘭陀の軍艦の中でも出島商館でも卓の上に大皿を並べて、それを給仕人が切り分けて客一人ずつの脇に立って勧める。造幣寮の饗宴も、その方式でやったそうや」

「その本式を知っていながら、何ゆえ一皿ずつ供してこられたとです」萬助が訊く。

「良林亭はとにかく狭うて、大皿を持って回るより一皿ずつの方が身動きがしやすかった。客の人数も少なかし、一皿ずつでも大した手間やなか。まあ、もっと大きな理由もあったが」

丈吉はそこでいったん言葉を切り、小鼻の脇を掻いた。

「大皿ば買う金のなかった」

ゆきはぷっと吹き出し、袂で口を覆う。たしかに、小皿も亀山焼の窯跡で拾ったほどだ。その皿は今も行李に入れ、押入れに仕舞ってある。

珈琲を飲みながら、「難しかねえ」とゆきは呟く。

「外国人の賓客は大皿の本式に慣れてなさるでしょうが、日本人にはどうやろう」

言いつつ、待てよと天井を見上げた。政府の要人は外国への留学経験を持つ者が多いはずだし、各国の公使館が主催の晩餐会にも出席してきたお歴々だ。

「いえ、本式の方がよかかもしれません。十人の給仕人が一皿ずつ供したらその往来で場が騒々しゅうなりますし、躰が当たって皿を落としでもしたらそれこそ大事ですばい」

「当日はもっと多か。三十人の体制を取るつもりや」

「三十人も」

「皆がいっぺんに動くわけやなか。それぞれ分担を決めて、一番隊が出とる間に二番隊が次の用意をして控える。その次が三番隊や。今日の十人はその中でも最も不慣れな三番隊でな。給仕をするとは今日が初めてなんやが、どうや、おゆき、連中の出来は」

「とても初めてとは思えません。よう訓練をしなさったと思います。あとは自信を持って、堂々と振る舞うたらよかですよ」

背後で息の洩れる声がした。いつのまにやら三番隊の連中が立ち並び、ゆきと目が合った者は会釈をする。

「わかった。そしたら、本式でやってみるとするか」

ゆきの意見に賭けてみようと言われたような気がして、頬がぽっと熱くなる。

「料理人は何人です」

萬助が面持ちを改めている。

「おれを含めて六人。ほとんどをここで用意して、船で運ぶ。向こうでは温めるだけしかできぬゆえ」

「手前も連れていってもらえませんやろうか。天皇の午餐会は自由亭の、いや草野丈吉、一世一代の晴れ舞台やなかですか。どんな手伝い仕事でもさせてもらいますけん、どうか」

丈吉は「わかった」と頷いた。

「料理人は七人にすると役所に言うておく」

「有難うございます」萬助は深々と頭を下げる。

「いや。お前がおってくれたら、こがん心強かことはなか」

なぜか声を潜めた。そういえば番頭も浜さんという料理人も姿を見せない。夜の予約の仕込みに勤しんでいるのか、それとも主の家族に遠慮を立てているのだろうか。だが萬助は感激してか、

「いやあ」と張り切った声を上げた。よしも嬉しそうだ。

　料理場の窓台から誰かが覗いているのに気がついた。目玉の動き方からして貫太だ。丈吉も背後を振り返り、「挨拶に出てこい」と促した。「へい」と返事をして、丈吉の椅子の後ろに立った。

「今日の菓子作りは貫太が受け持ったのや」

「全部ですか」萬助が目を丸くしている。「さようです」と、貫太が自身で答えた。

「こいは恐れ入った。わしも、ぼやぼやしとられん」

「まだまだ、これからですわ」などと珍しく殊勝な口をきく。「そうそう」といったん料理場に引き返し、出前用の岡持を提げて戻ってきた。

「それ、私が長崎で使うてた岡持」

「そうだすわ。女将さん、しじゅう、これを提げてあの坂道を下っていかはりましたなあ。ソップの鍋なんかさぞ重かったやろうに、まあ、軽々と」

「一言多か」

「これ、お宅でどうぞ。大丈夫です。旦那さんのお指図で作りましたさかい」

　岡持の戸を引き上げれば、小鉢が七つ並んでいる。

「カスターやなかね。こいはほんにおいしかった。子供らが歓ぶ」

「今日は女正月ですよって、女将さんとおよしさんの分もあります」

　気持ちは有難いが、もう水も入らない。


　二月に入って、丈吉は精進潔斎をした。

　肉を扱うのに精進潔斎とはどこか腑に落ちぬのだが、やはり天皇に料理を献じる御役は畏れ多いようだ。しかも日が近づくにつれて寡黙(かもく)になり、ゆきも落ち着かなくなった。

午餐会は五日だが、神戸には前夜のうちに船で入っておくことになり、一日、二日、三日は準備の山場だ。萬助も手伝いに来ているが、支店も開いているので顔を出すのは夜更(よふ)けになる。自由亭も営業があり、それは浜さんが一手に引き受けているという。つまり午餐会は丈吉を主として萬助、貫太、そして中堅(ちゅうけん)どころと下働きの七人で担(にな)うらしい。ゆえに丈吉は働きづめで、明け方前に帰ってきて少し横になり、日の出頃にはまた蒲団から脱け出して料理場に入る。

そんな丈吉の姿を見るのも久しぶりで、どこか懐かしい。この頃、長崎の夢をよく見る。汽笛を聞いたかと思って目が覚めたら、現実の汽笛だったりする。

それにしても、こうも寝が足りていない状態では躰が心配だ。しかし何を言っても聞き入れる亭主ではなし、ちょうど今日は三日の節分会(せつぶんえ)で煮しめを作ってある。重箱に詰めて料理場の隅に置いておこうと縁側から庭を回り、料理場の裏口へと足を運んだ。庭の燈籠(とうろう)には灯(ひ)を入れてあるがそれも尽きた夜更けで、梅花もほころぶのをやめるほどに寒さが厳しい。水の音が聞こえて、畑の脇へと爪先を向けた。やはり井戸端だ。

誰がこんな時間に水汲みをと訝(いぶか)しみながら近づけば、丈吉の後ろ姿が見えた。

白い褌(ふんどし)だけの姿で足を広げて屈み込み、桶で自身の躰に水をかけている。何かを唱えながら水を浴びているようだが、文言(もんごん)まではわからない。水垢離(みずごり)だ。

ゆきはそっと足音を忍ばせて引き返し、縁側まで戻った。重箱を抱えきれなくなって縁側に腰を下ろしたが、己の指先が震えているのに気がついた。歯の根も合わず、妙な音が鳴る。小屋で気配が動いて、大吉が出てきた。

「大吉、心配なかよ。きっとうまくいく。そうに決まっとる」

頭を撫でさすっていると、目頭が熱くなってきた。頬を拭っても溢れて顎を伝う。洟を啜りながら、「どうか」と顔を上げた。

お義父う。西方浄土にいなさるおかたに願い事をするのはどうかと思いますばってん、今回限りはお願いします。

どうか、あん人をお守りください。

星々がしんしんと、冬空で凍てついている。

# 9 故郷

晩春の陽射しを受けてあくびをひとつ、小椅子にどっかと尻を置いて目を閉じている。

親爺にしては珍しいことだと、ゆきは小桶を抱え直した。いつもは軽口を叩きながらも油鍋の前で薄揚げを揚げたり、おからを杓文字で半切桶に移したりと忙しなく立ち働いているのに、おやおや、また大あくびだ。

「珍しかねえ」声をかければ、面倒そうに薄目を開く。

「何も珍しいもん、おまへんで。ご覧の通り、相も変わらずの豆腐屋だすわ」

不貞腐れた物言いだ。いちいち取り合うのも馬鹿らしいので、豆腐三丁と薄揚げを六枚注文した。

「女将さん、今日は買わん方がよろし。昨日の売れ残りしか並べてへん」

「どうしたと。毎日、夜も明けきらぬうちから大鍋で大豆ば煮よっとでしょ」

「今朝はちょっと、これに行ってたんや」左右の腕を重ねて肘を持ち上げる。

「釣り、ああ」

「昨日、町内のやつが鯛を売るほど釣ってきよったから、商いを休むつもりでわしも出かけたんだすわ」

道理で、今日の店先にはいつもの豆臭さが漂っていない。

「花の時分の真鯛は格別、桜鯛と呼びましてな」

それは知っている。大阪では八十八夜を含むひと月ほどが真鯛の旬で、これを桜鯛と呼んで大いに食べる。船場辺りの商家ではその鯛を贈り合う慣いがあり、島田髷に黒繻子の帯を締めた女中たちが竹籠や黒塗りの広蓋を捧げ持って行き交う姿を見かけたことがある。娘のきんと同じ歳頃の女中が薄化粧の頬を桜の色に染めて誇らしげに歩くさまは、何とも微笑ましい。

「鯛は海の深いところにおるんやが、桜の頃は浅瀬や磯を慕うて浮上してくる」

春はほとんどの魚が産卵期だ。

「それがまあ大変な群れで、わしらはそれを乗っ込みと呼ぶのやが、鳴門から明石、瀬戸内と魚群が動く。その景色はまるで島が動いているかのごとく、魚島だすわ。しかも桜鯛は見目が綺麗なだけやのうて身が肥えて、そら旨いもんだす。あれは、ええもん喰うてるからでっせ。黒鯛は藤壺まで喰いよる貪食やけど真鯛はそこまで意地汚いことおませんからな。海老や蟹なんぞを喰うて育ってるから、身も皮も臭みがのうて捨てるとこあらへん」

舌を鳴らしている。

「まず片身を刺身に造ってやな、残る片身は骨付きで塩焼きにして頭は山椒焼きや。鯛の子は蕗と合わせてさっと甘辛う煮いて、骨は焼豆腐と煮合わせたら酒が止まらん。肝と腸も捨てへんで。生姜で時雨煮や」

大阪者は本当に鯛が好きだ。だが魚にかけては長崎の方がはるかに豊かだと、ゆきは故郷贔屓になる。鯛も伊勢海老も縁起物ではあるけれど、ちょっとした商家では日常の膳に上ったものだ。さすがに嫁いでからはそうもいかなかったけれども、引田屋の台所では奉公人の箱膳にも鯛のあら煮が出て、味噌汁に伊勢海老が殻ごとぶっ込んであっても誰も驚かなかった。

「産卵を終えた鯛は精も脂も尽き果てて、あれは旨うない。麦藁鯛や」

だが盛夏の頃には回復して、また旨くなる。

「今朝はさぞ大漁やったとでしょう。そいで疲れたとね」

気易く言ったとたん、親爺は口を尖らせた。

「あかん、坊主や。なあんも引っかかれへん」

「なんでまた」

「なんでて、潮目が変わってしもうてた。釣りは風向き、潮次第」

溜息まじりに立ち上がり、「ええと」と豆腐の入った水桶に手をかけた。

「豆腐六丁に薄揚げ三枚やったな」

「違う違う、逆。ばってん、売れ残りやけん今日は買わん方がよかとやなかったと」

だが親爺はゆきの小桶に豆腐をぽしゃぽしゃと何丁も入れ、薄揚げも鷲摑みにして油紙に包む。

おからも手鞠ほど包み、「持ってって」と大盤ぶるまいだ。

「今日はもう店じまいするわ。茶漬け喰うて寝てこましたる」

釣果のなかったのがよほど腹立たしいらしい。銭を渡すと、「釣り銭持ってくるの忘れた」と首に手をあてる。

「しゃあない。釣り、まけといて」

こなたが大盤ぶるまいさせられた。小桶を抱えて店先を離れると、背後で「あぁ、しょうもなあ」とまだ口惜しがっている。

青物屋と卵屋でも買物をして帰ると、濡縁(ぬれえん)の際(きわ)で大吉が尻尾(しっぽ)を盛んに振っている。

「これ、卵の割れる。ノー、大ちゃん、飛びついたらいかんて教えたでしょ。ノォォ」

台所の板間に小桶と籠を置き、前垂(まえだ)れを取りに居間に入った。

「お義母(かか)ぁ、ただ今戻りました。あれ、どこ行ったとやろう」

ふじの姿が見えない。孝次郎を連れて、またよしの家に上がり込んでいるのかもしれない。といっても、この頃は孝次郎が祖母ちゃんを連れて歩いているに等しい。座敷を覗いてみると、丈吉の後ろ姿が見えた。

「お前しゃん、お帰りやったとですか」

洋鞄(ようかばん)の口を開いて着物や手拭い、房楊枝(ふさようじ)やしゃぼんを詰めている。畳の上には白い上着に黒の洋袴(ズボン)も畳んで置いてあり、その上には真白な晒(さら)しの細長いものがのっている。丈吉の名入りの柳刃包丁(やなぎばぼうちょう)だ。ということはまた、どこぞで料理御用を承ったのだろう。

京阪神間の鉄道開業式典に臨席した天皇に午餐(ごさん)を献じたのが去年の二月五日であったから、一年以上が経つ。その日付をよく憶えているのは十日後、とんでもないことが起きたからだ。

鹿児島の地で士族が挙兵し、政府軍との戦(いくさ)が勃発(ぼっぱつ)した。顚末(てんまつ)を知ったのは随分のち、錦絵(にしきえ)新聞によってであったが、反乱軍の頭目(とうもく)は御一新に功多く一時は政府の要人でもあった旧薩摩藩の西郷隆盛というお人であるらしい。

薩摩は尊王を掲(かか)げる雄藩であり、倒幕の急先鋒であったことはゆきでも承知している。その士族たちが何ゆえ政府に反旗を翻(ひるがえ)すことになったのか、それは新聞を読んでも解(げ)せなかった。だが、御政道や待遇に満足していれば反乱を起こすはずもないだろう。大阪の沖には盛んに軍艦が姿を見せ、市中でも兵隊姿が増えて物々(ものもの)しかった。

政府が負ければどうなるのだろう、長崎も戦場になるのだろうかと案じながらも、自由亭はいつもと変わらず賑わっていた。ばかりか、戦が勃発した四日後の十九日には宮内省から命じられ、丈吉は京都の行在所でまた西洋料理を献じた。神戸での午餐には格別の感想を賜らなかったようだが、天皇はそもそも旨い不味いどころか、気に入った気に入らぬを言葉になさらぬものらしい。

　とにもかくにも再び調進の命を受けたことがお気に召した証だと、萬助と貫太は胸を張ったものだ。

　しかも行在所での料理調進には、思わぬおまけがついた。用いた洋食道具をそのまま差し出すようにと宮内省から命じられたのだ。京都行在所の膳部には必要な洋食器が揃っておらず、そもそも、何をどう調えればよいのか皆目わからなかったらしい。皿の大小一式から洋杯、シルバア、羹入れの銀鉢に至るまですべてを磨き上げて献上、その謝礼として計八十円を拝領した。西洋食器の整備は外交上の急務であったようで、そののち、宮内省は京都清水坂の陶工にスウプ皿を百二十枚も注文したという。

　そのまま丈吉だけしばらく大阪に帰ってこないと思えば、ちょうど去年の桜鯛が走りの季節に自由亭の京都支店を開業してのけた。

　その頃、大阪の陸軍病院に搬送されてくる政府軍の負傷兵は途方もない数で、市中では「政府は負けるのやないか」との風聞が絶えなかった。なにしろ相手は日本の軍神ともいえる西郷と薩摩の士族で、政府軍は徴兵された百姓たちが主であるらしい。が、九月の二十日過ぎ、首魁の西郷らが自刃し、士族の乱は平定された。半年余に及んだ戦を制したのは政府軍だった。なにしろ政府は、艦船を二十隻近く西南に集結させ、西洋近代の鉄砲、弾薬にも巨額の戦費を注ぎ込んだらしい。何が何でも負けるわけにはいかぬ内乱であったというが、政府軍の指揮を執っていたのは大久保利通という内務卿で、やはり薩摩藩出身であるらしかった。

事の成り行きを知るつど、ゆきは五代才助改め友厚の心中を思わずにはいられなかった。五代も元は薩摩藩士であり、政界から野に下ってこの大阪に屋敷を構え、富国事業を次々と立ち上げて成功を収めている。今や鉱山王、「政商」との名もほしいままにしているが、こと戦にまつわる五代の動向は錦絵新聞にも市中の噂にも名が挙がらなかった。大久保卿も西郷というお方も共に同志であったかもしれず、であればこそ、いずれに肩入れするわけにもいかなかったのだろうか。覚悟して静観を保ったとしても、それは身を左右に裂かれるような心地であることだろうと勝手な想像を重ね、なぜか己の胸までふさがった。

一方、岩崎弥太郎の郵便汽船三菱会社はこの戦の軍事輸送で巨利を上げたと、それは自由亭富島支店の客が噂していたのを、よしから聞かされた。

十月には天皇が大和の畝傍御陵を参拝されるに際し、また自由亭に用命があった。大阪造幣局において西洋料理を調進せよとのお達しだ。十一月に入って、丈吉は長崎にも出張した。高島炭鉱なる会社を経営する後藤象二郎に招かれ、丸山の料亭を借り受けて腕を揮ったようだ。六十名もの宴で、手伝いは貫太を連れたのみであったが後藤を大いに満足させたらしい。

大阪名物の粟おこしの包みを鞄に入れているのを目にして、「また長崎ですか」と訊いてみた。丈吉は手を止めぬまま、「ようわかったな」と返した。近在の神戸や京都への出張であれば粟おこしは持っていかないだろう。

「此度も後藤様のご用命ですか」

「お目にかかることにはなるやろうが、料理のご用命じゃなか」

こういう素っ気ない言いようをする時は決まって何か思案がある。

京都支店も開業してから聞かされたほどで、五年前、京都博覧会が開催された際に外国人滞在用のホテルを任され、その折に共同で経営にあたった中村楼との縁が契機になったらしい。京都は余所者を排除しがちな難しい土地であるので、中村楼が仲介の労をとってくれなければ、祇園二軒茶屋という指折りの場所に出店などとてもかなわぬ仕儀であったようだ。

女房には事が成ってから告げる。途中で口にしたらば運なるものが目減りするとでも思っているに違いない。

「おゆき、これを」

畳の上を滑らせるようにして膝前に差し出されたのは大きな風呂敷包みだ。丸に大の字が染め抜かれているところから察するに、老舗大丸呉服店の風呂敷だと思われる。

「誂えといた」大阪言葉の抑揚もすっかり板についた。

「おきんにですか。それともおゆう」

「お前にや」

丈吉が家族の衣服を用意するのは今に始まったことではないが、ゆきには久方ぶりだ。花見用に誂えてくれたのだろうかと思いながら包みを解けば、紫地の紬だ。藤色よりも深い色合いに微細な白縞は品よくおとなしやかで、相当な上物であることがわかる。

「これ、結城ですか」

「当世風の長羽織もあとで届くさかい、さっそく着るように」

「そんな、ふだんにはもったいないなか。大事な外出のために置いときます」

すると丈吉は膝を回し、ゆきの真正面に相対する。

「いいや、紬はいかほどの上物でもふだん着や。ええか、この際やから申し渡しておく」

こなたも仕方なく坐り直した。

「このところ、政府や大阪府のお役人だけやのうて、町人との交誼も増えてる」

そう、大阪と京都に支店を持つ自由亭の主人、草野丈吉は今や、ちょっとした有名人であるらしい。めったと家におらず、方々で耳にしたり新聞の記事で知ることも多いので、誇らしい気持ちが半分、あとの半分は芝居でも観ているような心地だ。

「これからは家にも客人を迎えることが多なるやろう。お前も、いついかなる客が訪れても恥ずかしゅうない身形を整えておかんならん。ええか、それが自由亭草野屋の御寮人の務めや」

「そがん置物のごたる真似、私には無理ですたい」

膝を乗り出したが、丈吉はもう腰を上げている。お帰りはいつと訊いても嫌がられることはわかっているので、せめて草履なりとも揃えようとしたが、丈吉が足を入れる方が早かった。帳場に立ち寄って番頭に何やら小声で言いつけ、すいと玄関を出てゆく。

行ってらっしゃいませと口の中で呟いたとたん、五人連れの外国人客のご到来だ。ゆきの前に番頭が立ちはだかり、「ようこそ。ウエルカム、ジューテイへようこそ」荷物運びの下男らを「ボオイ」と大声で呼びたてた。

手持ち無沙汰になって居宅に戻る。

ふじと孝次郎が帰っていた。きんとゆうも手習い塾からまもなく帰ってくるだろうと前垂れをつける。おからを炒り煮にしようと心組みながら台所の板間に入ったが、小桶の中が真っ白だ。八丁もの売れ残りに気を急かされて、何だかうんざりしてきた。

「湯豆腐にしよう。夜はまだ冷えるけん。うん、そいがよか」

すると、にわかに「また湯豆腐ぅ」と尻上がりの不満げな声だ。振り向けばきんとゆうが居間に並んでいて、小癪にも眉まできゅうと寄せている。「うち、牛肉のカツレットが食べたい」「うちもぉ」と声を揃えてのご注文だ。きんは十五、ゆうは十三になったので生意気盛りではあるが、今日は聞き流せないような気がした。

「贅沢言うんやなか。この豆腐も豆腐屋のおっちゃんが精魂込めて作っとるとよ。そりゃ、これは売れ残りかもしれんばってん、料理屋の娘がいつでも何でも食べられると思うたら大間違い、勘違いも甚だしか」

「売れ残りなんや」きんが鼻を鳴らした。「気に入らんなら、食べんでよか」と大声を上げた時、肩から背中にかけての肉がグキリと妙な動き方をした。「え」と身をよじれば今度は腕だ。右腕の中で奇妙な痛みが疼く。

「おゆき、何ね、大きか声ば出して」ふじが板間に入ってきた。

「お義母ぁ。腕の、肩の痛か。痛、たたたた」

呻きながら訴えたが、「あれまあ」とふじは涼しい声だ。

「そういえばあんたも四十になっとるとでしょ。四十肩ばい」

いいや、この痛みはそんなありふれたものであるはずがない。重病だ。

数日経っても痛みは増すばかり、ふじが近所の鍼灸師を呼んでくれた。

「はあ、これは四十肩やなあ」

喋りながら入歯を落としそうな爺さんで、診立てが頼りない。

「そんなはずなかですよ。寝返り打つとも痛かです」

肩や腕など普通に動いて当たり前、ふだん気にも留めていない躰の一部が突如として反旗を翻したようなものだ。われは肩の肉なり、われは腕の肉なりと騒いでギクギク、ジンジンと痛みを発し、おかげで夜はほとんど寝られない。

「だんない、だんない。四十肩なんぞ放っといたら、そのうち治まる」

ふじといい、とかく年寄りは病を簡単に言いたがる。

「先生、もうよかです。上本町の病院で診てもらいますけん」

「上本町の病院て、蘭医者ばかりやろう」

爺さんは白眉に埋もれていた目を押し開いた。なぜだか急に眼光が鋭くなっている。

「それは、そうですばい」

自由亭の客であったボートヰン先生は阿蘭陀に帰国してしまったが、上本町の病院は政府直轄の西洋医学病院として日本人の弟子らが治療を続けている。西南で起きた乱の際は、陸軍の臨時病院がそこに置かれたほどだ。

「あんた、うつぶせになり。わしが治したる」

「今、放っとけて言いなすったやなかですか」

「ええから、さっさと諸肌脱いでうつぶせになれ」

ふじが孝次郎に命じて敷蒲団がのべられた。身を横たえると、首筋から肩、背中、腰へと爺さんの指が流れるように動く。幼い頃、祖母に灸を据えられて泣きわめいた記憶があるだけで、鍼治療を受けるのも初めてだ。そもそも風邪ひとつひかぬ頑健な躰に生まれついている。トントンと首筋に鍼を打たれる感触があり、背中、背骨の際、腰へと点が増えてゆく。鍼の先が皮膚を破る瞬間のわかる痛みもあれば、何も感じない箇所もある。それにしても、かんじんの肩と腕にはまったく鍼を打たないのが解せない。

「ほれ、そないに身ぃを硬うしとらんと、力を抜かんか」

「先生、私の痛かとこは肩と腕ですたい」

「わかっとる。今時のおなごは、黙って鍼灸師にまかせるっちゅうこともようせんようになったのか。なにか、それも西洋式か」

「うちの家業は西洋料理のレストオランとホテルですけんね」

「どいつもこいつも西洋にかぶれおって、昔ながらのもんは何でも時代後れのように扱いよる。旧いもんをないがしろにする国は、柱のない家みたいなもんや。いずれ、屋根の重さに潰される」

肩先にブツッと太い痛みが走り、「あ」と呻いた途端、孝次郎が「お母ちゃん」と泣き声だ。

「血ぃや。血ぃが一杯」

「坊ん、騒ぐんやない。これは悪い血を出してるのや。これ見てみい、気ぃが溜まってどす黒いやろ。ほれ、ほれほれ」

　孝次郎は「やめて、やめて」と、声をわななかせている。そういえば昔、丈吉も血を抜かれたことがあった。まだ長崎にいた頃、ろくろく寝もせずに働いて倒れ、林斎先生が指先と肩をわざと切った。たしか瀉血といい、血を出して気を通すのだと教えられた。

「先生、私はなんも疲れてなかですよ」

「そやけど、気ぃが滞ってるがな。まず首筋の凝り方がひどい。ともかく四十肩やというて肩と腕だけ治療するのは蘭方、わしら漢方は全身を整えてやるのやさかい、黙っとけ」

　仕上げに灸までされて、熱さに身悶えせねばならなかった。なんの気なしに上本町の病院と口にしたがゆえに、爺さんの競い心に火をつけてしまったらしい。口は禍の門だ。しかも向後は間をおかず爺さんの家に通うようにと命じられた。

何度か通ったものの治療には時がかかるようで、爺さんは「気長が肝心」と言う。

「三年かかってこないなことになったもんを三日で治りたいとは、土台があつかましい」

それも林斎先生が同様のことを言っていた。

なかなか全快には辿り着けず、今日も襦袢を着て腰紐を結ぶのもやっとだ。そういえば丈吉が誂えてくれた結城紬も、しつけ糸を取ったまま袖に手を通してもいない。痛みを抱えている時は身じまいもぞんざいになりがちで、そんな時にかぎって丈吉が長崎から帰ってくる。

なんや、この女房は。亭主の気持ちがわからんやつ。

つまらぬ顔をされたら四十肩がなお惨めだ。しかたあるまい、着てしんぜようと、ふじに手助けを頼んだ。長羽織をつけて姿見の前に立てば、鬢から方々に毛が飛び出している。しばらく髪結いにも行っていないことを思い出し、指に唾をつけてちょいちょいと撫でつけた。

「よか着物ねえ。あんたは上背のあるし、よう映る。立派たい」

目を細めて褒めてくれるが、ゆきは昔から尋常な褒詞に縁がない。たまに褒められても「立派」などと、まるで男の褒められ方だ。それでも少しは気が上向くから、げんきんなものだ。

「女将さん、おいでですか。お客様です」

番頭が呼ぶので戸口まで足を運べば、女客だ。しかも三人が黒漆の広蓋を捧げ持っている。

「ごめんやす。いつも旦那さんにはお世話になってます」

声を揃えて頭を下げるので、ともかく座敷へと招じ入れた。大吉がえらく吠えたてるが三人は怖がる素振りもなく、裾さばきも鮮やかに進んで坐した。

「そこは下座ですけん、こちらへどうぞ」

床の間の前へ促したが、「とんでもないことでおます。ここでご挨拶させてもらわんと叱られま意をしていた。

す」揃って首を振る。誰に叱られるのだろうと首を傾げながら台所に取って返せば、ふじが茶の用

「茶菓子のなかね。よしの家にひとっ走りして、なんか見繕うてもらおうか」

「ひとっ走りなんぞ、やめて。お義母ぁまで転んだら目もあてられん」

「ばってん、あの身形からして、丈吉がお世話になっとるお方の奥様方やろう。季節の贈物ば持って参じてくれとるとに、ちゃんと応対せんば丈吉が恥ばかく。そうや、おためいの用意もせんば」

客用の碗に茶を注ぎながら盆の上にぼとぼとと零している。自由亭のことは何も案じず訊きもしなくなって久しいけれども、やはり母親だ。いざとなれば、丈吉大事の心が顔を出す。仕方なく孝次郎に供を命じて富島に行かせた。

盆の上の滴を拭いて持ち上げると、思わず呻き声が洩れた。盆を取り落としそうになるのを堪え、鼻から息を出し入れしながら座敷に向かう。また大吉が吠えている。

「大吉っちゃん、遊んでほしがってるのやなあ」

「うち、酢昆布持ってますわ。これ、あげまひょか」

「やめときやす。洋犬に酢昆布なんて食べさせてお腹こわさはったら、どもなりまへんえ」

笑いさざめいている。おや、大吉の名を知っとるごたる。私、さっき口にしたとやろかとまた首を傾げながら敷居をまたぎ、「粗茶ですばってん」と客の膝前に茶碗を置いてゆく。

「おおきに」と袖を動かすたび、香の匂いが立ち昇る。

結城に着替えておいてよかった、あん人の言う通りたい、いついかなるお客があるかわからんとやなあ、明日、髪結いさんば呼ぼう。腰を下ろして一拍、二拍おいてから、並んだ三人に「ようこそおいでくださりました」と頭を下げた。

「草野の家内にございます。本日、主は遠地に出ておりますけん、手前がご用向きを承ります」

それにしても三人は商家の御寮人たちにしては若く、どことなく色っぽい。しかも美形揃いだ。真ん中に坐している女の歳の頃は三十路前、面高できりりとした風情だ。その右隣はもう少し歳嵩に見え、ふっくらと顔も躰も丸く、顔つきも穏やかだ。左端は最も若そうで二十五に届いていないだろう。くっきりとした眉に目がくりりと大きく、人懐こそうな笑みを泛べている。

もしかしたら政府か、大阪府のお偉方の夫人だろうか。高官の夫人は芸妓上がりが多いと丈吉に聞いたことがある。あの陸奥陽之助も最初の夫人が大阪の芸妓で、病で亡くなった後に後妻に入った夫人も花柳界出であるらしい。

いずれにしろ、三人とも素人の拵えをしていても艶な美しさは隠しようがなく、ゆきの推測を読んだかのように中央の女がついと羽織の裾を払い膝前に手をついたが、舞の心得がある所作だ。左右の女も続いて手をつく。

「御寮人さんにおかれましてはご機嫌うるわしゅう、おめでとうさんにございます。手前、旦那さんにお世話になっております松子にございます」

「手前は竹子にございます」と福々しい声、そして「梅子にございます」と若く高い声が続いた。

「ご挨拶が遅うなりまして面目次第もございまへん。これは心ばかりのものにございますが、よろしゅうお納めくださりますようお願い申します」

広蓋にかけた袱紗をさっと払い、差し出されたのは桜鯛だ。青々とした松と隈笹が重ねて敷かれ、鯛は尾がぴんと立ち、鱗の色は桜色に光って鮮やかだ。それにしても三尾の大きさが見事なまでに揃っており、同じ魚屋で誂えたのではないかと感心する。名前まで松竹梅が揃ってめでたく、落とし噺のようだ。

「して、ぶしつけなことをお訊ねしてお恥ずかしかことですばってん、お三方のおつれあい様はいずこのお方にござりましょう」

　すると、左端の梅子という女が「いややわあ、御寮人さん、お戯れを」と、綺麗に紅をひいた唇に手の甲をあてた。他の二人も共に少し笑い、中央の松子がおもねるようにゆきを見た。

「三人とも、旦那さんに落籍せてもろうてお世話になってるんどす。私は祇園、竹子はんは新町、梅子ちゃんは島之内の出えで、今はそれぞれ家を」

　そこまでを言い、口を噤んだのは、よしが入ってきたからだ。どこまで聞いていたのかわからないが、茶碗を替え、菓子皿を置く横顔は強張っている。だが松子は「おおきに、有難うさんにござります」とまったく動じない声で頭を下げた。

「うちん人の妹ですたい」

　つい紹介すると、「ああ、富島の自由亭を切り回してなさる、お妹さん」心得顔で頷いた。

「およしさん、どすな」

　何でもよく知っている。そうか、大吉の名前も丈吉が喋っているのだ。家では言葉を始末するくせに。うんにゃ、その前に、このお妾連だ。よくも三人も囲うてのけたこと。いっそ、あっぱれと言うてやるばい。

　鼻息が荒くなってきた。よしが膝行してきて、耳許で囁いた。

「義姉しゃん、どぎゃんすると」

「どぎゃんこぎゃんも、こうして筋ば通して挨拶に来とらすとを無下に追っ払うわけにもいかんたい」

「ばってん、顔のひきつっとるよ」

「嘘ぉ。私は余裕綽々で笑うとる」

「なら、お母ぁが用意したおため、ここに置くけんね」

紅白の水引のかかった紙包みを長羽織の裾に滑り込ませている。ゆきは咳払いをしてから背筋を立てたが、また腕と肩に傷みが走る。それを気取られぬように腹に力を籠め、三人に向かって「丁重なるご挨拶、しかと頂戴します」と会釈を返した。よしに命じて桜鯛を台所に引かせるが、動作のいちいちが痛くて大儀だ。

「御寮人さん、どこぞお具合がお悪いのと違いますか」若い梅子が率直に訊いてくる。

「どうもなかですよ。ただの四十肩。こんなもん、放っといたらそのうち治りますけん」

「四十肩て、御寮人さん、そないなお歳やおませんやろう」

「そないなお歳ですばい。うちん人より歳が上ですけんね、四十ですたい」

ひゃあと、梅子が身をのけぞらせる。

「お若いわあ。竹子ねえさんとあんまり変わらへんお歳にしか見えまへんわ」

そんなわけがないと、思わず口が歪んだ。竹子も何となく気を損じたような目つきで梅子を見やる。それにしても、大吉や自由亭のことは話題にしているくせに私のことはあまり喋っていないのだと、肚が斜めになる。いや、喋られたら喋られたでそれも気が悪い。

中央の松子が機嫌を取り持つような笑みを拵えて、ゆきに話しかけてきた。

「此度はまた八坂さんに敷地を献納なさるそうで、旦那さんのお名は京でもますます高う、鐘のごとく響き渡っててんのどっせ」

「ああ、やさかさん」

知ったふりを装ったが、何者だろうと首を捻る。松子が「八坂神社さんどす」と、隣の竹子に顔を向けた。

「慶応の頃に南楼門が焼けてしもうてそのままになってたんやけど、そろそろ鳥居を再建することになったんどす。それがちょうど自由亭の敷地の真ん前どっさかい、六十四坪を献納なさることにしなはったんえ」

「いやあ、それやったらお詣りに伺いたいわあ」竹子がおっとりと声を弾ませれば、松子が勢いづいた。

「鳥居が建立されるのは早うて来年になりますやろ。その時は御寮人さんもぜひ、おこしくださりませ。大阪は花が少ないのが玉に瑕と旦那さんも言い暮らしておいでどすけど、京都はお花見の場に困ることはおへん」

行くもんかと思いながら黙って受け流し、よしが広蓋を持って引き返してきたのを機に立ち上がる。隣の小座敷に入り、ふじが用意してくれた紙包みを開いた。このままでは少ない、お金を足そうと思い至るが、さて困った。本妻が妾の挨拶にいくら包んだらよいのかなんぞ知るわけがない。

引田屋で耳にしたことがあったような、と遠い記憶を懸命にたぐりよせる。尋常な交誼なら贈品の値の三分の一から半分程度、少なければ吝嗇だと侮られ、多過ぎても無礼だと厭われる。しかも相手は、桜鯛を献じに訪れた妾たちだ。今年の桜鯛はいかほどだろう。豆腐屋の親爺に訊いておけばよかったと悔いても、今さら間に合わない。えいやで一円銀貨を包み、水引をかけ直した。座敷に戻ってそれぞれの広蓋に包みを置き、向きを変えて膝前に押し出す。

「松子さん、竹子さん、梅子さん。本日はわざわざ川口までご苦労さま」

「今後もどうぞお引き立てのほど、よろしゅうお頼み申します」

三人は頭を下げ、ようやく腰を上げた。大吉がまた吠える。見れば尾を盛んに振っているではないか。男というやつは人間も犬も性根は一緒、別嬪で若いのが好きなのだ。

帳場の前を通ると、番頭が盗み見をして鼻の下を伸ばしている。玄関前には俥が三台待っていて、女らは「ご苦労さん」と言いながら次々と乗り込んだ。自由亭を訪れた客に対しては後ろ姿が見えなくなるまで見送ったものであったので、ついその慣いで通りに出ていた。我に返って、とっとと玄関に入り、帳場前を通って居宅に入った。下駄を足からすっ飛ばし、台所の板間に入ればしとふじが三尾の鯛を足つきの俎板にのせていた。

三尾の桜鯛はぴかぴかと光っている。白い唇から覗く歯が小刻みにぞろりと揃い、こなたを笑っている。

「おゆき」「義姉しゃん」

二人に声をかけられても、ゆきの顔は石のごとく動かせない。板間にどすんと、へたり込んだ。

丈吉の寝巻の湯帷子に石鹸をこすりつけ、ふんッと腹に力を籠めた。盥に斜めに置いた洗濯板でゴシゴシとやれば泡が膨らんでくる。また揉んで板にこすりつける。今頃、長崎で何の仕事をしているのやらと思えば、今すぐ船に乗ってねじ込みたい気持ちが膨れ上がってくる。結城を誂えてくれたのは、三人の来訪を見越してのことだったのだ。着物はお膳立てだ。

お前も、いついかなる客が訪れても恥ずかしゅうない身形を整えておかんならん。ええか、それが自由亭草野屋の御寮人の務めや。

ようも言うてくれたと、猛烈に寝巻を揉む。自由亭から私を追い出して、なんもかも蚊帳の外に置いて、これがお前しゃんの望む私の務めか。

「お母はん、何ぞあったん」

盥の前にきんが屈んでいる。

「何もなかよ。平気平気」

「そやかて、ぶつぶつ怒ってる」

「怒ってなか」

憎き寝巻をまだ揉んで揉んで、ぎゅぎゅうッと絞り上げる。立ち上がり、ざざあッと洗濯板めがけて水をかけ流す。また揉む。

「お母はん、そないに念を入れて。四十肩治ったの」

そういえば痛みを忘れていた。

きんは別の盥を並べ、水を張り、洗濯板を斜めに置いた。汚れ物を濡らして石鹸をこすりつけている。近頃は時々、こうして一緒に洗濯をする。塾で勉学に励むのもよいけれど、いずれは嫁がせねばならない。掃除、洗濯、料理、裁縫と、今からでは遅いくらいだ。そうやなあ。私がいつまでも自由亭でうろうろしとったんでは、娘に何も仕込んでやれん。

濯ぎを繰り返し、洗い上げた。物干し竿に袖を通し、今度は掌で叩いて皺を伸ばす。満身の力を籠めて叩きに叩く。バッチンバッチンとやれば水飛沫が飛んで朝陽に光る。

「凄いわ、真っ白になった」

振り向けば、台所の布巾を広げて感心している。「あれ」と気づいて、きんの顔に顔を近づけた。

「おきん。眼が真っ赤やなかかね」

「これ使うたら、泡が眼の中に入ったみたい」

手の甲で右眼をこする。見れば横文字を記した縦長の箱だ。丈吉が世話をした西洋洗濯屋が分けてくれた洗剤で、亜米利加製の洗濯曹達だ。ゆきも何度か使ったが、油汚れや襟の脂染みは確かによく落ちる。

「こすったらいけん。この洗剤、強かとよ。どう、沁みるね、痛かことなかね」

「さっきは、ちょっと沁みたけど」

ゆきは縁から上がって新しい桶と手拭いを持って引き返し、水を張った。

「まず洗お。眼ば洗わんと。桶の水に顔ばつけて、眼ぇパチパチしんしゃい」

「そんなん難しい」

「つべこべ言わんと、パチパチしんしゃい。兎のごたる眼ぇでは困るやろ」

「もう、べっちょない」

手拭いで顔を拭いたきんは、まだ眩しそうに右眼だけを細めている。

「明日の朝、眼医者に行こ」

「明日はあかん。塾でおさらい会があるんだす。もう大丈夫やから」

翌朝、きんはまだ赤い眼をしていたが、「何ともない」と言い張って塾へと向かった。ふじも心配したものの、数日すると赤い色が治まってきた。それでも気になって毎朝毎夕、眼を洗えと言うのだが、だんだん「洗いました」との返答が面倒そうだ。

こうして家にいたらいたで、娘にうるさがれるとは。


朝ぼらけの長崎湾が見えてきた。

海も山々も薄紅に澄み渡っている。やがて東の光が増すにつれ、海は青、山は緑を現し始める。

汽笛が鳴り、海鳥の白が行き交う。

「こがん美しか土地やったとねえ」

上甲板(じょうかんぱん)の欄干(らんかん)に手を置けば、懐かしさとは異なる気持ちが湧いてくる。初めてこの港を訪れた異人も、こんな心地で目を瞠(みは)ったのではあるまいか。

海の幸、山の幸に恵まれた豊かなる国、ヤパン。さてこの国の人々は、いかなる姿と心を持っているのだろう。

長い航海の果て、ようやく穏やかな湾に迎え入れられる感激をゆきは思った。朝の光も暖かく、潮の匂いを胸一杯に味わう。

今日は十月五日、指折り数えればほぼ十年ぶりの帰郷になる。兵庫港行きの夜船に乗ったのは明治に改元されてまもなくの冬で、孝次郎はまだ赤子だった。この歳月が瞬(またた)く間であったような気がするが、港の景色が近づくにつれ、やはり遠く隔(へだ)たってきたのだと思い直しもする。随分と海を埋め立てたようで、湾が昔よりも狭くなった。

「ばってん、さすがは長崎たい。港としての年季の違う」

浜沿いや山の中腹には大きな洋館が建ち並んでいる。木々の緑の間で屋根壁の白や水色、薄桃色が見え、蜜柑(みかん)畑の黄色が点々と彩(いろど)りを添えている。あとひと月もすれば山頂は黄葉(こうよう)、やがて綾錦(あやにしき)となるだろう。大阪川口では外国人自治会によって樹木が植えられ花が丹精されているが、なにしろ居留地としての歴史が浅く、しかも平地だ。山と海が一望できるこの船からの景色は、商都大阪でもかなわない。

下船すれば、「JIYUTEI」と横文字で記された洋旗を持った若者が立っていた。英語はまるで解(かい)せぬが、英字新聞に広告をよく出しているので店名の形は憶えている。「ご苦労しゃん」と近づくのと同時に、相手も「すんません、女将さんですか」と頭を下げた。

「ようわかったね」

「他の船客から頭一つ飛び出した四十女ゆえ、すぐに見つかると旦那さんに伺いました」

他に言いようがあろうにと鼻白み、出された手に風呂敷包みを渡した。

「お荷物はこれだけですか」

「お土産のたぐいは船荷で送ったけん。もう着いとるはずよ」

「ほな、俥を待たせてありますのでどうぞ」若者はぎこちなく小腰を屈めた。ザンギリ頭がやけに大きく、短い手足を不器用そうに動かす。歩きながら、「長崎の人じゃなかかね」と訊いた。

「へえ、京は五条の生まれ育ちです」

「ああ、京ね」気のない声になった。あの日の桜鯛を思い出す。

「叔父が京都支店の支配人をさせてもろうてますさかい、支店で奉公させてもろうてます。此度は長崎で人手が要るとのことで、わたいも呼んでもろうたんです」

「料理人ね」

「へえ。旦那さんのような料理人になりとうて。けど、まだ新入りどっさかい下端の下端で、兄さんらには叱られ通しです」

「名は」

「米三郎と申します。よろしゅうお頼申します」

振り向いた顔は凹凸に乏しく、しかも自信なさげに唇をすぼめている。

この頃の料理場ではなかなか苦労だろうと思いながら、案内されるままに大波止を横切る。大吉の散歩の行き帰り、料理場裏の軒下でしくしくやっている子がいるのだ。撲たれたのか、頰を赤く腫らしている子もいた。声をかけて慰めも励ましもしてやりたいが、気づかないふりをして通り過ぎることにしている。丈吉は浜さんに料理場を任せ、料理以外の差配には口を挟まぬ流儀を通しているので、それを脇から崩すわけにはいかない。

ただ、丈吉自身はむろんのこと、萬助や貫太も謂れのないことで手を上げるような真似は働かなかった。今は違う。自信満々の新入りはまず鍋の蓋で鼻柱をへし折られ、へどもどしている者は下駄で頭を張られるのが日常であるらしい。萬助も料理人を育てるのに苦労が多いようで、ふと零したことがある。


料理場の気が陰に籠もったら、それが味に出ますわな。まして包丁や火を遣うのに喧嘩腰では、危のうて仕方なか。けど、己の修業時代を振り返ったら、日本料理の板場はきついもんでしたわ。撲られ蹴られしても今に見ておれと歯ぁ喰いしばって這い上がるしかない。いかほど肚に据えかねても平静を保って料理に集中できるか、それも才のうちですからなあ。己が通ってきた道ですけん、わからんでもないが、ひとたび甘い顔を見せたらつけ上がって手ぇ抜くこと覚えよるし、皆が仲良しこよしでは料理場は回りまへん。各々にしのぎを削らせて鍛えて、それでもモノになる奴は三十人に一人おるかどうか。


待っていた俥に乗った。米三郎はかたわらを走る。その下駄音を聞きながら、方々を眺める。

おや、あの唐物屋、なくなったとやねえ。老舗やったとに。あら、こがんとこに道のできとる。川筋も昔となんとなく違う。ばってん、当たり前たい。長崎も近代化しとっとやもん。

一抹の淋しさを感じつつ、十年ぶりの町に胸を高鳴らせる。よしやふじや子供たちが一緒であれば別だろうが、なにせ一人での帰郷だ。

丈吉は以前から思うところがあったのか、今夏七月、本大工町の島屋跡に自由亭の看板を掲げた。ちょうど同月に大阪府の大書記官が長崎県令に赴任するとかで丈吉も同行し、長崎での就任披露宴の接客を引き受けた。大阪で尾羽うち枯らしていればかなわぬはずの錦を故郷に飾ったのだ。

しかも続いて馬町の民家を買い求め、はや二軒目を開こうというのだから、電光石火の早業は四十前になっても変わらない。

開業は十一月初めの予定で、丈吉は大阪と長崎を慌ただしく往復している。秋になって数日だけ戻ってきた日に、「お前も」と言った。

「馬町の店は規模が大きいのや。給仕人の仕込みや店の室礼にまで手が回らん」

「私の助けが要るとですか」

「要る」

その一言をさっと返して羽織袴に着替え、外出をしてしまった。

九月にきんが女学校に入ったばかり、ゆうと孝次郎も市中の手習塾に通っている。子供らの世話を老齢のふじに押しつけるのは気が引け、よしに頼んだ。

「萬助しゃんが留守にしとるとに、申し訳なかけど」

萬助は長崎の一店めの料理場を任されて帰ってこられず、富島の支店には貫太が入って切り盛りしている。

「よかよ。孝ちゃんが丈平と遊んでくれるけん、私も助かる」

よしは請け合い、「ところで、義姉しゃん。あの件はどうなったと」

「あの件て」

「また、ぼんやりして。桜鯛ば持ってきた連中のことたい」と眉根を寄せる。

「ああ、松竹梅。いや、まだなんも。あん人忙がしゅうて、袖も摑まえられんけん」

「暢気ねえ。まあ、長崎に帰るとはよか折、子供らの目のなか所でぎゅうの目に遭わせんば」

「そうたい。うんと大きかお灸ば据えてやる」

わははと笑ってみせたものの、胸の裡は苦しかった。

けれどどのみち、泣こうが怒ろうがあの亭主は己を曲げるということをしない。決して。

そしてこなたも水が油を弾くように「もうよかよか」と馬鹿馬鹿しくなってしまう。あまつさえ、お前の助けが要ると亭主に請われただけでこれこの通り、浮き足立っている。必要とされなくなっていたこの身で、久方ぶりに勇ましい血が滾ったのだ。応、応と、意気に感じてしまった。

そうだ。私は張り切っている。

俥夫の足運びが緩やかになり、鳥居前の辻で右に折れて停まった。ちょうど諏訪神社の長坂が延びて下りている、その袂の辻だ。

屋根の上で何人もの職人が蹲っては立ち上がり、ひょいひょいと動いている。

まだ普請中とはいえ想像の何倍も豪奢な洋館だ。しばし息をするのも忘れて、新しい自由亭を見上げていた。


町のそこかしこで、唐笛と〆太鼓の音が響く。

長崎に着いて二日ののち、諏訪神社の秋の例大祭、くんちが始まった。旧暦の頃は九月の重陽の節句の祭礼で、新暦になってからは暦上は十月である。ただし幕末の長州征伐の頃には翌春に延期され、慶応四年には三体の神輿が社を出て御旅所におわす間に改元が行なわれ、世は明治となった。三体とは諏訪神社に祀られている三神のことで、諏訪大神、住吉大神、森崎大神を指す。

「あん時は淋しかことやったねえ」

女将が煙草をくゆらせた。鬢は薄くなっているが艶のある純白で、まだ矍鑠としている。

「丸山町と寄合町の出す傘鉾と小舞のみで、他の奉納踊りは取り止めばい。御供町も廃止されてしもうて、何もせんやったもんねえ」

神事奉納を受け持つ町を御供町、あるいは踊町という。

この引田屋に奉公していた時分に、ゆきは教えられたことがある。長崎の町は遡ること二百年ほど前、寛文の頃に大火があり、それを機に町割りが大きく変えられたらしい。大きな町を分割して計八十ヵ町とし、丸山、寄合、出島を除いた七十七ヵ町を七つの組に分けて祭の奉納踊りを受け持つこととされた。すなわち十一ヵ町が一組となり、七年に一度当番が巡ってくる。

「三年前やったか、御供町の奉納踊りもやっと復活したと。えろう質素やったばってん、ともかく復活した。涙の出た」

女将らしく口調がからりとしているだけに、心情がじんと胸にくる。

長崎の者にとってくんちは一年の加護を感謝し、新たな加護を願うだけではない。社から町へと旅に出た三神と氏子が、聖俗共に和して楽しむ祭なのだ。神々との遠い記憶を今に伝えて祝い合う。にもかかわらず、祭が二の次三の次にされる政情が続いた。旧幕時代の長崎奉行は当地の町人の慣いや人心を重んじたが、新政府から派遣される役人は外交や内乱に神経をすり減らすばかりであったのだろう。去年は西南の役とコレラ病流行のため、神輿の渡御と還御の日を変更して行なったらしい。

「今年もどうなるかと思いよったばってん、三社の神輿と神器の新造が相成った」

町人たちは万感の思いを籠めて寄進したことだろう。「そういえば」と女将が煙管を煙草盆に置いた。

「自由亭しゃん、馬町の傘鉾を一手持ちなさるらしかね」

「ほんとですか」思わず両の眉が上がった。

傘鉾の新調から当日の費えまでをただ一人で持つことを、一手持ちと呼ぶ。その町人は傘鉾町人と呼ばれ、人々の尊敬と憧憬を集めたものだ。若い者に「傘鉾ば持つごと、ならんばのう」と言えば、「偉くなれ」という意味だった。

「うちん人、私には何も言わぬもので聞いとりません」

女将はおもむろに茶碗を口許に運ぶ。

「ばってん、そいは噂に過ぎんとじゃなかでしょうか」

「馬町の当番は数年先やけん、まだ正式に決まっておらぬのかもしれんばってん、真なら栄誉なことやなかか。傘鉾は踊りの先頭を行く、町の目印たい。誇りたい」

ゆえに信じがたいのだ。いかな分限者が一手で奉納すると申し出ても、町の者が人物を認めぬことには傘鉾町人にはなれないのがしきたりだ。まず、代々長崎町人の家であることが重んじられる。

「ご承知の通り、自由亭草野屋丈吉は伊良林郷の出身、まして今は大阪が本拠地ですばい」

「そいでも馬町の有志が勧めたと、私は耳にしたばい。丈吉しゃんを町が認めたとよ。うちにも何度か登楼ってくれたが、あん人は遊び方が綺麗たい。よか男になりなすった」

女将業は倅の妻女に譲って楽隠居の身だというのに、さすがは女将つぁま、今も目端を利かせているらしい。このお人にはかなわないとゆきも茶碗を持ち上げて二口啜れば、襖の向こうで気配が立った。

「女将つぁま、よろしゅうございますか」

「よかよ。入りんしゃい」

襖を引いて手をつき、「御免つかまつります」と座敷に入ってくる。あっさりと結い上げた髷に白粉もつけぬ素顔だが、首から胸にかけて柔らかな肉置きが着物の上からも見て取れる。同じおなごでも惚れ惚れとする色香だ。

「女将しゃん、ご無沙汰しております。玉菊にございます」

ゆきに向けて挨拶をしたから驚いた。「た」と間抜けな声が洩れた。

「玉菊しゃんか。いや、ますます綺麗になって、わからんやった」

「女将しゃんはお変わりのうて、うちも嬉しゅうございます。此度はまた長崎に二軒もお店をお開きになったとのこと、おめでとうさんにございます」

玉菊は昔、丈吉と理無い仲であった芸妓だ。けれど別人のような貫禄をつけている。目には張りがあり、声にも芯が通っている。目尻に寄る微かな皺が来し方を語っていて、それは色香を上回る。なぜか、ゆきは胸を撫で下ろしていた。

「おおきに、ありがとう」

玉菊はゆるりと頷き、女将に顔を向けた。

「踊りの直しば済ませましたけん、今日はこれにて引き取らせていただきます」

「ご苦労さん」

颯と現れ、もう引き上げた。清い菊のような匂いだけが残った。

「玉菊は長崎一の踊りの名手、土地の芸妓らに稽古ばつけとるとよ。丸山町の奉納踊りの振りつけから踊子への指南まで、頼りにされとっと」

さもありなんと、襖の向こうを見やった。

「あん妓も昔、辛か恋をしたことのある。ばってん、男心こそが秋の風、かようなものに一喜一憂して身を滅ぼすんやなかか、おなご一人でもこの世を渡っていけるよう精進しんしゃいと、私は尻ば叩いた。芸こそが身を助ける杖たい、とな」

引田屋を辞して歩いている最中も玉菊の風情が忘れられない。それは厭ではなかった。亭主と「あった」間柄のおなごが、かくも見事に生き抜いていた。

私も、頑張らんば。


くんちも三日目を迎え、夫婦で和十の墓参りをした。祭の日に墓参りもないものだが、この日しか丈吉の躰があかない。共に坂道を上る。丈吉が生まれ育った家の前を通れば荒れ果てていて、壁など草叢との区別がつかぬほどだ。懐かしいと感じるよりも胸が痛み、けれど丈吉が何も言わぬのでゆきも黙って通り過ぎた。丈吉の背中を見るうち、確信めいた想が過る。

こん人はきっと、こん家ば買い戻すに違いなか。きっとそうする。

若宮稲荷神社にも詣で、柏手を打った。朱の鳥居を潜り、また坂道を下る。亀山社中、のちの海援隊があった家も門が閉ざされて寂びきっている。白袴をつけた若者たちは無闇に威勢がよくて、自由亭の出前の洋食を貪るように食べていた。

「陸奥しゃん、どうしとられるやろう」

呟けば、丈吉は「ん」と答えるのみだ。

陸奥宗光は昨年の西南戦争の際、土佐の者らと謀議して政府転覆を謀った廉で捕縛され、投獄されたと新聞に出ていた。丈吉もさぞ案じているだろうが、口にしたことはない。話の接穂を探すまでもなく、今度は五代の隆とした姿が泛んだ。

「五代様、株式の取引所や会議所ば設立されたらしかですね」

これも新聞で読んだだけで本人には長いこと会っていないが、五代の名には丈吉も「そうや」と答えた。

「大阪株式取引所は八月に開業して、大阪商法会議所も認可された。五代様は商法会議所の初代会頭に就(つ)かれるらしい」

「会議所て、昔の商い仲間のごたるもんですか」

「ちょっと違うな。大阪は新旧の商人がたくさんおるが、商いの規則や自律の申し合わせができておらんので、国内に騒乱が起きたらそのどさくさで悪辣(あくらつ)な稼ぎをする者も少のうない。世が乱れたら一攫千金(いっかくせんきん)、金儲けの種になるとわかれば、それを目当てに戦を画策する者も出てくるやろう。そいでは国が治まらぬし、諸外国との外交、交易にもかかわる。近代国家の商人たるもの、第一に公(おおやけ)の利を考え、いざとなれば皆で動くということができるようにならんといかんと、五代様は大阪の大商人らを説いて回られたのや。今、政府への設立願いに名を連(つら)ねておかねば、あとで加えてくれて泣きついても絶対に入れてやらぬぞと、半ば脅(おど)しをかけてなあ」

交誼(こうぎ)はもはや長くなるが、相親しみながら敬する気持ちはいささかも減じていないようだ。五代は西南戦争で西郷隆盛を喪(うしな)い、この五月にまたかつての志友を喪った。政府重鎮、大久保利通大蔵(おおくら)卿(きょう)が東京で暗殺されたのだ。

「その、公の利とは何です」

問えば、即座に返ってきた。

「大阪、ひいてはこの日本の利や。己の利害にだけ拘泥(こうでい)して商いしておっては、非常の時に国を守れん」

「お前しゃんも、その会議所とやらに入るとですか」

「とんでもなか」と、長崎訛りで頭(かぶり)を振る。

「発起人は大阪を代表する、錚々たるお人ら揃いぞ」

「ばってん、傘鉾町人になられるとでしょう」

橋を渡りながら懐手をした。

「どこで聞いた。おゆきにしては耳が早か」

「何ね、それ。私が鈍かゆえ、助かっとるお人もおられるとですよ」

まさにお前しゃんだと下唇を突き出したが、丈吉は顎を上げて遠くを見ている。

「やっとるなあ」

通りで、奉納踊りが披露されている。大変な見物衆だ。

御供町は暁前から踊りを出し、その後に町の組頭らが裃をつけて各々鋏箱を持たせ、列を正して付き従うのが慣いだ。まずは諏訪神社の踊り馬場で踊りを奉じ、その後は方々の辻や通りでも奉じる。家々は竹を立てて幕を張り、醴を作り、栗や柿、饅頭を台に盛って供菓子とする。見物客は長崎近県からも集まって群衆をなし、沸き立つ。

銅鑼の音が鳴り響き、豪壮な龍踊が披露されている。龍の拵えものから踊り手の衣装に至るまで、かつての唐人屋敷の人々の風儀を思い出す。油や八角、山椒の入り混じった、あの独特の匂いも。

丈吉は立ち止まってしばらく見物するが、また馬町に向かって歩を進める。

開店まであとひと月ほどだ。

ゆきにも唸るほどの仕事がある。給仕人を集めて教え込み修練させるのみならず、花器や蠟燭といった細々したものの手配、庭の拵えの確認にも気が抜けない。館の一部に見晴らしのよい二階が設けてあるが奥に客を通さぬ二室があって、夫婦はそこを居室にしている。といっても朝はまだ明けやらぬうちに起き、床につくのは夜更けだ。それでもゆきは寝めるだけましというもので、丈吉は夜も料理場脇の小部屋でつかのま横になるだけという日々が続いている。

どうやら、この地で雇った料理人を仕込むのに手数がかかっているらしい。給仕人はまだ何とかなるが、料理人は俄仕込みができない。玄人を雇っても各々に得手不得手や癖があり、それらを生かしながら一つに束ねて初めて自由亭の味が奏でられる。丈吉は店を新たに出すたび、そうやって采配を振り続けてきたようだ。

群衆がどよめいた。さらに賑やかな界隈に至っていて、皆が皆、空を仰いで口は半開きだ。

高さ三丈ほどもある青竹が二本、秋空に向かってゆらゆらと揺れている。

「お前しゃん、竹ン芸」

声を弾ませたけれど、丈吉は黙して青竹を見上げている。

ほどなくして白装束の若者二人が現れた。顔には狐の面をつけ、装束の尻には作り物の長い尾だ。狐は若宮稲荷神社の使い、雌雄一対だ。明笛や片鼓が鳴り始め、まず雄狐が女竹にするすると登った。竹には間隔ごとに横木を付けてあり、梯子のようになっている。頂に向かう途中の横木に足をかけたかと思うと、いきなり両手を離した。わッと見物衆が波打つ。雄狐は落ちない。逆さにぶら下がり、躰で真一文字を描いてみせる。片手と片足だけを竹にかけて横向きの大の字になったかと思えば、青竹の頂上では腹だけで己の躰を支え、水平に両手両足を広げる。

青い空の中で、白狐だけがのびやかだ。

その後男竹に移ると、雌狐が女竹に登って同様の芸を披露し、やがて空中で雄と雌が絡み合い始める。青竹が大きくしなり、今にも落ちそうだ。落ちれば命はない。はらはらして、ゆきは何度も「ああ」と声を洩らす。だが雌雄の狐は秋空で悠々と戯れ続けた。

帰路についても昂奮が治まらない。いつか子供らにも見せてやりたいだの、ふじが寝ついてしまわぬうちになどと言いながら歩いていると、丈吉は「祭、好きなんか」と訊く。

「妙なことを言いなさる。当たり前やなかですか。祭の嫌いな長崎者なんぞ、どこにおります」

「ここにおる」

「ええ」と、声が裏返った。何人かが振り返り、袂で口許を隠す。

「お前しゃん、好かんとですか。いつから」

「子供時分からたい。くんちが近づいたら腹が渋うなって、耳をふさいでも笛や太鼓の音が聞こえてきてどうもならんやった」

「なんで好かんとです」

「祭の日ぃとなったら、見てみい」町の衆を目で指した。

「長崎者は着道楽、この日のために働いて晴着を拵える。どがん貧しか家でも始末に始末を重ねて子供に新しか着物を作ってやるのや。下駄の鼻緒まで新しゅうしてなあ。ばってん、うちの家はそれもかなわんかった。それが恥ずかしゅうて、最初は仮病やったのや。近所の子らが祭に誘いに来ても頭から掻巻をひっかぶって、うんうんと唸っとった。それがだんだん、ほんまに腹の痛むごとなったのやから罰のあたったとかもしれん」

黒羽織の親の膝に取りついている男児も女児も、赤子までが晴れやかな装いだ。

その中に、ぽつねんと幼い頃の丈吉が見えた。

あれは、ふじに聞いた話であっただろうか。

十四歳で米屋に丁稚奉公に上がって、ばってん、お父ぅが病に臥せったけん奉公を辞して、家の百姓ば継ぐことになったとよ。薬餌のために畑ば二束三文で手放してしもうとったけんなあ、あん子は家裏にわずかに残った畑で青物ば作った。ばってん、そいではとても食べていけん。あん子は誰(だい)に教えられるわけでもなく自(みずか)ら懸命に考えたとやろう。近所の家で実った柿や栗ば分けてもらい、そいば肩に担(かつ)いで坂道を下りるごとなった。山川の草をせっせと摘んでは薬種屋(やくしゅや)に売って、そう、あん子が香草(こうそう)に詳しかとは薬種屋の手代に仕込んでもろうたおかげたい。夜は夜で辻占(つじうら)を売り歩いて、丸山の芸妓しゃんらによう買(こ)うてもろうとったごたる。申し訳のうてたまらんやったばってん、丈吉に一家を支えてもらわねばならんやった。

ふじは目尻を光らせながら、ふと微笑んだ。

せめて下駄でも買い求めてほしかと思うて、いくばくかを渡したことのある。あん子の履物(はきもの)いうたら、藁もちぎれた草鞋(わらじ)やったもんねえ。丈吉は迷いながらも銭(ぜに)ば受け取って古下駄ば買うてきた。何も言わんやったが、よほど嬉しかったとやろう。履くのをもったいながって、雨の日なんぞ頭にのせて裸足(はだし)で歩くとよ。

いつだったか、よしも滅多(めった)と語らぬ昔を口にしたことがある。

兄しゃんは毎日、市中で振り売りばして、一合(ごう)の米を買うてきてくれた。お母ぁはその米を待ち構えて粥(かゆ)ば作って、そいが一家四人の三度の膳たい。水気の方が多か薄か薄か粥で、ひもじいてたまらんかったばってん、兄しゃんはお父ぅには一合の酒を買うてくるとば忘れんやった。私はまだ小さかったばってん、徳利を平気で空けてしまうお父ぅがうらめしかった。呑むなら働いてくれ、そがんことば思いながら粥を啜っておったと。今、たとえ味見にしても、この魚は、牛肉は、マカロニは、と頓着(とんちゃく)しとる自分が夢のようたい。子供ん頃は、旨いも不味(まず)いも別の世界のことやったけんねえ。

安政四年、丈吉は十八歳でコンプラ商人に雇われ、出島に出入りするようになる。その商人が推(すい)

薦してくれたことで阿蘭陀人に雇われた。今に続く料理人への道が開けたのだ。もっとも、それは後になって言えることであって、言葉の通じぬ異人の下で小間使いや洗濯をして働く苦労は想像を絶するものであっただろう。

「今も好かんとですか」

前を行く背中に訊ねれば、丈吉は「いいや」と振り向いた。

「女房とこうして祭の中を歩くとも、よかもんやなあと思うた」

顎を上げ、すいと笑った。

門前に出て、もう一度自らの手で掃き浄めた。

門の左右には、諸方より祝贈された京酒三十六樽、木炭百俵を積み上げてある。門内には高く旗を掲げてあり、潮風に雄々しく翻る。

竹箒を手に、自由亭を見上げた。屋根の高い洋館だが、丈吉に言わせれば土地の宮大工に造らせたので窓の意匠は日本式のまま、いわゆる折衷であるらしい。

十月十七日、コレラ病の記事が西海新聞に出て気を揉んだが、自由亭馬町店は今日、十一月十五日の夕刻より開業式を執り行ない、客を招待して披露目の宴を開く。

門を潜れば玄関に至り、玄関を中心としてセデンドンと呼ぶ待合所、中庭のある本館と渡り廊下で結ばれた広間の別館がある。玄関の左右には前栽を拵えてあり、室で早咲きさせた桜や牡丹が香りを放つ。この玄関から左に折れて数十歩の間には盆栽の名品を並べ、左右の壁には数十幅の南画だ。玄関を右に折れれば蒔絵の重箱や象牙細工の箸揃い、また折れて左に進めば古伊万里の大皿を陳列してある。品々は丈吉が京の古物商と相談しながら決めたもので、外国人の目を楽しませる趣向だ。

美品を見物しながらそぞろ歩けばやがて階段が現れ、高楼に誘われる。欄干に倚れば長崎の山々と海を見霽かせ、心が解き放たれる。この眺望、青嵐の風も自由亭が供する餐だ。

楼を下りて紆曲すれば庭内を自ずと巡る小径に出て、木々の葉隠れに稲荷祠を安置してある。今朝も夫婦揃って御神酒と榊を捧げた。稲荷社の朱の鳥居が朝の池に映じて清々しかった。

いよいよ黄昏に至った。ゆきは手代に命じ、庭に数十の燈籠を点じさせた。まもなく露西亜の軍艦の楽隊十二名が約束通り訪れ、玄関に設けた楽台で楽を奏し始める。外国の賓客は亜米利加、英吉利、支那、阿蘭陀、露西亜各国の領事官と軍艦長、二十四名だ。番頭とゆきとで高楼に案内する。

日没の西空が黄金色に輝くさまには誰しもがこぞって感嘆の声を上げ、口に咥えた葉巻を指に移し、胸の徽章を鳴らして手を打ち鳴らす。その間も楽隊の音は続いているが、調子が変わった。日本の羽衣の曲に似ている。

別館の広間に案内すれば、すでに日本の賓客らが着座していた。給仕人らには、静かに椅子を引いてさしあげる作法も指南してある。

粗相のなかごと。粗相をしたら、大袈裟に詫びて場を乱さんごと。冷静に、ばってん心を籠めておもてなしせんば。

そう教えたけれども数人はまるで通夜のごとき緊張ぶりで、そっと脇に近寄り、「大丈夫。あいだけ修練したでしょ」と励ますが、曖昧に頷くばかりだ。これればかりは経験を積まねば度胸もつかない。

ゆきは客の背後を静かに歩き、様子を窺っては給仕人に目配せをして灰皿を持っていかせる。今日は紋付きの留袖で、鴛を描いた裾模様は緻密な染めに刺繍と箔が使われ、裾さばきも重いほどだ。袋帯も丈吉が京の老舗に織らせたもののようで、金糸銀糸の唐草花紋だ。

上座下座が露わにならぬよう配慮した客席は大きな長卓が左右に二列、その二卓を結ぶように横に長卓を配した口の字形だ。燈籠に灯をともした中庭の景が大きく開けているばかりでなく、壁面には床の間を模した板間を設えてある。今日は秋らしく、鍋島の大花瓶三つは深紅に紅葉した楓だ。むろんゆきの腕では無理な立華で、人の背丈ほどの大枝が秋を照らす。

まず菊花酒を供し、晩餐が始まった。

伊勢海老を裏漉しして牛乳クリイムで仕立てた羹、まるごとの鮭の冷製は西洋の檸檬風味のソオス、乳酪を流し込んだ一口パイ、合鴨のすり身の皮包み焼、蒸した鹿肉の赤葡萄酒煮込み、ビフロースの西洋松露入りソース、鬼薊菜や独活の温野菜から甘味、果実に至るまで十五品に及ぶ。欧米人には量が多過ぎる献立らしいが、支那人や日本人は残りを折詰にして帰参するのが風儀であるので、丈吉は迷った末、やはり十五品に決めたようだ。日本人の舌を思えば鯛や鮑の刺身も前菜で出したいところだが、西洋人は牛の頭を丸ごと煮た料理は歓ぶが生の魚は露骨に気味悪がる。

見たところ、どの賓客も上機嫌で舌鼓を打ち、談笑が蠟燭の灯を揺らし続けている。

やがて紋付き袴姿の丈吉が現れ、気づいた阿蘭陀領事が盛んに拍手した。丈吉は恐懼しつつ客らの前に立った。祝辞が始まった。外国人の祝辞は丈吉が通弁し、日本人のそれも丈吉が訳して伝える。県立長崎医学校長の吉田健康という御仁が立った。

「およそ人生を保ち、躰を強壮にし、精神を爽快ならしめ、自主の権を奮い、自由の理を起こすや、職として衣食住にこれ因らざるはなし。なかんずく食餌はその最たるものにして、一日も欠くべからざるや明らかであります」

　そして医学者らしく西洋料理の養分に富むことを指摘し、丈吉は丁重に頭を下げた。

「私はこいねがう。衆庶文化の盛んなるに従い、ますます摂生の方法を守り、自由の風に倣いて食餌を選び、この亭とかぎりなき幸福を受けんことを」

　その後も何人かの祝辞が続き、いよいよ丈吉が謝意を述べる番だ。だが何も言わぬまま立ち尽くしている。ややあってようやく辞儀をした。

「皿も道具も揃わず、空樽の上に板を渡して食卓としたのが手前どもの始まりにございます。貧相極まりない西洋料理店でありましたが、こんにち、故郷に二つの店舗を営む段に至れましたのも偏に皆様に助けられ、可愛がっていただいたお蔭にございます。いかなる商いも永遠なる修業にて、艱難辛苦は尋常ならぬものでありまするが、しかれども今日までの労苦あらずんば只今の歓びもなかったことと思うております」

　しみじみとした低声で、丈吉は続ける。

「吹けば木っ端のごとく飛ぶような山中の小店に自由亭なる号を下されたのは十三年前、佐野常民公にござりました。手前のような目に一丁字もない無学者でも、自由という言葉はさほどめでたいものではなく、気儘放埒、勝手放題の意で使われることは弁えておりました。ゆえに自由亭とは、佐賀の七賢人と謳われるお方を相手どって少々戸惑ったのでござります」

　そこで日本人客らの間で笑声が起きた。外国人の賓客はさまざまな反応で、日本語を解せるらしき御仁は頰を赤らめて笑い、解せぬ御仁は思慮深い面持ちで耳を傾ける。

「維新後、久しくご無沙汰したままでおりますが、佐野公が公に尽くされること目覚ましく、ウィーン万国博覧会事務局の副総裁に就任されて渡欧なさり、明治八年には元老院議官を務めておられます。そして近頃は、敵味方の区別なく負傷兵を介抱する赤十字社の精神に倣い、博愛社の設立に尽力されたと耳にいたしました。遅まきながら、手前ははたと思い知ったのでございます。佐野公は旧幕時代より蘭学に熟し、西洋の思想にも通暁するお方にございました。ゆえに、たとえ肌や髪の色、言葉、考えが違えども互いの違いを認め合い、一つの卓につけば共に相和する場であるようにとの願いを籠めて、自由亭の号を下されたのだ、と。わが道はあの日にこそ定まったのだと思うております」

そして丈吉は向後の精進を誓い、贔屓を願い上げ、さらに英語でも短く述べた。外国人の賓客は起立し、杯を掲げる。日本人も同様にして互いに献杯してくれた。杯をいったん卓上に戻した外国人の数人が丈吉を祝って手を打ち鳴らし、やがて万雷の拍手となった。

西海新聞に開業式の詳細な記事が出た。夜、二階の居室で、「読んでくれ」と丈吉が言った。

「嗚呼丈吉子、多年の艱苦尋常ならず、しかれどもこの労あらずんば、今のこの楽しみがあろうか。事皆しかり。いやしくも自由の楽を得んと欲せば、またその務めがなくてはならぬ。務めて而して後、楽しむ。これ、真の楽なり。ゆえに賓客もまた平生自ら能く務めて、この亭に来たり。自由の遊を極む。これほどの愉快が他にあろうか」

白湯を飲みながら聞いている。ゆきはその横顔を見つめながら、この人は私が思う以上の大立者になっていたのだと気がついた。今さらながら、つくづくと。

「お前しゃん、これまでよう気張ってきなさったこと」

ねぎらえば、「なんの」と顎を振る。

「まだまだ、これからたい。夢にはほど遠か」

まだ夢があると言う。丈吉は数年に一度、志のようなものを口にするが詳細を言わないし、ゆきも突き詰めぬのが常だ。

「男と生まれた限りは、おれも公に尽くしたかよ」

相槌(あいづち)をそっと打つ。

「ここは萬助とよしに任せようと思うとる」

今度は驚いた。てっきり、丈吉自身がしばらく長崎に注力するものとばかり思い込んでいた。

「中之島(なかのしま)に打って出る」

「中之島て、大阪の」

「そうや。居留地の外国人はそろそろ神戸に移り始める。そのうち、耶蘇(ヤソ)の教会や学校ばかりの町になるやろう」

「おきんの女学校も居留地にありますばってん、外国人は今も多かですよ。むしろ年々増えとるように思いますけど」

「今はそうかもしれんが、港は神戸が主軸になる。自由亭はいずれ港の止宿所(ししゅくじょ)としての役割を終えることになるやろう。これからはもっと料理に力を入れて、宴も会議もできるホテルに生まれ変わらんとならん。そのためには大阪の中心地に建てる」

「また建てるとですか」

「何年かかるかわからんが、やる」

すらりと笑っている。ゆきもつられて眉を下げた。

まったく、皆、この笑顔にやられるのだ。果てしない大望を生き生きと抱いて進むこの人に、男も女も助力したくなる。

「仕方なかねえ。お供しましょ」

自由亭の名に懸けて、共にどこまでも進みましょ。

窓障子を引けば寒風が吹き込み、思わず首をすくめる。けれどゆきは風に向かうようにして、冬空を見上げた。満天の星が冴え冴えと瞬いている。

# 10　二人づれ

東から悠々と流れくる大川は、中之島によって堂島川と土佐堀川という二つの流れに分かたれる。

夏の朝陽が眩しく川面で戯れ、川沿いの遊歩道も照らされて白い。道の両側には松や樅、楓や桜が植わって、長い並木になっている。午後になれば木漏れ陽の揺れる涼み道になる。

「大吉、カモン」

きんが勇ましい声を上げて駈け出した。裾の八掛の朱色と素足の白が交互に閃いて、ゆきは「あれ、まあ」と目を丸くした。十八にもなって、あの飛び跳ね方。

「姉ちゃん、待って」

きんの後ろに続くのは、二つ下のゆうだ。足が遅いので、きんと大吉になかなか追いつけないでいる。二人と一匹の後ろ姿を見送りながら、土佐堀川沿いの遊歩道を歩く。

のんびりとした早朝だ。朝餉の支度は済ませてあるし、気を配るべき宿泊客も泊まっておらず、丈吉はしばらく京都の自由亭、娘たちも夏休みだ。いつもの樹下の縁台に腰を下ろした。長さ六尺もあり、後ろには背もたれまで付いた木製だ。遊歩する人々の休憩用に大阪府庁が置いたもので、そこかしこに配してある。

娘たちはずいぶんと東に進んだようで、それでも大吉が盛んに尻尾を振り、きんの膝にまとわりついているのが見える。

一本道の遊歩道は幅四間もあり、ここ中之島公園地の東西を貫いている。島の東端まで歩いてしまえば難波橋に行き着く。明治九年に鉄橋として架け替えられた橋で、大阪の北と南から人を招く。島に上がった人々はまず鳥居を仰ぐことになる。昨年、明治十三年に鎮座した豊國神社だ。遊歩道は神社への参道でもある。

新聞によれば、太閤秀吉への追慕が篤い大阪に豊臣家ゆかりの神社再興が議論されたのは、御一新後まもなくの新政府でのことであったらしい。のち天皇の大阪行幸の際に天皇の御沙汰があり、再興が決定と相成った。鎮座地は当然のこと大阪城の内とすべきであったが、すでに陸軍の駐屯地となっている。大阪城の近傍や難波村、京都などが候補に挙がった末、風光明媚なここ中之島が選ばれた。二本の川の流れが美しく、眺望は大阪市中の北と南、果ては東西の山並みに至り、大阪駅にも近い。

さらに西洋式の公園地とすべく、流行の築法であるこの遊歩道が開かれた。東京は築地銀座の馬車道が逸早く並木道にして名を揚げたので、大阪の競い心が騒いだのかもしれない。緑の木々のみならず、早春の梅に仲春の桃、晩春には桜の雲が川縁を爛漫と染める。樹間には芝草が張られていて、これが広い緑地になっている。

顔を回らせ、遊歩道の西へと向けた。中之島の西手には旧幕時代は柳川藩邸が置かれていたそうだが、二年ほど前から賑やかな一画になっている。講釈師の燕亭が始めた遊興地で、燕亭湯と呼ばれる銭湯に寄席、芝居小屋、見世物小屋に矢場、飲屋や食物屋、競馬場もある。大阪が不景気風に吹かれて久しいだけに町の衆はここで笑いさざめき、憂さを晴らすのだ。夜は風にのって喧騒が寝間にまで届くことがあるが、今はまだしんと眠っている。

ゆきの坐す縁台の背後にも浪華（なにわ）温泉場なる大きな建屋があり、和歌山からわざわざ運ばせている温泉が名物だ。大店（おおだな）の主（あるじ）一家が人力車で乗りつけたり、外国人の姿も見かける。欧米人は半裸（はんら）でうろうろする日本人を目にすれば眉をしかめ、もはや混浴ではない銭湯をも非難してやまない。どれほど裸（はだか）を忌（い）んでいるのだろうと半ば呆（あき）れるが温泉は好むらしい。着衣のまま入浴しているのではないかと訝（いぶか）しむが、確かめたことはない。

そういえば、浪華温泉場の金主の一人は五代友厚だ。丈吉はおそらく五代からいろいろと聞かされることがあって中之島進出を決めたのではないかと、ゆきは推（すい）している。

御一新後、港を持つ貿易の町として大阪はみごと復活を果たすはずであったが大阪湾は水深が浅い。外国船は神戸港に入りたがり、市中の景気はなかなか上向かない。豊國神社遷座（せんざ）を吉祥（きっしょう）として中之島に公園地を造り、一大遊興地にしようと目論（もくろ）んだのは大阪府のようだが、在野の五代も温泉場を開くことに助力したのではないか。

草野君、共に繁華（はんか）の灯（ひ）をともそう。大阪を甦（よみがえ）らせよう。

おかげをもってか、草野屋丈吉は盛名を極める一方だ。明治十二年六月には、前の亜米利加（アメリカ）大統領であるグラント将軍が長崎を訪れ、自由亭が接客を承った。ゆきは大阪にいたのであとで聞いたのだが、日本料理を担当したのは名代（なだい）の藤屋であったらしい。自由亭が吹けば飛ぶような木っ端（こっぱ）のごとき構えであった頃、夫婦で上がったことのある店だ。客を客とも思わぬあしらい方で、しかも始めたばかりの仏蘭西（フランス）料理は不味（まず）かった。あれから藤屋は本来の本膳料理に戻ったのだろうか。丈吉はかつての悶着（もんちゃく）を水に流したのか、何も口にしないままだ。

同じ年の八月には伊太利（イタリー）の皇族が長崎を訪れた。自由亭は饗応（きょうおう）の西洋料理を長崎県令から拝命し、秋には独逸帝国の皇孫が来阪したので昼餐の用命を受けた。伊太利の皇族が日本各地を旅してのち来阪したのが去年二月、今度は大阪府知事の饗応で料理を受け持った。去年は京都自由亭の二階を増築して新規開業し、さらに丸太町に迎賓館を開業するらしい。

丈吉とは四、五十日も顔を合わせぬことなどざらにあり、長崎にいるかと思っていたら京都、京都かと思えば東京、横浜だったりする。川口の梅本町、富島町の二軒も営業しているので、ゆきが亭主の居場所に意を払わなくなって久しく、番頭たちの方がよほど把握している。

長崎馬町の店は萬助に任せることになり、よしと丈平も長崎に移った。富島町の店には貫太が残り、使用人を新たに雇い入れて切り盛りしている。丈吉の成功を聞いてか、名を聞いたこともない遠い親戚やら近在の者やらが長崎から出てくるが、役に立つ者はなかなか少ないらしい。

遠くで大吉の吠える声が聞こえたような気がしたが、姿はまだ見えない。顔を正面に戻した。川へとまなざしを投げた。この景色は見飽きることがない。早生の西瓜を山と積んだ荷舟が波間に埋もれそうになりながら行き交うさまも微笑ましかったりする。川口の水辺の景も好きであったけれども運河だけあって泥が深く、水の色も深緑に淀んでいたことが今になってわかる。

洋物の紙巻煙草を刺繡袋から取り出して、火をつけた。

丈吉は舌に悪いと言って煙草をやらないが、西洋婦人の行楽用喫煙具をどこからか購ってきて「ほれ」と気軽に渡された。袋の中は小さな白い陶器箱で、蓋を開けば火種を埋められる壺と灰落としの壺が並んでいる。ゆきに煙草を勧めるつもりではなく、蓋には色鮮やかな草花が細密に描かれているのでたまには女房にもと、財布の紐を緩めたのだろう。輸入商がくれた、ただのおまけかもしれないが。けれど掌に置いて眺めるうちに、ひとつ、煙草でもたしなんでみるかという気になった。最初はよくもこんないがらっぽいものをと口を漱ぐばかりであったが、朝餉の前に大吉をつれて川沿いを歩く、その合間に縁台で一本をゆっくりとやればこれが旨かった。

楓の枝が川風に揺れ、白麻の膝上に青い光を落としては散る。ゆきは煙をくゆらせる。

この一月、中之島自由亭ホテルは開業を果たした。ちょうど並木の梅が固い蕾をほころばせんとしている頃だ。

敷地は大阪府商船取締所の跡地で、むろん大阪府からの借地であるが建物は自前の新築だ。寄棟式の総二階建で黒く光る甍の大屋根をいただき、外壁は白くぬめる漆喰仕上げ、敷地は木柵で囲われ、屋根のかたわらには自由亭の旗が雄々しく翻っている。長崎馬町の自由亭よりもさらに大きく瀟洒な西洋館だ。ゆきは何度も己の胸をおさえねばならなかった。胸の動悸が止まらなかった。

竣工は前年師走で、姑と子供たちをひきつれて帳場裏に設けられた主人用の一隅に入った。

いずれは自宅を別にする。北浜辺りに家を探させるけん、しばしここで我慢してくれ。

我慢などとはとんでもない。青畳の座敷が四間もあり、狭いながらも専用の台所に浴室と洗面室、縁側の端には便所も附属している。

しかしゆきは荷解きをする暇もなく、家のことはふじと娘たちに任せた。給仕人とホテルの使用人の躾はもとより、開業式の準備に追われたからだ。料理場の長には、丈吉が見込んだ腕利きを迎えた。落ち着きのある穏和な人物で、東京の精養軒や日光の金谷ホテルで修業し、賓客の饗宴も経験を積んでいるらしい。

開業式と披露目の宴は一週間かけて行なわれた。ゆきは庭師と打ち合わせ、門前の植え込みに自由亭の三文字を花で描かせた。丈のある西洋菫を室で早咲きさせ、西洋菊も色とりどりを揃えて植え込ませたのだ。漆喰壁には幔幕を張り廻らせ高張提燈を掲げ、庭先には諸国の国旗をずらりと掲揚した。提燈は公園地じゅうに飾らせたので、夜の対岸から見れば島そのものが照っているかのように見えたそうだ。

当日は楽隊を雇い、「君が代」なる曲が演奏された。夕暮れには花火も打ち上げたので、遊歩道をびっしりと埋めた見物衆がそれは歓んだ。東隣の浪華温泉場や清華楼(せいかろう)という料亭の門前も鈴なりとなり、手を打ち鳴らす音や歓声がいつまでも波のように響いた。

招待客は初日にはまず大阪府知事で、丈吉が親しかった渡邊昇(わたなべのぼり)が元老院議官となったので今は建野郷三(たてのごうぞう)閣下(かっか)だ。そして各国の領事、高官、兵庫県令と造幣局長、翌日からは鉄道局の官吏や府庁の役人、大阪在任の軍人や郡長区長、銀行家、むろん大阪の名だたる商人らも招いてもてなした。

五代にもむろん招待状を出したはずだが顔を見せなかったので、在阪していなかったのだろう。

東京にも別邸があるらしいし、なにしろ手がけている事業が夥(おびただ)しい。明治初年から鉱山事業を手がけているのは府民の間でも有名であるし、四、五年前には堂島に藍(あい)の製造所である朝陽館(ちょうようかん)を開いた。安い印度(インド)藍が入ってきて国産を圧迫しているのだ。五代は日本の藍事業の立て直しに力を注ぎ続けているという。昨冬には大阪商業講習所、つまり若者が商法を学べる学校を開いた。まもなく大阪府に移管され、府立学校になるらしい。さらに今年に入っては大阪製銅会社や関西貿易社を設立した。五代は共同出資で設立することも多く、業を創するのが己の役目とばかりに、事業が軌道にのればさっさと身を退(ひ)き、周囲に託してしまうのだという。

煙草の巻紙がジッと焼け、壺で灰を受ける。

新聞記事によっては褒めるばかりでなく、五代を名指しで批判するものもある。批判、非難の記事はなぜああも画数の多い難しい漢字を並べ立てるのだろう。黒々と憎々しげな紙面を目にするたび腹が立ち、そして心配になる。

五代様はいったい、何人分の仕事をしてなさるとやろう。労が過ぎなさるとやなかか。

私ごときが案じたとてと己を半ば笑い、見方を変えれば何人分もの人生を生きていなさるのかもしれんと思うようになった。そう思うことにした。

丈吉にしても、料理人としての道を貫きつつ、饗応(もてなし)そのものをも追求するようになっている。

中之島自由亭ホテルの食堂は百畳相当の広間で、欧羅巴(ヨーロッパ)式に天井も高い。用命があれば、ここをたちまち政府貴顕(きけん)の会議場、饗宴場に設(しつら)えられる。日本人が胸を張って外国人を饗応し、時に渡り合う場を用意する。たぶんそれが丈吉なりの、公(おおやけ)に尽くすということなのだろう。

二階の客室の内装は西洋式と日本式をあえて折衷(せっちゅう)させており、窓には障子、床(とこ)の間も付けてある。ゆきが骨董(こっとう)商から持ってこさせた書画の軸を選んで掛けているのだが、買いたいと所望する外国人客もあるので堂島川を隔(へだ)てた対岸、天満(てんま)の店を紹介することもしばしばだ。

「異人相手やからというて、無茶な値付けばしたらいけんとよ」

「わかってまんがな。自由亭さんのご紹介だすさかい、せいぜい気張(きば)らせてもらいます」

「いや、安過ぎてもいけん。ただでさえ日本と外国とは物価の違うけん、洗い浚(ざら)い買い漁(あさ)られたら日本の書画の値打ちが無茶苦茶になるばい」

「ややこしいなあ。難しいこと言いなはんな」

骨董商は唸りながらも、ほくほく顔なのだった。

客室の床もあえて畳にしてあり、その上に絨毯(じゅうたん)を敷いて寝台、洋椅子と小卓(しょうたく)を置いてある。宿泊客が何よりも楽しむのは食堂で供される本式の洋食、そして部屋から望む景色だ。北の堂島川、あるいは南の土佐堀川を見下ろせ、川に向かって張り出した露台(ろだい)に出れば東の彼方(かなた)に生駒(いこま)の山嶺が青く秀でている。大阪城そのものは幕末に焼けて見る影もないが城址を包む森が濃く広がり、造幣局の烟突(けむりだし)は煉瓦(れんが)の赤だ。

そして西の彼方には摩耶(まや)、六甲(ろっこう)、甲(かぶと)の山影が遠くにたゆたっている。夏の日没ともなれば夕焼けの緋色(ひいろ)、群青(ぐんじょう)、紫が幾筋も流れて月も星も美しい。中之島はことに納涼(すずみ)客が多いのだが、川風の爽やかさと四囲の景色が愛(め)でられているのだろう。

大吉に引きずられてどこまで行ったものやら、娘たちはまだ帰ってこない。鉄砲玉だ。

わが娘ながら二人とも整った顔立ちで、きんは丈吉に似てか小柄、顔立ちがくっきりとしている。ゆうは大柄で色が白く、京人形に似た下膨(しもぶく)れだ。昨秋からはきんと同じ照暗(しょうあん)女学校に通っている。

この中之島でも有名な、自由亭の姉妹。

なればこそ、つくづくと眼のことがゆきは口惜しい。

きんの眼さえ尋常ならば。

そのことを思えば、たちまち胸の中がふさがる。きんの右眼はもはやほとんど見えず、瞼(まぶた)も閉じつつある。異変に気づいたのは二年前だ。いつも目を眇(すが)めているような顔つきで、右側に人が立つと振り向くのが遅い。ただ、「痛い」とも何とも言わず、女学校に元気よく通い、家の手伝いもよくしていた。だがある日、右眼がひどく充血していた。取るものもとりあえず眼医者に連れていくと、医者は薄暗い診察室で声を低めた。

「角膜(かくまく)が混濁(こんだく)しています。トラコーマですな」

「虎」

「流行(はや)り病(やまい)の眼病です。うつりますから、手拭いはご家族と分けて使ってください」

「そんなもの、どこでうつったとです」

「それはわかりかねますな。どこかで眼にばい菌が入って、こすったのでしょう」

ふいに、数年前の洗濯を思い出した。

「先生。この子、洗濯曹達(ソーダ)の泡が眼に入ったことがあるとですよ」

「洗濯曹達はアルカリ性が強いですよ。そうか、その時に角膜を傷めたのかもしれませんな。ただ、それについては判じようがありません。薬は出しますが、トラコーマも怖い病です。お嬢さんには気の毒だが覚悟なさってください」

「覚悟って、娘はどがんなるとです」

医者は俯(うつむ)くきんを見やり、黙って頭を振った。

「そんな。手術、そうたい、手術はできんとですか」

その時、きんは顔を上げた。

「お母はん。私、手術はしとうない」

「そやかて、おまえ、片眼がつぶれたら」

「どうせ、もうほとんど見えてないもの」

「見えてないいて、何で、それを早(はよ)う言わんかった」

医者の前ということを忘れて取り乱していた。

「いつから見えてないの」

「見えにくい日と調子のええ日と、いろいろやった。眼ぇこすったら見えるようになる時もあったし、一日のうちでも夕暮れのいっときだけえろう見えにくい日もあったりして。けど、ほんまにあかんと思うたのは昨夜(ゆうべ)。睫毛(まつげ)が逆(さか)さになってチクチク眼ぇ刺されるみたいに痛(いと)うて」

医者は手術を受けるなら早い方がよいが、必ず視力が回復するとは請け合えぬ、と言った。

かなうならば、私の眼の玉と取り替えてやりたい。今でもそう思う。ふじも泣いていた。だが丈吉は「そうか」と呟き、しばし黙っていた。

「こないなことになって、おきんにはほんまに可哀想なことやが、ええか、おゆき。特別扱いはするな。これまで通り、他のきょうだいと同じように扱え」

「お前しゃん、そんな酷なこと、よう言えますな」

頭に血が上った。男親というものは何と冷たい。唇が震えた。だが丈吉は引かなかった。

「本人の気持ちになってやれ。不憫がられたり庇われたりするたび、私はそないに醜いのか、私はそないに半端者なんかと思わんならんのやぞ。そんな思いをおきんにさせとうない」

絞り出すように言い、最後は声を湿らせた。

それで、ゆきも肚を括ったのだ。けれど難しかった。つい「大丈夫か」と声をかけてしまうし、きんと並んで立つ時は左側を選んでいる。きんが顔を動かしやすく、こなたの表情が見えやすいように。ごく尋常に扱うのに慣れたのは最近のことだ。それでも、あの洗濯の日にすぐさま病院に連れていけばよかったと悔い、もっと早くトラコーマに気づいていればと、自らを責める。

ただ一つの救いは、きんがいっこうに変わらぬことだ。嘆き悲しんだり、拗ねたような物言いもしたことがない。むしろこなたが気遣われているような気のすることもあって、目頭が潤んでしまう。泣いてはいけないのだ。私が泣いてはきんを傷つける。そしてきんはますます闊達に振る舞うようになった。他人の目を恐れず、俯きもしない。小袖に行燈袴、足許は洋靴、手には洋傘という珍妙ないでたちで、顔をまっすぐに上げて通学している。

いつぞやは女学校に呼び出された。川口の居留地にあるその学校は元は「エデスの学校」と呼ばれ、亜米利加の宣教師であるミス・エデスが明治八年、生徒三名から始めたらしい。昨明治十三年に照暗女学校と改称され、英語名でセント・アグネス・スクールという。今は生徒数も三十名近く、校内には寄宿舎もあって寄宿生が暮らし、家の事情で教会から給費を受けて学んでいる生徒もいると、きんは誇らしげだ。

学校はきんにとって別世界であり、日々、意気揚々（ようよう）と家を出、そして帰ってくる。今日も私は新しい、面白いことを摑んだのやと、頬を輝かせて。

ふじは「耶蘇（ヤソ）の学校に通うて、切支丹（キリシタン）になったらどがんする」と心配そうだ。丈吉も元はといえば「そこまで高等な学問は要らん。縁談に障（さわ）る」と渋っていた。いずれにしろ縁談を考えるべき歳頃なのだが、和歌や書道、裁縫（さいほう）の他、英語は亜米利加人が教授してくれるからときんが直談判したことで、丈吉は入学を認めた。今ではきんが英語を話すのが嬉しそうで、時々、ゆきにはわからぬ言葉を交わして笑い合っている。それはなんとなく気が悪い。つい睨むとその顔を見てまたからかってくる。

「ミス・クサノ、生徒たちに大変好かれています。よきことです」

校長のミス・エデスの日本語は流暢（りゅうちょう）だ。

「さようですか。恐れ入ります」

胸を撫で下ろした。「折り入ってご相談したき儀あり、父上か母上にお出まし願いたい」などと学校から迎えが来たので、なにごとかと身構えていた。真っ先に泛（うか）ぶのはやはり眼のことだ。

エデス校長はもどかしそうに、爪で木机の上を叩いている。

「ミス・クサノ、頭、なんとかしてほしいです」

「頭ですか」

今度は驚いた。妹や弟はともかく、きんは手習塾でも師匠が舌を巻くほど出来がよく、ゆきもきんのおかげで新聞を読むのに不自由せず、下手（へた）ながら手紙も書けるようになった。片眼になっても学びを続けたがったのは本人だ。

「うちの娘の頭、そぎゃん悪かとですか」

「そう。あの丁髷、いけません。流行、よろしくない」

琥珀色の目がゆきをしかと見つめている。ようやっと、この頃きんが好んで結っている髷の形を指しているのだと気がついた。生え際や耳の上もきゅっと後ろに引き詰めて元結で結び、そこから毛束を折り返してもう一度元結で結ぶだけの簡単な仕方だ。髷の先端は額に近い頭頂で、鋏で整えた毛先が銀杏葉の形に広がっている。

「あれ、丁髷て呼びよっとですか。いえ、私も相撲取りのごたるけん、やめんねて注意したことのあるとですよ。ばってん、さすがに月代は剃っとりません」

ハハと顔の前で手を振れば、エデス校長は「ノー」と悲しげにまばたきをした。

「笑うこと、違います」

真面目な声音で注意され、校長より大きな躰をただ縮めるばかりであった。けれど内心では有難かった。きんがこうして事件を起こして笑わせてくれることに、ほっとしていた。ミス・エデスは先月の六月に帰国してしまい、きんはそれがたいそう残念であったようで、送別会の日には別れを惜しんで人目も憚らず泣いたようだった。

「お母はん」

呼ばれてふり向けば孝次郎だ。十四歳で、小学校の中等科に通っている。

「あれ、あんたも遊歩ね。祖母ちゃんは」

「違うよ。きん姉ちゃんがお母はんを迎えに行けて」

「え。家に帰っとると」

「とっくにや。お母はんを忘れてきたことにさっき気ぃついたみたい」

「遅いと思うたら、忘れられとったか」

手にした煙草は途中で火が消えている。灰落としの壺にねじ込み、「参った、参った」と立ち上がった。

「なにがそうも面白いの」孝次郎は怪訝そうな色を目に泛べる。

「べつに面白うなかよ」

「そやけど笑うてるやんか」

「あら、首から上をすげ替えられたとか」浄瑠璃人形の真似をしてみせれば、「阿呆らし」と下駄音を鳴らして踵を返す。

「ちょっと、お前まで母親を置き去りにすっとか」

前のめりになって足を速めたが、もうまったく追いつけないのだった。


あくる年、また桜鯛の季節が訪れた。

「お役に立てて嬉しおした。これからもご遠慮のう、何なりと言うとくれやすな」

祇園の松子が運んできた鯛はいつも艶光りして、目の下から尾の先まで桜色だ。このまま海に放っても、すいと泳ぎ出すのではあるまいか。

「うちは御寮人さんのためやったら、火の中水の中、御所の中。家来やと思うとくれやす」

大袈裟に間合いを詰めてくる。

そもそもの契機は開業式だ。広間の室礼にも趣向を尽くそうとあれこれ思案を立てたが、大阪の花屋ではありきたりの花しか手配がつかない。そこで切羽詰まって松子を呼んだ。事情を打ち明けて相談すれば「まかせとくれやす」と胸を叩き、旧幕時代は禁裡御用達であったという花屋を連れてきた。大壺に活け込んだのは見事な緋色の寒桜、枝ぶりのよい古松も一本ごとで、内外の賓客の評判も上々であった。新聞記者が写真を所望するとこの大壺の前に立ちたがる客も多かった、と松子に礼状を書けばまたすっ飛んできて、その足で新町の竹子、島之内の梅子の家に回って自慢したらしい。

うちは、御寮人さんに頼られてるんどす。

さて、竹子と梅子はそれが気に入らない。去年は松竹梅が別々に鯛を持ってきて、ゆきの機嫌を伺った。御寮人さん、どうぞわたいらもお見限りなきよう。

自分こそが最も丈吉に大事にされているのだと各々が自惚れており、そのついでのようにゆきにも認めてもらいたがる。三人とも生計がかかっているので必死にもなるだろう。ただ、ゆきはうまくあしらうほどの器量は持ち合わせていないので、黙って相槌を打つのがせいぜいだ。すると「御寮人さんはほんまに親身に話を聞いてくれはる」などと有難がられる。なるほど、三人寄ってかかってこられたら太刀打ちできないが、一人ずつ捌けば取って喰われずに済みそうだと気がついた。

「なにごとも御寮人さんのお差配を仰いで、しかとお仕え申すように竹子さんと梅子さんにも言うてきかすのどすけど、あのお人らは土台の忠心が薄おすよって、さていざとなったら頼りになりますやろか」

松子は今日も己を売り込み、他の二人を落としにかかる。妾同士が競い合えば三すくみ、このまま本妻に反乱を起こさぬようにしてもらいたいと、水引をかけたおための金封をのせて広蓋を返した。

台所に鯛を運び、前垂れをつけた。包丁を研ぎながら、「さてさて」と呟く。兜煮に若く柔らかな牛蒡を煮き合わせ、半身は刺身にして煎り酒に梅肉の叩きを添えていただこう。もう半身は昆布で締めておけば数日は保ち、味にも深みが出る。骨はからりと揚げて塩を振り、煎餅だ。

よし一家は長崎なのでお裾分けができない。貫太のところに分けるとするか。昨年、貫太は三十路にしてようやく女房を持った。よしが長崎に発つ前に見合をさせたのだ。

貫太には頑張ってもろうたけんねえ。せめてもの礼の気持ち。

よしを見送りに港に行った際、そう耳打ちをした。相手は近在の漁師の娘で貫太の七つ歳下、名はひろという。豆腐屋の親爺の遠縁にあたることはあとで知った。

自由亭はんと縁続きになるとは、めでたいかぎりだすわ。いや、こんな豆腐屋のままでは済まんかもしれんな。まかり間違うて、いっそ府知事にでもなるんと違うか、わし。

たいそう歓んで、同じ台詞をあたりかまわず吹聴したものだ。

ひろは口数は少ないが、たまに笑うと笑窪が片頬にできるのが可愛らしい。夫婦仲も至ってよさそうだ。正月に年始の挨拶に訪れた際は腹に子があって、秋には生まれるという。ゆきが膳の上のものを足そうと座敷を立てば、ひろも気を遣ってかすぐに台所に入ってくる。するとたちまち貫太が追ってくる。

「おひろ、座敷に坐っとけ。女将さんの手伝いはわしの方が慣れてる」

そう言って、ゆきの手から重箱をひったくる。

「女房孝行しよっとね。見直した」

すると盛大に目尻を下げ、「わしは旦那さんみたいな才も運も持ち合わせてまへん。それが、ようわかりました」と小声で打ち明けた。

「若い時分は無闇な高望みもしましたけど、今はこの腕の中にあるものだけを大切に守っていきたいて思うてますねん」

貫太なりに思い悩んだこともあったのだろうか。料理にはやはり、修業だけではどうにもならぬ領分がある。生まれ持った勘、才といおうか。まったく同じ材と手順で拵えたカツレットでも、萬助と貫太とではやはり違うのだ。ゆえに、迂闊に「諦めるな」とは言えない。

「ばってん、あんたの作る菓子の贔屓は多かよ」

口をついて出たのは本心だ。

「へえ、そりゃもちろんだす。坊んもわしのプリングが大好物や」

その昔は「カスター」と呼んでいた、甘い茶碗蒸しだ。そう、目下の懸念はプリングが好きな坊ん、孝次郎の方だと、鯛を洗いながら鱗を取り、おろす。

去年、政府が中学校にかかわる勅令を発した。孝次郎は小学校の中等科を出たので下等中学なるところに入れるらしい。だが本人は勉学に熱心ではなく、意志を訊いてやっても生返事を繰り返すばかりだ。学校に上がらぬのなら料理場に入れて修業を始めさせると丈吉が言い、確かに、いずれは継がねばならぬのだから早い方がいいとゆきも賛成してまた持ちかけてみたのだが、顔色を変えた。

「包丁なんぞ、よう持たん」

とりつく島もなかった。料理修業についてはもうしばらく様子を見てやってほしいと丈吉に頭を下げたのだが、いったいどうしたものか。無理に包丁を持たせても、才がなければ本人も周囲も辛かろう。いっそ番頭業を学ばせたらと思うが、おとなしく引っ込み思案であるので接客も不得手そうだ。なら五代様の開いた商業講習所に入れてもらおうかと思いつくも、勉学が好きでない者を無理に押し込んでも学校が迷惑なだけだ。

三枚におろし、片身に酒と軽く塩を振って昆布で巻き、さらに新しい布巾できっちりと巻いて涼しい土間の棚に置く。もう半身は食べる前に刺身にするとして、先に兜煮だ。鍋に酒と水を張る。孝次郎はただ一人の男の子、自由亭の跡継ぎだ。大阪、京都、長崎で七店、使用人は百人を超える。だが、父親と反りが合わない。丈吉は孝次郎の気性が物足りぬようで、張りがない、柔弱だと見ている。孝次郎も丈吉の前では身を硬くして俯き、唇を引き結んでしまう。いったいいつからそうなってしまったのか、何か契機があったのか、それとも孝次郎がそういう歳頃なのか。

丈平の長崎に行ってしもうて、淋しかとよ。

ふじに口添えされれば、なるほどそれもそうかと思い直した。孝次郎は丈平とは二つ違いであるので、兄弟のように仲がよかった。それで丈吉に掛け合ってみた。

「萬助しゃんとおよしに預けてみましょうか。親の目のなか方が、あの子も料理をするごとなるかもしれんけん。丈平ちゃんもおるし」

「いや、長崎になんぞやったら甘えるばかりや。今のうちに他人の中で苦労させんと、あいつはぐずぐずと腑抜けた人間に煮え上がる。いっそ東京の精養軒か横浜のグランドホテルで丁稚奉公させてみるか。おれの倅やということは隠して」

「そぎゃんこと無理でしょう。大阪の子で苗字が草野なんやけん、自由亭の縁者やとすぐに知られてしまうでしょ」

「そうかな。おい、塵紙」と、洟を盛大にかんだ。己の名がもはや関東でも有名であることは充分承知しているはずなので、あれはわざととぼけていたのだ。妾連中であれば「いやん、旦那さんのお名は東京といわず横浜といわず鳴り響いてるやおませんか」と囃し立ててやるのだろうが、本妻はそういう不要なご奉仕はしない。

結句、話はそのままになり宙ぶらりんのままだと、鍋に鯛の頭を入れる。牛蒡の皮を包丁の背でこさぎ、二寸ほどずつにざくざくと切って水を張った桶に抛(ほう)り込んでおく。鍋に酒と味醂(みりん)を入れて煮切り、砂糖と醤油を目分量で入れ、玉杓子(たまじゃくし)で煮汁を頭にかけ続ける。時々、アクを取る。

孝次郎は明治生まれゆえ苦労が足りぬのだ。幼い時分には痩せぎすであったのにこの頃、急に肥ってきた。色白であるので余計に鈍重(どんじゅう)に見える。けれどもふじには優(やさ)しく、ふじも孝次郎を恃(たの)みにしている節が伺える。自由亭がこうして華々しく中之島に打って出ても、祖母と孫は何事もなかったかのようにひっそりとして互いを支え合っている。そのつっかえ棒を外してしまうのも酷なような気がする。

鯛の目玉が白くなってきたので、牛蒡を鍋の端に並べて落とし蓋をした。竈(かまど)の焚口(たきぐち)に屈(かが)んで薪(まき)の太いのを脇に外し、火加減を弱める。鍋肌に粟粒(あわつぶ)のごとき泡が生じ、甘辛い匂いが立ってきた。蓋を外してさらに煮汁をかけ回して艶(つや)を出す。

「ん、これでよか」

鍋を火から下ろし、今度は骨に小麦粉をまぶす。油で二度揚げ、塩をさっとかけたところで「孝次郎」と呼んだ。返事がない。ふじの部屋にいるのだろうと奥の六畳を覗けば、ふじの姿も見えない。

「孝次郎、富島町にお遣いに行ってくれんね。兜煮と骨煎餅」

裏庭に面した縁先(えんさき)にまで出てみると、背を丸めたふじが便所の板戸に耳をあてている。

「お義母(かか)ぁ、どぎゃんしたと」

「ああ、うん、牛乳ばい」

「また、仰山(ぎょうさん)飲んだとですか」

孝次郎は牛乳が好きで、しばしば飲み過ぎては腹を下す。

「孝ちゃん、まだゆるゆるか。お医者、呼ぼうか」と、ふじは板戸を叩く。

「うん、もうちょっと待ってて」

なんとも活気のないさまだ。


中之島の桜が散りしだき、やがて青葉が萌えだした。桜に梅、桃、そして楓が川に空にと枝を伸ばし、自宅座敷の床の間にも鎧兜に菖蒲、卯の花を飾っている。

医者が桶で手を洗い、ゆきは洋物の手拭いを差し出した。

「ほう、ふかふかですねえ」

まだ三十代らしき医者で、長年、ふじが世話になっている鍼灸師の孫だそうだ。祖父の跡は襲わず、西洋医学に進んだらしい。ゆきが四十肩を診てもらった際、西洋式を敵対視しているようなことを口走っていたが、ひょっとしてこの孫の進路がかかわっていたのだろうか。昔の家にはそれぞれ家業があり、それを継ぐのが当たり前、誇りでもあったけれど、今の時代は違う道も増えた。

医者を隣室に誘って茶を出し、膝を改めて訊く。

「先生、どぎゃんでしょう」

うーんと指で眼鏡を押し上げ、「ご老体ですからねえ」と茶碗を持ち上げた。

「ばってん、まだ七十ですよ。そりゃ、腰も足も弱ってきたばってん、まだまだ」

けれど今朝、ふじは起きてこなかったのだ。孝次郎が真っ青になって呼びに来て、「祖母ちゃんが目ぇ覚まさへん。どうしよう、どうしよう」と足を踏み鳴らした。

「躰の方々にしこりがあります。胃ノ腑、腸にも。相当長い間あったもののようで、痛みも生半可ではなかったでしょう。気力だけでうまくやり過ごされてきたとしか思えません」

「うまくって。あなたのお祖父じいしゃんがずっと診てくださったとですよ」

医者は茶を啜すすってから、しばらく逡巡しゅんじゅんしているふうだ。

「ここに伺う前に祖父の覚書おぼえがきに目を通し、祖父にも訊いてきました」

思い決めたように、ゆきに目を合わせる。

「西洋医学の病院で手術を受ければしこりは除去できると祖父もお話ししたそうですが、ふじさんはご亭主が五十八で亡くなったので七十まで生きられたら御おんの字だとおっしゃったそうです。躰を切ったり縫ったりするのだけは堪忍かんにんしてほしい、それで万一、寝たきりにでもなったら嫁に世話をかけることになると」

そんなことをと、襖ふすまを開け放った寝間に目をやった。枕頭ちんとうには朝から孝次郎がつききりで、きんとゆうも女学校から帰るなりかたわらに坐している。

「明日の米を気にせず、倅一人を働かせることを悲しまず、ただただ一日一日を安穏あんのんに暮らさせてもらうとは、私はよほどの果報者、痛みくらい何ほどのことがありましょう。そうおっしゃるので、祖父は鍼灸で痛みを緩和かんわさせていたと申します」

俯いて、しばし黙した。

ふじらしい言葉だ。まだ子供も幼い時分に亭主の和十が病で何年も寝ついた。介抱する身の苦しさ、やるせなさを知り抜いているから、自らは負担をかけたくないと考えてしまったのだろう。手術を受けるのと寝たきりになるのとはかかわりがないはずだが、いかんせん知識が乏とぼしい。

「ばってん、せめて私には聞かせてほしかった。私も鍼灸を受けたことのあったとに、先生はなんもおっしゃらんかったとですよ」

「僕も祖父に同じことを申しました。お身内のどなたかには話しておくべきだったんじゃないかと、今でも思っています。ですが祖父は、ふじさんから口止めされたのやと言い張ります。患者が己の死にようを決めたのなら、その本望を遂げられるよう手助けするのも医の道や、と。僕は抗弁できませんでした。お許しください」

　首筋が見えるほど頭を下げられた。

「これから毎日、僕か祖父が参ります。会わせたい方がおられましたら、できるだけ近いうちに」

　覚悟をせねばならないのだ。いかほどふじと別れたくなくても、見送らねばならぬ日がくる。きんに事情を話し、すぐさま川口の電信局に走らせた。丈吉は今年の秋、くんちの傘鉾を一手持ちすることになっており、町衆との打ち合わせで長崎に滞在している。

「馬町の自由亭に打って。よし叔母ちゃんにも、できるだけ早う来阪を願う、て」

「わかった。本大工町の店にも打っとく」

　三日後の早朝、丈吉と萬助、よし、丈平の四人が着いた。

「お母ぁ、具合どうね」

　よしが声をかければ、ふじは皺深い瞼を小刻みに動かす。

「兄しゃんが、くんちの傘鉾ば出すとよ。一緒に見ようで」

　唇も動くので、よしが耳を近づけた。

「見えてる」

　そう言ったようだった。丈吉はただ黙ってふじを見つめ続けている。孝次郎は腰が抜けたようになって襖にもたれ、丈平が気遣ってくれているようだ。萬助の背後には貫太も坐し、腕で顔を覆ったままだ。

五月の青いような陽射しが満ちる座敷で、ふじは息を引き取った。

湯灌のあと帷子を着せ、よしと共に死に化粧を施した。骨の形がわかるほどに痩せているが、肌はなめらかだ。

「お母ぁ、紅ば差すとは生まれて初めてかもしれんねぇ」

よしは声を震わせ、紅筆を持ったまま嗚咽した。


百箇日の法要を終え、丈吉は十月のくんちに合わせて納骨をしに長崎に向かった。

朝、いつもの遊歩道に出ると、大吉が尻尾を振りながらぐんぐんと綱を引っ張る。孝次郎だ。川沿いの縁台にぼんやりと坐っている。

「早かね。眠れんかったと」

隣に腰を下ろしても、孝次郎は黙って大吉の頭を撫でるばかりだ。大吉はハアハアと口を開き、歓んでいる。

家族は一つひとつの法要を経て、死を受け容れてゆく。けれど秋になっても折ふしにふじの姿や声を思い出す。仏壇に白湯と茶、膳を供えて線香を立て、鈴を鳴らしても、振り向けば針を手にして繕い物をしているような気がする。ゆえに孝次郎がなかなか元気になれぬのも無理はない。

「お前の気持ちもわかる。ばってん、いつまでも泣いておっても」

「わかるわけない。祖母ちゃんの具合に何も気づかんかったくせして、僕の気持ちなんかお母はんにわかるわけない」

ふじが亡くなってからほとんど口をきかなかったというのに、噴くように言った。丸く盛り上がった白い頬から血の気が失せ、目の下には雀色の隈だ。「ひょっとして」と、ゆきは口を半分がた開いた。

「お前、祖母ちゃんの躾のこと知っとったとね」

孝次郎の肩が震えた。

「いつからね。何で私に言わんかった」

「ずっと前からや。小学校に上がった頃から」

「そがん前から」

「祖母ちゃんに口止めされた。黙っててほしいと手ぇ合わすのや。大丈夫たい、孝ちゃんがお嫁さんもらうまで祖母ちゃんは死なへんて言うから」

しゃくり上げながら、とつおいつ打ち明ける。犬は涙の匂いもわかるのだろうか、大吉は神妙に前肢を揃えて見守っている。

私はきんにも孝次郎にも同じことをした。気づかなかった鈍な己がどうしようもなく情けない。背中に手を回して抱き寄せた。幼い頃は外国人客にも可愛がられ、「ハロウ」などと口真似をしていたものだ。口の端を唾で濡らして、頬がいつも赤かった。

けれどつくづく、自分は産んだだけの母親なのだと思い知らされる。


明治十五年も師走を迎え、富島町の自由亭が京町堀に移転することになった。

商船学校の移転に伴い敷地を渡さねばならなくなり、秋にはすでに閉店している。貫太はそれを機に、自由亭を辞めた。丈吉が長崎から帰ってまもなくの頃だった。夜、女房のひろと共に訪れて、決意を打ち明けた。

「長らくお世話になりました。ほんまに感謝してます」

丈吉は不同意であるのか、不機嫌そうに腕を組む。

「子供も小さいのに、辞めてどないするつもりや」

ひろは昨秋に女の子を産み、数えで二歳だ。貫太に似て人懐こく、ゆきが手を出せばよちよちと近づいてくる。

「神戸に行こうて思うてます」いったん下げた頭をまた下げる。

「神戸の洋食屋に奉公するのか。独立するのやったら、自由亭の看板を掲げさせてもええのやぞ。早晩、神戸にも支店を出すつもりやったとこや」

「有難いお気持ちだすけど、菓子に専念しようと決めました。店を持てるようになるまで何年かかるかわかりまへんけど、おひろと二人で気張(きば)ってみます」

「菓子だけで喰うていけると思うてるのか」

丈吉は貫太を手放したくないのだ。自由亭がいかほど大きくなろうと要所は身内で固めておきたい。それが安心であるし、相手に報(むく)いることでもあると信じてやまない。貫太とは縁続きではないが、長崎から共に苦労をしてきた身内同然の男だ。けれど丈吉の翼(つばさ)の中から出ようとしている。

「貫ちゃん、おめでとう」思いきって明るく告げた。

「お前しゃん、いつか神戸支店を出したら菓子を手伝(てつど)うてもろうたらよかよ。な、貫ちゃん、そいは断らんでね」

「へえ、おおきに」

丈吉もようやく眉間(みけん)を開き、ゆきに祝儀を調(ととの)えさせた。末広がりの八十円だ。巡査の初任給が六円と聞いたことがあるので、暖簾(のれん)分けにも等しい気持ちで送り出すことにしたらしい。

孝次郎のことは昨夜、やっと折を見つけて話をした。

「私、あの子に申し訳のうて。母親として何もしてやらんかったですよ」

「まさか、孝次郎にあやまったりしてないやろうな」

「さあ、どうやったか。よう憶えてなかですけど」

思わぬところに話が逸れて、とまどった。

「子に詫びたりするなよ」

「お前しゃん、孝次郎に厳し過ぎるのやなかですか」

思わず口の端が下がった。

「違う。そうやなか」

「なら、なんです」

「親父のことや」と、丈吉は白湯を飲む。

「ああも長い間寝ついて、年端（としは）のゆかぬ倅に一家を背負わせて。床上げしたんかしてないんかわからんような具合を何年も続けて、今から思うたらあれだけ酒を呑めるのやからもっと働けたはずなんや。けど、おれは出島で奉公するようになっても仕送りを続けた。親父はおれに一度たりとも、すまんて言うたことがない」

「そりゃあ、親は親ですけん」

「そうや。そうなんや。あの頃、親父に詫びられたら、おれは生まれ育った家を見捨てたかもしれん。己の背に負うた荷が重過ぎるて、気ぃついてしまうやないか。親に詫びられたら、子は立つ瀬がのうなるのや。行き暮れる。親父はろくでなしの甲斐性なしやったが、最期まで威張（いば）ってたやろう」

「そうね。ほんに威張ってなさった」

「お母ぁはさぞ苦労やったやろうが、親父が偉そうにしててくれたから、おれも遮二無二働けたのやと思う。若い時分はようわからんまま、ただただ懸命やった。今のこの道を歩き始めたのも、最初から目指してたわけやない。気ぃついたら、阿蘭陀の船の厨房で走り回ってたのや。そやからおれも、いかほど出来の悪い父親か知らんが倅に詫びるつもりはないし、可哀想なことをしたとも思わん」

親子だからこそ互いに越えられぬ関があり、丈吉は自ら歩み寄るつもりはないときっぱり言い切ったに等しい。それもそうだと思う。

けれど孝次郎の将来はどうするのだ。

朝餉の用意を済ませて裏口から外へ出れば、凍てつくほどに寒い。霜を踏みながら縁先に回れば、大吉が小屋の外で待ち構えている。後ろ肢で立ち上がり、ゆきの手の中の皿に目がけて必死のさまだ。厨房の余り物の牛骨をもらったので、昨夜、それを煮てソップにしておいた。今朝、それに冷や飯を入れて粥に仕立てた。屑肉も入れたこれは大吉の大好物だ。

「よしよし、待て。はい、よかよ。オーケー」

舌を鳴らし、貪り喰っている。そのさまを屈んで見ているだけで、目尻が下がる。しばらくして、何か音がするのに気がついた。褞袍の前を合わせながら表に回ってみると、孝次郎だ。竹箒を手にして玄関の周囲を掃いている。寒そうに首をすくめ、けれど丹念な掃き方だ。

ザッ、ザッと小気味のいい音を聞きながら、ゆきは足音をしのばせて引き返した。

中之島の桜が盛りを過ぎた頃、思わぬ客が訪れた。

「陸奥さんがお越しになったのや。お前もご挨拶せえ」

座敷に顔を見せた丈吉は珍しく、昂奮(こうふん)を隠そうともしない口ぶりだ。

「さようですか、陸奥しゃんが」

川口の自由亭を開いたばかりの頃に会ったきりであるので、ゆきは十数年ぶりの再会になろうか。しかし陸奥は政府転覆(てんぷく)を謀(はか)った廉(かど)で逮捕され、明治十一年に受けた判決は「禁獄五年」と聞いていた。刑期を終えるのはまだ数ヵ月先のはずだ。

「脱獄されたとですか」

「脱獄やない、出獄や。天下晴れて恩赦(おんしゃ)をお受けになったのや」

「そがん、むきにならんでも」

「レストオランの談話室」

「はい、ただいま」返事をして繕い物を片寄せたものの、自身の袂(たもと)を摘んで持ち上げた。

「すぐ参りますけん、お先に行っとってください」

接遇商売であるからいつでも人前に出られる恰好(かっこう)ではあるが、簞笥(たんす)の前に移り、迷うことなく新しい畳紙(たとうし)に包まれた友禅(ゆうぜん)を取り出した。丈吉の見立てで先ほど呉服商が納めにきたばかりの品で、青藤色の地に柳と流水、白鷺(しらさぎ)が描かれており、丸帯は白橡(しろつるばみ)色に波の文様(もんよう)を織り出したものを選んだ。この装(よそお)いであれば遠来の客への礼を失することなく、大仰(おおぎょう)にもならないだろう。

手早く着替えて談話室に入れば、いつもの珈琲や葡萄酒、洋物の葉巻の匂いが漂っている。ゆきはこの匂いが好きだ。難しい商談の会食でも、舌鼓(したつづみ)を打ったのちにこの部屋に移れば互いに打ち解け、くつろいだ笑顔を見せる。洋硝子(ガラス)を嵌(は)め込んだ窓は床から天井までの特別誂(あつら)えで、堂島川の景を取り込んだ北庭にそのまま出られるようになっている。今は遅桜の三本が爛漫(らんまん)で、花色は黄緑を帯びた珍しいものだ。丈吉が京の寺から譲り受けたらしい。丈吉の桜好きはこの頃ますます昂(こう)

じ、どこにでも植えたがる。

穏やかな声が「草野君」と言うのが聞こえた。そうそう、少し甲高いこの声。

「お勧めするよ。真に学びたい者は監獄に入るべし」

陸奥は薄茶色の洋装で脚を組み、煙をくゆらせている。ふと顔を動かし、こなたを見上げた。

「ご無沙汰しております」頭を下げながら、はて、出獄した人になんと挨拶したものかと内心で首を捻った。しかも陸奥は政治犯だ。牢獄でのおつとめ、ご苦労さまにござりましたか。いや、それじゃ、しじゅうぶち込まれている奸物のようだ。結句は「ようこそおいでくださりました」と、尋常な挨拶を繰り出した。

「掛けたまえ」

長らく獄につながれていると人恋しくなるのか、昔よりも親しげな声音に聞こえる。「では」と小腰を屈め、丈吉の椅子の背後を回って腰を下ろした。洋卓を挟んで右に陸奥、左に丈吉と向かい合う。いざ陸奥の様子を正面にすれば胸を衝かれた。もともと彫りの深い面貌であったが、鼻筋や頬、頤も削がれたように鋭くなっている。髪だけは記憶のままに黒々と豊かに盛り上がっているが、顔はまるで白い独活だ。

だが陸奥は窶れの目立つ目尻をやわらげた。

「立派な女将ぶりじゃないか。見違えたよ」

「いいえ、私なんぞ出る幕はなかですよ」

鼻先で掌を振り、笑い紛らした。

「その訛りは変わらんね」

「うちん人も子供らもすっかり大阪言葉になりましたとに、私はなかなか」

「女将は変わらぬ方がいいよ。そのままで。長崎は自由亭の在所じゃないか」

「長崎じゃ、着物になんぞ構うこともなかったですもんねえ」ゆきは袂を膝の上に置いた。

「いっつも走り回って、子供に乳ばやりに坂道を駈け上がって、また駈け下りて。こん人が前に前に突き進みますけん、振り落とされんごと、私も必死で」

笑うと、陸奥は目を細めて庭を見やった。午後の陽射しが桜の枝々の間を揺れている。

「若かったなあ。誰も彼もが、がむしゃらだった」

海援隊の志士であった頃を思い出すのか、しみじみとした声だ。ゆきは「はい」と頷き、丈吉は黙っている。庭を見るともなく見ているような目で、けれど丈吉は滅多と昔を振り返らない。

陸奥は灰皿に葉巻を置き、「いやね」と脚を組み直した。

「ちょうど今、草野君に監獄暮らしを勧めていたところなのだ」

「そがん楽しかとこでしたか」

わざと声を弾ませた。

「楽しくはないが、意義深い場だったよ」

「何年、入っておられたとです」

「さあ、どのくらいだろう。判決は禁獄五年、山形の監獄に入ったのが明治十一年の九月中頃だったかな。それから仙台に移されて、恩赦の知らせを受けたのが去年の大晦日だ。仙台の監獄を出たのは今年の一月だから四年と数ヵ月の牢屋暮らしか。出てきたら不惑の四十だ」

陸奥は丈吉の四歳下、ゆきにとっては五歳下であるらしい。自分たちより若いことは承知しているけれども、陸奥様ももう四十におなりになったかと思う。

御一新後の陸奥の立場はひどく目まぐるしいものだった。摂津県知事と兵庫県知事を歴任した後、郷里の和歌山で藩政改革に腕を奮（ふる）い、次に耳にした時は「欧羅巴（ヨーロッパ）に留学中」、帰国後は「大蔵省に出仕なさった」だったが、やがて官職を辞し、明治八年頃に「元老院議官におなりなすった」と丈吉が安堵の様子を見せた。が一転、逮捕と監獄だ。五代は野（や）に下ったのちは一筋に事業に邁進（まいしん）しているが、陸奥はなかなか身が定まらないように見える。

「監獄には娑婆（しゃば）にないものがあるのだよ」

「ないもの」

「時間だ。労役は課せられていなかったのでね、毎日、読書三昧（ざんまい）だった。幼い時分から馴染んできた漢籍はむろん、歴史書に儒書、禅書から欧羅巴の思想書も紐解（ひもと）いたな。漢詩を作り、そう、今日のように天気のよい日は庭に出て草木を慰みにしたよ。僕は生来、躰が丈夫ではないから北の地の冬はさすがに応えたが、五月になれば急に暖かくなる。山形も仙台もいい土地だ。長崎や和歌山のように温暖ではないぶん、春と初夏はことさらに美しい。胸に沁み入るほどにね」

丈吉は感じ入った面持（おもも）ちで耳を傾けているが、未（いま）だに文字の読み書きができぬので読書三昧の有難さは雲を摑むような心地だろう。

「日々の膳はいかがです」料理人らしい問いを投げかけた。

「獄で出るものは歓迎すべからぬ代物（しろもの）だったが、妻や知人が差し入れしてくれたからね。身の回りの品も。そういえば草野君、君が送ってくれた仏蘭西（フランス）製の毛布、あれは実に暖かかった」

壁の洋時計がボオンと三度、やけに厳（おごそ）かな音を響かせた。丈吉が立ち上がり、まもなく白衣の料理人を連れて戻ってきた。銀盆を捧（ささ）げ持っているのは、長崎でゆきの世話をしてくれた神内米三郎（じんないよねさぶろう）だ。

「女将さん、すんません。今、給仕の者らが休憩に入ってまして」

小声で銀盆を差し出すので、それを受け取った。紅茶用の銀壺と茶碗が三客のせてあり、卓の上に移して茶碗に注ぐ。また米三郎が戻ってきて、今度は自身で皿を陸奥の前に置いた。

「特製サンドウイッチにございます」

「旨そうだな。お三時に与ろう」屈託なく指で一切れを摘み、口に入れた。頬と顎がゆっくりと動き、白綿のナフキンでさっと口を拭う。

「結構だ。さすがは自由亭だ」

無骨な米三郎の顔がみるみるうちに染まる。丈吉は米三郎の腰に手を回し、「京都支店の支配人の甥ですのや。神内といいます」と紹介した。陸奥は会釈を返したが、ゆきは砂糖壺を置きながら奇妙に感じた。

見映えを重んじる丈吉が、料理長ならまだしも、この下端の者をわざわざ陸奥に紹介するのか。ゆきの知らぬ間にめきめきと頭角を現したのだろうか。ひょっとしてこの若者は大変な才の持ち主なのか。だが皿の上のものは長年自由亭で供してきたパン料理で、格別の趣向を凝らした風には見えない。自家製ハムと薄切りにした胡瓜、茹で卵のマイヨネイズ和え、赤茄子とチーズを挟んだ三種。そこに胡瓜の西洋酢漬けと深緑のパースリーを添えてある。

「西洋野菜も新鮮だね。東京のレストオランでも、なかなかこうはいかない」

大阪で開業したばかりの頃は長崎から取り寄せるものも多かったが、玉造の八百富という青物商が亜米利加から種を仕入れて近在の百姓に作らせるようになって久しく、しかも自由亭には最上の品を納めるのを専らとしている。自由亭もまた、八百富が持ってきた品はすべて買い入れるのが長年の慣いだ。米三郎はそんなことを熱心に説明し、何度も辞儀をして立ち去った。去り際、ゆきの目を捉えるように見て、目が合えば熟柿のごとくになった顔にさらに照れ笑いのようなものを泛べた。ゆきはやはり訝しみながらも「ご苦労さま」のつもりで頷いて返した。

「不調法者で、どうも」丈吉は庇うような物言いをする。

「これからの料理人には包丁遣いだけやのうて、立ち居振舞いも教えんとなりませんわ」

「君は阿蘭陀仕込みだから、昔から西洋流が身についていたね。それに、喋れるのが強い」

「接遇に困らん程度です。読み書きは、日本語もでけへん没字漢ですわ」

「なあに。書きものなど口立てで筆記させればいいのさ。日本人は旧幕時代から外国語の習得もひたすら読んで書いて学問してきたが、大事なのは会話だ、マナーだ。しかも君は外国人が何を望むかを熟知している」

陸奥はサンドウイッチを綺麗に食し終え、昼食がまだだったのだと笑う。

「墓参りのあとで蕎麦でもたぐろうと思っていたんだが、大阪は蕎麦屋が少ないだろう」

「お墓参り。どなたのですか」ゆきが訊くと、丈吉が答えた。

「父上のお墓が夕陽丘におありらしい。今日はその帰りにお立ち寄りくださったのや」

「夕陽丘。ああ、四天王寺さんの手前の」

大阪の海に落ちる夕陽の景が有名な丘で、寺が多い地だ。大阪に出てきてまもない頃、ふじやよしや子供たちと共に出向いたことがある。坂の多さに長崎を思い出したが、波の入陽を見る前に店に戻らねばならなかった。それからのち、一度も足を延ばしたことがない。

丈吉が陸奥へと視線を戻した。

「これから、どうなさるんですか」

「さても、それだ」陸奥はまた葉巻を持ち上げ、火をつけた。

「獄中で翻訳に励んだのでね、まずはそれを出版しようかと思っている」

「外務卿の井上様は、陸奥さんの政界復帰を待ち望んでおられるでしょう」

「まあ、引きもないことはないが、しばらくはおとなしくしているよ」

「去年でしたか。井上卿が条約改正の予備会議の席で、外国人に日本国内を開放するのと引き換えに法権の回復を求められましたな」

丈吉がいきなり条約などと口にしたので、皿を片づけようと伸ばしかけた手を膝上に戻した。陸奥は平然と煙を吐き、「そうだ」と言った。

「政府にとって、幕府から引き継いだあの不平等条約の改正は急務だ。悲願でもある。だが、まだ端緒(たんしょ)についたばかりだ。改正にはほど遠い。しかし外交交渉においては、こちらの意思を示し続けることが道になる。粘り強くやらねばね」

たぶん、あのことを指しているのだろうと、頭の中で考えを巡(めぐ)らせた。

外国人が日本で罪を犯しても、日本の法では裁けない。日本人がいかに不利益や不当な扱いを受けても、当の外国人は自国の公使館に駈け込んでそのまま頬(ほっ)かむりだ。それ以上のことは新聞の記事を読んでも難しくてわからぬままだけれど、ゆきは居留地で騒動を目(ま)の当たりにしたことがある。賃金をちゃんと払(はろ)うてくれと声を上げた荷役夫(にやくふ)らに向かって外国人が発砲した。外国事務局は正式に抗議をしたが、仏蘭西の公使館員は姑息(こそく)な手を用いて事をうやむやにした。

「同時に、日本は文明国であることを諸外国に広く示す必要がある」

「文明国」と、ゆきは口の中で呟く。

「近代国家の法制度、政治制度を備えることだよ。さような国になって初めて、諸外国は日本をまともな交渉相手と看做(みな)すだろう。草野君、大阪に自由亭ホテルがあることは頼もしいよ。在阪の外国人の評判もひどくいいからね。彼らが自国に帰って記事や書物に著すんだ。それによって日本という国の印象は形成される」

「政はサイアンスとアート、学と術で執り行なうべし、でしたか」

あの夜、陸奥が口にしたあの言葉を丈吉は口にした。ゆきも憶えている。

「今なら、政治はアートなり、サイアンスにあらずと言うね。政治家は理屈や理論、権謀術数に溺れず、実学実才をもって人の心に練熟し、治めねばならん。獄中でそんなことを考えたよ。そういえばアートは、職人の技にも通ずる。料理や接遇は、僕に言わせればまさにアートだ。人の心を動かすのだから」

陸奥は「さて」と腰を上げ、「長居をしたね」と丈吉に手を差し出した。握手を交わしている。そしてゆきにも笑顔をふり向けた。

「あなたは出る幕がないなどと思ってはいけない。夫婦の一生、二人づれで遠き道をゆくごときものじゃないか」

有難うございますと、辞儀をした。玄関前で人力車を見送るうち、丈吉が苦笑まじりに呟いた。

「励ますつもりが励まされてしもうた」

「ほんまに。かないまへんなあ」

なぜか大阪訛りがうつっていた。


七月二十日に右大臣の岩倉具視卿が逝去との記事が、翌日の新聞に大きく出た。御一新に大功のあった公家で、聡明英達、じつに度量の大きなお人であったとの談話が紹介されている。没後に太政大臣の官位が贈られることも報じられ、葬儀は四日後、国が執り行なうらしい。

「国が喪主ってことね」ゆきが首を傾げていると、そばにいたきんが「そうや」と言った。

「先生がそんなことを教えてくれはったことがある。外国では国に功績のあった人は国じゅうで弔うらしい。岩倉卿のご葬儀は日本で初めての国葬になるねえ」

自由亭では国旗と店の旗に黒い喪章をつけ、旗竿の一番上までいったん上げたものをまた下ろし、中ほどで止めてある。これを半旗といい、丈吉いわく外国の風習に倣ったものらしい。阿蘭陀船では自国の王族に弔事があった場合に半旗にし、船員は袖に黒布を巻いたという。ホテルは通常通りに営業を続けた。中之島の夏も変わらず、夕暮れ時からは浴衣姿の涼み客で遊歩道は一杯になり、夜更けまで賑やかな日もある。

国葬から三日ほど経った七月末、子供たちは夏休みということもあり、三人で座敷に文机を並べて勉強だ。だが孝次郎はいっこう身が入らず、団扇片手にあくびをしているかと思えば姿が見えない。

「あれ、孝次郎は」

「さあ。大吉と散歩に行ったんやないの」

「こがん暑か時に。もうすぐお昼やのに。おきん、おゆう、支度ば手伝わんね」

ゆうは「はあい」と腰を上げるが、きんは辞書らしきものを片手に筆を走らせて顔を上げもしない。

「おきん、勉強も大事ばってん、おさんどんももっとできんと」

お嫁に行ったら困るよと言いかけて、唇を結んだ。もう二十歳になるというのに縁談がこない。本来であれば方々から縁談が引きも切らぬ歳頃だ。実際、断ってはいるが次女のゆうには話がくる。きんも思うところあってか女学校に通い続け、教師の手伝いをしながら自身も学んでいるらしい。耶蘇教に心酔して、まさか尼になる気ではないかと心配したが本人にその気はないようで、ただ英語に習熟したいのだと言う。

女学校はもう充分やろう。おゆうも行かさんでええ。

丈吉からはそう命じられている。

台所に入ればゆうは卵を焼き、大葉と茗荷を刻んでいる。

「冷やし素麵て、ようわかったね」

「干し椎茸が甘辛う煮てあったから。生姜もおろしときました」

この頃はこうしてゆきと共に台所に立つことが多い。いつだったか、友達の家で馳走になった大阪のばら寿司を作ってみせたこともある。よしのように女料理人になる娘だったかと軽い気持ちで口に出したことがあるが、丈吉は「あかん」とにべもなかった。

昔とは違う。なんぼおれの子でも、十八の娘を料理場でうろうろさせるわけにはいかん。

「お母はん、お腹すいた。お昼まだかあ」

裏口から孝次郎が肩を斜めにして入ってきた。一時は神妙に箒を持って玄関前や庭を掃いていたが、「今日は寒い」「今日は暑い」と言い暮らし、ゆきが説教をしてもどこ吹く風だ。孝次郎こそ料理場で鍛えてもらいたいと丈吉に掛け合えば、またもすげなく却下される。

邪魔になるだけや。

関東のホテルに預けて丁稚奉公させるという思案もあったが、それはゆきが反対した。親の目の届かぬ息子であったからこそ、難しい時期は手元に置いておきたい。だがこの体たらくを見るにつけ、奉公に出しておけばよかったと悔いる。いや、今ならまだ間に合う。十六なら、どこか引き受けてくれるかもしれない。料理人が無理なら給仕人でもと思うが、水を飲む本人の丸い背中を見れば役に立ちそうにない。溜息を吐きながら、素麵を茹でた。

その日の夜遅く、丈吉が外出から帰ってきた。脱いだ絽の羽織は酒や料理、煙草や白粉の匂いをたっぷりと吸っているので、また土佐堀の料亭で会食してきたのだろう。着替えを手伝い、白湯を出した。

「子供らは」

「もう寝んでます」

きんは文机に洋燈をともしてまだ勉強しているはずだが、それは黙っておく。

「おきんのことやが、婿を取ることに決めた」

相変わらず、やにわに言い出す。

「おきんの婿は料理人がええ。大阪の商家はたいてい、娘に出来のええ番頭や手代を娶わせて商いを継がせる」

「ほな、孝次郎は」

「いずれはどこかの支店をまかせることになるやろうが、本店はあいつでは間に合わん」

「間に合わんのは性根ですか、歳ですか」

「どっちもや。ともかく、おきんの婿取りを先にする。自由亭の跡継ぎを早う決めんことには」

ゆきは思わず長い息を吐いた。「そぎゃん急がんでも」

丈吉は「阿呆ぬかせ」と放るように言った。

「跡継ぎを決めて披露目をすることは、一家の主の最も重要な仕事や。おきんが継ぐのか孝次郎か、それともおゆうに婿を取るのか。奉公人らが休憩の合間にそんな噂話をするようやと、示しがつかんやないか」

「そんな噂話、あるとですか」

丈吉はそれには答えず、「この際やから言うておくが」と面持ちを改めた。

「おれの子は三人だけや。他にはいてへん。松子らにも、妾として一生面倒はみるが子は作らへんと申し渡してある。それもこれも、要らん騒動の種を蒔かんためや」

威張って言うことかと、思わず鼻の穴が広がる。

「まして、おきんは二十歳やぞ」

「それは承知しとります。で、料理人の誰か、心づもりがあるとですか」

本店支店を合わせれば、歳頃の釣り合う若者は唸るほどいる。

「お前も知っての、神内や」

「神内て。あの米三郎ですか」

そうか、その心をすでに組んでいて陸奥に紹介したのか。

「なんや、その顔。不足なんか」

「いえ、男は見映えなど二の次三の次とは思うばってん」

「当たり前や。料理や商いの腕に男ぶりなど何の役にも立たん。ましてあいつは身許もしっかりしてるし、真面目や。他にも数人頭にあったが、自由亭の婿にふさわしいのは神内やと見込んだ」

決めたと言われれば、抗いようがない。

翌日、座敷にきんを呼び、丈吉が申し渡した。

「神内て、あの、いつもおどおどしてる人」

ゆきを見るので「そうたい」と頷けば、みるみる顔色を変えた。

「あの人は厭や。お父はん、考え直してください」

「母娘よって、そないな自儘を言う。これはもう決めたことや。本人も京都の支配人も承知してる」

「それで、あの人、私を見たら顔を赤うしてたのやわ。お父はん、あんまりだす。なんで決める前に私の気持ちを訊いてくれはれへんかったんだすか」

「夫婦なんぞ添うてみんとわからん」

「ほなら、私の気持ちなんぞ、どうでもええんだすか」

「娘の為を思えばこそ、見込んだ男を添わせてやろうとしてるのやぞ」

「私の為やない。自由亭の為だすやろう」

さすがに口が過ぎると、きんの膝に手を置いた。だが唇を震わせて父親を睨みつけている。

「親に逆らうのか」

丈吉も声が厳しくなっている。

「親に向こうて、どこの世界の娘がそんな口をきく。ましてお前は長女やぞ。孝次郎はまだ十六、海のものとも山のものともつかん。自分が婿を取ることになるかもしれんと、一度たりとも考えんかったんか。覚悟はなかったんか。親の商いをなんと心得てきた」

「ほら、やっぱり。自由亭の為やないの」

顎をわななかせ、英語でなにかを口走った。その途端、丈吉が立ち上がった。足を広げ、拳を握り締めて娘を見下ろしている。

「私の人生は私のもの、やと。なんと傲慢な。お前、女学校でそないなこと習うてきたんか。もうええ。これから学校に行くことはならん」

「お前しゃん、堪えてやってください。おきん、お父はんにあやまらんね。早う、手ぇついて」

だが二人とも、仇敵のごとく睨み合っている。

「おゆうも女学校は辞めさせる。おゆき、わかったな」

黙って首肯すると、足音荒く座敷を出ていってしまった。きんは紙のように白い顔をして坐したままだ。

八月に入ってもきんは翻意せず、ゆきがどう説得しようと縁談を承知しない。丈吉もよほど肚に据えかねたのか、きんから顔をそむけるばかりだ。

「近いうちに、おゆうを嶋野様の家に奉公にやるさかい、そのつもりで用意しといてくれ」

「奉公に、ですか」

「嫁ぐまでの行儀見習いや。女学校なんぞより、よほど役に立つ」

そして長崎へと出張に出てしまった。きんは自室に籠もりきりで、「お姉ちゃん、痩せてきたで」と孝次郎が肥った頬を暗くする。

「けど、僕はあの神内ていう人、ええと思うけどなあ。いつでも愛想ええし、この間も大吉に脛肉のソップを持ってきてくれた」

「まさか、家内の揉めごとを喋っとらんやろうね」

「言うわけないやんか。お姉ちゃんの姿、この頃見いへんけど元気かて訊くから、夏負けで臥せってるのやて言うといた」

そんな知恵は回るのかと、呆れ半分に胸を撫で下ろす始末だ。

蟬の声も静まり、風が秋めいてきた日の朝、きんとゆうの二人が起きてこない。

丈吉は東京だ。陸奥の洋行が決まったとのことで、餞別を手に挨拶に出向いた。外遊は伊藤博文参議との面談で決まったらしいが、そこには政財界の思惑が働いたらしい。陸奥を政府に迎えるにはふさわしい役職がなく、かといって無役のままでいれば土佐発祥の自由民権勢力がまた陸奥を取り込もうとする。それで伊藤公と井上外務卿、山県有朋参議などの意向で「しばらく国外に」となったようで、資金は元大蔵官僚の実業家である渋沢栄一という御仁や豪商の三井家が調えたという。

部屋を覗けば、ゆうが両膝立ちになっている。

「お母はん、書置きがある」

差し出した巻紙を広げれば、米三郎との縁談にはどうしても不承知だと書いてある。

しばらく照暗にご厄介になりますゆえ、ご心配はご無用にて候。

「こいは、どういうことね」

「このままでは埒が明かんさかい家出するて、昨夜、そないなことを」

「家出」

「お母はん、私も奉公に出るの厭や。女学校に通わせて。九月になったら新学年が始まるのや」

「ちょっと黙ってなさい。まずはお姉ちゃんを連れ戻さんば」

丈吉が知ったら激怒して、この家に二度と入れぬという仕儀に至りかねない。

丈吉としては、信じられぬのだ。きんの言種は、親よりも家よりも己が大事だと宣言したに等しい。店と奉公人、家族もすべてひっくるめて草野屋一家と考える丈吉にとっては、とんでもない身勝手だ。子の中でも最も気が合い、可愛がってきた自慢の長女だけに、裏切られたと捉えても不思議ではない。そしておそらく、片眼であることも慮ってての婿取りなのだろう。

いざ家を出てみれば、きんも己のしでかしたことを思い知るかもしれないと、じりじりと暦を睨みながら七日ほど時をおき、西行きの船に乗った。

雨上がりのことで、風が強い。大きな白帆を膨らませた昔ながらの和船も未だに多く、その合間を小型の川蒸気が煙を吐きながらすばしこく行き交う。久しぶりの景色を目にしても胸を占めるのはこの件をどうまとめたものかという懸念ばかりで、巧い方法も思いつかぬうちに運河へと入り、水は緑を帯びた泥色を増してきた。

かつて自由亭のあった辺りを懐かしく見上げながら船から降り、川岸へと上がった。大通りから居留地に入れば街路樹がずいぶんと大きくなっており、松や蘇鉄、芭蕉の緑が秋陽に光っている。在住の外国人は多くが神戸に移住したので洋館や花庭は姿を消し、その代わりのように学校や教会など大きな建物が増え、普請中のものも多い。外観がほぼ完成間近と思しき二階建ての木造も学校かと思えば、看板には英語と共に聖バルナバ病院と記してある。耶蘇の教会は病院まで建てるのか。

町の変貌ぶりに感心するような、どこか淋しいような心持ちだが足を速め、目指す女学校の門を潜った。尼姿の外国婦人に声をかけ、草野きんの母親だと告げると「ミス・クサノ」とすぐに顎を引き、寄宿舎らしき一棟に案内してくれた。洋卓と椅子がずらりと並んだそこは食堂のようで、パンや牛乳の匂いがする。今はがらんとして他に誰もいない。ゆきは風呂敷包みを抱えて窓際に進んだ。立ったまま中庭を眺めるともなく眺めていると、歌声が聞こえてくる。少女たちの澄んだ声が幾層も重なって、いつか娘たちが話していた耶蘇の讃美歌がこれかと思いながら耳を澄ませた。

背後で音が響いて、きんが入ってきた。袴の裾を捌きながら真っ直ぐ近づいてきて、「お母はん」と言い、「坐ってください」と勧める。我が娘が遠い世界の人のように思えてたじろぎ、おずおずと腰を下ろした。尻に硬い木の椅子だ。風呂敷包みは膝に抱え、「元気そうたい」と声を繕って見上げた。

きんは素直に正面に腰を下ろした。屈託の深い顔つきだが、しかと左の目を瞠(みは)っているところを見ると決意は固そうだ。

「勝手をしまして、すんまへん」と言いながら、頭は下げない。

「お父はんは出張してなさるけん、帰るなら今日のうちばい」

「帰りまへん」

「そう言うと思った。ばってん、どげんあんたが頑張っても、お父はんが折れることはなかよ」

「わかってます。そやから、ここで教師にならせてもらいます」

重大なことを簡単に言ってのける。呆れ返ったが、叱りつけてもこの娘は意地を張るばかりだ。

「親子の縁を切られるとも覚悟しとるとね。それほど米三郎は厭か。いったい、どこが厭ね。それともお前、まさか誰とも添うつもりはないというんやなかろうね」

暗に眼のことを口にしてみた。いかに気丈に振る舞っていても、もしかしたら独り身を通すつもりを決めているのではないか。であれば、それは料簡(りょうけん)違いだと諭(さと)さねばならない。きんはしばし俯き、ゆるりと首を斜めにする。

「お母はん、私はこの眼のことで己に引け目を感じることだけはすまいと思うてきました。そやから、心配せんといてほし」

ゆきの胸の裡(うち)を読んだように言う。

「そういうことやのうて、ともかく、あのひとは厭なんやわ。虫が好かんというか、あの人と夫婦になると想像しただけで、あかん」

「あかん、か」

「そう。あかん」

ゆきは思わず蟀谷に指を置いた。

こうまで厭がっているものを無理に添わせて大丈夫なのだろうか。だが丈吉はすでに本人と、叔父である京都支店の支配人の承諾を得ていると言っていた。破談にするとなると、丈吉が頭を下げなければいけなくなる。きんの今後の縁談に障る噂も出かねない。

「お父はんのこと、あがん好きやったやなかね。そのお父はんが、きんの婿にと見込みなさったとよ。あんたたち夫婦に、自由亭の将来ば託そうとしとらすとよ。そいでも、あかんか」

「お父はんのことは今でも敬うてる。貧乏のどん底から這い上がって西洋料理店を始めて、物心ついた頃からの記憶を辿っても、店はどんどん立派に上等になっていった。凄いなあ、と思うてた。草野丈吉はもう、大阪の名士や。この学校でも私が自由亭の娘やということは知れ渡ってるし、皆、大事にもしてくれはる。そやから、なおのこと怖い」

「なんが怖かね」

きんは唇を引き結んでしまい、窓外へとまなざしを投げた。その左の横顔についつい見惚れた。

ほんまに綺麗やなあ。私が産んだ子とは思えん。

きんは顔を戻し、長い睫毛を伏せる。

「受け継ぐことが。お父はんとお母はんみたいに、一から二人で始めるのと違うやろう。今の自由亭には失くしたらあかんもの、崩したらあかんものが仰山ある。あの神内と一緒に守っていけるとは、どうしても思えんのよ。そりゃあ、私が頑張るんやのうて、私は妻として夫を支え、子を産み育て、家を守るのが務めなんやろうけど」

驚いて、「へえ」と声が洩れた。

「妻は支えたり守ったりするもの。女学校では、そがん教えられるとね」

「え、違うの。お父はんはそういう考えと違うのん」

「さあ。改まって訊いたことなんぞ、なかもん」

「昔から、おなごは家を守るべしと教えられるのと違うの。そやから、お母はん、松子はんらとも平気でつき合うてはるんやろう」

目が丸くなった。何も知らぬわけではないだろうと思っていたけれども、こうもありていに口に出されるのは初めてだ。今さらながら、この娘はもう二十歳なのだ。ゆきはすっと息を吸い、吐いた。

「お父はんも私も、何かを教えられるような家で育っとらん。守るものもなか。その日を生きるのに必死で、おなごとしてのありようなど考えたこともなかったし、周りには口にする者もおらんやった。もちろん、松子さんらのことは平気やなかけど、三人とも悪かおなごやなかけんね。店の役にも立ってくれとるし、引くところは引いて私のことは立ててくれとる」

しかも、時々は仕返しをしている。丈吉を相手にだ。

あまりに外泊が続いたり、妾以外の芸妓に手を出している様子を察すると出入りの呉服商の番頭を呼び、上物の縮緬や総絞りを拵える。帯も綴れの丸帯に帯締め、帯揚げ、草履まですっかり調え、それもゆき自身のみならず松竹梅にも大盤ぶるまいしてやる。呉服商への払いの莫大さに丈吉が目を白黒させるのを想像するだけで、溜飲が下がる。実際、ぐうの音も出なかったらしいことを番頭からあとで聞き、ゆきはほくそ笑んだ。

「お母はんも、お父はんに教育されたんやね。都合のええように」

教育などという硬い言葉に非難めいた響きを感じて、きんに目を据えた。

明治の御世になってからだ。いつのまにやら女の役割が喧伝され「貞女」とやらが持て囃され、女の肩身は狭くなりつつある。新聞を読むと、つくづくと時世を感じる。

「控えなさい。松子さんらのことは娘がとやかく言うことじゃなか。こいは、私ら夫婦のことたい」

きんは左の眼をしばたたかせ、「ごめんなさい」と詫びた。

「いろいろ、あるけどね。夫婦の一生、二人づれで遠き道をゆくごときものやけん。そりゃあ、道筋も行手も全部、お父はんが決めはる。けど私は道中、あん人の背中に負ぶさってきたつもりはなかよ。女房、女将、御寮人として共に歩いてきたと思うてる。あんたから見たら、さぞ穴ぼこだらけの道やろうけど」

こんな話をきんと交わすことになるとは。

ゆきは「帰るわ」と告げ、風呂敷包みを渡した。

「どうせ一緒に帰るとは思うとらんかったけんね。着替え。石鹸も」

「ええの」

「ええも何も、お父はんのお怒りを買うのを承知で家出したとやろう」

門前で別れ、居留地から通りへと出た。豆腐屋に立ち寄れば親爺がたいそう歓んで、薄揚げを山と包んでくれた。帰りの船に乗り込んだ時、背後で教会の鐘が鳴り響いた。


正月を迎え、ようやくきんが帰ってきた。

おゆうの女学校通学を認めてやってほしい。そしたら、お父はんに従います。

そんなことを記した手紙を送ってきて、「親に条件を出すか」と丈吉はまた憤慨したが、ゆきはそこを宥めて説き伏せ、奉公先のゆうを迎えに行った。きんは丈吉の前に手をついて頭を下げ、

「申し訳ありまへんだした」と詫びた。姉の思いにゆうは感激して涙を浮かべていたが、むろんそれも本当ではあろうけれども、きんもさすがに我を張り通すのに疲れたのだろう。

「三月もよう粘ったこと」

ゆきは笑いのめしたが、丈吉は腕組みをしたままの仏頂面だ。

「婿をこれほど待たしたのや。結納の儀を進めるぞ」

「はい」と、きんは首肯した。「よろしゅうお願い申します」

「夫婦の一生、二人づれで遠き道をゆくごときものやからな」

きんが「え」と顔を上げ、ゆきを見る。まさか丈吉も陸奥のあの言葉を持ち出すとはと吹き出してしまい、丈吉は「なにが可笑しい」と目を眇めた。

祝言は二月に執り行なうことになった。しかも豊國神社の宮司を自由亭に招いて祝詞を上げていただくという、変わった形式だ。松子らも揃って祝いの品を持って参上するや、「宮司さんが結婚式をなさるとは初めて聞きましたわ。さすがは旦那さん、ご思案が新しおす」と褒め上げた。

座敷の床の間前は瞬く間に祝いの品が山積みとなり、それも大阪府の建野知事から府庁の役人、大阪の豪商、五代や陸奥、そしてどこで耳にしたものやら、あの岩崎弥太郎からも立派な白絹が届いた。陸奥は春を待って横浜から船に乗るらしい。亜米利加から欧羅巴へ回り、英吉利で腰を据えて政治と法を学ぶつもりだという。

自由亭の広間に祭壇が設えられ、榊や紙垂が飾られた。宮司の上げる祝詞を聞きながら、ゆきはまた見惚れていた。白無垢に綿帽子を深くかぶった花嫁姿は匂い立つほどに美しい。長崎から招いた萬助とよしは前日に来阪して泊まっているのだが、よしなど何度も目を潤ませた。

紋付羽織袴の米三郎は緊張しきった面持ちだが、なかなか立派な花婿ぶりだ。丈吉とは親子の契りの盃も交わし、名実共に自由亭の跡取りとなった。新居はこの近くに小体な家を借りた。三間きりの古家だ。いずれ親世帯が自邸を構えればここから出て若夫婦が入るので、誂えた箪笥の幾棹もここに置いたままにしてある。

祝宴は楼上の宴会場で開いた。招いた客は二百人ほど、料理はむろん西洋料理のフルコオスだ。

「はい、はい、精進いたします」

米三郎はすでに酔っているのか、声が大きくなっている。料理人としてはまだ中堅にも至らぬ腕であるらしく、草野米三郎となってもこれまで通りの序列で修業に励むことになっている。きんは新郎を見やりもせず、慣れた手つきでナイフとフォルクを使い続けている。

「お姉ちゃん、よう食べてはるわ」

「神経、太いんやな」

ゆうと孝次郎が揶揄するように言い合えば、丈平は「さすがは本店の味やなあ。なにが違うのやろう」と父親に訊ねたりしている。料理人になるとすでに決めているようで、孝次郎の暢気そうな頰を見ていると胸の裡が重くなってくる。

陸奥の外遊に思うところがあったのか、丈吉は孝次郎をいずれ洋行させると言い出したのだ。本人にそれを告げたらまた騒動だ。姉たちのように英語ができず覇気もない孝次郎が洋行を歓ぶとは、とても思えない。むろん丈吉も本人を歓ばせるためではなく、鍛えるためにと思案したことだろう。

きんの祝言を機に、丈吉は懐徳堂出身の漢学者に頼み、名に当てる漢字を選んでもらってきた。錦、有、そしてゆきには雪の字だ。丈吉は美醜の判断は鋭いので、いくつかある候補から字面の佳いものを選んだらしい。錦と米三郎の祝宴は夜になっても果てることなく、芸妓や舞妓らが金屏風の前に十数人も揃って舞い続ける。料理長をはじめ主だった料理人、番頭、各支店の長らも羽織袴や洋装で宴席に加わり、黒留袖の松子、竹子、梅子も遠慮がちに現れて末席についた。

「義姉しゃん、あの連中」

よしが顔を寄せてきて、小声で囁く。

「私が招いた」

「そがんことやろうと思うた」

二人でこっそりと笑った。

「あ、雪や」

孝次郎が言い、いくつもの頭が窓へと動いた。夜の庭にともした洋燈に照らされ、ちらちらと光るように降っている。


番頭に呼ばれて談話室に赴くと、ゆきの姿を見るなり洋装の客が立ち上がった。

「ご無沙汰しました」

「こちらこそ。何年ぶりになっとでしょうね。ようお訪ねくださいました」

通りがかった給仕人を呼び、「星丘様、珈琲、紅茶、洋酒。なにがよかですか」と訊く。

「珈琲をいただきます」

給仕人に言いつけ、星丘に向き直った。

「あいにく、主人は京都にござりまして」

錦と米三郎を連れて、京都の得意先や懇意の商家への挨拶回りだ。三日がかりで、若夫婦はそのまま近江の料理宿に数泊する予定であるらしい。これは丈吉の配慮で、三月は琵琶湖も風光明媚で桜は盛り、名物の諸子という淡水魚も旬であるという。

「さきほどそう伺いましたが、御祝を」

かたわらの椅子から包みを持ち上げて卓の上にのせた。鮑結びの水引がかかった素木の箱で、星丘は咳払いを一つ落として居ずまいを改めた。

「お嬢さんが婿を取られたとの由、誠におめでたく、貴家の幾久しい弥栄を祈念申し上げまする」

元は武家らしく、かといって堅苦し過ぎない祝辞を受けた。「畏れ入ります」と、謹んで祝いの品を頂戴した。

「今は神戸で事業をなさっていると、主人が申しておりましたが」

「さようです。たまに手前の会社にも顔を出してくださいますよ」

「どういった事業を」

「船橋会社です。経営者は他にもおります。共同事業です」

「やはり、船にかかわるお仕事を」

「空蟬丸の時は、お世話になり申した」

よしが丈平を産んだ年であったから、十四年ほども前になるだろうか。空蟬丸を売ったのは当時の土佐開成館で、岩崎弥太郎と交渉することになったのが、二本松藩の家中であったこの星丘安信だ。船はもう使えぬのに船船代だけが借金として残る可能性もあったのだが、船の修理代は開成館が持つことで結着した。

「開成館との交渉、あれは草野さんが岩崎さんに口添えしてくださったんですよ」

「さようでしたか」

丈吉は口にしたことがない。珈琲が運ばれてきて、星丘が紙巻煙草に火をつけた。

「すっかり、訛りが取れておられるとですね」

「ああ、いや」と、若々しい笑みが頬に広がる。眉もくっきりとして、よく見れば端正な顔立ちだ。佇まいも清々しく、何より口吻に歳月の隔たりを感じさせせぬ親身さがある。

「星丘様はおいくつになられました」

「僕ですか。三十五です」

「ほな、お子さんも何人かは」

「ずいぶん前に破鏡しまして、ずっと独り身です。子もおりません」

「そうですか」手にしていた茶碗を皿に戻した。音がした。

「ゆえに祝いの品を選ぶのに手間取りました。不調法を先にお詫びせねばなりません」

「どこで、娘の結婚のことをお聞きになりました」

「新聞に出てましたからね。あのお嬢さんのことは不思議と憶えてるんですよ。自由亭で介抱してくださった折、男でもたじろぐような修羅場であったのに広間の柱の陰に女の子がすっと立っていましてね。それは心配そうな目をして、六つか七つくらいだったかなあ。でも、幻みたいに美しくてね。僕は頭の中が憤りと不安とで惑乱しそうになっていたんですが、急に気持ちが鎮まりました。大袈裟に聞こえるかもしれませんが、清いものに出会ったような気がしたんです。ああいう体験は後にも先にもあれが一度きりです」

　錦のことだろう。あの時「手伝う」と言い、けれどその後のことは介抱に取り紛れて憶えていない。こっそりと広間に出てきていたのか。星丘は珈琲を飲み、ゆきもまた茶碗の縁に口を近づけた。

「改めてご挨拶に伺いますが、じつは大阪でも事業をすることになりました」

「まあ、それは嬉しかこと。また船の事業ですか」

「油です。神戸の知人が火止(ひどめ)石炭油を発明しまして、五月から星丘商会が販売します」

「ひどめ。火を止める油ですか」

「洋燈用の油は、温度が上がると燃えるでしょう。火止石炭油はちょっとやそっとの温度では火が出ぬのです。万一、洋燈が割れても火事になりません」

まるでわからぬが、空蟬丸の爆発事故、火傷(やけど)で死んだ家臣のことが星丘の胸にあるような気がした。

「大阪のお店はどちらに」

「江戸堀(えどぼり)の南通りです」

「自由亭の京町堀(きょうまちぼり)店と近かですね」

「はい。夕飯は三日に一度は自由亭の世話になっていますよ」

「ここのレストオランにもぜひ足をお運びください」

「僕にはまだ敷居(しきい)が高いですよ」と笑い、「でもいつか、必ず」と頷いた。

玄関まで出ると星丘は洋帽をつけ、「じゃ」と軽く会釈をして川沿いの遊歩道を西へと歩いてゆく。見送りながら、まだまだ話していたいような気がした。


桜が散り、初夏を迎え、自由亭は隣接する浪華温泉場と清華楼を買収し、「温泉場は修復し、清潔をなお図る」との意向を朝日新聞に発表した。

錦も身籠(みご)もって四月(よつき)を迎え、十二月には生まれる予定だ。ゆきはしばしば足を運んでいるが、小女(こおんな)も通いで雇っているので、いつ訪ねても家の中は整っている。ただ梅雨(つゆ)どきのことで、ひどく蒸し暑い。

「この家は蒸すねえ。産み月まで、うちの座敷で過ごしたらどうね」

「ここでええわ」

気だるそうな返答だ。丸い腹をしているので産婆はたぶん女の子だろうと言い、ゆきもそう思う。丈吉は男の子を欲しがって、まさにそれこそが念願のようだ。

「ばってん、夜は米さんも仕事で帰りの遅かし、なにかと不便やろう。お父はんもその辺りのことは心得て、米さんを早番にしなさるやろうけど」

「やめて。特別扱いはあの人の為になりません」

頰を硬くしているのがわかって、「そうね」と思案をすぐさま引っ込めた。我が事なら、そんな身勝手を考えついたこともない。

「それより、有と孝ちゃんにまた遊びに来てもらってよ。泊りがけでもええし」

「泊りがけて、そいは米さんにご迷惑やろう」

「ええのよ。あの人にとっても義妹と義弟やないの。それに孝ちゃんには、せいぜい英語を教えておいてやらんと」

孝次郎は来春、亜米利加に向けて出立することになっている。本人は素直に話を受け容れて「向こうのホテルやレストオラン、調べて回るのや」と意気込み、拍子抜けするほどだった。

「お盆は帰っておいで。豊國神社さんの夏祭やけんね。自由亭は花火を奉納するとよ」

難波橋と梅檀木橋との間で花火を打ち上げ、楼上では明清楽を奏でさせることになっている。旧幕時代に長崎に伝わったもので、楽人の一行を大阪まで招くのだ。

「花火はここからでも見物できます。この家の方が橋に近いんやし」

味も素っ気もなく、瑞々しく結い上げた丸髷から一筋の髪が頰に落ちているのを見つめた。

「あんた、どこか具合が悪いんやなかか」

「元気よ。この頃はお腹の中で蹴るし。なあ」と、錦はお腹を撫でさすりながら呼びかける。話の接穂を失い、ゆきはそろりと腰を上げた。

「そしたら、帰るけんね。用のあったら、いつでも遣いばよこさんね」

遣いなどきっとよこさぬのだ。こうして頻繁に母親に訪ねてこられるのも嬉しくない。鬱陶しいのだ。理由はわからないが、問うのも気が重い。

外に出ればまた雨がぱらついている。洋傘を開き、自由亭への道を引き返した。

# 11 流れる星の音

紅白の水引のかかった桐箱を抱えた有が、座敷に戻ってきた。

「どなたからの遣いね」

「朝日新聞の村山さんやて」

「そう、村山しゃんまで」

「どこに置こ。もう、一杯やわ」

有は迷いながらも床の間の前に両膝をつき、積み上げた品々の上に重ねている。

村山龍平は五代が設立にかかわった大阪商法会議所の議員であったが、のちに朝日新聞の創刊にかかわり、数年前からは共同経営者の一人だ。五代はかつて自身でも新聞社を所有するほど新聞報道や広告の重要さを重んじていたようで、丈吉も川口で商いを始めた頃から盛んに新聞広告を打ってきた。まして朝日新聞社は中之島の近所同士、記者らの姿もしじゅう談話室で見かける。今や自由亭ホテルは大阪では外国人が宿泊を許されている唯一の宿であるので、各国貴顕紳士や関西の政財界の動向を知るにも欠かせぬ場になっている。

「師走の忙しか時にお心遣いをいただいて、申し訳なかこと」

銘々の塗り膳に盃を置いて回りながら、鴨居に張った白い半紙を見やった。

墨の香も麗しく大書された二文字は「貴見」である。

丈吉が初孫につけた名で、漢字はまた見知りの漢学者に頼み、揮毫してもらったのだという。男の子にふさわしいような字面だが、六日前、十二月十日の朝に錦が産んだのは女の子であった。自由亭のこの自邸ではなく若夫婦の家でもなく、川口の聖バルナバ病院で産むと聞いたのは予定日の前日で、ゆきは魂消たものだ。お産は病ではないのに産婆ではなく医者にかかるとは、しかも亜米利加人の医者だとは想像だにしなかった。だが西洋料理の家に育った娘のこと、丈吉の進取の気風をかようなところで受け継いだものかと諦め、丈吉と共に人力車を走らせて川口へと向かった。

医者から女の子だと告げられた丈吉は落胆を隠さず、廊下の奥から姿を現した米三郎は「すんません」と繰り返した。男の子でなかったことを詫びているのだろうが、息が微かに酒臭い。昨夜はよほど過ごしたかと顔を見返したが、いざ赤子と対面すればたちまち取り紛れ、丈吉など相好を崩して「ええ子ぉや」と褒め上げる。医者に英語で礼を述べ、握手を交わし、病室は社交室のごとき賑わいになった。

ゆきは寝台に横たわる錦に近づき、「おめでとう」と告げた。錦はひっそりと笑んだ。

退院後も錦は自分の家に帰ったので、日中は毎日のように通った。産後の肥立ちは至ってよく、赤子も乳をよく呑み、よく泣き、よく寝る。ゆきは襁褓の洗濯に精を出すのが嬉しかった。赤子の泣き声を聞きながら洗濯板で揉み、濯ぎ、竹竿に通して干し上げれば冬空は晴れ渡っている。

そして今夕、お七夜を迎える。

「ああ、寒。今日はまたよう冷えるわ」

錦を迎えに行っていた孝次郎が、襟巻に顔を埋めるようにして帰ってきた。

「お姉ちゃんは」と、煮物鉢の盆を運んできた有が訊く。

「一緒に入ってきたけど。帳場の前で給仕人の連中に話しかけられてたから、貫見を見せてるのやろう。自由亭の跡取りのお目見得(めみえ)や」

「跡取りは義兄(にい)さんやろう。それに孝ちゃん、あんたは分家として義兄さんを盛り立てていく立場なんやで」

有に窘(たしな)められても孝次郎はどこ吹く風、下座の膳の前にのっそりと坐し、紅白蒲鉾(かまぼこ)の一片を口の中に放り込んでいる。明けて三月に洋行する手筈が整い、いったんは欧羅巴(ヨーロッパ)に上陸したのち亜米利加に渡ることになっているのだが、相変わらず頼りない。

「ちょっと。お父はんも義兄さんもまだ坐ってへんのに」

有も年が明けたら結納(ゆいのう)だ。見合をした相手は北堀江(きたほりえ)の材木商の三男で、神戸の外商に勤めているので新居も神戸に構えることになっている。互いに憎からず思っている様子は窺い知れ、この頃、有は急に大人びて綺麗になった。

先だっては神戸の貫太夫婦が子を伴って祝いに訪れ、いよいよ洋菓子の店を出す目途(めど)がついたという。身なりは寒々として生計(たつき)の厳しさが察せられたが、持参した林檎(りんご)のパイ包み焼きは甘く香ばしかった。

「おいしかねえ」

「そうですやろ」貫太はにんまりとして痩せた肩を揺らした。

「パイ生地に工夫がおますねん。それと、林檎の煮方にも」

砂糖の甘い香りに肉桂(シナモン)の香りが混じっていることに、ゆきも気づいていた。

「贔屓(ひいき)にしてくれはる独逸(ドイツ)人の奥方が、ぜひ店を出すようにと勧めてくれはりましてなあ」

自由亭を出てから二年の間、遮二無二(しゃにむに)働いて腕を磨いてきたのだろう。その一途(いちず)にかつての丈吉の姿が重なって、それに肉桂は懐かしい長崎の町の匂いだ。わけもなく嬉しかった。

　孝次郎は今度は煮しめの牛蒡を指で摘み、しゃきしゃきと音を立てている。

「この牛蒡、なかなかうまいこと煮けてるな。お父はんは立て込んでるさかい先に始めとくようにって、番頭に言伝してはったみたいやで」

「ほな、義兄さんは」

「さあ、知らん。控室で着替えてるんと違うか。そのうち来るやろ」

　貴見を抱いた錦が入ってきて、羽織をつけた米三郎もその後ろに続いている。

「貴見」「貴見ちゃん」

　有と同時に声を発して近寄り、ゆきは錦の腕から抱き上げた。赤子にしては目鼻立ちが整い、黒目をくるくると回しては泡のような唾で唇の端を濡らしている。

「また大きゅうなったねえ。貴見は別嬪しゃんたい。三国一たい」

　柔らかな手の中に指を入れればぎゅっと握り返してきて、こなたまで涎を零してしまいそうだ。

「お母はん、昨日も会うてたのに」

　有は笑うが、鼻の中が洟で光っているさままで可愛いのだから仕方がない。なにしろ我が子を育てた頃とは違い、今は気持ちと時間に少しばかり余裕がある。我が子の時など、こうもしげしげと見入る暇もなかった。

「この座敷、貴見ちゃんには寒いのと違う？　孝ちゃん、火鉢に炭足して」

　有が気づいて命じると、米三郎が「ほな、わしが」と下ろしかけた腰を立てて炭籠を持ち、台所の土間へと下りた。炭は裏の物置に積んであるので、大吉がさぞ歓んで尾を振っているだろう。

「ほんま、腰の軽か人で助かるねえ。お父はんなんぞ、家の中ではお箸の一膳すら自分で動かさんもんねえ」

冗談半分でぼやいてみたが、錦は米三郎の様子を見やりもしない。眉や頬は相変わらず薄暗い。婿を迎えて子を生して、こんな顔をしている新妻がおるやろうか。この子、米三郎と一緒になってから笑うたことがあるとやろうか。

錦は俯いて襟許を繕っていたが膳の上を見回すや、ふと顔を傾げて左の目許をやわらげた。

「お祝い膳、お母はんと有が用意してくれたの」

「有たい。煮しめに紅白なます、天麩羅、小豆ご飯。私の受け持ちは焼鯛とお造り、いぎりす」

いぎりすは、イギス草という海藻を用いるのでそれが訛って「いぎりす」になったらしい。イギス草を水で戻し、油で炒めた人参と木耳を入れて米ぬかの二番汁で煮る。角切りの豆腐と斜め千切りにした隠元、細かく刻んだ南京豆も入れてさらに弱火で煮る。砂糖と醤油、塩で味を調えたら四角の浅い木箱に移し、冷やして固める。箱から出して長方形に切り分ければ、表面や切り口に具材の赤や白や緑が鮮やかに覗く一品になる。これを生姜酢で食べる。島原の祝い事に欠かせぬ料理で、よしが昔、作っていたのを思い出してやってみた。我ながら、なかなかの出来栄えだ。

だが有の誂えた品々は玄人はだしで、味見を頼まれて舌を巻いた。煮しめは里芋に牛蒡、蒟蒻、結び昆布をふっくらと煮含め、紅白なますの酢の塩梅も絶妙で、柚子を半分に切ったものを器にして緑の松葉を添えてある。天麩羅は車海老に蓮、あおさで、衣もさっくりと軽い揚げ方だ。

格別のことをゆきが教えられるわけもなく、有は自身で工夫し、手際もいい。一方、錦はといえばいつ訪ねても台所に立っている気配がなく、小女に任せきりのようだ。米三郎は調理場の賄いがあるので休みの日以外は昼も夜も要らないのだが、「朝餉くらい用意しとるとやろうね」と訊いても曖昧な言葉しか返ってこない。

べたべたとした足音がして、炭籠を手にした米三郎が座敷に戻ってきた。

「すんません。大吉がまとわりつきよってからに」

「ご苦労さんやったね。さ、上座へ。うちん人もそのうち帰ってくるやろうから、先に始めよ」

「ええんですか、お義父さんをお待ちせんで」

「よかよ。先に始めといてくれて言うてなさったらしか。錦も有も、早うお坐り」

貴見を抱いたまま顎で指図し、上座の片側が空いたまま祝いを始めた。有が白の瓶子で酒を注いで回り、ゆきは上座の米三郎、そして対面する錦に向かって「おめでとう」と盃を掲げた。

「貴見がなにとぞ息災に育ちますように。草野屋一同が幾久しゅう仲睦まじゅう過ごせますように。それから、自由亭の弥栄を祈念します。ほんで、有もやな。祝言を迎えるまで滞りのう進みますように、それから孝次郎が無事に留学を果たせますように、船が沈みませんように」

「お母はん、無理に継ぎ接ぎせんでええから」

孝次郎が横槍を入れて米三郎が声を立てて笑ったが、ゆきは続けた。

「私もお父はんも、皆の倖せを願うてます。みんな、どうか、あんじょう生きてってな」

「遺言みたいや」

今度は皆が声を揃えて笑い、「ほな、いただこう」と座敷を見回した。一家水入らずで膳を囲むのは正月以来で、ほぼ一年ぶりになる。

「いややわ、私、お清汁、温めるの忘れてた」

末座の有が顔を上げ、「誰が作ったん」と錦の隣の孝次郎が丸い顎を突き出した。

「お母はん。海老のすり身のしんじょよ。鯛のあらで出汁を引かはった」

「なんや、お母はんか。ほな、あとでええわ」

言いたいことを言う倅だ。亜米利加から「カネ、オクレ」と泣きついてきても、送ってやるものか。貴見を抱いたままであるので身を斜めにして箸を持てば、内玄関の格子戸を引く音がした。いつになく荒い足音がして、襖も浮くほどの引き方だ。

「お前しゃん」

どぎゃんしたとと訊ねる言葉を呑み込み、箸を膳に戻した。丈吉は血相を変え、眉を吊り上げている。裾を蹴るように座敷に入ってきて上座に進むや、手にしていたものを上から投げつけた。

「これは、どういうことや」

米三郎は口を半開きにしたまま丈吉を見上げ、慌てて畳の上のものを拾い上げた。折り畳んだ皺のついた紙のようだ。目を走らせた途端、米三郎の顔から血の気が引くのがわかった。

「違います、これは、勝手に」

口ごもり、頭を左右に激しく振っている。

「勝手に？　女が勝手にこないな手紙をよこしたと言うのか」

「て、手前にはさっぱり」

「ほな、この女を呼んで糺すまで」

丈吉は踵を返し、座敷を大股で出てゆく。跳ねるように米三郎が追った。

「待っとくれやす。ほんの戯れ合いだすねや。まさか、ほんまにこんなもん出しよるとは思いも寄りまへん。頭の弱い女だすのや」

丈吉に取り縋ってか、声を振り絞っているのが聞こえてくる。

何か、事をし損じたようだ。しかも女が絡んでいる。婿に入ってまだ一年も経たぬというのに。

錦を見やれば、顔を傾けて凝と坐したままだ。驚きも狼狽もしていない。

「貴見を頼むわ」

有も蒼褪めて小刻みに頷き、貴見を抱き取った。ゆきは足早に座敷を出た。次之間を抜けて内玄関に目をやれば、米三郎が板間に這いつくばっている。

「堪忍しとくれやす。二度とこないな不細工な真似はしでかしまへん。後生だす」

「不細工な真似やと？　巧いこと遊ばんかったんが己のしくじりやと言うか。料理も商いも半人前の分際で、阿呆ぬかせ」

「違います、誤解だすのや。すんません。ほんまにすんません、堪忍だす」

「そないな申し開きしかできんか。女のせいにしくさって、今度はおれが言いがかりをつけてるとでも言うのか。おれの目は節穴やない。ちょろちょろと遊んでるのは気ぃついてたが、多少のことは目ぇつぶるつもりでおった。そやけどこの頃のお前は何様のつもりや。調理場に誰よりも遅う入る、調理服は汚れたまま、己の包丁も研いでない。で、しょうもない小料理屋で我こそは自由亭の若旦那や、跡を取る者やと自慢しくさって。給金が安いやと？　家も古うて狭いやと？」

「酔うてたんだす。何も憶えてまへん」

「ここで泣くな。出ていけ」

低声で凄むや米三郎の襟首を摑んで躰ごと引き回し、台所の板間へと引きずってゆく。無理やり土間に下ろし、裏口から外へと叩き出した。ゆきの姿を認めるや、「塩」と嚙みつくように叫んだ。

「いったい、どないしたとです」

「塩っ」

命じながらも己で土間を引き返し、左右にうろうろとした挙句、ようやく棚から塩壺を引っ摑み、戸を引いて壺ごと投げつけた。米三郎がひっと飛び退き、壺が割れて砕ける。大吉が激しく吹え立て、ゆきは蟀谷を押さえた。

「鍵かけとけ。二度と入れるんやないぞ」

「そぎゃんこと言うたかて、いったい、何が何やら」

「錦を呼べ」

丈吉が度を失うほど激昂するのは初めてだ。

座敷に戻り、有を呼んだ。

「貴見をつれて、あんたの部屋に行ってなさい。孝次郎も」

有は黙って両膝を立て、孝次郎に風呂敷包みを持たせている。貴見の襁褓やおくるみのたぐいが入った包みだ。台所に戻って迷いつつも裏口の錠前を下ろし、「お前しゃん、ここでは何ですから座敷へお願いします」と促した。丈吉は黙って先に足を運び、下座の壁を背に腰を下ろした。

「錦、こっちへ」

ゆきが呼べば、静かに立ち上がった。膝を畳み、白い手を重ねる。その手の中に、さきほどの紙が折り畳まれている。「見せなさい」と手を出せば、しばらく躊躇したのち、ゆきの掌にそれを置いた。

短い手紙で、明らかに女の手跡だ。流麗に見える文字だがわざとらしい崩しようで品がない。紙の端が薄汚れているのも馬鹿にされているような気がした。内容はといえば、くどくどしく書いてあるものの、要は「米三郎に早く家を持たせてやってほしい」だ。家は店のことで、独立した店を持たせてやってくれという無理頼みである。差出人は女の名だが、しかとは読み取れない。

「これ、いつ届いたとです」

訊くと、丈吉は眉間に皺を刻んだまま腕を組んだ。

「夕方や。おれ宛てに遣いの子供が来て、身形（みなり）はどう見ても遊郭（ゆうかく）の仕着せや。駄賃をやるからと待たせて、番頭に手紙を読ませた。啞然として声も出なんだ。すぐさま子供に見世（みせ）の名を吐かせたら松島（まつしま）と言うが、聞いたこともない三流どころやないか。そないな見世の女と馴染みになってこんな無心をさせよって、おれが、はい、そうですかと店を持たせるはずがない。嘗（な）められたもんや。おれの期待を履（は）き違えて慢心するとは、呆れてものが言えん」

まさか松島通いをしていたとは。

「ひょっとして、そのおなご、婿入りする前からの馴染みと違うとですか」

丈吉は忌々（いまいま）しげに横を向いた。当たらずと雖（いえど）も遠からずのようだ。

米三郎は祝言を挙げてしばらくは足を止めていたが、錦がすぐに身籠もった。義父が待ち望む孫を儲（もう）けたら婿としての我が身も安泰、ふと気が緩んだのかもしれない。丈吉にしても、なにしろ己が見込んで迎えた男だ。薄々感づきながらも、ひとまずは静観を決めていたのだろう。また神妙に修業に励むのであれば、色事については不問に付すつもりであったに違いない。

「錦、あんた、なんも気ぃついてなかったんか」

黙っている。ということは、知っていた。

「ずっと抱えてた屈託は、このことやったんか」

錦はやっと顔を上げ、深々と息を吐いた。

「帰ってくるのが朝になることもしじゅうで、お酒と白粉（おしろい）の臭いがして。けど、よう問い詰めんかった」

「なんでや」

「お義父（とう）さんみたいな粋（すい）な男になりたいと言うのや。己のことなんぞ一分（ぶ）一厘（りん）もわかってへん、おこがましいにも程があると思うた。けど、娘の私がそんなこと言えると思う？　皆の前では懸命にええ婿であろうとして、私には、いつ突き放されるかてびくびくしてた。私が厭々一緒になったのをあの人はようわかってた。ほんまに気の小さい人なんや。そやから、わざとのように偉そうにして私を試すの。お酒を呑んで帰って私の様子を窺うて、ああ、大丈夫か、ほな、女も認めるか。私はまた黙ってた。そしたら夜も帰ってこんようになって、この頃は何日も続いてた。私はそれでも黙ってた。意地でも、不平を鳴らすものかって」

丈吉を見やれば、また怒りがぶり返してか唇まで白くしている。

「あいつは離縁する」

そう言い捨てて立ち上がり、座敷を出ていってしまった。内玄関の戸が剣呑な音を立て、大吉がまた吠えている。

離縁。

それは貴見を父なし子にするということだ。けれど丈吉を止めようとは思わなかった。止めても考えを変えないことはわかっているし、ゆき自身、米三郎を二度と信頼することができない。

「錦。堪忍な。あんたら夫婦のこと何も気ぃついてやらんで、いつもいつもぼんやりな母親で」

錦は頭を振った。

「お母はんに気ぃつかれとうなかったのや。一人で耐えてみせようて決めてた」

「耐えてよかこととと、そうでなかことがあるのに」

耐える甲斐のある男がいれば、耐えたらなお悪くなる男もいる。けれどその違いを見通すことなど、どこの世界の女にできるだろう。

錦は左の目頭から流れる一筋もそのままに、ゆきを見つめている。

「私、今、ほっとしてる」

「離縁することになって、ほっとしてると？」

「悋気(りんき)の欠片(かけら)も感じへんかったのや。おなごとしてどこかおかしいんやないかって、己を疑(うたご)うた」

ぽつりと打ち明けられ、胸の潰れる思いがした。

こうも成らぬ堪忍を重ねたのはやはり、片眼であることが引け目になっていたのではないか。誇りの高い子だ。意地でもそれには触れない。なおさら不憫(ふびん)でたまらなくなる。申し訳ない。膝を回して手を伸ばし、肩を抱き寄せた。

「錦、ごめんね。ごめんねえ」

詫びていた。丈吉には子に詫びるなと戒(いまし)められているけれど、親が強引(ごういん)に進めた縁談だ。胸に顔を押し当てた錦は声を殺して嗚咽(おえつ)する。その背をさすり続けた。有の部屋からも聞こえてくる。貴見が泣いている。

「お乳、欲しがってるわ」錦は泣きながら呟く。

「そうねえ。ばってん、あと五分待たせんば。大丈夫、あの泣きっぷりは元気。大丈夫」

力を籠め、錦をぎゅうと抱きしめた。火鉢の熱で、鯛や煮しめや天麩羅、なますの匂いが鼻先を漂う。食されずに乾いてゆく料理は寂しい匂いを立てる。


俎板(まないた)の上に赤く照るような牛肉がのっている。

相当に大きな塊(かたまり)だ。丈吉は掌でそれを軽く叩いて、眼鏡の男を見上げた。東区の瓦町(かわらまち)に住む伴(ばん)といい、書物の編集人であるらしい。

「牛肉は牡(おす)と牝(めす)にかかわらず、五、六歳のものが良品です。牡牛(おうし)と牝牛(めうし)では特徴が違(ちご)うて、牡の肉は肌理が粗うて色が赤い、脂は黄色いのが上物。牝牛のええのは肌理が細こうて、牡牛に比べたら赤がちょっと薄うおますな。脂も白い」

「牡牛、牝牛を使い分けたりしなさるんですか」

四十代と思しき風貌で、丈吉の説明を熱心に聴き取っては小筆を走らせている。

「料理によっては。けど、うちに出入りしてる肉屋はその日の最上品を持ってきますわ。その日の材料によって献立を変えることもあるのは、鳥や魚貝も同じだす」

肉を美しいと感じるのも妙な気がするが、ゆきはそれを惚れ惚れと眺めた。台所には錦も入っていて、伴の後ろで爪先立ち、顔を傾けて丈吉の手許を覗いている。

「品物の良し悪しの目安は、こうやって指の腹で押しても判じられます。初めの様子にすぐに戻ったら上物、戻るのが遅かったら痩せ牛、味も良うない」

「触らんでも判じられる方法はおませんか」

訊いたのは錦だ。

「見た目で言うなら、やっぱり色やな。この肉みたいに鮮やかな赤は最上、色が黒いのは牧場の餌が行き届いてない証拠で脂も硬い。肉屋もそこはよう心得てて自由亭に悪い肉など納めにけえへんが、己の舌で食べ比べといた方がええかもしれん。言うとくが、牛肉の新しいもんは不味いぞ」

「そうだすのんか」

錦は濃い藍地の縞木綿に半襟も黒と地味な拵えだが、帯はきっぱりと白い博多だ。それを男のように貝の口に結んでいる。

「魚や蔬菜と一緒にしたらあかんのや。牛の肉は新しいもんほど獣臭い。しばらく寝かさんことには旨味も滋味も出えへんもんでな。外国人のお客さんは肉の味にうるさいよって、中には腐りかけの肉が一番旨いと仰せの方もある。ところが日本人は魚貝も獣肉も一緒くたにして、古いものは悪いという頭がある。そやから、これは腐る寸前ですよっておいしおすえ、なんぞとアッピールしたら大事（おおごと）になる」

丈吉は冗談めかして口の端を上げた。編集人の伴は笑い声を上げたが、錦は「なるほど」と大真面目だ。自身もいつのまにやら小さな帳面を開いて書きつけている。「外国人と日本人とでは、説明を変えるべし」と呟きながら手を動かす。

錦はこの頃、客の出迎えなど自由亭の手伝いに入るようになり、こうして丈吉に従（つ）いて教えを受けたりもする。英語の心得があるのが強みで、外国人客や日本の賓客（ひんきゃく）にもすこぶる受けが良いようだ。常連客を迎えに梅田の駅に出向くのも錦の役目で、ある日、気になって訊ねたことがある。人混みの中で、相手が自由亭のお客だとどうやって見極めているのか。

私のこの眼に、お客さんが気づいてくれはるの。雑作（ぞうさ）ない。

悪戯（いたずら）っぽく笑ってのけた。

たぶんこのまま女将（おかみ）修業に入ることになるだろう。一年も経たずに破鏡した身の上を世間ではとやかく言う向きもあるらしい。かなうことならば縁談からやり直させてやりたいけれど、もはや詮（せん）無（な）いことだ。まして丸髷（まるまげ）の横顔は少しずつではあるが女学生の頃の明るさを取り戻しつつある。勉強が好きで闊達（かったつ）で、流行の装（よそお）いをして粋（いき）がっていた。

丈吉が大きな寸胴鍋を竈（かまど）にかけ、俎板で人参、葱（ねぎ）を刻み、胡椒粒を潰して刻んでいる。ここは自宅の台所であるので、着流しに白い前垂（まえだ）れだけをつけた格好だ。

昨年の暮れ、錦が米三郎と夫婦別れをしてまもなく、この北浜に一家で引き移った。府庁の高官であった知人の屋敷を買い取ったらしく、普請は贅沢過ぎず狭くもなく、自由亭に近いのが丈吉の気に入ったようだ。土佐堀川に面した二丁目であるので難波橋を渡ればすぐに往復できる。座敷からは庭の黒松越しに中之島の東端が真正面、豊國神社の朱の鳥居や自由亭の洋館、傘下に収めた浪華温泉場と清華楼も一望できる。ゆえにであろうか、それとも孫の貴見可愛さであろうか、丈吉が自邸で過ごす時間が少しばかり増えた。

丈吉は流シの前に移って牛肉の塊をさっと洗い、布巾で手早く拭いてから寸胴鍋に入れる。俎板も洗う一連の動きが瞬く間の仕業だ。

「お父はん、すぐに洗うんだすな」

「日本の料理人はな」

「外国人は違いますのか」

「阿蘭陀人も清国人も洗わんなあ。蘭船の厨房でうっかり豚肉を洗うて、蘭人の先輩に余計なことすなて背中を蹴られたことがある。船では水が貴重やからな。けど、おれは今もこうして洗う。手垢や余分な血を除けるし、すぐに拭いたら味は抜けへん」

錦が料理の話にかくも熱心に耳を傾けようとは思いも寄らぬことだったが、父親としてはまんざらでもないようだ。

「そういえば、女学校でも亜米利加人の先生がびっくりしてたことがあるんだす。日本人は何でもかんでも洗うのが好き、なぜにそうも洗いますかって」

「何て答えた」

「あなた方はなぜに汚いままがお好きですか、って」

アハハとつい声を洩らすと、三人が一斉にこなたを見た。伴は目尻を下げているが、丈吉と錦は気難しい役者のごとき顔つきだ。口に手をあて肩をすくめた。

「なんや、おゆきまで見物か。貴見は」

「有がそばで繕い物をしとりますけん、別条なかですたい」

ふうんとも言わず、丈吉は土間に並べた清水(せいすい)の一升瓶(いっしょうびん)を持ち上げて鍋に注ぐ。

「牛肉のソップは肉十斤(きん)につき清水を七升、そこに塩、人参、葱を少々入れて、ぬる火にかける」

腰を屈(かが)め、竈の中の薪を按配(あんばい)する。

「草野先生、鍋で煮るのは何分ほどかかりましょう」

伴が訊ねると、「十時間」と答えた。

「十時間も？　ソップを作るためだけに？」

声が裏返っている。

「十時間、ただ遊んでるわけやありません。煮てる間に泡、アクが出てくるから、これを取り続けんとならん」

竈の脇の台には、すでに玉杓子(たまじやくし)と水を張った鉢が出ている。

「十時間後に火を止めて冷えたら、表面に脂が固まって板みたいになってる。それを除いて綺麗にしてまた火にかけて、今度は牛の脛肉(すねにく)を切り分けたものと卵白(らんぱく)を入れてまた煮る。そしたら卵白が固まって表面に上がってくる。それを絹で濾(こ)したら、黄金(こがね)色に澄んだソップがゆらゆらと揺れてる」

丈吉の作るソップは極上の味だ。羹汁(あつものじる)一杯だというのに途方もなく幸福な気持ちになる。もっとも長い間口にしておらず、ソップは自身で一時間ほど煮て、アクは除くがそれも適当なものだ。

「なるほど、卵白にアクを吸わせるんやね」

背後で声がして肩越しに見れば、有が興味深げに顎を上げている。「貴見は」小声で腕を突(つっ)けば、「よう寝てる」となお躰を寄せてくる。

「十時間煮て、冷やして、また煮る。お父はん、そないに大変なことしてはったんだすなあ。滅多(めった)と家にいてはらへんはずやわ。子供の頃、父親はよそから通うてくるもんやと思うてたもん」

「まあな。いろんなとこに通うてはったわなあ」

有はくすりと笑った。ゆきも笑い返した。こんなことを娘に有体(ありてい)に口にできるようになるとは、歳を取るのもよいものだ。今年も松竹梅の三人は桜鯛を献上しにきて、だが造りや兜煮(かぶとに)に料(りょう)ったのは有だった。それを三人にも振る舞い、昨年来の不況を頓着(とんちゃく)するかと思えば歌舞伎役者の噂話に花を咲かせ、最後はあそこが痛い、ここが痛いとの病気自慢になった。

台所の裏口で訪(おとな)いの声がして、顔を覗かせたのは自由亭の白い調理服をつけた料理人だ。

「旦那(だん)さん、遅うなりました」

「いや、ちょうどええ。ほな、頼むで」

「へえ。勉強させてもらいます。旦那さんのソップのアクを掬(すく)わせてもらえるとは光栄です、生涯の誉(ほま)れであります」

えらく大仰(おおぎょう)なことを言い、面皰(にきび)の並ぶ頬を赫(あか)らめた。自由亭の料理場の方が道具も揃っているのだが、れっきとした料理長がいる場だ。長崎の自由亭から使い込んできた柳刃(やなぎば)包丁も、丈吉はこの頃家の台所で研(と)いでいる。前垂れの紐(ひも)を解き、「ほな、伴君。洋間に戻りまひょうか」と下駄を脱ぎ、板間に上がる。伴も続いて上がり、「いやあ」と頬を緩めた。

「このまま十時間、鍋に張りつくのかと覚悟しましたわ」

「そうしてもええが、逐一(ちくいち)作って披露(ひろう)してたら何年かかることやら」

「さようですなあ。西洋料理についてだけでも、獣肉の割烹(かっぽう)に鳥肉、魚貝、蔬菜に果実、その他雑品にも触れようとおっしゃってましたな。オムレットの作り方とか。で、清国料理に日本料理でしょう。それに西洋料理の食事法もぜひ載せてもらいたいと版元も言うてるんですわ。ナイフとフォルクの使い方を弁えぬ日本人もまだまだ多いですから、指南本があればきっと役に立ちます」

「会食時の心得もお話しせんとなりませんな。商談でやっと外国人と向き合うて、さあ膝詰談判やという切羽で不調法をやらかす日本人が多いんですわ。失敗を笑うのはそれこそマナア違反だすが、そないに品のええ外国人ばかりやおませんからな」

丈吉は話しながら板間を抜けて廊下に出た。伴は小筆を動かしながらも器用に後に続いている。

伴はそもそも、丈吉に料理の本を著さぬかと持ちかけてきたらしい。「いや、わしは書けまへん」と辞退すれば、「どなたもそうおっしゃいます。案ずるには及びまへん。お稿をいただいたら私が手直しをいたします」「違いますのや。読み書きがあきまへんのや」と答えた時の伴の顔ときたら、目ぇ白黒させてたでと、丈吉はさも可笑しそうに胸を上下させていたものだ。そういうことなら口立てでいい、稿は手前がすべて書き起こしますと、伴も引かなかった。

あなたは西洋料理の草分け、先駆けですよ。事業の拡大も大事やが、自由亭で食事をできぬ庶民も多い。読み物として著すことで、我が日本の料理文化の広さ、深さを知らせることができますのや。それとも、厨房の中のことは秘伝ですか。世間に明かしとうおませんか。

それで東京に出張した際、築地の別邸に暮らす五代を訪ねて相談したらしい。五代は中之島に新居を建てて自由亭とは目と鼻の先の近所同士になったのだが、当人はまだ帰阪していない。丈吉は何も言わないが、新聞記者らの口ぶりでは体調が思わしくないらしい。

開明で聞こえる自由亭の主人なら、著書を出すのもよかろう。料理人の地位を上げることにもなるんじゃないのかね。

五代はそう勧めたらしい。それで伴は二月に入ってから通ってくるようになり、さっそく口立て執筆が始まった。版元は東京の何社かが名乗りを上げているようで、地元大阪の書肆も交えての相版になりそうだという。

二人に続いて錦も洋間へと向かう。足音に気づいたかのように貴見が泣き出したが、足を止めて振り向くも、すぐに前を向いて足を速めた。有が微かに溜息を吐く。

「お姉ちゃんも大変なら、貴見も大変」

「錦は今、自由亭のことを懸命に学んでる。それでよかよ。貴見には私やあんたがついてる。あんたたちに、死んだ祖母ちゃんやおよしがついてくれてたみたいにな。人の役目は順繰りよ。それより、紅茶とお菓子をお願い」

有は頷き、台所に立った。

「ちょっとごめんな、お湯、沸かさせてな」

「嬢さん、手前がいたしますよって、お指図ください」

「紅茶淹れるだけやさかい、ええのんよ。あんたはソップの番をしっかりしなさい」

二人のやりとりを背中で聞きながら茶の間に入った。貴見は両肘を小刻みに揺らし、顔を真っ赤にして泣いている。襁褓に手をあてればぐっしょりと濡れている。水桶を用意して尻を拭き、濡れた襁褓を丸めて「ああ、くしゃい、くしゃい。祖母ちゃんが綺麗に洗うてやるけんねえ」と尻に頰ずりをした。天花粉をはたき、新しい襁褓でくるんでやる。抱き上げた。

茶の間の掃き出し窓の障子を引けば、そこにも木々の植え込みがあって、槙や冬青、紅白の梅は今が盛りだ。やがて丈吉の好きな桜も蕾を膨らませるだろう。黒塀沿いの小路を隔てて南には、二月の空を覆わんばかりに大きな緑が広がっている。ここからは甍の屋根も垣間見えぬほどの邸宅で、旧幕時代からの豪商、鴻池善右衛門家であるらしい。草野家はその数十分の一の敷地であろうが、中庭を擁したコの字形の造りで、一家六人が各々の自室を持てるほどの部屋数がある。といってもそのうち二間は有の嫁入り道具で埋まっており、黒檀、紫檀の簞笥に英吉利の洋簞笥、脚付きの鏡台から針箱まで丈吉が選りすぐった。簞笥の中には着物、反物、簪、指輪までがびっしりと埋まり、洋装の一揃えもある。

新しい家具や着物、香の匂いが満ちるその隅で、孝次郎の留学の支度も着々と調えつつある。こちらはゆきが役目で、大きな洋鞄二つに細々と詰めては孝次郎に「下穿き十枚なんぞ要らん、向こうで買える」と出される始末だ。先だっても小算盤を入れたのを見つかり、「なんでこんな物を入れる」と怒るので、「暗算できるの？ 英吉利、仏蘭西、亜米利加、使う貨幣が全部違うとよ」言い返したら膨れていた。次の日に薬を入れようと鞄を開けたら、奥に小算盤が戻っていた。

「貴見もいつか西洋に行くようになるとかねえ。はて、貴見が二十歳になったら祖母ちゃんはいくつやろう」

指折り数えてみれば、丈吉が六十四、ゆきは六十五歳だ。ひゃあ、そがん歳。

丈吉などは白髪になりそうだ。綺麗な、雪のような白。高砂の翁、媼のような。有名な能の演目らしいがゆきは観たことがなく、到来物の掛軸の絵を見て知っているだけだ。長寿と夫婦和合の縁起物らしい。共白髪の夫婦になった姿を想像しながら貴見をあやし、尻をとんとんと叩きながら足で拍子を取る。赤子なりに祖母だとわかっているのか、安心したような笑顔を見せる。錦や有には甘えるような笑い方で、丈吉が抱けばはしゃぎ、孝次郎が抱けばわざとのように気張って大きい方をひねり出す。皆に笑われて、孝次郎はぶんむくれる。

やがて貴見の瞼が重くなってきたようで、そっと蒲団に戻し、水桶と汚れた襁褓を持って障子と硝子(ガラス)戸を引いた。沓脱石(くぬぎいし)の下駄に足を入れて裏口に向かう。木戸の手前に小さな井戸がある。丈吉がソップに使った清水は自由亭が水屋から仕入れている瓶入りだが、ふだん台所で使うのはこの井戸水だ。二日おきに湯を立てるので通いで人を雇い、水汲みを頼んでいる。孝次郎にやらせればよいのだが、何を言いつけても生返事ばかりでいっこうあてにならない。

そういや、あの子、どこ行ったとやろう。また大吉のところか。

中之島と違ってこの辺りは人家の並ぶ界隈(かいわい)であるので、大吉は連れてこられなかった。餌(えさ)は料理人らがやってくれるし、犬好きの者も多い。とくに外国人客には大いに可愛がられて盛大に尻尾(しっぽ)を振る看板犬だ。寂しげなのは孝次郎の方で、朝夕の散歩と称しては難波橋を渡る。英語を川口に住む外国人神父に習っているので、その往来も大吉がお供だ。時々、豆腐屋にも顔を出しているようで、卯(う)の花や薄揚げをもらって帰ってくる。

水を汲んでざっと汚れを洗い落とし、洗濯板を斜めにして襦袢を広げた。石鹸を泡立てる。錦の眼病の因(もと)ではないと医者は言ったが、あれから洗濯曹達(ソーダ)は一切使わない。石鹸がいい。汚れを落とすのに手間がかかるが、長崎の山風、海の色を思い出す。

「日本人、なぜになぜにそうも洗いますか」

節をつけて唄うように口にすれば、いい声が出た。我ながら声はまだまだ若い。

「おや、異人さん。あなた方はなぜに汚いままがお好きですか」

吹き出しそうになりながら泡を絞り、水を替えて濯(すす)ぐ。

「西洋料理も西洋式洗濯も自由亭におまかせぇ。温泉場もございますぅ。隣の清華楼も買い取って、中之島の東端はすっかり自由亭なのでございますぅ。今度は書物まで出すのでございますぅ」

考えたら、えらいことになっているのだ。誇らしいような怖いような、でもやはり誇らしい。

竿竹(さおだけ)に襁褓を通し、手で叩いていると木戸の外で音がした。電報だろうか。それとも物売りか。

「はい、はい」と応じながら小走りで木戸の閂(かんぬき)を外し、外に顔だけを突き出した。「あ」と顎が下がったまま戻らない。向こうものけぞって、だが相手がゆきと知って気を緩めたか、「お義母(かあ)さん」と小腰を屈めるではないか。

「お義母さんやないわ。あんた、こないなとこで何をしてるの」

「すんません。錦と間違えましたのや。声がしたんで、てっきり」

思わず眉を顰(しか)め、「しっ」と言いながら背後を振り返った。障子に人影は見えない。顔を戻し、木戸の外へと出た。追い返そうと思うのに、たちまち縋りついてくる。

「錦と会わしとくなはれ。これ、この通り」

薄汚れた身形で、拝み手をする姿も寒々しい。

「声が大きい。静かに」

「お義母さんやったら、わかってくれはりますやろ。人間、誰でも過(あやま)ちを犯すもんやおまへんか。たった一度のしくじりで草野の家を放り出されて、京都の叔父も気ぃ小さいよって旦那さんに遠慮を立てて、わしを家に入れてくれまへんのや。実家は頼りにでけへんし、お願いだす、助けとくれやす。今度こそ、一から死ぬ気で修業し直しますさかい、錦とやり直させとくなはれ」

こんな道傍(みちばた)で泣き言を並べるとは、性根(しょうね)の変わっておらぬ証拠だ。己の言い分ばかりを振りかざして弱い者のふりをして、相手の気持ちなど微塵(みじん)も考えない。ゆきは初めて米三郎に苛立(いらだ)った。

小路の突き当たりに楠(くすのき)の古木が立っていて、小さな稲荷社が祀ってある。人目に立たぬそこまで米三郎を連れていき、枝下の葉陰で「どがん料簡(りょうけん)ね」と睨(ね)めつけた。

「あんたとはもう縁の切れてるとよ」

「お義母さん。そない凄まんといてください。あないに優しゅうしてくれはったやおませんか」

「錦を呼び捨てにするのもお義母さん呼ばわりするのも、やめてもらいたか。あんたはもう赤の他人さんやけんね」

「こないに詫びてるのに、あきまへんか」

「一から死ぬ気で修業し直すという気持ちが真であるなら、こんな所業に及ぶはずのなか。だいたい、この家をどうやって知ったと」

「わけないことだすわ。ここが自由亭の主人の家やて、餅売りの子供でも知ってます」

いつのまにか居直ったような目をしている。

「家を訪ねたのがさも迷惑そうな口ぶりだすけど、錦に詫びの手紙を書いても梨の礫だすのや」

さらに一歩近づいて、「なあ、お義母さん」と上目遣いだ。

「五円ほどでええんだす。ちょっと都合つけてもらえまへんか」

髪が逆立ちそうになった。

「あんた、まさか錦に無心したんやなかろうね」

「無心も何も、着の身着のままで婿を叩き出すやなんて天下の自由亭のすることだすか。百円、二百円でも揃えてどうぞ離縁してくださいと頭を下げるんなら話も呑むが、孫だけ作らせたらもう用済みだすか。わしは種牛だすか。草野屋はさすがにやることがえげつない、お里が知れますな」

どんと鈍い音がした。己の掌を見て気がついた。力まかせに米三郎の胸を突いてしまったらしい。社の朱柱に背中が当たったようで、米三郎は唸りながら四角い顎を持ち上げた。

「このばばあ、何をさらすんじゃ」

土気色の顔の中で、目鼻口がばらばらに動いている。

「慰謝金をよこせ。よこさんかったら、火ぃや、火ぃつけたる」

「あんたという男は」心底情けなくなってくる。

「あんたは何もかも間違うてる。粘らなあかんとこで粘らんと、追いかけたらあかんとこで追いかけて、挙句は火ぃやて？」

両手両足を子供の時のように突っ張って、言い放った。

「この、あほんだらが」

憤然として小路を引き返した。


七日の後の夕刻、孝次郎が息せき切って帰ってきた。

「えらいことや。火事や、大火事」

ちょうど有と台所に立って夕餉の用意をしている最中で、「あ」と心ノ臓が跳ね上がった。

「火つけか」

春菊を握りしめたまま土間にへたり込んだ。「お母はん、どないしたん。大丈夫だすか」と有が背中に手を置く。頭の上で孝次郎がわめいた。

「火つけかどうかは知らんけど、今、自由亭からも人を出したみたいやで。さすがに梅本町の店にまでは火も行かんやろうけど、川は火消しを乗せた船で一杯や。西の空がもう赤黒うて、煙と火の粉が」

「ちょっと待って。火事て、どこ」ゆきは顔を動かした。

「松島や。遊郭」

一気に力が脱け、長い息を吐いた。何度も「あぁ」と声が洩れる。

やられたと思った。あの日のことは丈吉にも錦にも話さず、己の胸一つに収めていた。松島には申し訳ないけれど、自由亭ではなかったことに安堵していた。だが数瞬の間に突き上げてきたのは悔いだ。年甲斐もなく怒りにまかせて手を上げて、なんと浅はかな。自由亭が本当にやられていたらと思えばぞっとして、血が逆巻きそうだ。立ち上がった途端、頭の芯がぐらりと揺れた。

「お母はん」

孝次郎と有に支えられ、寝間にしている八畳に入った。それはわかっているが、ものも言えない。孝次郎に蒲団を敷くように有が命じるのが聞こえ、倒れ込んだ。目を閉じたら気持ちが悪い。けれどもう頭が上がらない。

目を覚ました時、錦が覗き込んでいた。

「大丈夫だすか」

うんと答えた声が喉にひっかかり、掠れた。

「お水、飲みますか。起きられますか」

「ほんま、喉渇いてるわ」呟けば錦が介添えをしてくれる。湯呑を手にして、たちまち飲み干した。

「ああ、おいし。生き返った」

「良かったあ」錦の張り詰めた声が解けてゆく。

「自由亭に孝次郎が迎えに来たんだす。お母はんが倒れはったと言うから、もうびっくりしてしもうて。こんなこと初めてやもの」

箪笥の上の置き時計を見やれば、眠っていたのは小一時間ほどのようだ。錦はまだ心配げな面持ちで、「先生に来てもらいましょうか」と言った。ふじを看取ってくれた医者には今でも世話になっている。この頃は祖父譲りの鍼灸も行なうようになり、東西医術の二刀流として評判の名医だ。

「いや、ほんまに大丈夫。理由はわかってる」

錦は小首を傾げ、黙ってゆきを見つめる。「お父はんは」と襖の向こうを窺えば、

「あいにく、松島に出向かはったのよ。佐兵衛親分さんらが早船を仕立てて迎えに来はって、それに飛び乗ってしもうて。伴さんまで一緒に」

庇うような口ぶりだ。佐兵衛親分というのは大阪で最も有名な俠客で、大阪北の消防組頭取でもある。

「自由亭にとっては、松島は長年のご近所さんやから」

「錦、違うとよ。お父はんがいてはらへん所であんたに訊きたかことがあった。米三郎のこと」

一思いに事情を話すと、左の眉だけを吊り上げた。

「お母はんにも手紙を出してきたんだすか」

「手紙やのうて、本人」

「まさか、押しかけてきたの」

ぞっとしたように頬を強張らせた。顚末を話すうち、錦の顔が一寸、二寸と斜め下を向く。うなだれて、「ほんまに、しつこい」と唇を嚙んだ。今度はゆきが訊ねる。

「手紙、いつよこしてきたの」

「ここに越して間ぁない頃。女の名前を差出人にして、誰やろうと思うて封を切ってしもうたんだす。すぐに破って捨てたけど」

「で、何て?」

「許されるまで待つ、そやけどこのままやったら暮らしていかれへんからちょっと融通してほし

い、梅田の駅で待ってるて書いてあった」

「梅田の駅」

「私がお客さんのお迎えに上がってるのを知ってたのや。どこかでずっと見てたのかと思うたら気色(きしょく)悪うて、けど一遍(いっぺん)でも無心に応じたら必ず次があると思うて放っとくことにしたんだす。そしたら今度は自分の名で。たまさか郵便夫から受け取ったのが私やったからよかったものの」

錦は息を呑み下し、「書いてあることというたら、胸の悪うなる申し出で。豊國神社さんの裏で待ってるさかい十円持ってこい、そのくらいやったらお前の小遣いでなんとかなるやろ、今度捨て置いたら、自由亭に火ぃつけるって」

「ようもそないなこと黙ってたもんばい。せめて私には話してくれんと」

「お母はんも黙ってたくせに」

「ほんまや」首をすくめたが、錦はくすりとも笑わない。

「お母はんには呆れてものも言えまへん。あんな男に手ぇ出して。向こうがやり返してきてたら、どうなってたことか。ほんま危ない」

言い訳も思いつかず、天井を見る。

「けど、まさか、松島の火事、あの男やないやろうね」

錦は顔を小さく振った。

「松島は失火やと聞いてる。だいいち、あの欲だかりの、己が可愛いだけの男が火ぃつけたりでけへんと思う。私やお母はんを脅(おど)すのが精一杯だすわ」

錦は米三郎を見切っていたらしい。だが、草野家は有の祝言を控えている。

「巡査はんに頼んだ方がよかかね。ホテルとこの家の周辺、ちょっと念入りに見回ってもらおう」

「勘弁しとくれやす。それは自由亭の恥になります」

いいやと、錦を見据えた。

「そこがあの男の付目になってるとよ。私らを脅したら、事を大きゅうしとうないばかりに、お父はんに内緒で金を出すに違いないて踏んでるのや。私もあんたも見くびられたもんたい」

また、頭に血が昇ってきた。

「お父はんに話そう。だいたい、あんな男に添わせたのはあの人よ。幕引きもしてもらう」

松島遊郭の鎮火には五時間もかかったそうで、丈吉が帰宅したのは深更(しんこう)だった。中之島に引き上げてから町の火消しや俠客一家の面々に浪華温泉場を開放し、酒飯も振る舞ったようだ。

他のことなら日を改めるところだが就寝前の白湯(さゆ)を差し出すや、丈吉にすべてを打ち明けた。

「わかった。署長に頼む」

すぐさま首肯した。翌日から巡査の姿が見えるようになり、三時には茶菓(さか)を出した。松島遊郭では三百戸を超える家が焼失したようで、丈吉は白米一石(こく)二斗(と)を運んで配った。

三月の半ばに有は祝言を挙げ、自由亭で披露の宴(うたげ)を張った。神戸に向かうのを見送って、家の中がやけに淋しくなったと思ったら、ほどなくして孝次郎の出立(しゅったつ)だ。前夜には水盃(みずさかずき)を交わしたが、丈吉が言うにはこっそり大吉とも交わしていたらしい。好物の牛乳を皿に入れてやり、自身もコップに入れて洟(はな)を啜(すす)っていたという。

孝次郎は丈吉と錦と共に梅田から神戸行きの汽車に乗り、有夫婦と貫太夫婦も神戸港で見送ってくれることになっている。ゆきは貴見の世話と留守番を理由にして、中之島の自由亭の前で見送ることにした。自由亭の奉公人が並ぶばかりか新聞記者も大勢駈けつけ、写真を撮ったり丈吉の談話を取ったりしている。人力車に乗り込んだ孝次郎は奇妙なほど明るくてふざけていて、ゆきが手綱を持った大吉に名残を惜しむばかりだ。

「元気でな」

大吉ももはや老犬だ。この頃は躰が一回り小さくなり、髭にも張りがない。孝次郎もこれが最後かもしれぬと覚悟しているのだろう。そしてようやく、俥の上からゆきを見下ろした。

「お母はん。腹壊しなや」

放るように言った。

「阿呆、それは旅立つ人間にかける言葉や。ほんまに、お前というやつは」丈吉は呆れ返るが、胸が一杯になって困った。

「あんたもな。必ず帰ってきんしゃい」

孝次郎は笑いながら、「ほな」と手を上げた。

土佐堀川沿いの桜が朝陽に光って揺れ、香気を漂わせる。三台は五代邸の前を通り、朝日新聞社の角を北に折れて渡辺橋で堂島川を渡る。そこから先はまっすぐ北、「ステーション道」と呼ばれる道を進めば梅田の駅だ。

「大吉、うちまで散歩しよう。貴見が目ぇ覚ましてるかもしれん」

大吉はのっそりと顔を上げてゆきを見つめるが、行き暮れて困っている爺さんのごとき顔つきだ。頭を撫でてやると、クウンと鳴いた。


横に吹きつけるような降りぶりで、窓を激しく叩いている。錦が帰ってきた時も、傘があるのに肩から袖、裾もずいぶんと濡れていた。

ゆきは貝汁を温め、膳にのせた。今夜は錦と二人の膳だ。錦も帰宅が遅く、日によってはレストオランの会食が長引き、ゆき独りで食べることもある。貴見にはむろん先に食べさせる。伴の口立て筆記はまだ続いているが、この頃は原稿の確認を錦が行ない、案も出しているらしい。

日本人には馴染みの少ない料理も多うおますさかい、ところどころに画を入れて伝わりやすうしませんか。

丈吉の頰は緩み通しだ。賢い娘が跡を取るなど、望んでもかなうことではない。

二人で「いただきます」と手を合わせてから箸を持った。今夜は豆ご飯と鰺の塩焼き、キャビッジの甘酢和えだ。貝汁を啜ってから鰺の塩焼きを箸先で捌き、香ばしい焼き目をつけた皮と共に口に入れた。錦はキャビッジを口に入れ、頰を動かしている。二十二歳のおなごは歯の立てる音まで若い。食後の茶を淹れながら、錦が言った。

「五代様が中之島のお屋敷に帰ってきはったようだす」

「ほな、ご挨拶に参上せんと。自由亭にはもうお出ましになったの」

「それが、お父はんはお屋敷にお伺いしたんやけど、あまりお具合がようないみたい」

「体調が思わしゅうないとは聞いてたけど、病をお持ちなんか」

「糖尿とか言う病みたいよ。昔ながらの本道では、ほら、消渇と呼ばれる病だすわ。それが因で、眼と心臓にもきてるみたい」

「それは相当にお悪いばい」

消渇が眼疾を引き起こして失明する、脚が腐って切断する、心臓が弱る。そんな話をかかりつけの先生に聞いたばかりだ。溜めた疲れや心労が病状を進めてしまうらしい。

胸がふさがって、腕が重くなってくる。

「あんお方にはほんまにようしてもろうたとよ。長崎におる時から可愛がってもろうて、大阪に出てきたのも五代様の引きがあったからで」

　錦は丈吉から聞いて知っているのだろう、小さく頷いて返す。

「土佐の後藤様や岩崎しゃんにも引き立ててもろうて。ばってん、みんな東京に行ってしまわはった。陸奥しゃんはたまに顔を出してくださるけど、五代しゃまは唯一ここ大阪を根城にしなさったお方たい。事業をいかほど興されたか私なんぞには推し量ることもできんけど、仰山稼いでそれを惜しげもなく学校や慈善や救恤に注ぎなさるお方たい」

　錦が湯呑を差し出した。

「金子はよう集めてよう散じ、自ら利すると共に人を益してこそ初めて意義がある。お父はんは、そないな言葉を五代様から伺うたことがあるて言うてはった。ずっと五代様の背中を見て頑張ってきはったのや。そんな気がする。料理人には難しかことやろうけど」

「そうねえ。きっと、そうねえ」

　茶を啜った。「うちの先生、ご紹介したらどうやろう」と思いつくと、錦は首を振る。

「府立病院長や緒方拙斎先生、他に何人も代わる代わる治療に来てはるみたい。余計な差し出口は、奥様やお付きの方々がかえって大変だす」

「そうね。あんたの言う通りたい。ばってん、このところ雨が続いてるから、病人さんには気の毒なことたい」

　こういう時、無力感に耐えながら本復を祈るしかないのだ。丈吉の胸の裡もさぞ辛かろうと、掌の中の湯呑を意味もなく回していた。

土佐堀川の色が違う。土色だ。しかも凄まじい勢いで流れ、轟音（ごうおん）を立てている。

買い物に出たものの、激しい雨に立ち止まってしまった。只事（ただごと）ではない。昼過ぎだというのに空は暗く、不穏（ふおん）な灰色だ。たちまち顔が濡れそぼるが、斜めの雨の線の向こうに自由亭の姿を確かめた。中之島は四方を川に挟まれた細長い土地だ。洪水にでもなったら押し流されてしまいそうだ。

「おゆき」難波橋から叫んで近づいてくるのは丈吉だ。

「こないな川縁（かわべり）でぼんやり立つなんぞ、死ぬ気か」

「買い物に出ようと思うて」

「買い物なんぞどうでもええ。早（はよ）う家に戻れ。危ない、危ないのや」

ずぶ濡れになりながら羽織を脱ぎ、ゆきの頭と自身の頭に被（かぶ）せた。傘はどのみち役に立っておらず、閉じて小脇に抱える。買い物籠の中にも水が溜まって重いほどだ。

「ばってん、お前しゃん。この羽織もえろう濡れてますけど」

「つべこべ言うな。早う歩け。おれは今から着替えて、自由亭に戻らんならん」

「錦は」

「危ないから帰れと言うのに、あいつもまた言うことをきかんのや」

玄関に入るや、三和土（たたき）がたちまち池のようになった。座敷で丈吉の着替えを用意すれば、尻の下の畳まで冷たくなってくる。

「裁付袴（たっつけばかま）を出してくれ。上は襯衣（シャツ）に袖無しの胴着（どうぎ）。それから合羽（カッパ）。洋物のがあったやろう。頭巾（ずきん）のついた」

言われるままに箪笥や行李（こうり）をひっくり返し、ただ、家移りの際に整理をしたので出し並べるのにさほど難儀はしない。畳の上を見渡し、「なんや、けったいな取り合わせだすけど」首を傾げれば丈吉は足を踏み鳴らす。

「ちょっとでも動きやすい方がええのや。見てくれなんぞ、どうでもええ」

着替えを手伝う最中(さなか)も丈吉は喋り通しだ。

「雨戸は全部閉(た)ててあるのやな。飯の用意ができんのやったら、後で届けさせる」

「そんな、とんでもないことです。私と貴見はどうにでもなりますけん」

丈吉は茶の間で眠る貴見の顔を一瞬だけ見て、すぐに合羽の頭巾を被って玄関から外へと飛び出した。

ゆきは自身も着替え、濡れたものを盥(たらい)にまとめた。この雨続きで洗濯物が溜まっている。貴見の襁褓は軒先に蹲(うずくま)るようにしてなんとか洗うものの、干すことができない。湿(しめ)った悪臭が家の中で淀んでいる。夕方までまんじりともせずに貴見を抱き、少し遊んでやった。もうお坐りができるのだ。うつ伏せになっていてもゆきを見上げては笑い声を立てるし、足をバタバタさせて動こうとする。ゆえにそばを離れる時は四角い柵囲いに入れておく。女中や子守りを雇えば済むことなのだが、米三郎がいつ何をしてくるか知れたものではないので募集をかける気になれないままだ。

粥(かゆ)を炊き、法蓮草を湯がいた。昨夜の残りの鯛の煮つけがあるので白身をほぐし、貴見に食べさせる。粥を数匙(さじ)、法蓮草も葉の柔らかいところを刻んで一匙、残りは自身の夕餉にしようと皿を片づけていると錦が帰ってきた。丈吉の雨合羽を借りてきたようだが、風で頭巾が離れるようで、髷と顔、首筋などひどい濡れ方だ。すぐさま手拭いを渡して訊いた。

「まだ土砂降(どしゃぶ)りね？」

「ううん。ちょっとましになってきたわ」

「自由亭は」

「談話室の外の庭から水が入ってきて、絨毯と洋椅子があかんようになってしもうたけど、お客様と客室、レストオラン、従業員は無事。大吉も無事。今日は晩餐の予約も入ってへんけど、お父はんは泊まらはるみたいやわ」

「昼間、着替えに帰ってきはってな。叱られたわ。ずっと叱言」

錦の濡れた着物を畳みながらぼやくと、「着替えは口実なんよ」と言う。髷を解いてしまい、濡れた長髪を手拭いで挟んで叩いている。

「あんなけったいな格好しはらんでも、店の控室の箪笥になんぼでもあるもの。お母はんのことが心配で、様子を見に帰らはったんだす」

「貴見のことが心配やったとでしょう」

軽く受け流すと、「さあ、どうでしょ」と小さく笑った。

数日後、雨はようやく治まり、錦が言うには星丘安信が顔を見せたらしい。見舞いの品を携えていたようで、一口で食べられる酒蒸し饅頭が百もあったという。

ところが十五日の夜半からまたも激しい雨となり、大阪の北部である枚方辺りの淀川堤防が次々と決壊し、その濁水が大阪市中にも達した。河内平野から市中に流入している川も増水して洪水の危機に陥り、わざと堤防を切って淀川に放流するという工事が行なわれていると丈吉に聞かされた。

「わざと切れ、と呼ぶ処置やそうや」

だが二十五日に再び暴風雨となり、淀川と各支流が決壊を繰り返した。家の中にいても土佐堀川の轟音が響くほどだ。丈吉は万一を考えて宿泊客を市中の他の宿に頼み、従業員も家や親戚のある者はそこで待機させ、住み込みの若者十人と大吉を連れて北浜の家に帰ってきた。

大吉は台所の土間でうろうろと落ち着かず、だが家の中は一気に賑やかになった。若者らが作るオムレットや鶏のバタ焼き、うどんでも、さすがは修業中だけあって、ゆきは感心し通しだ。だが七月も四日になっても雨は止まず、川音が凄まじい。地響きのような音もして、畳が小刻みに揺れる。錦は貴見を抱き、「大丈夫やからね。大丈夫やから」と話しかけている。己に言い聞かせているのだろう。

外に様子を見に出る際は二人一組と決めてあり、その二人が「旦那さん」と玄関口から叫んだ。座敷で白湯を飲んでいた丈吉は湯呑を小盆に戻すや、蹴るようにして玄関に走った。ゆきが後を追って廊下に出た時は皆が丈吉の背後に立ち並び、人臭さと雨の音で声がよく聞き取れない。

「そうか。さっきの音か。いや、今は近づけん。ともかく入れ」

丈吉は二間続きの座敷に皆を集め、見渡した。

「大川が氾濫して難波橋の南半分が流されたらしい」

難波橋の北半分は鉄の橋だが、北浜から中之島に渡る部分は木橋だ。

「このままやと他の橋も危ない。ええか、絶対この家から出るなよ。普請のしっかりした家やし、縁の下の懐も深い。万一、ここにも濁流が押し寄せるようやったらその時は逃げるしかないが、その時はちょっとでも川筋から離れて東南を目指せ。寺の多い上町辺りは北浜より土地の高さがある。ええか、わかったな」

皆、口々に「へい」と応えるが、「自由亭は」と問う者がある。

「自由亭も流されてしまうんでしょうか」

丈吉はしばし黙し、「わからん」と頭を振った。

「今は己の身を己で守ることを考えてくれ。無茶はするな。不寝の番も二人一組、他の者はちゃんと寝ること。そやないと躰が保たんぞ」

皆にそう指図をしたにもかかわらず、丈吉は一晩じゅう座敷で胡坐を組み、腕組みも解かない。ゆきもとてもではないが横になれず、避難用の荷をまとめることにした。金子と印判、証書のたぐいを、夫婦、錦母子の着物と共に風呂敷に包む。そうそう、肝心なことをと仏壇の扉を開け、和十とふじの位牌を袱紗で包んだ。手拭いと襁褓も足すと結構な嵩だ。こんな荷を背負い、さらに大吉がいる。

大吉を死なせるわけにはいかんね。孝次郎に一生恨まれる。ばってん一緒に濁水に呑まれたら、そん時は勘弁してもらうしかなか。

そんなことを思いながら荷を作り、気がつけば辺りが白々と明るい。雀の声がする。荷を抱えたまま簞笥にもたれて寝てしまったようで首が痛い。丈吉の姿はなく、他の部屋を見ても誰もいない。錦と貴見の姿もない。玄関の戸が開け放されているのに気がついて、下駄で敷石を辿って門外に出た。小路を左に折れると土佐堀川沿いの道である。皆、そこにかたまって立っていた。

目の前の光景を目にするや、口を覆った。すでに聞いていたとはいえ、見慣れた難波橋の南半分が千切られたようになっていた。大阪の南から参詣客を中之島へと運んでくれたあの橋が、毎日、丈吉や錦が渡ったあの橋がなくなってしまうとは。唇が震えてくる。黄土色に濁った土佐堀川は川縁に溢れんばかりの勢いで轟々と流れ、恐る恐る目を動かした。黒く光る甍の屋根が見える。瀟洒な白漆喰の壁が夏空に光る。

「ああ、ある。自由亭、残ってる」

思わず呟くと、錦が振り向いた。錦も目尻を赤くしている。手を出して貴見を抱き取り、もう一度中之島を眺めた。遊歩道の木々は枝が折れ、根こそぎ倒れている木もある。自由亭の旗竿も折れてしまったようだ。川面に目を戻せば木の根や木っ端切れだけでなく、鉄の橋材らしき黒や赤錆色が浮き沈みしながら流されてゆく。

捻り鉢巻に法被をつけた町の衆が小走りでやってきて、触れ回っている。

「渡辺橋もあかん。木津川橋も流されたみたいだっせ」

木津川橋は川口の支店に出向く際に必ず使用する。

「梅檀木橋は」誰かが訊くと、町の衆が「あかん」とすぐさま答える。

「鉄橋でも流されたのに、あれは木橋や、跡形もない。天満橋、天神橋、淀屋橋も流失や。流失」

淀屋橋の袂に五代の屋敷がある。

「ほな、どうやって店に行ったらええのやろう」自由亭の若者たちは不安げに顔を見合わせる。

「ともかく、皆は家に戻れ。おれは府庁に行ってくる」

府庁は川口の手前の江之子島にあり、いくつもの川に囲まれている。橋を渡らねば辿り着けない土地だ。だがそんなことは百も承知とばかりに丈吉は駈け出していた。

大洪水によって、大阪の七万二千戸が浸水した。天満宮の周辺、大阪城から天王寺の間の上町一帯、老舗の多い船場、淀川から遠い大阪市南部、これら以外の低地のほとんどが被害を受けたのである。八百八橋と古くから謳われた橋も主なものだけでも三十余が流出、市中の南北東西の行き来は寸断されてしまった。川口の外国人居留地と下福島村に架かっていた安治川橋は船を通すために最新の跳ね上げ式鉄橋であったので無事だったが、上流から流れてきた橋材などが引っ掛かって川を堰き止めてしまう恐れがあったため陸軍によって爆破されたという。

北浜から中之島へは洪水の三日後の七日、これも陸軍によって設置された舟橋によって渡れるようになった。舟橋は川にずらりと舟を並べ、その上に横板を渡して歩けるようにしたものだ。舟同士は綱によって固定され、川の中に打った杭にもつながれているので足元はさほど揺れないのだが、初めは川に落ちそうな気がしてそろそろとしか足を運べなかった。

　料理場に入ると、まるで戦場のごとき喧噪だ。ただしレストオランはまだ閉じており、錦によれば宿泊客も数人らしい。

「蒟蒻、まだかい」

「はい、下茹では済みました」

「ぼんやりしてんじゃねえよ、さっさと持ってきな」

　今の料理長は熊吉といい、錦は「チャボ熊さん」と呼んでいる。チャボは鶏の一種で小形、足がとても短い。つまりそういう容姿であるからだが、気風のいい江戸者だ。

「船場汁、上がりました」

　塩鯖の頭から身、中骨を余さず煮た汁物で、大鍋を見やれば里芋に人参、牛蒡、薄揚げ、そこに青葱が散らしてある。大きな餅箱には菜飯の塩結びが二百、いや三百はあるだろうか。別の大鍋には蛸の煮つけ、小鍋には鰻と胡瓜の鰻ざくが山と盛られ、沢庵や瓜の粕漬の餅箱もある。襷掛けの錦が足早に近づいてきて、

「お母はん、お手を煩わせますけど、荷車に積み込むの、手伝うてもらえますか」

「もちろんや。そのために参じたんやけん」

　ゆきも口に襷の端を咥えて背中に回し、肩で結ぶ。割箸に木椀、湯呑、茶瓶をまとめた木箱を「よいしょ」と持ち上げ、錦と共に裏口から表へと回った。荷車が三台並んでいて、ここでも北浜の家に滞在した者らが何人も立ち働いている。

「御寮人（ごりょん）さん、若女将、ご苦労さんです」

「あんたたちこそ、この暑いのにお世話さまたい」と木箱を渡す。

「よう、こない重い物を持ってきはりましたな」「気ぃつけてください」

「何言うてんの。うちのお母はん、それは重たい岡持（おかもち）を持って長崎の坂を走ってた人よ」

若者らはそれにはなんとも答えず、すぐに料理場へと駈け戻る。錦と顔を見合わせ、「あないなこと言うても、長崎のことなんぞわけがわからんでしょう」と笑いながら睨んだ。

「だいいち、あんたも私のそんな姿、ろくに知らんやろうに」

「お母はんがしじゅう口にするから、まるで見てたような気がするのやわ」

「ああ、そう」と畳んだ手拭いを懐から出してさっと振って広げ、姉様被りをした。荷が調い、三台が出立する。ゆきと錦はその後ろに従って歩く。貴見は近所に頼んで預けてきた。

荷車はごろごろと鈍い音を立て、土佐堀川沿いの遊歩道を西へと進む。鍋の中の汁が溢れては困るので走るわけにはいかないのだ。曳（ひ）き手が一人に台の後ろが一人と、やはり二人一組の若者が六人、皆、白い調理服をつけている。まだ昼前であるので道行く人は少ないが、目を引くようだ。

「自由亭はん、頼みますで」「気張（きば）っとくなはれや」

事情を知っているのか、方々から声がかかる。錦やゆきにも目礼（もくれい）をよこす老婦人もいて、こなたも頭を下げながら進む。

丈吉は大阪府から渡辺橋仮橋架設請負の命を受け、毎日、人夫（にんぷ）を率いて現場に立っている。

渡辺橋は梅田駅へのステーション道に直結する橋であるので、ここが寸断したままでは大阪の南北の流れが停滞する。人や物が流れなければ、経済が回らない。自由亭にとっても命綱といえる橋だ。

工事は七月九日に始まった。仮橋であるからむろん木で組むのだが、浸水した家の片づけや普請直しで槌音の止まぬ日はない。丈吉自らが人手を集めるのには無理があり、佐兵衛親分に頼んで人夫を集めてもらった。むろん架設については大阪府の営繕から技師が派遣され、木材の支給も受けたそうだ。

朝日新聞社の角を北に折れ、そういえば孝次郎もこの道を通って西洋への旅に出たのだ。

英吉利に上陸。船酔い甚だし。ご心配無用にて候。

五月の日付を記した音信のあったのがつい先だってのことで、葉書一枚でも届くのに随分と月日がかかる。しかも元気なのか船旅でまいっているのか、さっぱりとわからない。

大きな人声が風に流れてきて、木材を横に積み上げた現場が近づいてきた。忙しく立ち働く男たちの背中に紛れて、丈吉の後ろ姿が垣間見えた。いつぞやの裁付袴に上は詰襟の襯衣、腕まくりをしているが汗で素肌の色が透けている。川縁の隅に大きな板を渡して台を組んだ一角があり、そこが人夫らの休み処、賄いの場でもある。荷車から続々と鍋や餅箱が下ろされる。

錦が丈吉の背中に声をかけた。「お父はん、お持ちしました」

丈吉は頭を動かしもせず、大声で「みんな」と呼びかけた。

「飯がきたさかい、手の空いた者から休んでくれ」

自由亭から運ぶ炊き出しは朝昼夕、夜半の四回で、人夫は入れ替わるがいつでも食べられるようにしてある。夜も煌々と篝火をともし、現場は休むことなく普請を続けている。それでゆきも給仕に出向いてきて、とくに汁物を用意した時は木椀によそっては台に置き、済んだ物を片づけて料理場に持ち帰る。丈吉も一息入れることにしたのか、汗を拭きながら端材の上に腰を下ろした。その後ろから洋装の二人が続いてやってきて、見上げれば編集人の伴、そして星丘だ。

「お二人とも、ようご無事で。さ、どうぞ召し上がってください。船場汁ですたい」

椀を差し出した。

「伴君の家は瓦町やから水難を逃れたけど、星丘君のとこは大変やったらしい」

「そういえば、お店、江戸堀の南通りやとおっしゃってましたか」

洋燈(ランプ)用の火止(ひどめ)石炭油を扱う事業だと聞いた記憶がある。星丘は船場汁の塩鯖の切り身を口に入れ、目を細めた。

「油は缶入りですから質は大丈夫なんですがね。机や書棚が濁水にやられて、帳簿も駄目でした」

「それは、お見舞い申します」

頭を下げたところに府庁の役人らしき男も二人加わり、錦が小皿に取り分けては供する。男たちが機嫌よく談笑を始めたので台の端に動き、湯呑を数十も出し並べて茶を注いでゆく。

「お母ちゃん、おかわりあるか」

木椀をぐいと出しているのは真っ黒に灼(や)けた半裸の男で、「ありますよ。たんと食べてくださいや」と玉杓子(たまじゃくし)を持った。腹がくちくなった者は順に筵(むしろ)を敷いて横になったり煙草を吸ったり、ただし酒だけは厳禁、酔って仮橋から落ちたのでは笑い話にもならぬとの丈吉の指図だ。給仕の手が空いてゆきも錦と共に腹を埋(うず)め、昼下がりの川縁に肩を並べて立った。

「よう、こないなこと、できるもんやなあ」

川の中に打ち込まれた皮剝きの丸太を目にするたび、頭の下がる思いがする。なんらかの技術や道具を用いてのことだろうが、濁った川の中に身を入れて橋脚(きょうきゃく)を立てた人夫たちがいるはずなのだ。橋脚が動かぬように半割にした丸太も組んであり、その上に水平に横板が並びつつある。

「ほんまに。凄い仕事やわ」錦も息を吐く。

「住んでる長屋が流されてしもうた人もいてるのよ。四国から出稼ぎにきて一年も経たんうちにこないなことになって、女房子に仕送りもでけへんて。そやからここで寝て働いて稼いで。ほら、さっき、おかわりを大きい声で頼んだひと」

そっと後ろを振り返れば、大きな背中を丸めてまだ食べている。

「けど笑いながら言うのやわ。こない旨いもん喰うたことない。大阪にはずっと馴染めんかったけど、飯だけは気に入ったって」

やにわに騒がしくなり、人夫らが「なんや、なんや」と総立ちになった。

「太鼓やないか」

見上げるほど大きな太鼓が、低く平らな荷台にのせられて運び込まれてくる。素肌に晒、法被をつけた数人が川縁まで運んできて、大太鼓を据える。丈吉もやってきて、「さあ、もうひと踏ん張りしようか」と人夫らに声をかけた。「応」「よっしゃ、やるで」口々に叫び、木材を肩に担ぐ、道具袋を腰に巻き直す。たちまち橋の方々に人夫らがとりつき、槌音が響き始めた。

ドンッと低い音が鳴り、見れば丈吉が諸肌脱ぎで左右の腕を振り上げている。撥が太鼓の面や縁を叩くたび、総身に響く。

「橋、架けろ。大阪、沈ますな。おれらの手ぇであの橋、渡そやないか」

緩急をつけて打ち鳴らし、人夫らがそれに応えるように動く。まるで祭のようだ。

「このぶんやと、早う仕上がるかもしれん」「そうだね。他の橋とは進捗がまるで違う」

役人の話す声が聞こえた。風が澄んできた。ゆきのかたわらにいつのまにか星丘が立っている。

「草野さん、自由亭の客室の洋燈用にと油を全部買い上げてくださったんです。今日はそのお礼のつもりで、陣中見舞いに参上しました」

「おおきに」礼を言って錦を見やれば、誇らしげな顔つきだ。

「いいえ、僕が勇気づけられました」

ドン、ドンドン、カッ、ドドン。

幼い頃、貧しさゆえに祭嫌いであった長崎者が、今、大太鼓を打ち鳴らしている。

渡辺橋の仮橋は請負期日より三日早く架かった。

自由亭は新聞広告を打った。洪水になれば館ごと押し流されるのではないかと懸念したが幸いわずかな損害に留まり、大難を免れた。その謝意を表して一週間、値段を安くするという触れ込みだ。上等料理五十銭、中等は四十銭、並等など三十銭であるから、ふだん西洋料理に縁のない者でも「物は試し」という気になるだろう。

丈吉の目論見は当たり、浸水の片づけに疲れた大阪市民が初日からどっと押し寄せた。貴見をおぶって大吉を散歩させていると、着流しに洋帽を被った連中が声高に話しながら行き過ぎる。

「珍しいもんに旨いもんなして言うけど、あのコロッケっちゅうのは旨かったあ」

「わしはスチウが気に入った。水で躰が冷えたやろ。一遍に温もったがな」

ドン、ドン、カッ、ドドン、カッ。

太鼓の音を口ずさみながら、ゆきは歩いた。


十月二日の朝、中之島の邸で出棺の祭式が執り行なわれた。

葬列は天王寺の埋葬地へと向かうべく、淀屋橋を渡る。先導は騎馬の儀仗兵一中隊で、騎馬の祭官に斎王が乗られた馬車、勲章を奉持する執事が続き、そして五代の柩だ。五十人の輿丁が静々と摺足で供奉する背後には馬車が数台、会葬者一同の列はその後ろに従って歩いている。

丈吉も紋付き袴の正装で参列しているが、大阪の豪商、有力者と共に会葬者の前列に加わっており、最後尾に連(つら)なったゆきと錦からは背中も見えない。参列者は四千人を超えるらしく、丈吉は昨夜、「国葬に準じる葬儀になるようや」と言っていた。

五代友厚が政府に辞表を出したのは明治二年のことで、十六年も経っている。野(や)に身を置いて町人、商人と交わり、共に興(おこ)し、変革の風を吹かせ続けた。変革者として時代を導いた人を日本国が哀悼(あいとう)し、謝意を表している。蹄(ひづめ)や車輪や沓(くつ)が踏む土の音が鳴る。

先頭の儀仗兵はやがて左へと折れ、土佐堀川沿いに東に向かった。大阪城を真正面に望み、その北には桜ノ宮の造幣局があることは大阪者なら誰でも心得ている。五代は造幣局の前身である造幣寮創立にも尽力した。香港(ホンコン)から造幣機械の買い入れを行なったのは、新政府の参与として大坂在勤であった慶応四年頃であったと、五代から聞いたことがある。手柄顔(てがらがお)ではなく、空模様をふと口にするかのような気軽さだった。

大阪の豪商は新しいことに挑(いど)みたがらないのだよ。旧(ふる)きことが佳(よ)きこと、慣習を墨守(ぼくしゅ)することが当代の務めだという気風は岩を抱く大木のごとくだ。根強い。だが天下の台所を変革せねば、日本国は変われん。開化が成らんのだ。

五代は数え五十一歳でその生涯を閉じた。亡くなる前には鹿児島にあった本籍を大阪に移していたらしい。これも昨夜、通夜から帰った丈吉が口にしたことだが、五代の借金は百余万円もの額に上るようだ。想像もできぬ莫大(ばくだい)さに、ゆきは白湯を注ぐ手を止めて唖然とした。丈吉は座敷を出たかと思うと洋酒の瓶(びん)と洋杯を二つ手にして戻ってきた。洋燈の灯(あか)りに照らされて琥珀(こはく)色が揺れる。

「寝酒など、お珍しいこと」

珍しいばかりか、夫婦(めおと)になって初めてかもしれない。丈吉は二つの洋杯の半分ほどに琥珀色を満たし、ゆきの膝前にも置いた。自分なりの通夜がしたいのだろうと、ゆきはためらうことなく洋杯を持ち上げる。いずれにしろ今夜は眠れそうになかった。人の死は覚醒を促すようなところがある。故人の来し方を想い、理解し直し、その生涯を見霽かす。

「五代様はご自身の財閥を作らはれへんかった。五代財閥はどこにも存在せえへん」

奇しくも八ヵ月ほど前の二月七日、あの岩崎弥太郎も病で没した。日本の海運業をほぼ独占した三菱の総帥として、かつての上司、後藤象二郎が持ちあぐねていた高島炭鉱を買い取り、長崎の造船所も掌中に収めたという。ゆきにとっては面白い男だった。三菱がまだ九十九商会であった頃、川口の自由亭にふらりと現れては「ビフロースをもらおう」と注文したものだ。商談の時以外はいつも一人だった。ゆきの顔を認めるや大声で話しかけてくる。陽気で豪放磊落に見られたがっているような話し方で、けれどその目は細心、小心を語ってやまない。背中を丸めて人形芝居のように肘を上げ下げしていた。

丈吉と二人で洋杯を手にしたまま窓際に移り、障子を引いた。窓の桟に肘を置いて、時々洋酒を口に含みながら秋の夜空を見上げる。中之島の瓦斯燈が明るいからか、星々の光は遠い。いつか長崎の祭の夜にもこうして、二人で空を見たことがあった。

「いつやったか、ご友人のどなたかに忠告されたことがあったそうや。おぬしも元は回天を成した志士、進取の志の鳴り熄まず、公利に尽くし通すは偉いが、もはや五十になろうかという齢ぞ。そろそろ己を守れ、安全の道を行かぬか、とな」

丈吉の横顔はまだ五代を偲んでいる。

「どないお答えになったのですかと伺うたら、五代様はすうと息を吸うてお笑いになった。ほんまに、晴れやかに」

小成に安んずることは我が意にあらず、徒に富を成すも欲するところにあらずと、おれは答えたよ。草野君も同意してくれようが、男子がひとたび世に処して無為に終わるは深く恥ずるところではないか。おれは生涯、己の安逸愉楽など希望せぬ。そもそも、天下の貨財は私すべきものにあらずと思っている。たとい失敗し、あるいは産を空しゅうすることがあったとしても、国家国民を幸福ならしむることを得れば、おれの望みはそこで成っている。

本望だ。

遥か彼方の空で、流れる星の音を聞いたような気がした。

葬列はすでに谷町筋に入り、南へと下っている。

「この葬列、長さ十三町歩に及んでるらしおますな」背後の参列者が小声で話している。

「何かしらん、大阪の葬斂みたいだすな」

「大阪の、だすか」

「五代さんがいてはれへんかったら、もうあかんということだすわ。大阪は終いだす」

七月の大洪水の影響でまたも深刻な不況に陥っているのだ。なにしろ七万二千戸が浸水した。恐れをなしてか、今は自由亭に宿泊している外国人もいない。ただでさえ外商は川口の居留地から引き上げて神戸や横浜に居を移してしまったというのに、このままでは大阪は立ち遅れるばかりだ。

「気弱なことを言いなはんな。大阪には何百年もの地の力があるやおませんか。太閤はんがおらんようになったとて、商いで天下を支えてきた。御一新のための銭も出した。わしらがここで気張らんと、それこそ五代さんに顔向けでけまへん」

並んで歩く錦が「その通り」とばかりに強く頷いた。

丈吉は渡辺橋の仮橋架設工事を請け負い、まさに不眠不休で現場に詰めながら、清華楼の普請も指図して進めさせていたようだ。七月二十日から営業を開始し、春に購入してあった玉突台という西洋の遊戯具も設置させた。その玉突台を納めたのは神戸に拠点を置く阿蘭陀のバタッケ商会だ。ゆきは驚いた。バタッケがまだ日本で商いを続けていることを知らなかったし、すんでのことで店を乗っ取られるところであった相手と取引するとは料簡が知れない。が、丈吉は眉を下げて笑ったものだ。

　昔の存念をいつまでも引きずるほど、おれは暇やない。だいいち、横浜の商会から納めさせたら運搬費だけでも高うつくやないか。神戸なら、台の張地の手入れもすぐに呼べる。

　バタッケもいつも独りぼっちで、大きな躰を所在なげにしていた。そしてゆきにつまらぬことを言いかけてはまとわりついてきた。神戸の自由亭には来てくれているのだろうか。妻子と共に賑やかに食べてくれているだろうか。その姿を想像すると、少し楽しくなってくる。

　脇から強く袖を引かれて錦を見れば、「お母はん」と咎めるような顔つきだ。

「なに？」

　すると耳許に顔を寄せてきて、「笑いながら歩かんといとくれやす。葬列だすで」と諌められた。思わず手で頬を覆う。娘に叱られて言い訳のしようもない。

　寺の多い谷町界隈は練塀が延々と続き、楠の深い木立の合間で桜や楓が色を変え始めている。

　空には小さな雲が片々と連なって、行く鳥影を青く映した。

　冬にしては寒さの穏やかな朝が続いている。

　座敷の障子と縁側の硝子障子も開け放して叩きをかける。きゅっと絞った雑巾で簞笥や畳も拭き上げてゆく。床の間には歳暮の数々がまた山積みで、黒漆の角樽など台所の板間に運びたいのだが、ゆき一人では手が回りかねている。違い棚を拭きながら文箱に手をかけ、ふと思い出して中の封筒を取り出した。立ったまま手紙を開く。幾度読んでも、孝次郎の文面は素っ気ない。

　亜米利加の料理は量が多いだけで、ちっとも旨いことおません。自由亭の方がよほどましや。

欧羅巴を漫遊したのち亜米利加に入り、在米邦人の家で世話になりながらホテルやレストオランを巡っているようだ。「まし、って、他に書きようがあるやろうに」錦は呆れていた。

　ゆきは返事をまだ書いていない。先月、大吉が死んだ。そのことを書けないでいる。

　大吉は秋の掛かりから目に見えて弱り、好物の牛肉のソップにも鼻も近づけなくなった。茶と黒の模様があった白毛はすっかり黄ばんで、散歩に誘っても尾を垂らしたままだ。陸軍に出入りしている獣医に往診を頼めば一瞥するや「相当な高齢ですな。これはもう老衰ですよ」と素人でも見当のつきそうな診立てで、「いくつです」と訊く。

「さあ。いくつでしょう。うちに来た時から大きかったですけんねえ。たしか、飼い始めたのが富島に支店を出した年やから、明治九年頃。おや、先生、大吉はまだ十歳ほどですよ」

「洋犬の十歳とは、そいつぁ、よほどの長生きですよ。いいもの喰わせてたんだなあ」

　感心しつつ「とくだんの治療はありませんね」とにべもなく、人間よりも高い診察料を請求して帰った。ゆきはその日のうちにこの北浜の自邸に引き取り、台所の土間の隅に古毛布を敷いてやった。ほとんど餌を食べないのに口から吐く息が臭う。目脂もひどい。濡らした手拭いで顔や躰を拭いてやってもいっかな乾かず、毛束が増えるばかりだ。寝ているのか死んでいるのか、何度もはっとしては胸を撫で下ろし、そしてある朝、毛布に横たわったまま硬く冷たくなっていた。

　貴見を背中におぶって裏庭を掘り返している最中、孝次郎のことばかりを考えた。ふじが死んだ時とは年齢が違う。けれどあの子が大好きだと思える相手をまた一つ喪ったことを、どう知らせればよいのか。

道具を片づけて歳暮の礼状をしたためれば、そろそろ昼餉の支度をする頃合いだ。饂飩、いや、今日はにゅう麺にしよう。到来した乾麺がある。台所に移り、鍋に水を張って火をつけた。別の小鍋に出汁を張る。冬の間は鰹と昆布の出汁を作り置きできるので、昼はほとんど麺類だ。薄揚げの刻みと蒲鉾、椎茸を薄切りにし、そこに柚子の皮を磨りおろして三ツ葉をのせたらできあがり。貴見に食べさせながら自身も麺を啜り、大椀を傾けて出汁を吸えば内からほかほかと温まってくる。

「おいしかったねえ」と貴見の口の周りを拭いてやる。

「大きな声では言えんばってん、貴見には教えたげる。私はな、オリイブ油やバタをたっぷり使うたビフロースやクリイムスチウより、こがん何でもなかもんが好きたい。そりゃあ、若か時分は世の中にこがん美味があるものかと頰も顎も落としそうなほど西洋料理が好きやったばってん、根が田舎者やからか、それとも歳をとったのかねえ、この頃は塩結びや湯漬け、饂飩や素麺が口に合うとよ。それと白粥。お義母ぁの伽羅蕗があったら、お粥がおいしゅうて。醬油辛うて真っ黒に光っとるやつ」

洗い物を済ませて紙巻煙草で一服すれば、煙まじりのあくびが出る。貴見と昼寝でもしようかと思いながら火鉢の灰を片寄せていたら、玄関で音がして「ごめんやす」と高低三つの声が響いた。

あいた。連中が来た。

「御寮人さん、おいでですやろうか」「お歳暮、持って参じましたんやけど」「どなたか、お取次ぎ願います」と声を張り上げ、「この家、女中も置いてへんのやろか」と訝しげな声は最も若い梅子だ。「そんなわけないやろ。ちょっと、お頼申します。祇園の松子どす」「新町の竹子が参りました」「島之内の梅子だす」

玄関先の白粉臭さがここまで漂ってきそうで、渋々と貴見を抱き上げた。着古した紬(つむぎ)のままだが、この頃は松竹梅の訪れに合わせて着替えるのも面倒になっている。桜鯛の季節に盆暮れ、錦や有の祝言祝い、貴見の出産祝いと、一年に何度も顔を合わせる間柄だ。まして妾(めかけ)三人を向こうに回して競(せ)り合う気力など、とうの昔に蒸発した。

「はいはい、そないに大きな声を出さんでも聞こえてます」

廊下から応対に出れば、三人は「貴見ちゃぁん」と手を伸ばしながら勝手に式台(しきだい)に上がった。

「また大きゅうならはって」「別嬪さんやこと」「いややわ、鼻筋なんか旦(だん)那さんにそっくり」

何がいややわ、なのだと鼻を鳴らしそうになるのをごまかしながら、「どうぞ座敷にお通り」と促した。客用の座敷火鉢を運び込み、貴見を抱いたまま上座に腰を下ろす。儀礼めいたことはさっさと済ませるに如(し)くはない。

「御寮人さんにおかれましては今年も大過なくご機嫌麗(うるわ)しゅうお過ごしの由(よし)、おめでとうさんにござります。手前どももお陰を蒙(こうむ)りまして恙(つつが)のう、佳き年を迎えさせていただけそうにござります。来年も旦那さんと御寮人さん、草野屋ご一家様のご隆盛をご祈念申し上げます」

口上(こうじょう)はいつものごとく松子が受け持ちで、あとの二人は左右で頭を下げ、歳暮の品を畳の上でつつっと滑(すべ)らせる。

「松子さん、竹子さん、梅子さん。今年もよう務めてくれはってご苦労さんだした」

平伏(へいふく)する三人を見渡せば、赤子を抱いた淀君(よどぎみ)の気分だ。

「来る年も躰に気ぃつけて、よろしゅう頼みます」

型通りの挨拶を返せばそれが合図、四人で「ふう」と背筋を緩める。座布団を勧め、貴見を畳の上に下ろした。腹がくちくなって瞼(まぶた)が重そうだ。座布団の上に寝かせてやる。

「今、お茶を用意するさかい、ちょっと待ってて」

「御寮人さん、そないなこと、うちらがさせていただきますよってお坐りになっといておくれやす。ほれ、梅子ちゃん」

松子が顎で指図し、梅子が「へえ」と膝を立てて帯に袂を入れた。

「ほな、お願いしよう。上等の宇治は樺の茶筒」「へえ、樺だすな」「水屋の右の棚にきんつばが入ってるよって、好きなお皿に。黒文字は真ん中の抽斗」「へえ、真ん中」

坐り直せば、松子と竹子が顔を見合わせている。

「どないした」

「いや、有難いなあ、て」

「お茶菓子くらいで、そない、たいそうな。だいいち到来物だす。あんたらが来てくれはるの今日とわかってたら、練切でも用意しといたんやけど」

そういえば極上の羊羹らしき歳暮もあったと床の間を振り返りそうになったが、ま、ええかと、顔を戻した。

「違いますて。いかほど長年のご交誼を賜ってても、お台所に入らせてくれはる本妻さんなんぞいてはりまへんから」

「いや、あんたらが申し出てくれたから、ほな、頼もうと思うただけで」

腰を上げ、違い棚に置いた厚い硝子の灰皿と洋煙草入れを手に取った。二人とも好きなのは知っているから勧めると、「おおきに、いただきます」と遠慮なく摘み上げて火をつける。二人とも白くしなやかな指をしていて、煙草のはさみ方から頬のすぼめ方まで素人とは段違いだ。

ゆきも煙草に火をつけ、吸いつけた。本妻は妾を台所になんぞ入れないと言われれば、なるほど、それが尋常だ。

「台所に入られるて、素裸を見られるに等しいようなとこがあるもんなあ」

「うちらは水仕事をしまへんよってわかりまへんけど、そうどすか、台所は素裸どすか」

「なんぼ綺麗に化粧してても、ええ着物着てても、汚い俎板が干してあったら正体見たり、ってなもんよ。けど朝昼夕ときっちり料理してたら土間の乾く暇もないのが本当で、糠床は臭うし、魚の鱗は拭いても拭いても取れへんし。夜、誰もが寝静まってても朝のための昆布や出汁じゃこは桶の水に浸してあって、いつもどこかが片づいてない。台所はいつでも起きてる。そやから、良うも悪うも台所はその家の主婦を語ってしまう。料理の手が利くかだけやのうて、倹約か、だらしないか、知恵が回るか、鈍か。昨日、嬉しいことがあったか、もう厭になってるか」

松子はにわかに神妙な顔になって、「はあ」と上目でゆきを見る。

「いや、世間の台所はそうやろうと思うだけのことよ。うちはなにせ亭主が料理人やし、今は包丁も俎板もこの家に置いてあるから半分は自分の場やないというか、姑が元気やった頃もほとんど任せきりやったしね」

「旦那さん、御寮人さんのお作りになるものに、うるさいこと言わはるんどすか」

「ううん、何も言わんね」

「濃い、薄いとかも?」

「黙って食べるだけ。あの人、阿蘭陀料理や仏蘭西料理だけやのうて支那料理も日本料理も一流やから、文句を言い出したらきりがないんやろう。忙しいから、いつも心ここにあらずの丈吉しゃんよ。舅には文句の言われ通しやったけどねえ。不味い、硬い、薄い、辛い、苦い」

まったく、お義父ぅの言い草ときたら。

貴見が寝息を立て始めた。松子が気づいて羽織を脱ぎ、掛けてやってくれる。丸に三階松の女紋が染め抜かれた濃緑の長羽織で、だが羽裏は琴と笛、鼓を描いた桜色だ。品よく粋な趣向は、やはり丈吉の見立てだろうか。煙草の先を灰皿に揉むように押しつける。焦げ臭い。

「お待ちどおさま」梅子が盆を掲げて入ってきたので一斉に「しいっ」と唇の前に指を立てた。梅子は貴見を見やって肩をすくめ、茶碗ときんつばの小皿を回す。四人で茶を啜る。

「そういえば、料理の本を出さはるとか」梅子が誰にともなく言った。

「そうそう。御本、うちらも楽しみにしてるんどすわ」「いつ頃、出ますのん」

「洪水さえなかったら今度のお正月には出てたかもしれへんけど、どうやろ。このところ、また忙しいよって」

料理を作って伴に口立てするのも停滞しているようで、丈吉も錦も毎日、帰りは夜更けだ。

「そういえば、京都支店の営業も再開しはりましたもんなあ。うち、ほんまのこと申して、ほっとしましたんどす」

祇園鳥居前二軒茶屋の支店は一時、閉店を余儀なくされた。米三郎の離縁とその後の不始末を受けて叔父の支配人が進退を伺ってきたからで、他の店から引き合いがあるとも言うので丈吉も引き止めなかったようだ。新たに支配人を迎えて営業を再開したのはこの師走に入ってからだ。店の名義は孝次郎にしてあるので、孝次郎の名で新聞広告も打った。

「中之島もいっそう繁華にならはりますなあ。清華楼を倶楽部になさるとか伺いましたけど、姐さん、倶楽部って、つまるところ何ですのん」

竹子が隣の松子に訊くが、きんつばを口に入れたばかりで手を振るばかりだ。二人は今度はゆきを見やるが、こなたもわからず顔を振る。すると梅子が膝を動かした。

「西洋式の社交場のことだすやろ。紳士が集まって、一緒にお酒や珈琲を飲んで交際する場」

「ほな、料亭の西洋版ってことか」と、松子が訊き返した。

「それが、舞妓、芸妓は入れへんらしおすのやわ。紳士だけの親睦の集まりだすねんて。東京には井上馨先生が発起人にならはって、東京倶楽部いうのがもう何年も前にできてるらしいんだす。ほら、有名な鹿鳴館が根城の」

「そんなん、うち、初耳」「うちも」松子と竹子はたちまち声を尖らせる。

「あら、旦那さん、うちだけにお話しにならはったんやろか。いややわ、もう」

キャハハと甲高い声を立てるので、松子と竹子は両の眉を逆立て、「梅子ちゃん、お控えやす」と忌々しげだ。この三人は組む相手が目まぐるしく変わるので一々取り合ったりしない。また煙草の火をつけ、「そういえば」と話柄を戻した。

「自由亭で催される宴でも、この頃は芸妓を入れんようにしてると娘が話してたわ。中之島の風儀が乱れてると主張する議員さんがおって、府議会でも取り沙汰されたらしいから」

「それも初耳だすわ。お座敷がかかれへんようになったら、ほなら芸妓はどうやって生きていくんだす?」竹子が肩をすぼめ、松子を見る。

「料亭はたくさんあるやないの。倶楽部に呼んでもらわれへんというだけで、大阪の芸妓が飢えるはずない」

「そうだすわ。竹子姐さん、杞憂というものやわ。ようわかりませんけど、旦那さんは西洋人と大阪の者が和して集う場を作ろうとしてはるのと違いますやろか。色気抜きで、紳士同士で」

梅子は自身で言いながら、「けど」と顔を斜めにした。

「色を好まん男はんなんぞ、いてるのやろうか」

「そんなん、どこの世界にいてるの」「立身を遂げたお人ほど」「あっちにも、こっちにも」

言いつのる三人が一斉に気づいて、ゆきの顔を窺った。

いつもきりりとして面高な松子もさすがに目尻の皺が増え、福々しかった竹子は頰が細くなり、水を弾くほどに若々しかった梅子の額もかつての艶がない。ことに先だっての洪水で竹子と梅子は家の半分を水でやられ、商売道具の着物や三味線も失ったようだ。夏の中元を持って訪れた際はまさに尾羽うち枯らしていたが、ゆきの前でそれを嘆きも愚痴りもしなかった。

「ほんまになあ。私らもひとつ、おなごの社交と洒落ようか。お酒のええのがある」

床の間に並べてある角樽を眼で指せば、「そんなん、よろしおすのんか」松子が上目遣いになった。

「よか、よか。うちの人と錦は今夜も遅かし、呑もう呑もう。年忘れたい」

「嬉しいわあ。長崎弁が出たら、御寮人さんは本気」

竹子の頰が明るくなった。梅子もはしゃいで、躰を左右に揺らす。

「おなご四人で酌み交わせるなんて、うち、ほんまに報われたような気ぃする」

「梅子ちゃん、一人前の苦労をしたみたいなこと口にするんやない。うちらは座敷の花、どんな苦汁を嘗めようと、夢をお見せしてなんぼの稼業どす」

この三人は、時にいがみ合いながらもいざとなれば助け合って乗り越えてきたのだろう。子を持つことを許されぬ悲しさも、将来の不安も。

「御寮人さん、ちょっとだけ待っといとくれやすな。三十分ほどいただいたら始めさせてもらいます。おなごの社交」

立ち上がった松子はまるで褄を持ち上げるかのような所作をして、三人で台所に向かった。「ばあ」と聞こえたので貴見を見やれば、羽織をはねのけるようにして躰を揉んでいる。手をつき尻を持ち上げ、ゆきが差し出した手を摑んだ。

「え、まさか立つのか。ちょっと、みな、来て。えらいことたい」

貴見がほたほたと歩き始めた。


明治十九年が明け、庭の梅がほころんだと思えばもう中之島に花の雲がかかっている。

丈吉と二人で北浜から難波橋を渡り、豊國神社に参詣する。鳥居を出て西に躰を向ければ、すぐに普請中の清華楼が目に入る。梅子が口にしていた通り、丈吉は西洋式の倶楽部を開くべく二階建てに普請し直させていた。ただし東京倶楽部のごとき日本人のための社交場ではなく、まずは京阪神に滞在している外国商人の要望を満たそうとの考えのようだ。

「二階を足したら、ほんまに大きいですねえ。ばってん、西洋風になさらんかったんですね」

竹で組まれた足場が囲んでいるのは日本建築の建物で、寺と見紛うほどだ。丈吉は遊歩道から普請を見上げ、目を細める。

「ホテルと違うてここで寝泊りするわけやないから、靴さえ脱がんで済むようにしといたら、室礼はいっそ日本式の方が歓ばれる。欧米人は古い文化を尊ぶ者が多いし、東方の文物が珍しゅうて写真に収めたがる。だいいち、階上を足す方が早いやろ。のろのろといつまでも普請しとったら、中之島の景観にも差し障る」

丈吉の語尾が途切れたかと思えば肩を吊り上げ、激しく咳込んだ。先月、三月の下旬に珍しく感冒に罹り、三日も高熱を出した。洟や喉の痛みは訴えず、熱もすっかり引いている。だが咳がしつこく残り、長く喋ることができない。自邸で養生するようになって二週間も経つが、四月に入ってもまだすっきりと恢復（かいふく）しないのだ。本人は臥（ふ）せる我が身がもどかしいのか、日中はこうして中之島を歩きたがる。

「大丈夫ですか」

背中をさすろうとしても手を躱（かわ）し、土佐堀川に向かって背を丸める。ひとしきり咳込み、懐から手巾（ハンケチ）を出して口許を拭ってからまた清華楼へと向き直った。病人扱いされるのを厭がって、ゆきが労（いたわ）りめいた言葉を口にすると機嫌を損（そこ）ねる。

「自由亭にも大きな宴ができる部屋を造ったが、大人数が重要な会合を持つ場としてはまだ不足や。ここは名前も変えて、日本人が誇りを取り戻す場にする。で、一等国としての名誉を獲得する」

そして胸を上下させ、「対等な条約を」と口にした。

が、その拍子（ひょうし）にまた突き上げられるような咳をして躰を折る。胸を摑み、押さえ込んでいる。やはり尋常な感冒とは思えぬ咳だ。近頃、音も変わってきている。そばで聞いていても胸が割れそうな咳で、とくに寝入ってからが酷（ひど）い。

「桜、咲いたな」

あの大雨の被害の後、丈吉は中之島の方々に桜を植えさせた。植木屋が言うには、「この桜をくれ」ではなく、「店にある桜、全部くれ」だったそうだ。

「今日は花冷えですわ。もう帰りましょ」

「いや、自由亭にも寄る。伴君を呼んでるのや」

「そないに咳をしながら口立てでもでけへんでしょうが。伴さんにもご迷惑ですよ」

半ば叱るように語尾を強めるとさすがに観念したのか、来た道をよろりと引き返し始めた。満開の花影の中を歩くその姿は左右に揺れ、歩幅も狭い。

大丈夫。土台が働き過ぎとよ。

ゆきは己に言い聞かせながら後ろを歩く。

あと一週間も養生したらけろりと床上げをして、また何でもなかったように仕事に戻る。いつどこで何をしてるやらわからんごと歩き回るに決まってる。お医者も感冒やと診立てなすった。薬ももろうてる。

長年世話になっていたかかりつけ医は東京で医学を修め直すとかで、今は大阪にいない。それで別の医者に往診してもらっている。ただ、小回りのきかぬ威張り屋で、咳の音が気になるとゆきが訴えても素人が口を出すなと言わぬばかりに聞き流される。

玄関に入ると、有が「お帰りなさい」と出てきた。息を呑んだのがわかった。目の下から頬も痩せ、生え際(ぎわ)は白いものが目立つ。そんな父親の姿など初めて目にするはずで、だが有は動揺を気振(けぶ)りも見せず、丈吉の肘に手を添えて式台へと上げている。座敷の寝床に入っても丈吉は横にならずに胡坐(あぐら)を組む。羽織を肩に羽織(はお)らせ、手あぶりにかけた鉄瓶から湯呑に白湯を注いで飲ませる。

「有、どないしたんや。弘樹(ひろき)君は」

丈吉は娘に対してはひときわ平静を装いたがる。

「東京に出張中やから、今のうちに羽休めさせてもらおうと思うて」

「北堀江のご実家に挨拶に行ったんか」

「行ってきました。貫ちゃんのお店の焼き菓子とプディングをお渡ししたら、お義母(かあ)さんとお義姉(ねえ)さんがえろう歓んでくれはったわ」

「そうか。あまり長居するなよ。亭主が出張中に実家で遊んでたんでは申し訳が立たん」

「そないなこと、おっしゃらんといて。二、三日は置いてもらいます。貴見と遊ぶの、楽しみにしてきたんやから」

よちよち歩きを始めた今は目が離せない。縁側からひょいと転げ落ちそうになったり、鉄瓶にいきなり触ろうとする。最も困るのは丈吉が家にいるのを珍しがって、そばから離れようとしないことだ。丈吉もまた掛けた蒲団を持ち上げ、床の中に入れてやろうとする。ただの感冒であっても無茶なことをする。「やめてください。こんな小さな子には感冒が命取りになることもあるとですよ」強く言えば、「ちょっと一緒に昼寝するくらい、どうっちゅうことあらへん」と妙に剛情だ。

病人扱いすな。偉そうに。

元気な時には口にもしなかったような言いようをして、やっと気がついた。自身でも不安なのだ。そして苛立っている。錦は女将修業の途に就いたばかり、清華楼もまだ普請中だ。料理本の口立ても中途なら、大阪の景気も上向かぬまま、方々に置いた支店の景気も気になる。

己が描いていた道筋を今こそ耕して走らねばならぬのに、感冒なんぞに足を掬われて。まさか、このまま臥してしまうなんてこと、ないやろな。まさか。

丈吉は一言もそんなことを洩らさない。だがゆきは有に電報を打った。助けを乞うたのだ。お母はん、あの時はえろう狼狽えてと、後で笑われてもかまわない。笑い草になってくれたら御の字だ。

「お父はん、今夜は私が作るから何がええ？　お粥もおじやも飽きたでしょう」

「そうやなあ」と言いながら腕を組み、肩から羽織を落とした。

「フーカデンがええな」

「麩ぅが食べたいの」

「阿蘭陀の家庭料理たい」

教えると、有ははっと目を瞠った。父親が若い頃に蘭船で西洋料理を身につけたことは有も知っている。「阿蘭陀の」と呟き、声を潤ませている。丈吉は気づいていないようで、躰を動かして横になった。枕に頭を据え直した途端、また咳だ。手で胸を押さえている。

「お父はん、胸が痛いのと違うんですか。え、痛うおますのやろ」

丈吉は息も切れ切れに、「痛うない」と言い張る。だが呼吸が浅く小刻みだ。深く呼吸すると胸が痛むからではないか。

「このくらい、どうもない。それより、フーカデンの作り方、教える。貴見に食べさせてやりたいのや」

「お前しゃん、私、作れますけん。ちょっと寝んでください。起きたら、皆で一緒に食べましょ」

有に丈吉と貴見を頼み、小走りで玄関を出た。難波橋を渡り、清華楼の普請の音を聞きながら桜並木の遊歩道を西へと向かう。浪華温泉場の前も通り過ぎ、自由亭の裏口へとようやく辿り着く。帳場裏の談話室を通り抜ければ、久しぶりに踏む絨毯の感触に涙が出そうになる。

「お母はん、どないしはったん」

ゆきを見るなり、錦が顔色を変えた。

「違う。死んでない死んでない」声が途切れる。

「んもう、ややこしい。息が止まるかと思うた。ほな、何事よ」

「悪いけど、料理場でヴイヨンを分けてほしい」

「お父はん、食欲出てきはったんやね。わかった。ちょっと待ってて。チャボ熊さんに頼んでくる。他に要るものは」

フーカデンは長崎で一度作っただけの料理だ。しかもあの時は義妹のよしがかたわらで指南してくれた。うろ憶えの記憶をたぐりよせ、牛肉と豚の脇腹肉の燻製、蔬菜にパンの粉を所望した。公私を混同するのは厳に戒めてきたが、戻ってきた錦は有無を言わせぬ顔つきで包みを押しつけた。

「今夜のお客様がお帰りになったら、私もすぐに帰るから」

「大丈夫やて。今日は有も来てくれたし、いつも通りでないと、お父はんは機嫌を損ねはる」

「往診、頼んだの？　昨夜も、咳、酷かったね。お父はん、ろくろく寝れてないでしょう」

熟睡できていないのは錦も同様のはずで、目の下に隈が出ている。

「あの先生はあかん。明日の朝、府立病院に連れていこうと思うてる」

大阪府立の病院は同じ中之島にある。

「そしたら、私からお願いしとく。今夜の予約、府立の先生がたやから」

「ああ、そう。それは有難い」

「お父はんも、府立にお願い済みやと言うたら出向かんわけにはいかんでしょう。ほんまに、病気を認めたがらんのやから世話が焼ける」

互いに力なく笑い、ゆきは自由亭を出た。


牛肉を細かく刻み、そこにパンの粉と溶いた卵を混ぜ、塩と胡椒とナツメグを加えて捏ねた。粘りけを出してから小さく丸めて団子にし、鉄鍋で焼く。玉葱と人参、じゃがたら芋、蕪はすでに一口大に切ってある。

フーカデンを味わいさえすれば、咳などたちまち癒えるに違いない。明日の朝には別人のごとく復活して、自由亭に戻る。己の城に。

ヴィヨンの鍋は豚の脇腹肉の燻製を入れ、とろ火で煮込んでそろそろ二時間になる。以前はたぶん三時間は煮たと記憶しているが、もう七時に近い。貴見には有がプディングを食べさせたのでこのままあと一時間煮るか、それとももう仕上げにかかるか。表面に浮いた脂を掬い取りながら、思案のしどころだと唇をひき結んだ。こうして台所にいても咳の音が聞こえてくる。別の鍋で蔬菜をそれぞれ茹で、ふと思いついた。昆布出汁を入れてみようか。そしたら多少煮る時間を端折っても、味に深みが出るかもしれへん。いや、待て。台無しにするかもしれん。まして相手はうちの人や。すぐにばれる。己を押しとどめながら、しかし気が急いて仕方がない。これ以上咳が激しくなれば、スプウンも持てなくなる。

棚に置いた壺を下ろした。白地に青の染付で帆船を描いてあるこれは長崎で丈吉が使っていたもので、コンプラ商人が阿蘭陀向けに輸出していた陶器らしい。古びたので自邸の台所に貰い受けて久しく、今は出汁の保存用にしている。その中に玉杓子を下ろし、椀に移した。ヴィヨンの鍋から脇腹肉の燻製を引き上げ、肉団子と茹で蔬菜を入れ、塩で味を調える。そこに出汁を足そうか、やめようか。だが味見をすればやはり物足りないような気がする。味見をし過ぎて舌が馬鹿になっているのかもしれないが、鍋の上で椀を傾けた。ええい、ままよ。

座敷に運ぶと、有が介添えをして躰を起こしている最中だ。あの役立たずの医者が咳止めの薬を置いていったらしく、それが少しは効いたようだ。座布団の上に移った丈吉は胡坐を組み、有は背中を支えるように手を添えている。

錦も帰ってきて、「おう、お疲れさんやった」と丈吉はまた空元気を見せる。

「ええ匂いやね。へえ、これ、何のソップだす？　おいしそう」

箱膳を膝前に据えて皿とスプウンを置けば、「お前らも食べ」と皆を見回した。

「私らもすぐにいただきますけど、まずはお父はんがお毒見を」

「毒なんぞ入れてなかよ」と、ゆきは膝を改める。出汁は入れてしもうたけど。

丈吉はしばらく皿を眺め、おもむろにスプウンを手にした。一匙掬い、口に運ぶ。何の音も立てずに流し込み、けれど口中から喉を伝い、空っぽの胃ノ腑に落ちていく音が聞こえてきそうだ。丈吉は何も言わず、もう一匙、今度は目を閉じて味わっている。錦と有が顔を見合わせ、胸の前で祈るように手を組む。丈吉は肉団子を口に入れた。また目を閉じ、心持ち顎を上げてゆっくりと咀嚼(そしゃく)する。今度は蕪だ。蕪はあっという間に煮崩れるので、歯ごたえを残して茹でておいてちょうどいい。人参は柔らかく、じゃがたら芋は舌の上でふわっと崩れる程度に、そして玉葱はとろとろに。丈吉はそれらを一口ずつ食し、またソップを掬う。

手が止まり、顔を上げた。探るようなまなざしを向けられ、白状してしまおうかと息を吸った時、「おゆき」と呼ばれた。

「なるほどな」

目を細め、フハハと掠(かす)れ声で笑った。久しぶりに見せた笑みに、こなたもつられて頬が緩んだ。疲れも不安もたちまち晴れてゆく。

「ねえ、何がなるほどやのん」「何が可笑(おか)しいの？」

「草野丈吉は、お見通しということたい」

娘たちはきょとんとしている。

「けったいな、お父はんとお母はん」

すると丈吉はなお嬉しそうに笑い、また咳込んだ。

翌朝、府立病院を訪ねるとすぐさま内科部長が診察をしてくれた。

「草野さん、検査も必要ですから入院してもらいましょうかな」

「近所ですから、通わせてもらいます」丈吉は不服そうだが、抗弁の最中にもまた咳をして胸を押さえねばならない。

「まあ、そうおっしゃらずに。骨休めなさってください」

病室は北向きだが窓が堂島川に面しており、東へと首を出せばあの渡辺橋も見下ろせる。

「橋が見えますたい。お前しゃんが仮橋を架けなすった、渡辺橋」

丈吉は寝台に横たわり、天井を見つめたまま「そうか」と気のない返事だ。

「早(はよ)う鉄橋に架け替えはったらええのに」

そう言いながら、どことなく誇らしげだ。

「入院の用意をして、またすぐ戻りますけんね。しんどかったら、この鈴を遠慮のう鳴らしてくださいて先生に言われてますけん、よかですか。意地張ってたら治るもんも治らんとですよ」

「わかってる」と、丈吉は目を閉じた。

「なあ、おゆき。あの家な」

「なんです」と、顔を近づけた。

「あの伊良林(いらばやし)の家や。そろそろ買い戻そうと思う」

ゆきは頷く。目の中が潤んでくる。

「今年の秋は長崎に帰ってみようか。貴見を連れて三人で」

「それはよか思案ですねえ」

三人で長崎の夜空を見上げよう。きっとまた星が降るようで、貴見は背伸びをして手を伸ばすだろう。

流れる星を摑みたがる。祖父のように。

扉が少し動いて医者が顔を覗かせている。廊下に出れば、少し歩いてから咳払いをした。

「先生、入院は何日くらいになりましょうか」

問うと医者は少し黙し、ゆきを見返した。

「ご親族、ご親戚に連絡なさってください」

「それはどういう」

「肋膜炎(ろくまくえん)です。しかも胸の音が相当に悪い。ああも炎症を起こしていたら、よほどお辛かったはずです。体力がもうほとんど残っていません」

「そんな。お薬、お薬でなんとか」

手を合わせて拝んでも、医者は虚(むな)しく頭を振るばかりだ。眼裏(まなうら)にあったはずの夜空が何も聞こえぬ暗闇になった。それでも自由亭に立ち寄り、錦に電報を打つように頼んだ。

「長崎のよしと萬助しゃん、それから亜米利加にも」

錦が顔色を変えて何かを言ったが、遠くで聞こえるばかりだ。北浜の家に戻って有にも病状を告げ、貴見を抱き上げた。有がわっと泣き伏すが、「しっかりしんしゃい」と励ました。頭の中は奇妙なほど澄んでいる。

「貴見、祖父(じい)ちゃんが長崎に連れてってくれるって。楽しみやねえ」

私もしっかりせんば。大丈夫。あん人はそう易々と死ぬ人やなか。まだ四十七たい。夢半ばたい。

ゆきは病院に通い続けた。ふと気になって、丈吉の顔を見下ろした。窓辺から差す陽光で、うっすらと目を開けているのがわかる。

「お前しゃん」

言いかけたものの迷い、そしてやはり言葉を継いだ。

「松子さんと竹子さん、梅子さんにもお見舞いに来てもらいましょう。あの人ら気兼ねして、こっちから声をかけたげんと、よう参じはれへん」

わざと冗談めいた口調にした。でなければ、己がよほど重篤（じゅうとく）なのだと察してしまう。

「いや」

掠れた声が聞こえた。

「お前だけでええ」

こみ上げて、病室の外に出た。

最期はお前と二人で過ごす。

入院してたった二日後の四月十二日、丈吉は息を引き取った。その日の朝、右肘を微かに持ち上げて指を動かしていた。見れば唇もわずかに動いている。

「お水、欲しいんやろか」

錦が水の入った吸口を手にしたが、ゆきは止めた。

「違うとよ。きっと、味見をしてなさる」

あの銀の匙を口に含んで、目を細めたような気がした。

うん、上々や。おれの拵えるもんは何でこうも旨いのやろう。

# 12 星々の宴（うたげ）

丈吉の葬儀には地元の名士、貴顕（きけん）が多く参列し、その中には陸奥宗光の姿もあった。焼香の後、ゆきを見つめて小さく告げた。

「残念至極（しごく）」

欧羅巴（ヨーロッパ）から帰国していたことも知らなかったので参列は思いも寄らず、瞼（まぶた）が熱くなった。

「お父はんが亡くなったこと、新聞社で耳にされたそうだす。ご家族の悲嘆、察するに余りある、取り込み中に気を遣わせるのは忍びないと、他の宿にお移りくださったのや」

陸奥はおりしも自由亭ホテルに滞在していた。欧羅巴滞在中に母堂が亡くなったので大阪で埋葬し、和歌山で法要を行なうためであったらしい。

地元の市民も五百人ほどが訪れて香華（こうげ）を手向（たむ）けてくれた。こうして中之島から阿倍野（あべの）の墓地に向かう道すがらでは、法被（はっぴ）姿の男たちによる木遣唄（きやりうた）が響き渡る。丈吉と親交があった佐兵衛（さへえ）親分の音頭（おんど）によるもので、その乾児（こぶん）たちと鳶（とび）、大工ら百人が粛々（しゅくしゅく）と連（つら）なり、唄いながら葬列を先導している。通夜から葬儀まで一切の差配を引き受けてくれたのは星丘安信で、木遣唄についても親分から星丘に申し出があった。旧幕時代から木遣唄は江戸の町火消の十八番となっているが、起源は天正（てんしょう）の頃、太閤（たいこう）秀吉によって始められた大坂城築城にあるという。大木や巨岩を運んだ人足らの掛声が自(おの)ずと節を持ち、やがて唄になったのだそうだ。

「草野さんは、渡辺橋の仮橋普請で自ら太鼓(たいこ)を打ち鳴らして皆々を鼓舞(こぶ)なさったお方です。常に公(おおやけ)のことを考える任俠(にんきょう)の風がおありになった。木遣唄で送りたいという気持ちをお受けになってもよろしいのでは」

星丘の口添えに、ゆきも錦(きん)も否(いな)やはなかった。川岸や沿道に集まった人々が男たちの唄に耳を澄ませ、葬列に手を合わせてくれる。丈吉に対しての、大阪の餞(はなむけ)に思えた。

埋葬は長崎の墓地も考えぬではなかったが、自由亭ホテルはまだ中之島にある。ゆえに五代友厚の眠る大阪の地を選んだ。長崎から萬助、丈平(じょうへい)と共に駈(か)けつけたよしも「異存はなか」と言った。しかと考えての返答ではなかっただろう。よしはただ泣いて泣いて、兄の亡骸(なきがら)に縋(すが)りついて泣いた。神戸から訪れた貫太夫妻も声を上げて泣いた。有(ゆう)もいけなかった。出張先の東京から急遽(きゅうきょ)帰ってきた夫の弘樹(ひろき)の姿を目にするや、泣き崩れた。

孝次郎の帰国は当然のこと間に合わなかった。反(そ)りが合うとは言えぬ父子(おやこ)だった。丈吉がもっと長生きをしていれば、共に自由亭で働くうちにいつか心の通じ合う日もあっただろうにと思えば切なくもある。が、もはや詮無(せんな)いことだ。料理長のチャボ熊や番頭、従業員の嘆き、落胆も想像以上であった。松竹梅にも知らせたので来ているはずだが、顔はまだ見ていない。人目を憚(はばか)って従業員らの列に加わっているものか。三人でひっそりと肩を寄せ合いながら。

ゆきには泣く暇(ひま)がなかった。錦はもっとだ。亡くなってまもなく星丘が府立病院に顔を出してくれたので、通夜や葬儀について相談したようだ。番頭はどうも頼りにならないようで、とにもかくにも星丘の差配のおかげをもって、すべてが滞(とどこお)りなく進んでいる。ゆきはしきたり通り白綸子(しろりんず)の留袖(とめそで)に身を包み、素木(しらき)の位牌を抱いて歩いている。錦も白、嫁いだ有は黒の洋装、よしは深紫の着物だ。貴見はよしの背後を行く丈平が抱いてくれている。

男たちの木遣唄だけが胸の中で響く。谷町筋から天王寺への上り坂では寺院の森や竹林の緑が光って揺れている。足を運びながら、まだ信じられぬ思いがした。五代の葬斂で歩いた墓地への道を、たった半年後、自身が行くことになろうとは。

お前しゃん。

手の中の位牌をそっと指で撫でさすり、持ち直した。その後の言葉が出ないのだった。

初七日の法要を明日に控えた午下がり、よし一家は「明日、長崎に帰る」と言う。

「法要が済んだらその足で港に向かうたい。お世話んなりました」

「もうちょっとゆっくり泊まってったら」

勧めても、萬助と丈平が揃って頭を振る。「店もありますけん」

馬町の支店で萬助は経営と料理長を、丈平は支配人見習いを務めている。よしは家庭に入って久しい。

「なら、およしだけでも残らんね」

「義姉しゃん、それは気を兼ねるたい。草野家はともかく自由亭は初七日で忌明け、営業ば再開するて錦ちゃんから聞いたし、葬儀の後も話し合うことの多かでしょ」

明日、「草野キン」の名で新聞に広告を出すことになっている。忌明けと自由亭ホテルの営業再開、亡き父の跡を錦が継ぐことを世間に告げる。ゆきとしては、やはり錦が継がねばならないかと少しばかり複雑な思いではある。孝次郎には任が重いゆえ錦しかいないのだ。丈吉もそのつもりで女将修業に入らせていた。けれどそれは丈吉がそばにいてこそであって、いきなり齢二十三の女があれほどの所帯を切り回していくのは至難だ。だが不安を口にすれば、よしに心配をかける。

「話し合うべきことは多かばってん、星丘さんにあんじょう相談に乗ってもろうてるみたかよ」

「また、そがん暢気なことを」

よしは座敷の隅に移って洋鞄を膝の前に置き、荷の整理を始めた。

「ばってん、ホテルのことは私にはもうわからんたい」

「違う、違う」と、よしが帯締めをくるくると手に巻く。

「何が違うの」

「義姉しゃん、あの星丘しゃんというお人、どういう人ね」

すると萬助が「おい」と声を低めた。「余計なことを言うな」

「余計なことやなか。だいいち、昨夜、お前しゃんも心配しとったやなかね」

「心配て。星丘しゃんのこと?」

すると丈平が貴見の手を取って抱き上げ、「外で遊ぼうか」と廊下に出た。まだ十七というのに早くから親と共に立ち働いているだけあって、人の気を汲む心がある。丈平の背中を見送り、「お茶でも淹れよう」と火鉢の前に坐り直した。

「星丘さんはな」

かつて二本松藩の船が爆発事故を起こし、その際に丈吉が親身な介抱をしたこと、船の代金を巡る交渉においても助力したことをずっと恩義に感じてくれていることを話した。

「神戸船橋会社の経営、それに火止石炭油の事業もしとらすお方よ。うちん人も信頼してた」

「いや、義姉しゃん。私はべつに、星丘しゃんの素性を怪しんでるわけやなかよ。通夜からこっちの振舞いば見とったら、人品の上等なお人やということはわかるけん。ただ、番頭に訊いたら独身らしかやなかね。あの人、おいくつ」

「たぶん三十七くらいかなあ」

「齢が離れ過ぎてるかもしれんばってん、いずれ錦ちゃんと添わせるつもりやったら何も言うことはなかよ。でもそうやなかとやったら、あまり頼りにし過ぎるともどうかと思うばい。世間の目ぇというものがあるけん」

「ああ、そんなこと」

こんなお人が錦の婿になってくれたら。そんな夢ともおぼつかぬ想像をしたことがあった。ほんの一瞬だけれども。思わず頰を緩めると、「笑い事やなか」とよしは声を尖らせる。

「忌中ていうのに、何ね、へらへらと」

「よし、言うな。義姉しゃんは昔っからこういう人やなかか」

「ほんまに鈍なとこがあるけんね。そいけん要らん心配ばしてしまうとよ」

夫婦揃って遠慮のない口をきく。それには慣れている。なぜかしら、周囲にこんなふうに軽くあしらわれる。若い時分からだ。ゆきは「んもう」と鼻から息を吐き、茶筒を振った。

「泣くことができんのやけん、せめてちょっとくらい笑わせてよ」

「泣いたらよかやないの。誰に遠慮も要らん」

「あかんのよ。ひとたび泣いたら崩れてしまう。崩れたら二度と起き上がれん気がする」

自分でも思わぬ言葉が口をついて出て、鼻の奥がじわりと潤んできた。よしはせっかく巻いた帯揚げを畳の上に放り出し、そばに躙り寄ってきた。

「ごめん、義姉しゃん」

「何の、何の。お茶、どうぞ」茶碗を渡すと、「おおきに」と急に神妙な声音だ。亭主の前に置いてやり、自身も口をすぼめて啜(すす)り始めた。ゆきも茶碗を持ち上げた。

「錦が頼りにできる人、他におらんとよ。私は自由亭から身ぃば引いて長かし、まして事業があがん大きゅうなってしもうたら、何がどうなってるのやらさっぱりわからへん」

「番頭は」

「悪か人やなかばってん、以前、ちょっとあってね。錦は信用しきれんみたか」

「ちょっとって?」

「うちん人が帳面を読めぬのをええことに、仕入れをごまかして懐(ふところ)に入れてたことのあったらしかよ。大した額やなかけど、小遣(ほまち)いにしとったとよ。ばってん、あんた方も知っての通り、あん人の頭には収支が全部きっちりと入ってる。帳尻の合わぬことがすぐに露見して、うちん人はどういうこっちゃと説明を求めたと。番頭は恐れ入ってしもうて悔悛(かいしゅん)の様子も見せたけん、馘(くび)にはせんかったたい。錦が店を手伝うようになってからのことやけん、私もしばらくは知らんかった」

「兄(にい)しゃんらしか話ね」

　よしは茶碗を手で包んだまま懐かしそうな面持(おもも)ちをする。萬助はふと苦笑いを洩らした。

「ほんまに摩訶(まか)不思議な人やったですなあ。頭ん中に独特の算盤(そろばん)を置いてなさったとしか思えませなんだ。そんくらい計算が速かったし間違いがなかった。数十品の献立を何十人分も誂える時でも、肉、魚、蔬菜(そさい)、調味料、香辛料に至るまでぴたりと帳尻が合(お)うて少しも齟齬(そご)がない。しかもその日の暑さ寒さ、湿気具合に合わせて味つけを変えてなさった。番頭を馘になさらんかったというのも、なんとのう腑に落ちますばい。そういうお人やったとしか言えんばってん、私も貫太も失敗をいつまでも咎(とが)められるようなことはなかったですよ。雷(かみなり)は一度きり、失敗したその後どうするかが人間の分かれ目やと言うてなさった」

よしはゆるりと頷いた。

「人への厳しさも情も、兄しゃんなりの律があった」

錦が破鏡した経緯（いきさつ）は詳しく話していないが、米三郎をこの家から出した理由については、よし夫婦も承知している。他人の番頭は許せても、見込んで婿にした男が見せた地金（じがね）は許せなかったのだ。過（あやま）ちを犯した後の不誠実と居直りこそ、丈吉が最も嫌うものだった。そしておそらく己の目のなさを悔いていた。ゆきの知る限り、丈吉のあれほどの失敗を他に知らない。

翌日の法要の後、よし一家は帰郷の途についた。いったん梅田駅に出て、そこから神戸までは汽車、神戸港から長崎行きの船に乗るという。神戸までは錦と有夫妻が同道することになり、俥（くるま）を連ねて渡辺橋を渡るのをゆきは見送った。

よしと同じ俥に並んで坐った錦は、きっと橋を指差して教えるのだろう。

この仮橋、お父はんが架けはったのよ。


五月に入ってまもなくの夜、錦が「自由亭に来てほしい」と言った。

「明日の朝のうちにお願いできる?」

「よかけど、貴見をどうしよう」

「店の者を誰か行かせるわ。留守番がてら」

弔問客（ちょうもんきゃく）がまだ引きも切らないのだ。先だっては居留地の外国人自治会長や大阪府に雇われた外国人技師、そうかと思えば仮橋の普請で人足をしていた男も尻端折（しりはしょ）りで訪ねてきた。

あの太鼓の音、今も耳の底に残って忘れられんちや。生まれて初めて働くことが楽しかったもんなあ。女将さん、元気出しなはいや。

そう言い、無骨（ぶこつ）な手に似合わぬ杜若（かきつばた）の数本を差し出した。

松竹梅は今年は桜鯛を持ってこず、忌中ゆえそれは当然のことなのだが、どうしているのやら。気になりながら難波（なにわ）橋を渡って土佐堀（とさぼり）川沿いに歩けば、清華楼（せいかろう）の普請の音がする。見上げると胸が詰まるような気がして足早に通り過ぎた。ほんまに。倶楽部（クラブ）の完成を見ずして逝（い）ってしもうて。胸の中で吐けば、だんだん腹立たしくなってくる。店を出すのも大阪に出てくるのも電光石火。ばってん、死ぬのまでこないに急がんでもよかでしょ。

「あほ」

口の中で呟いたつもりが結構な音になって、遊歩道をそぞろ歩く老夫婦に睨まれた。

自由亭の裏口から入ると、錦が首を伸ばして「お母はん」と手招きをする。かつて自邸であった部屋は執務室兼控室になっていて、木箱や紙包みを積み上げてあるので物置にもなっているのだろう。絨毯（じゅうたん）を敷いた座敷に入れば、客室で昔使っていた洋椅子と洋卓がいくつか置いてある。随分と古びて座面の布は色が去っている。

ゆきの姿を認めるや星丘が立ち上がった。互いに朝の挨拶を交わす。星丘の首の襟締（ネクタイ）は緩み、襯衣（シャツ）は腕まくりだ。頬と顎には無精髭（ぶしょうひげ）がうっすらと目立つ。

「朝早くから申し訳ありません」

「こちらこそ、えろうお世話になりまして、お礼の申しようもございません」

洋卓の上には帳面や紙封筒が堆（うずたか）く、算盤や小筆（こふで）も散乱している。珈琲茶碗は空になって底に黒輪が残り、灰皿も吸殻（すいがら）が崩れそうだ。

「夜なべしてくれはったみたいで」錦は言い訳のように口にしながら茶碗や灰皿を片づける。障子窓も開け放したのか、ゆきが腰を下ろしたとたんに明るくなった。川風が入って青葉の匂いがする。錦が茶を運んできて星丘の隣に坐った。ゆきは二人に対面する恰好だ。

「お母はん。これから大事な話をさせてもらいます」

改まった口調で切り出した。わざわざここに呼ばれたのだ。自由亭の将来についての話であることは察しがついている。

「へえ、聞かせてもらいましょ」

羽織の裾を払って背筋を立てると、星丘が微かに笑んで頷いた。ただそれだけの仕草であるのに、ひどく心丈夫な気がした。

「あのね、お母はん。負債があるの。商いに借銀はつきものやから、それはそないにびっくりすることやありません。ただ、清華楼の買い取り費用の残と倶楽部に改装した時の普請代の払い、これが相当な額で。どちらも手付けは打ってあるけど、買い取りの残が八千円。普請は見積もりでは三千五百円のうち、手付けが五百円。つまり残三千円だす。その他、まだある。京都支店の営業を再開するのに両替商から借りて相当な額を入れてるし、神戸や長崎の店もお父はんが工面しては払いに回してた」

「長崎も」

錦はたじろぐこともなく首肯した。

「商いに借銀はつきものだす」

さっきと同じ言葉を繰り返した。己に言い聞かせるかのように。

「総額でいくらになるの」

「十万円を超えています」今度は星丘が答えた。

「十万円、ですか」

たしか五代の遺(のこ)した負債は百余万円に上ると耳にしたことがある。それは莫大(ばくだい)が過ぎて想像もできなかったが、十万円が想像できるかというとそれもできない。

「錦さんのおっしゃったように事業は常に浮き沈みがあるもので、皆、借りては返しながら事業を維持拡大するのが尋常です。自由亭の場合、月によっては従業員の俸給(ほうきゅう)、仕入れ先への払いをすべて借銀で賄(まかな)うこともあったようです。いや、それも珍しいことじゃありません。ただ、その方式を向後も続けていくためには一つ条件があります」

「条件」

「信用です。草野さんだからこそ、これほどの金額を借りることができた」

かくも率直に言うからには、錦もよくよく承知してのことだろう。ゆきは星丘に目を戻した。

「清華楼の残金の八千円と普請代の残三千円。これが用意できんとあかんということですね」

「さようです。その払いを済まさねば倶楽部の営業を始めることができません。始めなければ、向後の借銀がしにくくなります」

家の蓄(たくわ)えがいかほどであったか頭の中を繰(く)るも、すぐに答えが出る。締めて一万一千円どころか、普請代の残三千円にもおぼつかない。丈吉は娘たちの祝言(しゅうげん)には金子を惜しまず、ゆきも亜米利加(アメリカ)の孝次郎には相当額を為替(かわせ)にして送ってきた。なにしろ外国は物価が違う。貴見の将来のためにも、今は丸裸(まるはだか)になるわけにはいかない。

ふと、あの銀子(ぎんす)を思い出した。奉公していた引田屋(ひけたや)の女将にもらったものだ。文久三年であったから今から二十三年前。それは丈吉とゆきが夫婦になった歳月そのものである。

三十匁(もんめ)ある。これはお前の命綱やけん、ここぞという時にお遣い。

豆板銀(まめいたぎん)三十匁の命綱は幸いなことに使わずじまいでここまできた。が、嫁いだばかりの物価ならいざ知らず、もはやその銀子では命綱どころか紐にもならない。今がここぞという時であるのに。

「お母はん、目を白黒させて。違うのよ、家の蓄えを出してほしいわけやないの。そこに手をつけて何とかなるような話やないの。お父はんのいてはらへん自由亭をどうやったら存続できるか、そのことに星丘さんは知恵を絞ってくれてはるの」

妙に口が渇いてきた。茶を含み、喉に流し込んだ。

丈吉を喪った自由亭は果たして存続できるのか。

その疑問がたちまち口を渇かせ、また茶碗の縁に唇をあてる。

丈吉の念願だった倶楽部を完成させ、経営を引き継げるのは錦しかいない。けれど一万一千円。たとえいずこかでそれを算段できても、また窮するのではないか。錦に誰が金子を貸してくれるだろう。土地は官有地で、大阪府からの借用だ。その払いも毎年ある。従業員はどうする。腕のよい料理人には丈吉は昔から俸給を惜しまなかった。肉屋や魚屋、蔬菜屋に対してもだ。自らが料理人であるだけに、腕に対する敬意があった。ゆえに料理の値段も堂々と高直であった。それは長崎で良林亭を始めたその日から、ずっと変わらぬ丈吉の信念だ。その信念を崩すくらいなら、いっそ誰かに商いを引き取ってもらう方がよいのだろうか。その方が錦も苦労をせずに済む。

顎を上げれば、またも星丘が見つめていた。

いいや、そんなことできるはずがない。それじゃ、あまりにも情けない。

「お母はん。星丘さんが助けてくださるとおっしゃってるのよ」

ゆきは息を呑み、「よろしいんですか」と声を絞り出した。星丘は首肯する。

「一万と一千円はご用意します」

火止石炭油の事業は順調とは言えなそうな様子だったが、こなたが思っていた以上の財産家であるのだろうか。

「支払いを綺麗に済ませれば世間も胸を撫で下ろすでしょう。自由亭は大阪になくてはならぬものですから」

「星丘さんには経営にも入っていただこうと思うてるの。料理場の皆の考えも聞いて、よかれと思うことはやってみるつもり」

ゆきは深々と頭を下げた。丈吉が伊良林（いらばやし）の家を買い戻すつもりであったことを、二人に打ち明けられなかった。


孝次郎がようやく帰国し、初盆の法要に出席した。

心なしか背丈が伸びて肩や背中もがっしりとしたように見えるが口数はすっかり減っていて、お斎（とき）の席でも俯（うつむ）いて酒ばかり飲んでいる。貫太が下座に動いてきて酌（しゃく）をし、それでやっと顔を上げた。

「孝ちゃん、えらいおとなしいやないか。日本語忘れたんか」

「ちゃうねん。足が痺（しび）れて動けんのや」言いざま、「わ」と大きな声を出した。「やめてくれ。何すんねん」

隣の丈平が黙って手を伸ばして足を抓（つね）ったらしい。貫太と丈平は大笑いだ。すると貴見が興味深げによちよちと近づいてゆく。襁褓（むつき）で丸い尻を持ち上げるようにして孝次郎の足にちょいと手を触れたから、大騒ぎになった。

「もう。こないな席で大笑いして」

錦は呆れ顔だが、ゆきとよしは同時に「よか」「よか」と笑った。孝次郎の屈託のない横顔に少しほっとしていた。錦は星丘に相談のうえ、孝次郎を京都自由亭の支配人に据えることにしたらしい。丈吉は以前から店の名義を孝次郎にしていたので、ゆきにもそれが順当な判断に思えた。まして京都は外国人客が多い。英語が喋れる者がいた方が客の役に立てる。考えれば、丈吉は蘭語に英語、仏蘭西（フランス）語、支那（シナ）語もできた。どのくらい達者であったのかは判じようもないが、当の外国人が大変に歓んで通詞より頼りにした宴会がいくつもある。今のこの家族、従業員の中にも丈吉ほど喋れる者は一人としていない。

「今日は星丘しゃんは」よしが錦に訊ねている。

「神戸の会社で所用が溜まってるとかで、八月は神戸にいてはるの」

「方々で事業しとらすのやなあ」

「そうみたい。それはそうと叔母ちゃん、今日のお膳はどない？　自由亭の改良和食なんやけど」

「かいりょう」怪訝（けげん）な顔のよしの隣で、萬助が「そういうことか」と小膝を打った。

「飛龍頭（ひりょうず）の中にパースリーの刻み、五種類の豆の煮物にはトメートウ・ソースがかけてある。揚げ物も独活（アスパラギャス）、鬼薊菜（アーティチョーク）、西洋人参」

「さすがは叔父さん」

　錦は満足げに笑んでいるが、「それが改良？」よしはまた首を傾（かし）げる。

「西洋料理の材料を使（つこ）うた和食を自由亭でやってみてるのよ。今日は精進料理やからお肉やお魚は使えんかったけど、ビフロースに筍を合わせてそこにバタと醤油のソース、木の芽添えなんて献立も始めてるの。逆もしかりよ。西洋料理の口取りに鮃（ひらめ）の昆布締めの雲丹（うに）添え、コースの途中に車海老の冷製茶碗蒸しをシャンパングラスでお出ししたり。冷菓は酒粕（さけかす）を入れたアイスクリイムとかね。お値段も勉強させてもろうて、これからは紳士貴顕の宴席のみならず、ご家族で子供さん連れにもご利用いただきたいと思うて新聞広告も打ったんよ」

おそらく星丘を交えて、チャボ熊をはじめとする料理人らと話し合ったのだ。そこで出てきた思案が改良和食。ホテルでの食事に腰が引ける市民にも気軽に足を運んでもらおうとの目論見なのだろう。萬助が「なるほどなあ」と感心しきりだ。

「和食も開化のときというわけたい」

「長崎でもぜひやってみておくれやす」

錦は上機嫌で腰を上げ、上座に移って僧侶に酌をしている。

よしが亭主に向かって「お前しゃん」と口を尖らせた。

「改良方式か開化方式か知らんばってん、日本料理の材料や調味料を洋食に取り込んだり刺身を口取りにしたりなんてことは、兄しゃんが長崎でとうにやっとったことたい。今さら珍しゅうなか」

「わしは弟子やぞ。そんなことわかっとるたい。ばってん、錦ちゃんは新しい工夫を始めたのや。それを大事に、勇気づけたるのが身内やないか。お前のそのせまぁか料簡も改良してもらえ」

よしはぐうの音も出ず、ゆきに向かって肩をすくめた。


彼岸が過ぎ、十一月に入った。

清華楼の改造工事も着々と進み、十二月には開業に漕ぎ着けられそうだという。

今日は秋晴れ、菊の香も清々しい。洗濯物を干し終えて買物に出ることにした。貴見の手を引き、買物籠を持って歩くうち、久方ぶりに思いついた。土佐堀川から舟に乗り、川口へと向かう。

「貴見、川口よ。自由亭を始めた場所」

抱き上げてやれば川向こうの家並みを眺めて瞳を輝かせている。海鳥の翼が白い。川岸に上がって雑居地へと入った。あの親爺の大きな頭が見えた。よかった、元気そうだ。髪は薄くなったようだが声の大きさは変わらない。店先に縁台を出し、同年配の親爺や婆さんと喋り込んでいる。

「ご無沙汰しました」

「や、女将さんやおまへんか」

　立ち上がり、小腰を屈めた。このたびはご愁傷さまにござります、おそれいりますと辞儀を交わし、「ま、坐っとくなはれ」と縁台の板をさっと手で撫でさする。

「いえ、久しぶりに親爺さんのお豆腐とお揚げさんが食べとうなって買いに来ただけです。お話、続けとくれやす。他の買物、先にしてきますよって」

「つれないこと言わんと、ちょうど女将さんの話をするとこやったんや。ええとこに来てくれなはった」そして親爺は貴見に目を留め、「可愛らし嬢さんだすな。どのお子さんの子？」と目尻を下げる。

「長女の子ぉです」

「ああ、あの。役者みたいな変わった髷結うて、居留地の女学校に通うてはった」

　頷く暇もなく、「この女将もな」と続ける。「今はこんなんやけど、昔はなかなかのもんやったんやで。すらりと背丈があって、なにしろ色が豆腐なみや」

「たしかに、昔はさぞ別嬪やったやろうなあ」

「わたい、このお方、見かけたことおまっせ。有名な、じゅ、じゅう」

「およねはん、じゅうじゅう何を焼く。ちゃうがな、自由亭や、自由亭」

「それそれ。そのじゅう亭の女将が仁王立ちしてたがな」

「そうや、あの外人と荷役夫らの喧嘩騒動や。女だてらに人垣の真ん前でなあ。たとえ、ずどんと撃たれてもここは通さぬ、通さぬぞよぉ」

話を勝手に作っている。ゆきは眉を下げながら縁台に腰を下ろし、貴見を膝上に抱き上げた。

「また古い話をしてはるんやね。あの事件、自由亭を開いて間なしの頃でしたよ」

今思い返しても腑(はらわた)の煮える事件だ。事の収拾には五代が動いたのだったが、外国人が日本で犯した罪を日本の法では裁けない。幕末、そんな条約を幕府が結んでしまっていた。悪どい商人はどこの国にでもいるもので、どうせ日本人には何もできぬのだ、いざとなれば自国の領事館が守ってくれると高を括(くく)ってかかる。

「それが、あんた、今や明治も十九年やというのに、またノントル号事件だっしゃろ。日本人をどこまで馬鹿にしくさるねん。ほんま口惜しゅうてなりまへんわ」

「それ、ノルマントン号事件のことですか」

「そうだんがな。ノントル号事件だすわ」

新聞の記事を読んで暗澹(あんたん)となったのが、つい一週間ほど前のことだ。十月二十四日、横浜から神戸に向かっていた英吉利(イギリス)の汽船ノルマントン号が和歌山の串本(くしもと)沖で座礁(ざしょう)し、沈没した。船長をはじめ乗客、乗組員の英吉利人、独逸(ドイツ)人は艀(はしけ)で脱出したが、日本人の乗客は船中に取り残されて溺死(できし)した。誰一人助からなかったのだ。新聞の報道は沸騰(ふっとう)した。

日本人なるがゆえに助けなかったのではないか。肌の黄色い日本人を見下しているのだ。

「それで、しゃあことなしに英吉利の領事はんが詰問(きつもん)しなはったんやろ。ほならその船長の吐(ぬ)かすことがあんまりな逃げ口上(こうじょう)や。我々は艀に乗れと勧めた、そやけど日本人には英語が通じへん、ただ船室に籠もって頭を下げるのみやったんや、て。ほんで、船長や乗組員は無罪放免らしいがな。そんな阿呆(あほ)なことがあってええのんか。なんぼ言葉が通じへんいうたかて、命が懸かってる窮地やということは何人にもわかるがな。ほんまに可哀想に、見殺しにされたんや」

　なるほど、此度のノルマントン号事件が昔の居留地の事件の記憶を呼び起こしたらしい。

「条約たらいうもん、早うなんとかしてもらわんと困りまんな。な、女将さん」

「そうだすな」頷くものの、貴見が抱っこに飽きて躰をくねくねさせ始めた。襁褓も濡れているかもしれない。

「親爺さん、そろそろお豆腐。薄揚げも」と籠を差し出した。「ほんまや、毎度」ようやく腰を上げて籠を受け取り、店の中へと入ってゆく。

「そういや、おたくの坊。留学から帰ってきはったんやて?」

　地獄耳だ。

「今、京都の支店で働いてます」

　とはいえ、役に立っているのかどうか。休みのたびに北浜に帰ってきて、仕事はどうやと訊いても「まあまあ」などと曖昧な返事しかよこさない。大吉のことは一言も口にせず、中之島にも犬小屋がないのだからとうに呑み込んでいるだろうと、ゆきも言いそびれたままだ。いい若者が手持ち無沙汰に縁側に寝転んでただ煙草を吹かしている姿を目にすると、叩きをかけたくなってくる。

「よかったなあ、坊の船、沈まんと」

　縁台の連中も「ほんま、迂闊に留学もでけん」と剣呑な顔つきに戻る。「帰国祝いに、おから、おまけしたりや」

「わかってるがな。ほれ」と、籠が重いほどだった。

　十二月一日、洗心館と名づけられた倶楽部が開業式を華々しく行なった。

それを機に、星丘は自由亭の総理人として役所や顧客に挨拶した。京都から孝次郎も呼び寄せ、賓客に引き合わせて紹介の労もとってくれた。錦はまだ若い女将ゆえこの先を案じる連中もいるようで、弟を披露することで自由亭の今後をしかと世間に示したのだろう。

ところが翌朝、朝餉だというのに孝次郎が起きてこない。仏壇に茶と飯を供え、味噌汁の椀を箱膳に置いた。貴見は小さな箸を持ち、卵焼きに手を伸ばしている。行儀はまだ身についておらず箸遣いも危うげであるけれど、あまり手出しはしないようにしている。

錦が心持ち顎を傾け、右奥を見やった。

「孝ちゃん、まだ寝てるの」

「起こしたんやけどねえ。先に食べよ。待ってられへん」

「京都であんじょうやってるのやろか。支店からは何も言うてけえへんから、働いてはいるのやろうけど」

「ほんまになあ」と、味噌汁を啜る。今朝は薩摩芋と蒟蒻、豚肉の細切れが汁の実で、胡椒の刻みをほんの少し香味として加えてある。

「松子さんにちょっと頼んで、様子を見てきてもらおうか」

松竹梅からは未だ音沙汰がない。遠慮を立てて訪ねてこないのだろうと推せば、泣き暮らしていないか、日々の生計はちゃんと立っているのかと心配がつのる。だが、ゆきは動けないでいる。四十九日、百箇日、彼岸と節目は何度もあったのに、三人を呼ぶならちゃんと縁切りをしてやらねばならず、まとまった金子、そして形見も分けてやらねばならない。だが丈吉の持ち物や着物にどうしても手をつけられないのだ。ひとたび手を触れたら堰が切れて溢れてしまう。まだそれに耐えられないような気がした。

「お母はん、松子さんはやめて。筋が違います」

斬るように言った。ゆきはまばたきをして、「ああ」と狼狽えた。

「そうやな、その通りたい」

松竹梅はあくまでも丈吉の女たち、私とのかかわりで留めるべき縁だ。それにしても、娘に筋を云々されるとは私の情けなさも年季が入ったと日野菜の漬物を口に入れる。気詰まりな時に限って、かりこりといい音がする。

「錦、いっそ星丘さんに相談してみようか。あの人は孝次郎のことにも心を配ってくれてはるし、支配人としてあんじょう育ててくれはるんとちゃうやろか」

「そこまでお願いできません」

声が低くなった。

「星丘さんはな。持ってはった家作全部と神戸の会社の株券を売って、それで清華楼の残金と普請の払いに充ててくれはったのよ」

箸を手にしたまま肘が一気に下がった。

「そこまでしてくれはったの」

「お母はんには言わんようにて口止めされてたから黙ってたんだす。気ぃ悪うせんといてな」

「とんでもなか」と、首を振る。

「それでな、お母はん。私も決めた。京都の自由亭を売るわ。朝からこないな話をするつもりやなかったけど」

「そう。京都、売るの」

「限られた資金を中之島に集中させたいのよ。浪華温泉場にも本格的に手ぇ入れんと、これまで応急の改装しかしてけぇへんかったから、お客さんも物珍しさで来てくれるだけで後が続かへん。今のままやったら見栄えもちぐはぐや。ホテルと浪華温泉場、洗心館、元々バラバラやったこの三つをつないで、料理ももてなしも出来を揃えてこそ大阪に自由亭ありと誇れる場になる」

星丘の考えをなぞっているわけではなさそうだ。錦が己の頭で考え、覚悟を決めている。

「お父はんの料理の本もこのまま放っとくわけにはいかへん。費用はどないしてでも工面して、来年の一周忌には刊行したい。一廉の町人が亡くなったら追善の句集を出したりするのやて、女学校の同級生に聞いたことがあるんだす。お父はんも長崎から出てきて、大阪で名の知れた町人にならはったお人や。そやから自由亭が本を出して後世に遺さんとあかんのよ。それが供養になるのやと私は思う。けど、方々の支店の面倒も見てたらそれがでけへん。下手したら共倒れになってしまう」

反対などできるはずがない。錦の言うことはすべてがもっともであるし、だいいち、己はもはや自由亭の門の外にいる人間だ。

「長崎も売る。ほんまは前から考えてたことやったの。長崎は洋食屋も名代の料亭も多い。年に数度は地元の引きで大きな宴席を承ってきたから保ってきたけど、これからは」

一気に言い、唇をひき結んだ。錦の屈託は長崎にあったのかと、さすがに言葉を失った。くんちの傘鉾まで引き受けた自由亭だ。主が亡くなった途端に身売りするとは、地元で生きるよし一家には辛い成り行きである。だが反対すまい、こだわるまい。

「私が長崎に行こうか」申し出ると、錦は「いいいや」とすぐに返した。

「言いにくいことを言うのが主の務めだす。初盆で何度も口から出かかって、けどやっぱりよう言わんかった。今年じゅうに長崎に行ってくるわ。今度はちゃんと話をして、買い手の目処もつけてくる」

ふいに目の端で貴見が動くのが見えた。とっさに手を伸ばしたが遅かった。指先からつるりと飯碗を滑らせ、膳の上に落としたとたん、味噌汁の椀をひっくり返した。「ああ、もう」と錦が糸を弾くような声を出し、ふだん滅多と叱られることのない貴見はゆきを見る。みるみる頬を紅潮させ、顔を口だらけにした。

「朝っぱらからうるさいなあ、何の騒ぎ」

振り返れば、寝巻姿の孝次郎がだらしなく柱の脇に立っている。

「貴見、泣くな。あとで叔父ちゃんが遊んだる」

腹を掻きながら、「お母はん、飯。腹減った」とほざく。

「自分で用意しなはれ」

畳の上に這いつくばり、布巾で闇雲に拭いた。貴見がいっそう泣く。

「なんでそないに怒ることあるん」

理由に思い当たる節がない場合、己の言動をずっと遡って振り返るべきなのだ。投げられた言葉などほんのきっかけに過ぎない。だが倅は筋金入りのぽんつくに仕上がってしまった。この鈍な母親が驚くほどに。

錦は長崎馬町諏訪前の支店、続いて京都祇園鳥居前二軒茶屋の支店を売却した。萬助は日本料理の店に移ったが、倅の丈平はそのまま支配人として残ることになった。店の名も自由亭を引き継いでくれるという。錦は二人とも残してくれまいかと交渉したようだが、新しい経営者は年俸の安い若者だけを引き受けた。

丈吉の一周忌にはまた一家で大阪に出てきて、しかも三人の態度は一毫も恨みがましさを感じさせなかった。

「うちん人のことは気にせんでよかよ。齢四十六やもんね。腰が痛い、腕が上がらんてしじゅう零しよったけん、今の小体な店でのんびりやれてちょうどよかよ。経営や料理長という任は重かったのかもしれんばい。丈平を残してもろうただけで、錦ちゃんにはほんに感謝しとるのよ」

ゆきはやっと丈吉の形見分けに手をつけ、西洋の腕時計と羽織に着物、帯、草履一式を揃えて渡した。だが、よしを歓ばせたのは『日本西洋支那　三風料理滋味之饗奏』だった。刊行はまだ先だが見本として百部を仕上げてもらい、錦の念願通り、丈吉の追善供養とした。

松竹梅も呼んで、一人五十円ずつの慰労金と形見の品を渡した。五十円が妥当であるのかはわからないが、それぞれに家は持たせてあると生前に聞いている。形見は鼈甲、翡翠、白珊瑚の羽織紐と念珠を桐箱に納めて渡した。

「ここまでしていただくとは望外のことどす。おおきに、有難くお受け申します」

深緑の着物に黒の羽織姿の松子は膝前に作法通り扇子を横に置き、手をつかえて頭を下げた。その背後に竹の葉色の着物に黒羽織をつけた竹子、梅子は白梅色の着物にやはり黒羽織だ。

「これまで、ほんにお世話になりました。ご一家の弥栄をご祈念申し上げます」

松子が挨拶を終えると、竹子が「これからあてらのことはどうぞご放念ください」と微笑み、梅子は「御寮人さん、お窶れも見えんで安堵いたしました」と砕けた調子でゆきの気を引き立てる。三人とも元気な様子で、けれど悔やみを述べる以外は一言も「旦那さん」という言葉を口にかけず、それは判で捺したように三人とも同じであったので事前に申し合わせたのだろう。それが大阪の妾務めの退き方であるのか、三人の心やりであるのか。

「こちらこそお世話になりました。私はさぞ至らんかった寮人やったと思いますたい。そやのに最後まできっちりと務めてくれはって、有難う」

言いながら、「また一緒にお墓参りに」とか、「芝居でも」などと口にしたくなる。名残惜しさで胸が一杯になり、だがここで縁を切ってやらねばならない。

「いつか町で出会うことがあったら、そん時は気軽に声をかけてな。それまではどうぞお達者で。な、よかですか」

堪えても声が揺れてしまった。松竹梅も濡れた頰を拭いもせず、「へえ」と肩をすぼめた。

孝次郎は北浜の家に戻ってきて、浪華温泉場の大改造に携わった。

東手にあった古い浴場を取り払い、新たに小ぶりな浴場を設えるらしい。向後は誰彼なしに湯浴みできる方式をやめ、客の要望時にのみ供する。そのぶん衛生と室礼に注力したようだ。さらに新たに十二の客室と茶室を設け、洗心館に通じる廊下を架け渡した。

すなわち自由亭から洗心館までの六十八間が一続きとなり、中之島でもひときわ壮大な一構として生まれ変わった。敷地のすべてを塀が延々と囲い、その内には四季種々の草花を植えつけた花壇だ。この夏は数千球の百合が芳香を放ち、浅緑の薄がそこかしこで涼しげに揺れる。堂島川に面した石段を築き直し、客が川遊びを所望すればホテルの水際の昇降口から舟に乗ることができる。むろん川から舟で訪れる客も迎え入れる。長崎も水運のための河川が多かったが、大阪は水の都、風流遊びに舟は欠かせない。

七月に入ると天神祭で町が沸き返った。洗心館の二階の露台から大川を見下ろせば提灯を飾った数百杯の小舟が行き交い、舟の上では太鼓と鉦の音で町衆、芸妓衆がトンツクトンツク、軽妙に踊っている。両岸の家々は無数の灯明(とうみょう)で照らされ、まるで夜空の中に浮かんでいるような心地だ。

貴見には白地に大きな金魚模様の浴衣(ゆかた)、ゆき自身は紺地(こんじ)に細いよろけ縞(じま)、そこに鉄線(てっせん)の白花を絡(から)ませてある。

「お母はん」顔だけで見返れば孝次郎だ。

「有姉ちゃんが来たで。ここまで上がるのが大儀や言うて、遊歩道の縁台で涼んでる」

有は身籠(みご)もって、十月には産まれる予定だ。

「ああ、そう。ほな、貴見、行きまひょか」

すると何が面白いのやら、きゃいきゃいと笑い、「行きまひょ、行きまひょ」と口真似をする。孝次郎が手をつないでやり、露台から内廊下に入った。その途中で孝次郎が「あのな」と言った。

「僕、神戸支店の支配人になるらしいわ」

「なるらしいて、あんた、またそんな他人事(ひとごと)みたいに。けどよかったやないの。神戸やったら有も貫太もいてるし、外国人のお客が大阪より多いからあんたの英語も活(い)かせるというものたい。温泉場の大改造、あんじょうやってお手柄やったから出世しなはったんやな」

「ちゃうわ。有姉ちゃんが僕を神戸にて、錦姉ちゃんに口添えしてくれたみたいや」

歩きながら、「そうか」とだけ返す。普請したての建物はそこかしこで木の匂いがする。何度この匂いに胸を膨らませてきたことだろう。

「けど僕、英語ろくに喋られへんねん」

「それ、ほんまか。冗談?」

思わず顔を見た。それが本当なら、お前の取柄はどこにある。

「亜米利加におる間、ほんまに何も通じへんで、珈琲一杯注文するのに難儀して、それにジャパニーズを馬鹿にして聞こえんふりする奴もおるのや。やっと品物が出てきたと思うたら揚げたポテトが五人前。一人前でも馬に喰わすほど量があるのに、どうせぇっちゅうねん。ほんで、僕が卓の上で頭抱えてたら、皆、くすくす嘲笑うのや。万事がそんな調子で気ぃ滅入った」

そんな苦労をしたのかと、艶光りする手摺を撫でながら階段を下りる。

「ばってん、最初は皆、そうやなかか。お父はんも出島に奉公した始めは言葉に苦しんで、叱られても何を叱られてるのかがわからんから、また同じことをしてしまう。そしたら鍋底で頭を叩かれたり背中を蹴られたりするのやて。目から火が出るいうのはほんまやて言うてなさった」

すると孝次郎が「また」と吐き捨てた。

「何ね、またって」

「何かにつけてお父はん、お父はん。錦姉ちゃんも有姉ちゃんもお母はんも。うんざりや。僕はお父はんみたいに偉うなられへんし、なりとうもない。なんやねん、好き放題に生きて方々に店と女拵えて、挙句が早死にやないか」

「何てこと言うの」階段の途中で足が止まった。倅を睨みつける。

「亡くなった父親に対してそないな言い方しかでけへんか。この、根性曲がりが」

「むきになるなよ、お客さんらが見てはるやないか」

「そないに気に入らんのやったら自由亭で禄を食むのはやめなさい。どこにでも出ていったらよろし。よかよ、私は止めんばい。どうせお父はんが身ぃ一つから始めた商いやけん、あんたも胡瓜を齧ってでも己のしたいことをしたらよか。そんかわり、自由亭におるならお父はんのことを悪しざまに言うのは許さんけんね。許さへん」

孝次郎はふんぐと黙り込んでしまい、階段をよちよちと下りた貴見だけが「叔母ちゃん」と有に向かって小走りになる。孝次郎は肩を怒らせてぷいと有の前を通り過ぎ、人波に紛れてしまった。

「あれ、孝ちゃん、家とは逆の方角やないの。ホテルの仕事は今日は仕舞いや言うてたのに、どこに」

「さあな。胡瓜でも買いに行ったんやなかか」

有は首を傾げながら、「よいしょ」と腰を上げた。

冬になって自由亭ホテルに内閣の伊藤博文総理大臣が滞在し、森有礼文部大臣も訪れて会談を行なった。大阪の経済もやっと上向き、自由亭にも外国人客の姿が戻ってきた。

巷間では、自由亭は創業初代時よりもはるかに繁盛、隆盛を極めていると噂されているらしい。


中之島がまた花の季節を迎えた。枝の下を歩くたび、満開の花影の中の姿を思い出す。背を丸めて咳をして、左右によろりと揺れながらまた咳をして。

おゆき、あれはまるで冥途の花見やったな。

お前しゃんはほんまに、桜がお好きですもんねえ。

そんなことを胸の中でやりとりしながら足早にホテルへ向かい、裏口から入った。帳場から番頭がすっ飛んできて、「お待ちかねです」と袂を引っ張りかねぬ勢いだ。午後三時ということもあって談話室は珈琲や葉巻の香り、人々の声でさざめいている。だが庭に面した洋椅子の周囲は輪を描くように席を空けてあり、数人の男が目立たぬように立っている。要人につく警護だ。

その中に独り、洋装の男が足を組んで坐り、庭の桜を眺めている。丈吉が植えさせた桜は八重に枝垂れ、濃い紅から薄紅、黄緑と爛漫だ。木々の足許には苔の緑がなだらかな起伏を描き、山吹や雪柳も花を開き始めている。

「ご無沙汰しております」声をかけて頭を下げると陸奥は顔を動かし、「やあ」と手を上げた。近頃の流行りなのか、顎から伸びた鬚が長い。

「呼び立ててすまなかったね」

「とんでもないことです。いつも自由亭をお引き立てくださいまして有難うございます」

「ここは快適でね。ベッドも料理も素晴らしい。眺望もね。公園地の中にあるホテルは貴重だよ」

対面の椅子に坐るよう掌で示した。「ご無礼申します」と頭を下げて腰を下ろす。給仕が近づいてきて、「お飲み物はいかがいたしましょう」と丁重に訊く。「陸奥しゃん、珈琲のおかわりは」と卓の上を見れば、半分ほど残ったままだ。

「うん」と答えるも咳をして、口許に拳をあてた。そういえば鼻声だ。

「お風邪ですか」

「そうらしい。昨夜はぐんと冷えただろう」

「なら、緑茶の方がよかですね」と、給仕に言いつけた。「お家さんも緑茶でよろしいですか」「はい、私もいただきましょ」と答える。陸奥は半巾で口を拭うと、朗らかな笑みを広げた。

「おゆきさんはお家さんか。まあ、そうだね。錦ちゃんが女将だもんなあ」

「へえ。私は何でもよろしいんだすけど」

「いや、女将はよくやってるよ。感心した」

「剃刀閣下がそないに言うてくれはったら、錦も甲斐がおます」

陸奥は昨明治二十三年、農商務大臣に就任した。その才気と舌鋒の鋭さから「剃刀大臣」との二ツ名を奉られている。「僕はいつも無遠慮にノーと言うからね」と、足を組み直した。

「日本人にはノーと言うことのできる者が少なくて困るのだ。イエスと言うのは楽だよ。だがそれは一時遁(のが)れに過ぎん。言うべき時は敢然とノー、だ。それが誠実の行為だと僕は信じている」

「誠実」

「そうだ。相手に対してでも己に対してでもなく、解決すべき事柄、事象そのものに対してね」

たぶんあの条約改正について言っているのだろうと、ゆきは陸奥を見つめ返した。三年前だったか、陸奥は駐米全権公使に就任し、亜米利加との条約改正をめぐる折衝(せっしょう)に取り組んでいた。新聞の記事や星丘の話によれば陸奥は華府(ワシントン)で盛んに働きかけ、その翌年には当時の大隈(おおくま)外務大臣と駐日亜米利加公使が新条約に調印するに至った。六月は独逸、八月は露西亜(ロシア)。だが最も重要な交渉相手である英吉利の同意がどうしても得られず、難航を極めているようだ。

緑茶と道明寺(どうみょうじ)が運ばれてきて、陸奥は背もたれから身を起こして茶碗の蓋(ふた)を取った。旨(うま)そうに茶を啜る。

「そもそも、御一新(ごいっしん)前の幕府はなにゆえ、ああも不平等な条約を外国と結んだとですか」

あの頃は攘夷(じょうい)や開国と聞いてもよくわからぬままで、まして条約の何たるかなど知る由(よし)もなかった。丈吉が一介の包丁人であったなら、ゆきは今もこんな疑念を持たぬままであっただろう。ただ、丈吉は常に気にしていたのだ。桜の遊歩道を歩いたあの日も、咳で苦しみながら口にしていた。清華楼を日本人が誇りを取り戻す場にする、一等国としての名誉を獲得する。

対等な条約を。

「あれはね、おゆきさん。幕府が外国に対して弱腰であったとばかりは言えぬのだよ」

「ばってん、外国人が悪事を働いても日本で裁けんとはあんまりやなかですか」

「裁くには法が要る。だが当時の日本は近代国家としての裁判制度を持っていない。憲法ですら二年前だよ」

明治二十二年二月、大日本帝国憲法と衆議院の選挙法が公布された。四月にはここ大阪でも市制が施行され、大阪市が誕生した。墺太利(オーストリア)のヘンリー親王が来阪(らいはん)、新しい洗心館に宿泊されるという栄誉に与(あずか)ったのは同じ月のことで、錦と星丘は饗応をし遂げた。丈吉が口立てした『日本西洋支那　三風料理滋味之饗奏』には客の迎え方から宴(うたげ)における本式のマナーまでが事細かに書かれている。星丘と料理長、給仕に至るまでが幾度も読み返し、稽古を重ねたようだ。親王は日本式の外観と室内がお気に召されたようで、歓迎の宴も洗心館で行なわれた。

陸奥が「つまり」と続けた。

「外国人の罪は自国の領事に裁いてもらう方が都合がよかったのさ、日本も」

なるほどと、ゆきは黙って相槌を打つ。

「維新後も、改正を急いだのは関税自主権の方だった。外国から入ってきた品物に対して自国で関税を決められぬ国は、独立した国家とは言えない。だがノルマントン号事件があっただろう。あの事件で日本じゅうが憤激した。新聞、論客(ろんかく)、法学者も船長の非人道を弾劾(だんがい)し、それがやがて英国への批判となった」

政府も黙ってはおられなくなったのか、兵庫県知事は横浜の英吉利領事裁判所に船長を殺人罪で告訴した。結果、三ヵ月の禁固刑という有罪判決が出たが、日本人遺族への賠償金は出なかった。豆腐屋の親爺はまたも店先の縁台で怒っていただろう。

「あの事件は改正交渉の後押しになったとですか」

「それはイエスともノーとも言える」

なにやら難しい話になってきた。

「ひとたび結んだ条約を改正するには、日本の外交を担(にな)う者と外国の外交担当者がどこかで折り合う必要がある。それは商いでも同じこと、こちらの利益だけを主張するわけにはいかんだろう?」

　ゆきは頷く。

「相手の利益も満たし、こちらも相応の権利を得る以上は相応の義務を負わねばならん。ゆえに最終的な落とし所を見据えて交渉案を立てるのだが、相手は外交の歴史が長い百戦錬磨(れんま)の強者(つわもの)揃いだ。亜米利加は日本に対してまだ好意的だが、英吉利など実に老獪(ろうかい)でね。一筋縄ではいかん。しかも厄介な敵は身内、日本国内だ」

「国内て、日本人が日本の外交の足を引っ張るとですか」

「苦心惨憺(さんたん)の案は国内で了解をとらねば、交渉の場に乗せられんのだよ。ところが必ず横槍が入る。これでは生ぬるい、いいや、もう少し慎重に臨めなどと他人の出した案は必ず叩きたがる。おかげで条約改正事業はこれまで何度も頓挫(とんざ)してきた。ましてノルマントン号事件でああまで国民の関心が高まったら、政府内外に国民の感情を利用する者が出てくる。けしからんことに政争の具にしやがる」

　また咳をするので、「お薬をご用意しましょうか。それともお医者を」

「かまわんでくれたまえ。季節の変わり目にはいつも風邪をひく性質(たち)でね、慣れている」

　半巾で鼻先を拭う。もともと彫りの深い顔貌(がんぼう)だが眼の窪(くぼ)みが目立ち、鼻先も尖ったような気がする。だが国事を担う人の凄みというものだろうか、周囲の席の客らがちらちらと視線をよこす。

「そういえば息子さんは亜米利加だってね」

　昨年の五月に星丘が商業視察のために渡米することとなり、孝次郎も再び海を渡った。

　今度こそ、ちゃんと学んでくるから行かせてほしい。平伏せんばかりに頼むので、錦と相談の上、分家させるつもりで費用を用意した。星丘は十二月に帰国したが、孝次郎は向こうに残ったままだ。星丘が言うには、西海岸の町のレストオランで皿洗いの仕事を見つけて働いているらしい。

「女親と姉ですけん、甘(あも)うていけませんたい。今後はもう援助せぇへん、独り立ちをせよと引導を渡した恰好ですばってん、いざ送り出したらちゃんと食べてるか、病気でもしとらんかて心配でたまりません」

店にも家にも居場所がなかったのだろうか。もっと優しい言葉をかけてやるべきだったのか。

本人は口に出さないが、二年前の秋、丈平が没したことも大きいように、ゆきは思う。悪い感冒(かんぼう)が肺炎を引き起こし、享年二十であった。錦は中之島を離れられなかったため、名代(みょうだい)として孝次郎とゆきが葬儀に出た。貫太夫婦も一緒だ。萬助とよしの嘆きようは目にするのも辛く、声をかけられない。よしの背をさすると、ひしと縋ってきた。一粒種だったのだ。これから女房をもらい、いつか自分の店を持ちたいと言っていたらしい。

おれの名の一字は丈吉伯父さんからもろうたんやけん、それだけで強運たい。

長崎支店の売却という憂(う)き目に遭(あ)っても、両親を励まし続けた。通夜では孝次郎が貫太と共に夜伽(よとぎ)を務め、蠟燭(ろうそく)と線香を絶やさなかった。

「おいくつです」

「元号が明治になった年に生まれた子ですけん、二十四ですたい」

「明治の子か」

同じことを長崎で言われたことがあったような。

「大丈夫だよ、おゆきさん。明治日本もそろそろ独り立ちをする」

陸奥はふと陽射しに誘われるように庭へ顔を向けた。

「今、船の汽笛が聞こえたような気がしたが空耳(そらみみ)かな」

ああと、ゆきも耳を澄ます。

「夕凪が吹くと市中でも聞こえるとですよ。大阪の西方は港、海ですけん」

陸奥は顎を少し上げ、目を閉じた。

「来年、七回忌だね」

憶えていてくれたらしい。ゆきは小さく頭を下げた。

「草野君と話をするのが僕は楽しみだったんだ。彼と話していると、長崎にいた頃の心を忘れないでいられる」

ぼうと、また汽笛が鳴った。


秋になって錦の帰りがいちだんと遅くなり、「ただいま」の声も重い。

茶を淹れ、黙って差し出した。「おおきに、すんません」と、錦は湯呑を持ち上げた。口許の右側も下がっている様子から察するに、また何か問題を抱えていそうだ。この頃、錦の顔は左右で別の受け持ちをしているかのようで、顔の左半分は平気な表情を作れるけれども右半分は疲れや屈託をごまかせない。だが「どうした」とは訊かないことにしている。うるさがられるのは、こなたも厭だ。厭なことはしない方が互いのためというもの。

「お母はん。ちょっと厄介な問題が持ち上がってます」

「そうね」と軽く応え、きんつばと煎餅を茶箪笥から取り出した。夕飯は済ませたのに秋の夜長、妙な時間に口寂しくなる。

「中之島の東端は公園地になってますやろ。大阪市がその公園地を拡大することを計画して、十二月には仮公園にするらしいのやわ」

「それは結構なお話やな」

「自由亭が今のままおれたら結構な話なんやけど、四月の市会でね、公園の中に飲食店や旅館を置くのはけしからん、散歩地の区域が減って美観を著しく損ねておるやないか、風紀、衛生にも悪い、公園から飲食店や旅館を撤去させるべきやと意見を述べた議員さんがいてはるのよ」

「ちょっと待って。自由亭は大阪府から土地を借りてるはずたい」

「そうよ。そやから撤去を求める建議案を大阪府知事に出そうやないかって、議員さんらが動き始めた。年明けの市会にその案が提出されてもし可決されたら、府知事に建議が提出される」

大阪市は市制特例によって、大阪府の管轄下にある。

「撤去って、え、中之島から出ていけってことね」

錦は手摑みできんつばを二つに割った。黙って差し出すので黙って受け取り、口に放り込む。互いに頰を上下させながら空を睨んだ。

「そんな無体な話があるやろか。中之島の美観を創りこそすれ損ねるとは、節穴もたいがいにしてもらいたか。だいたい、渡邊府知事さんが外人宿泊の便利がええようにて中之島の土地を貸与してくれはったたい。自由亭は川口での始まりからして半官半民、お父はんは常に公に尽くすことを考えてはった。中之島の遊歩道の桜も、たいていはお父はんが植えたものやで」

「そこよ、その半官半民を怪しい、政治家に取り入って甘い汁を吸うてきたのやないか、て批判の目を向ける議員がおるの。ホテルから洗心館までを一つに大きゅうつなげたから目立ってしもうたのよ。私が意地になって踏ん張ったから」

「何を言うてるの、錦。京都や奈良には外国人の泊まれる宿も多かけど、大阪では自由亭だけがその役割を果たしてるとよ。昔は帝の昼餐の御用を承ったことがある。諸国の賓客もどれほどお迎えしてきたことか。しかも一度たりとも粗相はない。自由亭は中之島から消えたらあきません。他にいかほど広い土地を用意してもろうたとて、鉄道にも港にも近いあんな美しい島は他にない」

　錦は左の目を丸くしている。

「お母はんが自由亭の由緒にこだわるの、初めて聞いた」

「甘い汁？　どこが甘いと言うのや。そりゃあ、相見互いの便宜は図り合うてきたと思うよ。当たり前たい。官民が一緒にならんと日本は立ち行かんかったもの。そのぶん、五代しゃんもうちん人も苦うて辛うて、早死にするほどの清濁を併せ呑んできた。そうまでして建てたホテルは何のため？　日本人が外国人と対等につき合えるようになるためやなかか。不平等条約はまだ交渉半ばよ。批准、発効されるまではまだまだ交渉が要るのやと陸奥しゃんも言うてなさった。それを、風紀？　衛生？　寝ぼけとっとか。突き易いことを突いてるんやないわ、議員やったら大阪の百年後を考えんか」

　煎餅がばりばりと音を立て、畳の上に屑が散らばった。

「そこまで怒る？」と、錦は顎を引いている。毒気を抜かれたような顔つきだ。

「錦、ノーて言わなあかん。断固としてノーたい」

　寝床に入っても沸騰はおさまらず、暗い天井を睨み続けた。

　中之島を出よというのなら籠城たい。あの洗心館で討ち死にしてやる。

　翌年の二月から三月にかけて、市会ではやはり中之島公園地についての議論が交わされた。

　外国人はまだ居留地、雑居地にしか居住を許されていない。だが商いに訪れてもらわねば貿易がふるわない。上等なる宿泊施設、食事の施設が大阪の中心になければ治安上も不安を抱えることになると、自由亭の撤去に反対する議員もあったようだ。だが案は可決され、市会議長は山田府知事に建議案を提出した。

中之島河岸地の貸与を今後は不許可とし、しかしながらただちに撤去ではなく、借用期限がくれば更新をさせないでもらいたい。

ゆきは新聞でその記事を読み、錦の帰宅を待ち構えて訊ねた。

「もし府知事が建議案を受け容れはったら、万事休すなんか？」

「うちの借用期限は毎年十二月三十一日やから、まだ猶予はある。借用継続の願出書を作って知事をお訪ねするつもり」

「星丘さんも一緒に行ってくれはるのんか」

「自由亭の総理人やもの」

「もし、借用の継続が認められんかったら？」

「ノーと言う」

錦は口の端をすいと上げた。その仕方が丈吉にそっくりだ。

「昨日、陸奥様にも同じことを言われた」

「昨日？　陸奥しゃん、滞在してなさるの」

陸奥が三月に農商務大臣を辞任したことは知っていた。郷里の和歌山は政治基盤でもあるらしく、和歌山に赴く途中で大阪に立ち寄ったらしい。「ひょっとして、陸奥しゃんの受け売り、露見したか」肩をすぼめれば、錦は苦笑いを泛べて首肯する。もしやと気づいて、「あんた、頼んだの？」と火鉢の脇の茶筒を膝に引き寄せた。

「頼むって、何を？」

「知事へのとりなしよ」

急須に茶葉を入れる。火鉢の猫板に溢れた茶葉を摘み、それも急須に放り込む。錦は「いいえ、お願いしてません」と、鉄瓶を持ち上げて急須に湯を注いだ。

「新聞をご覧になって、府庁を訪ねはったみたい。知事が何と言うたかはおっしゃらんかったけど、自由亭が大阪で果たす役割を知事にしっかりと説明して、ノーと言いなさいって指南してくれはった。母も同じことを申しました、大演説でしたと申し上げたら急に笑いだはって、光栄だねって」

「あらら」

「感じ入ったともおっしゃってたわ。尋常なら口添えを頼んでくるもんやのに、あなたもあなたの母上も何も言わないって」

「頼み方なんぞわからんもんねえ。東京まで押しかけるわけにもいかんし」

「私は押しかけようと何度も思うた。梅田駅まで行った日もある」

湯呑を揃え、急須から静かに注ぎ分けている。

「ばってん、引き返したとやね」

「東京に行ってる場合やない、まずは知事に直談判に及ぼうと思うて、毎日、府庁を訪ねたのよ。終いには居留守を使われるようになったから夜更けに官邸に行って、そしたらえらい剣幕で家令に追い返された」

「まあ、そないな無茶を。星丘さんも？」

「星丘さんは去年のうちから議員さんらに説いて回ってくれはった。そやから反対意見を出してくれた人もおったのよ。可決されてしもうたけど」

そう、とゆきは茶を啜る。今夜は味がわかる。

「陸奥様は昨日、こうも言うてはった。考え得る限りの道筋と手立てを熟考して、準備をしなさいって。それで万一失敗したらば、その失敗に屈すべからず。失敗を償うだけの工夫をまた凝らせばよい。最もいかんのは、討ち死に覚悟の籠城みたいな真似をすること。自棄なる言動は小人の仕業、厳に戒めるべし」

口に含んだ茶を噴き出しそうになった。剃刀閣下は万事お見通し。降参たい。

府知事は市会の建議を採択せず、自由亭は十二月に無事に土地借用の更新を行なうことができた。おそらく陸奥も口添えしてくれたのだろうと推しているが、真相はわからない。

錦は難事を乗り越えるや、ホテルの大改造を決意した。

「室内が古びてしもうて、床壁天井、窓、露台も危ない所があるのよ。ベッドや家具も入れ替える。それでな、お母はん、名前も大阪ホテルにしようと思う。西洋料理の自由亭を大阪ホテル西店、洗心館は大阪ホテル東店として日本料理の名店にする」

西洋式の倶楽部を目指した洗心館であったが、日本ではやはり根づかなかったらしい。

「大阪ホテル。うん、よかね」

心底からそう思ってゆきは首肯した。大阪の名を冠することで公に資するホテルだと、市会や市民の理解も得やすいだろう。けれど本音はもう一つある。

自由亭の名が消える。明治らしい、ほんによか名ぁやったとに。

惜しい。ただ、この惜しさ淋しさは錦自身にもあるはずだ。それを胸中に折り畳んで進もうとしている。丈吉ならその姿を褒めてやるだろう。

そうや、錦。商人が公の益を見失うたら、ただの銭儲けになる。

ゆきは胸中で訊く。お前しゃん、ただの銭儲けではあかんのだすか。

己で稼いで己が費消するだけでは面白ないがな。商いは、かあっと胸の熱うなる大義こそが帆柱や。

明治二十七年が明け、星丘も加わっての設計が始まった。着工は夏と決まってまもなく、神戸の有が入院した。

下血が止まらず、錦と共に見舞いに駈けつけた時にはすでに病み衰えていた。子供は五歳の女の子、郁が一人あるきりで、弘樹の実家から女中が手配されて面倒を見てくれてはいる。

「もう何年も前から具合が悪かったんと違うやろか」

錦の言う通りであるような気がした。孝次郎が亜米利加に渡った後は有の訪れも間遠で、子育てに忙しいのだろうと思い込んでいた。心配をかけまいとして北浜に顔を出さなかったのではないか。

盆が過ぎて秋風が立ち始めた日の朝、有は二十九歳で没した。

貴見を供にして小舟に乗る。

土佐堀川からいったん東の大川に遡り、大阪城の石積みを間近に拝めば蝉がしぐれている。朝の夏陽で照る川を引き返し、今度は中之島の北を流れる堂島川に入った。波音も静かに進めばいよいよ、大阪ホテルの景が近づいてくる。

かつての洗心館は大阪ホテル東店として建物もより大きくなり、入母屋の二階建と寄棟三階建の建物二棟を連ねてある。川に面して欄干の縦格子を連々と巡らせた意匠と窓障子の白は清く、壮麗だ。大阪ホテル西店となったかつての自由亭は方形の総三階建で、白漆喰壁と客室の窓はいつ眺めても優雅極まりない。遊歩道に面した正面玄関に回れば一階から三階までを二本の柱が通り、洋風の繊細な装飾が施されているのだがここからは見えない。

「立派ねえ、貴婦人みたか洋館ねえ」日傘を回しながら惚れ惚れとする。

「ネオ・ルネサンス様式て言うらしいわ、お祖母ちゃん」

「学校でそんなことまで教えてくれはるの」

「違うわ、やっちゃんに聞いたの」

貴見はつばの大きな洋帽を手で押さえながら笑う。川風の中で八重歯を覗かせて笑う顔つきと仕種は十二にしては幼く見えるが、少女にしてはやたら背が高い。どうやらこの祖母に似てしまったようだ。似てほしくないところに限って似る。

貴見は尋常小学校を卒業して今は中之島の大阪府高等女学校に通っている。錦は自身が出た照暗女学校で英語に長じさせたかったのだが、昨明治二十七年に平安女学院と名を変え、今年になって京都に移転してしまった。中之島の女学校なら貴見には庭先ほどの距離で、学校帰りにホテルに立ち寄ることもできる。母親会いたさではなく広間に置いたピアノが目当てだ。西洋の音楽が好きであるようで、弾くことはできないが触れて音を鳴らすのが楽しいらしい。音楽はたぶん、やっちゃんこと星丘安太の影響だ。

孝次郎は日本に帰ってこぬままで、今は在米日本人相手の雑貨商を営んでいると手紙で知らせてはきたものの、どこでどう仕入れて何を売っているのやら皆目わからない。二十八になっているので女房を娶っても不思議ではないが、それも縁がなさそうだ。ただ、大きな白犬を飼っているようで、その写真は何枚も同封してあった。ただし孝次郎自身が写ったものは一枚もない。

孝ちゃんの様子がわからへんやないの。相変わらず、すかたんな子ぉや。

錦は呆れていた。

「お祖母ちゃん、暑いわ。そろそろ帰ろう」

「ん、もう少し」

「なんべん眺めたら気ぃ済むのん。お正月からこっち、何十回も」

毎度おおきにと合いの手を入れたのは舟の船頭で、いつも同じ若者に頼んでいる。貴見の言うように梅雨どき以外は毎週のように乗っているので万事心得ていて、こうして大阪ホテルの姿を眺めやすい位置で舟を停めてくれるのだ。

「見飽きへんのよ。なんべん見ても綺麗やもの。胸がすうっと広がるんやもの」

初夏の四月半ば、勝利した日清戦争の講和会議が下関の春帆楼という料亭で開かれた。その際、日本滞在の講和使節三十数人一行の賄いのために大阪ホテルは用命を受けた。錦と星丘、安太と料理人らが下関に出張し、西洋料理と支那料理を供した。翌月下旬には講和祝和会が大阪で開かれ、むろん大阪ホテルの広間が饗宴の舞台だ。伊藤博文内閣総理大臣をはじめ、陸軍大臣の山県有朋、海軍大臣西郷従道、前の総理大臣の松方正義、宮内大臣土方久元がずらりと居並び、海軍少将に文武官、大阪府知事、警部長、そして藤田、松本、鴻池といった豪商紳商も招かれ、総勢二百七十人を超える宴となった。

むろんゆきはその宴の場にいない。貴見は女学校の友人の家に遊びに出ていて独りだ。饂飩を湯がいて啜っていると、なぜかこみ上げてきた。

お前しゃん、錦はやり通したよ。

やがて嗚咽が洩れ、けれど誰に遠慮があろうか。あの日、ゆきはやっと思う存分に泣いた。

「船頭さん、もうよかよ。岸に着けとくなはれ」「へえ」

「貴見、お昼に鰻でも奢(おご)ろうか。つき合うてもろうたお礼や」

「うん、また今度。今から今橋(いまばし)に行くのよ。わ、もう十一時過ぎてる」腕の時計を見て眉を寄せた。

「今橋て、星丘さんとこか」

「そう。やっちゃんと凌雲閣(りょううんかく)に遊びに行こうって約束」

凌雲閣は北野(きたの)村の有楽園(ゆうらくえん)という遊園地の中に建てられた九層の高楼(こうろう)で、温泉場や大弓場(だいきゅうじょう)、茶店(ちゃみせ)などの娯楽施設で人気を呼んでいる。

「二人で行くのんか」

「まさか。星丘のおじさんも一緒よ。やっちゃんの学校のお友達や私の女学校の友達も」

「お母はんは」

「お母はんは知らん」

「知らんて、誘ってやりいな。なんやの、あんたらだけで」

「今日も仕事とちゃうのん？　今朝早(はよ)うにバタバタとお化粧して出ていかはったよ。お祖母ちゃん、知らんの」

「知らん」

「ほら、ごらんなさい。お祖母ちゃんが知らんのに私が知るはずがない」

女学生ともなれば口が立つ。このところ、負け越している。

「船頭さん、悪いけど東横堀川(ひがしよこぼり)に回ってやって」

「ええのに。遠回りやわ。私、歩く」

「よか、よか」

「もう。孫を甘やかし過ぎ。私、三文安になるのん厭やからね」

すると船頭がいきなり、ハハと笑った。小舟はまた東へと向かい始める。

川風の中で、星丘の隆とした姿を思い返していた。四十六歳になった今も独身を通しており、嫡子がいないので数年前に甥の安太を養子とした。十六歳の安太は市立大阪商業学校で学びながら義父の事業を手伝って、いわば商人としての修業中だ。星丘は大阪ホテルの総理人としてのみならず舶来品を扱う貿易商としても名を揚げ、二年前に亜米利加のシカゴで開かれた万国博覧会への出品を計画、今は大阪での博覧会開催に尽力しているらしい。

錦も今では押しも押されもせぬ大阪ホテルの女主人である。星丘と並んで立っているさまを目にすると、まるで西洋の油画のごとく似合いの二人だ。

星丘がいつ、錦と一緒になりたいと申し込んでくるか。ゆきはずっと待っていた。が、二人が恋仲になっている様子は全くない。今さら母親がしゃしゃり出たら仕事に障りが出るかもしれぬと思えば、それもできない。もどかしい。

「お祖母ちゃん、なんやのん、その溜息」

「世の中ままならん、ということたい」

貴見は船頭を振り返り、「今日も暑なりそうやね」と洋帽のつばを持ち上げた。

明治三十年の八月末、思わぬ訃報が届いた。

陸奥が没した。

大阪市会で自由亭撤去を議論される窮地に陥った時は農商務大臣を辞任したばかりであった

が、八月に第二次伊藤内閣が成立すると外務大臣に起用された。そして明治二十七年、ついに日英通商航海条約の締結に成功した。これによって、法権の回復と関税自主権の一部回復などの実現に道筋がついた。

　他の欧米諸国とも同様の条約を結び、四十年近くにもわたる日本の宿願を達成したのである。だが陸奥は体調を崩し、療養に入ったらしい。やがて外務大臣の職に復帰するも五月に辞任している。その後雑誌や新聞を発刊したが、この八月二十四日に逝去した。

　外務大臣在任中に不平等条約改正のための交渉、そして日清戦争が勃発したのだ。その激務が命を縮めたのではないかと新聞に出ていた。訃報に接してから錦が明かしたことがある。下関での講和条約において、清側との交渉の場に陸奥はいた。

「けど、交渉も大詰めの協議を欠席しはったのよ。二度。軽い感冒やとのことやったけど、陸奥さんは外務大臣よ。協議を欠席しはるとは、よほどの重病としか思われへんかった」

「それで、講和祝和会にもお姿がなかったのやな」

　陸奥は若い時分から肺に持病があった。ゆきは俯いた。

「陸奥しゃんに何度も助けていただいたとよ。川口で、中之島で」

「川口の自由亭からのおつき合い？」

「長崎よ。長崎から始まった」

　享年五十四である。

　あくる年、ゆきは還暦を迎えた。その祝をしようと言い出してくれたのは星丘で、ところが松の内が明けてまもなく体調を崩し、出勤もかなわなくなった。

「大丈夫です、すぐに良くなりますよ」

見舞いに赴けばこなたが励まされる始末だが、医薬を尽くせど快癒（かいゆ）の兆（きざし）がいっこうに訪れない。節分が過ぎても枕から頭が上がらず、痩せていく一方だ。医者は腎臓（じんぞう）だ膵臓（すいぞう）だなどと言うが、いざ病（やまい）を得たら滑り落ちるように悪くなるのは丈吉の時に思い知っている。医者に為（な）す術（すべ）がないのなら府立病院に入院させても寒いだけだ。今年はまたことさら冷えが厳しく、大雪にも見舞われた。

ゆきは星丘の今橋の家に泊まり込み、安太、貴見と共に介抱にあたった。二月の末には起きることも滅多（めった）とできなくなり、こんこんと眠り続ける。錦もホテルを抜けてはしじゅう顔を出す。

三月一日の深更（しんこう）、ゆきと貴見は茶の間の火鉢を抱いてうつらうつらしている。声がするので半身を起こせば安太だ。

「義父（ちち）が目ぇ覚ましました」

慌てて目をこすって廊下に出て、息を整えてから寝間に入る。枕許には錦が坐していた。

「どないや」声を潜（ひそ）めて膝を畳んだ。久しぶりに星丘も薄目を開けていて、皹割（ひびわ）れた唇を動かす。

「ご厄介になりまして、申し訳ありません」

「何をお言いだす。ちっとも厄介なことありまへんで。何か飲まはりますか？　お白湯（さゆ）がよろしいか？」耳に口を近づけて訊ねると、「まんじゅう」と聞こえた。

「まんじゅう。お饅頭だすか」

うんと答えたような気がした。顔を上げて錦を見やれば、頷いて返す。

「すぐに用意します。待っててくださいや」

立ち上がり、錦の肩に手を置いてから廊下を引き返し、台所に入った。襷掛（たすきが）けをしていると安太も入ってきたので、「お湯沸かして」と頼んだ。

「まさか、今から作ってくれはるんですか」

「お饅頭の買い置き、してへんもの。北浜の家の仏壇には供えてあるけど、三日、家に帰ってへんさかい、たぶんカチカチや」

　土間に屈んでいた貴見が「お祖母ちゃん、小豆見つけた」と紙袋を開き、「あかん」と閉じた。

「虫にやられてる」

「どのみち小豆は一晩水に浸けんと煮られへん。それより粉や、粉探して」

「粉って」

「道明寺粉か白玉粉」

「そんなん、あるかなあ」

「饂飩粉ならあります」安太が壺の蓋を開けて見せた。貴見も別の袋を持ってくる。

「お祖母ちゃん、うずら豆見つけたわ。これは虫がついてなさそう」

「乾燥させた豆は皆、同じ。今から浸けてたんでは夜が明ける。そうや、今朝のお菜、うずら豆の甘煮がまだ残ってる。水屋の硝子戸の中。そうたい、その小鉢。貴見、それを鍋にあけて煮返して。水と砂糖、ちょっと塩を足すんやで。焦がさんようにしてや。焦げたら、わややで。やっちゃん、篩と蒸籠。お湯沸かすっ」

　饂飩粉を篩にかけ、そこに砂糖と水、酢を合わせて箸でかき混ぜる。ベタベタと指にくっつくにかまわず丸め、皿の上で寝かせる。その間にうずら豆の餡の味見をして、「ふん、よろし」と火から下ろした。さっそく餡を丸める。掌を焼くほどに熱いがかまってはいられない。俎板に饂飩粉を打って生地を置き、ちぎった生地を掌に置いて餡を包む。丸く形を整えた五つを蒸籠に並べ、湯気の立った鍋に蒸籠をのせた。五分ほども蒸して一つを口に入れる。舌が焼けるが味は合格だろう。皿に二つをのせて箸を添え、安太に運ばせた。

「貴見、お茶淹れて持ってきて。薄めにな。それからお布巾」

襷をはずし、寝間に向かった。膝をついて襖をそっと引き、中に入る。星丘が安太の介添えで起き上がり、錦が寝間着の上に洋物のローブを羽織らせてやっている。貴見も盆を持って入ってきた。

星丘が箸を持ち、錦が皿を捧げ持つ。箸の先が饅頭を挟むと皮から湯気が立つ。

「まだ熱いけん、気ぃつけて召し上がれ」

一口齧り、ゆっくりと咀嚼している。痩せた頬が上下に動いて、またもう一口。心なしか顔に血色が戻ってきた。久方ぶりに目もしっかりと開いている。

「これは、模造のおまんですな」

にやりと笑ったので、皆、顔を見合わせた。笑い声が弾ける。

「ようおわかりになること、さすがは大阪ホテルの総理人さんや」

「お母はん、お腹こわすようなもの入れてへんやろね」

「無礼なこと言うんやなか。あんた方は知らんやろうが、私は自由亭、草野丈吉の女房やったとよ」

またひとしきり笑い、けれど星丘は半分を食べるのがやっとだ。箸を置いて、手を震わせて合わせるような仕種をする。

「ご馳走さまでした」

合わせた手を開いて胸から腹へと撫で下ろし、また蒲団に仰臥した。

五日の夕方、星丘安信は息を引き取った。まだ五十にもなっていなかった。

死亡広告は安太と錦の連名で出し、埋葬は丈吉と同じ阿倍野墓地だ。通夜、葬儀、四十九日の法要に至るまで錦は後見人として安太を助け、星丘の遺産はすべて安太が継ぐこと、大阪ホテル以外の星丘の事業は安太が商業学校を卒業するまで休止とし、卒業後に本人の意志によって定めることなどを列席者に言明した。

北浜の家に帰って着物を畳みながら、錦に訊ねた。

「あんた、いつ遺産のことを託されたの」

「お母はんがお饅頭を作ってくれてる時よ。僕に万一のことがあったらて、急に言いださはって。それまでは仕事に二度と復帰でけへんやなんて、まったく思うてなかったはずやのに」

その後、また昏睡状態に陥って急逝したのであるから、まさに瀬戸際での遺言であったことになる。星丘は自身の財産をすべて投げ出して自由亭を救ってくれたが、ホテルの経営に携わりながら俸給を受け取らず、自身の事業でまた財を成していたらしい。大阪瓦斯株式会社の株主にもなり、大阪築港期成会にも名を連ねていた。

大阪は慶応四年に開港するも大型船は川口波止場に着岸できず、天保山沖で荷物を艀に積み換えて波止場まで運ばねばならなかった。しかも天保山沖は時に危険な三角波が立ち、遭難事故が後を絶たない。そのため何度も築港計画が立てられたのだが淀川の改修工事と不可分のため遅々として進まず、やがて神戸港へと主役が移ったのだ。大阪の商人にとって大阪築港は長年の念願となり、星丘が亡くなる前年秋、ついに築港起工式が行なわれた。

築港工事によって淀川の改修も行なわれることになっており、川の氾濫、市中への洪水を防ぐのが目的だ。晩餐会と祝賀会は大阪ホテルで、宴の後、星丘はしみじみと錦に語ったらしい。

「草野さんには助けられた、橋を架けんとするあの姿も忘れられんと言うてはった。そやから、築港や博覧会の開催にも奔走しはったみたい」

　錦はしばらく黙し、手の中で念珠を繰り続けている。その姿を見るうち、打ち明けたくなった。

「私な、星丘さんとあんたが一緒になってくれたらどんなによかやろうて、そないなことを夢見た時のあった」

　錦は顔を回らせ、微かに笑んだ。

「ほんまはね。妻になってくれんかて、言うてくれはったことがある」

「え。いつ」

「お父はんが亡くなって莫大な負債があるとわかった時、私、何をどないしたらええのやら、お母はんと路頭に迷うてる姿ばかり目に泛んでおろおろしてた。孝次郎も貴見も養わんならんし、従業員も仰山いてる。取引先もご贔屓のお客さんたちも。そやからお父はんの名ぁに傷だけはつけとうない。そしたら、助けてくださると申し出てくれはったでしょう。ああ、助かった、嬉しいと歓んだのは本当やけど、星丘さんの真意がわからんで怖うなった。自由亭を乗っ取るおつもりやないかと疑うて、訊ねたの」

　錦は片眼で笑む。

「それとも私を我が物にしようというおつもりですか、て」

「そないなことを本人に？　ほんで？」

「したい。君を妻にしたいって。ただし事業を助けるのはその野心からではない。ま、少しは下心もあるか、いや、あるなあって頭掻かはって、それは爽やかに笑うの」

「返答しづらい打ち明け方やなあ。ああ見えて不器用なんか」

「そうなんよ。いきなりそんなこと言われたってどう返答したらええかわからへんし、貴見もお母はんもおる、負債は莫大。迷うの当然やろう。即答なんぞでけへん。そしたら、今の言葉は忘れてください、これからもあなたをお助けします、それは変わりませんって」

「押しが弱い、撤退が早い」

「そやから私も、女将と総理人、そのかかわり以上の気持ちは持ったらいかんと、ことさらにこだわった。星丘さんはあんなお人やから気軽に誘うてくれはったこともあるのよ。凌雲閣とか須磨の海とか」

「爽やかぁに誘わはるんやな」

「そう、爽やかぁに」

三十五にもなって女学生のように情けない顔をする。

「こないに早う亡くなってしまうなんて思わへんやないの。もうちょっと頑張ったら気持ちに素直になってみよう、もうちょっとと思うてるうちに逝ってしまわはった」

ふいに顔を手で覆い、肩を震わせる。美しい富士額がかえって不憫に思えた。

桜の季節になって丈吉の十三回忌法要を営み、やがて葉が色を変えた頃、大阪市は市制特例を解かれて大阪府から独立した。といっても市役所は大阪府庁の一室を借りて執務を始めたらしい。冬には天皇が統監する陸軍大演習が大阪で行なわれ、大阪ホテルは外国文武官の宿泊を受け持った。その功を労われ、金二千五百円を賜った。

今年の桜も瞬く間に散り、梅雨も明けて七月になった。

空も風も日増しに夏めくのに、ゆきはそわそわと落ち着かない。

「十七日たい。十七日」

座敷の埃（ほこり）を庭に掃き出しながら口の中で呟き、気がつけば縁側に坐り込んでいる。

「お祖母ちゃん、洗濯物盥（たらい）に入れたままやけど、干していいんやね？」

「え、何？」「これ」貴見は盥を抱えて見せにくる。

「どうしたん、それ」

「どうしたんって、お祖母ちゃんが放ったままやないの。干すからね」

「何を」

「ちょっと、どうしたの。この頃、おかしいよ。ご飯はお焦げだらけやし、お清汁（すまし）は塩辛（しおから）うて食べられへんし、コロッケは爆発するし」

ゆきは腕を組み、背を丸めた。

「お祖母ちゃん、恋煩（こいわずら）いでもしてはるんですか」

「恋煩いは腕組みなんぞせえへんやろ」

「なんで、そこだけしっかり返すん」

「ちゃうねん、お祖母ちゃんにも言うに言われぬ思いがあるわけよ」

貴見はやれやれと肩をすくめ、盥を抱えて物干し台の前に移った。ぱんぱんと盛大な音を立てて伸ばし、竿（さお）に通している。腰巻きの紐から雫（しずく）が滴（したた）って、露草（つゆくさ）の青を目覚めさせる。

「貴見。お祖母ちゃんな、ホテルで給仕したかよ」

「お祖母ちゃん、暇なん？」こなたを振り向きもしない。

「十七日だけ、したかよ。条約改正の祝賀式が大阪ホテルで開かれるやろう？　なあ、ほんまによくぞうちにご用命くださったこととたい」

日本と諸外国の間で批准（ひじゅん）されていた新条約が今年、明治三十二年の七月十七日に発効し、関税自主権は一部に留まるものの、国民の悲願であった法権を回復する。

「日本はやっと一人前の近代国家になるとよ。その宴だけは、この目で見届けたかよ」

気がつけば貴見の顔が間近にあって、濡れた指でゆきの頬を突いた。

「お母はんに頼みはったら、ええんと違いますか」

大広間の正面に西陣織の緞帳が幾重にも掛けられ、その中央には日の丸を象った巨大な生花飾り、窓際にもシャンデリアに届かんばかりの青楓の盆栽だ。

長い洋卓は方形に組まれ、銀の燭台と洋蘭が卓上を彩っている。一堂に会しているのは菊池大阪府知事に田村大阪市長、森大阪市会議長、土居商業会議所会頭ら大阪の名士、貴顕三百人ほどで、挨拶と乾杯が続く。外国人客の姿も少なくなく、日本語まじりの祝辞で場を沸かせた。

此度の新条約発効によって外国人の犯罪も日本の法制度で裁けるようになり、長崎、横浜、東京、大阪、神戸、新潟、函館の居留地は廃止される。幕末の条約では日本政府が雇った外国人技師や医師、教師には官舎を与えられたが、民間の外国人は居留地か隣接する雑居地に住まなければならなかった。外国人止宿所であった自由亭は、その居留地に滞在する外国人のために食事とベッドを用意したのだ。

日本の法に服するなら、外国人に内地を開放しよう。

すなわち陸奥は、法権回復と内地開放を交換条件にしたのである。

正装の給仕らは軽やかに広間を行き来し、身ごなしなど昔とは雲泥の差だ。ゆきは浅葱色の絽に紋付きの羽織をつけ、髷も目立たぬよう小さく結い上げた。どうせ髪が薄くなって大きな髷は無理なのだが、何はともあれ下座の壁沿いに立っている。たまに腕にナフキンを掛け忘れた給仕がいるとそっと渡してやり、席を立つ様子の客がいれば近づいて椅子を引く。外国人は眉を動かし、「サンキュー」や「メルシ」と言うので「ユアウエルカン」や「ドゥリヤン」と微笑んで答える。するとさも嬉しげに顔を紅潮させ、立ち話になる。そうなると何を言っているのかさっぱりで、だが宴の最中に中座するのはたいていが雪隠（せっちん）だ。「トワレ？」と訊けば頷くので案内する。

目立たぬこと、手出しをせぬことを条件に許しを得たので、客の応対で卓を回っている錦に見つからぬよう、そっと広間に戻る。だが錦はとっくに気づいていて、「お母はん」と口を動かして咎めてくる。

へえ、すんまへん。じっとしときます。

元の壁際に戻り、また食事が進むのを眺める。豆のポタージュにいつもの伊勢海老のサラド、鮭のオランディーヌソースがけ、箸休めには船場（せんば）の鰻（う）ざくにシャンパンのソルベ柚子（ゆず）ソース、そして羊のロースト、鶉（うずら）のロースト、リ・ド・ヴォーの赤葡萄酒煮と続く。

夜風が入ってきて、蠟燭（ろうそく）の灯（ひ）が揺れる。

長崎の自由亭のあの座敷、上座から睥睨（へいげい）して大名のごとき貫禄だと外国商人を震え上がらせたのは後藤象二郎だった。岩崎弥太郎は川口の自由亭に一人で訪れ、「女将」と嚙（か）みつくように呼ぶので何事かと思えば笑っていたりする。五代友厚は談話室で珈琲を飲んで、丈吉と話し込んでいた。

「国家国民を幸福ならしむることを得れば、おれの望みはそこで成っている。なあ、陸奥君」

陸奥宗光は紅茶を一口飲み、五代を見やる。

「そうとも。だが君は政界から早く身を退（ひ）き過ぎた。君は首相になるべきだった」

「何を言う。君も剃刀と呼ばれたわりには外相止まりだったじゃないか」

「条約を改正したぞ。やっとな。関税自主権の回復は完全とは言えんが」

「仕方あるまい。いつだったか、坂本君も言ったよ。人は誰しも夢半ばで人生を終える」

かたわらに立つ丈吉はなぜかとても若い。

安い縞木綿に白の前垂れをつけ、真面目腐った顔でソップの味見をしている。あの銀の匙で。微かに眉を寄せたかと思えば、包丁の刃を横にして胡椒を潰し寸胴鍋に入れる。小皿を差し出した相手は洋装の星丘安信で、味見するや満足げに頷いた。

五代と後藤が盛んに葡萄酒をやり始め、岩崎と陸奥はなにやら口喧嘩、星丘はそれを見物して爽やかに笑い、丈吉は仕上げた一皿をゆきに向かって掲げる。

おゆき、できたぞ。

一切れの肉を、魚を、ソップを皆に味おうてもらおう。

星々の宴を祝おう。

大阪の夏の夜風は潮の匂いが濃い。汽笛が聞こえる。

条約改正祝賀式のおよそ三月後の十月三十一日、錦は大阪ホテルを譲渡売却した。

売却先は大阪倶楽部で、六万円の値で折り合ったと後で聞かされた。壮麗な新館を完成させてまだ三年ほどであったのでその値がついたようだが、洗心館であった東館は大阪倶楽部が転売し、森吉楼という料亭になった。ホテルの売却を考え始めたのは、やはり星丘の死が契機であったようだ。それは後になって聞いたことで、当初はゆきにも胸の裡を語らず、従業員の奉公先の確保に奔走した。料理長をはじめ料理人は大阪ホテルの出身となれば東京のホテルが高待遇で雇ってくれたが、まだ若い給仕人や下働きの者らには手を尽くしてやらねばならなかった。

自邸も北浜を引き払い、西区京町堀通りの屋敷に移った。

明治三十四年、錦は十八歳になった貴見を高等商業学校の教授、佐野善作に嫁がせた。欧羅巴視察を終えて大阪ホテルに宿泊していた佐野と錦は交流があり、それが縁となったようだった。

「やっちゃんと一緒にさせるのかと思うてた」

ゆきは錦にそう話したことがある。錦は「そうやね」と呟いた。

「それとなく二人に訊ねたこともあったんやけど、兄妹みたいな気持ちやったみたい。佐野さんと形ばかりのお見合いをさせた時、厭やったら無理せんでええのんよと言うたの。いや、私の結婚がどうこうということやのうて、心からそう思うて。そしたら嫁ぐと言うから、私、ほんまにほっとしたの。あの子には事業や商いの苦労のない世界で生きてもらいたかったから」

それで学者に嫁がせたのかと、己の胸に手をあてた。錦の苦労が骨身に沁みてくる。がむしゃらに突き進んでいる時よりも、売却のための道はよほど苦しかったに違いない。

にもかかわらず、長崎の伊良林の家を買い戻してくれていた。ゆきは一度も頼んだことがない。父の願いを知っていたのかと訊ねてみると、錦は「そう」と驚いていた。

「私がそうしたかったのよ。そう、お父はんも同じことを」

二年後、住居を天王寺区の東高津南之町に移した。約八百坪の敷地には黒板塀を巡らせ、母屋と隠居家、離屋を渡り廊下で結んだ家だ。錦は周囲の家を買い取って借家とし、その家賃を暮らしの費えとした。それは旧幕時代から今に続く町人の仕方で、懸命に働き抜いた末の、いわば上がりである。星丘安太は星丘商会を谷町で営みながら借家の差配人も引き受けてくれ、離屋で暮らしている。第五回内国勧業博覧会が大阪今宮で開かれた時には、錦と安太と三人で見物に出かけた。

夜も開場されたのが珍しく、夜空の星を鏤めたかのような照明と五色に光る大噴水にゆきは陶然として立ち尽くした。

「お祖母ちゃん、そないに気に入ったんなら噴水を一つ買いましょか」

安太はもう孫のようなもので陽気にからかってくる。だが翌年、二十五歳で没した。星丘商会で自動車の輸入販売を事業にしようと試運転し、事故を起こしたのだった。安太が亡くなって星丘家は絶えた。

そののち、錦は四十一歳で再婚した。相手は曹洞宗の僧侶で、大阪難波の月江院で住職を務める高島莫能である。

聞けば不思議な縁だった。スペイン風邪が大流行した時があって、東京の佐野家に嫁いだ貴見が罹患した。錦は近くの寺にお百度を踏んだ。それはゆきも知っている。その姿を見かけた莫能が事情を訊ね、祈禱した水を手渡してくれたという。錦は水を東京に送った。汐留駅では佐野家の書生が水を待って運び、貴見はそれを口に含んだ。それを毎日、四十数日も続け、貴見は本復した。二人は東高津の家でゆきと同居するというので、それは有難かった。阿倍野墓地から遠ざかると墓参りがしにくくなる。

明治四十四年、錦は生まれた娘清子に星丘姓を名乗らせ、跡の絶えた星丘家を継がせると言った。夫の莫能も同意していると言うが、それもまた寝耳に水だった。

「星丘さんに約束してあったのよ」

ゆきの記憶はもはや朧だが、星丘が亡くなる寸前は昏睡が続いていた。が、二人きりの時にすうと目を覚ました瞬間があったらしい。

星丘家はいずれ必ず再興します。

受けた恩や仄かな想いを超えての、まるで同志に対する約束であった。亡くなった人との約束は果たさねばならない。

この年、亜米利加の孝次郎が四十四歳で亡くなった。病死との知らせであったが、近所に住むという日本人が親切で文を送ってくれたもので、詳細は不明のままだ。ゆきは泣かなかった。とうに覚悟をしていた。雑貨商もいつのまにやらやめていて、亡くなる前は日本人が営む果樹園で働いていたそうだ。手紙には「犬が大変に好きな人にて候」と記されていた。そして、働きながらよく唄を口ずさんでいたらしい。

葡萄や　葡萄や　一匁の葡萄や　揚げ豆腐　蒟蒻　凍り蒟蒻　ドスコイ　あげて　サーノ　すすとんとんとん　すすとんとんとんとん

ふじの子守唄だったのだろうか。

「今度はこの家が絶えてしもうた」

錦は仰向いた。

すると東京の貴見が三歳の三男に草野姓を継がせる、と申し出てくれた。

明治四十五年夏、大帝の御不例が報じられ、崩御された。ゆきは川口の港から馬で市中に出られる若き帝を拝んだことがある。明治が終わり、世は大正となった。

秋の彼岸のある日、一人で墓地へと向かった。齢七十四になっても足腰はまだ丈夫なのだが、花や線香や供物があるので人力車に乗る。五代、星丘、安太の墓にも参るので花だけでも手に余るほどだ。白の撫子と桔梗に吾亦紅、緑は樒を組んで花筒に入れるつもりだ。

「ご隠居はん、豪勢な墓参りだんなあ」

俥夫が手を取って降ろしてくれ、ゆきは「そうたい」と笑って心づけを弾む。

「歳ば取ったら、縁のある仏さんが増えるばかりたい」

「あれ、ご隠居さん、もしや九州か」

「そう。長崎」

「わしも長崎。五島」

「私は伊良林」

「いらばやし？　知らんなあ」

「ほな、さいなら」

墓地に入り、五代の墓碑に花と線香を手向けた。五代の墓は参る人が多いのか、いつも花が絶えない。星丘の墓はまず水をかけて洗うことから始める。折り畳んだ布で墓石を拭き上げ、花を入れ、饅頭を供えて線香を立てる。

「星丘さん。これは鶴屋で買うてきたんやけん、安心して食べてちょうだい。やっちゃんもな」

今思い出しても可笑しいのだ。必死になって拵えた饅頭を「模造のおまん」と言って笑うのだから、ふざけている。死の床にあっても星丘らしい諧謔であった。「よっこらしょ」と立ち上がり、草野家の墓地へと動く。

「お前しゃん、お待たせ」

墓石を洗い、拭き上げ、花を入れてまた饅頭を供えた。

「お前しゃんはお饅頭を食べとうなかやろうけど、ついでに買うてしもうたとよ。一緒に食べよ」

線香を立て、墓石の前に屈んだまま饅頭を手でちぎって口に入れる。

「来月、長崎に帰ってくるけんね。お墓参り。来年はよしの三回忌もあるしね。あら、おいしかね、このお饅頭。まあ、ほんまもんやから当たり前か」

おゆき、こんなとこで饅頭を喰うな。喉に詰まらせたらどないするのや。

「お墓の前で死んだら、こない簡便なことはおません。錦もらくなもんたい」

お前は相変わらずやなあ。ちっとも変わらん。

「あのう、もし」

声をかけられたような気がするが、近頃、勘違いが増えている。聞き違いに言い違い、たまに右と左も間違える。そのつど、錦夫婦と八歳の清子がくすくすと顔を見合わせる。

「あのう、もし」

顔だけで見返れば白髷（しらまげ）の三人が「わあ」と叫んだ。

「わあて、何だす。幽霊と違いますで。まだこの世に憚（はばか）ってまっせ」

一喝（いっかつ）してやった。すると、「ああ、やっぱり。御寮人（ごりょん）さんやおませんか」と三つの顔が並ぶ。

「あれあれ、まあ」

縁切りしてからこっち、一度も顔を合わせたことがなかった。まだ生きていたのかという目をして見ているが、たぶんこなたの目も同じだろう。と、立ち上がった拍子に饅頭が胸につかえ、目の中が白黒とする。

「大丈夫だすか。こないなとこでお饅頭なんぞ食べはって、ひょっとして」

ぼけてるのと違うかと囁（ささや）き合っている。悪口はしっかりと聞こえる。

「梅子ちゃん、とりあえずお茶」松子が指図し、「そんなん持ってまへんがな」と梅子は横を向き、「ほな、この水でどうですやろ」竹子が桶（おけ）に突っ込んだ柄杓（ひしゃく）を持ち上げる。

うるさいなあ、おゆき。なんとかせえ、近所迷惑や。

そう言われてもどうしようもなかですよ。とりあえず、お水をいただかして。

柄杓に吸いついて口中を湿し、ふうと息をつく。「はあ、やれやれ」腰を伸ばした。

「んもう、私らが来ぇへんかったら、御寮人さん、えらいことどしたで」

「ほんまやなあ」

ワハハと笑うと、三人は呆れ顔になった。

「相変わらずどすなあ。ちいとも変わってはれへん」

「あんたらは老けたなあ」

「厭やわ、死にかけたくせに転合言わはって」

おゆき。

秋空を見上げれば、星が瞬いたような気がした。

たくさんのことがあったけれど、星はこの世に降りて集い、巡り、そしてまた空へと散る。

あかん、眼ぇまでおかしなってる。まだもうちょっとこの世におるつもりやのに。そうや、気つけが必要や。

「あんたら、早うお参りしんしゃい。ほんで、ちょっと行こ。名残の鱧と松茸で、よか酒を呑も」

盃を呷る手つきをしてやると、松竹梅は若やいだ声で「お供しますぅ」と小腰を屈めた。

本作の執筆に際し、たくさんの方々にご助力を賜りました。
とくに貴重な資料提供とご教示をくださった方のお名をここに記し、厚く御礼申し上げます。

（敬称略・順不同）

山﨑多嘉子

（長崎）
元長崎市歴史民俗資料館館長　永松実
全日本司厨士協会長崎県本部名誉会長　坂本洋司
若宮稲荷神社宮司　大坪丈夫
若宮稲荷神社 竹ン芸保存会

（大阪）
前大阪市史編纂所所長　堀田暁生
桃山学院総務部総務課学院史料室　玉置栄二

## ◎主要参考文献・論文


『暁霞生彩』星丘重一著　渓道元編
『日本西洋支那　三風料理滋味之饗奏』自由亭和洋主人調理　伴源平編　赤志忠雅堂
『日本人と西洋食』村岡實著　春秋社
『本邦初の洋食屋――自由亭と草野丈吉』永松実著／坂本洋司料理監修　えぬ編集室　西日本新聞社
『西洋料理店の魁　草野丈吉展』長崎市歴史民俗資料館
『長崎年中行事抄　脇山家おぼえ書きより』脇山壽子著
『長崎の西洋料理――洋食のあけぼの――』越中哲也著　第一法規出版
『長崎料理――百花繚乱ふるさとの味』脇山順子著　長崎新聞社
『聞き書　長崎の食事』「日本の食生活全集　長崎」編集委員会編　農山漁村文化協会
『西洋料理発祥の碑　建立40周年記念』全日本司厨士協会　顕徳章審議会
『長崎丸山花月記』山口雅生著　清文堂出版
「大阪開化自由亭物語」堀田暁生筆（「大阪人」第四十二巻第六号～第四十五巻第三号）
『大阪川口居留地の研究』堀田暁生・西口忠共編　思文閣出版
『大阪近代の歴史を考える　川口居留地1～3』川口居留地研究会
『大阪歳時記』長谷川幸延著　読売新聞社
『大阪食文化大全』浪速魚菜の会　笹井良隆編著　西日本出版社
『聞き書 大阪の食事』「日本の食生活全集 大阪」編集委員会編　農山漁村文化協会
「中之島の自由亭ホテルと草野丈吉について」堀田暁生筆（「大阪の歴史」第七十一号）

「自由亭ホテルの創業──大阪最初のホテル」堀田暁生筆（「大阪春秋」第二十五巻第二号）
「大阪中之島山崎ノ鼻『公園地』に関する一考察」林倫子・篠原知史・大坪舞筆（「土木学会論文集」第七十三巻第一号）
『新・五代友厚伝』八木孝昌著　ＰＨＰ研究所
『陸奥宗光』佐々木雄一著　中公新書

**初出**

本書は、月刊文庫「文蔵」二〇一九年九月号～二〇二二年四月号（二〇二一年三月号、四月号を除く）の連載に、加筆・修正したものです。

〈著者略歴〉

**朝井まかて**（あさい　まかて）

1959年、大阪府生まれ。甲南女子大学文学部卒。2008年、小説現代長編新人賞奨励賞を受賞してデビュー。13年、『恋歌』で本屋が選ぶ時代小説大賞、14年、同作で直木賞、『阿蘭陀西鶴』で織田作之助賞、15年、『すかたん』で大阪ほんま本大賞、16年、『眩』で中山義秀文学賞、17年、『福袋』で舟橋聖一文学賞、18年、『雲上雲下』で中央公論文芸賞、『悪玉伝』で司馬遼太郎賞、大阪の芸術文化に貢献した人に贈られる大阪文化賞、20年、『グッドバイ』で親鸞賞、21年、『類』で芸術選奨文部科学大臣賞と柴田錬三郎賞を受賞。その他の著書に、『先生のお庭番』『白光』『ボタニカ』などがある。

朝星夜星（あさぼしよぼし）

2023年2月27日　第1版第1刷発行
2023年3月22日　第1版第2刷発行

著　者　朝井まかて
発行者　永田貴之
発行所　株式会社PHP研究所
東京本部　〒135-8137　江東区豊洲5-6-52
文化事業部　☎03-3520-9620（編集）
普及部　☎03-3520-9630（販売）
京都本部　〒601-8411　京都市南区西九条北ノ内町11
PHP INTERFACE　https://www.php.co.jp/

組　版　朝日メディアインターナショナル株式会社
印刷所
製本所　図書印刷株式会社


ISBN978-4-569-85403-8